Collection dirigée par Éric MAURETTE

maths

Term

Stéphane PASQUET

Remerciements

L'auteur et l'équipe de Prepamath Éditions tiennent à remercier Carlos Gomez pour l'aide précieuse qu'il a apportée à cet ouvrage.

Illustrations : Anna Michalak, Stéphane Pasquet

Coordination éditoriale : François Déliac

Conception couverture : Simon Geliot

Votre avis nous intéresse : `contact@prepamath.fr`

© Éditions NATHAN 2023 - ISBN 9782095023355

Avant-propos

Cet ouvrage est conforme au programme de la spécialité Mathématiques de Terminale qui est entré en vigueur à la rentrée 2020.

Avec six heures hebdomadaires, le contenu est ambitieux et aborde des parties nouvelles par rapport au programme de Terminale S des années précédentes : équations différentielles, intégration par parties, combinatoire, dénombrements, loi des grands nombres et binomiale... Autant de notions importantes pour lesquelles la maîtrise passe par la résolution d'exercices variés.

Dans chaque chapitre, vous trouverez :

- un rappel de cours, qui s'appuie sur la résolution pratique d'un exercice type, et qui propose de manière concise tout ce que l'on doit retenir du chapitre étudié ;
- des QCM et des exercices de type vrai-faux permettant de tester de manière rapide la connaissance du cours et sa réelle assimilation et de préparer au mieux les épreuves similaires figurant dans les sujets de baccalauréat et dans les concours post-bac ;
- des exercices qui correspondent aux différents types de sujets de devoirs. Certains sont des applications immédiates du cours, d'autres nécessitent une réflexion plus approfondie et constituent un bon entraînement pour les études supérieures. Dans cette nouvelle édition, la plupart des exercices ont réellement été proposés en lycée.
  Conformément à l'esprit de la réforme, de multiples exercices comportent des programmes en Python, que vous pouvez télécharger sur notre serveur à l'adresse :
  `www.prepamath.fr/ILTM`
- enfin les solutions des QCM et des exercices. Certaines sont parfois beaucoup plus détaillées que ce qui est normalement demandé à un élève de Terminale pour un devoir en classe. Ceci est intentionnel dans le but d'aider l'élève à avoir les idées claires sur les notions fondamentales utilisées.

Rappelons notre recommandation traditionnelle : cet ouvrage n'est pas un manuel de cours. Nous souhaitons que l'utilisation de ce livre ne se substitue pas au travail de classe mais qu'elle soit l'occasion d'un dialogue avec le professeur de mathématiques. En complément de ce livre, des vidéos présentées par des enseignant.e.s vous aideront de manière vivante à mieux comprendre la résolution d'exercices importants. Elles sont accessibles très simplement sur tablettes ou smartphones à l'aide d'un QRCode.

Nous remercions par avance tout lecteur qui nous fera part de ses remarques ou suggestions en nous écrivant à `contact@prepamath.fr`.

Nous vous souhaitons une bonne et profitable lecture.

L'auteur

Table des matières

Méthodes de travail

Les conseils qui suivent ont été mis en pratique par un grand nombre de majors (sortis premiers) de Polytechnique ou de l'ÉNA, par des professionnels de l'organisation et sont également recommandés par de nombreux professeurs. Pour approfondir votre méthode de travail et obtenir les meilleurs résultats pendant vos études, nous vous recommandons la lecture du livre « Comment travailler plus efficacement », par F. Déliac, U. Hadrien, E. Matrullo et E. Maurette.

Faire des « feed-back »

Le « ***feed-back*** » est le conseil le plus important et le plus utilisé par ceux qui réussissent brillamment leurs études. Il consiste à contrôler systématiquement, sans s'aider de notes, ce que l'on vient d'apprendre (exercices et cours). Ce contrôle peut se faire mentalement, oralement ou par écrit.

- Dans les transports, essayez de vous rappeler mentalement, et sans vous aider de vos notes, le cours et les exercices vus le matin en classe (feed-back mental).
- Après avoir relu votre cours le soir, essayez de retrouver par écrit les principaux paragraphes et démonstrations sans regarder votre leçon (feed-back écrit).
- Après avoir résolu un problème, prenez 5 minutes pour contrôler par écrit que vous vous rappelez clairement l'énoncé ainsi que la démarche de résolution (feed-back écrit).
- Expliquez à des amis la leçon que vous venez d'apprendre ou l'exercice que vous venez de résoudre : c'est un excellent feed-back oral. Choisissez le type de « feed-back » qui vous convient le mieux et faites-en le plus régulièrement possible (après chaque cours et chaque série d'exercices). Pour être efficace, un « feed-back » doit se faire sans l'aide de vos notes. Ainsi, faire des fiches de résumés de cours à partir de vos cahiers ouverts ne constitue nullement un « feed-back ».

Miser sur la qualité

De nombreux témoignages démontrent que pour obtenir de bons résultats, il est préférable de faire un nombre limité d'exercices de manière approfondie plutôt que d'en survoler un grand nombre. Une tendance très répandue consiste à abattre une grande quantité d'exercices, à la chaîne, mais superficiellement, en espérant que le jour du contrôle, on aura déjà vu ce type de problème et que l'on saura s'en souvenir. Cette méthode est absolument inefficace car la seule manière de se souvenir d'un exercice de mathématiques ou de physique, c'est de l'avoir parfaitement compris et assimilé.

Ainsi :

- À la fin d'un problème, prenez 5 à 10 minutes pour essayer de trouver un moyen de le généraliser ou de le compliquer (c'est ce que font souvent les professeurs pour concevoir leurs contrôles écrits) ; trouvez ce que cela pourrait changer dans la solution.
- Prenez également l'habitude, après chaque exercice, de faire un « feed-back » en faisant ressortir la démarche générale et en tissant des liens avec le cours. Bref, il ne faut pas vous contenter de résoudre l'exercice, mais il vous faut lui apporter de la valeur ajoutée et vous interroger sur son contenu.
- *Idem* pour le cours. Ne vous contentez pas de le parcourir de manière passive. Il vous faut avoir la rigueur d'effacer toutes les zones d'ombre. Pour chaque théorème, il faut vous demander quels types d'exercices son utilisation permettra de résoudre.

Travailler par « couches successives »

Cette méthode, très utile pour les étudiants préparant des examens ou des révisions, peut également être utilisée dès le lycée.

On observe que pour apprendre un gros volume de cours, rien n'est plus inefficace que de l'attaquer de front, de manière linéaire. La bonne manière consiste à d'abord survoler l'ensemble, en ne retenant que la structure, c'est-à-dire les grands titres, ainsi que les noms des paragraphes (première couche, étape devant durer 5 minutes). Dans l'étape suivante (deuxième couche, d'une durée de 10 minutes), on reprend son cours du début en retenant cette fois également les théorèmes et résultats importants. Après cette deuxième couche, on a déjà une idée claire de la structure de l'ensemble du cours. On peut alors aborder la dernière étape (troisième couche) : on reprend son cours au début pour, cette fois-ci, l'étudier en profondeur en apprenant le détail des démonstrations.

Il est à noter que cette méthode peut être également appliquée avec succès à des matières littéraires, ainsi qu'aux révisions du bac de français. Par exemple :

- Pour la préparation d'un contrôle, on commencera par passer en revue rapidement l'ensemble du cours et des exercices du chapitre précédemment étudié, avant de les réviser en détail. Ainsi aura-t-on développé une compréhension synthétique et claire.
- De même, avant d'aborder un problème volumineux (tel qu'un contrôle écrit), il est préférable d'en survoler l'ensemble avant de l'attaquer.

Travailler sa rapidité

Pour acquérir de la rapidité, trois voies sont possibles :

- Prenez l'habitude, en travaillant chez vous, de vous concentrer sur une seule chose à la fois, c'est-à-dire ne pas attaquer un problème ou une dissertation, en rêvassant à ce que vous pourriez trouver à manger dans le réfrigérateur ou en écoutant de la musique.

- Prenez l'habitude de travailler chez vous dans les mêmes conditions qu'en devoirs surveillés. Le minutage de chacun des exercices de ce livre est fait en ce sens. Cependant, cela ne devrait pas, une fois la résolution faite, vous empêcher d'y réfléchir plus calmement afin de vérifier la bonne assimilation du problème. Si les seuls moments où vous vous pressez sont les contrôles écrits, vous ne deviendrez jamais rapide.
- Essayez de contenir tout votre travail à la maison dans une plage horaire serrée. Engagez-vous, par exemple, à travailler chez vous tous les jours entre 18 h et 20 h et efforcez-vous de ne jamais déborder (quelle que soit votre charge de travail). En effet, si l'on ne se donne pas de limite de temps pour accomplir un travail, on a naturellement tendance à le laisser traîner en longueur et à rêvasser. L'étroitesse de la plage horaire vous obligera à ne pas vous endormir et à devenir efficace.

Spécial Baccalauréat

- Lisez attentivement l'intégralité de l'énoncé. Cela vous permettra de repérer l'exercice qui vous semble le plus facile, de manière à commencer par celui-ci.
- Lorsque vous commencez un exercice basé sur des documents, vous devez lister au brouillon les informations que vous pouvez en tirer et qui vont vous permettre de résoudre la problématique ainsi que les notions du cours que vous allez devoir utiliser pour construire votre argumentation. Pour les exercices de QCM, prenez le temps de bien confronter les différentes propositions aux documents et à vos connaissances afin de cocher LA bonne réponse.
- Si vous êtes habitués à utiliser la méthode du feed-back exposée dans les premières pages de cet ouvrage, il est bon d'envisager un court feed-back mental sur les parties du cours concernées par l'épreuve du jour. Si vous êtes nerveux, cela vous aidera à vous mettre en confiance et à « démystifier » l'épreuve, que vous pourrez aborder avec la même sérénité qu'un devoir surveillé classique.
- Il faut absolument soigner la présentation. Au cours de l'année scolaire, votre professeur s'est habitué à votre style de rédaction, à votre écriture. Il sait ce que vous valez. Ce n'est pas le cas du correcteur qui lira votre copie. Il n'aura ni l'indulgence que pourrait avoir votre professeur, ni la patience d'essayer de vous déchiffrer si votre copie est présentée comme un brouillon. Par conséquent, il vous faut faire un réel effort de présentation le jour du bac, plus encore que pendant l'année scolaire : faites systématiquement une introduction qui énonce clairement la problématique à résoudre, utilisez des termes de transition entre les informations tirées des documents et vos connaissances. Enfin, rédigez une conclusion répondant à la problématique.
- Enfin, relisez-vous. Réservez-vous pour cela le temps nécessaire. Cette relecture doit être très attentive (ce n'est pas toujours facile à l'issue de plus de trois heures d'épreuve). Enfin, souvenez-vous, si vous manquez de temps pour tout relire, qu'il vaut mieux une relecture partielle très attentive qu'une relecture « express » en diagonale, totalement inefficace pour détecter les erreurs résiduelles.

Chapitre 1

Suites numériques

Plan du chapitre

1 Raisonnement par récurrence

Exercice type 1 — **Lycée Notre-Dame de Boulogne, Boulogne-Billancourt**

Montrer par récurrence que pour tout entier naturel n non nul :

$$\sum_{p=1}^{n} \frac{1}{p(p+1)} = \frac{n}{n+1}.$$

Voir corrigé page 2

Propriété 1 : principe de récurrence

Soit $\mathcal{P}_n$ une propriété dépendant d'un entier naturel n. Si :

- pour un entier n_0, $\mathcal{P}_{n_0}$ est vraie (initialisation),
- pour tout naturel $k \geqslant n_0$, le fait que $\mathcal{P}_k$ soit vraie implique que $\mathcal{P}_{k+1}$ est vraie (hérédité),

alors $\mathcal{P}_n$ est vraie pour tout n supérieur à n_0.

Remarque : comme $\mathcal{P}_k \Rightarrow \mathcal{P}_{k+1}$, on dit que la propriété est *héréditaire*.

Définition 1

Une *démonstration par récurrence* est une démonstration dans laquelle on utilise le principe de récurrence.

À RETENIR

Une démonstration par récurrence comporte impérativement deux étapes : initialisation et hérédité.

Solution de l'exercice type 1 — Lycée Notre-Dame de Boulogne, Boulogne-Billancourt

- *Initialisation* : pour $n = 1$, on a $\sum_{p=1}^{1} \frac{1}{p(p+1)} = \frac{1}{1 \times (1+1)} = \frac{1}{2}$ et $\frac{n}{n+1} = \frac{1}{1+1} = \frac{1}{2}$. Donc $\sum_{p=1}^{1} \frac{1}{p(p+1)} = \frac{1}{1+1}$; l'égalité est donc vraie.
- *Hérédité* : soit k un entier non nul arbitrairement fixé ; supposons l'égalité vraie au rang k :

$$\sum_{p=1}^{k} \frac{1}{p(p+1)} = \frac{k}{k+1}.$$

On veut montrer que l'égalité est vraie au rang $(k+1)$, soit :

$$\sum_{p=1}^{k+1} \frac{1}{p(p+1)} = \frac{k+1}{k+2}.$$

En utilisant l'hypothèse de récurrence, on a :

$$\begin{aligned}\sum_{p=1}^{k+1} \frac{1}{p(p+1)} &= \sum_{p=1}^{k} \frac{1}{p(p+1)} + \frac{1}{(k+1)(k+2)} \\ &= \frac{k}{k+1} + \frac{1}{(k+1)(k+2)} \\ &= \frac{k(k+2)+1}{(k+1)(k+2)} = \frac{(k+1)^2}{(k+1)(k+2)} \\ &= \frac{k+1}{k+2}.\end{aligned}$$

L'hérédité est alors démontrée.

L'égalité est donc vraie pour tout entier naturel n non nul.

Voir énoncé page 1

2 Limite d'une suite

Exercice type 2 — Lycée Virlogeux, Riom

Déterminer la limite de la suite (u_n) dans chacun des cas suivants :

1. Pour tout n de $\mathbb{N}$, $u_n = n - n^2$.
2. Pour tout n de $\mathbb{N}$, $u_n = n[3 - \sin(n)]$.
3. Pour tout n de $\mathbb{N}^*$, $u_n = \frac{1+\cos(n)}{n}$.

Voir corrigé page 7

2.1 Définitions

Définition 2 : suite convergente

On dit que la suite (u_n) *converge* vers un réel ℓ si tout intervalle ouvert contenant ℓ contient tous les termes u_n à partir d'un certain rang :

$$\forall \varepsilon > 0, \exists n_0 \in \mathbb{N}, n \geqslant n_0 \Rightarrow |u_n - \ell| < \varepsilon.$$

On écrit alors : $\lim\limits_{n \to +\infty} u_n = \ell$.

Remarque : si (u_n) converge vers ℓ, alors on dit que u_n tend vers ℓ quand n tend vers $+\infty$.

Exemple : la suite (u_n) définie pour tout entier naturel non nul n par $u_n = \dfrac{1}{n}$ converge vers 0, car tout intervalle ouvert contenant 0 contient $\dfrac{1}{n}$ à partir d'un certain rang.

Définition 3 : limite infinie d'une suite

On dit que la limite de (u_n) est $+\infty$ (respectivement $-\infty$) si pour tout réel A, il existe un entier n_0 tel que, pour tout $n \geqslant n_0$, $u_n \geqslant A$ (resp. $u_n \leqslant A$) :

$$\forall A \in \mathbb{R}, \exists n_0 \in \mathbb{N}, n \geqslant n_0 \Rightarrow u_n \geqslant A \text{ (resp. } u_n \leqslant A).$$

Exemple : en posant $u_n = n^2$, quel que soit le réel positif A, si $n \geqslant \sqrt{A}$ alors $n^2 \geqslant A$. Donc $\lim\limits_{n \to +\infty} (u_n) = +\infty$.

Définition 4 : suite divergente

On dit que la suite (u_n) *diverge* quand elle ne converge pas.

Exemple : la suite (u_n) définie pour tout entier naturel n par $u_n = \cos(n)$ diverge car ses valeurs varient entre -1 et 1.

2.2 Des limites de référence

Propriété 2

Soit p un entier strictement positif.

$$\lim_{n \to +\infty} \frac{1}{n^p} = \lim_{n \to +\infty} \frac{1}{\sqrt{n}} = 0 \quad ; \quad \lim_{n \to +\infty} \sqrt{n} = \lim_{n \to +\infty} n^p = +\infty.$$

2.3 Limite et comparaison

2.3.1 - Théorèmes fondamentaux

Théorème 1 : théorème de comparaison

Soient (u_n) et (v_n) deux suites, et soit n_0 un entier naturel.

- Si, pour tout $n \geqslant n_0$, $v_n \geqslant u_n$ avec $\lim\limits_{n \to +\infty} u_n = +\infty$, alors $\lim\limits_{n \to +\infty} v_n = +\infty$.
- Si, pour $n \geqslant n_0$, $v_n \leqslant u_n$ avec $\lim\limits_{n \to +\infty} u_n = -\infty$, alors $\lim\limits_{n \to +\infty} v_n = -\infty$.

Exemples

- Soit (u_n) une suite telle que pour tout entier naturel n, $u_n \geqslant n$. Alors, d'après le théorème de comparaison, $\lim\limits_{n \to +\infty} u_n = +\infty$.
- Soit (u_n) une suite telle que pour tout entier naturel n, $u_n \leqslant -n^2$. Alors, $\lim\limits_{n \to +\infty} u_n = -\infty$.

Théorème 2 : théorème d'encadrement (théorème des gendarmes)

Soient (u_n), (v_n) et (w_n) trois suites, soit ℓ un nombre réel et soit n_0 un entier naturel. Si, pour tout $n \geqslant n_0$, $v_n \leqslant u_n \leqslant w_n$, et si $\lim\limits_{n \to +\infty} v_n = \lim\limits_{n \to +\infty} w_n = \ell$ alors $\lim\limits_{n \to +\infty} u_n = \ell$.

Exemple : soit (u_n) une suite telle que pour tout entier naturel $n \geqslant 1$,

$$\frac{1}{n^2} \leqslant u_n \leqslant \frac{1}{n}.$$

$\lim\limits_{n \to +\infty} \frac{1}{n} = \lim\limits_{n \to +\infty} \frac{1}{n^2} = 0$ donc d'après le théorème des gendarmes,

$$\lim_{n \to +\infty} u_n = 0.$$

2.3.2 - Comportement à l'infini de (q^n)

Propriété 3 : inégalité de Bernoulli

Pour tout réel $x > -1$ $(x \neq 0)$ et pour tout entier naturel n non nul, on a :

$$(1+x)^n > 1 + nx.$$

Propriété 4

Soient q un nombre réel et n un entier naturel.

- Si $q > 1$, alors $\lim_{n \to +\infty} q^n = +\infty$.
- Si $q = 1$, alors $q^n = 1$.
- Si $-1 < q < 1$, alors $\lim_{n \to +\infty} q^n = 0$.
- Si $q < -1$, alors (q^n) n'a pas de limite en $+\infty$.

Propriété 5

Toute suite géométrique de raison q telle que $|q| < 1$ converge vers 0.

2.4 Suite majorée ou minorée

Définitions 5

- Une suite (u_n) est dite *majorée* s'il existe un réel M tel que :

$$\text{pour tout } n \in \mathbb{N},\ u_n \leqslant M.$$

- Une suite (u_n) est dite *minorée* s'il existe un réel m tel que :

$$\text{pour tout } n \in \mathbb{N},\ m \leqslant u_n.$$

- Une suite est dite *bornée* si elle est majorée et minorée.

Exemple : on considère la suite (u_n) définie pour tout entier naturel n non nul par $u_n = 1 + \dfrac{1}{n}$.

- Pour tout entier naturel n non nul, $\dfrac{1}{n} \leqslant 1$ donc $u_n \leqslant 1 + 1$, soit $u_n \leqslant 2$.

  La suite (u_n) est donc majorée par 2.
- De plus, $\dfrac{1}{n} > 0$ pour tout entier naturel n non nul donc $u_n > 1$.

  La suite (u_n) est donc minorée par 1.
- La suite (u_n) est minorée et majorée ; elle est donc bornée.

Théorème 3 : théorème de convergence des suites monotones

Toute suite croissante et majorée converge.
Toute suite décroissante et minorée converge.
Toute suite monotone et bornée converge.

2.5 Opérations et limites

(u_n) et (v_n) sont deux suites, ℓ et ℓ' représentent des réels.

Dans les tableaux suivants, « F.I. » signifie : « Forme Indéterminée ». Ce sont des cas où l'on ne peut pas conclure immédiatement quant à la valeur de la limite. Dans de tels cas, il est nécessaire de transformer l'écriture.

2.5.1 - Somme et produit

$\lim\limits_{n\to+\infty} u_n$	$\lim\limits_{n\to+\infty} v_n$	$\lim\limits_{n\to+\infty} (u_n + v_n)$	$\lim\limits_{n\to+\infty} (u_n \times v_n)$
ℓ	ℓ'	$\ell + \ell'$	$\ell \times \ell'$
$\ell > 0$	$+\infty$ $-\infty$	$+\infty$ $-\infty$	$+\infty$ $-\infty$
$\ell < 0$	$+\infty$ $-\infty$	$+\infty$ $-\infty$	$-\infty$ $+\infty$
0	$+\infty$ $-\infty$	$+\infty$ $-\infty$	F.I.
$+\infty$	$+\infty$	$+\infty$	$+\infty$
$+\infty$	$-\infty$	F.I.	$-\infty$
$-\infty$	$-\infty$	$-\infty$	$+\infty$

2.5.2 - Quotient

$\lim\limits_{n\to+\infty} u_n$	$\lim\limits_{n\to+\infty} v_n$	$\lim\limits_{n\to+\infty} \left(\dfrac{u_n}{v_n}\right)$
ℓ	$\ell' \neq 0$	$\dfrac{\ell}{\ell'}$
$\ell > 0$	0^+(0 en restant positif) 0^-(0 en restant négatif)	$+\infty$ $-\infty$
$\ell < 0$	0^+(0 en restant positif) 0^-(0 en restant négatif)	$-\infty$ $+\infty$
0	0	F.I.
ℓ	$+\infty$ $-\infty$	0 0
$+\infty$	$+\infty$	F.I.
$+\infty$	$-\infty$	F.I.
$-\infty$	$-\infty$	F.I.

Solution de l'exercice type 2

Lycée Virlogeux, Riom

1 $\lim_{n\to+\infty} n = \lim_{n\to+\infty} n^2 = +\infty$ donc $\lim_{n\to+\infty}(n - n^2)$ est une forme indéterminée du type « $\infty - \infty$ ».

Pour lever cette indétermination, on factorise par le terme de plus haut degré, donc ici par n^2 :

$$u_n = n^2\left(\frac{1}{n} - 1\right).$$

Or, $\lim_{n\to+\infty} n^2 = +\infty$ et $\lim_{n\to+\infty}\left(\frac{1}{n} - 1\right) = -1$.

Ainsi, par produit :

$$\lim_{n\to+\infty} u_n = -\infty.$$

2 $u_n = n[3 - \sin(n)]$. Le facteur $3 - \sin(n)$ n'a pas de limite en $+\infty$. Cependant, on sait que pour tout entier naturel n :

$$\begin{aligned} -1 \leqslant \sin(n) \leqslant 1 &\iff -1 \leqslant -\sin(n) \leqslant 1 \\ &\iff 2 \leqslant 3 - \sin(n) \leqslant 4 \\ &\iff 2n \leqslant \underbrace{n[3 - \sin(n)]}_{u_n} \leqslant 4n. \end{aligned}$$

Or, $\lim_{n\to+\infty} 2n = +\infty$ et $u_n \geqslant 2n$ donc d'après le théorème de comparaison,

$$\lim_{n\to+\infty} u_n = +\infty.$$

MÉTHODE

Dans les situations où interviennent les fonctions sinus et cosinus, pensez aux encadrements $-1 \leqslant \cos(n) \leqslant 1$ et $-1 \leqslant \sin(n) \leqslant 1$.

3 Pour tout $n \in \mathbb{N}^*$,

$$\begin{aligned} -1 \leqslant \cos(n) \leqslant 1 &\iff 0 \leqslant 1 + \cos(n) \leqslant 2 \\ &\iff 0 \leqslant \frac{1 + \cos n}{n} \leqslant \frac{2}{n}. \end{aligned}$$

Or, $\lim_{n\to+\infty} \frac{2}{n} = 0$ donc d'après le théorème des gendarmes,

$$\lim_{n\to+\infty} u_n = 0.$$

Voir énoncé page 2

1 V/F Suites convergentes

10 min Corrigé p. 18

Parmi les propositions suivantes, quelles sont celles qui sont exactes ?

1. Une suite monotone et bornée converge.
2. Si la suite (u_n) converge vers 0 et si la suite (v_n) est telle que, pour $n \geqslant 100$, $v_n \leqslant u_n$, alors la suite (v_n) converge aussi vers 0.
3. Pour qu'une suite converge, il suffit qu'elle soit décroissante et positive.
4. Si $\lim_{n\to+\infty} (u_{n+1} - u_n) = 0$, alors la suite (u_n) converge.

2 V/F Convergence et opérations

10 min Corrigé p. 18

Soient (u_n) et (v_n) deux suites.
Parmi les propositions suivantes, quelles sont celles qui sont exactes ?

1. Si la suite (u_n+v_n) converge alors les deux suites (u_n) et (v_n) convergent aussi.
2. Si la suite $(u_n v_n)$ converge alors les deux suites (u_n) et (v_n) convergent aussi.
3. Si la suite $(u_n v_n)$ converge vers 0 alors l'une au moins des deux suites (u_n) ou (v_n) converge aussi vers 0.
4. Si (u_n) et (v_n) convergent vers la même limite finie L alors il existe un entier n_0 tel que, pour tout entier $n \geq n_0$, $u_n = v_n$.

3 V/F Vérifications des connaissances

10 min Corrigé p. 19

On considère une suite (u_n) dont aucun terme n'est nul.

On définit alors la suite (v_n) par $v_n = -\dfrac{2}{u_n}$.

Pour chaque proposition, dire si elle est vraie ou fausse. Si elle est vraie, donner une démonstration, et si elle est fausse, donner un contre-exemple.

1. Si (u_n) est convergente alors (v_n) est convergente.
2. Si (u_n) est minorée par 2 alors (v_n) est minorée par -1.
3. Si (u_n) est décroissante alors (v_n) est croissante.
4. Si (u_n) est divergente alors (v_n) est convergente de limite nulle.

4 V/F Limites

10 min Corrigé p. 19

Répondre par *vrai* ou *faux* aux affirmations suivantes *en justifiant succinctement* :

1. $\lim\limits_{n\to+\infty} \dfrac{2^n+3}{3^n+2} = \dfrac{3}{2}$.
2. $\lim\limits_{n\to+\infty} \dfrac{6\sqrt{n}-n}{\sqrt{n}+n} = 6$.
3. $\lim\limits_{n\to+\infty} \dfrac{\sin(n)-2n}{n+1} = 0$.

Démonstrations par récurrence

5 Démonstration par récurrence

★ 10 min Corrigé p. 20

Lycée Guy de Maupassant, Fécamp

On définit $(u_n)_{n\in\mathbb{N}}$ par : $\begin{cases} u_0 = -2 \\ u_{n+1} = \dfrac{1}{2}u_n + 3 \quad , \quad n \in \mathbb{N} \end{cases}$

1. Démontrer par récurrence que pour tout entier naturel n, $u_n < 6$.
2. Démontrer par récurrence que pour tout entier naturel n, $u_n = 6 - \dfrac{8}{2^n}$.
3. En déduire la limite de la suite (u_n).

6 Terme général d'une suite

★ 10 min Corrigé p. 20

Lycée Albert Schweitzer, Le Raincy

1. On considère la suite définie par $u_0 = 2$ et pour tout $n \in \mathbb{N}$,
$$u_{n+1} = 2u_n - n.$$
Démontrer que pour tout $n \in \mathbb{N}$, $u_n = 2^n + n + 1$.
2. Soit (v_n) définie par $v_0 = v_1 = 1$ et pour tout $n \in \mathbb{N}$:
$$v_{n+2} = 5v_{n+1} - 6v_n.$$
Démontrer que, pour tout $n \in \mathbb{N}$, $v_n = 2^{n+1} - 3^n$.

7 Suite convergente

★★ 30 min Corrigé p. 21

Lycée de l'Emperi, Salon-de-Provence

Soit $0 < k < 1$ et la suite (u_n) définie par $u_0 = 1$ et :
$$\text{pour tout } n \in \mathbb{N}, \qquad u_{n+1} = \left(1 + k^n\right) u_n.$$

Démontrer par récurrence que pour tout naturel $n \geqslant 1$,

$$u_n = (1+k)\left(1+k^2\right)\left(1+k^3\right)\cdots\left(1+k^{n-1}\right).$$

8 Avec une somme ★★ 15 min

Corrigé p. 22

Lycée Notre-Dame de Boulogne

On considère la suite (u_n) définie pour tout entier naturel $n \geqslant 2$ par :

$$u_n = \frac{n-1}{4} \times \left(\frac{2}{3}\right)^n.$$

On pose : $S_n = u_2 + u_3 + u_4 + \cdots + u_n$.

Montrer par récurrence que pour tout entier naturel $n \geqslant 2$,

$$S_n = 1 - \left(\frac{n}{2}+1\right) \times \left(\frac{2}{3}\right)^n.$$

9 Somme des carrés des impairs ★★ 15 min

Corrigé p. 23

Lycée Carnot, Paris

Démontrer par récurrence que, pour tout entier naturel $n \geqslant 1$,

$$1^2 + 3^2 + 5^2 + \cdots + (2n-1)^2 = \frac{1}{3}n(4n^2-1).$$

Limites de suites

10 Différence de racines carrées ★ 10 min

Corrigé p. 24

Lycée Carnot, Dijon

Soit $(u_n)_{n\in\mathbb{N}}$ la suite réelle définie par : $u_n = \sqrt{n+1} - \sqrt{n}$.

Calculer $\lim\limits_{n\to+\infty}(u_n)$.

11 Calculs divers de limites ★ 10 min

Corrigé p. 24

Lycée Carnot, Paris

Déterminer la limite des suites suivantes :

1 $u_n = (2-n)(3n+1)$.

2 $v_n = \left(2 - \dfrac{1}{3n}\right)(-5n+3)$.

3 $w_n = \dfrac{-3n^2+2n-1}{2n^2+3n+5}$.

4 $t_n = \dfrac{n^3+n^2\cos(n)}{n^2-4}$.

12 Limites de suite

★ 10 min Corrigé p. 25

Lycée Henri IV, Paris

On définit la suite $(u_n)_{n\in\mathbb{N}}$ par : $\begin{cases} u_0 = 1 \\ u_{n+1} = u_n^2 + u_n + 1, \quad n \in \mathbb{N} \end{cases}$

1. Démontrer que la suite $(u_n)_{n\in\mathbb{N}}$ est croissante.
2. En exprimant $u_{k+1} - u_k$ pour $0 \leqslant k \leqslant n$, montrer que pour tout n, $u_n \geqslant n+1$.
3. Déterminer la limite de $(u_n)_{n\in\mathbb{N}}$.

13 Avec des sinus

★ 20 min Corrigé p. 26

Lycée Notre-Dame du Grandchamp, Versailles

La suite (u_n) est définie sur $\mathbb{N}$ par $u_n = \dfrac{2n^2 - 3\sin(n)}{n^2+1}$.

1. Prouver que, pour tout entier naturel n,
$$\frac{2n^2-3}{n^2+1} \leqslant u_n \leqslant \frac{2n^2+3}{n^2+1}.$$
En déduire la limite de la suite u.
2. **(a)** Justifier que pour tout entier naturel n,
$$\frac{-5}{n^2+1} \leqslant u_n - 2 \leqslant \frac{1}{n^2+1}.$$
(b) À partir de quel rang N est-on certain que pour tout $n \geqslant N$, la distance entre u_n et 2 soit inférieure à 10^{-3} ?
(c) A-t-on pour tout entier $n \geqslant N$, $u_n \leqslant 2$?

14 En utilisant les définitions

★ 35 min Corrigé p. 27

Lycée Hoche, Versailles

1. Voici les définitions explicites de deux suites :
$$\forall n \in \mathbb{N}, \qquad u_n = \frac{2n+1}{n+2} \qquad \text{et} \qquad v_n = n^2 + 3n - 5.$$
(a) Prouver que (u_n) tend vers 2 et que (v_n) tend vers $+\infty$.
(b) À partir de quelle valeur de n peut-on assurer :
- que $|u_n - 2| < 10^{-4}$?
- que $v_n > 10^4$?

2 On définit les quatre suites (a_n), (b_n), (c_n) et (d_n) par :

$$a_n = \sqrt{\frac{6n+1}{2n+3}}\ ; \qquad b_n = \frac{n\sqrt{n}+2}{2n}\ ;$$

$$c_n = n^3 + (-1)^n n^2\ ; \qquad d_n = \frac{n+(-1)^n}{2n+(-1)^n}.$$

Déterminer les limites de ces suites.

15 Raisonnement par l'absurde ★★ 10 min

Corrigé p. 30

Lycée Saint-Joseph de Tivoli, Bordeaux

On considère la suite (u_n) définie par $u_0 = 3$ et, pour tout entier naturel n, $u_{n+1} = \sqrt{12+u_n}$. On admet que (u_n) est minorée par 0.

Démontrer que (u_n) est strictement croissante sur $\mathbb{N}$.

16 Avec un programme ★★ 20 min

Corrigé p. 30

Lycée Monet, Paris

On considère la suite u définie sur $\mathbb{N}^*$ par :

$$u_n = \sum_{i=1}^{n} \frac{1}{\sqrt{i}} = 1 + \frac{1}{\sqrt{2}} + \cdots + \frac{1}{\sqrt{n}}.$$

On se propose d'étudier le comportement à l'infini de cette suite.

Partie A – Approche à l'aide d'un programme

1 On souhaite écrire un programme en Python permettant de calculer u_n pour tout entier $n \geqslant 1$.

Compléter la fonction suivante de sorte qu'elle renvoie .

```
def u(n):
    terme = 0
    for i in range(1,n+1):
        terme = terme + ...
        print( ... )
```

2 Exécuter ce programme et donner les valeurs approchées de u_{10}, u_{20} et u_{100}.

3 Conjecturer le comportement à l'infini de la suite u.

Partie B

1 Soit n un entier, $n \geqslant 1$. Justifier que pour tout entier i tel que $1 \leqslant i \leqslant n$, on a : $\dfrac{1}{\sqrt{i}} \geqslant \dfrac{1}{\sqrt{n}}$.

2 En déduire que pour tout entier naturel $n \geqslant 1$, $u_n \geqslant \sqrt{n}$.

3 Déterminer la limite de la suite u.

Études générales

17 Suite récurrente et racine carrée ★ 15 min Corrigé p. 31

Lycée Jean-Pierre Vernant, Sèvres

On considère la suite $(u_n)_{n\in\mathbb{N}}$ définie par $u_{n+1} = \sqrt{2 + (u_n)^2}$ et $u_0 = 1$.

1 Montrer que la suite $(v_n)_{n\in\mathbb{N}}$ définie par $v_n = (u_n)^2$ est arithmétique de raison 2.

2 Calculer v_0, puis v_n en fonction de n.
En déduire une expression de u_n en fonction de n.

18 Récurrence, variation et limite ★ 20 min Corrigé p. 31

Lycée Carnot, Paris

On considère la suite (u_n) définie par $u_0 = -1$ et, pour tout entier naturel n,

$$u_{n+1} = 2 - \frac{1}{u_n + 2}.$$

1 Calculer u_1, u_2 et u_3.
Que peut-on conjecturer sur la monotonie de la suite (u_n) ?

2 Montrer par récurrence que pour tout entier naturel non nul n,

$$0 \leqslant u_n \leqslant \sqrt{3}.$$

3 Déterminer le sens de variation de (u_n).

4 En déduire la convergence de (u_n).

5 Déterminer alors la limite de la suite.

19 Somme des inverses des carrés ★ 20 min

Corrigé p. 33

Lycée Hoche, Versailles

Pour tout $n \in \mathbb{N}^*$, on pose : $u_n = \sum_{k=1}^{n} \frac{1}{k^2}$.

1 Établir le sens de variation de la suite (u_n).

2 Démontrer que pour tout $p \geqslant 2$, $\frac{1}{p^2} \leqslant \frac{1}{p-1} - \frac{1}{p}$.

3 **(a)** Prouver que pour tout $n \geqslant 1$, $u_n \leqslant 2 - \frac{1}{n}$, en utilisant la question 2.

(b) Prouver que la suite (u_n) converge.

(c) En utilisant la calculatrice, donner une valeur approchée à 10^{-3} près de u_9, puis de u_{10}.

20 Suite homographique ★ 20 min

Corrigé p. 34

Lycée Buffon, Paris

Soit $(u_n)_{n\in\mathbb{N}}$ la suite définie par $\begin{cases} u_0 = 2 \\ u_{n+1} = \dfrac{3u_n - 2}{2u_n - 1} \end{cases}$

1 **(a)** Calculer u_1, u_2 et u_3.

(b) Démontrer que pour tout n, $u_{n+1} = 1 + \frac{u_n - 1}{2u_n - 1}$.

(c) En déduire par récurrence qu'on a toujours $u_n > 1$ et donc que la suite $(u_n)_{n\in\mathbb{N}}$ est bien définie pour tout n.

2 Soit $(v_n)_{n\in\mathbb{N}}$ la suite définie pour tout n par : $v_n = \frac{1}{u_n - 1}$.

(a) Montrer que $(v_n)_{n\in\mathbb{N}}$ est une suite arithmétique.

(b) Écrire v_n puis u_n en fonction de n.

21 Suite récurrente particulière ★★ 25 min

Corrigé p. 35

Lycée Notre-Dame de Boulogne, Boulogne-Billancourt

On considère la suite (u_n) définie par $u_0 = 1$ et pour tout entier naturel n,

$$u_{n+1} = \frac{1}{3}u_n + n - 2.$$

1 Calculer u_1, u_2 et u_3.

2 **(a)** Démontrer par récurrence que pour tout entier $n \geqslant 4$, $u_n \geqslant 0$.

(b) En déduire que pour tout entier naturel $n \geqslant 5$, $u_n \geqslant n - 3$.

(c) En déduire la limite de (u_n).

3 On définit la suite (v_n) pour tout entier naturel n par l'égalité :

$$u_n = -2u_n + 3n - \frac{21}{2}.$$

(a) Démontrer que (v_n) est une suite géométrique dont on donnera le premier terme et la raison.

(b) En déduire que pour tout entier naturel n,

$$u_n = \frac{25}{4}\left(\frac{1}{3}\right)^n + \frac{3}{2}n - \frac{21}{4}.$$

4 Soit la somme S_n définie par : $S_n = \sum_{k=0}^{n} u_k$.

Déterminer l'expression de S_n en fonction de n.

22 Suites imbriquées ★★ 30 min

Corrigé p. 37

Lycée Louis Pasteur, Neuilly-sur-Seine

Retrouvez le corrigé de cet exercice en vidéo.

Un biologiste étudie les mutations génétiques entre deux types de cellules, A et B, évoluant dans un même milieu. Le nombre total de cellules reste constant (ni disparition ni création) ; mais d'un jour à l'autre, 25 % des cellules de type A mutent vers des cellules de type B, et réciproquement.

On note a_n (resp. b_n) le nombre de cellules de type A (resp. de type B) au bout de n jours d'observation. Pour tout entier n, on a $a_n + b_n = 300$. Initialement, $a_0 = 100$ et $b_0 = 200$.

1 Justifier que pour tout entier naturel, on a :

$$\begin{cases} a_{n+1} = \frac{3}{4}a_n + \frac{1}{4}b_n \\ b_{n+1} = \frac{1}{4}a_n + \frac{3}{4}b_n \end{cases}$$

2 En déduire que pour tout entier naturel n, $a_{n+1} = 0{,}5a_n + 75$.

3 On pose $c_n = 150 - a_n$ pour tout entier naturel n.

(a) Montrer que la suite (c_n) est géométrique.

(b) Exprimer c_n en fonction de n.
En déduire que $a_n = 150 - 50 \times 0{,}5^n$.

4 Étudier les variations de chacune des suites (a_n) et (b_n).

5 Déterminer la limite de chacune des suites. Interpréter les résultats vis-à-vis de la situation étudiée par le biologiste.

23 Suite de Héron

★★★ 30 min Corrigé p. 38

Lycée Teilhard de Chardin, Saint-Maur-des-fossés

On considère la suite $(u_n)_{n\in\mathbb{N}}$ définie par $u_0 = 3$ et, pour tout entier n,

$$u_{n+1} = \frac{1}{2}\left(u_n + \frac{7}{u_n}\right).$$

On pourra utiliser sans démonstration le fait que pour tout entier n, $u_n > 0$.

1 On désigne par f la fonction définie sur l'intervalle $]0\,;+\infty[$ par :

$$f(x) = \frac{1}{2}\left(x + \frac{7}{x}\right).$$

(a) Démontrer que la fonction f admet un minimum.

(b) En déduire que, pour tout entier naturel n, $u_n \geqslant \sqrt{7}$.

2 **(a)** Soit n un entier naturel quelconque. Étudier le signe de $u_{n+1} - u_n$.

(b) Pourquoi peut-on en déduire que la suite (u_n) est convergente ?

(c) Déterminer alors sa limite ℓ.

3 Démontrer que, pour tout entier naturel n,

$$u_{n+1} - \sqrt{7} = \frac{1}{2} \times \frac{\left(u_n - \sqrt{7}\right)^2}{u_n}.$$

4 On définit la suite (d_n) par $d_0 = 1$ et, pour tout entier naturel n,

$$d_{n+1} = \frac{1}{2}d_n^2.$$

(a) Démontrer par récurrence que pour tout entier naturel n,

$$u_n - \sqrt{7} \leqslant d_n.$$

(b) Voici un programme écrit en Python :

```python
def Heron(p):
    d,n = 1,0
    while d > 10**(-p):
        d = 0.5*d*d
        n += 1
    return n
```

« `Heron(9)` » retourne la valeur 5.

Quelle inégalité peut-on en déduire pour d_5 ?

Justifier que u_5 est une valeur approchée de $\sqrt{7}$ à 10^{-9} près.

24 Une histoire de moyennes

★★★ 45 min Corrigé p. 40

Lycée La Bruyère, Versailles

1 On considère le programme suivant, écrit en Python :

```
def calculs(a,b,N):
    u,v,n = a,b,0
    while n < N:
        n = n + 1
        u = (a+b)/2
        v = ( (a*a + b*b)/2 )**0.5
        a,b = u,v

    return u,v
```

Compléter le tableau suivant pour $a = 3$, $b = 7$, et $N = 2$.
Les valeurs seront arrondies au millième.

n	a	b	u	v
0	3	7		
1				
2				

Dans la suite, a et b sont deux réels tels que $0 < a < b$.

On considère les suites u et v définies par $u_0 = a$, $v_0 = b$ et, pour tout entier naturel n :

$$u_{n+1} = \frac{u_n + v_n}{2} \qquad ; \qquad v_{n+1} = \sqrt{\frac{u_n^2 + v_n^2}{2}}.$$

On admet que, pour tout entier naturel n, $u_n > 0$ et $v_n > 0$.

2 Pour un entier naturel n donné, que représentent les valeurs affichées par le programme ?

3 **(a)** Démontrer que, pour tout entier naturel n, $v_{n+1}^2 - u_{n+1}^2 = \left(\frac{u_n - v_n}{2}\right)^2$.

(b) En déduire que, pour tout entier naturel n, $u_n \leqslant v_n$.

4 **(a)** Démontrer que la suite (u_n) est croissante.

(b) Donner le sens de variations de la suite (v_n).

5 **(a)** Démontrer que les suites (u_n) et (v_n) sont convergentes.

(b) Sans chercher à déterminer les limites de (u_n) et (v_n), montrer que ces limites sont égales (on pourra utiliser l'expression de u_{n+1} en fonction de u_n et v_n).

1 V/F Suites convergentes

Énoncé p. 8

1 *Vrai*. C'est le théorème de convergence.

2 *Faux*. Pour prouver cela, il suffit de trouver un contre-exemple. Considérons la suite (v_n) définie pour tout entier naturel n par $v_n = u_n - 1$. Alors, pour tout entier n, $v_n \leqslant u_n$ (a fortiori pour $n \geqslant 100$).

Si la suite (u_n) converge vers 0 alors la suite (v_n) converge vers -1, et non vers 0.

3 *Vrai*. Si la suite (u_n) est positive alors, elle est minorée par 0. De plus, d'après le théorème de convergence, si (u_n) est décroissante, alors elle converge.

4 *Faux*. Pour le prouver, il suffit de trouver un contre-exemple.

Si $u_n = \sqrt{n}$ alors :

$$\begin{aligned} u_{n+1} - u_n &= \sqrt{n+1} - \sqrt{n} \\ &= \frac{\left(\sqrt{n+1} - \sqrt{n}\right)\left(\sqrt{n+1} + \sqrt{n}\right)}{\left(\sqrt{n+1} + \sqrt{n}\right)} \\ &= \frac{1}{\sqrt{n+1} + \sqrt{n}}. \end{aligned}$$

Ainsi, $\lim\limits_{n \to +\infty} (u_{n+1} - u_n) = 0$ et pourtant, $\lim\limits_{n \to +\infty} u_n = +\infty$.

2 V/F Convergence et opérations

Énoncé p. 8

1 *Faux*. Il suffit de considérer les suites de terme général $u_n = n$ et $v_n = -n$. Leur somme est la suite nulle qui est convergente ; cependant, les deux suites (u_n) et (v_n) sont divergentes.

2 *Faux*. Si $u_n = n+1$ et $v_n = \dfrac{1}{n+1}$ alors $u_n v_n = 1$ donc la suite $(u_n v_n)$ converge ; cependant, la suite (u_n) ne converge pas.

3 *Faux*. En effet, si $\begin{cases} u_n = 0 & \text{pour } n \text{ pair} \\ u_n = 1 & \text{pour } n \text{ impair} \end{cases}$ et $\begin{cases} v_n = 1 & \text{pour } n \text{ pair} \\ v_n = 0 & \text{pour } n \text{ impair} \end{cases}$ alors $(u_n v_n)$ converge vers 0 (car $u_n v_n = 0$ pour tout entier n) alors que les suites (u_n) et (v_n) ne convergent pas vers 0.

4 *Faux*. Les suites de terme général $\dfrac{1}{n}$ et $\dfrac{1}{n+1}$ admettent toutes les deux la même limite finie $L = 0$. Cependant, il n'existe aucun entier n tel que $\dfrac{1}{n} = \dfrac{1}{n+1}$.

3 V/F Vérifications des connaissances

Énoncé p. 8

1 *Faux*. Si $u_n = \frac{1}{n}$ pour tout $n > 0$ alors aucun terme de cette suite n'est nul et (u_n) converge vers 0. Cependant, (v_n) tend vers $-\infty$, donc diverge.

2 *Vrai*. En effet,

$$\begin{aligned} u_n \geqslant 2 &\iff 0 < \frac{1}{u_n} \leqslant \frac{1}{2} \quad \text{par passage à l'inverse} \\ &\iff 0 < \frac{2}{u_n} \leqslant 1 \quad \text{par produit par 2} \\ &\iff -1 \leqslant -\frac{2}{u_n} < 0 \text{ en prenant l'opposé des 3 termes} \\ &\iff -1 \leqslant v_n < 0. \end{aligned}$$

3 *Faux*. Reprenons la suite (u_n) définie sur $\mathbb{N}^*$ par $u_n = \frac{1}{n}$.
Alors $v_n = -2n$. (u_n) est décroissante et (v_n) aussi.

4 *Faux*. (u_n) peut être divergente sans tendre vers l'infini ; par exemple, si $u_n = (-1)^n$, (u_n) diverge car elle prend alternativement les valeurs 1 et -1, et (v_n) diverge aussi car elle prend alternativement les valeurs 2 et -2.

4 V/F Limites

Énoncé p. 9

1 *Faux*. En effet, pour de très grandes valeurs de n, $\frac{2^n+3}{3^n+2} \approx \frac{2^n}{3^n} \approx \left(\frac{2}{3}\right)^n$ et $0 < \frac{2}{3} < 1$ donc $\lim\limits_{n\to+\infty} \left(\frac{2}{3}\right)^n = 0$. Ainsi, $\lim\limits_{n\to+\infty} \frac{2^n+3}{3^n+2} = 0$.

2 *Faux*. En effet, pour de très grandes valeurs de n, $n > \sqrt{n}$, et on peut alors écrire : $\frac{6\sqrt{n}-n}{\sqrt{n}+n} \approx \frac{-n}{n} \approx -1$ donc $\lim\limits_{n\to+\infty} \frac{6\sqrt{n}-n}{\sqrt{n}+n} = -1$.

3 *Faux*. En effet, on peut écrire :

$$\frac{\sin(n)-2n}{n+1} = \frac{\sin(n)}{n+1} - \frac{2n}{n+1}.$$

Or,

- $\lim\limits_{n\to+\infty} \frac{\sin(n)}{n+1} = 0$ (théorème des gendarmes) ;
- $\lim\limits_{n\to+\infty} \frac{-2n}{n+1} = \lim\limits_{n\to+\infty} \frac{-2n}{n} = -2$ (1 est négligeable par rapport à n).

Donc $\lim\limits_{n\to+\infty} \frac{\sin(n)-2n}{n+1} = -2$.

COURS · INTERROS · CORRIGÉS

5 Démonstration par récurrence

Énoncé p. 9

Lycée Guy de Maupassant, Fécamp

1 Soit $\mathcal{P}_n$ la propriété définie par : $u_n < 6$.

- $u_0 = -2$ donc $u_0 < 6$. $\mathcal{P}_0$ est donc vraie.
- Supposons que $\mathcal{P}_k$ est vraie pour un k fixé, $k \geqslant 0$. Alors ,

$$u_k < 6 \Rightarrow \frac{1}{2}u_k < 3 \Rightarrow \frac{1}{2}u_k + 3 < 6\,,$$

donc $\mathcal{P}_{k+1}$ est vraie.

Ainsi, $\mathcal{P}_0$ est vraie et pour $k \geqslant 0$, $\mathcal{P}_k \Rightarrow \mathcal{P}_{k+1}$.

On en déduit, d'après le principe de récurrence, que $\mathcal{P}_n$ est vraie pour tout entier naturel n, c'est-à-dire pour tout entier naturel n, $u_n < 6$.

2 Soit $\mathcal{Q}_n$ la propriété définie par : $u_n = 6 - \dfrac{8}{2^n}$.

- $6 - \dfrac{8}{2^0} = -2 = u_0$, donc $\mathcal{Q}_0$ est vraie.
- Supposons que $\mathcal{Q}_k$ est vraie pour un k fixé, $k \geqslant 0$. Alors ,

$$u_k = 6 - \frac{8}{2^k} \Rightarrow \frac{1}{2}u_k = 3 - \frac{8}{2^{k+1}} \Rightarrow \frac{1}{2}u_k + 3 = 6 - \frac{8}{2^{k+1}}.$$

Donc $\mathcal{Q}_{k+1}$ est vraie.

On a donc démontré par récurrence que, pour tout entier naturel n,

$$u_n = 6 - \frac{8}{2^n}.$$

3 $\lim\limits_{n\to+\infty} \dfrac{8}{2^n} = 0$ donc $\lim\limits_{n\to+\infty} u_n = 6$.

6 Terme général d'une suite

Énoncé p. 9

Lycée Albert Schweitzer, Le Raincy

1 Raisonnons par récurrence sur n.

- Pour $n = 0$, on a : $2^n + n + 1 = 2^0 + 0 + 1 = 2 = u_0$.
- Supposons la formule vraie pour un entier naturel k arbitrairement fixé. On calcule :

$$\begin{aligned} u_{k+1} &= 2u_k - k \\ &= 2(2^k + k + 1) - k \\ &= (2^{k+1} + 2k + 2) - k \\ &= 2^{k+1} + k + 2 \\ &= 2^{k+1} + (k+1) + 1. \end{aligned}$$

C'est bien la formule au rang $(k+1)$.

On a donc prouvé par récurrence que, pour tout entier naturel n, $u_n = 2^n + n + 1$.

2 Nous allons démontrer par récurrence l'assertion :

$$\mathcal{P}(n) : \quad \left[(*)\ v_n = 2^{n+1} - 3^n \quad \text{et} \quad (**)\ v_{n+1} = 2^{n+2} - 3^{n+1} \right]$$

- Pour $n = 0$, on a $2^{n+1} - 3^n = 2 - 1 = 1 = v_0$ d'où $(*)$.
  Enfin, $2^{n+2} - 3^{n+1} = 4 - 3 = 1 = v_1$ qui est $(**)$: on a vérifié $\mathcal{P}(0)$.
- Supposons l'assertion $\mathcal{P}(k)$ vraie pour un certain entier naturel k.
  On sait déjà : $v_{k+1} = 2^{k+2} - 3^{k+1}$ (d'après l'hypothèse de récurrence), qui est la partie $(*)$ de l'assertion $\mathcal{P}(k+1)$.
  On calcule :

$$\begin{aligned} v_{k+2} = 5v_{k+1} - 6v_k &= 5(2^{k+2} - 3^{k+1}) - 6(2^{k+1} - 3^k) \\ &= 5 \times 2^{k+2} - 5 \times 3^{k+1} - 6 \times 2^{k+1} + 6 \times 3^k \\ &= 5 \times 2^{k+2} - 5 \times 3^{k+1} - 3 \times 2^{k+2} + 2 \times 3^{k+1} \\ &= 2 \times 2^{k+2} - 3 \times 3^{k+1} \\ &= 2^{k+3} - 3^{k+2} \end{aligned}$$

  qui est $(**)$ au rang $(k+1)$. On a ainsi vérifié $\mathcal{P}(k+1)$.

On en déduit, d'après le principe de récurrence, que, pour tout entier naturel n, $v_n = 2^{n+1} - 3^n$.

7 Suite convergente

Énoncé p. 9

Lycée de l'Emperi, Salon-de-Provence

Pour tout $n \geqslant 1$, on note $\mathcal{P}_n$ la proposition :

$$u_n = (1+k)\big(1+k^2\big)\big(1+k^3\big)\cdots\big(1+k^{n-1}\big).$$

- Le membre de droite de l'égalité est :

$$u_1 = (1+k^0)u_0 = 2,$$

  et le membre de gauche est réduit à :

$$(1+k^{1-1}) = 1+1 = 2.$$

  Ainsi, la propriété est vraie pour $n = 1$.

- Supposons que la propriété soit vraie pour un entier p non nul arbitrairement fixé.
  On sait par hypothèse que $u_{p+1} = \big(1+k^p\big)u_p$. On remplace alors u_p dans cette expression par sa valeur. Il vient :

$$u_{p+1} = \big(1+k^p\big)\big(1+k\big)\big(1+k^2\big)\big(1+k^3\big)\cdots\big(1+k^{p-1}\big).$$

  Donc $\mathcal{P}_p \Rightarrow \mathcal{P}_{p+1}$.

Par conséquent, pour tout entier $n \geqslant 1$, $\mathcal{P}_n$ est vraie.

COURS INTERROS CORRIGÉS

8 Avec une somme

Énoncé p. 10

Lycée Notre-Dame de Boulogne

Posons :

$$\mathcal{P}_n \quad : \quad S_n = 1 - \left(\frac{n}{2} + 1\right) \times \left(\frac{2}{3}\right)^n.$$

Démontrons par récurrence que cette égalité est vraie pour tout entier naturel $n \geqslant 2$.

- *Initialisation* : pour $n = 2$, $S_2 = u_2 = \dfrac{2-1}{4} \times \left(\dfrac{2}{3}\right)^2 = \dfrac{1}{4} \times \dfrac{4}{9} = \dfrac{1}{9}$.

  De plus, $1 - \left(\dfrac{n}{2} + 1\right) \times \left(\dfrac{2}{3}\right)^n = 1 - \left(\dfrac{2}{2} + 1\right) \times \left(\dfrac{2}{3}\right)^2 = 1 - \dfrac{8}{9} = \dfrac{1}{9}$.
  Ainsi, $\mathcal{P}_2$ est vraie.

- *Hérédité* : supposons que pour un entier k fixé, $\mathcal{P}_k$ soit vraie, c'est-à-dire que :

$$S_k = 1 - \left(\frac{k}{2} + 1\right) \times \left(\frac{2}{3}\right)^k.$$

  C'est notre hypothèse de récurrence (HR).
  Démontrons alors que $\mathcal{P}_{k+1}$ l'est aussi, c'est-à-dire que :

$$S_{k+1} = 1 - \left(\frac{k+1}{2} + 1\right) \times \left(\frac{2}{3}\right)^{k+1} = 1 - \left(\frac{k+3}{2}\right) \times \left(\frac{2}{3}\right)^{k+1}.$$

  On a :

$$\begin{aligned} S_{k+1} &= u_2 + u_3 + \cdots + u_k + u_{k+1} \\ &= S_k + u_{k+1} \\ &= 1 - \left(\frac{k}{2} + 1\right) \times \left(\frac{2}{3}\right)^k + u_{k+1} \quad \text{d'après (HR)} \\ &= 1 - \left(\frac{k}{2} + 1\right) \times \left(\frac{2}{3}\right)^k + \underbrace{\frac{k}{4} \times \left(\frac{2}{3}\right)^{k+1}}_{u_{k+1}} \end{aligned}$$

  Nous allons mettre maintenant $\left(\dfrac{2}{3}\right)^{k+1}$ en facteur dans les deux derniers termes :

$$\begin{aligned} &= 1 - \left[\left(\frac{k}{2} + 1\right)\frac{3}{2} - \frac{k}{4}\right]\left(\frac{2}{3}\right)^{k+1} \\ &= 1 - \left(\frac{k+3}{2}\right)\left(\frac{2}{3}\right)^{k+1}. \end{aligned}$$

  L'hérédité est alors démontrée.

Par conséquent, $\mathcal{P}_n$ est vraie pour tout entier naturel $n \geqslant 2$.

9 Somme des carrés des impairs

Énoncé p. 10

Lycée Carnot, Paris

Posons :

$$\mathcal{P}_n \quad : \quad 1^2 + 3^2 + 5^2 + \cdots + (2n-1)^2 = \frac{1}{3}n(4n^2 - 1).$$

Démontrons par récurrence que cette propriété est vraie pour $n \geqslant 1$.

- *Initialisation* : pour $n = 1$, le membre de gauche de l'égalité est réduit à $1^2 = 1$. Celui de droite vaut :

$$\frac{1}{3} \times 1 \times (4 \times 1^2 - 1) = \frac{1}{3} \times 3 = 1.$$

Les deux membres sont donc égaux. L'initialisation est alors faite.

- *Hérédité* : supposons que pour un entier k fixé, $\mathcal{P}_k$ soit vraie. Ainsi :

$$1^2 + 3^2 + 5^2 + \cdots + (2k-1)^2 = \frac{1}{3}k(4k^2 - 1).$$

C'est notre hypothèse de récurrence (HR).
On souhaite démontrer alors que $\mathcal{P}_{k+1}$ l'est aussi, donc que :

$$1^2+3^2+5^2+\cdots+(2k+1)^2 = \frac{1}{3}(k+1)\big(4(k+1)^2-1\big) = \frac{1}{3}(4k^3+12k^2+11k+3).$$

On a :

$$\begin{aligned}
1^2 + 3^2 + 5^2 + \cdots + (2k+1)^2 &= 1^2 + 3^2 + 5^2 + \cdots + (2k-1)^2 + (2k+1)^2 \\
&= \frac{1}{3}k(4k^2 - 1) + (2k+1)^2 \qquad \text{d'après (HR)} \\
&= \frac{1}{3}k(2k-1)(2k+1) + (2k+1)^2 \\
&= \left[\frac{1}{3}k(2k-1) + (2k+1)\right](2k+1) \\
&= \frac{1}{3}(2k^2 + 5k + 3)(2k+1) \\
&= \frac{1}{3}(4k^3 + 12k^2 + 11k + 3).
\end{aligned}$$

L'hérédité est alors vérifiée.

Ainsi, $\mathcal{P}_n$ est vraie pour tout entier naturel $n \geqslant 1$.

COURS

INTERROS

CORRIGÉS

10 Différence de racines carrées

Énoncé p. 10

Lycée Carnot, Dijon

Pour tout entier naturel n, on a :

$$\begin{aligned} u_n &= \sqrt{n+1} - \sqrt{n} \\ &= \frac{\left(\sqrt{n+1} - \sqrt{n}\right)\left(\sqrt{n+1} + \sqrt{n}\right)}{\sqrt{n} + \sqrt{n+1}} \\ &= \frac{1}{\sqrt{n} + \sqrt{n+1}}. \end{aligned}$$

Or, $\lim\limits_{n \to +\infty} \left(\sqrt{n} + \sqrt{n+1}\right) = +\infty$, donc $\lim\limits_{n \to +\infty} \dfrac{1}{\sqrt{n} + \sqrt{n+1}} = 0$.

Par conséquent, $\lim\limits_{n \to +\infty} (u_n) = 0$.

MÉTHODE : expression conjuguée

Quand nous avons multiplié $\sqrt{n+1} - \sqrt{n}$ par $\sqrt{n+1} + \sqrt{n}$, nous avons multiplié par l'*expression conjuguée* de u_n.

Lorsque l'on doit calculer la limite d'une différence avec au moins une racine carrée, cette technique peut lever l'indétermination initiale.

11 Calculs divers de limites

Énoncé p. 10

Lycée Carnot, Paris

1 $u_n = (2-n)(3n+1)$.

$\lim\limits_{n \to +\infty} (2-n) = -\infty$ et $\lim\limits_{n \to +\infty} (3n+1) = +\infty$.

Ainsi, par produit, $\lim\limits_{n \to +\infty} (u_n) = -\infty$.

2 $v_n = \left(2 - \dfrac{1}{3n}\right)(-5n+3)$.

$\lim\limits_{n \to +\infty} \dfrac{1}{3n} = 0$ donc $\lim\limits_{n \to +\infty} \left(2 - \dfrac{1}{3n}\right) = 2$, et $\lim\limits_{n \to +\infty} (-5n+3) = -\infty$.

Ainsi, par produit, $\lim\limits_{n \to +\infty} (v_n) = -\infty$.

3 $w_n = \dfrac{-3n^2 + 2n - 1}{2n^2 + 3n + 5} = \dfrac{\cancel{n^2}\left(-3 + \frac{2}{n} - \frac{1}{n^2}\right)}{\cancel{n^2}\left(2 + \frac{3}{n} + \frac{5}{n^2}\right)}$ pour $n \neq 0$.

Or, $\lim\limits_{n \to +\infty} \dfrac{1}{n^p} = 0$ pour $p \in \mathbb{N}^*$ donc, par quotient, $\lim\limits_{n \to +\infty} (w_n) = \dfrac{-3}{2}$.

4 $$t_n = \frac{n^3 + n^2\cos(n)}{n^2 - 4}$$
$$= \frac{n^3\left(1 + \frac{\cos(n)}{n}\right)}{n^2\left(1 - \frac{4}{n^2}\right)}$$
$$= \frac{n\left(1 + \frac{\cos(n)}{n}\right)}{1 - \frac{4}{n^2}}, \quad \text{pour } n \neq 0.$$

- Pour tout entier naturel n non nul,
$$-1 \leqslant \cos(n) \leqslant 1 \text{ donc } -\frac{1}{n} \leqslant \frac{\cos(n)}{n} \leqslant \frac{1}{n}.$$
Or, $\lim\limits_{n\to+\infty} \frac{1}{n} = 0$ donc d'après le théorème des gendarmes,
$$\lim_{n\to+\infty} \frac{\cos(n)}{n} = 0.$$
- On en déduit alors que :
$$\lim_{n\to+\infty} \frac{n\left(1 + \frac{\cos(n)}{n}\right)}{1 - \frac{4}{n^2}} = \lim_{n\to+\infty} \frac{n\,(1+0)}{1-0} = +\infty.$$
Ainsi, $\lim\limits_{n\to+\infty} (t_n) = +\infty$.

12 Limites de suite

Énoncé p. 11

Lycée Henri IV, Paris

1 Pour tout entier naturel n, on a $u_{n+1} - u_n = u_n^2 + 1 > 0$.
Donc (u_n) est strictement croissante.

2 Pour tout entier $n \geqslant 0$:
$$\begin{cases} u_n - u_{n-1} &= u_{n-1}^2 + 1 &\geqslant 1 \\ u_{n-1} - u_{n-2} &= u_{n-2}^2 + 1 &\geqslant 1 \\ \vdots & & \vdots \\ u_2 - u_1 &= u_1^2 + 1 &\geqslant 1 \\ u_1 - u_0 &= u_0^2 + 1 &\geqslant 1 \end{cases}$$
En sommant membre à membre et après simplification, il vient :
$$u_n - u_0 \geqslant n, \text{ soit : } u_n \geqslant n + 1.$$

3 $\lim\limits_{n\to+\infty} (n+1) = +\infty$ donc, d'après le théorème de comparaison,
$$\lim_{n\to+\infty} u_n = +\infty.$$

13 Avec des sinus

Énoncé p. 11

Lycée Notre-Dame du Grandchamp, Versailles

1 On sait que : $-1 \leqslant \sin(n) \leqslant 1$, quelle que soit la valeur de n.
Donc, pour tout $n \in \mathbb{N}$:

$-3 \leqslant -3\sin(n) \leqslant 3$ (par produit par -3 en inversant les bornes) ,

d'où :

$2n^2-3 \leqslant 2n^2-3\sin(n) \leqslant 2n^2+3$ (en ajoutant $2n^2$ aux trois nombres).

On a donc, en divisant l'encadrement précédent par le réel strictement positif n^2+1, pour tout $n \in \mathbb{N}$:

$$\frac{2n^2-3}{n^2+1} \leqslant u_n \leqslant \frac{2n^2+3}{n^2+1}.$$

Pour tout $n \in \mathbb{N}^*$,

$$\frac{2n^2-3}{n^2+1} = \frac{2n^2\left(1-\frac{3}{2n^2}\right)}{n^2\left(1+\frac{1}{n^2}\right)} = 2\frac{1-\frac{3}{2n^2}}{1+\frac{1}{n^2}}.$$

Or, $\lim\limits_{n\to+\infty} \frac{1}{n^2} = 0$ donc, par produit et somme, $\lim\limits_{n\to+\infty} \left(1-\frac{3}{2n^2}\right) = 1$.

De même, $\lim\limits_{n\to+\infty} \left(1+\frac{1}{n^2}\right) = 1$.

D'où, par quotient et produit, $\lim\limits_{n\to+\infty} \frac{2n^2-3}{n^2+1} = 2$.

Par un procédé analogue, on a : $\lim\limits_{n\to+\infty} \frac{2n^2+3}{n^2+1} = 2$.

Donc, en utilisant le théorème des gendarmes, $\lim\limits_{n\to+\infty} u_n = 2$.

2 **(a)** On sait que pour tout $n \in \mathbb{N}$: $\frac{2n^2-3}{n^2+1} \leqslant u_n \leqslant \frac{2n^2+3}{n^2+1}$.

Donc, pour tout $n \in \mathbb{N}$,

$$\frac{2n^2-3}{n^2+1} - 2 \leqslant u_n - 2 \leqslant \frac{2n^2+3}{n^2+1} - 2.$$

En s'aidant de ce qui a été fait dans la question 1, on a pour tout $n \in \mathbb{N}$:

$$\frac{-5}{n^2+1} \leqslant u_n - 2 \leqslant \frac{1}{n^2+1}.$$

(b) Si $u_n - 2 > 0$, $|u_n-2| = u_n - 2$ et donc $|u_n - 2| \leqslant \left|\frac{1}{n^2+1}\right|$.

Si $u_n - 2 < 0$, $|u_n - 2| = -(u_n-2)$ et donc $|u_n-2| \leqslant \frac{5}{n^2+1}$ (on prend les opposés des deux expressions de gauche dans la double inégalité ci-dessus).

De plus, $\dfrac{5}{n^2+1} > \dfrac{1}{n^2+1}$ donc si on choisit n tel que $\dfrac{5}{n^2+1}$ soit inférieur à 10^{-3}, on sera sûr que la distance de u_n à 2 sera aussi inférieure à 10^{-3}.

$$\frac{5}{n^2+1} < 10^{-3} \Leftrightarrow n^2+1 > 5\,000 \Leftrightarrow n^2 > 4\,999.$$

n étant un entier positif, on a donc $n > \sqrt{4\,999}$; or, $\sqrt{4\,999} \approx 70{,}7$ à 10^{-1} près. Il faut donc prendre $n \geqslant 71$.

(c)
$$\begin{aligned} u_n \leqslant 2 &\iff u_n - 2 \leqslant 0 \\ &\iff \frac{2n^2 - 3\sin(n)}{n^2+1} - 2 \leqslant 0 \\ &\iff \frac{-3\sin(n) - 2}{n^2+1} \leqslant 0 \\ &\iff -3\sin(n) - 2 \leqslant 0 \\ &\iff \sin(n) \geqslant -\frac{2}{3}. \end{aligned}$$

Il existe donc des valeurs de n pour lesquelles $u_n > 2$: celles pour lesquelles $-1 \leqslant \sin(n) < -\dfrac{2}{3}$.

14 En utilisant les définitions

Énoncé p. 11

Lycée Hoche, Versailles

1 **(a)** • $\lim\limits_{n\to+\infty}(2n+1) = \lim\limits_{n\to+\infty}(n+2) = +\infty$ donc $\lim\limits_{n\to+\infty} u_n$ mène à une forme indéterminée du type « $\dfrac{\infty}{\infty}$ ».

MÉTHODE

Pour lever une indétermination du type « $\dfrac{\infty}{\infty}$ », on factorise le numérateur et le dénominateur par leur terme de plus haut degré respectif.

On modifie donc l'écriture de u_n pour tout $n \in \mathbb{N}^*$:

$$\begin{aligned} u_n &= \frac{\cancel{n}\left(2+\frac{1}{n}\right)}{\cancel{n}\left(1+\frac{2}{n}\right)} \\ &= \frac{2+\frac{1}{n}}{1+\frac{2}{n}}. \end{aligned}$$

Or, $\lim_{n\to+\infty}\left(2+\frac{1}{n}\right)=2$ et $\lim_{n\to+\infty}\left(1+\frac{2}{n}\right)=1$ donc :

$$\lim_{n\to+\infty} u_n = 2.$$

- $\forall n \in \mathbb{N}^*,\ v_n = n^2\left(1+\frac{3}{n}-\frac{5}{n^2}\right).$

Or, $\lim_{n\to+\infty}\frac{3}{n}=\lim_{n\to+\infty}\frac{5}{n^2}=0$ et $\lim_{n\to+\infty} n^2=+\infty$ donc :

$$\lim_{n\to+\infty} v_n = +\infty.$$

(b) • $$\begin{aligned}|u_n-2|<10^{-4} &\iff \left|\frac{2n+1}{n+2}-2\right|<10^{-4}\\ &\iff \left|-\frac{3}{n+2}\right|<10^{-4}\\ &\iff \frac{3}{n+2}<10^{-4}\\ &\iff n+2>\frac{3}{10^{-4}}\\ &\iff n>30\,000-2\\ &\iff n>29\,998.\end{aligned}$$

Donc on a $|u_n-2|<10^{-4}$ à partir de $n=29\,999$.

- $$\begin{aligned}v_n>10^4 &\iff n^2+3n-5>10^4\\ &\iff n^2+3n-5-10^4>0.\end{aligned}$$

$\Delta = 40\,029$. Donc $n^2+3n-5-10^4>0$ pour n supérieur à la plus grande des racines, qui vaut environ 98,5.
Donc, la première valeur de n pour laquelle $v_n>10^4$ est $n=99$.

2 • Pour tout $n \in \mathbb{N}^*$, on a :

$$\frac{6n+1}{2n+3}=\frac{6n\left(1+\frac{1}{6n}\right)}{2n\left(1+\frac{3}{2n}\right)}=3\left(\frac{1+\frac{1}{6n}}{1+\frac{3}{2n}}\right).$$

Or, $\lim_{n\to+\infty}\frac{1}{6n}=\lim_{n\to+\infty}\frac{3}{2n}=0$ donc :

$$\lim_{n\to+\infty}\frac{6n+1}{2n+3}=3.$$

Par conséquent,

$$\lim_{n\to+\infty} a_n=\sqrt{3}.$$

- On a, pour tout $n \in \mathbb{N}$:

$$b_n=\frac{n\sqrt{n}+2}{2n}=\frac{n\sqrt{n}}{2n}+\frac{2}{2n}=\frac{\sqrt{n}}{2}+\frac{1}{n}.$$

Or, $\lim\limits_{n\to+\infty} \dfrac{1}{n} = 0$ et $\lim\limits_{n\to+\infty} \dfrac{\sqrt{n}}{2} = +\infty$ donc, par somme,

$$\lim_{n\to+\infty} b_n = +\infty.$$

- On peut écrire que pour tout entier naturel n,

$$-1 \leqslant (-1)^n \leqslant 1$$

donc

$$n^3 - n^2 \leqslant c_n \leqslant n^3 + n^2.$$

En particulier,

$$c_n \geqslant n^2(n-1).$$

Or, $\lim\limits_{n\to+\infty} n^2(n-1) = +\infty$ donc d'après le théorème de comparaison,

$$\lim_{n\to+\infty} c_n = +\infty.$$

- Pour tout entier $n \geqslant 1$,

$n - 1 \leqslant n + (-1)^n \leqslant n + 1$ et $2n - 1 \leqslant 2n + (-1)^n \leqslant 2n + 1$,

donc :

$$\frac{1}{2n+1} \leqslant \frac{1}{2n+(-1)^n} \leqslant \frac{1}{2n-1} \text{ (par passage à l'inverse) },$$

d'où :

$$\frac{n-1}{2n+1} \leqslant d_n \leqslant \frac{n+1}{2n-1} \text{ (par produit de réels positifs).}$$

De plus, pour tout entier $n \geqslant 1$, on a :

$$\frac{n-1}{2n+1} = \frac{n\left(1-\frac{1}{n}\right)}{2n\left(1+\frac{1}{2n}\right)} = \frac{1}{2} \times \frac{1-\frac{1}{n}}{1+\frac{1}{2n}}.$$

Or, $\lim\limits_{n\to+\infty} \dfrac{1}{n} = 0$ donc :

$$\lim_{n\to+\infty} \left(1-\frac{1}{n}\right) = 1, \quad \lim_{n\to+\infty} \left(1+\frac{1}{2n}\right) = 1 \text{ et } \lim_{n\to+\infty} \frac{n-1}{2n+1} = \frac{1}{2}.$$

De même,

$$\frac{n+1}{2n-1} = \frac{n\left(1+\frac{1}{n}\right)}{2n\left(1-\frac{1}{2n}\right)} = \frac{1}{2} \times \frac{1+\frac{1}{n}}{1-\frac{1}{2n}},$$

ce qui donne, d'une façon analogue, $\lim\limits_{n\to+\infty} \dfrac{n+1}{2n-1} = \dfrac{1}{2}$.

Ainsi, d'après le théorème des gendarmes, $\lim\limits_{n\to+\infty} d_n = \dfrac{1}{2}$.

15 Raisonnement par l'absurde

Énoncé p. 12

Lycée Saint-Joseph de Tivoli, Bordeaux

Nous allons, comme le titre de l'exercice le suggère, faire un raisonnement par l'absurde pour démontrer que (u_n) est strictement croissante.

MÉTHODE

Un *raisonnement par l'absurde* consiste à supposer que ce que l'on souhaite démontrer est faux pour arriver à une contradiction.

Supposons donc que (u_n) est décroissante.

Dans ce cas, comme elle est minorée par 0, elle converge (d'après le théorème de convergence des suites monotones). Notons alors ℓ sa limite.

Ainsi, comme $u_{n+1} = \sqrt{12 + u_n}$, ℓ vérifie nécessairement l'équation :

$$\ell = \sqrt{12 + \ell} \iff \ell^2 = 12 + \ell \iff \ell^2 - \ell - 12 = 0,$$

dont les solutions sont -3 et 4. Ainsi, (u_n) converge vers -3 ou vers 4.

Or, par hypothèse, comme (u_n) est minorée par 0 et décroissante, $0 \leqslant u_n \leqslant u_0 = 3$ donc $\ell \neq -3$ et $\ell \neq 4$. Il y a alors une contradiction.

Ainsi, l'hypothèse selon laquelle (u_n) est décroissante est fausse.

On en déduit alors que (u_n) est strictement croissante.

16 Avec un programme

Énoncé p. 12

Lycée Monet, Paris

Partie A – Approche à l'aide d'un algorithme

1 **Programme complété**

```
def u(n):
    terme = 0
    for i in range(1,n+1):
        terme = terme + 1/(i**0.5)
        print( terme )
```

2 On obtient $u_{10} \approx 5{,}021$, $u_{20} \approx 7{,}595$, et $u_{100} \approx 18{,}590$ à 10^{-3} près.

3 À la vue de ces valeurs, on peut penser que la suite tend vers $+\infty$.

Partie B

1 $1 \leqslant i \leqslant n \Rightarrow \sqrt{1} \leqslant \sqrt{i} \leqslant \sqrt{n}$ car la fonction racine carrée est croissante sur $\mathbb{R}_+$

$$\Rightarrow \frac{1}{\sqrt{n}} \leqslant \frac{1}{\sqrt{i}} \text{ car la fonction inverse est décroissante sur } \mathbb{R}_+^*.$$

2 $u_n = \sum_{i=1}^{n} \frac{1}{\sqrt{i}} = 1 + \frac{1}{\sqrt{2}} + \cdots + \frac{1}{\sqrt{n}}.$

Ainsi, d'après la question précédente,

$$u_n \geqslant \sum_{i=1}^{n} \frac{1}{\sqrt{n}}$$

soit :

$$u_n \geqslant n \times \frac{1}{\sqrt{n}}.$$

On a donc bien $u_n \geqslant \sqrt{n}$.

3 $\lim\limits_{n\to+\infty} \sqrt{n} = +\infty$ donc par comparaison, $\lim\limits_{n\to+\infty} u_n = +\infty$.

17 Suite récurrente et racine carrée

Énoncé p. 13

Lycée Jean-Pierre Vernant, Sèvres

1 Pour tout entier naturel n,

$$v_{n+1} = \left(u_{n+1}\right)^2 = 2 + \left(u_n\right)^2 = 2 + v_n.$$

La suite (v_n) est donc une suite arithmétique de raison $r = 2$.

2 $v_0 = \left(u_0\right)^2 = 1$. La suite (v_n) étant arithmétique, d'après le cours, pour tout entier naturel n, :

$$v_n = v_0 + nr = 1 + 2n.$$

$v_n = \left(u_n\right)^2$ donc $u_n = \sqrt{v_n}$ (en effet, $u_n \geqslant 0$ puisque les termes sont définis par une racine carrée dans la relation de récurrence, et $u_0 > 0$).

Par conséquent, $u_n = \sqrt{1+2n}$ pour tout entier naturel n.

18 Récurrence, variation et limite

Énoncé p. 13

Lycée Carnot, Paris

1
- $u_1 = 2 - \frac{1}{u_0+2} = 2 - \frac{1}{-1+2} = 1.$
- $u_2 = 2 - \frac{1}{u_1+2} = 2 - \frac{1}{1+2} = \frac{5}{3} \approx 1{,}67.$
- $u_3 = 2 - \frac{1}{u_2+2} = 2 - \frac{1}{\frac{5}{3}+2} = \frac{19}{11} \approx 1{,}73.$

On peut alors conjecturer que (u_n) est croissante.

2 Montrons par récurrence que pour tout $n \neq 0$, $0 \leqslant u_n \leqslant \sqrt{3}$.

- *Initialisation* : $u_1 = 1$ donc $0 \leqslant u_1 \leqslant \sqrt{3}$.

- *Hérédité* : supposons que pour un entier k fixé, $0 \leqslant u_k \leqslant \sqrt{3}$.

$$\begin{aligned} 0 \leqslant u_k \leqslant \sqrt{3} &\Longrightarrow 2 \leqslant u_k + 2 \leqslant \sqrt{3} + 2 \\ &\Longrightarrow \frac{1}{\sqrt{3}+2} \leqslant \frac{1}{u_k+2} \leqslant \frac{1}{2} \\ &\Longrightarrow -\frac{1}{2} \leqslant -\frac{1}{u_k+2} \leqslant -\frac{1}{\sqrt{3}+2} \\ &\Longrightarrow 2 - \frac{1}{2} \leqslant 2 - \frac{1}{u_k+2} \leqslant 2 - \frac{1}{\sqrt{3}+2} \\ &\Longrightarrow 0 < \frac{3}{2} \leqslant u_{k+1} \leqslant \sqrt{3}. \end{aligned}$$

L'hérédité est alors vérifiée.

Ainsi, pour tout entier naturel non nul n, $0 \leqslant u_n \leqslant \sqrt{3}$.

3 Pour tout entier naturel n,

$$\begin{aligned} u_{n+1} - u_n &= 2 - \frac{1}{u_n+2} - u_n \\ &= \frac{2u_n + 4 - 1 - u_n^2 - 2u_n}{u_n+2} \\ &= \frac{3 - u_n^2}{u_n+2} > 0 \end{aligned}$$

Or, d'après la question précédente, $0 \leqslant u_n \leqslant \sqrt{3}$ donc $\begin{cases} 3 - u_n^2 \geqslant 0 \\ u_n + 2 > 0 \end{cases}$.

Par conséquent, (u_n) est croissante.

4 (u_n) est croissante et majorée. Donc, d'après le théorème de convergence des suites monotones, elle converge.

5 Notons $\ell = \lim\limits_{n \to +\infty} (u_n)$. Pour tout entier naturel n, $u_{n+1} = 2 - \dfrac{1}{u_n+2}$ donc ℓ vérifie l'équation :

$$\begin{aligned} \ell = 2 - \frac{1}{\ell+2} &\iff \ell - 2 = -\frac{1}{\ell+2} \\ &\iff (2-\ell)(\ell+2) = 1 \\ &\iff -\ell^2 = -3 \\ &\iff \ell = -\sqrt{3} \text{ ou } \ell = \sqrt{3}. \end{aligned}$$

$0 \leqslant u_n \leqslant \sqrt{3}$ donc $0 \leqslant \ell \leqslant \sqrt{3}$.

Par conséquent, $\lim\limits_{n \to +\infty} (u_n) = \sqrt{3}$.

19 Somme des inverses des carrés

Énoncé p. 14

Lycée Hoche, Versailles

1 Pour tout $n \in \mathbb{N}^*$,

$$u_{n+1} - u_n = \sum_{k=1}^{n+1} \frac{1}{k^2} - \sum_{k=1}^{n} \frac{1}{k^2} = \frac{1}{(n+1)^2} > 0.$$

La suite est donc croissante.

2 Pour tout $p \geqslant 2$,

$$\frac{1}{p-1} - \frac{1}{p} = \frac{p-(p-1)}{p(p-1)} = \frac{1}{p^2-p}.$$

Or, $p^2 - p < p^2$ donc $\dfrac{1}{p^2-p} > \dfrac{1}{p^2}$.

On a donc bien $\dfrac{1}{p^2} \leqslant \dfrac{1}{p-1} - \dfrac{1}{p}$.

3 **(a)** $u_n = \displaystyle\sum_{k=1}^{n} \frac{1}{k^2} = 1 + \sum_{k=2}^{n} \frac{1}{k^2}$ donc, d'après la question 2,

$$u_n \leqslant 1 + \sum_{k=2}^{n} \left(\frac{1}{k-1} - \frac{1}{k}\right).$$

Or,

$$\begin{aligned}
&\sum_{k=2}^{n} \left(\frac{1}{k-1} - \frac{1}{k}\right) \\
&= \left(1 - \frac{1}{2}\right) + \left(\frac{1}{2} - \frac{1}{3}\right) + \left(\frac{1}{3} - \frac{1}{4}\right) + \cdots \\
&\qquad + \left(\frac{1}{n-2} - \frac{1}{n-1}\right) + \left(\frac{1}{n-1} - \frac{1}{n}\right) \\
&= 1 - \frac{1}{n}.
\end{aligned}$$

Ainsi, $u_n \leqslant 1 + \left(1 - \dfrac{1}{n}\right)$, soit :

$$u_n \leqslant 2 - \frac{1}{n}.$$

(b) La suite est croissante (question 1) et majorée par 2 (question 2a), donc elle converge.

(c) $u_9 \approx 1{,}540$ et $u_{10} \approx 1{,}550$.

20 Suite homographique

Énoncé p. 14

Lycée Buffon, Paris

1 **(a)** $u_1 = \frac{4}{3}$, $u_2 = \frac{6}{5}$ et $u_3 = \frac{8}{7}$.

(b) Pour tout entier naturel n, on a :

$$\begin{aligned} 1 + \frac{u_n - 1}{2u_n - 1} &= \frac{(2u_n - 1) + (u_n - 1)}{2u_n - 1} \\ &= \frac{3u_n - 2}{2u_n - 1} \\ &= u_{n+1}. \end{aligned}$$

(c) Soit $\mathcal{P}_n$ la propriété définie par : « $u_n > 1$ ».

- $u_0 = 2$ donc $u_0 > 1$. $\mathcal{P}_0$ est donc vraie.
- Supposons que $\mathcal{P}_k$ soit vraie au rang $k \geqslant 0$.
  Alors, $2u_k - 1 > 0$ et $u_k - 1 > 0$, d'où $\frac{u_k - 1}{2u_k - 1} > 0$, et donc :
  $u_{k+1} = 1 + \frac{u_k - 1}{2u_k - 1} > 1$.
  $\mathcal{P}_{k+1}$ est donc vraie.

Donc, pour tout entier naturel n, $\mathcal{P}_n$ est vraie.

Alors, pour tout entier naturel n, $u_n > 1 > \frac{1}{2}$.

Comme, pour tout entier naturel n, $u_n > \frac{1}{2}$, il en résulte que $2u_n - 1$ est non nul et la suite $(u_n)_{n\in\mathbb{N}}$ est donc bien définie pour tout n.

2 **(a)** Remarquons d'abord que, d'après la question précédente, pour tout n, $u_n \neq 1$; la suite (v_n) est donc bien définie.

Pour tout entier naturel n on a :

$$v_{n+1} = \frac{1}{u_{n+1} - 1} = \frac{1}{\frac{3u_n-2}{2u_n-1} - \frac{2u_n-1}{2u_n-1}} = \frac{1}{\frac{3u_n-2-(2u_n-1)}{2u_n-1}} = \frac{2u_n - 1}{u_n - 1}\ .$$

D'où :

$$v_{n+1} - v_n = \frac{2u_n - 1}{u_n - 1} - \frac{1}{u_n - 1} = \frac{2(u_n - 1)}{u_n - 1} = 2\ .$$

La suite (v_n) est donc une suite arithmétique de raison 2.

(b) On calcule $v_0 = \frac{1}{2 - 1} = 1$. Alors pour tout entier naturel n :

$$v_n = 1 + 2n \qquad \text{et} \qquad u_n = \frac{1}{v_n} + 1 = \frac{1 + v_n}{v_n} = \frac{2n + 2}{2n + 1}.$$

⚠ ATTENTION

Avant de travailler sur une suite, il faut toujours s'assurer (même si l'énoncé ne le précise pas) qu'elle est bien définie. Dans cet exercice, il est nécessaire, pour que la suite (u_n) soit bien définie, que tous les termes de la suite soient différents de $\frac{1}{2}$. En général, une telle propriété se prouve en minorant ou en majorant les termes de la suite et se démontre par récurrence.

21 Suite récurrente particulière

Énoncé p. 14

Lycée Notre-Dame de Boulogne, Boulogne-Billancourt

1
- $u_1 = u_{0+1} = \frac{1}{3}u_0 + 0 - 2 = \frac{1}{3} - 2 = -\frac{5}{3}$.
- $u_2 = u_{1+1} = \frac{1}{3}u_1 + 1 - 2 = \frac{1}{3} \times \left(-\frac{5}{3}\right) - 1 = -\frac{14}{9}$.
- $u_3 = u_{2+1} = \frac{1}{3}u_2 + 2 - 2 = -\frac{14}{27}$.

2 **(a)** Montrons par récurrence que pour $n \geqslant 4$, $u_n \geqslant 0$.

- *Initialisation* : $u_4 = \frac{1}{3}u_3 + 3 - 2 = -\frac{14}{81} + 1 = \frac{67}{81} \geqslant 0$.
- *Hérédité* : supposons que pour un entier $k \geqslant$ fixé, $u_k \geqslant 0$.

  On souhaite alors démontrer que $u_{k+1} \geqslant 0$, soit $\frac{1}{3}u_k + k - 2 \geqslant 0$.

  $k \geqslant 4$ donc $k - 2 \geqslant 2$. Or, par hypothèse de récurrence, $u_k \geqslant 0$, donc $\frac{1}{3}u_k \geqslant 0$ et $\frac{1}{3}u_k + k - 2 \geqslant 2 \geqslant 0$. Par conséquent, $u_{k+1} \geqslant 0$.

  L'hérédité est alors vérifiée.

Ainsi, pour tout entier naturel $n \geqslant 4$, $u_n \geqslant 0$.

(b) On déduit de la question précédente que pour tout entier naturel $m \geqslant 4$, $u_m \geqslant 0$ donc $u_{m+1} \geqslant 0 + m - 2$.

En posant $n = m + 1$, on déduit que pour tout entier naturel $n \geqslant 5$, $u_n \geqslant (n - 1) - 2$, soit $u_n \geqslant n - 3$.

(c) $\lim_{n\to+\infty} (n - 3) = +\infty$ et $n \geqslant 4 \Rightarrow u_n \geqslant n - 3$.

Ainsi, d'après le théorème de comparaison, $\lim_{n\to+\infty} (u_n) = +\infty$.

3 **(a)** Pour tout entier naturel n,

$$\begin{aligned} v_{n+1} &= -2u_{n+1} + 3(n+1) - \frac{21}{2} \\ &= -2\left(\frac{1}{3}u_n + n - 2\right) + 3(n+1) - \frac{21}{2} \\ &= -\frac{2}{3}u_n - 2n + 4 + 3n + 3 - \frac{21}{2} \\ &= -\frac{2}{3}u_n + n - \frac{7}{2} \\ &= \frac{1}{3}\left(-2u_n + 3n - \frac{21}{2}\right) = \frac{1}{3}v_n. \end{aligned}$$

La suite (v_n) est donc une suite géométrique de raison $q = \frac{1}{3}$ et de premier terme :

$$v_0 = -2u_0 + 3 \times 0 - \frac{21}{2} = -\frac{25}{2}.$$

(b) De la question précédente, on peut déduire que $v_n = v_0 \times q^n$ pour tout entier naturel n, donc $v_n = -\frac{25}{2}\left(\frac{1}{3}\right)^n$.

Or, $v_n = -2u_n + 3n - \frac{21}{2}$ donc $u_n = \frac{1}{2}\left(v_n - 3n + \frac{21}{2}\right)$. En remplaçant v_n par l'expression trouvée précédemment, on obtient :

$$u_n = \frac{25}{4}\left(\frac{1}{3}\right)^n + \frac{3}{2}n - \frac{21}{4}.$$

4

$$\begin{aligned} S_n &= \sum_{k=0}^{n} u_k \\ &= \sum_{k=0}^{n}\left[\frac{25}{4}\left(\frac{1}{3}\right)^k + \frac{3}{2}k - \frac{21}{4}\right] \\ &= \frac{25}{4}\sum_{k=0}^{n}\left(\frac{1}{3}\right)^k + \frac{3}{2}\sum_{k=0}^{n}k - \frac{21}{4} \times \underbrace{\sum_{k=0}^{n}1}_{(n+1)\text{ termes}} \\ &= \frac{25}{4} \times \frac{1-\left(\frac{1}{3}\right)^{n+1}}{1-\frac{1}{3}} + \frac{3}{2} \times \frac{n(n+1)}{2} - \frac{21}{4}(n+1) \\ &= \frac{75}{8}\left(1 - \frac{1}{3^{n+1}}\right) + \frac{3}{4}(n^2+n) - \frac{21}{4}n - \frac{21}{4} \end{aligned}$$

$$S_n = \frac{3}{4}n^2 - \frac{9}{2}n + \frac{33}{8} - \frac{75}{8 \times 3^{n+1}}.$$

22 Suites imbriquées

Énoncé p. 15

Lycée Louis Pasteur, Neuilly-sur-Seine

1 Le nombre de cellules de type A le $(n+1)$-ième jour est : 75 % des cellules A du jour précédent (car 25 % de cellules A ont muté vers B) auquel s'ajoutent les 25 % de cellules B qui ont muté vers A. On obtient :

$$a_{n+1} = \frac{3}{4}a_n + \frac{1}{4}b_n. \qquad (1)$$

Le raisonnement est similaire pour les cellules B :

$$b_{n+1} = \frac{3}{4}b_n + \frac{1}{4}a_n = \frac{1}{4}a_n + \frac{3}{4}b_n. \qquad (2)$$

2 Sachant que $a_n + b_n = 300$, on a $b_n = 300 - a_n$. En substituant dans l'équation 1, on obtient :

$$\begin{aligned} a_{n+1} &= \frac{3}{4}a_n + \frac{1}{4}(300 - a_n) \\ &= \frac{3}{4}a_n - \frac{1}{4}a_n + \frac{1}{4} \times 300 \\ &= \frac{1}{2}a_n + \frac{300}{4} \\ &= 0{,}5 \times a_n + 75. \end{aligned}$$

3 **(a)** On cherche une relation de récurrence pour (c_n), sachant que $c_n = 150 - a_n$ et donc $a_n = 150 - c_n$:

$$\begin{aligned} c_{n+1} = 150 - a_{n+1} &= 150 - (0{,}5 \times a_n + 75) \\ &= 75 - 0{,}5 \times a_n = 75 - 0{,}5(150 - c_n) \\ &= 75 - 75 + 0{,}5 \times c_n \\ &= 0{,}5 \times c_n. \end{aligned}$$

On reconnaît la relation de récurrence d'une suite géométrique de raison 0,5.

(b) On a $c_0 = 150 - a_0 = 50$, donc $c_n = c_0 \times 0{,}5^n = 50 \times 0{,}5^n$. Comme $a_n = 150 - c_n$, on en déduit que $a_n = 150 - 50 \times 0{,}5^n$ $(n \in \mathbb{N})$.

4 $0 < 0{,}5 < 1$ donc $0{,}5^n > 0{,}5^{n+1}$. Or,

$$\begin{aligned} 0{,}5^n > 0{,}5^{n+1} &\iff -50 \times 0{,}5^n < -50 \times 0{,}5^{n+1} \\ &\iff 150 - 50 \times 0{,}5^n < 150 - 50 \times 0{,}5^{n+1} \\ &\iff a_n < a_{n+1}. \end{aligned}$$

La suite (a_n) est donc croissante.

Un raisonnement analogue montre que la suite (b_n) est décroissante.

5 On sait que $\lim_{n\to+\infty} 0{,}5^n = 0$ (car $0 < 0{,}5 < 1$). On en déduit que :

$$\lim_{n\to+\infty} (150 - 50 \times 0{,}5^n) = 150\,,$$

et de même :

$$\lim_{n\to+\infty} \left(150 + 50 \times 0{,}5^n\right) = 150.$$

À long terme, il y aura 50 % de cellules A et 50 % de cellules B.

23 Suite de Héron

Énoncé p. 16

Lycée Teilhard de Chardin, Saint-Maur-des-fossés

1 **(a)** $\forall x \in \mathbb{R}_+^*,\ f'(x) = \dfrac{1}{2} - \dfrac{7}{2x^2}$ et :

$$\begin{aligned} f'(x) > 0 &\iff \frac{1}{2} > \frac{7}{2x^2} \\ &\iff x^2 > 7 \\ &\iff x > \sqrt{7} \text{ sur }]0\,;+\infty[. \end{aligned}$$

Donc f est décroissante sur $\left]0\,;\sqrt{7}\right]$ et croissante sur $\left[\sqrt{7}\,;+\infty\right[$.
Ainsi, la fonction f admet un minimum en $\sqrt{7}$, et ce minimum vaut $f\left(\sqrt{7}\right) = \sqrt{7}$.

(b) $u_0 = 3 \geqslant \sqrt{7}$.
Supposons que pour un entier k fixé, $u_k \geqslant \sqrt{7}$.
Alors,

$$u_{k+1} = f(u_k) \geqslant \sqrt{7}$$

d'après la question précédente. L'hérédité est alors démontrée.
On peut ainsi conclure que pour tout entier naturel n, $u_n \geqslant \sqrt{7}$.

2 **(a)**

$$\begin{aligned} u_{n+1} - u_n &= \frac{1}{2}\left(u_n + \frac{7}{u_n}\right) - u_n \\ &= \frac{1}{2}\left(\frac{7}{u_n} - u_n\right) \\ &= \frac{1}{2}\left(\frac{7 - u_n^2}{u_n}\right). \end{aligned}$$

Pour tout entier naturel n, $u_n \geqslant \sqrt{7}$ donc $u_n^2 \geqslant 7$.
Par conséquent, $u_{n+1} - u_n \leqslant 0$.

(b) La suite est décroissante et minorée par $\sqrt{7}$.
Elle est donc convergente.

(c) f est continue, $u_{n+1} = f(u_n)$ et (u_n) converge vers ℓ.
Par conséquent, $\ell = f(\ell)$.
On doit alors résoudre cette équation.

$$\ell = \frac{1}{2}\left(\ell + \frac{7}{\ell}\right) \iff 2\ell = \ell + \frac{7}{\ell}$$
$$\iff \ell^2 = 7$$
$$\iff \ell = \sqrt{7} \text{ (car } u_n > 0).$$

3 Pour tout n,

$$u_{n+1} - \sqrt{7} = \frac{1}{2}\left(u_n + \frac{7}{u_n}\right) - \sqrt{7}$$
$$= \frac{1}{2}\left(\frac{u_n^2 + 7 - 2u_n\sqrt{7}}{u_n}\right)$$
$$= \frac{1}{2} \times \frac{\left(u_n - \sqrt{7}\right)^2}{u_n}.$$

4 **(a)** $u_0 - \sqrt{7} = 3 - \sqrt{7} \approx 0{,}354$, et $d_0 = 1$ donc $u_0 - \sqrt{7} \leqslant d_0$.
Supposons que pour une valeur de k fixée, $u_k - \sqrt{7} \leqslant d_k$.
Montrons qu'alors $u_{k+1} - \sqrt{7} \leqslant d_{k+1}$.

$$u_k - \sqrt{7} \leqslant d_k \Rightarrow \left(u_k - \sqrt{7}\right)^2 \leqslant d_k^2 \text{ après avoir élevé au carré}$$
$$\Rightarrow \frac{1}{2}\left(u_k - \sqrt{7}\right)^2 \leqslant \frac{1}{2}d_k^2 \text{ après avoir divisé par 2}$$
$$\Rightarrow \frac{1}{2}\left(u_k - \sqrt{7}\right)^2 \leqslant d_{k+1}$$
$$\Rightarrow \frac{1}{2} \times \frac{\left(u_k - \sqrt{7}\right)^2}{u_k} \leqslant \frac{d_{k+1}}{u_k} \text{ après avoir divisé par } u_n$$
$$\Rightarrow \frac{1}{2} \times \frac{\left(u_k - \sqrt{7}\right)^2}{u_k} \leqslant d_{k+1}.$$

La dernière inégalité provient du fait que $u_k \geqslant \sqrt{7} > 1$.
On a donc bien $u_{k+1} - \sqrt{7} \leqslant d_{k+1}$. L'hérédité est alors prouvée.

Donc, pour tout entier naturel n, $u_n - \sqrt{7} \leqslant d_n$.

(b) $d_5 \leqslant 10^{-9}$. On a :

$$u_5 - \sqrt{7} \leqslant d_5 \leqslant 10^{-9}.$$

Donc u_5 est une valeur approchée de $\sqrt{7}$ à 10^{-9} près.

24 Une histoire de moyennes

Énoncé p. 17

Lycée La Bruyère, Versailles

1 Le tableau complété est le suivant :

n	a	b	u	v
0	3	7	3	7
1	5	5,385	5	5,385
2	5,193	5,196	5,193	5,196

2 Pour n donné, les valeurs affichées sont les valeurs de u_n et v_n.

3 **(a)** Pour tout $n \in \mathbb{N}$,
$$\begin{aligned} v_{n+1}^2 - u_{n+1}^2 &= \frac{u_n^2 + v_n^2}{2} - \left(\frac{u_n + v_n}{2}\right)^2 \\ &= \frac{2u_n^2 + 2v_n^2 - u_n^2 - 2u_nv_n - v_n^2}{4} \\ &= \frac{u_n^2 - 2u_nv_n + v_n^2}{4} \\ &= \left(\frac{u_n - v_n}{2}\right)^2. \end{aligned}$$

(b)
- Pour $n = 0$, on a : $u_0 = a$ et $v_0 = b$. Or, par hypothèse, $a < b$ donc on a bien $u_0 < v_0$.
- D'après la question 3.a, pour tout $n \in \mathbb{N}$, on a :
$$(v_{n+1} - u_{n+1})(v_{n+1} + u_{n+1}) = \left(\frac{u_n - v_n}{2}\right)^2.$$
L'énoncé admet que pour tout $n \in \mathbb{N}$, $u_n > 0$ et $v_n > 0$; ainsi, $(v_{n+1} + u_{n+1}) > 0$.
Comme $\left(\frac{u_n - v_n}{2}\right)^2 \geqslant 0$ pour tout n, il en résulte que $v_{n+1} - u_{n+1} \geqslant 0$ pour tout n. Soit $u_n \leqslant v_n$ pour tout entier $n \geqslant 1$.
- En vertu des deux points précédents, on a l'inégalité $u_n \leqslant v_n$ pour tout entier $n \in \mathbb{N}$.

4 **(a)** Pour tout $n \in \mathbb{N}$,
$$\begin{aligned} u_{n+1} - u_n &= \frac{u_n + v_n}{2} - u_n \text{ (par définition de } u_n\text{)}. \\ &= \frac{u_n + v_n - 2u_n}{2} \\ &= \frac{v_n - u_n}{2}. \end{aligned}$$
Or, pour tout $n \in \mathbb{N}$, $u_n \leqslant v_n$ d'après la question précédente, donc pour tout $n \in \mathbb{N}$, $u_{n+1} - u_n \geqslant 0$, ce qui prouve que la suite (u_n) est croissante.

(b) Pour tout $n \in \mathbb{N}$, on a, d'après la définition de v_n :
$$v_{n+1}^2 - v_n^2 = \frac{u_n^2 + v_n^2}{2} - v_n^2.$$

D'où :

$$\begin{aligned}(v_{n+1} - v_n)\,(v_{n+1} + v_n) &= \frac{u_n^2 + v_n^2 - 2v_n^2}{2} \\ &= \frac{u_n^2 - v_n^2}{2} \\ &= \frac{(u_n - v_n)\,(u_n + v_n)}{2}.\end{aligned}$$

Or, comme tous les v_n sont positifs, on a $v_{n+1} + v_n > 0$ et les u_n aussi donc $u_n + v_n > 0$.

$v_{n+1} - v_n$ a donc le même signe que $u_n - v_n$, c'est-à-dire négatif car $u_n \leqslant v_n$.

$v_{n+1} - v_n \leqslant 0$ pour tout n traduit bien que (v_n) est une suite décroissante.

5 **(a)** On a : $u_0 \leqslant u_1 \leqslant \cdots \leqslant u_n \leqslant v_n \leqslant \cdots \leqslant v_1 \leqslant v_0$.
Par conséquent, la suite (u_n) est croissante et majorée par v_0 ; elle est donc convergente. De même, la suite (v_n) est décroissante et minorée par u_0 ; elle est donc convergente.

(b) Soit ℓ la limite de la suite (u_n) et ℓ' celle de la suite (v_n). On a :

$$\lim_{n\to+\infty} u_n = \lim_{n\to+\infty} u_{n+1} = \lim_{n\to+\infty} \frac{u_n + v_n}{2}.$$

Ainsi, $\ell = \dfrac{\ell + \ell'}{2}$, ce qui prouve bien que $\ell = \ell'$.

COURS
INTERROS
CORRIGÉS

Chapitre 2

Limites de fonctions

Plan du chapitre

1 Notion de limites et limites usuelles

Exercice type 1 — Lycée Albert Schweitzer, Le Raincy

1 Calculer les limites en $+\infty$ et $-\infty$ des fonctions suivantes.

(a) $f : x \mapsto \dfrac{3x+1}{x^2}$

(b) $g : x \mapsto \dfrac{7-3x^2}{5+4x^2}$

(c) $h : x \mapsto \sqrt{x^2+3x-1} - x$

2 Étudier le comportement lorsque x tend vers 1, des fonctions f et g suivantes :

(a) $f : x \mapsto x + \dfrac{1}{(x-1)^2}$

(b) $g : x \mapsto \dfrac{\sqrt{x-1}}{x-1}$

Voir corrigé page 47

1.1 Notion de limites

1.1.1 - Définitions

Définition 1

Soit f une fonction et soit α un nombre réel ou un infini ($+\infty$ ou $-\infty$).
On dira que f admet une limite ℓ (finie ou infinie) en α si $f(x)$ se rapproche de ℓ quand x tend vers α.
On écrira alors : $\lim\limits_{x\to\alpha} f(x) = \ell$.

Exemples

- $\lim\limits_{x \to +\infty} \sqrt{x} = +\infty$ car plus x devient grand (plus x tend vers $+\infty$) plus $\sqrt{x}$ devient grand.
- $\lim\limits_{x \to -\infty} \dfrac{1}{x} = 0$ car plus x se rapproche de $-\infty$, plus son inverse se rapproche de 0.

Remarque : dans le cas où x se rapproche d'un nombre fini, il est fréquent d'étudier la limite *à droite et à gauche* de ce nombre.

Exemples

- $\lim\limits_{\substack{x \to 0 \\ x>0}} \dfrac{1}{x} = +\infty$ car x se rapproche de 0 par valeurs positives, donc la limite sera nécessairement positive. Or, l'inverse d'un nombre très proche de 0 est un nombre qui se rapproche d'un infini (par exemple, l'inverse de 10^{-20}, qui est très proche de 0, est un nombre très grand, à savoir 10^{20}).
- De manière analogue, on a : $\lim\limits_{\substack{x \to 0 \\ x<0}} \dfrac{1}{x} = -\infty$.

1.1.2 - Asymptotes

Définitions 2

Soit f une fonction dont la courbe représentative est notée $\mathcal{C}_f$, et soit a un nombre réel fini.

- On dit que $\mathcal{C}_f$ admet une *asymptote horizontale* d'équation $y = a$ si $\lim\limits_{x \to -\infty} f(x) = a$ ou $\lim\limits_{x \to +\infty} f(x) = a$. Cela signifie que $\mathcal{C}_f$ se rapproche de la droite d'équation $y = a$ en $-\infty$ ou en $+\infty$.
- On dit que $\mathcal{C}_f$ admet une *asymptote verticale* d'équation $x = a$ si $\lim\limits_{\substack{x \to a \\ x<a}} f(x) = \pm\infty$ ou $\lim\limits_{\substack{x \to a \\ x>a}} f(x) = \pm\infty$. Cela signifie que $\mathcal{C}_f$ se rapproche de la droite d'équation $x = a$.

Exemple : la courbe représentative de la fonction $f(x) = \dfrac{1}{x}$ admet une asymptote horizontale d'équation $y = 0$ car $\lim\limits_{x \to +\infty} f(x) = 0$ et admet une asymptote verticale d'équation $x = 0$ car $\lim\limits_{\substack{x \to 0 \\ x<0}} f(x) = -\infty$.

1.2 Limites usuelles

1.2.1 - Limites aux infinis

Propriétés 1 : limites en $+\infty$

Pour tout entier naturel n non nul,

- $\lim\limits_{x \to +\infty} (x^n) = +\infty$
- $\lim\limits_{x \to +\infty} (\sqrt{x}) = +\infty$
- $\lim\limits_{x \to +\infty} \left(\frac{1}{x^n}\right) = 0$

Exemples

- $\lim\limits_{x \to +\infty} (x^5) = +\infty$
- $\lim\limits_{x \to +\infty} \left(\frac{1}{x^3}\right) = 0$

Propriétés 2 : limites en $-\infty$

Pour tout entier naturel n non nul,

- $\lim\limits_{x \to -\infty} (x^{2n}) = +\infty$
- $\lim\limits_{x \to -\infty} (x^{2n+1}) = -\infty$
- $\lim\limits_{x \to -\infty} \left(\frac{1}{x^n}\right) = 0$

Exemples

- $\lim\limits_{x \to -\infty} (x^5) = -\infty$
- $\lim\limits_{x \to -\infty} (x^8) = +\infty$

Propriétés 3 : fonction exponentielle

- $\lim\limits_{x \to -\infty} e^x = 0.$
- $\lim\limits_{x \to +\infty} e^x = +\infty.$

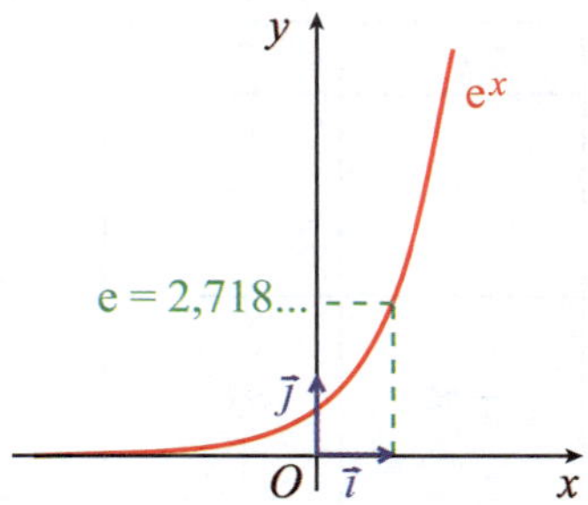

Propriété 4 : croissances comparées

Soit n un entier naturel non nul.

- $\lim\limits_{x \to +\infty} \frac{e^x}{x^n} = +\infty.$
- $\lim\limits_{x \to -\infty} x^n e^x = 0.$

Remarque : un moyen simple de retenir ces propriétés est de se dire que la fonction exponentielle « est plus importante » que les puissances de x.

1.2.2 - Limites en un nombre fini

Propriétés 5

Soit n un entier naturel non nul.

- $\lim\limits_{\substack{x \to 0 \\ x<0}} \left(\frac{1}{x^{2n}}\right) = +\infty$
- $\lim\limits_{\substack{x \to 0 \\ x<0}} \left(\frac{1}{x^{2n+1}}\right) = -\infty$
- $\lim\limits_{\substack{x \to 0 \\ x>0}} \left(\frac{1}{x^{2n}}\right) = +\infty$
- $\lim\limits_{\substack{x \to 0 \\ x>0}} \left(\frac{1}{x^{2n+1}}\right) = +\infty$

1.3 Opérations sur les limites

α désigne soit un réel, soit $+\infty$, soit $-\infty$; ℓ et ℓ' désignent deux nombres réels. f est g sont deux fonctions.

1.3.1 - Somme et produit

$\lim\limits_{x \to \alpha} f(x)$	$\lim\limits_{x \to \alpha} g(x)$	$\lim\limits_{x \to \alpha} [f(x) + g(x)]$	$\lim\limits_{x \to \alpha} [f(x) \times g(x)]$
ℓ	ℓ'	$\ell + \ell'$	$\ell \times \ell'$
$+\infty$	ℓ'	$+\infty$	$+\infty$ si $\ell' > 0$ $-\infty$ si $\ell' < 0$ indéterminée si $\ell' = 0$.
$-\infty$	ℓ'	$-\infty$	$-\infty$ si $\ell' > 0$ $+\infty$ si $\ell' < 0$ indéterminée si $\ell' = 0$.
$+\infty$	$+\infty$	$+\infty$	$+\infty$
$-\infty$	$-\infty$	$-\infty$	$+\infty$
$+\infty$	$-\infty$	indéterminée	$-\infty$

1.3.2 - Formes indéterminées

Il y a quatre types d'indétermination dans le calcul de limites.

Types	Exemples
« $\infty - \infty$ »	$f(x) = x^2$, $g(x) = -\sqrt{x}$, $\lim\limits_{x \to +\infty} [f(x) + g(x)]$
« $\frac{\infty}{\infty}$ »	$f(x) = x^2 + 3x + 1$, $g(x) = x + 1$, $\lim\limits_{x \to +\infty} \frac{f(x)}{g(x)}$.
« $0 \times \infty$ »	$f(x) = \mathrm{e}^{-x}$, $g(x) = \sqrt{x}$, $\lim\limits_{x \to +\infty} [f(x) \times g(x)]$
« $\frac{0}{0}$ »	$f(x) = \sqrt{x} - 2$, $g(x) = x - 4$, $\lim\limits_{x \to 4} \frac{f(x)}{g(x)}$

Lorsque nous sommes face à une indétermination, il existe plusieurs méthodes pour la « lever » (c'est-à-dire pour la supprimer) en fonction du type rencontré.

MÉTHODE

- Pour lever une indétermination du type « $\infty - \infty$ » ou « $\frac{\infty}{\infty}$ », on peut *factoriser* les fonctions par le terme de plus haut degré (ou le terme « le plus fort ») ou utiliser une *expression conjuguée*.
- Pour lever une indétermination du type « $\frac{0}{0}$ », on peut utiliser la définition du taux d'accroissement.

Exemples

- $f(x) = \dfrac{3x-5}{x^2+1}$. Le calcul de $\lim\limits_{x \to +\infty} f(x)$ laisse apparaître une indétermination du type « $\frac{\infty}{\infty}$ » ; on factorise alors le numérateur et le dénominateur par les termes de plus haut degré, puis on simplifie :

$$f(x) = \frac{x\left(3 - \frac{5}{x}\right)}{x^2\left(1 + \frac{1}{x^2}\right)} = \frac{3 - \frac{5}{x}}{x\left(1 + \frac{1}{x^2}\right)}.$$

Or, $\lim\limits_{x \to +\infty} \left(3 - \frac{5}{x}\right) = 3$ et $\lim\limits_{x \to +\infty} \left[x\left(1 + \frac{1}{x^2}\right)\right] = +\infty$ donc, par quotient, $\lim\limits_{x \to +\infty} f(x) = 0$.

- $g(x) = \dfrac{\sqrt{x}-2}{x-4}$. Le calcul de $\lim\limits_{x \to 4} g(x)$ laisse apparaître une forme indéterminée du type « $\frac{0}{0}$ » ; on va alors utiliser un taux d'accroissement :

$$u(x) = \sqrt{x} \text{ donc } g(x) = \frac{u(x) - u(4)}{x - 4}.$$

Ainsi, $\lim\limits_{x \to 4} g(x) = \lim\limits_{x \to 4} \dfrac{u(x)-u(4)}{x-4} = u'(4)$ (par définition).

Or, $u'(x) = \dfrac{1}{2\sqrt{x}}$ donc $\lim\limits_{x \to 4} g(x) = \dfrac{1}{2\sqrt{4}} = \dfrac{1}{4}$.

Solution de l'exercice type 1 — **Lycée Albert Schweitzer, Le Raincy**

1 **(a)** $f(x) = \dfrac{3x+1}{x^2} = \dfrac{\cancel{x}\left(3 + \frac{1}{x}\right)}{\cancel{x} \times x} = \dfrac{3 + \frac{1}{x}}{x}$, pour $x \neq 0$.

Or, $\lim\limits_{x \to \pm\infty} \left(3 + \dfrac{1}{x}\right) = 3$ donc $\lim\limits_{x \to \pm\infty} f(x) = 0$.

...

Solution de l'exercice type 1 (suite) Lycée Albert Schweitzer, Le Raincy

(b) $g(x) = \dfrac{7-3x^2}{5+4x^2} = \dfrac{\cancel{x^2}\left(\frac{7}{x^2}-3\right)}{\cancel{x^2}\left(\frac{5}{x^2}+4\right)} = \dfrac{\frac{7}{x^2}-3}{\frac{5}{x^2}+4}$, pour $x \neq 0$.

Or, $\lim\limits_{x\to\pm\infty}\left(\frac{7}{x^2}-3\right) = -3$ et $\lim\limits_{x\to\pm\infty}\left(\frac{5}{x^2}+4\right) = 4$, donc par quotient, $\lim\limits_{x\to\pm\infty} g(x) = -\dfrac{3}{4}$.

(c) $h(x) = \sqrt{x^2+3x-1} - x$.

- Étude en $-\infty$.
$\lim\limits_{x\to-\infty}(x^2+3x-1) = +\infty$ donc $\lim\limits_{x\to-\infty}\sqrt{x^2+3x-1} = +\infty$.
De plus, $\lim\limits_{x\to-\infty}(-x) = +\infty$ donc par somme,
$$\lim_{x\to-\infty} h(x) = +\infty.$$
- Étude en $+\infty$.
Utilisons l'expression conjuguée :
$$\left(\sqrt{x^2+3x-1}-x\right)\left(\sqrt{x^2+3x-1}+x\right) = (x^2+3x-1)-(x)^2 = 3x-1.$$
Alors, pour $x > 0$:
$$h(x) = \frac{3x-1}{\sqrt{x^2+3x-1}+x} = \frac{\cancel{x}\left(3-\frac{1}{x}\right)}{\cancel{x}\left(\sqrt{1+\frac{3}{x}-\frac{1}{x^2}}+1\right)} = \frac{3-\frac{1}{x}}{\sqrt{1+\frac{3}{x}-\frac{1}{x^2}}+1}.$$
Le numérateur tend vers 3 et le dénominateur vers 2, de sorte que
$$\lim_{x\to+\infty} h(x) = \frac{3}{2}.$$

2 **(a)** On a $\lim\limits_{x\to1}(x-1)^2 = 0^+$, donc $\lim\limits_{x\to1}\dfrac{1}{(x-1)^2} = +\infty$.

D'où, par somme : $\lim\limits_{x\to1}\left(x+\dfrac{1}{(x-1)^2}\right) = +\infty$.

(b) $g(x) = \dfrac{\sqrt{x-1}}{x-1} = \dfrac{\sqrt{x-1}}{\left(\sqrt{x-1}\right)^2} = \dfrac{1}{\sqrt{x-1}}$.

Or, $\lim\limits_{x\to1}\sqrt{x-1} = 0^+$, donc $\lim\limits_{x\to1} g(x) = +\infty$.

Voir énoncé page 43

2 Théorèmes sur les limites

Exercice type 2 — Lycée Albert Schweitzer, Le Raincy

1 Calculer la limite en 1 de la fonction $f : x \mapsto (x-1)^2 \sin\left(\dfrac{1}{x-1}\right)$.

2 Calculer la limite en $+\infty$ de la fonction $g : x \mapsto \dfrac{(x^2+1)}{(1-x)\cos x}$.

Voir corrigé page 50

Théorème 1 : théorème de comparaison

Soient f et g deux fonctions. Pour x proche de α, on suppose que $f(x) \geqslant g(x)$.

- Si $\lim\limits_{x \to \alpha} g(x) = +\infty$, alors $\lim\limits_{x \to \alpha} f(x) = +\infty$.
- Si $\lim\limits_{x \to \alpha} f(x) = -\infty$, alors $\lim\limits_{x \to \alpha} g(x) = -\infty$.

Exemple : soit f une fonction telle que, pour tout réel x positif, $f(x) \leqslant 1 - x$. $\lim\limits_{x \to +\infty} (1-x) = -\infty$, donc d'après le théorème de comparaison,

$$\lim_{x \to +\infty} f(x) = -\infty.$$

Théorème 2 : théorème des gendarmes (théorème d'encadrement)

Soient f, g, et h trois fonctions et ℓ un réel.

- Si, pour x au voisinage de α, $g(x) \leqslant f(x) \leqslant h(x)$ et :
$$\lim_{x \to \alpha} g(x) = \ell \qquad \text{et} \qquad \lim_{x \to \alpha} h(x) = \ell\ ,$$
alors $\lim\limits_{x \to \alpha} f(x) = \ell$.
- Si, pour x au voisinage de α, $|f(x) - \ell| \leqslant g(x)$ et si $\lim\limits_{x \to \alpha} g(x) = 0$, alors $\lim\limits_{x \to \alpha} f(x) = \ell$.

Exemple : soit f une fonction telle que, pour tout réel x non nul :

$$3 + \frac{1}{x} \leqslant f(x) \leqslant 3 + \frac{5}{x}.$$

$\lim\limits_{x \to +\infty} \left(3 + \dfrac{1}{x}\right) = \lim\limits_{x \to +\infty} \left(3 + \dfrac{5}{x}\right) = 3$ donc, d'après le théorème des gendarmes,

$$\lim_{x \to +\infty} f(x) = 3.$$

Solution de l'exercice type 2

Lycée Albert Schweitzer, Le Raincy

1 Pour tout réel $x \neq 1$, on a :

$$-1 \leqslant \sin\left(\frac{1}{x-1}\right) \leqslant 1 \quad \text{donc} \quad -(x-1)^2 \leqslant f(x) \leqslant (x-1)^2.$$

Or, $\lim\limits_{x \to 1} (x-1)^2 = 0$ donc d'après le théorème d'encadrement :

$$\lim_{x \to 1} h(x) = 0.$$

2 Pour tout réel x,

$$-1 \leqslant \cos(x) \leqslant 1.$$

De plus, pour tout réel $x > 1$

$$1 - x < 0.$$

Par conséquent, pour tout réel $x > 1$,

$$1 - x \leqslant (1-x)\cos x \leqslant -(1-x).$$

En prenant l'inverse des membres de cet encadrement, on obtient :

$$\frac{1}{-1+x} \leqslant \frac{1}{(1-x)\cos x} \leqslant \frac{1}{1-x}.$$

En multipliant les membres de cet encadrement par $x^2 + 1 > 0$, on a finalement :

$$\frac{x^2+1}{-1+x} \leqslant g(x) \leqslant \frac{x^2+1}{1-x}.$$

Or,

$$\lim_{x \to +\infty} \frac{x^2+1}{-1+x} = \lim_{x \to +\infty} \frac{x^2}{x} = \lim_{x \to +\infty} (x) = +\infty.$$

Donc, d'après le théorème de comparaison,

$$\lim_{x \to +\infty} g(x) = +\infty.$$

Voir énoncé page 49

1 QCM Lecture graphique

10 min Corrigé p. 57

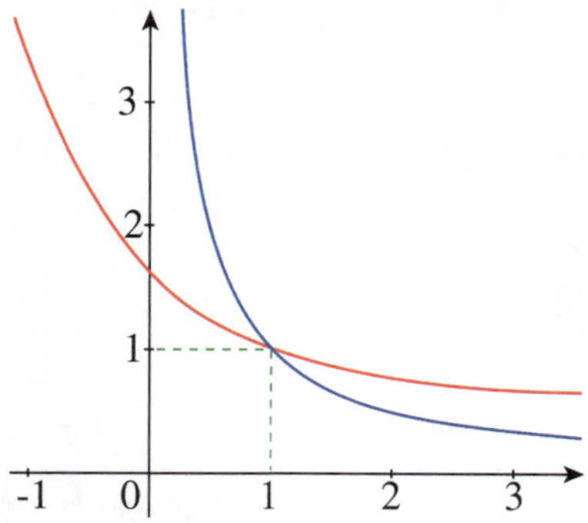

Le graphique ci-contre représente les courbes représentatives $\mathcal{C}_f$ et $\mathcal{C}_g$ de deux fonctions f et g, f étant définie sur $]0\,;+\infty[$ et g sur $]-3\,;+\infty[$. On sait que :

- l'axe des abscisses est asymptote aux deux courbes
- l'axe des ordonnées est asymptote à $\mathcal{C}_f$

Pour chaque question, donner la bonne réponse parmi les trois proposées.

1 La limite de f quand x tend vers 0 est :

a 0 **b** $+\infty$ **c** on ne peut pas conclure.

2 La limite quand x tend vers $+\infty$ de $g(x)$ est :

a 0 **b** $+\infty$ **c** on ne peut pas conclure.

3 On a :

a $\lim\limits_{x\to 1} f(x) = \lim\limits_{x\to 1} g(x)$ **b** $\lim\limits_{x\to 1} f(x) > \lim\limits_{x\to 1} g(x)$

c $\lim\limits_{x\to 1} f(x) < \lim\limits_{x\to 1} g(x)$

4 Soit h une fonction telle que, pour tout $x > 5$, $f(x) < h(x) < g(x)$. La limite quand x tend vers $+\infty$ de $h(x)$ est :

a 0 **b** $+\infty$ **c** on ne peut pas conclure.

2 V/F Étude de formes indéterminées

10 min Corrigé p. 57

Parmi les propositions suivantes, quelles sont celles qui sont exactes ?

1 Si $\lim\limits_{x\to+\infty} f(x) = 0$ et $\lim\limits_{x\to+\infty} g(x) = +\infty$ alors $\lim\limits_{x\to+\infty} \dfrac{f(x)}{g(x)}$ est indéterminée.

2 Si $\lim\limits_{x\to+\infty} f(x) = +\infty$ et $\lim\limits_{x\to+\infty} g(x) = -\infty$ alors $\lim\limits_{x\to+\infty} f(x)g(x)$ est indéterminée.

3 Si $\lim\limits_{x\to+\infty} f(x) = +\infty$ et $\lim\limits_{x\to+\infty} g(x) = -\infty$ alors $\lim\limits_{x\to+\infty} \big(f(x)+g(x)\big)$ est indéterminée.

4 Si $\lim\limits_{x\to+\infty} f(x) = -\infty$, alors, pour tout entier naturel n non nul, on a $\lim\limits_{x\to+\infty} f^n(x) = -\infty$.

3 V/F Limites diverses

10 min Corrigé p. 57

Parmi les propositions suivantes, quelles sont celles qui sont exactes ?

1 $\lim\limits_{\substack{x \to 3 \\ x > 3}} \dfrac{x^2 - x - 2}{x - 3} = +\infty.$

2 $\lim\limits_{\substack{x \to 2 \\ x > 2}} \dfrac{x^2 - 2x + 4}{x - 2} = 0.$

3 $\lim\limits_{x \to -\infty} \dfrac{\sqrt{x^2 + 3}}{x + 1} = -1.$

4 $\lim\limits_{x \to 1} \dfrac{x - 1}{\sqrt{x} - 1} = +\infty.$

4 V/F Asymptôtes

10 min Corrigé p. 58

Les affirmations suivantes sont-elles vraies ou fausses ? Justifier.

1 La courbe représentative de la fonction $f(x) = \dfrac{2x^2 - 5x + 3}{x - 1}$ admet pour asymptote la droite d'équation $x = 1$.

2 La courbe représentative de la fonction $g(x) = \dfrac{\sqrt{e^{2x} + x}}{3 - e^x}$ admet une asymptote horizontale.

5 QCM Exponentielle

15 min Corrigé p. 59

Soit f définie sur $\mathbb{R}^*$ par $f(x) = \dfrac{e^{2x} - 1}{e^x - 1}$.

1 La limite de f en $+\infty$ est :

- a $+\infty$
- b 1
- c 0
- d on ne peut pas savoir

2 La limite de f en $-\infty$ est :

- a $+\infty$
- b 1
- c 0
- d on ne peut pas savoir

3 La limite de f en 0 est :

- a $+\infty$ à droite et $-\infty$ à gauche
- b 0
- c 1
- d 2

4 La limite de f en 1 est :

- a 0
- b $e + 1$
- c $e^2 - 1$
- d $e - 1$

Limites aux infinis

6 Avec des exponentielles ★ 5 min Corrigé p. 59

Lycée Jean Renoir, Bondy

On considère la fonction f définie sur $\mathbb{R}$ par $f(x) = \dfrac{e^x}{1 + e^x}$.

1 Déterminer la limite de $f(x)$ quand x tend vers $-\infty$.

2 Déterminer la limite de $f(x)$ quand x tend vers $+\infty$.

3 En déduire les asymptotes de $\mathcal{C}$ (courbe représentative de f).

7 Limites de quotients ★ 10 min Corrigé p. 60

Lycée Jacques Prévert, Boulogne

Calculer les limites suivantes :

1 $\lim\limits_{x \to +\infty} \dfrac{\sqrt{2x^2 - 2x + 3}}{x}$ 2 $\lim\limits_{x \to +\infty} \dfrac{x^4 - 3x + 2}{x + 1}$

8 Limites de fonctions irrationnelles ★ 10 min Corrigé p. 60

Lycée Marie Curie, Sceaux

Calculer les limites suivantes :

1 $\lim\limits_{x \to +\infty} \dfrac{1}{\sqrt{x+1} - \sqrt{x-1}}$ 2 $\lim\limits_{x \to +\infty} \dfrac{1}{\sqrt{x^2 + x} - \sqrt{x^2 - x}}$

9 Avec une racine carrée ★ 10 min Corrigé p. 61

Lycée Notre-Dame de Boulogne, Boulogne-Billancourt

Déterminer la limite suivante :

$$\lim_{x \to +\infty} \left(\sqrt{4x^2 + 2x + 1} - 2x\right).$$

10 Avec des polynômes ★ 15 min Corrigé p. 62

Lycée Pablo Picasso, Fontenay-sous-Bois

Pour chaque fonction, déterminer les limites indiquées :

1 $f(x) = -x^3 + x - 2$, en $+\infty$ et $-\infty$.

2 $f(x) = (7 - x^2)(x - 3)^3$, en $+\infty$ et $-\infty$.

3 $f(x) = \sqrt{2x + 1} + x^2 - 2$, en $+\infty$.

COURS INTERROS CORRIGÉS

11 Lever une indétermination ★ 15 min Corrigé p. 63

Lycée Corot, Savigny-sur-Orge

1. Soit h la fonction définie sur $[0\,;+\infty[$ par $h(x) = 2x^2 - \sqrt{x}$.
Étudier la limite de h en $+\infty$.
2. Soit g la fonction définie sur $]-\infty\,;-1]$ par $g(x) = \sqrt{x^2+2} - \sqrt{x^2+x}$.
Étudier la limite de g en $-\infty$.

12 Limites d'exponentielles en $+\infty$ ★★ 10 min Corrigé p. 63

Lycée Camille Jullian, Bordeaux

Calculer les limites suivantes.

1. $\lim\limits_{x\to+\infty} \left(e^{2x} - e^{x}\right)$
2. $\lim\limits_{x\to+\infty} \dfrac{3 - e^{2x}}{e^{x} + 2}$
3. $\lim\limits_{x\to+\infty} \dfrac{1}{x}e^{\frac{1}{x}}$
4. $\lim\limits_{x\to+\infty} \dfrac{e^{\sqrt{x}}}{x}$

13 Une asymptote oblique ★★ 30 min Corrigé p. 64

Lycée La Bruyère, Versailles

Retrouvez le corrigé de cet exercice en vidéo.

On considère la fonction f définie sur $\mathcal{D}_f = \mathbb{R} \setminus \{4\}$ par :

$$f(x) = \frac{x^2 - 7x + 14}{x - 4}.$$

On note $\mathcal{C}$ sa courbe représentative dans un repère du plan.

1. Déterminer trois réels a, b et c tels que pour tout x de $\mathcal{D}_f$ on ait :
$$f(x) = ax + b + \frac{c}{x-4}.$$
2. Étudier les limites de la fonction f aux bornes de $\mathcal{D}_f$.
3. Quelles asymptotes à la courbe $\mathcal{C}$ peut-on déduire de ces limites ? En donner une équation.
4. Calculer les limites en $+\infty$ et $-\infty$ de la fonction g telle que $g(x) = f(x) - (x - 3)$.
5. Étudier la position relative de la courbe $\mathcal{C}$ et de la droite $\mathcal{D}$ d'équation $y = x - 3$.

14 Diverses limites

★★★ 15 min Corrigé p. 66

Lycée Gustave Eiffel, Bordeaux

Déterminer les limites suivantes.

1 $\lim\limits_{x \to -\infty} \dfrac{e^{x^2} + x}{e^{-x} + 1}$

2 $\lim\limits_{x \to +\infty} \dfrac{\sqrt{e^x + 2} - 2x}{xe^x - \sqrt{x}}$

Limites en un nombre fini

15 Avec une exponentielle

★ 5 min Corrigé p. 67

Lycée Notre-Dame de Boulogne, Boulogne-Billancourt

Déterminer $\lim\limits_{x \to 0} \dfrac{e^{5x} - 1}{x}$.

16 Limites à droite et à gauche

★ 10 min Corrigé p. 67

Lycée Carnot, Paris

Étudier les limites à droite et à gauche de 1 de la fonction f définie par :

$$f(x) = \frac{2x - 5}{x^2 + 3x - 4}.$$

17 Fractions rationnelle et irrationnelle

★ 10 min Corrigé p. 68

Lycée Camille Jullian, Bordeaux

Déterminer les limites suivantes.

1 $\lim\limits_{x \to 2} \dfrac{2x^2 - 3x - 2}{2x - 4}$

2 $\lim\limits_{x \to 2} \dfrac{\sqrt{x^2 + 5} - 3}{x - 2}$

18 Limites en un nombre réel

★ 20 min Corrigé p. 69

Lycée Blaise Pascal, Clermont-Ferrand

Étudier les limites suivantes. Lorsqu'une limite prouve l'existence d'une asymptote à la courbe représentative, donner son équation.

1 $\lim\limits_{x \to 2} \dfrac{x - 1}{x - 2}$

2 $\lim\limits_{x \to 1} \dfrac{x^2 - 1}{x - 1}$

3 $\lim\limits_{x \to -1} \dfrac{x^2 - 1}{x - 1}$

4 $\lim\limits_{x \to 1} \dfrac{1 - 2x}{x^2 + 2x - 3}$

19 Diverses limites

★★ 15 min Corrigé p. 70

Lycée Gustave Eiffel, Bordeaux

Déterminer les limites suivantes.

1 $\lim\limits_{x \to 2} \dfrac{e^{x-2} - 1}{x - 2}$

2 $\lim\limits_{x \to 1} \dfrac{e^{x-3} - e^{-2}}{\sqrt{x} - 1}$

Comparaison et encadrement

20 Comparaison ou encadrement ?

★ 5 min Corrigé p. 71

Lycée Camille Jullian, Bordeaux

Déterminer $\lim\limits_{x \to +\infty} \dfrac{x\cos(x)}{x^2 + 1}$.

21 Comparaison ou encadrement ?

★ 5 min Corrigé p. 71

Lycée Jean Monnet, Blanquefort

Étudier la limite en $+\infty$ de la fonction f définie sur $\mathbb{R}$ par : $f(x) = \dfrac{x^2}{2 + 2\sin(x)}$.

22 Une fonction trigonométrique

★★ 15 min Corrigé p. 72

Lycée de l'Emperi, Salon-de-Provence

Soit f la fonction est définie par : $f(x) = \dfrac{x\sin\left(\frac{1}{x}\right)}{x^2 + 5}$.

1 Quel est l'ensemble de définition de f ?

2 Calculer $\lim\limits_{x \to 0} f(x)$.

23 Limites et comparaisons

★★ 25 min Corrigé p. 72

Lycée Jean-Pierre Vernant, Pins-Justaret

Étudier les limites suivantes. Dans chaque cas, si la limite permet de conclure en l'existence d'une asymptote à la courbe représentative de la fonction définie par l'expression étudiée, en donner une équation.

1 $\lim\limits_{x \to +\infty} \dfrac{8 - 2x}{\cos x - 6}$

2 $\lim\limits_{x \to +\infty} \dfrac{\cos x + \sin x}{x - 2}$

3 $\lim\limits_{x \to -\infty} \dfrac{2\sin x - 3}{x}$

4 $\lim\limits_{x \to +\infty} \dfrac{x + 2\cos x}{2 + \sin x}$

1 QCM Lecture graphique

Énoncé p. 51

1 Réponse **b**. En effet, l'énoncé dit que l'axe des ordonnées est asymptote à C_f ; par conséquent, $\lim_{x\to 0} f(x) = +\infty$ ou $\lim_{x\to 0} f(x) = -\infty$. Mais d'après le graphique, le cas « $-\infty$ » n'est pas envisageable car la $\mathcal{C}_f$ est dirigée vers le haut (et non vers le bas).

2 Réponse **a**. D'après l'énoncé, l'axe des abscisses est asymptote aux deux courbes donc $\lim_{x\to+\infty} g(x) = 0$.

3 Réponse **a**. En fait, d'après le graphique, $f(1)$ et $g(1)$ sont définis et $f(1) = g(1) = 1$, ce qui peut aussi s'écrire $\lim_{x\to 1} f(x) = \lim_{x\to 1} g(x) = 1$.

4 Réponse **a**. En effet, si $f(x) < h(x) < g(x)$ pour $x > 5$ alors $\lim_{x\to+\infty} f(x) < \lim_{x\to+\infty} h(x) < \lim_{x\to+\infty} g(x)$.
Or, $\lim_{x\to+\infty} f(x) = \lim_{x\to+\infty} g(x) = 0$ donc d'après le théorème des gendarmes, on peut conclure que $\lim_{x\to+\infty} h(x) = 0$.

2 V/F Étude de formes indéterminées

Énoncé p. 51

1 *Faux*. D'après le théorème sur les limites de quotients, cette limite vaut 0.

2 *Faux*. D'après le théorème sur les limites de produits, cette limite vaut $-\infty$.

3 *Vrai*. Il s'agit d'une des quatre formes indéterminées à retenir. Par exemple, avec $f(x) = x$ et $g(x) = -\mathrm{e}^x$, $\lim_{x\to+\infty} \big(f(x) + g(x)\big) = \lim_{x\to+\infty} \big(x - \mathrm{e}^x\big)$ est indéterminée. Pour calculer cette limite, on peut factoriser par e^x.

4 *Faux*. Tout dépend de la parité de l'entier naturel n. Par exemple, si $f(x) = -x$ alors $f^2(x) = (-x)^2 = x^2$ et $\lim_{x\to+\infty} f^2(x) = +\infty$.

3 V/F Limites diverses

Énoncé p. 52

1 *Vrai*. En effet,

$$\left.\begin{array}{l} \lim\limits_{\substack{x\to 3\\ x>3}} (x^2 - x - 2) = 3^2 - 3 - 2 = 4 > 0 \\[2ex] \lim\limits_{\substack{x\to 3\\ x>3}} (x - 3) = 0^+ \end{array}\right\} \Rightarrow \lim_{\substack{x\to 3\\ x>3}} \frac{x^2 - x - 2}{x - 3} = +\infty.$$

2 *Faux*. En effet,

$$\left.\begin{array}{l} \lim\limits_{\substack{x\to 2\\ x>2}} (x^2 - 2x + 4) = 2^2 - 4 + 4 = 4 > 0 \\[2ex] \lim\limits_{\substack{x\to 2\\ x>2}} (x - 2) = 0^+ \end{array}\right\} \Rightarrow \lim_{\substack{x\to 2\\ x>2}} \frac{x^2 - 2x + 4}{x - 2} = +\infty.$$

3 *Vrai*. En effet, on peut écrire pour tout $x \neq -1$:

$$\frac{\sqrt{x^2+3}}{x+1} = \frac{\sqrt{x^2\left(1+\frac{3}{x^2}\right)}}{x\left(1+\frac{1}{x}\right)} = \frac{|x|\sqrt{1+\frac{3}{x^2}}}{x\left(1+\frac{1}{x}\right)}.$$

Au voisinage de $-\infty$, $x < 0$ donc $|x| = -x$ et on peut alors écrire que pour $x < 0$:

$$\frac{\sqrt{x^2+3}}{x+1} = \frac{-x\sqrt{1+\frac{3}{x^2}}}{x\left(1+\frac{1}{x}\right)} = \frac{-\sqrt{1+\frac{3}{x^2}}}{1+\frac{1}{x}}.$$

Or, $\lim\limits_{x\to-\infty}\left(1+\dfrac{1}{x}\right) = \lim\limits_{x\to-\infty}\left(1+\dfrac{3}{x^2}\right) = 1$ d'où :

$$\lim_{x\to-\infty}\frac{\sqrt{x^2+3}}{x+1} = -1.$$

4 *Faux*. Le numérateur et le dénominateur tendent simultanément vers 0 quand x tend vers 1. On est donc en présence d'une forme indéterminée du type « $\dfrac{0}{0}$ ». Pour lever l'indétermination, on peut remarquer que, pour x positif :

$$x-1 = (\sqrt{x}-1)(\sqrt{x}+1),$$

ce qui permet d'écrire :

$$\frac{x-1}{\sqrt{x}-1} = \sqrt{x}+1,$$

d'où : $\lim\limits_{x\to1}\dfrac{x-1}{\sqrt{x}-1} = \lim\limits_{x\to1}(\sqrt{x}+1) = 2.$

4 V/F Asymptôtes

Énoncé p. 52

1 *Faux*. À première vue, on pourrait penser que l'affirmation est vraie car $x = 1$ est une valeur interdite. Mais « 1 » est une racine évidente de $2x^2 - 5x + 3$, donc ce polynôme se factorise par $(x-1)$:

$$2x^2 - 5x + 3 = (x-1)(2x-3).$$

Ainsi, pour tout réel $x \neq 1$, $f(x) = 2x - 3$ et $\lim\limits_{x\to1} f(x) = -1$. Par conséquent, la courbe représentative de f n'admet pas d'asymptote verticale en $x = 1$ (car sa limite n'est pas infinie).

2 *Vrai*. En effet, on peut écrire :

$$g(x) = \frac{\sqrt{e^{2x}+x}}{3-e^x} = \frac{\sqrt{e^{2x}\left(1+xe^{-2x}\right)}}{e^x\left(3e^{-x}-1\right)} = \frac{\cancel{e^x}\sqrt{1+xe^{-2x}}}{\cancel{e^x}\left(3e^{-x}-1\right)}.$$

Or, $\lim_{x\to+\infty}\left(xe^{-x}\right)=0$ (croissance comparée) donc :

$$\lim_{x\to+\infty}\left(xe^{-2x}\right)=\lim_{x\to+\infty}\left(xe^{-x}\times e^{-x}\right)=0.$$

Alors,

$$\left.\begin{array}{l}\lim\limits_{x\to+\infty}\sqrt{1+xe^{-2x}}=1\\ \lim\limits_{x\to+\infty}\left(3e^{-x}-1\right)=-1\end{array}\right\}\Rightarrow\lim_{x\to+\infty}g(x)=-1 \text{ (par quotient).}$$

La droite d'équation $y=-1$ est donc une asymptote à la courbe de g.

5 QCM Exponentielle

Énoncé p. 52

1 Réponse **a**. On peut écrire :

$$\lim_{x\to+\infty}f(x)=\lim_{x\to+\infty}\frac{e^{2x}\left(1-\frac{1}{e^{2x}}\right)}{e^{x}\left(1-\frac{1}{e^{x}}\right)}=\lim_{x\to+\infty}e^{x}\frac{1-\frac{1}{e^{2x}}}{1-\frac{1}{e^{x}}}.$$

Or, $\lim_{x\to+\infty}e^{x}=+\infty$ donc $\lim_{x\to+\infty}e^{2x}=+\infty$, donc

$$\lim_{x\to+\infty}\frac{1}{e^{2x}}=\lim_{x\to+\infty}\frac{1}{e^{x}}=0 \quad\text{et}\quad \lim_{x\to+\infty}f(x)=\lim_{x\to+\infty}e^{x}=+\infty.$$

2 Réponse **b**. On a :

$$\left.\begin{array}{l}\lim\limits_{x\to-\infty}2x=-\infty\\ \lim\limits_{x\to-\infty}e^{x}=0\end{array}\right\}\quad\text{donc}\quad\lim_{x\to-\infty}e^{2x}=0\quad\text{et}\quad\lim_{x\to-\infty}f(x)=1.$$

3 Réponse **d**. Pour tout x non nul, $f(x)=\dfrac{(e^{x}-1)(e^{x}+1)}{e^{x}-1}=e^{x}+1$.
Par conséquent, $\lim_{x\to0}f(x)=2$.

4 Réponse **d**. La fonction f est définie en 1, sa limite est donc $f(1)=e+1$.

6 Avec des exponentielles

Énoncé p. 53

Lycée Jean Renoir, Bondy

1 D'après les limites du cours, on a $\lim_{x\to-\infty}e^{x}=0$. Il en résulte que :

$$\lim_{x\to-\infty}f(x)=0.$$

2 On a :
$$\lim_{x\to+\infty}f(x)=\lim_{x\to+\infty}\frac{\cancel{e^{x}}\times1}{\cancel{e^{x}}\left(\frac{1}{e^{x}}+1\right)}$$
$$=\lim_{x\to+\infty}\frac{1}{e^{-x}+1}$$
$$=1.$$

3 $\lim_{x \to +\infty} f(x) = 1$ donc la droite d'équation $y = 1$ est asymptote à la courbe représentative de la fonction f au voisinage de $+\infty$.

De même, $\lim_{x \to -\infty} f(x) = 0$ donc la droite d'équation $y = 0$ (l'axe des abscisses) est asymptote à la courbe représentative de la fonction f au voisinage de $-\infty$.

7 Limites de quotients

Énoncé p. 53

Lycée Jacques Prévert, Boulogne

1 Pour tout x au voisinage de $+\infty$,

$$2x^2 - 2x + 3 = x^2\left(2 - \frac{2}{x} + \frac{3}{x^2}\right).$$

Comme $x > 0$, $\sqrt{x^2} = x$ et donc :

$$\sqrt{2x^2 - 2x + 3} = x\sqrt{2 - \frac{2}{x} + \frac{3}{x^2}}.$$

On en déduit alors que :

$$\lim_{x \to +\infty} \frac{\sqrt{2x^2 - 2x + 3}}{x} = \lim_{x \to +\infty} \sqrt{2 - \frac{2}{x} + \frac{3}{x^2}} = \sqrt{2}.$$

2 D'après la propriété sur les limites aux infinis de fonctions rationnelles,

$$\lim_{x \to +\infty} \frac{x^4 - 3x + 2}{x + 1} = \lim_{x \to +\infty} \frac{x^4}{x} = \lim_{x \to +\infty} x^3 = +\infty.$$

8 Limites de fonctions irrationnelles

Énoncé p. 53

Lycée Marie Curie, Sceaux

On utilise dans cet exercice la méthode dite de *l'expression conjuguée*.

1 Quel que soit x, tel que $x + 1 > 0$ et $x - 1 > 0$, c'est-à-dire pour tout $x > 1$:

$$\frac{1}{\sqrt{x+1} - \sqrt{x-1}} = \frac{\sqrt{x+1} + \sqrt{x-1}}{\left(\sqrt{x+1} - \sqrt{x-1}\right)\left(\sqrt{x+1} + \sqrt{x-1}\right)}$$

$$= \frac{\sqrt{x+1} + \sqrt{x-1}}{(x+1) - (x-1)}$$

$$= \frac{\sqrt{x+1} + \sqrt{x-1}}{2}.$$

De plus,

$$\lim_{x \to +\infty} \sqrt{x+1} = \lim_{x \to +\infty} \sqrt{x-1} = +\infty$$

donc :

$$\lim_{x\to+\infty} \frac{1}{\sqrt{x+1}-\sqrt{x-1}} = +\infty.$$

2 Pour tout $x > 1$,

$$\frac{1}{\sqrt{x^2+x}-\sqrt{x^2-x}} = \frac{\sqrt{x^2+x}+\sqrt{x^2-x}}{\left(\sqrt{x^2+x}-\sqrt{x^2-x}\right)\left(\sqrt{x^2+x}+\sqrt{x^2-x}\right)}$$

$$= \frac{\sqrt{x^2+x}+\sqrt{x^2-x}}{(x^2+x)-(x^2-x)}$$

$$= \frac{\sqrt{x^2\left(1+\frac{1}{x}\right)}+\sqrt{x^2\left(1-\frac{1}{x}\right)}}{2x}$$

$$= \frac{|x|\left(\sqrt{1+\frac{1}{x}}+\sqrt{1-\frac{1}{x}}\right)}{2x}.$$

Or, quand $x > 0$, $\dfrac{|x|}{x} = 1$ donc, pour $x > 1$:

$$\frac{1}{\sqrt{x^2+x}-\sqrt{x^2-x}} = \frac{\sqrt{1+\frac{1}{x}}+\sqrt{1-\frac{1}{x}}}{2}.$$

Enfin :

$$\lim_{x\to+\infty} \sqrt{1+\frac{1}{x}} = \lim_{x\to+\infty} \sqrt{1-\frac{1}{x}} = 1\,,$$

d'où :

$$\lim_{x\to+\infty} \left(\frac{1}{\sqrt{x^2+x}-\sqrt{x^2-x}}\right) = 1.$$

9 Avec une racine carrée

Énoncé p. 53

Lycée Notre-Dame de Boulogne, Boulogne-Billancourt

Utilisons l'expression conjuguée pour lever l'indétermination rencontrée, du type « $\infty - \infty$ » :

$$\sqrt{4x^2+2x+1}-2x = \frac{\left(\sqrt{4x^2+2x+1}-2x\right)\left(\sqrt{4x^2+2x+1}+2x\right)}{\sqrt{4x^2+2x+1}+2x}$$

$$= \frac{4x^2+2x+1-4x^2}{\sqrt{4x^2+2x+1}+2x}$$

$$= \frac{2x+1}{\sqrt{4x^2+2x+1}+2x}.$$

À ce stade, nous avons encore une indétermination, du type « $\frac{\infty}{\infty}$ », mais pas de panique ! Nous allons la lever en factorisant au numérateur et au dénominateur par le terme de plus haut degré. Pour $x > 0$, on a :

$$\frac{2x+1}{\sqrt{4x^2+2x+1}+2x} = \frac{x\left(2+\frac{1}{x}\right)}{\sqrt{4x^2\left(1+\frac{1}{2x}+\frac{1}{4x^2}\right)}+2x}$$
$$= \frac{x\left(2+\frac{1}{x}\right)}{2x\sqrt{1+\frac{1}{2x}+\frac{1}{4x^2}}+2x}$$
$$= \frac{\not{x}\left(2+\frac{1}{x}\right)}{2\not{x}\left[\sqrt{1+\frac{1}{2x}+\frac{1}{4x^2}}+1\right]}$$

$$\left.\begin{array}{r}\lim\limits_{x\to+\infty}\left(2+\frac{1}{x}\right)=2\\ \lim\limits_{x\to+\infty}\left[\sqrt{1+\frac{1}{2x}+\frac{1}{4x^2}}+1\right]=2\end{array}\right\} \Rightarrow \lim_{x\to+\infty}\left(\sqrt{4x^2+2x+1}-2x\right)=\frac{1}{2}.$$

10 Avec des polynômes

Énoncé p. 53

Lycée Pablo Picasso, Fontenay-sous-Bois

1 $f(x) = -x^3 + x - 2 = x^3\left(-1 + \frac{1}{x^2} - \frac{2}{x^3}\right)$. Or, $\lim\limits_{x\to\pm\infty} \frac{1}{x^n} = 0$ pour $n \in \mathbb{N}^*$. Donc :

- $\lim\limits_{x\to+\infty} f(x) = \lim\limits_{x\to+\infty} (-x^3) = -\infty$.
- $\lim\limits_{x\to-\infty} f(x) = \lim\limits_{x\to-\infty} (-x^3) = +\infty$.

2 Le terme de plus haut degré du polynôme est $-x^2 \times x^3 = -x^5$ donc :

- $\lim\limits_{x\to+\infty} f(x) = \lim\limits_{x\to+\infty} (-x^5) = -\infty$.
- $\lim\limits_{x\to-\infty} f(x) = \lim\limits_{x\to-\infty} (-x^5) = +\infty$.

3 $\lim\limits_{x\to+\infty} (2x+1) = +\infty$ donc $\lim\limits_{x\to+\infty} \sqrt{2x+1} = +\infty$.

De plus, $\lim\limits_{x\to+\infty} (x^2 - 2) = +\infty$ donc, par somme, on trouve $\lim\limits_{x\to+\infty} f(x) = +\infty$.

11 Lever une indétermination

Énoncé p. 54

Lycée Corot, Savigny-sur-Orge

1 Pour tout réel x strictement positif,

$$h(x) = x^2\left(2 - \frac{\sqrt{x}}{x^2}\right) = x^2\left(2 - \frac{1}{x\sqrt{x}}\right).$$

Or, $\lim\limits_{x\to+\infty} \frac{1}{x\sqrt{x}} = 0$ et $\lim\limits_{x\to+\infty} x^2 = +\infty$.

Donc :

$$\lim_{x\to+\infty} h(x) = +\infty.$$

2 Pour tout $x \leqslant -1$,

$$g(x) = \frac{2-x}{\sqrt{x^2+2}+\sqrt{x^2+x}} = \frac{x\left(\frac{2}{x}-1\right)}{-x\left(\sqrt{1+\frac{2}{x^2}}+\sqrt{1+\frac{1}{x}}\right)}.$$

D'où :

$$g(x) = \frac{1-\frac{2}{x}}{\sqrt{1+\frac{2}{x^2}}+\sqrt{1+\frac{1}{x}}}.$$

⚠ ATTENTION

Comme x est négatif, on a $\sqrt{x^2} = |x| = -x$.

$$\left.\begin{array}{l}\lim\limits_{x\to-\infty}\left(1+\frac{1}{x}\right) = 1 \\ \lim\limits_{X\to 1}\sqrt{X} = 1\end{array}\right\} \Rightarrow \lim_{x\to-\infty}\sqrt{1+\frac{1}{x}} = 1.$$

De même, $\lim\limits_{x\to-\infty}\sqrt{1+\frac{2}{x^2}} = 1$.

On en conclut que $\lim\limits_{x\to-\infty} g(x) = \frac{1}{2}$.

12 Limites d'exponentielles en $+\infty$

Énoncé p. 54

Lycée Camille Jullian, Bordeaux

1 $\lim\limits_{x\to+\infty}\left(e^{2x}-e^x\right) = \lim\limits_{x\to+\infty} e^x\left(e^x-1\right)$. Or, $\lim\limits_{x\to+\infty} e^x = +\infty$ donc, par produit, on en déduit que :

$$\lim_{x\to+\infty}\left(e^{2x}-e^x\right) = +\infty.$$

2 $\lim\limits_{x\to+\infty} \dfrac{3-\mathrm{e}^{2x}}{\mathrm{e}^x+2} = \lim\limits_{x\to+\infty} \dfrac{\mathrm{e}^{2x}\left(3\mathrm{e}^{-2x}-1\right)}{\mathrm{e}^x\left(1+2\mathrm{e}^{-x}\right)} = \lim\limits_{x\to+\infty} \dfrac{\mathrm{e}^{x}\left(3\mathrm{e}^{-2x}-1\right)}{1+2\mathrm{e}^{-x}}.$

Or, $\lim\limits_{x\to+\infty} \mathrm{e}^{-2x} = \lim\limits_{x\to+\infty} \mathrm{e}^{-x} = 0$ donc, d'une part :

$$\left.\begin{array}{l}\lim\limits_{x\to+\infty} \left(3\mathrm{e}^{-2x}-1\right) = -1 \\ \lim\limits_{x\to+\infty} \mathrm{e}^{x} = +\infty\end{array}\right\} \Rightarrow \lim\limits_{x\to+\infty} \mathrm{e}^{x}\left(3\mathrm{e}^{-2x}-1\right) = -\infty\ ,$$

d'autre part :

$$\lim\limits_{x\to+\infty} \left(1+2\mathrm{e}^{-x}\right) = 1.$$

On en déduit alors, par quotient, que :

$$\lim\limits_{x\to+\infty} \frac{3-\mathrm{e}^{2x}}{\mathrm{e}^x+2} = -\infty.$$

3 En posant $X = \dfrac{1}{x}$ $(x \neq 0)$, on peut écrire :

$$\lim\limits_{x\to+\infty} \frac{1}{x}\mathrm{e}^{\frac{1}{x}} = \lim\limits_{X\to 0} X\mathrm{e}^{X} = 0.$$

4 En posant $X = \sqrt{x}$ $(x > 0)$, on peut écrire :

$$\lim\limits_{x\to+\infty} \frac{\mathrm{e}^{\sqrt{x}}}{x} = \lim\limits_{X\to+\infty} \frac{\mathrm{e}^{X}}{X^2} = +\infty \text{ (d'après le cours).}$$

13 Une asymptote oblique

Énoncé p. 54

Lycée La Bruyère, Versailles

1 $\forall x \in \mathcal{D}_f,\ f(x) = ax + b + \dfrac{c}{x-4} = \dfrac{(ax+b)(x-4)+c}{x-4}$

$$= \frac{ax^2+(b-4a)x-4b+c}{x-4}.$$

Par identification avec l'expression de $f(x)$, on voit qu'il suffit que a, b et c vérifient le système :

$$\left\{\begin{array}{r}a=1\\ b-4a=-7\\ -4b+c=14\end{array}\right. \Leftrightarrow \left\{\begin{array}{l}a=1\\ b=-3\\ c=2\end{array}\right.$$

Par conséquent, on peut écrire : $f(x) = x - 3 + \dfrac{2}{x-4}$.

2 $\mathcal{D}_f =]-\infty\ ;\ 4[\cup]4\ ;\ +\infty[$. Il faut étudier les limites en l'infini et en 4 par valeurs supérieures et inférieures.

- $\lim\limits_{x\to+\infty} \dfrac{2}{x-4} = \lim\limits_{x\to-\infty} \dfrac{2}{x-4} = 0$ donc, par somme, on obtient :

$$\lim\limits_{x\to+\infty} f(x) = +\infty \qquad \text{et} \qquad \lim\limits_{x\to-\infty} f(x) = -\infty.$$

• $\left.\begin{array}{l}\lim\limits_{x\to4}(x-3)=1\\ \lim\limits_{\substack{x\to4\\x>4}}(x-4)=0^+\end{array}\right\}\Rightarrow\lim\limits_{\substack{x\to4\\x>4}}f(x)=+\infty.$

De même, $\left.\begin{array}{l}\lim\limits_{x\to4}(x-3)=1\\ \lim\limits_{\substack{x\to4\\x<4}}(x-4)=0^-\end{array}\right\}\Rightarrow\lim\limits_{\substack{x\to4\\x<4}}f(x)=-\infty.$

3 La limite infinie en 4 permet de conclure que la courbe admet une asymptote verticale d'équation $x = 4$. En revanche, comme les limites en l'infini sont infinies, il n'y a pas d'asymptote horizontale.

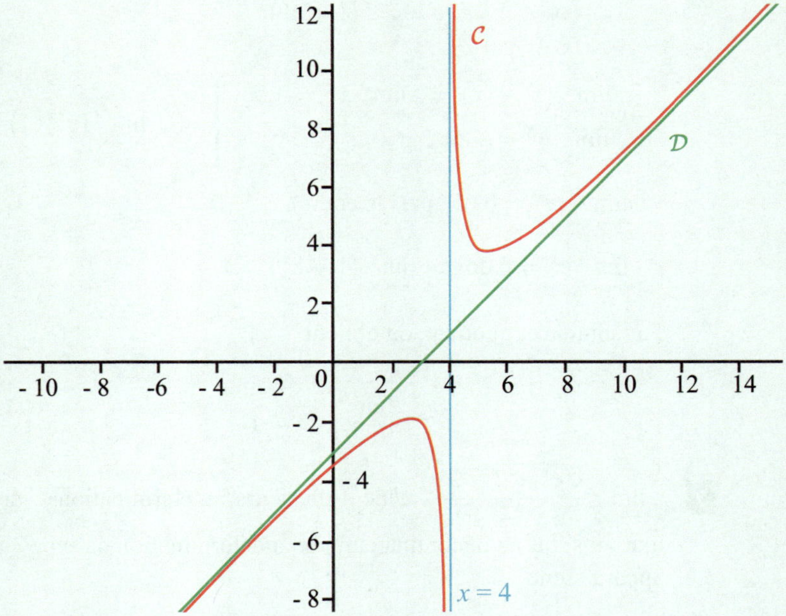

4 En utilisant l'écriture établie dans la question 1, on trouve :

$$g(x) = f(x) - (x - 3) = \frac{2}{x - 4}.$$

D'après les calculs de limites de la question 2, on en déduit que $\lim\limits_{x\to+\infty} g(x) = \lim\limits_{x\to-\infty} g(x) = 0$.

Remarque : cette limite montre que la courbe $\mathcal{C}$ et la droite $\mathcal{D}$ se rapprochent l'une de l'autre lorsque x tend vers l'infini (on peut le visualiser sur le graphique précédent). On dit que la droite $\mathcal{D}$ est une *asymptote oblique* à la courbe $\mathcal{C}$.

5 Pour étudier la position relative de la courbe $\mathcal{C}$ et de la droite $\mathcal{D}$, il faut étudier le signe de l'expression $f(x) - (x - 3)$, c'est-à-dire le signe de $g(x)$.

- Pour $x > 4$, la différence est positive, donc la courbe $\mathcal{C}$ est au-dessus de la droite $\mathcal{D}$.
- Pour $x < 4$, la différence est négative, donc la courbe $\mathcal{C}$ est en dessous de la droite $\mathcal{D}$.

14 Diverses limites

Énoncé p. 55

Lycée Gustave Eiffel, Bordeaux

1 $\forall x \in \mathbb{R}, \dfrac{e^{x^2}+x}{e^{-x}+1} = \dfrac{\cancel{e^{-x}}\left(e^{x^2+x}+xe^{x}\right)}{\cancel{e^{-x}}\left(1+e^{x}\right)} = \dfrac{e^{x^2+x}-xe^{x}}{1+e^{x}}$.

- $\left.\begin{array}{l} \lim\limits_{x\to-\infty}\left(x^2+x\right) = \lim\limits_{x\to-\infty} x^2 = +\infty \\ \lim\limits_{X\to+\infty} e^{X} = +\infty \end{array}\right\} \Rightarrow \lim\limits_{x\to-\infty}\left(e^{x^2+x}\right) = +\infty.$
- $\lim\limits_{x\to-\infty} xe^{x} = 0$ (d'après le cours).
- $\lim\limits_{x\to-\infty} e^{x} = 0$ donc $\lim\limits_{x\to-\infty}\left(1+e^{x}\right) = 1$.

Par somme et quotient, on obtient :

$$\lim_{x\to-\infty} \frac{e^{x^2}+x}{e^{-x}+1} = +\infty.$$

2 $\lim\limits_{x\to+\infty} \dfrac{\sqrt{e^{x}+2}-2x}{xe^{x}-\sqrt{x}}$ mène à plusieurs indéterminations : au numérateur ainsi qu'au dénominateur, une indétermination du type « $\infty - \infty$ » apparaissent.

MÉTHODE

L'idée que nous choisissons ici est de factoriser au numérateur et au dénominateur par un même facteur dans le but de simplifier le quotient.

- $\sqrt{e^{x}+2}-2x = \sqrt{e^{x}\left(1+2e^{-x}\right)}-2x$

$$= e^{x/2}\sqrt{1+2e^{-x}}-2x$$

$$= e^{x/2}\left[\sqrt{1+2e^{-x}}-2xe^{-x/2}\right]$$

$$= e^{x/2}\left[\sqrt{1+2e^{-x}}-4\times\frac{x}{2}e^{-x/2}\right].$$

- $xe^x - \sqrt{x} = e^{x/2}\left[xe^{x/2} - \dfrac{\sqrt{x}}{e^{x/2}}\right]$

$$= e^{x/2}\left[xe^{x/2} - \sqrt{\frac{x}{e^x}}\right] \text{ car } e^{x/2} = (e^x)^{1/2} = \sqrt{e^x}.$$

Ainsi,

$$\frac{\sqrt{e^x+2}-2x}{xe^x-\sqrt{x}} = \frac{\cancel{e^{x/2}}\left[\sqrt{1+2e^{-x}} - 4\times\frac{x}{2}e^{-x/2}\right]}{\cancel{e^{x/2}}\left[xe^{x/2} - \sqrt{\frac{x}{e^x}}\right]}$$

Or,

- $\lim\limits_{x\to+\infty}\left(\dfrac{x}{2}e^{-x/2}\right) = \lim\limits_{X\to+\infty} Xe^{-X} = \lim\limits_{X\to+\infty}\dfrac{X}{e^X} = 0$;
- $\lim\limits_{x\to+\infty}\sqrt{1+2e^{-x}} = \sqrt{1} = 1$ car $\lim\limits_{x\to+\infty} e^{-x} = 0$;
- $\lim\limits_{x\to+\infty} xe^{x/2} = \lim\limits_{x\to+\infty} 2\times\dfrac{x}{2}e^{x/2} = \lim\limits_{X\to+\infty} 2Xe^X = +\infty$;
- $\lim\limits_{x\to+\infty}\sqrt{\dfrac{x}{e^x}} = 0$.

Ainsi, le numérateur tend vers 1 et le dénominateur tend vers $+\infty$ et donc,

$$\lim_{x\to+\infty}\frac{\sqrt{e^x+2}-2x}{xe^x-\sqrt{x}} = 0.$$

15 Avec une exponentielle

Énoncé p. 55

Lycée Notre-Dame de Boulogne, Boulogne-Billancourt

Nous avons ici une forme indéterminée du type « $\dfrac{0}{0}$ » donc il nous faut la lever en utilisant par exemple un taux d'accroissement.

Posons $f(x) = e^{5x}$. On a $f(0) = 1$ et $f'(x) = 5e^{5x}$, donc $f'(0) = 5$. Ainsi,

$$\lim_{x\to0}\frac{e^{5x}-1}{x} = \lim_{x\to0}\frac{f(x)-f(0)}{x-0} = f'(0) = 5.$$

16 Limites à droite et à gauche

Énoncé p. 55

Lycée Carnot, Paris

$f(x) = \dfrac{2x-5}{x^2+3x-4}$. Regardons les limites à droite et à gauche de 1 de cette fonction.

- $\lim\limits_{x\to1}(2x-5) = 2-5 = -3$.

- Le polynôme $x^2 + 3x - 4$ admet pour racine évidente $x_1 = 1$. Le produit des racines de $ax^2 + bx + c$ étant égal à $\frac{c}{a}$, on a ici : $x_1 x_2 = \frac{-4}{1}$, donc la deuxième racine est $x_2 = -4$.
On en déduit alors le tableau suivant :

x	$-\infty$		-4		1		$+\infty$
$x^2 + 3x - 4$		$+$	0	$-$	0	$+$	

On a alors :

$$\lim_{\substack{x \to 1 \\ x < 1}} (x^2 + 3x - 4) = 0^- \qquad \text{et} \qquad \lim_{\substack{x \to 1 \\ x > 1}} (x^2 + 3x - 4) = 0^+.$$

On en déduit alors, par quotient (n'oublions pas que le numérateur tend vers -3) :

$$\lim_{\substack{x \to 1 \\ x < 1}} f(x) = +\infty \qquad \text{et} \qquad \lim_{\substack{x \to 1 \\ x > 1}} f(x) = 0 - \infty.$$

17 Fractions rationnelle et irrationnelle

Énoncé p. 55

Lycée Camille Jullian, Bordeaux

1 $\lim\limits_{x \to 2} \frac{2x^2 - 3x - 2}{2x - 4}$.

Remarquons avant tout que 2 est une racine de $2x^2 - 3x - 2$ donc ce dernier peut se factoriser par $(x - 2)$:

$$2x^2 - 3x - 2 = (x - 2)(2x + 1).$$

Ainsi,

$$\begin{aligned} \lim_{x \to 2} \frac{2x^2 - 3x - 2}{2x - 4} &= \lim_{x \to 2} \frac{(x - 2)(2x + 1)}{2(x - 2)} \\ &= \lim_{x \to 2} \frac{2x + 1}{2} \\ &= \frac{5}{2}. \end{aligned}$$

2 $\lim\limits_{x \to 2} \frac{\sqrt{x^2 + 5} - 3}{x - 2}$.

Remarquons que cette limite donne une forme indéterminée du type « $\frac{0}{0}$ ».

- Méthode 1 : nous allons utiliser un taux d'accroissement.
Posons $f(x) = \sqrt{x^2 + 5}$.
Alors, $f(2) = 3$ et $f'(x) = \frac{2x}{2\sqrt{x^2 + 5}} = \frac{x}{\sqrt{x^2 + 5}}$, donc $f'(2) = \frac{2}{3}$.

$$\lim_{x \to 2} \frac{\sqrt{x^2 + 5} - 3}{x - 2} = \lim_{x \to 2} \frac{f(x) - f(2)}{x - 2} = f'(2) = \frac{2}{3}.$$

- Méthode 2 : nous allons utiliser une expression conjuguée. Pour $x \neq 2$:

$$\begin{aligned}\frac{\sqrt{x^2+5}-3}{x-2} &= \frac{\sqrt{x^2+5}-3}{x-2} \times \frac{\sqrt{x^2+5}+3}{\sqrt{x^2+5}+3} \\ &= \frac{x^2+5-9}{(x-2)\left(\sqrt{x^2+5}+3\right)} \\ &= \frac{\cancel{(x-2)}(x+2)}{\cancel{(x-2)}\left(\sqrt{x^2+5}+3\right)} \\ &= \frac{x+2}{\sqrt{x^2+5}+3}.\end{aligned}$$

Donc :

$$\lim_{x\to 2} \frac{\sqrt{x^2+5}-3}{x-2} = \lim_{x\to 2} \frac{x+2}{\sqrt{x^2+5}+3} = \frac{4}{6} = \frac{2}{3}.$$

18 Limites en un nombre réel

Énoncé p. 55

Lycée Blaise Pascal, Clermont-Ferrand

1 On a :

$$\left.\begin{array}{l}\lim\limits_{x\to 2}(x-1)=1 \\ \lim\limits_{\substack{x\to 2\\ x<2}}(x-2)=0^-\end{array}\right\} \Rightarrow \lim_{\substack{x\to 2\\ x<2}} \frac{x-1}{x-2} = -\infty.$$

De même, $\lim\limits_{\substack{x\to 2\\ x>2}} \frac{x-1}{x-2} = +\infty$.

On a donc une asymptote verticale d'équation $x = 2$.

2 On a une forme indéterminée du type « $\frac{0}{0}$ ». L'expression n'est pas définie en 1, mais on remarque que pour tout x différent de 1 :
$\frac{x^2-1}{x-1} = \frac{(x-1)(x+1)}{x-1} = x+1$, donc $\lim\limits_{x\to 1} \frac{x^2-1}{x-1} = \lim\limits_{x\to 1} x+1 = 2$.

3 L'expression est définie en -1, il suffit de remplacer x par -1 et on obtient $\lim\limits_{x\to -1} \frac{x^2-1}{x-1} = 0$.

4 Quand x tend vers 1, le dénominateur tend vers 0. Il nous faut savoir si c'est par valeurs positives ou par valeurs négatives.
Les racines de $x^2 + 2x - 3$ sont 1 et -3, et le trinôme est positif à l'extérieur des racines puisque le coefficient de x^2 est positif. On a :

$$\left.\begin{array}{c}\lim\limits_{x\to 1} 1-2x = -1 \\ \lim\limits_{\substack{x\to 1\\ x<1}}(x^2+2x-3) = 0^- \\ \text{(entre les racines)}\end{array}\right\} \Rightarrow \lim_{\substack{x\to 1\\ x<1}} \frac{1-2x}{x^2+2x-3} = +\infty \text{ (règle des signes)}.$$

De même, $\lim\limits_{\substack{x \to 1 \\ x > 1}} \dfrac{1-2x}{x^2+2x-3} = -\infty$. On a donc une asymptote verticale d'équation $x = 1$.

19 Diverses limites

Énoncé p. 56

Lycée Gustave Eiffel, Bordeaux

1 Posons $f(x) = e^{x-2}$. Alors, $f(2) = e^0 = 1$ et $f'(x) = e^{x-2}$. Ainsi :

$$\lim_{x \to 2} \frac{e^{x-2}-1}{x-2} = \lim_{x \to 2} \frac{f(x)-f(2)}{x-2} = f'(2) = 1.$$

2 On constate que $\lim\limits_{x \to 1} \dfrac{e^{x-3}-e^{-2}}{\sqrt{x}-1}$ est une forme indéterminée du type « $\dfrac{0}{0}$ ».

MÉTHODE

Dans le cas d'une indétermination du type « $\dfrac{0}{0}$ » qui ne peut pas être levée facilement, on peut poser $f(x)$ et $g(x)$ respectivement le numérateur et le dénominateur de l'expression, puis écrire cette dernière sous la forme $\dfrac{f(x)-f(a)}{x-a} \times \dfrac{x-a}{g(x)-g(a)}$.

Posons alors :

$$f(x) = e^{x-3} - e^{-2} \qquad \text{et} \qquad g(x) = \sqrt{x} - 1.$$

$f(1) = 0$ et $g(1) = 0$. On a bien pour tout réel $x \neq 1$:

$$\frac{e^{x-3}-e^{-2}}{\sqrt{x}-1} = \frac{f(x)-f(1)}{g(x)-g(1)} = \frac{f(x)-f(1)}{x-1} \times \frac{x-1}{g(x)-g(1)}.$$

Or, si $f'(1)$ et $g'(1)$ existent,

$$\lim_{x \to 1} \frac{f(x)-f(1)}{x-1} = f'(1) \text{ et } \lim_{x \to 1} \frac{x-1}{g(x)-g(1)} = \frac{1}{g'(x)}.$$

On calcule donc :

- $f'(x) = e^{x-3}$ donc $f'(1) = e^{-2}$;
- $g'(x) = \dfrac{1}{2\sqrt{x}}$ donc $g'(1) = \dfrac{1}{2}$, soit $\dfrac{1}{g'(1)} = 2$.

Ainsi, par produit des limites, on obtient :

$$\lim_{x \to 1} \frac{e^{x-3}-e^{-2}}{\sqrt{x}-1} = f'(1) \times \frac{1}{g'(1)} = 2e^{-2}.$$

20 Comparaison ou encadrement ?

Énoncé p. 56

Lycée Camille Jullian, Bordeaux

Pour tout réel $x > 0$,

$$-1 \leqslant \cos(x) \leqslant 1$$

donc, en multipliant par $\dfrac{x}{x^2+1}$, qui est strictement positif, on a :

$$-\frac{x}{x^2+1} \leqslant \frac{x\cos(x)}{x^2+1} \leqslant \frac{x}{x^2+1}.$$

Or,

$$\begin{aligned}\lim_{x\to+\infty}\left(\frac{x}{x^2+1}\right) &= \lim_{x\to+\infty}\left(\frac{x\times 1}{x^2\left(1+\frac{1}{x^2}\right)}\right)\\ &= \lim_{x\to+\infty}\left(\frac{1}{x\left(1+\frac{1}{x^2}\right)}\right)\\ &= 0.\end{aligned}$$

De même, $\displaystyle\lim_{x\to+\infty}\left(-\frac{x}{x^2+1}\right) = 0$.

Ainsi, $\dfrac{x\cos(x)}{x^2+1}$ est encadré par deux fonctions qui tendent vers 0 lorsque x tend vers $+\infty$. D'après le théorème des gendarmes, on en déduit que :

$$\lim_{x\to+\infty}\frac{x\cos(x)}{x^2+1} = 0.$$

MÉTHODE

Quand une fonction est encadrée par deux autres fonctions ayant une même limite *finie*, on utilise le théorème des gendarmes.
Quand une fonction est encadrée par deux autres fonctions ayant une même limite *infinie*, on utilise le théorème de comparaison.

21 Comparaison ou encadrement ?

Énoncé p. 56

Lycée Jean Monnet, Blanquefort

MÉTHODE

Dès lors que nous devons étudier la limite d'une fonction comportant un sinus ou un cosinus, il sera très souvent utile de partir de l'encadrement :

$$\forall x \in \mathbb{R},\ -1 \leqslant \cos(x) \leqslant 1 \qquad \text{ou} \qquad -1 \leqslant \sin(x) \leqslant 1.$$

Pour tout réel x,

$$\begin{aligned}-1 \leqslant \sin(x) \leqslant 1 &\iff -2 \leqslant 2\sin(x) \leqslant 2\\ &\iff 1 \leqslant 3+2\sin(x) \leqslant 5\\ &\iff \frac{1}{5} \leqslant \frac{1}{3+2\sin(x)} \leqslant 1\\ &\iff \frac{x^2}{5} \leqslant \frac{x^2}{3+2\sin(x)} \leqslant x^2.\end{aligned}$$

Les deux bornes de l'encadrement tendent vers $+\infty$ lorsque x tend vers $+\infty$ donc on ne prend que la partie gauche de l'encadrement :

$$\frac{x^2}{5} \leqslant \frac{x^2}{3+2\sin(x)}$$

qui nous assure, par comparaison, que $\lim\limits_{x\to+\infty} \dfrac{x^2}{3+2\sin(x)} = +\infty$.

22 Une fonction trigonométrique

Énoncé p. 56

Lycée de l'Emperi, Salon-de-Provence

1 Pour tout réel x, $x^2+5>0$. La fonction f est alors définie pour tout réel x tel que $\sin\dfrac{1}{x}$ existe. La fonction f est donc définie sur $\mathbb{R}^*$.

2 Pour tout réel $x \neq 0$,

$$-1 \leqslant \sin\frac{1}{x} \leqslant 1 \iff -|x| \leqslant |x|\sin\frac{1}{x} \leqslant |x|.$$

Ainsi, d'après le théorème des gendarmes,

$$\lim_{x\to 0}\left(|x|\sin\frac{1}{x}\right) = 0.$$

De plus, $\lim\limits_{x\to 0}\left(x^2+5\right) = 5$ donc :

$$\lim_{x\to 0} f(x) = \lim_{x\to 0}\frac{|x|\sin\left(\frac{1}{x}\right)}{x^2+5} = \lim_{x\to 0}\frac{x\sin\left(\frac{1}{x}\right)}{x^2+5} = 0.$$

23 Limites et comparaisons

Énoncé p. 56

Lycée Jean-Pierre Vernant, Pins-Justaret

1 Pour tout réel x, $-1 \leqslant \cos x \leqslant 1$, donc :

$$-7 \leqslant \cos x - 6 \leqslant -5 \qquad \text{soit} \qquad -\frac{1}{5} \leqslant \frac{1}{\cos x - 6} \leqslant -\frac{1}{7}.$$

Pour tout réel $x>4$, $8-2x<0$ donc :

$$-\frac{8-2x}{5} \geqslant \frac{8-2x}{\cos x - 6} \geqslant -\frac{8-2x}{7}.$$

Or, $\lim_{x \to +\infty} \left(-\dfrac{8-2x}{7}\right) = +\infty$.

Ainsi, d'après le théorème de comparaison,

$$\lim_{x \to +\infty} \frac{8-2x}{\cos x - 6} = +\infty.$$

2 Pour tout réel x, on a :

$$-2 \leqslant \cos x + \sin x \leqslant 2.$$

De plus, pour tout x au voisinage de $+\infty$, $x - 2 > 0$. Donc en divisant chaque membre de l'encadrement précédent par $x - 2$, on obtient :

$$\frac{-2}{x-2} \leqslant \frac{\cos x + \sin x}{x-2} \leqslant \frac{2}{x-2}.$$

Or, $\lim_{x \to +\infty} \dfrac{-2}{x-2} = \lim_{x \to +\infty} \dfrac{2}{x-2} = 0$, donc, d'après le théorème des gendarmes :

$$\lim_{x \to +\infty} \frac{\cos x + \sin x}{x-2} = 0.$$

On a donc une asymptote d'équation $y = 0$.

3 Pour tout réel x, on a :

$$\begin{aligned} -2 \leqslant 2\sin x \leqslant 2 &\iff -5 \leqslant 2\sin x - 3 \leqslant -1 \\ &\iff \frac{-5}{x} \geqslant \frac{2\sin x - 3}{x} \geqslant \frac{-1}{x} \text{ pour } x < 0. \end{aligned}$$

Or, $\lim_{x \to -\infty} \dfrac{-1}{x} = \lim_{x \to -\infty} \dfrac{-5}{x} = 0$. Par conséquent, d'après le théorème des gendarmes, $\lim_{x \to -\infty} \dfrac{2\sin x - 3}{x} = 0$.

On a donc une asymptote d'équation $y = 0$.

4 Pour tout réel x, on a :

$$-2 \leqslant 2\cos x \leqslant 2 \quad \text{donc} \quad x - 2 \leqslant x + 2\cos x \leqslant x + 2. \quad (*)$$

D'autre part, $1 \leqslant 2 + \sin x \leqslant 3$ donc $\dfrac{1}{3} \leqslant \dfrac{1}{2 + \sin x} \leqslant 1$ (**).

Pour tout réel $x > 2$, $x - 2 > 0$ et $x + 2 > 0$. Donc on peut multiplier membre à membre les deux encadrements (*) et (**) et on obtient :

$$\forall x > 2, \ \underbrace{\frac{x-2}{3} \leqslant \frac{x + 2\cos x}{2 + \sin x}} \leqslant x + 2.$$

Or, $\lim_{x \to +\infty} \dfrac{x-2}{3} = +\infty$. Donc d'après le théorème de comparaison,

$$\lim_{x \to +\infty} \frac{x + 2\cos x}{2 + \sin x} = +\infty.$$

Chapitre 3

Dérivation et convexité

Plan du chapitre

Exercice type — **Lycée Carnot, Dijon**

Soit la fonction $f: \begin{array}{rcl} \mathbb{R}_+ & \longrightarrow & \mathbb{R} \\ x & \longmapsto & 6x\sqrt{x} - 3x^2 - 2x. \end{array}$

1 **(a)** Montrer que f est dérivable sur $\mathbb{R}_+^*$, et calculer f'.

(b) Montrer que f est dérivable en 0 et calculer $f'(0)$.

(c) Montrer que f' est dérivable sur $\mathbb{R}_+^*$, mais pas en 0. Calculer f''.

2 **(a)** Étudier le signe de f'' et dresser le tableau de variation de f'.

(b) Déduire de la question précédente que l'équation $f'(x) = 0$ possède deux solutions α et β (avec $\alpha < \beta$).

(c) Étudier le signe de f' et dresser le tableau de variation de f.

(d) En reprenant l'expression de f' et en posant $X = \sqrt{x}$, trouver les valeurs exactes de α et β.

3 La courbe représentative de f admet-elle un ou plusieurs points d'inflexion ?

Voir corrigé page 79

1 Complément sur la dérivation

1.1 Définitions

Définition 1 : dérivabilité en un point

Soient f une fonction définie sur un intervalle I et a un réel appartenant à I. On dit que f est *dérivable* en a si :

$$\lim_{h \to 0} \frac{f(a+h) - f(a)}{h} = \lim_{x \to a} \frac{f(x) - f(a)}{x - a} \text{ est une limite réelle finie } \ell.$$

Cette limite est appelé *nombre dérivé* de f en a, noté $f'(a)$.

Définition 2 : dérivabilité sur un intervalle

On dit que f est *dérivable sur un intervalle* I si f est dérivable en tout point a de I. La fonction $f' : x \mapsto f'(x)$ est alors appelée *fonction dérivée de* f *sur* I.

Exemple : soit $f(x) = \sqrt{x}$ définie sur $[0;+\infty[$. Alors, pour $x \in [0;+\infty[$ et $a > 0$:

$$\frac{f(x)-f(a)}{x-a} = \frac{\sqrt{x}-\sqrt{a}}{x-a} \times \frac{\sqrt{x}+\sqrt{a}}{\sqrt{x}+\sqrt{a}} = \frac{1}{\sqrt{x}+\sqrt{a}}.$$

Ainsi,

$$\lim_{x \to a} \frac{f(x)-f(a)}{x-a} = \frac{1}{2\sqrt{a}}.$$

Cette limite existe pour tout $a > 0$ donc f est dérivable sur $]0;+\infty[$ et :

$$f'(x) = \frac{1}{2\sqrt{x}}.$$

1.2 Dérivation des fonctions composées

Définition 3

Soient u et v deux fonctions telles que :

- u est définie sur un ensemble U et prend ses valeurs dans un ensemble V,
- v est définie pour tout x de V.

On considère alors la fonction f définie sur U par :

$$f(x) = v\big[u(x)\big].$$

f est appelée une *fonction composée*, et on note :

$$f = v \circ u.$$

Exemple : soient u et v les fonctions définies par :

- $v : [0;+\infty[\to \mathbb{R}_+$
  $x \mapsto \sqrt{x}$
- $u : [-1;+\infty[\to [0;+\infty[$
  $x \mapsto x+1$

Alors,

$$f(x) = (v \circ u)(x) = v\big[u(x)\big] = \sqrt{x+1}.$$

Théorème 1 : théorème de dérivation des fonctions composées

Soit $f(x) = (v \circ u)(x)$, définie et dérivable sur un intervalle I.
Alors, pour $x \in I$:

$$f'(x) = u'(x) \times v'\big[u(x)\big].$$

On en déduit alors les propriétés suivantes :

Propriétés 1

Soit u une fonction dérivable sur un intervalle I.

Fonction	Dérivée	Condition
e^u	$u'e^u$	
$\sqrt{u}$	$\dfrac{u'}{2\sqrt{u}}$	$u(x) > 0$ sur I
u^n	$nu'u^{n-1}$	$n \in \mathbb{N}^*$
$\sin(u)$	$u' \times \cos(u)$	
$\cos(u)$	$-u' \times \sin(u)$	

Exemple : soit $f(x) = e^{x^2}$.
On peut écrire $f(x) = e^{u(x)}$ avec $u(x) = x^2$ et $u'(x) = 2x$.
Ainsi, $f'(x) = u'(x)e^{u(x)} = 2xe^{x^2}$.

2 Convexité d'une fonction

2.1 Dérivée seconde

Définition 4

Soit f une fonction dérivable sur un intervalle I, de dérivée f'. Si f' est également dérivable sur I, la dérivée de f' sur I, notée f'', est appelée *dérivée seconde* de f.

Exemple : soit $f(x) = x^3$. Alors $f'(x) = 3x^2$ et $f''(x) = \big(3x^2\big)' = 6x$.

2.2 Fonction concave, fonction convexe

Définitions 5

- On dit que f est *concave* sur un intervalle I si $f''(x) < 0$ sur I.
- On dit que f est *convexe* sur un intervalle I si $f''(x) > 0$ sur I.

Interprétation graphique :

- la courbe représentative d'une fonction *convexe* sur un intervalle I sera toujours *au-dessus* de ses tangentes ;
- la courbe représentative d'une fonction *concave* sur un intervalle I sera toujours *en dessous* de ses tangentes.

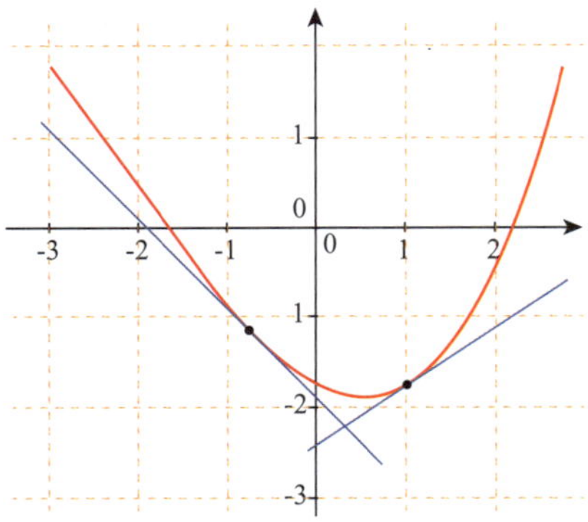

Fonction *convexe* sur $[-3\ ;\ 2]$

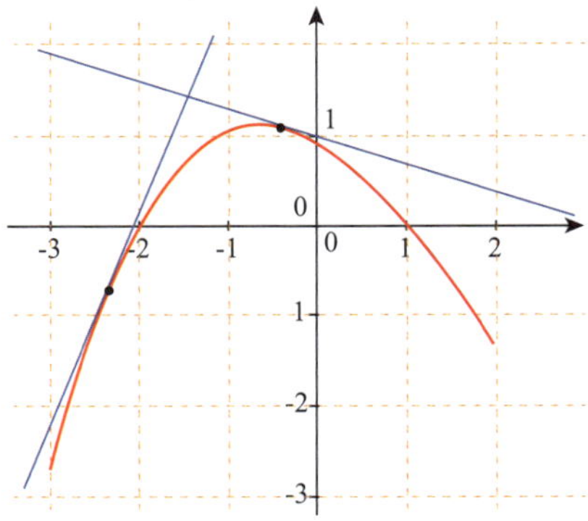

Fonction *concave* sur $[-3\ ;\ 2]$

2.3 Point d'inflexion

Définition 6

Soit f une fonction deux fois dérivable sur un intervalle I, et soit $a \in I$.
On dit que le point de coordonnées $(a\ ;\ f(a))$ est un *point d'inflexion* de la courbe représentative de f si $f''(x)$ s'annule en a en changeant de signe.

Graphiquement, cela se traduit par un changement de convexité en a.

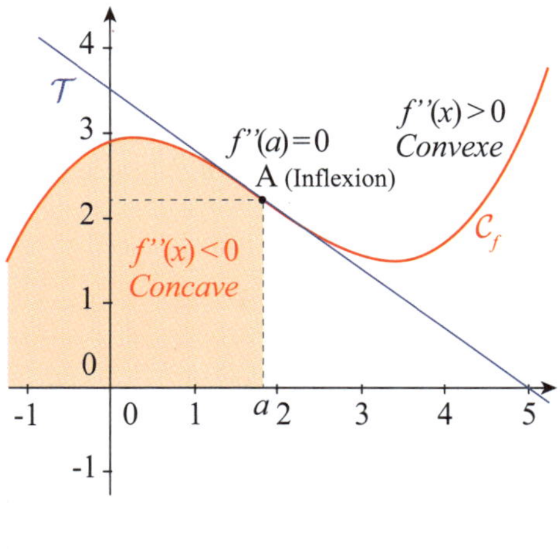

Exemple : soit $f(x) = x^3$. Alors, $f''(x) = 6x$ et :

- $f''(x) < 0$ sur $]-\infty\ ;\ 0[$;
- $f''(x) > 0$ sur $]0\ ;\ +\infty[$;
- $f''(x) = 0$.

Donc le point de coordonnées $(0\ ;\ f(0))$, c'est-à-dire l'origine du repère, est un point d'inflexion de la courbe représentative de la fonction f.

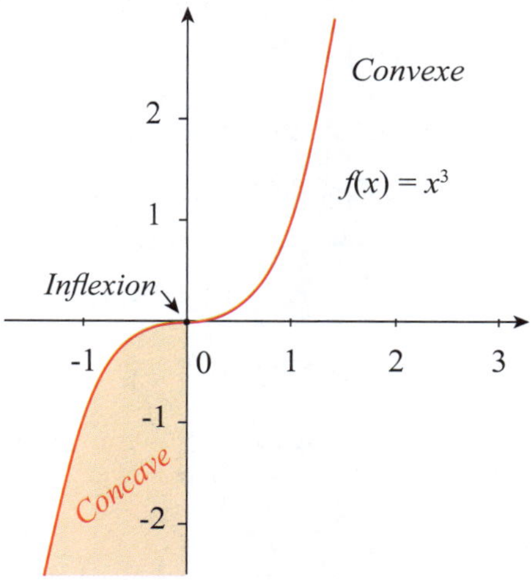

Solution de l'exercice type

Lycée Carnot, Dijon

1 **(a)** La fonction f est dérivable sur $]0\ ;\ +\infty[$ en tant que somme et produit de fonctions dérivables sur $]0\ ;\ +\infty[$ et on a, pour tout réel x strictement positif :

$$\begin{aligned} f'(x) &= 6\sqrt{x} + 6x\frac{1}{2\sqrt{x}} - 3 \times 2x - 2 \\ &= 9\sqrt{x} - 6x - 2. \end{aligned}$$

(b) On revient à la définition : pour tout réel x strictement positif,

$$\frac{f(x) - f(0)}{x - 0} = 6\sqrt{x} - 3x - 2\ ,$$

donc :

$$\lim_{x \to 0} \frac{f(x) - f(0)}{x - 0} = \lim_{x \to 0} (6\sqrt{x} - 3x - 2) = -2.$$

On en déduit que la fonction f est dérivable en 0 et que $f'(0) = -2$.

•••

Solution de l'exercice type

Lycée Carnot, Dijon

(c) La fonction f' est dérivable sur $]0\,;\,+\infty[$ en tant que somme de fonctions dérivables sur $]0\,;\,+\infty[$, et, pour tout réel x strictement positif, $f''(x) = \dfrac{9}{2\sqrt{x}} - 6$. D'autre part,

$$\lim_{x\to 0^+} \frac{f'(x) - f'(0)}{x} = \lim_{x\to 0^+} \left(\frac{9}{\sqrt{x}} - 6\right) = +\infty.$$

Donc f' n'est pas dérivable en 0.

2 **(a)** On a, pour tout réel x strictement positif, $f''(x) = \dfrac{9 - 12\sqrt{x}}{2\sqrt{x}}$, donc $f''(x)$ est du signe de $9 - 12\sqrt{x}$ car $2\sqrt{x} > 0$.

$$\begin{aligned} f''(x) > 0 &\iff 9 - 12\sqrt{x} > 0 \\ &\iff 12\sqrt{x} < 9 \\ &\iff \sqrt{x} < \frac{3}{4} \\ &\iff x < \frac{9}{16} \text{ sur }]0\,;\,+\infty[*. \end{aligned}$$

De plus,

$$f'(x) = x\left(\frac{9\sqrt{x}}{x} - \frac{6x}{x} - \frac{2}{x}\right) = x\left(-6 + \frac{9}{\sqrt{x}} - \frac{2}{x}\right)$$

et

$$\lim_{x\to+\infty} \left(-6 + \frac{9}{\sqrt{x}} - \frac{2}{x}\right) = -6\,,$$

donc $\lim\limits_{x\to+\infty} f'(x) = -\infty$.

D'où le tableau :

x	0		$\frac{9}{16}$		$+\infty$
$f''(x)$	‖	$+$	0	$-$	
$f'(x)$	-2	$\nearrow$	$\frac{11}{8}$	$\searrow$	$-\infty$

(b) La fonction f' est continue sur $[0\,;\,+\infty[$. De plus :

- f' est strictement croissante sur $\left[0\,;\,\dfrac{9}{16}\right]$ et :

$$f'(0) < 0 < f'\left(\frac{9}{16}\right).$$

...

Solution de l'exercice type — Lycée Carnot, Dijon

D'après le corollaire du théorème des valeurs intermédiaires, il existe donc un unique $\alpha \in \left[0\,;\,\frac{9}{16}\right[$ tel que $f'(\alpha)=0$.

- f' est strictement décroissante sur $\left[\frac{9}{16}\,;\,+\infty\right[$ et

$$f'\left(\frac{9}{16}\right) > 0 > \lim_{x\to+\infty} f'(x).$$

Il existe donc un unique $\beta \in \left[\frac{9}{16}\,;\,+\infty\right]$ tel que $f'(\beta)=0$.

(b) Calculons la limite de f en $+\infty$.
Pour tout réel x strictement positif,

$$6x\sqrt{x}-3x^2-2x = x^2\left(-3+\frac{6}{\sqrt{x}}-\frac{2}{x}\right).$$

$\lim\limits_{x\to+\infty}\left(-3+\frac{6}{\sqrt{x}}-\frac{2}{x}\right)=-3$ et $\lim\limits_{x\to+\infty} x^2=+\infty$ donc :

$$\lim_{x\to+\infty} f(x) = -\infty.$$

Finalement :

x	0		α		β		$+\infty$
$f'(x)$	-2	$-$	0	$+$	0	$-$	$-\infty$
$f(x)$	0	$\searrow$	$f(\alpha)$	$\nearrow$	$f(\beta)$	$\searrow$	$-\infty$

(c) Les réels α et β sont les solutions de l'équation $9\sqrt{x}-6x-2=0$ (avec $\alpha>0$ et $\beta>0$). Posons $X=\sqrt{x}$, et cherchons les solutions positives de l'équation $6X^2-9X+2=0$. Ce sont :

$$X_1=\frac{9+\sqrt{33}}{12} \quad \text{et} \quad X_2=\frac{9-\sqrt{33}}{12}.$$

On a bien $0<\frac{9-\sqrt{33}}{12}<\frac{9+\sqrt{33}}{12}$, donc :

$$\alpha=\left(\frac{9-\sqrt{33}}{12}\right)^2 \quad \text{et} \quad \beta=\left(\frac{9+\sqrt{33}}{12}\right)^2.$$

Application numérique : à 10^{-2} près, $\alpha \approx 0{,}07$ et $\beta \approx 1{,}51$.

Solution de l'exercice type (suite)

Lycée Carnot, Dijon

3 Nous avons vu à la question 2 (a) que $f''(x)$ s'annulait en $x = \dfrac{9}{16}$ en changeant de signe donc la courbe représentative de f admet un point d'inflexion en $\dfrac{9}{16}$.

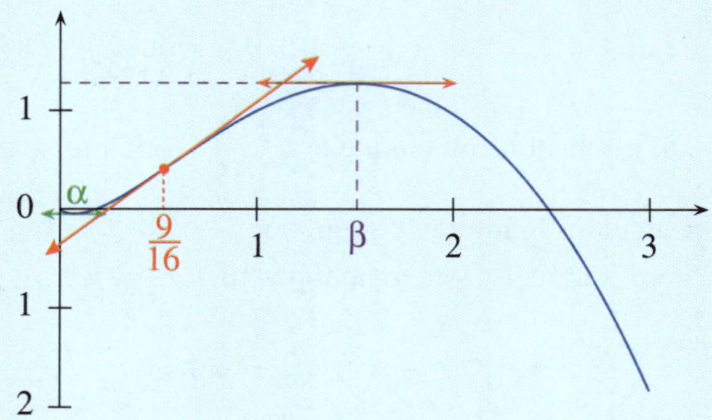

Voir énoncé page 75

1 QCM Lectures graphiques

5 min Corrigé p. 90

Soit f une fonction définie et deux fois dérivable sur $[-3 ; 5]$, dont la représentation graphique $\mathcal{C}_f$ est donnée ci-dessous.

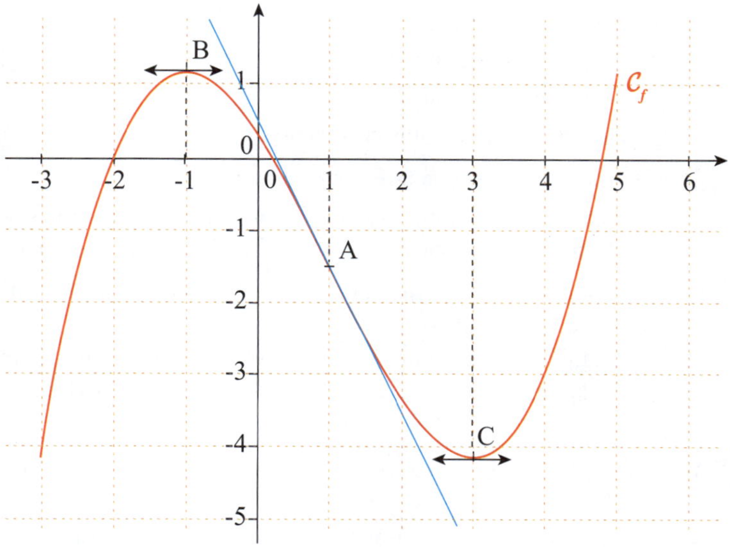

La droite bleue est la tangente à $\mathcal{C}_f$ en A. De plus $\mathcal{C}_f$ admet une tangente horizontale en B et en C. Par lecture graphique, pour chacune des questions suivantes, choisir la bonne réponse.

1 La fonction f est convexe sur l'intervalle :

a $[-3 ; 1]$ **b** $[-1 ; 5]$ **c** $[2 ; 4]$

2 La courbe $\mathcal{C}_f$ admet :

a un point d'inflexion **b** trois points d'inflexion
c aucun point d'inflexion

3 La fonction dérivée f' est :

a positive ou nulle sur $[-3 ; -1]$ et $[3 ; 5]$

b croissante sur $[-3 ; 1]$ et décroissante sur $[1 ; 5]$

c admet un minimum en 3

4 La fonction dérivée seconde f'' :

a est négative lorsque $\mathcal{C}_f$ est en dessous de l'axe des abscisses

b est négative ou nulle pour $x \in [-1 ; 3]$

c est négative sur $[-3 ;\ 0]$

COURS INTERROS CORRIGÉS

2 QCM Convexité et variations

5 min Corrigé p. 90

Pour chacune des questions suivantes, désigner la bonne réponse.

f est une fonction définie et dérivable deux fois sur un intervalle I.

1 Si la fonction f est convexe sur I, alors :

- **a** f est croissante sur I
- **b** f' est croissante sur I
- **c** f'' est croissante sur I
- **d** f est décroissante puis croissante sur I

2 Si la fonction f est concave sur I, alors :

- **a** f admet un maximum sur I
- **b** f est décroissante sur I
- **c** f' est croissante sur I
- **d** f'' est négative sur I

3 Si la courbe représentative de f admet un point d'inflexion A au point d'abscisse a de I, alors :

- **a** f admet un extremum en a
- **b** f' admet un maximum en a
- **c** f' change de signe en a
- **d** f' admet un extremum en a

3 V/F Dérivabilité

10 min Corrigé p. 90

Les affirmations suivantes sont-elles vraies ou fausses ? Justifier.

1 La fonction racine carrée est définie donc dérivable sur $[0\,;+\infty[$.

2 Si $f'(a) = 0$ alors la fonction f admet un extremum en a.

3 La fonction f définie sur $\mathbb{R}$ par $f(x) = |x - 2|$ est dérivable en 2.

4 Si la fonction f est dérivable en a et la fonction g n'est pas dérivable en a alors la fonction fg n'est pas dérivable en a.

4 V/F Fonction définie par morceaux

10 min Corrigé p. 91

Soit f la fonction définie sur $\mathbb{R}$ par :

$$\begin{cases} f(x) = -x^2 & \text{si } x < 0 \\ f(0) = 1 & \\ f(x) = x^2 + 1 & \text{si } x > 0 \end{cases}$$

Les affirmations suivantes sont-elles vraies ou fausses ?

1 La fonction f n'admet pas de limite en 0.

2 La fonction f est dérivable en 0 et $f'(0) = 0$.

3 La fonction f est strictement croissante sur $\mathbb{R}$.

4 Pour tout réel a, l'équation $f(x) = a$ admet une unique solution dans $\mathbb{R}$.

Dérivabilité en un point

5 Fonction définie par morceaux ★ 10 min Corrigé p. 91

Lycée Gustave Eiffel, Bordeaux

On considère la fonction f définie par :

$$f(x) = \begin{cases} \sqrt{1-x^2} & , \quad \text{pour } -1 \leqslant x \leqslant 0 \\ \cos(x) & , \quad \text{pour } \quad 0 < x \leqslant \dfrac{\pi}{2} \end{cases}$$

f est-elle dérivable en 0 ?

6 Trouver un paramètre ★★ 15 min Corrigé p. 92

Lycée Saint-Joseph de Tivoli, Bordeaux

On considère la fonction f définie par :

$$f(x) = \begin{cases} \sqrt{-x^2-3x+1} & , \quad \text{pour } -1-\sqrt{2} \leqslant x \leqslant 0 \\ ax^2+bx+1 & , \quad \text{pour } x \geqslant 0 \end{cases}$$

Trouver une condition sur a et b pour que f soit dérivable en 0.

7 Étude d'une fonction irrationnelle ★★ 25 min Corrigé p. 93

Lycée de l'Emperi, Salon-de-Provence

La fonction f est définie par :

$$f(x) = \begin{cases} \dfrac{\sqrt{x^2+x+2}-2}{x-1} & \text{si } x \neq 1 \\ \dfrac{3}{4} & \text{pour } x = 1 \end{cases}$$

1. Justifier que f est dérivable pour x différent de 1.
2. f est-elle dérivable en 1 ?
3. Calculer $f'(x)$ pour $x \neq 1$.
4. Calculer $\lim\limits_{x\to-\infty} f(x)$ et $\lim\limits_{x\to+\infty} f(x)$.

COURS INTERROS CORRIGÉS

Dérivation

8 Lecture graphique

★ 10 min Corrigé p. 95

Lycée Virlogeux, Riom

f est une fonction dérivable sur $\mathbb{R}$. On a tracé ci-dessous la courbe représentative, dans un repère orthonormé, de sa dérivée f'.

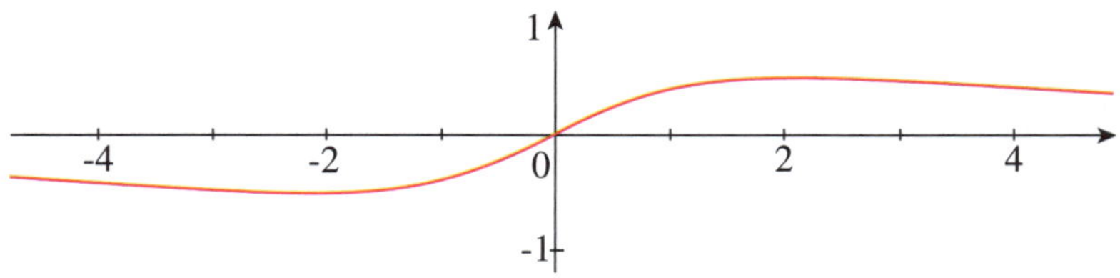

1. Par lecture graphique, déterminer le sens de variations de la fonction f.
2. Prouver que f admet un minimum local et donner une valeur de x pour laquelle il est atteint.
3. Parmi les courbes suivantes, quelle est (ou quelles sont) celle(s) qui pourrai(en)t représenter la fonction f ? Justifier.

a

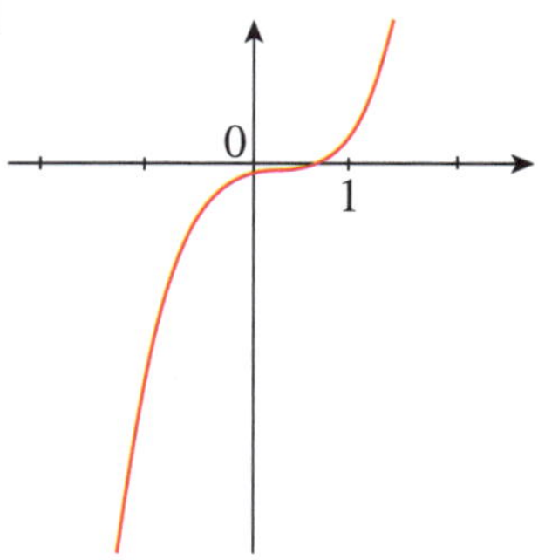

c

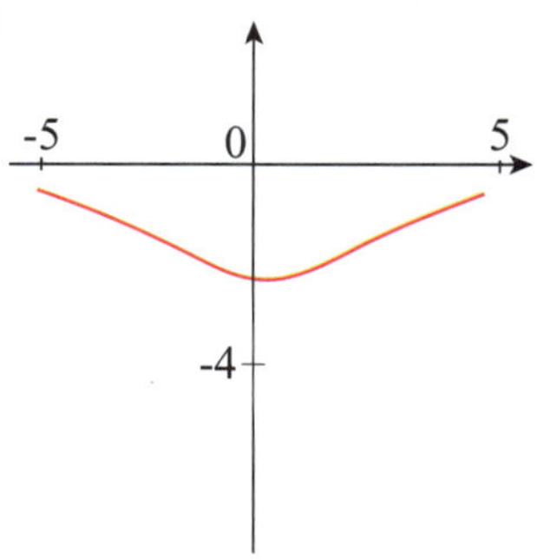

b

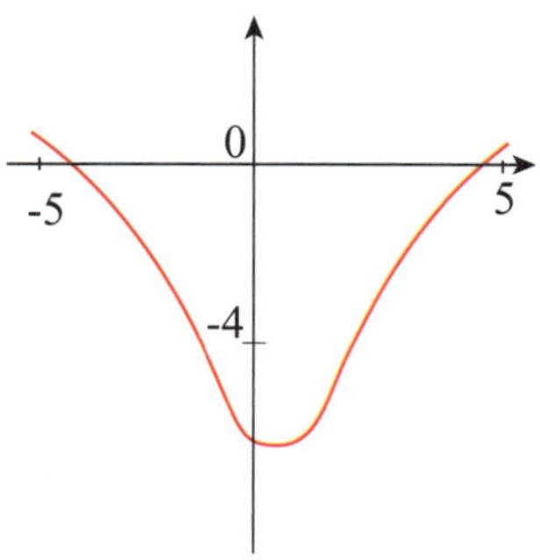

d

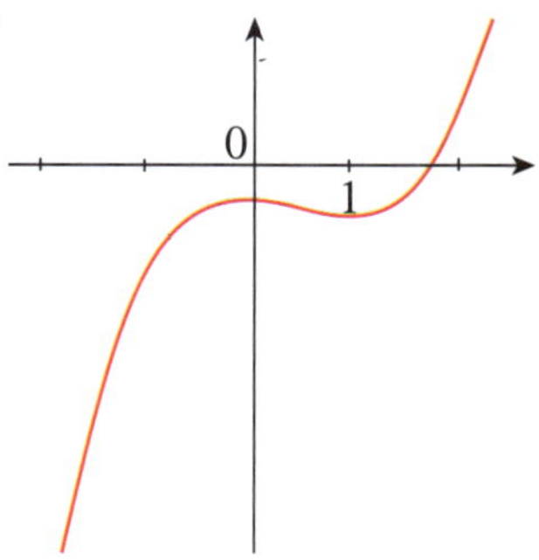

9 Application des formules du cours ★ 15 min

Corrigé p. 95

Lycée François Mauriac, Bordeaux

Dériver les fonctions suivantes :

1. $f(x) = e^{x^2+3x+1}$, sur $\mathbb{R}$.
2. $g(x) = (2x+3)e^{x^2+3x+1}$, sur $\mathbb{R}$.
3. $h(x) = \sqrt{\dfrac{2x-1}{x+3}}$, sur $\left]\dfrac{1}{2}; +\infty\right[$.

10 Calcul de dérivées ★ 30 min

Corrigé p. 96

Lycée Jules Ferry, Caen

Montrer que les fonctions suivantes sont définies et dérivables sur $\mathbb{R}$ puis calculer leur dérivée.

- $f(x) = \dfrac{3x^3 - 6x + 5}{x^2+1}$
- $g(x) = (5x^4 - 2x^2 + x)^3$
- $h(x) = \left(\dfrac{2x^2 - 5x + 1}{x^2+1}\right)^4$
- $\ell(x) = \sqrt{\sqrt{1+x^2}}$

Convexité

11 Étude de convexité ★ 10 min

Corrigé p. 97

Lycée Victor Duruy, Paris

1. Étudier la convexité de la fonction f définie sur $\mathbb{R}$ par :

$$f(x) = x^3 - 4x + 1.$$

2. Donner les coordonnées des éventuels points d'inflexion.

12 Convexité et inégalité ★ 15 min

Corrigé p. 97

Cité scolaire internationale, Grenoble

Soit f la fonction définie sur $\mathbb{R}$ par $f(x) = xe^x$.

On note $\mathcal{C}$ sa courbe représentative dans un repère orthonormé d'origine O.

1. Calculer $f'(x)$ et $f''(x)$.
2. Étudier la convexité de f sur $\mathbb{R}$.
3. **(a)** Déterminer l'équation de la tangente à $\mathcal{C}$ au point d'abscisse 0.

   (b) En déduire que $f(0{,}0001) > 0{,}0001$.

13 Avec des représentations graphiques ★★

20 min | Corrigé p. 98

Lycée Virlogeux, Riom

On a représenté ci-dessous la courbe $\mathcal{C}'$ représentant la fonction dérivée d'une fonction f deux fois dérivable sur $\left[-\frac{1}{2}\,;\,\frac{9}{2}\right]$, à gauche, et quatre courbes $\mathcal{C}_1$, $\mathcal{C}_2$, $\mathcal{C}_3$ et $\mathcal{C}_4$, à droite.

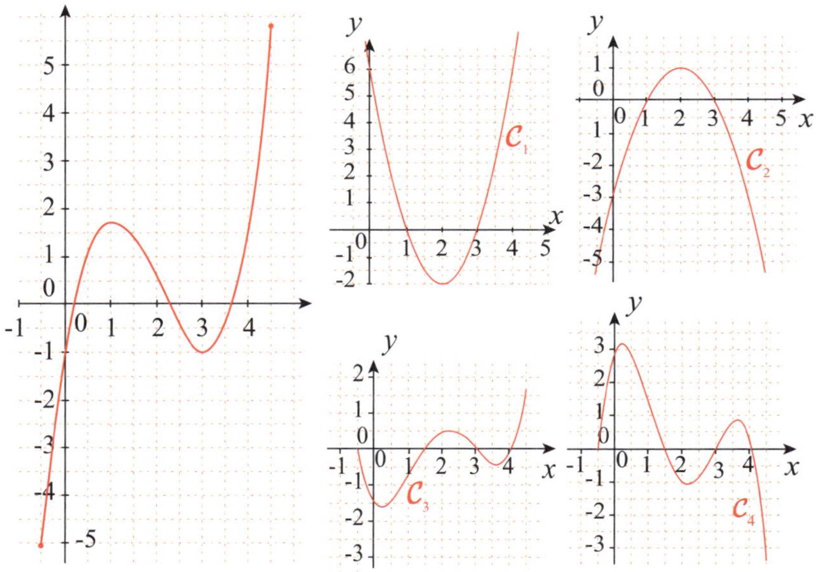

1 **(a)** Résoudre l'équation $f'(x) = 0$, avec la précision permise par le graphique.

(b) Indiquer le signe de $f'(x)$.

2 **(a)** Dresser le tableau de variations de f'.

(b) On appelle $\mathcal{C}$ la courbe représentative de la fonction f. $\mathcal{C}$ admet-elle un (ou des) point(s) d'inflexion ? Justifier soigneusement.

3 Parmi les courbes $\mathcal{C}_1$, $\mathcal{C}_2$, $\mathcal{C}_3$ et $\mathcal{C}_4$, préciser (en justifiant) celle qui peut représenter la fonction f et celle qui peut représenter la fonction f''.

14 Étude générale ★★

20 min | Corrigé p. 98

Lycée Notre-Dame de Boulogne, Boulogne-Billancourt

Soit f la fonction définie sur $[0; 2[$ par :

$$f(x) = (x-1)\sqrt{\frac{x}{2-x}}.$$

On note $\mathcal{C}$ sa courbe représentative dans un repère du plan.

1 On considère la fonction polynôme g définie sur $\mathbb{R}$ par :

$$g(x) = -x^2 + 3x - 1.$$

Résoudre dans $\mathbb{R}$ l'équation $g(x) = 0$. On notera α la solution qui appartient à l'intervalle $[0; 2[$.

Donner alors le signe de $g(x)$ sur $[0; 2[$.

2 Calculer la limite de f en 2. Qu'en déduit-on pour $\mathcal{C}$?

3 Démontrer que, pour tout réel x de l'intervalle $]0; 2[$,

$$f'(x) = \frac{g(x)}{(2-x)^2\sqrt{\frac{x}{2-x}}}.$$

Étudier le sens de variation de f.

4 Déterminer une équation de la tangente (T) à $\mathcal{C}$ au point d'abscisse 1.

5 Montrer que $\mathcal{C}$ est toujours au-dessus de sa tangente (T) sur $[0; 1[$ et sur $]1; 2[$.

15 Fonction exponentielle

★★ 60 min Corrigé p. 100

Lycée Jean Renoir, Bondy

Retrouvez le corrigé de cet exercice en vidéo.

On considère la fonction f définie sur $\mathbb{R}$ par $f(x) = \dfrac{e^x}{1+e^x}$.

1 **(a)** Déterminer la limite de $f(x)$ quand x tend vers $-\infty$.

(b) Déterminer la limite de $f(x)$ quand x tend vers $+\infty$.

(c) En déduire les asymptotes de $\mathcal{C}$ (courbe représentative de f).

2 Étudier les variations de f.

3 **(a)** Déterminer une équation de la tangente $\mathcal{T}$ à la courbe $\mathcal{C}$ au point $K\left(0\,;\,\dfrac{1}{2}\right)$.

(b) Justifier que, pour étudier la position de la tangente $\mathcal{T}$ par rapport à la courbe $\mathcal{C}$, il suffit d'étudier sur $\mathbb{R}$ le signe de $g(x)$ où $g(x) = 2e^x - xe^x - 2 - x$.

(c) Calculer $g'(x)$ et $g''(x)$.

(d) Déterminer, en les justifiant, les signes de $g''(x)$, $g'(x)$ et $g(x)$ suivant les valeurs de x.

(e) En déduire la position de la tangente $\mathcal{T}$ par rapport à la courbe $\mathcal{C}$.

4 Tracer $\mathcal{C}$ et $\mathcal{T}$ dans le repère $(O; \vec{\imath}; \vec{\jmath})$.

1 QCM Lectures graphiques

Énoncé p. 83

1 Réponse **c**. En effet, sur [2 ; 4], $\mathcal{C}_f$ est toujours au-dessus de ses tangentes.

2 Réponse **a**. En effet, un point d'inflexion est un point où la courbe traverse la tangente en ce point. Sur ce graphique, cela se réalise au point A uniquement.

3 Réponse **a**. En effet, $f'(x) > 0$ sur tout intervalle où f est croissante, donc uniquement sur $[-3 ; -1]$ et sur $[3 ; 5]$.

4 Réponse **c**. En effet, sur $[-3 ; 0]$, la fonction est concave car $\mathcal{C}_f$ est toujours en dessous de ses tangentes, donc $f''(x)$ y est négative.

2 QCM Convexité et variations

Énoncé p. 84

1 Réponse **b**. En effet, sur I, si f est convexe alors $f''(x) > 0$ sur I, ce qui signifie que f' est croissante.

2 Réponse **d**. En effet, d'après la définition d'une fonction concave, si f est concave sur I alors $f''(x) < 0$ sur I.

3 Réponse **d**. En effet, si A est un point d'inflexion d'abscisse a alors $f''(x)$ change de signe en s'annulant en $x = a$; cette dernière condition signifie que f' atteint un extremum en ce point.

3 V/F Dérivabilité

Énoncé p. 84

1 *Faux*. La fonction racine carrée est bien définie sur $[0 ; +\infty[$ mais elle n'est pas dérivable en 0.

2 *Faux*. La fonction f n'admet un extremum en a que si sa dérivée s'annule en changeant de signe en a. Ainsi la fonction définie sur $\mathbb{R}$ par $f(x) = x^3$ a sa dérivée qui s'annule en 0 puisque, pour tout x réel, $f'(x) = 3x^2$. Cependant, elle n'admet pas d'extremum en 0.

3 *Faux*. Pour $x \neq 2$, $\dfrac{f(x) - f(2)}{x - 2} = \dfrac{|x - 2|}{x - 2}$.

Pour $x > 2$,

$$\frac{f(x) - f(2)}{x - 2} = 1$$

et pour $x < 2$,

$$\frac{f(x) - f(2)}{x - 2} = -1.$$

La limite de f en 2 à gauche est donc égale à 1 alors que celle en 2 à droite est -1.

La fonction $x \mapsto |x - 2|$ n'est pas donc dérivable en 2.

4 *Faux*. Pour s'en convaincre, on peut prendre $g(x) = \sqrt{x}$ et $f(x) = x$. La fonction g n'est pas dérivable en 0 alors que la fonction f l'est. La fonction fg définie pour tout réel x positif par $(fg)(x) = x\sqrt{x}$ est dérivable en 0 et $(fg)'(0) = 0$.

4 V/F Fonction définie par morceaux

Énoncé p. 84

1 *Vrai*. On a :

- $\lim\limits_{x \to 0^-} f(x) = \lim\limits_{x \to 0^-} (-x^2) = 0$.
- $\lim\limits_{x \to 0^+} f(x) = \lim\limits_{x \to 0^+} (x^2 + 1) = 1$.

Les deux limites n'étant pas égales, f n'admet pas de limite en 0.

2 *Faux*. D'après la question précédente, f n'est pas continue en 0 donc elle n'est pas dérivable en 0 (voir chapitre suivant).

3 *Vrai*. En effet,

- si $x < 0$, $f'(x) = -2x$ donc f' est strictement positive sur $]-\infty\,;0[$;
- si $x > 0$, $f'(x) = 2x$ donc f' est strictement positive sur $]0\,;+\infty[$.

La fonction f est donc strictement croissante sur $]0\,;+\infty[$ et sur $]-\infty\,;0[$.

De plus, pour tout x non nul, $-x^2 < 1 < x^2 + 1$, donc si $x < 0$, on a $f(x) < f(0)$ et si $x > 0$, on a aussi $f(0) < f(x)$. Par conséquent, f est strictement croissante sur $\mathbb{R}$.

4 *Faux*. L'équation $f(x) = a$ n'admet aucune solution pour a appartenant à l'intervalle $[0\,;1[$.

5 Fonction définie par morceaux

Énoncé p. 85

Lycée Gustave Eiffel, Bordeaux

Remarquons avant tout que :

$$\begin{cases} f(0) = \sqrt{1 - 0^2} = 1 \\ \lim\limits_{x \to 0^+} f(x) = \lim\limits_{x \to 0^+} \cos(x) = \cos(0) = 1. \end{cases}$$

- On a d'une part :

$$\begin{aligned}\lim_{x\to 0^-}\frac{f(x)-f(0)}{x-0} &= \lim_{x\to 0^-}\frac{\sqrt{1-x^2}-1}{x}\\ &= \lim_{x\to 0^-}\frac{\left(\sqrt{1-x^2}-1\right)\left(\sqrt{1-x^2}+1\right)}{x\left(\sqrt{1-x^2}+1\right)}\\ &= \lim_{x\to 0^-}\frac{-x}{\sqrt{1-x^2}+1}\\ &= 0.\end{aligned}$$

- D'autre part,

$$\begin{aligned}\lim_{x\to 0^+}\frac{f(x)-f(0)}{x-0} &= \lim_{x\to 0^+}\frac{\cos(x)-1}{x}\\ &= -\sin(0)\end{aligned}$$

(par définition du nombre dérivé, car $(\cos x)' = -\sin x$)

$$= 0.$$

Ainsi, le nombre dérivé à gauche de 0 est égal au nombre dérivé à droite de 0, ce qui signifie que f est dérivable en 0.

6 Trouver un paramètre

Énoncé p. 85

Lycée Saint-Joseph de Tivoli, Bordeaux

- On a d'une part :

$$\begin{aligned}\lim_{x\to 0^-}\frac{f(x)-f(0)}{x-0} &= \lim_{x\to 0^-}\frac{\sqrt{-x^2-3x+1}-1}{x}\\ &= \lim_{x\to 0^-}\frac{\left(\sqrt{-x^2-3x+1}-1\right)\left(\sqrt{-x^2-3x+1}+1\right)}{x\left(\sqrt{-x^2-3x+1}+1\right)}\\ &= \lim_{x\to 0^-}\frac{-x-3}{\sqrt{-x^2-3x+1}+1}\\ &= -\frac{3}{2}.\end{aligned}$$

- On a d'autre part : $\displaystyle\lim_{x\to 0^+}\frac{f(x)-f(0)}{x-0} = \lim_{x\to 0^-}\frac{ax^2+bx}{x}$

$$\begin{aligned}&= \lim_{x\to 0^-}(ax+b)\\ &= b.\end{aligned}$$

Pour que f soit dérivable en 0, il faut qu'elle soit continue en 0 (ce qui est le cas) et que le nombre dérivé à gauche de 0 soit égal à celui à droite de 0.

Ainsi, si $b = -\frac{3}{2}$, f est dérivable en 0, quelle que soit la valeur de a.

7 Étude d'une fonction irrationnelle

Énoncé p. 85

Lycée de l'Emperi, Salon-de-Provence

1 Étudions la dérivabilité de la fonction f pour $x \neq 1$.

La fonction : $x \longmapsto x^2 + x + 2$ est dérivable pour tout x différent de 1 et strictement positive.

La fonction racine carrée est dérivable sur $]0\,;+\infty[$; d'après le théorème de dérivabilité des fonctions composées, la fonction : $x \longmapsto \sqrt{x^2+x+2}$ est dérivable pour tout x différent de 1.

La fonction : $x \longmapsto x - 1$ est dérivable et ne s'annule pas pour tout x différent de 1, donc la fonction f est dérivable pour tout $x \neq 1$.

2 Étudions la dérivabilité de la fonction f en $x = 1$.

On a : $\displaystyle\lim_{x\to1} \frac{f(x)-f(1)}{x-1} = \lim_{x\to1} \frac{\dfrac{\sqrt{x^2+x+2}-2}{x-1} - \dfrac{3}{4}}{x-1}$.

Après simplification, on obtient :

$$\lim_{x\to1} \frac{f(x)-f(1)}{x-1} = \lim_{x\to1} \frac{4\sqrt{x^2+x+2}-(3x+5)}{4\,(x-1)^2}.$$

En multipliant les deux termes du quotient par l'expression conjuguée du numérateur, puis en simplifiant, il vient :

$$\lim_{x\to1} \frac{f(x)-f(1)}{x-1}$$

$$= \lim_{x\to1} \frac{\left(4\sqrt{x^2+x+2}-(3x+5)\right)\left(4\sqrt{x^2+x+2}+(3x+5)\right)}{4(x-1)^2\left(4\sqrt{x^2+x+2}+(3x+5)\right)}$$

$$= \lim_{x\to1} \frac{16x^2+16x+32-(9x^2+30x+25)}{4(x-1)^2\left(4\sqrt{x^2+x+2}+3x+5\right)}$$

$$= \lim_{x\to1} \frac{7x^2-14x+7}{4(x-1)^2\left(4\sqrt{x^2+x+2}+(3x+5)\right)}$$

$$= \lim_{x\to1} \frac{7(x-1)^2}{4(x-1)^2\left(4\sqrt{x^2+x+2}+(3x+5)\right)}$$

$$= \lim_{x\to1} \frac{7}{4\left(4\sqrt{x^2+x+2}+(3x+5)\right)},$$

soit $\displaystyle\lim_{x\to1} \frac{f(x)-f(1)}{x-1} = \frac{7}{64}$. On en déduit que la fonction f est dérivable en 1.

3 Pour tout x différent de 1, on a, en appliquant la formule de dérivation d'un quotient,

$$f'(x) = \frac{\dfrac{(2x+1)(x-1)}{2\sqrt{x^2+x+2}} - \left[\sqrt{x^2+x+2}-2\right]}{(x-1)^2}.$$

Cette expression se simplifie en :

$$f'(x) = \frac{(2x+1)(x-1) - \left[2(x^2+x+2) - 4\sqrt{x^2+x+2}\right]}{2(x-1)^2\sqrt{x^2+x+2}}.$$

Finalement, on obtient :

$$f'(x) = \frac{-3x-5+4\sqrt{x^2+x+2}}{(x-1)^2 2\sqrt{x^2+x+2}}.$$

4 Pour $x > 0$, on a :

$$f(x) = \frac{\sqrt{x^2+x+2}-2}{x-1} = \frac{x\left(\sqrt{1+\frac{1}{x}+\frac{2}{x^2}}-\frac{2}{x}\right)}{x\left(1-\frac{1}{x}\right)}.$$

Après simplification par x, on a :

$$f(x) = \frac{\sqrt{1+\frac{1}{x}+\frac{2}{x^2}}-\frac{2}{x}}{1-\frac{1}{x}}.$$

Comme $\lim\limits_{x\to+\infty} \dfrac{1}{x} = \lim\limits_{x\to+\infty} \dfrac{1}{x^2} = 0$, on en déduit :

$$\lim_{x\to+\infty} f(x) = 1.$$

On procède de même pour déterminer la limite de $f(x)$ en $-\infty$. Comme x est négatif au voisinage de $-\infty$, on a $\sqrt{x^2} = -x$ d'où :

$$\lim_{x\to-\infty} f(x) = -1.$$

MÉTHODE

Il ne faut pas confondre l'étude de la dérivabilité d'une fonction en un point (étude locale) et l'étude de la dérivabilité d'une fonction sur un intervalle (étude globale).
Pour savoir si une fonction f est dérivable au point a, on étudie la limite du quotient $\dfrac{f(x)-f(a)}{x-a}$ quand x tend vers a.
Pour étudier la dérivabilité d'une fonction sur un intervalle, on utilise la dérivabilité des fonctions de références (fonctions polynômes, fonctions rationnelles, fonction racine carrée, etc.) et les théorèmes sur les opérations sur les fonctions dérivables (somme, produit, quotient, composée).

8 Lecture graphique

Énoncé p. 86

Lycée Virlogeux, Riom

1 La dérivée est négative sur $\mathbb{R}_-$, donc f est décroissante sur $\mathbb{R}_-$;
la dérivée est positive sur $\mathbb{R}_+$, donc f est croissante sur $\mathbb{R}_+$.

2 D'après la question précédente, la fonction admet un minimum en 0.

3 La dérivée est négative sur $\mathbb{R}_-$, donc f est décroissante sur $\mathbb{R}_-$;
la dérivée est positive sur $\mathbb{R}_+$, donc f est croissante sur $\mathbb{R}_+$.

Ceci élimine les courbes **a** et **d**.

On voit que $f'(x)$ tend vers 0 quand x tend vers l'infini, donc que la pente de la tangente à la courbe va diminuer quand x augmente, elle doit déjà être faible pour $x = 4$ (environ 0,5).

C'est donc la courbe **c** qui convient.

9 Application des formules du cours

Énoncé p. 87

Lycée François Mauriac, Bordeaux

1 $f(x) = \mathrm{e}^{x^2+3x+1}$. f est une fonction de la forme e^u, avec :

$$u(x) = x^2 + 3x + 1.$$

Ainsi,

$$f'(x) = u'(x)\mathrm{e}^{u(x)}$$

$$f'(x) = (2x+3)\mathrm{e}^{x^2+3x+1}.$$

2 $g(x) = (2x+3)\mathrm{e}^{x^2+3x+1} = (2x+3)f(x)$, où f est la fonction de la question précédente.

g est un produit de la forme $u \times f$, avec $u(x) = 2x + 3$, donc :

$$\begin{aligned} g'(x) &= u'(x)f(x) + u(x)f'(x) \\ &= 2\mathrm{e}^{x^2+3x+1} + (2x+3) \times (2x+3)\mathrm{e}^{x^2+3x+1} \\ &= \left[2 + (2x+3)^2\right]\mathrm{e}^{x^2+3x+1} \\ &= (4x^2 + 12x + 11)\mathrm{e}^{x^2+3x+1}. \end{aligned}$$

3 $h(x) = \sqrt{\dfrac{2x-1}{x+3}}$. h est une fonction de la forme $\sqrt{u}$ avec :

$$u(x) = \frac{2x-1}{x+3}$$

et

$$u'(x) = \frac{2(x+3) - 1(2x-1)}{(x+3)^2}$$

$$u'(x) = \frac{7}{(x+3)^2}.$$

$$\text{donc : } h'(x) = \frac{u'(x)}{2\sqrt{u(x)}} = \frac{7}{(x+3)^2} \times \frac{1}{2\sqrt{\frac{2x-1}{x+3}}}$$
$$= \frac{7\sqrt{x+3}}{2(x+3)\left(\sqrt{x+3}\right)^2\sqrt{2x-1}}$$
$$= \frac{7}{2(x+3)\sqrt{(x+3)(2x-1)}}.$$

10 Calcul de dérivées

Énoncé p. 87

Lycée Jules Ferry, Caen

1 La fonction f est une fonction rationnelle, donc est dérivable sur son ensemble de définition. Or, pour tout réel x, on a $x^2 + 1 > 0$, de sorte que $\mathscr{D}_f = \mathbb{R}$. Alors f est définie et dérivable sur $\mathbb{R}$ tout entier.

Pour calculer la dérivée de f, on applique la formule $\left(\frac{u}{v}\right)' = \frac{u'v - v'u}{v^2}$ avec :

$$u(x) = 3x^3 - 6x + 5 \quad \text{et} \quad v(x) = x^2 + 1.$$

D'où :

$$u'(x) = 9x^2 - 6 \quad \text{et} \quad v'(x) = 2x.$$

Ainsi, pour tout réel x :

$$f'(x) = \frac{(9x^2-6)(x^2+1) - 2x(3x^3 - 6x + 5)}{(x^2+1)^2}$$
$$= \frac{3x^4 + 15x^2 - 10x - 6}{(x^2+1)^2}.$$

2 La fonction g est dérivable sur $\mathbb{R}$ comme composée d'une fonction polynôme et d'une fonction puissance. On a :

$$g'(x) = 3(20x^3 - 4x + 1)(5x^4 - 2x^2 + x)^2.$$

3 La fonction h est définie sur $\mathbb{R}$ car le dénominateur ne s'annule jamais. La fonction h est dérivable sur $\mathbb{R}$ comme composée d'une fonction rationnelle et d'une fonction puissance.

$$h'(x) = 4\left(\frac{2x^2 - 5x + 1}{x^2+1}\right)^3 \left(\frac{(4x-5)(x^2+1) - (2x^2 - 5x + 1)(2x)}{(x^2+1)^2}\right)$$
$$= 4\left(\frac{2x^2 - 5x + 1}{x^2+1}\right)^3 \left(\frac{5x^2 + 2x - 5}{(x^2+1)^2}\right)$$
$$= \frac{4(2x^2 - 5x + 1)^3(5x^2 + 2x - 5)}{(x^2+1)^5}.$$

Remarque : sous cette forme, on pourra trouver le signe de $h'(x)$, ce qui est le but quand on calcule une dérivée.

4 La fonction $x \mapsto x^2 + 1$ est dérivable sur $\mathbb{R}$ et est à valeurs dans $[1\,;+\infty[$, donc dans $\mathbb{R}_+^*$. Or, $x \mapsto \sqrt{x}$ est dérivable sur $\mathbb{R}_+^*$. Donc $x \mapsto \sqrt{x^2+1}$ est dérivable sur $\mathbb{R}$.

Par ailleurs, cette dernière fonction est à valeurs dans $\mathbb{R}_+^*$.

Donc $x \mapsto \sqrt{\sqrt{x^2+1}}$ est dérivable sur $\mathbb{R}$ en tant que composée de fonctions dérivables.

Posons $G(x) = \sqrt{x^2+1}$.

Alors :

$$G'(x) = \frac{2x}{2\sqrt{x^2+1}} = \frac{x}{\sqrt{x^2+1}}.$$

Or, $\ell = \sqrt{G}$, donc $\ell'(x) = \dfrac{G'(x)}{2\sqrt{G(x)}}$.

Soit :

$$\ell'(x) = \frac{x}{2\sqrt{x^2+1}\sqrt{\sqrt{x^2+1}}}.$$

11 Étude de convexité

Énoncé p. 87

Lycée Victor Duruy, Paris

1 Pour tout réel x, $f'(x) = 3x^2 - 4$, et $f''(x) = 6x$.

$f''(x) < 0 \iff x < 0$, donc f est concave sur $\mathbb{R}_-^*$, et f est convexe sur $\mathbb{R}_+^*$.

2 Le point $A(0\,;1)$ est le seul point d'inflexion, car 0 est la seule valeur de x pour laquelle $f''(x)$ s'annule et change de signe.

12 Convexité et inégalité

Énoncé p. 87

Cité scolaire internationale, Grenoble

1 Pour tout réel x : $f'(x) = \mathrm{e}^x + x\mathrm{e}^x = (x+1)\mathrm{e}^x$

$f''(x) = \mathrm{e}^x + (x+1)\mathrm{e}^x = (x+2)\mathrm{e}^x$.

2 $f''(x) > 0 \iff x > -2$.

Par conséquent, f est concave sur $]-\infty\,;-2]$ et convexe sur $[-2\,;+\infty[$.

3 **(a)** L'équation de la tangente au point d'abscisse 0 est :
$y = f'(0)x + f(0)$, donc $y = x$.

(b) f est convexe sur $[-2\,;+\infty[$. 0,0001 fait partie de cet intervalle, donc $\mathcal{C}$ est au-dessus de sa tangente au point d'abscisse 0, dont l'équation est $y = x$.

On a donc $f(0{,}0001) < 0{,}0001$ car à gauche se trouve l'ordonnée du point de $\mathcal{C}$ d'abscisse 0,0001 et à droite l'ordonnée du point de la tangente en O d'abscisse 0,0001 également.

13 Avec des représentations graphiques

Énoncé p. 88

Lycée Virlogeux, Riom

1 **(a)** L'équation $f'(x) = 0$ a trois solutions a, b et c.
$a \approx 0{,}2$; $b \approx 2{,}2$ et $c \approx 3{,}6$.

(b) $f'(x) > 0$ si x appartient à $]a\,;b[\cup\left]c\,;\frac{9}{2}\right]$, et $f'(x) < 0$ si x appartient à $\left[-\frac{1}{2}\,;a\right[\cup]b\,;c[$.

2 **(a)** Dans le tableau de variations de f' suivant, on a rajouté le signe de $f''(x)$, f'' étant la fonction dérivée de la fonction f'.

x	$-\frac{1}{2}$		1		3		$\frac{9}{2}$
$f'(x)$		$\nearrow$		$\searrow$		$\nearrow$	
Signe de $f''(x)$		$+$	0	$-$	0	$+$	

(b) D'après le tableau de signes de f'', f'' s'annule en changeant de signe pour $x = 1$ et $x = 3$. Il y a donc deux points d'inflexion d'abscisses 1 et 3.

3 D'après la question 1.b., f' est négative, puis positive, puis négative, puis positive.

Donc f doit être décroissante jusqu'à a, croissante entre a et b, décroissante entre b et c puis finalement croissante.

C'est la courbe $\mathcal{C}_3$ qui convient.

Quant à f'', elle doit être positive jusqu'à 1, négative entre 1 et 3, puis à nouveau positive.

C'est la courbe $\mathcal{C}_1$ qui convient.

14 Étude générale

Énoncé p. 88

Lycée Notre-Dame de Boulogne, Boulogne-Billancourt

1 $g(x) = -x^2 + 3x - 1$ est un polynôme de degré 2, dont le discriminant est :

$$\Delta = 3^2 - 4 \times (-1) \times (-1) = 5 > 0$$

donc il admet deux racines :

$$x_1 = \alpha = \frac{3+\sqrt{5}}{2} \in [0; 2[\qquad \text{et} \qquad x_2 = \frac{3-\sqrt{5}}{2}.$$

On en déduit alors le tableau de signes suivant :

x	0		α		2
$g(x)$		$+$	0	$-$	

2 $\lim\limits_{\substack{x \to 2 \\ x<2}} (2 - x) = 0^+$ donc $\lim\limits_{\substack{x \to 2 \\ x<2}} \sqrt{\frac{x}{2-x}} = +\infty$.

De plus, $\lim\limits_{\substack{x \to 2 \\ x<2}} (x-1) = 1 > 0$ donc, par produit, $\lim\limits_{\substack{x \to 2 \\ x<2}} f(x) = +\infty$.

On peut alors en déduire que la droite d'équation $x = 2$ est une asymptote verticale de $\mathcal{C}$.

3 $f(x) = a(x) \times b(x)$, avec $a(x) = (x-1)$ et $b(x) = \sqrt{\dfrac{x}{2-x}}$.

- $a'(x) = 1$.
- $b(x) = \sqrt{u(x)}$, avec $u(x) = \dfrac{x}{2-x}$ et :

$$u'(x) = \frac{1(2-x) - x \times (-1)}{(2-x)^2} = \frac{2}{(2-x)^2}.$$

Donc :

$$\begin{aligned} b'(x) &= \frac{u'(x)}{2\sqrt{u(x)}} \\ &= \frac{2}{(2-x)^2} \times \frac{1}{2\sqrt{\frac{x}{2-x}}} \\ &= \frac{1}{(2-x)^2\sqrt{\frac{x}{2-x}}}. \end{aligned}$$

- On en déduit alors que :

$$\begin{aligned} f'(x) &= a'(x)b(x) + a(x)b'(x) \\ &= 1 \times \sqrt{\frac{x}{2-x}} + (x-1) \times \frac{1}{(2-x)^2\sqrt{\frac{x}{2-x}}} \\ &= \frac{(2-x)^2 \times \frac{x}{2-x} + x - 1}{(2-x)^2\sqrt{\frac{x}{2-x}}} \\ &= \frac{(2-x)x + x - 1}{(2-x)^2\sqrt{\frac{x}{2-x}}} \\ &= \frac{-x^2 + 3x - 1}{(2-x)^2\sqrt{\frac{x}{2-x}}} \\ &= \frac{g(x)}{(2-x)^2\sqrt{\frac{x}{2-x}}}. \end{aligned}$$

Ainsi, $f'(x)$ est du même signe que $g(x)$, d'où le tableau suivant :

x	0		α		2
$f'(x)$		$+$	0	$-$	‖
f		↗		↘	‖

4 L'équation réduite de (T) est :

$$\begin{aligned} & y = f'(1)(x-1) + f(1) \\ \iff & y = 1(x-1) + 0 \\ \iff & y = x - 1. \end{aligned}$$

5 **MÉTHODE**

On peut aborder cette question de deux manières :

- Si on démontre que f est concave sur $[0; 2[$, alors cela signifie que toutes les tangentes à $\mathcal{C}$ sont au-dessus de $\mathcal{C}$ sur cet intervalle, y compris (T).
- Si on démontre que, sur $[0; 1[\cup]1; 2[$, $f(x) - (x-1) > 0$ alors cela signifie que $\mathcal{C}$ est au-dessus de (T) sur cette union d'intervalles.

Nous allons ici opter pour la seconde méthode car étudier la convexité de f s'avère bien plus compliqué que d'étudier le signe de $f(x) - (x-1)$. En effet, pour tout réel $x \in]0; 1[\cup]1; 2[$,

$$\begin{aligned} f(x) - (x-1) &= (x-1)\sqrt{\frac{x}{2-x}} - (x-1) \\ &= (x-1)\left[\sqrt{\frac{x}{2-x}} - 1\right] \\ &= (x-1)\frac{\left[\sqrt{\frac{x}{2-x}} - 1\right]\left[\sqrt{\frac{x}{2-x}} + 1\right]}{\sqrt{\frac{x}{2-x}} + 1} \\ &= (x-1)\frac{\frac{x}{2-x} - 1}{\sqrt{\frac{x}{2-x}} + 1} \\ &= \frac{\frac{2(x-1)^2}{2-x}}{\sqrt{\frac{x}{2-x}} + 1}. \end{aligned}$$

Pour tout réel $x \in]0; 1[\cup]1; 2[$, $\dfrac{2(x-1)^2}{2-x} > 0$ et le dénominateur de la fraction aussi ; le quotient obtenu est alors bien strictement positif sur $]0; 1[\cup]1; 2[$. Donc sur cette union d'intervalles, $\mathcal{C}$ est au-dessus de (T).

15 Fonction exponentielle

Énoncé p. 89

Lycée Jean Renoir, Bondy

1 **(a)** D'après les limites du cours, on a $\lim\limits_{x\to-\infty} e^x = 0$. Il en résulte que :

$$\lim_{x\to-\infty} f(x) = 0.$$

(b) On a :

$$\lim_{x \to +\infty} f(x) = \lim_{x \to +\infty} \frac{1}{e^{-x} + 1} = 1.$$

MÉTHODE

Pour lever une indétermination du type « infini sur infini », on factorise le terme dominant au numérateur et au dénominateur puis on simplifie.
On a donc factorisé les deux termes du quotient par e^x puis on a simplifié par e^x.

(c) Comme $\lim_{x \to +\infty} f(x) = 1$, on en déduit que la droite d'équation $y = 1$ est asymptote à la courbe représentative de la fonction f au voisinage de $+\infty$.

De même, comme $\lim_{x \to -\infty} f(x) = 0$, on en déduit que la droite d'équation $y = 0$ est asymptote à la courbe représentative de la fonction f au voisinage de $-\infty$.

2 La fonction f est dérivable sur $\mathbb{R}$ comme quotient de deux fonctions dérivables sur $\mathbb{R}$ dont le dénominateur ne s'annule pas sur $\mathbb{R}$.
Pour tout réel x,

$$f'(x) = \frac{e^x (1 + e^x) - e^x (e^x)}{(1 + e^x)^2}$$

soit, après avoir effectué les produits et simplifié,

$$f'(x) = \frac{e^x}{(1 + e^x)^2}.$$

On en déduit que, pour tout réel x, $f'(x) > 0$, et, par conséquent, la fonction f est strictement croissante sur $\mathbb{R}$.

3 **(a)** La tangente $\mathcal{T}$ à la courbe $\mathcal{C}$ au point K a pour équation :

$$y = f'(0)x + f(0)\ ,$$

soit $y = \frac{1}{4}x + \frac{1}{2}$.

(b) La position de la courbe $\mathcal{C}$ par rapport à la tangente $\mathcal{T}$ est donnée par le signe de la différence $f(x) - \left(\frac{1}{4}x + \frac{1}{2}\right)$ soit le signe de :

$$f(x) - \left(\frac{1}{4}x + \frac{1}{2}\right) = \frac{e^x}{1 + e^x} - \left(\frac{1}{4}x + \frac{1}{2}\right).$$

En réduisant au même dénominateur, on obtient :

$$f(x) - \left(\frac{1}{4}x + \frac{1}{2}\right) = \frac{2e^x - x - xe^x - 2}{4\,(1 + e^x)}.$$

Le dénominateur de $f(x) - \left(\frac{1}{4}x + \frac{1}{2}\right)$ étant strictement positif sur $\mathbb{R}$, $f(x) - \left(\frac{1}{4}x + \frac{1}{2}\right)$ est du signe de son numérateur soit $g(x)$.

(c) La fonction g est dérivable sur $\mathbb{R}$ d'après les opérations sur les fonctions dérivables et, pour tout réel x, on a :

$$g'(x) = 2\mathrm{e}^x - \mathrm{e}^x - x\mathrm{e}^x - 1 = \mathrm{e}^x - x\mathrm{e}^x - 1.$$

La fonction g' est aussi dérivable sur $\mathbb{R}$ d'après les opérations sur les fonctions dérivables et, pour tout réel x, on a :

$$g''(x) = -x\mathrm{e}^x.$$

(d) La quantité $g''(x)$ est du signe contraire de x donc elle est positive sur $]-\infty\,;0]$ et négative sur $[0\,;+\infty[$
On en déduit que la fonction g' est croissante sur $]-\infty\,;0]$ et décroissante sur $[0\,;+\infty[$
Or, $g'(0) = 0$. Donc la fonction g admet un maximum en 0 et ce maximum vaut 0. On peut donc en déduire que g' est négative sur $\mathbb{R}$ et ne s'annule qu'en 0.
Il en résulte que la fonction g est strictement décroissante sur $\mathbb{R}$. Or, $g(0) = 0$. On peut donc en déduire que g est positive sur $]-\infty\,;0]$ et négative sur $[0\,;+\infty[$.

(e) D'après les résultats des trois questions précédentes, on peut conclure : La courbe $\mathcal{C}$ est au-dessus de sa tangente $\mathcal{T}$ sur $]-\infty\,;0]$ et en dessous sur $[0\,;+\infty[$.

4 La courbe $\mathcal{C}$ et la tangente $\mathcal{T}$ sont représentées sur le graphique ci-dessous.

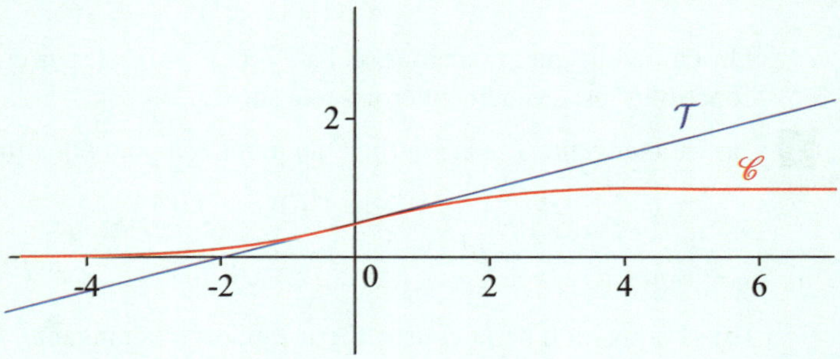

Chapitre 4

Continuité

Plan du chapitre

1 Notion de continuité

Exercice type 1 — Lycée Notre-Dame de Boulogne, Boulogne-Billancourt

On considère la fonction f définie sur $\mathbb{R}$ par :

$$\begin{cases} f(x) = \dfrac{1-\sqrt{1+x^2}}{x} \text{ pour } x \neq 0 \\ f(0) = m \end{cases}$$

Quelle valeur faut-il donner à m pour que f soit continue sur $\mathbb{R}$?

Voir corrigé page 106

1.1 Continuité en un point a

Définitions 1

Soit une fonction f définie sur un intervalle I et $a \in I$.
On dit que f est *continue* en a si :

$$\lim_{\substack{x \to a \\ x<a}} f(x) = \lim_{\substack{x \to a \\ x>a}} f(x).$$

On dit que f est *continue* sur I si f est continue en tout point de I.

Cela se traduit graphiquement par le fait que la courbe représentative d'une fonction continue sur I peut se tracer sans lever le crayon sur cet intervalle.

Exemple et contre-exemple : la courbe représentative de la fonction f définie par :

$$f(x) = \begin{cases} -1 & \text{si } x < 0 \\ 1 & \text{si } x > 0 \end{cases}$$

n'est pas continue sur $\mathbb{R}$, mais elle l'est sur les intervalles $]-\infty; 0[$ et $]0; +\infty[$.

Voir illustrations page suivante.

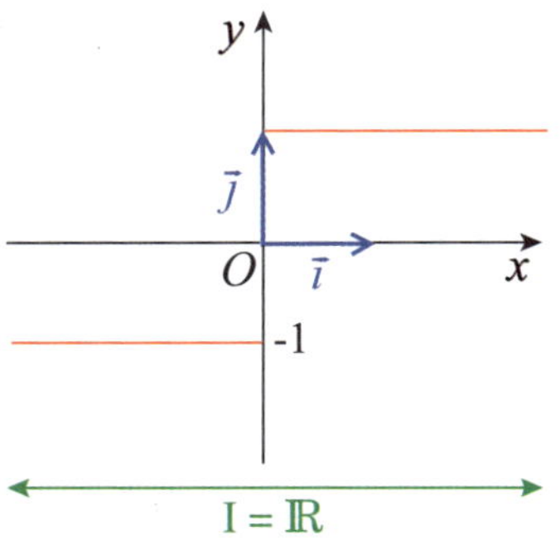

Il y a un « trou » au niveau de $x = 0$ donc la fonction n'est pas continue en 0, donc pas continue sur $\mathbb{R}$.

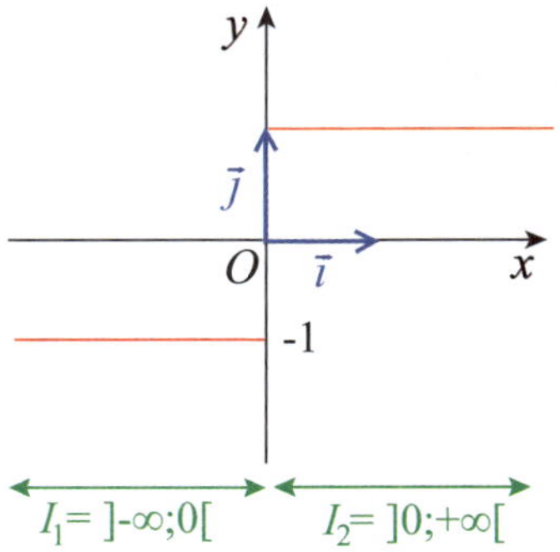

Il n'y a pas de trou sur chaque intervalle I_1 et I_2 donc la fonction est continue sur I_1 et sur I_2.

Définition 2

On appelle *point de discontinuité* tout point en lequel une fonction n'est pas continue.

Exemple : le point d'abscisse $x = 0$ est un point de discontinuité de la fonction définie par :

$$f(x) = \begin{cases} -1 & \text{si } x < 0 \\ 1 & \text{si } x > 0 \end{cases}.$$

1.2 Fonctions continues de référence

Propriétés 1

- Les fonctions *polynômes* ainsi que les fonctions *sinus* et *cosinus* sont continues sur $\mathbb{R}$.
- Les fonctions *rationnelles* sont continues sur tout intervalle inclus dans leur ensemble de définition.
- La fonction *racine carrée* est continue sur $[0 ; +\infty[$.
- Les fonctions $x \mapsto \cos x$ et $x \mapsto \sin x$ sont continues sur $\mathbb{R}$.
- Les fonctions obtenues par somme, produit ou quotient de fonctions continues sont continues sur chacun des intervalles où elles sont définies.

Exemples

- La fonction $x \mapsto (x^2 + 1)\cos(x)$ est continue sur $\mathbb{R}$ comme produit de deux fonctions continues sur $\mathbb{R}$.
- La fonction $x \mapsto \dfrac{x^2 + 1}{x - 1}$ est continue sur $]-\infty ;\ 1[$ et sur $]1 ;\ +\infty[$ comme fonction rationnelle définie sur ces deux intervalles.

1.3 Continuité d'une fonction composée

Propriété 2

Soit $f = v \circ u$ une fonction définie sur un intervalle I de $\mathbb{R}$.
Si u est continue sur I et si v est continue sur $u(I)$ alors f est continue sur I.

Exemple : soient $u : x \mapsto x - 1$ et $v : x \mapsto \sqrt{x}$.
Notons $f(x) = (v \circ u)(x) = \sqrt{x-1}$.
u est continue sur $\mathbb{R}$ mais f n'est pas définie sur $\mathbb{R}$ car $x - 1 < 0$ pour $x < 1$.
Ainsi, f est définie sur $I = [1 ; +\infty[$, et elle est continue sur I car u est continue sur I et v est continue sur $u(I) = [0 ; +\infty[$.

1.4 Fonction définie et fonction continue

Une fonction peut être définie sur un intervalle I sans nécessairement être continue sur I.

Exemple : on considère la fonction f définie sur $\mathbb{R}$ par :

$$f(x) = E(x) = \lfloor x \rfloor.$$

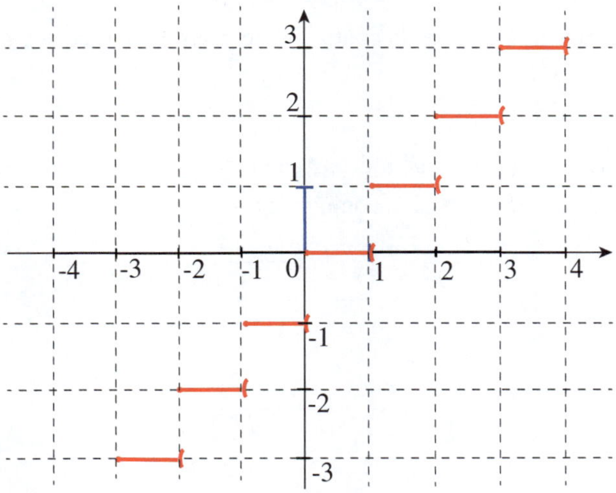

Cette fonction est appelée *fonction partie entière* : pour tout entier relatif n,

$$\forall\, x \in [n ; n+1[, \quad f(x) = n.$$

Cette fonction est définie en tout point de $\mathbb{R}$, mais elle n'est pas continue sur $\mathbb{R}$.

1.5 Dérivabilité et continuité

Théorème 1

Si f est une fonction définie et dérivable en a alors elle est continue en a.

COURS
INTERROS
CORRIGÉS

ATTENTION

La réciproque de ce théorème est fausse : une fonction peut être continue sans être dérivable. Par exemple, la fonction $f : x \mapsto |x|$ est continue en 0, mais pas dérivable en 0 car :

$$\lim_{h\to 0^-} \frac{f(0+h)-f(0)}{h} = -1 \quad \text{et} \quad \lim_{h\to 0^+} \frac{f(0+h)-f(0)}{h} = +1.$$

Solution de l'exercice type 1

Lycée Notre-Dame de Boulogne, Boulogne-Billancourt

Notons avant tout que la fonction :

$$x \mapsto \sqrt{1+x^2}$$

est définie et continue sur $\mathbb{R}$ comme composée de deux fonctions continues sur $\mathbb{R}$:

$$x \mapsto \sqrt{x} \quad \text{et} \quad x \mapsto 1+x^2.$$

Ainsi, la fonction :

$$x \mapsto 1-\sqrt{1+x^2}$$

est continue sur $\mathbb{R}$, et f est alors continue sur $]-\infty;0[$ et sur $]0;+\infty[$ (comme quotient par 0 d'une fonction continue).

Il ne reste plus qu'à vérifier la continuité de f en 0. Pour cela, on calcule la limite de $\dfrac{1-\sqrt{1+x^2}}{x}$ en 0.

Cette limite donne lieu à une indétermination du type « $\dfrac{0}{0}$ » que nous allons lever à l'aide d'une expression conjuguée :

$$\begin{aligned}\frac{1-\sqrt{1+x^2}}{x} &= \frac{\left(1-\sqrt{1+x^2}\right)\left(1+\sqrt{1+x^2}\right)}{x\left(1+\sqrt{1+x^2}\right)}\\ &= \frac{1-(1+x^2)}{x\left(1+\sqrt{1+x^2}\right)}\\ &= \frac{-x}{1+\sqrt{1+x^2}}.\end{aligned}$$

Ainsi,

$$\lim_{x\to 0} f(x) = \lim_{x\to 0} \frac{-x}{1+\sqrt{1+x^2}} = 0.$$

Par conséquent, f est continue en 0, et donc sur $\mathbb{R}$, pour $m=0$.

Voir énoncé page 103

2 Théorème des valeurs intermédiaires

Exercice type 2 — Lycée François Mauriac, Bordeaux

Montrer que l'équation :

$$2x^3 - x^2 + x + 3 = 0$$

admet une unique solution sur $\mathbb{R}$, dont on donnera une valeur approchée au dixième.

Voir corrigé page 108

Théorème 2 : théorème des valeurs intermédiaires

Soit f une fonction définie et continue sur un intervalle I, et soient a et b deux réels de I. Pour tout réel k compris entre $f(a)$ et $f(b)$, l'équation $f(x) = k$ admet au moins une solution comprise entre a et b.

À RETENIR

Ce théorème assure, sous certaines hypothèses, l'existence d'*au moins un* antécédent à k, mais il n'assure pas son unicité et ne permet pas de le calculer.

Corollaire 1 : théorème de la bijection (corollaire du théorème de la bijection)

Soit f une fonction définie sur un intervalle I, et soient a et b deux réels de I tels que $a < b$.
Si f est continue et strictement monotone sur $[a\ ;\ b]$, alors pour tout réel k compris entre $f(a)$ et $f(b)$, l'équation $f(x) = k$ admet une solution unique dans l'intervalle $[a\ ;\ b]$.

Remarque : cette propriété peut aussi s'appliquer lorsque a ou b sont infinis à condition que k ne prenne pas la valeur d'une limite.

Exemple : soit $f(x) = \cos x - x$. Alors, $f'(x) = -\sin x - 1 < 0$ sur $\mathbb{R}$ donc f est strictement décroissante sur $\mathbb{R}$. f est aussi continue sur $\mathbb{R}$ comme la somme de deux fonctions continues sur $\mathbb{R}$.
De plus,

- $f(0) = \cos 0 - 0 = 1 > 0$
- $f(\pi) = \cos\pi - \pi = -1 - \pi < 0$

donc $0 \in]f(\pi)\ ;\ f(0)[$.

Ainsi, d'après le corollaire du théorème des valeurs intermédiaires, l'équation $f(x) = 0$ admet une unique solution sur $[0\ ;\ \pi]$.

Solution de l'exercice type 2

Lycée François Mauriac, Bordeaux

Posons $f(x) = 2x^3 - x^2 + x + 3$. On a alors $f'(x) = 6x^2 - 2x + 1$.
Le discriminant de $f'(x)$ est :

$$\Delta = (-2)^2 - 4 \times 6 \times 1 = -20 < 0$$

donc $f'(x)$ n'admet aucune racine et $f'(x) > 0$ sur $\mathbb{R}$.
Par conséquent, f est strictement croissante sur $\mathbb{R}$.
Ainsi,

- f est continue et strictement croissante sur $\mathbb{R}$;
- $\lim\limits_{x \to -\infty} f(x) = -\infty$ et $\lim\limits_{x \to +\infty} f(x) = +\infty$, et 0 est une valeur intermédiaire entre $-\infty$ et $+\infty$.

Ainsi, d'après le théorème de la bijection, il existe une unique valeur réelle α telle que $f(\alpha) = 0$.

L'équation $f(x) = 0$ admet donc une unique solution α sur $\mathbb{R}$.

À l'aide du tableur de la calculatrice, par exemple, on trouve :

$$f(-0{,}9) = -0{,}168 \qquad \text{et} \qquad f(-0{,}8) = 0{,}536.$$

Par conséquent,

$$-0{,}9 < \alpha < -0{,}8.$$

Voir énoncé page 107

1 V/F Avec des valeurs absolues

10 min

Corrigé p. 117

Soit f la fonction définie sur $\mathbb{R}$ par :

$$f(x) = \frac{x^2}{1 + |x|}.$$

Les affirmations suivantes sont-elles vraies ou fausses ?

1 La courbe représentative de la fonction f admet une asymptote verticale.

2 La fonction f est continue sur $\mathbb{R}$.

3 La fonction f n'est pas dérivable en 0.

4 La courbe représentative de la fonction f admet une tangente de pente 2.

2 V/F Continuité et dérivabilité

10 min

Corrigé p. 117

f est une fonction définie sur un intervalle I et a est un réel de cet intervalle. Les affirmations suivantes sont-elles vraies ou fausses ? Justifier.

1 Il existe une fonction f continue et dérivable en a.

2 Il existe une fonction f continue en a et non dérivable en a.

3 Il existe une fonction f qui n'est pas continue en a mais qui est dérivable en a.

4 Il existe une fonction f qui n'est ni continue ni dérivable en a.

3 V/F Continuité et monotonie

15 min

Corrigé p. 118

Soit f une fonction définie sur un intervalle I. Pour chaque affirmation, dire, en justifiant, si elle est vraie ou fausse.

1 Si f change de signe sur I alors f s'annule sur I.

2 Si :

- $I = [a ; b]$,
- $f(a) \times f(b) > 0$,
- f est continue sur I,

alors f ne s'annule pas sur I.

3 Si f s'annule une seule fois sur I et si f est strictement monotone alors f est continue sur I.

4 Si f s'annule une seule fois sur I et f est continue sur I alors f est strictement monotone sur I.

Continuité en un point

4 Étude d'une fonction irrationnelle ★ 5 min

Corrigé p. 118

Lycée de l'Emperi, Salon-de-Provence

La fonction f est définie par :

$$f(x) = \begin{cases} \dfrac{\sqrt{x^2+x+2}-2}{x-1} & \text{si } x \neq 1 \\ \dfrac{3}{4} & \text{pour } x = 1 \end{cases}$$

f est-elle continue en 1 ?

5 Fonction définie par trois morceaux ★ 10 min

Corrigé p. 118

Lycée Saint-Joseph de Tivoli, Bordeaux

On considère la fonction f définie par :

$$f(x) = \begin{cases} x^2+x+1 & \text{pour } x \leqslant 0 \\ \sqrt{5x+1} & \text{pour } 0 < x \leqslant 3 \\ x+1 & \text{pour } x > 3 \end{cases}$$

f est-elle continue sur $\mathbb{R}$? Justifier.

Théorème des valeurs intermédiaire et corollaire

6 Localisation de racines ★ 10 min

Corrigé p. 119

Lycée Chaptal, Paris

Démontrer que l'équation $x^5 - 5x + 1 = 0$ admet une solution α unique sur $[0\,;\,1]$ et donner une valeur approchée à 10^{-1} près par défaut.

7 Étude d'une équation ★ 15 min

Corrigé p. 119

Lycée Vieljeux, La Rochelle

On considère la fonction f définie sur $\left[-1\,;\,\frac{1}{2}\right[\cup \left]\frac{1}{2}\,;\,+\infty\right[$ par :

$$f(x) = \frac{1}{2x-1} - \sqrt{x+1}.$$

Étudier les variations de f et en déduire que l'équation $f(x) = 0$ admet une solution unique α, puis prouver que $\alpha \in \left]\frac{1}{2}\,;\,1\right[$.

8 Existence ou unicité

★★ 20 min Corrigé p. 120

Lycée La Bruyère, Versailles

1 *Question de cours.*

On suppose connu le théorème des valeurs intermédiaires.

Démontrer que si une fonction f continue et strictement décroissante sur un intervalle $[a\ ;\ b]$ vérifie $f(a)f(b) < 0$, alors l'équation $f(x) = 0$ admet une solution et une seule dans $[a\ ;\ b]$.

2 *Application.*

Soit f une fonction définie sur $\mathbb{R}$ telle que $f(0) = 2$ et $f(6) = -1$.

Dans chacun des cas suivants, que peut-on dire de l'existence et du nombre de solutions de l'équation $f(x) = 0$ dans l'intervalle $[0\ ;\ 6]$? Justifier les réponses.

(a) f est continue sur $[0\ ;\ 6]$.

(b) f est strictement décroissante sur $[0\ ;\ 6]$.

(c) f est continue et strictement décroissante sur $[0\ ;\ 6]$.

9 Point d'inflexion et tangente

★★ 20 min Corrigé p. 121

Cité scolaire internationale, Grenoble

Retrouvez le corrigé de cet exercice en vidéo.

Soit $f(x) = (x+2)e^{-x}$ définie sur $I = [-2\ ;\ 4]$ et $\mathcal{C}$ sa courbe représentative dans un repère orthonormé.

On nomme A et B les points de $\mathcal{C}$ d'abscisses respectives -1 et 0.

1 Donner les coordonnées exactes de A et B.

2 Étudier les variations de f sur I.

3 Montrer que l'équation $f(x) = 1$ admet deux solutions a et b dans I. Donner les valeurs arrondies à 10^{-2} de a et b.

4 Calculer $f''(x)$ et étudier la convexité de f. On indiquera les coordonnées des éventuels points d'inflexion.

5 Donner l'équation de la tangente $\mathcal{D}$ à $\mathcal{C}$ au point B.

6 Tracer $\mathcal{C}$ et $\mathcal{D}$ sur I.

7 Résoudre l'inéquation $f(x) < -x + 2$.

10 Avec un programme

★★★ 25 min Corrigé p. 122

Lycée François Couperin, Fontainebleau

On considère la fonction définie sur $I = [-10\,;\,10]$ par :

$$f(x) = x^3 - 3x^2 + x + 3.$$

1 Étudier le sens de variation de la fonction f et dresser son tableau de variations sur I.

2 **(a)** Démontrer que l'équation $f(x) = 0$ admet une unique solution sur $[-10\,;\,10]$ notée a.

(b) Encadrer a par deux entiers relatifs consécutifs.

3 On considère le programme Python suivant :

```
def f(x):
    return x**3 - 3*x**2 + x + 3

def dicho(a,b,d):
    if a > b: a,b = b,a

    while b-a > d:
        m = (a+b)/2
        if f(m) > 0: b = m
        else: a = m

    return a,b
```

(a) Exécuter pas à pas le programme lorsque $a = -1$, $b = 0$ et $d = 0{,}1$ en remplissant le tableau suivant.

On arrondira les résultats au centième à chaque étape.

Quelles seront alors les valeurs de a et b en sortie ?

	Étape 1	Étape 2	Étape 3	Étape 4	Étape 5
a	-1				
b	0				
m					
$f(m)$					
Signe de $f(m)$					

(b) Quel est le rôle de cet algorithme ?

(c) Expliquer, par exemple à l'aide d'un graphique, le rôle du « Si » dans cet algorithme.

4 Donner une valeur approchée de a à 10^{-3} près en utilisant la calculatrice.

5 En déduire le signe de $f(x)$ suivant les valeurs de x.

11 Algorithme de dichotomie

★★★ 30 min Corrigé p. 123

Lycée La Bruyère, Versailles

On considère la fonction f définie sur $]2\,;+\infty[$ par :

$$f(x)=\frac{2}{(x-2)^3}.$$

1 **(a)** Étudier les variations de la fonction f sur $]2\,;+\infty[$.

(b) Démontrer que l'équation $f(x)=1$ admet une unique solution α dans $]2\,;+\infty[$.

2 On considère l'algorithme de dichotomie suivant permettant d'encadrer α.

```
Initialisation
     a ← 3
     b ← 4
Traitement
     Tant que b-a > 0,01:
          m ← (a+b)/2
         Si f(m)>1:
             a ← m
         Sinon
             b ← m
         Fin Si
     Fin Tant que
Sortie
     Afficher a, b
```

(a) Justifier le choix des valeurs initiales $a=3$ et $b=4$.

(b) Que peut-on dire de l'amplitude de l'intervalle à la fin de l'algorithme ?

(c) Dérouler pas à pas les deux premières étapes de l'algorithme en remplissant les cases vides du tableau suivant :

Étape	Test $b-a>0{,}01$	m	Test $f(m)>1$	a	b
Initialisation				3	4
1	Vrai	3,5			
2					

(d) Après les deux premières étapes, quel encadrement de α obtient-on ?

(e) Déterminer le nombre d'étapes nécessaires pour obtenir l'encadrement final.

COURS INTERROS CORRIGÉS

12 Point d'inflexion et vitesse

★★★ 25 min Corrigé p. 124

Lycée Virlogeux, Riom

Une épidémie a frappé les habitants d'une ville.

Partie A : Lectures graphiques

La courbe $\mathcal{C}$ suivante représente le nombre de personnes malades en fonction du temps t, exprimé en jours, depuis le début de la maladie.

La vitesse de propagation de la maladie au jour t est assimilée au nombre dérivé de la fonction au jour t.

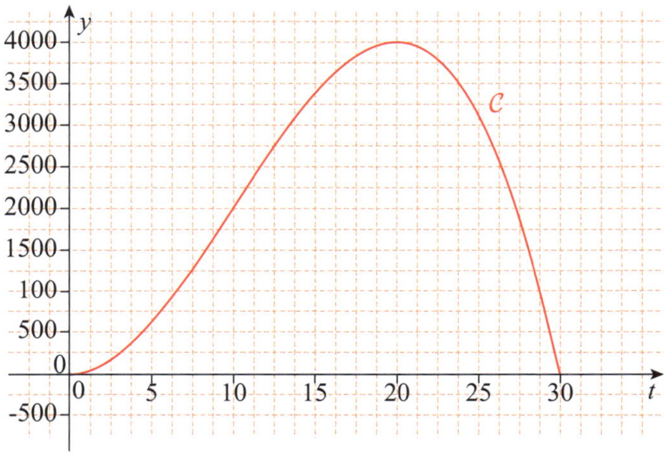

On expliquera les réponses.

1 Donner les jours où il y a 2 000 malades.

2 Donner le jour où le nombre de malades est maximal. Quel est alors le nombre de malades ?

3 Estimer le jour où la vitesse de propagation de la maladie est la plus grande.

Partie B : Étude théorique

Le nombre de personnes malades en fonction du temps t, en jours, peut être modélisé par la fonction f définie sur l'intervalle $I = [0\,;30]$ par :

$$f(t) = -t^3 + 30t^2.$$

1 Étudier le sens de variations de f et dresser son tableau de variations sur I.

2 **(a)** Déterminer le nombre de solutions sur I de l'équation $f(t) = 2\,000$.

(b) Déterminer un encadrement à l'entier près de la solution non entière.

3 **(a)** Calculer $f''(t)$.

(b) Étudier le sens de variations de la fonction dérivée f'.
En déduire la convexité de la fonction f.

(c) Démontrer que la courbe $\mathcal{C}$ admet sur I un unique point d'inflexion.

(d) En donner une signification concrète.

(e) Calculer la vitesse de propagation le 10e jour.

13 Suite définie par une fonction ★★★ 60 min Corrigé p. 126

Lycée Gustave Eiffel, Bordeaux

On considère la fonction f définie sur $\mathbb{R}_+^*$ par :

$$f(x) = \mathrm{e}^{-x} - \sqrt{x}.$$

On note $\mathcal{C}$ sa courbe représentative dans un repère orthonormé $(O; \vec{i}, \vec{j})$.

Partie A : étude d'une fonction

1 Montrer que f est strictement décroissante sur $\mathbb{R}_+^*$.

2 Montrer que l'équation $f(x) = 0$ admet une unique solution α sur $]0; 1[$.

3 On note (T_0) la tangente à $\mathcal{C}$ au point d'abscisse $x_0 = 1$.
Montrer que l'équation réduite de (T_0) est :

$$y = -\left(\frac{2+\mathrm{e}}{2\mathrm{e}} + 1\right)x + \frac{4-\mathrm{e}}{2\mathrm{e}}.$$

Partie B : étude d'une suite

Pour tout entier naturel n, on note (T_n) la tangente à $\mathcal{C}$ au point d'abscisse x_n, où (x_n) est la suite définie par son premier terme $x_0 = 1$, en notant x_{n+1} l'abscisse du point d'intersection de (T_n) et de l'axe des abscisses.

Ainsi, x_1 est l'abscisse du point d'intersection de (T_0) et de l'axe des abscisses.

On admet que la suite (x_n) est bien définie, c'est-à-dire que pour tout entier naturel n, $x_n > 0$.

1 Montrer que $x_1 = \dfrac{4-\mathrm{e}}{2+\mathrm{e}}$.

2 **(a)** Justifier que $f'(x) \neq 0$ sur $\mathbb{R}_+^*$.

(b) Montrer que pour tout entier naturel n :

$$x_{n+1} = x_n - \frac{f(x_n)}{f'(x_n)}.$$

3 On considère le programme Python suivant :

```
from math import exp,sqrt
x = 1
for n in range(1,7):
    x = x - ( exp(-x) -
              sqrt(x) ) / (-exp(-x) -
                           1 / (2 * sqrt(x))
             )
print(x)
```

(a) Recopier et compléter le tableau suivant (on donnera les valeurs approchées à 10^{-4} près de x) :

n	0	1	2	...
x	1			...

(b) À quoi correspond la valeur affichée par ce programme ?

(c) D'après le tableau de valeurs trouvé, émettre une conjecture quant à la limite de la suite (x_n).

4 Montrer que pour tout entier naturel n, $\mathcal{C}$ est toujours au-dessus de (T_n).

5 On admet que pour tout entier naturel n, $0 < x_n \leqslant \alpha$, où α est la constante définie dans la partie A.

(a) Montrer que la suite (x_n) est croissante pour tout entier $n \geqslant 1$.

(b) Montrer que (x_n) converge et déterminer sa limite.

1 V/F Avec des valeurs absolues

Énoncé p. 109

1 *Faux.* La fonction f n'admet aucune valeur interdite, donc il n'y a aucune asymptote verticale à sa courbe représentative.

2 *Vrai.* La fonction valeur absolue est continue sur $\mathbb{R}$ donc f est continue sur $\mathbb{R}$ en tant que quotient de deux fonctions continues dont le dénominateur ne s'annule pas sur $\mathbb{R}$.

3 *Faux.* En effet, pour tout réel x,

$$\frac{f(x)-f(0)}{x} = \frac{x}{1+|x|}, \quad \text{donc :} \quad \lim_{x\to 0} \frac{f(x)-f(0)}{x} = 0.$$

On peut donc conclure que la fonction f est dérivable en 0 et que $f'(0) = 0$.

4 *Faux.* On cherche s'il existe un réel x tel que $f'(x) = 2$.

- Si $x > 0$,

$$f'(x) = 2 \iff \frac{x^2+2x}{(1+x)^2} = 2 \iff x^2+2x+2 = 0\,,$$

équation qui a un discriminant négatif, donc aucune solution dans $\mathbb{R}$.

- Si $x < 0$,

$$f'(x) = 2 \iff \frac{2x-x^2}{(1-x)^2} = 2 \iff 3x^2-6x+2 = 0.$$

Cette équation n'admet aucune solution négative. On en déduit que l'équation $f'(x) = 2$ n'a pas de solution.

Ainsi la courbe représentative de la fonction f n'a pas de tangente de pente 2.

2 V/F Continuité et dérivabilité

Énoncé p. 109

1 *Vrai.* Si $I = \mathbb{R}$ et $a = 0$. La fonction f définie sur $\mathbb{R}$ par $f(x) = x$ est bien continue et dérivable en 0.

2 *Vrai.* Si $I = \mathbb{R}$ et $a = 0$, la fonction valeur absolue f définie sur $\mathbb{R}$ par $f(x) = |x|$ est continue en 0 mais n'est pas dérivable en 0.

3 *Faux.* D'après un théorème du cours, toute fonction dérivable en a est aussi continue en a.

4 *Vrai.*La fonction partie entière $E(x)$ en est un exemple si $I = \mathbb{R}$ et a un entier relatif quelconque.

3 V/F Continuité et monotonie

Énoncé p. 109

1 *Faux*. Contre-exemple : $f(x) = 2$ pour $x < 0$ et $f(x) = -5$ pour $x \geqslant 0$.

2 *Faux*. Prenons par exemple $I = [-2\ ;\ 2]$ et $f(x) = x^2 - 1$. Alors, $f(2)f(-2) = 9$, f est continue car c'est une fonction polynôme, mais $f(1) = 0$.

3 *Faux*. $I = \mathbb{R}$, $f(x) = x$ pour $x < 1$ et $f(x) = x + 1$ pour $x \geqslant 1$. Cette fonction est strictement monotone mais n'est pas continue en 1.

4 *Faux*. $I = \mathbb{R}$ et $f(x) = (x - 2)^2$. Cette fonction ne s'annule que pour $x = 2$, elle est continue sur I, mais elle est décroissante sur $]-\infty\ ;\ 2]$ et croissante sur $[2\ ;\ +\infty[$, donc non monotone.

4 Étude d'une fonction irrationnelle

Énoncé p. 110

Lycée de l'Emperi, Salon-de-Provence

Pour savoir si la fonction f est continue en 1, on détermine sa limite quand x tend vers 1 et on compare le résultat à $f(1)$. On a :

$$\begin{aligned} f(x) &= \frac{\sqrt{x^2+x+2}-2}{x-1} \times \frac{\sqrt{x^2+x+2}+2}{\sqrt{x^2+x+2}+2} \\ &= \frac{x^2+x-2}{(x-1)\left(\sqrt{x^2+x+2}+2\right)}. \end{aligned}$$

En factorisant $x^2 + x - 2$ en $(x - 1)(x + 2)$ puis en simplifiant par $x - 1$, on obtient finalement :

$$f(x) = \frac{x+2}{\sqrt{x^2+x+2}+2}.$$

Donc,

$$\lim_{x\to 1} f(x) = \frac{1+2}{\sqrt{1^2+1+2}+2} = \frac{3}{4}.$$

Comme $\lim_{x\to 1} f(x) = f(1)$, il en résulte que la fonction f est continue en 1.

5 Fonction définie par trois morceaux

Énoncé p. 110

Lycée Saint-Joseph de Tivoli, Bordeaux

Notons avant tout que :

- $x \mapsto x^2 + x + 1$ est continue sur $]-\infty; 0]$ comme fonction polynôme ;
- $x \mapsto \sqrt{5x+1}$ est continue sur $]0; 3[$ comme composée de deux fonctions définies et continues sur cet intervalle ;
- $x \mapsto x + 1$ est continue sur $]3; +\infty[$.

Nous devons donc nous pencher sur la continuité de f en $x = 0$ et $x = 3$.

- En 0 :

$$\begin{cases} \lim\limits_{\substack{x \to 0 \\ x<0}} f(x) = f(0) = 0^2 + 0 + 1 = 1 \\ \lim\limits_{\substack{x \to 0 \\ x>0}} f(x) = \lim\limits_{\substack{x \to 0 \\ x>0}} \sqrt{5x+1} = \sqrt{5 \times 0 + 1} = 1 \end{cases}$$

Donc f est continue en 0.

- En 3 :

$$\begin{cases} \lim\limits_{\substack{x \to 3 \\ x<3}} f(x) = f(3) = \sqrt{5 \times 3 + 1} = 4 \\ \lim\limits_{\substack{x \to 3 \\ x>3}} f(x) = \lim\limits_{\substack{x \to 3 \\ x>3}} (x+1) = 3 + 1 = 4 \end{cases}$$

Donc f est continue en 3.

Par conséquent, f est continue sur $\mathbb{R}$.

6 Localisation de racines

Énoncé p. 110

Lycée Chaptal, Paris

Soit la fonction f définie sur $\mathbb{R}$ par :

$$f(x) = x^5 - 5x + 1.$$

La fonction f est dérivable sur $\mathbb{R}$ comme fonction polynôme et :

$$f'(x) = 5x^4 - 5 = 5(x^2+1)(x^2-1) = 5(x^2+1)(x+1)(x-1).$$

Nous en retiendrons que $f'(x) < 0$ sur l'intervalle $[0\ ;\ 1[$.

Ainsi, la fonction f est dérivable, donc continue, et est strictement décroissante sur l'intervalle $[0\ ;\ 1]$.

Enfin :

$$f(0) = 1 \quad \text{et} \quad f(1) = -3, \quad \text{donc} \quad 0 \in [f(1)\ ;\ f(0)].$$

On sait alors d'après le corollaire du théorème des valeurs intermédiaires que l'équation $f(x) = 0$ admet une unique solution α dans $[0\ ;\ 1]$.

De plus, $f(0{,}2) = 0{,}000\,32 > 0$ et $f(0{,}3) = -0{,}497\,57 < 0$, donc α est compris entre 0,2 et 0,3.

Finalement, $\alpha \approx 0{,}2$ à 10^{-1} près par défaut.

7 Étude d'une équation

Énoncé p. 110

Lycée Vieljeux, La Rochelle

La fonction f est dérivable sur $\left]-1\ ;\ \frac{1}{2}\right[\cup \left]\frac{1}{2}\ ;\ +\infty\right[$ et :

$$f'(x) = -\frac{2}{(2x-1)^2} - \frac{1}{2\sqrt{x+1}}.$$

On a donc $f'(x) < 0$ pour tout x dans $\left]-1\,;\,\frac{1}{2}\right[\cup \left]\frac{1}{2}\,;\,+\infty\right[$, ce qui prouve que f est strictement décroissante sur $\left]-1\,;\,\frac{1}{2}\right[$ et strictement décroissante sur $\left]\frac{1}{2}\,;\,+\infty\right[$.

On a de plus $f(-1) = -\frac{1}{3}$, donc f ne prend que des valeurs strictement négatives sur $\left]-1\,;\,\frac{1}{2}\right[$: donc l'équation $f(x) = 0$ n'a aucune solution dans cet intervalle.

Par ailleurs, f est continue et strictement décroissante sur $\left]\frac{1}{2}\,;\,+\infty\right[$.

De plus,

$$\lim_{x\to\left(\frac{1}{2}\right)^+} f(x) = +\infty \quad \text{et} \quad \lim_{x\to+\infty} f(x) = -\infty\,,$$

donc, d'après le corollaire du théorème des valeurs intermédiaires, l'équation $f(x) = 0$ admet une unique solution α dans $\left]\frac{1}{2}\,;\,+\infty\right[$.

On remarque enfin que $f(1) = 1 - \sqrt{2} < 0$, donc $\alpha \in \left]\frac{1}{2}\,;\,1\right[$.

8 Existence ou unicité

Énoncé p. 111

Lycée La Bruyère, Versailles

1 La fonction f est continue sur $[a\,;\,b]$. Comme $f(a)f(b) < 0$, cela signifie que l'une des valeurs est positive et l'autre négative, donc que 0 est compris entre $f(a)$ et $f(b)$. Le théorème des valeurs intermédiaires prouve donc qu'il existe au moins un réel c entre a et b tel que $f(c) = 0$. Comme f est strictement décroissante, pour tout autre réel d, si $d < c$ alors $f(d) > f(c)$ ou si $d > c$, $f(d) < f(c)$, donc $f(d)$ ne peut être nul. Cela montre qu'il existe un réel c unique dans $[a\,;\,b]$ tel que $f(c) = 0$.

2 Application : on constate que $0 \in [f(6)\,;\,f(0)]$.

(a) Si f est continue sur $[0\,;\,6]$, alors le théorème des valeurs intermédiaires prouve qu'il existe au moins une solution dans $[0\,;\,6]$ à l'équation $f(x) = 0$.

(b) Si f est strictement décroissante, il n'est pas certain qu'il y ait des solutions car f n'est pas supposée continue, par contre il y en a au plus une.

(c) Si f est continue et strictement décroissante sur $[0\,;\,6]$, alors d'après la question de cours, l'équation $f(x) = 0$ a une solution et une seule dans $[0\,;\,6]$.

9 Point d'inflexion et tangente

Énoncé p. 111

Cité scolaire internationale, Grenoble

1 $f(-1) = \text{e}$, donc $A(-1\,;\text{e})$; $f(0) = 2$, donc $B(0\,;2)$.

2 f est dérivable comme produit de deux fonctions dérivables et $f'(x) = 1 \times \text{e}^{-x} - \text{e}^{-x}(x+2) = \text{e}^{-x}(-x-1)$.

$f'(x) > 0 \iff x < -1$ car e^{-x} est positif pour tout x.

On obtient le tableau de variations suivant :

x	-2		-1		4
$f'(x)$		$+$	0	$-$	
$f(x)$	0	$\nearrow$	e	$\searrow$	6e^{-4}

3 f est continue sur I.

Sur $[-2\,;-1]$, f est strictement croissante, et 1 appartient à $\left[f(-2)\,;f(-1)\right]$. Donc, d'après le théorème de la bijection (corollaire du théorème des valeurs intermédiaires), l'équation $f(x) = 1$ admet une unique solution sur $[-2\,;-1]$.

Sur $[-1\,;4]$, f est strictement décroissante, et 1 appartient à $\left[f(4)\,;f(-1)\right]$. Donc, d'après le théorème de la bijection, l'équation $f(x) = 1$ admet une unique solution sur $[-1\,;4]$.

Donc sur I, l'équation $f(x) = 1$ admet deux solutions.

À la calculatrice, on obtient $a \approx -1{,}84$ et $b \approx 1{,}14$.

4 $f''(x) = -\text{e}^{-x}(-x-1) - \text{e}^{-x} = x\text{e}^{-x}$.

Par conséquent, f est convexe si $x > 0$ et f est concave si $x < 0$.

Le point d'inflexion est donc le point de $\mathcal{C}$ d'abscisse 0, c'est B.

5 L'équation de la tangente en B à $\mathcal{C}$ est $y = f'(0)x + f(0)$, donc $y = -x + 2$.

6

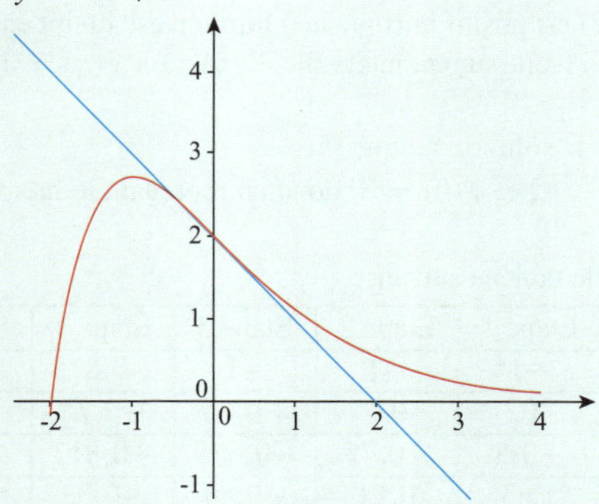

7 Résoudre cette inéquation revient à savoir quand $\mathcal{C}$ est sous $\mathcal{D}$. Or, d'après l'étude de convexité, $\mathcal{C}$ est sous chacune de ses tangentes pour $x < 0$.

Donc pour $x \in [-2\,;0]$, $\mathcal{C}$ est sous toutes ses tangentes, donc entre autre sous la tangente en $A(0\,;2)$, d'équation $y = -x + 2$.

Par contre, pour $x \in [2\,;4]$, f est convexe, donc $\mathcal{C}$ est au-dessus de toutes ses tangentes, donc entre autre de la tangente en $(0\,;2)$.

Donc $S = [-2\,;0[$.

10 Avec un programme

Énoncé p. 112

Lycée François Couperin, Fontainebleau

1 $f'(x) = 3x^2 - 6x + 1$.

$\Delta = (-6)^2 - 4 \times 3 = 24$. L'équation $f'(x) = 0$ a donc deux solutions :

$x_1 = \dfrac{6 - \sqrt{24}}{6} = 1 - \dfrac{\sqrt{6}}{3}$ et $x_2 = 1 + \dfrac{\sqrt{6}}{3}$.

Dans I, le trinôme est positif à l'extérieur des racines, et négatif entre les racines.

Donc f est croissante sur $[-10\,;x_1]$ et sur $[x_2\,;10]$, et décroissante sur $[x_1\,;x_2]$.

$f(-10) = -1\,307$; $f(10) = 713$; $f(x_1) \approx 3{,}1$; $f(x_2) \approx 0{,}9$. On obtient le tableau de variations suivant :

x	$-\infty$		x_1		x_2		10
$f'(x)$		$+$	0	$-$	0	$+$	
$f(x)$	$1\,307$	$\nearrow$	$f(x_1)$	$\searrow$	$f(x_2)$	$\nearrow$	711

2 f est une fonction polynôme, elle est donc continue sur I.

Sur $[-10\,;x_1]$, f est strictement croissante et 0 appartient à $[f(-10)\,;f(x_1)]$, donc l'équation $f(x) = 0$ admet une solution et une seule dans l'intervalle $[-10\,;x_1]$.

Sur $[x_1\,;10]$, $f(x)$ est positif puisque le minimum est atteint en x_2 et est environ égal à 0,9. Donc sur cet intervalle, l'équation $f(x) = 0$ n'admet pas de solution.

Il y a donc bien une solution unique sur I.

De plus $f(-1) = -2$ et $f(0) = 3$, donc en reprenant le même raisonnement, $-1 < a < 0$.

3 **(a)** Nous avons le tableau suivant :

	Étape 1	Étape 2	Étape 3	Étape 4	Étape 5
a	-1	-1	-1	$-0{,}875$	$-0{,}81$
b	0	$-0{,}5$	$-0{,}75$	$-0{,}75$	$-0{,}75$
m	$-0{,}5$	$-0{,}75$	$-0{,}875$	$-0{,}813$	
$f(m)$	$1{,}63$	$0{,}14$	$-0{,}84$	$-0{,}33$	
Signe de $f(m)$	$+$	$+$	$-$	$-$	

À l'étape 5, le test $b - a > d$ est faux puisque $b - a \approx 0{,}06$.
La sortie sera donc $a = -0{,}81$ et $b = -0{,}75$.

(b) On obtient un encadrement de la solution de l'équation $f(x) = 0$ d'amplitude inférieure ou égale à 0,1.

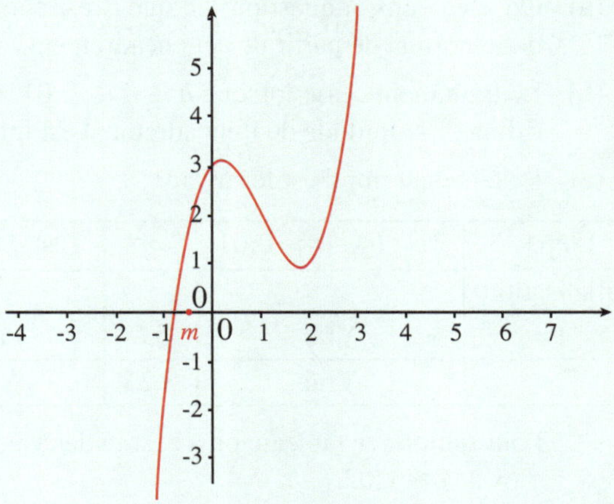

(c) On a représenté à la question 3.b la fonction f.
Initialement, $a = -1$ et $b = 0$, donc $m = -0{,}5$.
Or, $f(-0{,}5)$ est positif, donc la nouvelle valeur de b sera $-0{,}5$: la solution de l'équation est maintenant encadrée par -1 et $-0{,}5$.
À chaque étape, l'amplitude de l'encadrement est divisé par 2.

4 Par balayage à la calculatrice, on trouve $-0{,}77 < a < -0{,}769$. Donc une valeur approchée de a à 10^{-3} près est $-0{,}770$.

5 D'après le tableau de variations de f, puisque $f(a) = 0$, $f(x)$ est négatif pour x appartenant à $[-10\,;a]$ et positif ensuite.

11 Algorithme de dichotomie

Énoncé p. 113

Lycée La Bruyère, Versailles

1 **(a)** La fonction f est définie et dérivable sur $]2\,;+\infty[$ et sur cet intervalle :

$$f'(x) = \frac{-2 \times 3(x-2)^2}{(x-2)^6} = -\frac{6}{(x-2)^4}.$$

On constate donc que $f'(x) < 0$ sur $]2\,;+\infty[$. La fonction f est donc strictement décroissante sur $]2\,;+\infty[$.

(b) $f(3) = 2$ et $f(4) = \dfrac{2}{2^3} = 0{,}25$.
Comme f est continue, strictement décroissante sur $[3\,;4]$, et 1 est compris entre $f(3)$ et $f(4)$, il existe donc, d'après le théorème de la bijection, un nombre α unique dans $[3\,;4]$ tel que $f(\alpha) = 1$.

Comme f est strictement décroissante sur $]2\,;+\infty[$, f ne peut pas prendre deux fois la valeur 1 sur cet intervalle. L'équation $f(x) = 1$ a donc une solution unique α dans $]2\,;+\infty[$, de plus on sait que α est compris entre 3 et 4.

2 **(a)** On a vu dans la question 1.b que α est compris entre 3 et 4, il est donc normal de partir de cet encadrement.

(b) Le traitement cesse lorsque $b - a \leqslant 0{,}01$. Donc à la fin de l'algorithme, l'amplitude de l'encadrement est inférieur ou égal à 0,01.

(c) Le tableau rempli est le suivant :

Étape	Test $b - a > 0{,}01$	m	Test $f(m) > 1$	a	b
Initialisation				3	4
1	Vrai	3,5	Faux	3	3,5
2	Vrai	3,25	Vrai	3,25	3,5

Pour remplir ce tableau, on a besoin des valeurs : $f(3{,}5) \approx 0{,}59$ et $f(3{,}25) \approx 1{,}02$.

(d) On trouve donc que α est compris entre 3,25 et 3,5.

(e) L'amplitude de l'encadrement est divisée par 2 à chaque étape.
Initialement, l'amplitude est 1 ; après n étapes, elle est égale à 2^{-n}.
On veut :

$$2^{-n} \leqslant 0{,}01$$

c'est-à-dire :

$$2^{n} \geqslant 100.$$

Cela se réalise à partir de $n = 7$ ($2^6 = 64$ et $2^7 = 128$).
Il faut donc 7 étapes pour avoir l'encadrement final.

12 Point d'inflexion et vitesse

Énoncé p. 114

Lycée Virlogeux, Riom

Partie A

1 On trace sur le graphique donné la droite d'équation $y = 2\,000$.
Il y a 2 000 malades au dixième jour, et environ au vingt-septième jour.

2 Le nombre de malades est maximal le vingtième jour, et il atteint 4 000.

3 La vitesse de propagation est la plus grande quand la pente de la tangente à la courbe est la plus élevée, puisque la vitesse de propagation est assimilée au nombre dérivé. On cherche en fait le point d'inflexion.
Il semble que ce soit aux alentours de $t = 10$, en tout cas entre 7 et 12.

Partie B

1 Pour tout $t \in I$, $f'(t) = -3t^2 + 60t = -3t(t-20)$.

$f'(t)$ est un trinôme du second degré qui s'annule pour $t = 0$ et $t = 20$, et il est négatif à l'extérieur des racines car le coefficient de t^2 est négatif. On obtient donc, sur $[0\,;30]$:

x	0		20		30
$f'(t)$		+	0	−	
$f(t)$	0	↗	4 000	↘	0

2 **(a)** f est une fonction polynôme donc continue.

Sur $[0\,;20]$, f est strictement croissante et 2 000 appartient à $\left[f(0)\,;f(20)\right]$, donc d'après le théorème de la bijection, l'équation $f(x) = 2\,000$ admet une unique solution sur $[0\,;20]$.

Sur $[20\,;30]$, f est strictement décroissante et 2 000 appartient à $\left[f(30)\,;f(20)\right]$, donc d'après le théorème de la bijection, l'équation $f(x) = 2\,000$ admet une unique solution sur $[20\,;30]$.

Finalement, sur $[0\,;30]$, l'équation $f(x) = 2\,000$ admet exactement deux solutions.

(b) Vérifions que $f(10) = 2\,000$:

$f(10) = -1\,000 + 3\,000 = 2\,000$, donc la plus petite solution de l'équation $f(x) = 2\,000$ est 10, et elle est entière.

$f(27) = 2\,187$ et $f(28) = 1\,568$, par conséquent, d'après le théorème utilisé précédemment, la solution non entière est comprise entre 27 et 28, ce qui confirme notre lecture graphique.

3 **(a)** $f''(t) = -6t + 60 = -6(t-10)$.

(b) $f''(t) > 0 \iff t < 10$, donc f' est croissante sur $[0\,;10]$ et décroissante sur $[10\,;30]$.

f est donc convexe sur $[0\,;10]$ et concave sur $[10; 30]$.

(c) D'après ce qui précède, le point de $\mathcal{C}$ d'abscisse 10 est point d'inflexion.

(d) Avant $x = 10$, la dérivée est croissante, ce qui signifie que la vitesse de propagation de la maladie augmente, alors qu'après, cette vitesse diminue (même si le nombre de malades continue à augmenter jusqu'à $t = 20$). Donc 10 jours après le début de la maladie est le moment où l'épidémie commence à ralentir.

(e) $f'(10) = 300$.

On peut traduire cela par le fait qu'à ce moment là, il y a 300 malades supplémentaires chaque jour.

COURS INTERROS CORRIGÉS

13 Suite définie par une fonction

Énoncé p. 115

Lycée Gustave Eiffel, Bordeaux

Partie A : étude d'une fonction

1 f est dérivable sur $\mathbb{R}_+^*$ comme somme de deux fonctions dérivables sur cet ensemble.

Sa fonction dérivée est :

$$f'(x) = -e^{-x} - \frac{1}{2\sqrt{x}}.$$

Or, pour tout réel x,

$$e^{-x} > 0$$

car une exponentielle est toujours strictement positive, donc :

$$-e^{-x} < 0.$$

De plus, sur $\mathbb{R}_+^*$,

$$-\frac{1}{2\sqrt{x}} < 0,$$

donc $f'(x) < 0$ sur $\mathbb{R}_+^*$.

Ainsi, f est strictement décroissante sur $\mathbb{R}_+^*$.

2 f est strictement décroissante et continue sur $\mathbb{R}_+^*$ comme somme de deux fonctions continues sur cet ensemble. De plus, $f(0) = 1$ et $f(1) = e^{-1} - 1 < 0$ donc d'après le corollaire du théorème des valeurs intermédiaires, l'équation $f(x) = 0$ admet une unique solution sur $]0; 1[$.

3 La formule qui donne l'équation réduite de la tangente en un point d'abscisse a est :

$$y = f'(a)(x - a) + f(a)$$

ce qui donne ici :

$$y = \left(-e^{-1} - \frac{1}{2}\right)(x - 1) + e^{-1} - 1$$

$$\iff y = \left(-\frac{1}{e} - \frac{1}{2}\right)(x - 1) + \frac{1}{e} - \frac{e}{e}$$

$$\iff y = -\left(\frac{2 + e}{2e}\right)(x - 1) + \frac{1 - e}{e}$$

$$\iff y = -\left(\frac{2 + e}{2e}\right)x + \frac{2 + e}{2e} + \frac{2 - 2e}{2e}$$

$$\iff y = -\left(\frac{2 + e}{2e}\right)x + \frac{4 - e}{2e}.$$

Partie B : étude d'une suite

1 L'abscisse du point d'intersection de (T_0) et de l'axe des abscisses se trouve en résolvant l'équation :

$$\begin{aligned} & -\left(\frac{2+\mathrm{e}}{2\mathrm{e}}\right)x_1 + \frac{4-\mathrm{e}}{2\mathrm{e}} = 0 \\ \iff & -\left(\frac{2+\mathrm{e}}{2\mathrm{e}}\right)x_1 = -\frac{4-\mathrm{e}}{2\mathrm{e}} \\ \iff & x_1 = \frac{4-\mathrm{e}}{\cancel{2\mathrm{e}}} \times \frac{\cancel{2\mathrm{e}}}{2+\mathrm{e}} \\ \iff & x_1 = \frac{4-\mathrm{e}}{2+\mathrm{e}}. \end{aligned}$$

2 **(a)** Sur $\mathbb{R}_+^*$, d'après la question 1 de la partie A, $f'(x) < 0$ soit, en particulier, $f'(x) \neq 0$.

(b) Par définition, on a :

$$(T_n) \ : \ y = f'(x_n)(x - x_n) + f(x_n)$$

et en remplaçant x par x_{n+1}, par définition toujours, on doit obtenir 0 :

$$f'(x_n)(x_{n+1} - x_n) + f(x_n) = 0 \ ,$$

d'où :

$$\begin{aligned} & f'(x_n)(x_{n+1} - x_n) = -f(x_n) \\ \iff & x_{n+1} - x_n = -\frac{f(x_n)}{f'(x_n)} \text{ (car } f'(x_n) \neq 0) \\ \iff & x_{n+1} = x_n - \frac{f(x_n)}{f'(x_n)}. \end{aligned}$$

3 **(a)** On a le tableau complété suivant :

n	0	1	2	3	4	5	6
x	1	0,2716	0,4116	0,4262	0,4263	0,4263	0,4263

(b) La valeur affichée par cet algorithme correspond à x_6.

(c) Dans la mesure où les différentes valeurs de x calculées dans la boucle de l'algorithme correspondent aux termes successifs de la suite (x_n), on peut conjecturer que $\lim\limits_{n \to +\infty} x_n \approx 0{,}4263$.

4 Montrons que $\mathcal{C}$ est toujours au-dessus de (T_n) pour tout entier naturel n. Pour cela, montrons que f est convexe.

On sait que :

$$f'(x) = -\mathrm{e}^{-x} - \frac{1}{2\sqrt{x}} \ ,$$

donc :

$$f''(x) = \mathrm{e}^{-x} - \left(-\frac{2 \times \frac{1}{2\sqrt{x}}}{\left(2\sqrt{x}\right)^2} \right)$$

$$= \mathrm{e}^{-x} + \frac{1}{4x\sqrt{x}}.$$

On constate alors que pour tout réel x strictement positif, $f''(x) > 0$, donc f est convexe.

5 **(a)** Par définition, pour tout entier naturel n, $x_{n+1} - x_n = -\dfrac{f(x_n)}{f'(x_n)}$.

Or, $f(x) \geqslant 0$ sur $]0; \alpha]$ (d'après les variations de f) et $f'(x) < 0$ sur ce même intervalle. Par conséquent, $x_{n+1} - x_n \geqslant 0$.

La suite (x_n) est donc croissante.

(b) La suite (x_n) est croissante et majorée, donc elle converge (d'après le théorème de convergence des suites monotones).

Notons ℓ sa limite. Alors, la relation :

$$x_{n+1} = x_n - \frac{f(x_n)}{f'(x_n)}$$

devient (car f et f' sont continues sur leur domaine de définition) :

$$\ell = \ell - \frac{f(\ell)}{f'(\ell)}$$

soit :

$$f(\ell) = 0.$$

Or, l'unique solution de l'équation $f(x) = 0$ sur $[0; 1]$ est α.

Donc la suite (x_n) converge vers α.

Chapitre 5

Logarithme népérien

Plan du chapitre

Exercice type — Lycée Guynemer, Compiègne

1 Simplifier les écritures suivantes :

$$A = \ln\left(e^3\sqrt{e^5}\right) \quad ; \quad B = e^{3\ln 8 + 4\ln 32}.$$

2 Résoudre l'équation suivante :

$$\ln(x-4) + \ln(x-2) = \ln 3.$$

3 Calculer la dérivée de la fonction suivante en indiquant l'ensemble de dérivabilité :

$$f(x) = x^2\ln(1+x).$$

Voir corrigé page 133

1 Introduction

1.1 Définition et résolution d'équations

Définition 1

On définit la fonction *logarithme népérien*, notée ln, comme étant la fonction réciproque de la fonction exponentielle, c'est-à-dire l'unique fonction définie sur $\mathbb{R}_+^*$ par :

$$\ln(x) = y \iff x = e^y.$$

Propriété 1

Soient $y \in \mathbb{R}_+^*$ et $x \in \mathbb{R}$. On a :

$$y = e^x \iff x = \ln y.$$

Exemple : $e^x = 7 \iff x = \ln 7$.

1.2 Variation de la fonction ln

Propriété 2 : dérivée de la fonction ln

La fonction ln est continue et dérivable sur $\mathbb{R}_+^*$, et :

$$(\ln)'(x) = \frac{1}{x} \qquad \text{pour tout } x > 0.$$

De la dérivée du logarithme népérien, on peut en déduire le corollaire suivant :

Corollaire 1

La fonction ln est strictement croissante de $\mathbb{R}_+^*$ sur $\mathbb{R}$.

À RETENIR

$$\ln 1 = 0 \qquad \text{et} \qquad \ln \mathrm{e} = 1.$$

Propriété 3

La fonction ln est concave sur $\mathbb{R}_+^*$.

1.3 Conservation de l'ordre

Propriétés 4

Pour tous réels x et y strictement positifs,

$$\ln x = \ln y \iff x = y \qquad \text{et} \qquad \ln x < \ln y \iff x < y.$$

Exemples

- $$\begin{aligned}\ln(x^2+7) = \ln(2x^2+3) &\iff x^2+7 = 2x^2+3\\ &\iff x^2 = 4\\ &\iff x = 2 \text{ ou } x = -2.\end{aligned}$$
- $$\begin{aligned}\ln(x^2+10) > \ln(2x^2+1) &\iff x^2+10 > 2x^2+1\\ &\iff x^2 < 9\\ &\iff x \in [-3\ ;\ 3].\end{aligned}$$

Remarque : dans la résolution d'équations ou d'inéquations avec des logarithmes, il faut toujours s'assurer que les opérandes soient strictement positives. Dans notre premier exemple, $x^2+7 > 0$ et $2x^2+3 > 0$ pour tout réel x ; on peut ainsi résoudre l'équation sur $\mathbb{R}$. Il en est de même pour l'inéquation.

1.4 Relations fonctionnelles

Propriétés 5

Pour tous réels x et y strictement positifs, pour tout entier relatif n :

- $\ln(xy) = \ln x + \ln y$
- $\ln\left(\frac{x}{y}\right) = \ln x - \ln y$
- $\ln\left(\frac{1}{x}\right) = -\ln x$
- $\ln(x^n) = n \ln x$.

⚠ ATTENTION

Faire preuve de rigueur lors de l'utilisation de la relation fonctionnelle : ne pas scinder $\ln(xy)$ en somme de deux logarithmes sans avoir vérifié et mentionné la stricte positivité de x et y.

2 Limites

2.1 Limites du logarithme népérien

Propriété 6

$$\lim_{x \to 0^+} \ln x = -\infty \qquad \text{et} \qquad \lim_{x \to +\infty} \ln x = +\infty.$$

L'axe des ordonnées est donc asymptote à la courbe représentative de la fonction logarithme.

2.2 Croissances comparées

Propriétés 7

Pour tout entier naturel n,

- $\lim\limits_{x \to +\infty} \frac{\ln x}{x^n} = 0.$
- $\lim\limits_{x \to 0} x^n \ln x = 0.$

Remarque : on dit qu'en cas d'indétermination, les puissances de x « l'emportent » sur $\ln x$.

3 Représentation graphique

De la stricte croissance de la fonction ln, de sa concavité, de ses limites et des valeurs remarquables du logarithme népérien, on déduit sa représentation graphique dans un repère orthonormé :

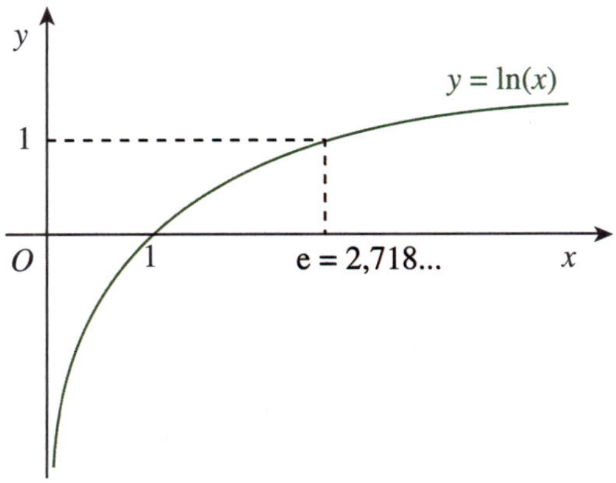

Du fait que les fonctions exp et ln sont réciproques, on déduit que, dans un repère orthonormé, leurs courbes représentatives sont symétriques par rapport à la première bissectrice (droite d'équation $y = x$).

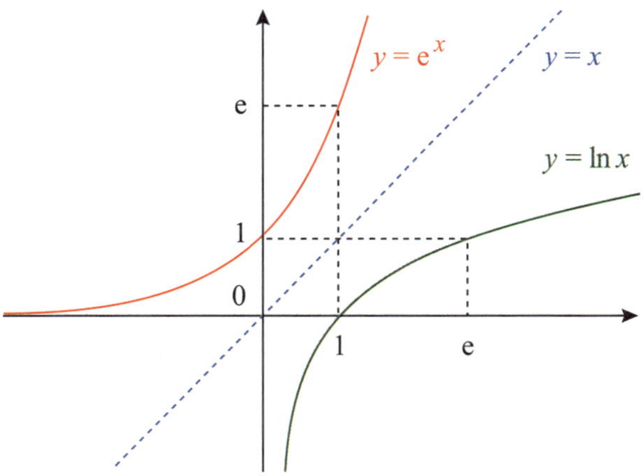

4 Dérivée de ln(u)

Propriété 8

Soit u une fonction définie et dérivable à valeurs strictement positives sur un intervalle I. Alors,

$$\left(\ln(u)\right)' = \frac{u'}{u}.$$

Solution de l'exercice type

Lycée Guynemer, Compiègne

1

$$A = \ln\left(e^3\right) + \ln\sqrt{e^5}$$
$$= 3\ln e + \frac{1}{2}\ln\left(e^5\right)$$
$$= 3\ln e + \frac{5}{2}\ln e$$
$$= 3 + \frac{5}{2}$$
$$= \frac{11}{2}.$$

$$B = e^{3\ln 8} \times e^{4\ln 32}$$
$$= e^{\ln(8^3)} \times e^{\ln(32^4)}$$
$$= 8^3 \times 32^4$$
$$= 2^{29}.$$

2 Il faut commencer par déterminer l'ensemble de validité de l'équation :

$$x - 4 > 0 \qquad \text{pour} \qquad x > 4$$

et

$$x - 2 > 0 \qquad \text{pour} \qquad x > 2.$$

Donc l'ensemble de validité de l'équation est $]4\,;+\infty[$.
Dans cet ensemble de validité, l'équation équivaut à :

$$\ln\left[(x-4)(x-2)\right] = \ln 3\ ,$$

c'est-à-dire :

$$(x-4)(x-2) = 3.$$

Donc,

$$x^2 - 6x + 8 = 3\ ,$$

soit encore :

$$x^2 - 6x + 5 = 0.$$

Cette équation admet deux solutions : 1 et 5.
Seule 5 est solution de l'équation initiale, car 1 n'appartient pas à l'ensemble de validité de l'équation :

$$S = \{5\}.$$

3 La fonction f est dérivable sur $]-1\,;+\infty[$ car la fonction carré est dérivable sur $\mathbb{R}$ et la fonction $\ln u$ est dérivable pour $u(x) > 0$.

$$f'(x) = 2x\ln(1+x) + \frac{x^2}{1+x}.$$

Voir énoncé page 129

COURS INTERROS CORRIGÉS

1 QCM Propriétés du logarithme

5 min Corrigé p. 147

Pour chacune des questions suivantes, indiquer la réponse exacte.

1 Soit a un réel strictement positif, $\ln\left(\frac{a^2}{25}\right)$ est égal à :

a $2(\ln a - \ln 5)$ **b** $(\ln a)^2 - (\ln 5)^2$ **c** $\left(\ln \frac{a}{5}\right)^2$

2 $\ln(\sqrt{2}+1) + \ln(\sqrt{2}-1)$ est égal à :

a 0 **b** $\ln\left(2\sqrt{2}\right)$ **c** $\ln 2$

3 Pour tout réel x strictement supérieur à 2, $\ln(x^2-4) - \ln(x-2)$ est égal à :

a $\ln(x+2)$ **b** $\ln(x^2-x-2)$ **c** $\ln(x-2)$

4 $\ln\left[\left(\frac{1}{e}\right)^2\right] - \left(\ln\frac{1}{e}\right)^2$ est égal à :

a 0 **b** -3 **c** e^2-1

2 QCM Dérivées

10 min Corrigé p. 147

Pour chacune des questions de ce QCM, une seule réponse est exacte.

1 Si $f(x) = (\ln x)^2$ sur $]0\,;+\infty[$, alors $f'(x)$ est égal à :

a $\frac{1}{x^2}$ **b** $2\ln x$ **c** $\frac{2\ln x}{x}$

2 Si $f(x) = \ln(x^2)$ sur $]0\,;+\infty[$, alors $f'(x)$ est égal à :

a $\frac{2}{x}$ **b** $2\left(\ln x + \frac{1}{x}\right)$ **c** $\frac{2\ln x}{x}$

3 Si $f(x) = x\ln x$ sur $]0\,;+\infty[$, alors $f'(x)$ est égal à :

a $\frac{1}{x}$ **b** $1+\ln x$ **c** $1+\frac{1}{x}$

3 QCM Équations et inéquations

15 min Corrigé p. 148

Pour chacune des questions de ce QCM, une seule réponse est exacte.

1 L'ensemble des solutions de l'équation $\ln\left(x^2\right) = 0$ est :

a 0 **b** 1 **c** $\{-1\,;1\}$

2 L'ensemble des solutions de l'équation $\ln\left(x^2 - x\right) = 0$ est :

a $\{0\,;1\}$ **b** $\{1\,;e\}$ **c** $\left\{\frac{1-\sqrt{5}}{2}\,;\frac{1+\sqrt{5}}{2}\right\}$

3 L'ensemble des solutions de l'inéquation $1 - x\ln(0{,}5) \geq 0$ est :

a $]-\infty\,;\ln(0{,}5)]$ b $\left]-\infty\,;\dfrac{1}{\ln(0{,}5)}\right]$ c $\left[\dfrac{1}{\ln(0{,}5)}\,;+\infty\right[$

4 Le nombre t tel que $\left(1+\dfrac{t}{100}\right)^6 = 2$ est, arrondi au centième :

a 10,5 b 12,24 c 12,25

4 QCM Généralités

15 min — Corrigé p. 149

Pour chacune des questions suivantes, indiquez la réponse exacte.

1 Le nombre réel $\dfrac{\ln \mathrm{e}}{\ln\left(\mathrm{e}^2\right)}$ est égal à :

a $\ln\dfrac{1}{\mathrm{e}}$ b $\dfrac{1}{\mathrm{e}}$ c $\dfrac{1}{2}$

2 Pour tout réel x strictement inférieur à 1, $\ln(1-x) < 1$ est équivalent à :

a $x < 1$ b $x > 1 - \mathrm{e}$ c $x > 0$

3 Une ville a vu sa population augmenter de 20 % par an pendant quatre années consécutives, puis de 7 % par an durant les cinq années suivantes, et enfin de 6 % la dixième année. Le pourcentage d'augmentation annuel moyen sur la décennie qui vient de s'écouler s'élève à environ :

a 12,1 % b 208 % c 11,9 %

4 Dans $\mathbb{R}$, l'équation $\ln(x+4) + \ln(x-2) = \ln(2x+1)$:

a n'a pas de solution

b admet exactement une solution

c admet exactement deux solutions

5 La fonction définie sur $]0\,;+\infty[$ par $f(x) = \mathrm{e}^{1+\ln x}$:

a est croissante sur $]0\,;+\infty[$ b est décroissante sur $]0\,;+\infty[$

c n'est pas monotone sur $]0\,;+\infty[$

5 V/F Fonctions logarithme et exponentielle

10 min — Corrigé p. 150

Les affirmations suivantes sont-elles vraies ou fausses ?

1 $\mathrm{e}^{\ln 5} + \mathrm{e}^{-\ln 3} = 2$.

2 Pour tout réel x, $\ln(\mathrm{e}^x + 1) = x + \ln(\mathrm{e}^{-x} + 1)$.

3 Pour tout réel x différent de -1, $\ln(x^3+1)^2 = 2\ln(x^3+1)$.

4 Pour tout réel x, $\ln(\mathrm{e}^{3x}+1)^2 = 2\ln(\mathrm{e}^{3x}+1)$.

COURS INTERROS CORRIGÉS

6 V/F Lecture graphique

10 min Corrigé p. 150

La courbe représentative d'une fonction f définie sur $]-\infty\,;2[$ est donnée ci-dessous :

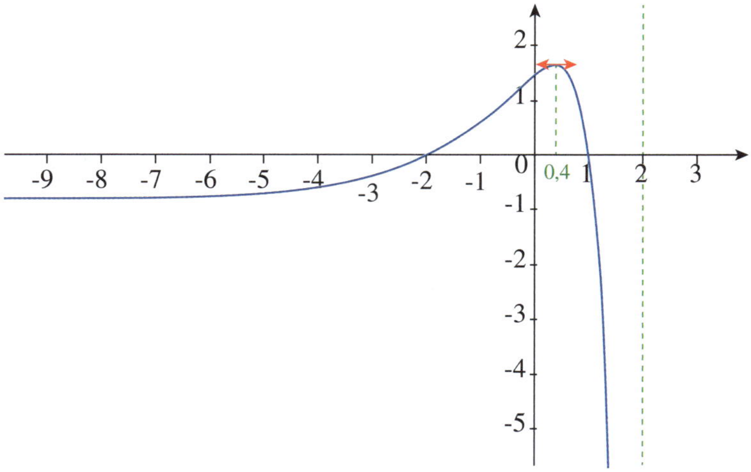

La droite d'équation $x = 2$ et l'axe des abscisses sont asymptotes à la courbe. On appelle g la fonction définie par $g(x) = \ln\big(f(x)\big)$.

En utilisant la représentation graphique, dire si chacune des affirmations suivantes est vraie ou fausse.

1. La fonction g a le même ensemble de définition que f.
2. La fonction g est dérivable en 0,4 et $g'(0{,}4) = 0$.
3. L'équation $g(x) = -1$ possède exactement deux solutions.
4. La fonction $\ln|f(x)|$ est définie pour tout x de $]-\infty\,;2[$.

7 V/F Étude d'une fonction

10 min Corrigé p. 151

Soit f la fonction définie par $f(x) = \dfrac{x}{2} - \dfrac{1}{\ln\left(\sqrt{x}\right)}$.

Les affirmations suivantes sont-elles vraies ou fausses ?

1. La fonction f est définie sur $\mathscr{D} =]0\,;+\infty[$.
2. La courbe représentative de la fonction f admet une asymptote au voisinage de 0.
3. Pour tout réel x appartenant à $\mathscr{D}$, $f(x) < \dfrac{x}{2}$.
4. Pour tout réel x appartenant à $\mathscr{D}$, $f'(x) = \dfrac{1}{2} + \dfrac{2}{x(\ln x)^2}$.

8 V/F Propriétés de la fonction logarithme

10 min Corrigé p. 151

Les affirmations suivantes sont-elles vraies ou fausses ?

1 Pour tout réel $x > 0$, $\ln x > 0$.

2 L'équation $e^{2x} - 3e^x - 4 = 0$ admet deux solutions distinctes dans $\mathbb{R}$.

3 L'image du réel $x - y$, avec $x < y$, par la fonction ln est $\ln\left(\frac{x}{y}\right)$.

4 Pour tout réel $x > 0$, $\ln\left(\sqrt{x+1} - \sqrt{x}\right) = -\ln\left(\sqrt{x+1} + \sqrt{x}\right)$.

Propriétés de la fonction logarithme népérien

9 Propriétés algébriques

★ 10 min Corrigé p. 151

Lycée Berlioz, Vincennes

Exprimer à l'aide de ln 2 et ln 3 :

- $\ln 4$
- $\ln 36$
- $\ln \frac{2}{27}$
- $\ln \sqrt{6}$
- $\ln \frac{9}{8}$
- $\ln\left(3e^5\right)$

10 Propriétés algébriques

★ 5 min Corrigé p. 152

Lycée Delacroix, Maisons - Alfort

Exprimer en fonction de ln 2 et ln 3 :

$$A = 2\ln 4 + \ln 27 - 4\ln 18 + 4\ln\sqrt{6} - \ln\frac{9}{16}.$$

Équations

11 Équations

★ 10 min Corrigé p. 152

Lycée Bonaparte, Toulon

Résoudre les équations suivantes dans $\mathbb{R}$:

1 $\ln(2x) = -3$ 2 $\frac{1}{2}\ln(3x+1) = 1$ 3 $3\ln(3x^2+1) = 6$

COURS INTERROS CORRIGÉS

12 Équations ★ 10 min

Corrigé p. 153

Lycée Hoche, Versailles

Résoudre dans $\mathbb{R}$ les équations suivantes :

1 $\ln\left(x^2-4\right)=\ln(2x+11)$ **2** $\ln(x-2)+\ln(x+2)=\ln(2x+11)$

13 Fonction exponentielle et équations ★ 10 min

Corrigé p. 154

Lycée La Pérouse, San Francisco

Résoudre dans $\mathbb{R}$ les équations suivantes :

1 $\dfrac{e^x}{e^x-1}=2$ **2** $\dfrac{-e^{-3x}}{e^{2x}-2e^x+3}=1$

14 Fonction logarithme et système ★ 10 min

Corrigé p. 154

Lycée Pasteur, Neuilly

Donner les solutions, lorsqu'elles existent, des systèmes :

1 $\begin{cases} xy &= 2 \\ \ln x+\ln y &= 3 \end{cases}$ **2** $\begin{cases} 2\ln x+\ln y &= \ln\left(\dfrac{x}{y}\right) \\ \ln x+2\ln y &= 0 \end{cases}$

15 Équations logarithmiques ★★ 30 min

Corrigé p. 155

Lycée Henri IV, Paris

1 **(a)** Déterminer deux nombres réels a et b tels que pour tout réel X :

$$-X^3+2X^2+X-2=(X^2-1)(aX+b).$$

(b) Résoudre dans l'ensemble $\mathbb{R}$ des réels les équations suivantes :

(i) $-x^3+2x^2+x-2=0$

(ii) $-(\ln x)^3+2(\ln x)^2+\ln x-2=0$

2 **(a)** On considère le polynôme P défini par :

$$P(x)=2x^3-3x^2-17x+30.$$

(i) Vérifier que :

$$P(x)=(x-2)(2x^2+x-15).$$

(ii) Résoudre dans $\mathbb{R}$ l'équation d'inconnue x : $P(x)=0$.

(b) Utiliser la question précédente pour résoudre l'équation :

$$2\ln x+\ln(2x-3)=\ln(17x-30).$$

COURS INTERROS CORRIGÉS

Inéquations

16 Inéquations de base

★ 15 min Corrigé p. 157

Lycée Galilée, Gennevilliers

Résoudre dans $\mathbb{R}$ les inéquations suivantes :

1 $\ln(-3x+4) \leqslant 3$

2 $\ln(x^2-4) < \ln\big(2x(x+2)\big)$

17 Changement de variable

★ 10 min Corrigé p. 158

Lycée Champollion, Grenoble

Résoudre l'inéquation suivante après en avoir précisé les conditions de définition :

$$(\ln x)^2 - 4\ln x + 3 < 0.$$

18 Un quotient en opérande

★★ 15 min Corrigé p. 159

Lycée Michelet, Marseille

Retrouvez le corrigé de cet exercice en vidéo.

Résoudre dans $\mathbb{R}$ l'inéquation suivante :

$$\ln\left(\frac{x+2}{x-2}\right) > 1.$$

19 Dans une suite

★★ 15 min Corrigé p. 161

Lycée Turgot, Paris

Soit (u_n) une suite définie pour tout entier naturel n par $u_0 = 75\,000$ et par la relation $u_{n+1} = 1{,}014u_n + 7$.

1 Démontrer par récurrence que $u_n = 75\,500 \times 1{,}014^n - 500$.

2 Trouver alors le plus petit entier n tel que $u_n > 2u_0$.

Études de fonctions

20 Retrouver la fonction

★ 15 min Corrigé p. 161

Lycée Jules Ferry, Paris

f est une fonction définie sur $\mathbb{R}$ par :

$$f(x) = \ln\left(ax^2 + bx + c\right),$$

où a, b et c sont trois réels.

Son tableau de variation est le suivant :

x	$-\infty$		$-\frac{1}{2}$		0		$\frac{1}{4}$		$+\infty$
$f'(x)$					0				
$f(x)$		$\searrow$	0	$\searrow$		$\nearrow$	$\ln\frac{5}{8}$	$\nearrow$	

En utilisant les données du tableau, déterminer a, b et c.

21 Construction d'une tangente

★ 20 min Corrigé p. 162

Lycée Jean-Pierre Vernant, Pins-Justaret

Soit f la fonction définie sur l'intervalle $]0\,;+\infty[$ par :

$$f(x) = x(1 - \ln x).$$

$\mathcal{C}$ est la courbe représentative de la fonction f dans un repère.

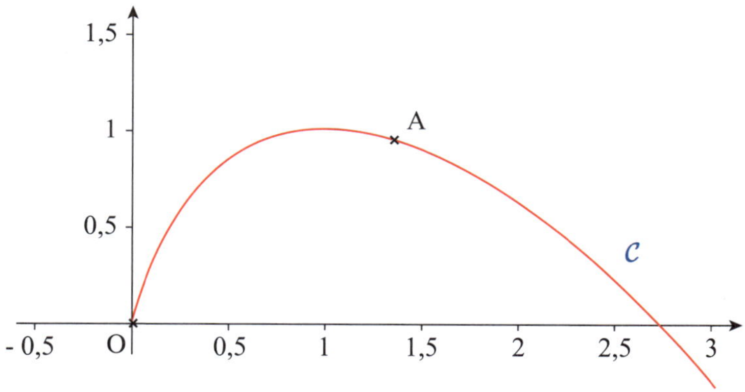

1 Étudier le signe de $f(x)$ suivant les valeurs du nombre x.

2 Déterminer les limites de la fonction f aux bornes de son ensemble de définition.

3 Déterminer la dérivée de la fonction f sur l'intervalle $]0\,;+\infty[$ et dresser le tableau de variations de la fonction f sur l'intervalle $]0\,;+\infty[$.

4 Soit a un nombre réel strictement positif. On considère la tangente $\mathcal{T}_a$ au point A de la courbe d'abscisse a.

(a) Déterminer, en fonction du nombre réel a, les coordonnées du point A', point d'intersection de la droite $\mathcal{T}_a$ et de l'axe des ordonnées.

(b) Expliciter une démarche simple pour la construction de la tangente $\mathcal{T}_a$.
Construire la tangente $\mathcal{T}_a$ au point A placé sur la figure.

22 Étude d'une fonction logarithmique ★★ 45 min

Corrigé p. 163

Lycée Maximilien Sorre, Cachan

Partie A

Soit la fonction f définie sur $]0\,;+\infty[$ par :

$$f(x) = 3 - x - \ln x.$$

1 Étudier les variations de f. Compléter le tableau de variation par les limites de f aux bornes de $]0\,;+\infty[$.

2 **(a)** Montrer que l'équation $f(x) = 0$ a une solution unique α dans l'intervalle $[2\,;3]$.

(b) Expliquer le rôle de l'algorithme suivant :

```
Entrée
     Saisir n
Initialisation
     a ← 2
Traitement
     Tant que 3-a-ln(a)>0
         a ← a+10^(-n)
     Fin tant que
Sortie
     Afficher a
```

(c) Donner une valeur approchée au millième de α en programmant l'algorithme ci-dessus sur votre calculatrice. Recopier ce programme sur votre copie en précisant le modèle de votre calculatrice.

3 Déterminer le signe de $f(x)$ sur $]0\,;+\infty[$.

Partie B

Soit la fonction g définie sur $]0\,;+\infty[$ par : $g(x) = \left(1 - \dfrac{1}{x}\right)(2 - \ln x)$.

1 Calculer $g'(x)$ sur $]0\,;+\infty[$ et montrer que : $g'(x) = \dfrac{f(x)}{x^2}$.

2 En déduire les variations de g et compléter le tableau de variation par les limites de g aux bornes de $]0\,;+\infty[$.

3 En utilisant l'égalité $f(\alpha) = 0$, montrer que $g(\alpha) = \dfrac{(\alpha - 1)^2}{\alpha}$.

4 En déduire un encadrement de $g(\alpha)$ d'amplitude 0,02.

5 Étudier le signe de $g(x)$ sur $]0\,;+\infty[$.

23 Valeur approchée de ln(5)

★★★ 45 min Corrigé p. 166

Lycée Teilhard de Chardin, Saint-Maur-des-Fossés

1 Donner une valeur approchée de $\ln 5$ à 10^{-7} près.

2 Voici un algorithme :

```
Entrée
     Saisir N (entier naturel non nul)
Initialisation
     S ← 0
Traitement
     Pour k allant de N à 5N
         S ← S+1/k
     Fin Pour
Sortie
     Afficher S
```

(a) Tester l'algorithme pour $N = 1$ et $N = 2$.

(b) Exprimer S en fonction de N.

(c) On a testé le programme pour différentes valeurs de N.
On obtient les résultats ci-dessous :

N	1 000	5 000	10 000	15 000	20 000
S	1,610 038	1,609 557 9	1,609 497 9	1,609 477 9	1,609 467 9

De quelle valeur semble se rapprocher S ?

3 f et g sont des fonctions définies sur $[0\,;\,1[$ par :

$$f(x) = x - \ln(1+x) \qquad \text{et} \qquad g(x) = x + \ln(1-x).$$

(a) Étudier les variations de f et g sur $[0\,;\,1[$.

(b) En déduire que pour tout x de $[0\,;\,1[$, $\ln(1+x) \leqslant x \leqslant -\ln(1-x)$.

4 S est la suite définie, pour tout nombre entier naturel $n \geqslant 1$, par :

$$S_n = \frac{1}{n} + \frac{1}{n+1} + \cdots + \frac{1}{5n}.$$

(a) Montrer que pour tout nombre entier naturel k tel que $n \leqslant k \leqslant 5n$ avec $n \geqslant 2$,

$$\ln\left(1 + \frac{1}{k}\right) \leqslant \frac{1}{k} \leqslant -\ln\left(1 - \frac{1}{k}\right).$$

(b) En déduire que, pour tout nombre entier naturel $n \geqslant 2$,

$$\ln\left(5 + \frac{1}{n}\right) \leqslant S_n \leqslant -\ln\left(\frac{n-1}{5n}\right).$$

(c) Déterminer la limite de la suite (S_n).

24 Fonction et distance minimale

★★★ 45 min Corrigé p. 167

Lycée Jean Moulin, Saint-Amand-Montrond

Partie A

Soit u la fonction définie sur $]0\,;+\infty[$ par :

$$u(x) = x^2 - 2 + \ln x.$$

1 Étudier les variations de u sur $]0\,;+\infty[$ et préciser ses limites en 0 et en $+\infty$.

2 **(a)** Montrer que l'équation $u(x) = 0$ admet une solution unique sur $]0\,;+\infty[$. On note α cette solution.

(b) À l'aide de la calculatrice, déterminer un encadrement d'amplitude 10^{-2} de α.

3 Déterminer le signe de $u(x)$ suivant les valeurs de x.

4 Montrer l'égalité : $\ln\alpha = 2 - \alpha^2$.

Partie B

On considère la fonction f définie et dérivable sur $]0\,;+\infty[$ par :

$$f(x) = x^2 + (2 - \ln x)^2.$$

On note f' la fonction dérivée de f sur $]0\,;+\infty[$.

1 Exprimer, pour tout x de $]0\,;+\infty[$, $f'(x)$ en fonction de $u(x)$.

2 En déduire les variations de f sur $]0\,;+\infty[$.

Partie C

Dans le plan rapporté à un repère orthonormé $(O;\vec{\imath},\vec{\jmath})$, on note :

- Γ la courbe représentative de la fonction ln (logarithme népérien) ;
- A le point de coordonnées $(0\,;2)$;
- M le point de Γ d'abscisse x appartenant à $]0\,;+\infty[$.

1 Montrer que la distance AM est donnée par $AM = \sqrt{f(x)}$.

2 Soit g la fonction définie sur $]0\,;+\infty[$ par $g(x) = \sqrt{f(x)}$.

(a) Montrer que les fonctions f et g ont les mêmes variations sur $]0\,;+\infty[$.

(b) Montrer que la distance AM est minimale en un point de Γ, noté P, dont on précisera les coordonnées.

(c) Montrer que $AP = \alpha\sqrt{1+\alpha^2}$.

3 *Pour cette question, toute trace de recherche, même incomplète, ou d'initiative, même non fructueuse, sera prise en compte dans l'évaluation.*
La droit (AP) est-elle perpendiculaire à la tangente à Γ en P ?

25 Points d'intersection

★★★ 45 min Corrigé p. 169

Lycée Charlemagne, Paris

Soit f la fonction définie sur $]-1\,;3[$ par :

$$f(x) = \ln\left(\frac{1+x}{3-x}\right)$$

et $\mathcal{C}$ sa courbe représentative dans un repère orthogonal.

Partie A

1 Démontrer que les droites d'équation $x = -1$ et $x = 3$ sont deux asymptotes à $\mathcal{C}$.

2 **(a)** Justifier que f est dérivable sur l'intervalle $]-1\,;3[$.

(b) Calculer $f'(x)$ et en déduire le sens de variations de f.

3 Déterminer une équation de la tangente $\mathcal{T}$ à $\mathcal{C}$ au point d'abscisse 1.

4 Soit la fonction définie sur $]-1\,;3[$ par : $g(x) = f(x) - x + 1$.

(a) Démontrer que $g'(x) = \dfrac{(x-1)^2}{(1+x)(3-x)}$.

(b) Quel est le sens de variations de g sur $]-1\,;3[$?

(c) Calculer $g(1)$ et donner le signe de $g(x)$.

(d) En déduire la position relative de $\mathcal{C}$ par rapport à $\mathcal{T}$.

Partie B

On note $\mathcal{D}_k$ la droite d'équation $y = x + k$ où k est un réel. On souhaite connaître le nombre de points d'intersection de $\mathcal{C}$ et $\mathcal{D}_k$. Pour cela, on pose $h_k(x) = f(x) - (x + k)$.

1 **(a)** Justifier que $h'_k = g'$.

(b) En déduire le sens de variations de h_k.

2 Prouver que l'équation $h_k(x) = 0$ admet une unique solution dans l'intervalle $]-1\,;3[$.

3 Répondre au problème posé.

4 Vous trouverez page ci-contre un algorithme qui permet d'obtenir une valeur approchée de l'abscisse du point d'intersection de $\mathcal{C}$ et de $\mathcal{D}_k$.

(a) Pour $k = -1$, quel est le résultat affiché ?

(b) Pourquoi faut-il augmenter x lorsque $k > -1$?

(c) Pour $k = 2$, le résultat affiché est-il supérieur ou inférieur à l'abscisse du point d'intersection ?

(d) Quelles modifications peut-on apporter à l'algorithme pour obtenir un résultat plus précis ?

```
Variables
     x et k sont des réels
Traitement
     Lire k
     x ← 1
     Si k<-1 alors
         Tant que f(x)-(x+k)>0
             x ← x-0,01
         Fin du Tant que
     Sinon
         Si k>-1 alors
             Tant que (x+k)-f(x)>0
                 x ← x+0,01
             Fin du Tant que
         Fin Si
     Fin Si
Sortie
     Afficher x
```

Suites et logarithmes

26 Suite et racine carrée

★ 20 min Corrigé p. 170

Lycée Saint-Joseph de Tivoli, Bordeaux

On considère la suite (u_n) définie par $u_0 = \mathrm{e}^3$ et pour tout entier naturel n, $u_{n+1} = \mathrm{e}\sqrt{u_n}$.

Pour tout entier naturel n, on pose $a_n = \ln(u_n) - 2$.

1. Exprimer u_n en fonction de a_n pour tout entier naturel n.
2. Exprimer a_{n+1} en fonction de a_n pour tout entier naturel n. Quelle est la nature de la suite (a_n) ?
3. En déduire que pour tout entier naturel n, $u_n = \mathrm{e}^{2+\frac{1}{2^n}}$.
4. Calculer la limite de la suite (u_n).
5. À partir de quel rang u_n est une valeur approchée de e^2 au millième ?

27 Suite convergente ★★ 20 min Corrigé p. 172

Lycée de l'Emperi, Salon-de-Provence

Soit $0 < k < 1$ et la suite (u_n) définie par $u_0 = 1$ et :

$$\text{pour tout } n \in \mathbb{N}, \qquad u_{n+1} = \left(1 + k^n\right) u_n.$$

On suppose que pour tout naturel $n \geqslant 1$,

$$u_n = (1+k)\left(1+k^2\right)\left(1+k^3\right)\cdots\left(1+k^{n-1}\right).$$

Pour tout $n \in \mathbb{N}$, on pose : $v_n = \ln u_n$.

1 Justifier que, pour tout $x \geqslant 0$, on a $\ln(1+x) \leqslant x$.

2 En déduire que la suite (v_n) est majorée par $\dfrac{k}{1-k}$.

3 Démontrer que la suite (u_n) est majorée et croissante.
En déduire que la suite (u_n) est convergente.

28 Suite du type $u_{n+1} = f(u_n)$ ★★ 25 min Corrigé p. 173

Lycée Bachelard, Chelles

Soit f la fonction définie pour tout $x > \dfrac{1}{2}$ par :

$$f(x) = \frac{x^2}{2x-1}.$$

1 Démontrer que pour tout $x > 1$, $f(x) > 1$.

On peut donc définir la suite (u_n) par : $\begin{cases} u_0 = 2 \\ u_{n+1} = f(u_n) \quad , \quad n \in \mathbb{N} \end{cases}$

2 On considère les suites (v_n) et (w_n) telles que pour tout entier n :

$$v_n = \frac{u_n - 1}{u_n} \quad \text{et} \quad w_n = \ln(v_n).$$

(a) Vérifier que v_n et w_n existent pour tout entier n.

(b) Montrer que (w_n) est une suite géométrique.

(c) Exprimer w_n puis v_n en fonction de n.
En déduire que :

$$u_n = \frac{1}{1 - \left(\frac{1}{2}\right)^{2^n}}.$$

Quelle est la limite de la suite u ?

1 QCM Propriétés du logarithme

Énoncé p. 134

1 Réponse **a**. $\ln\left(\frac{a^2}{25}\right) = \ln(a^2) - \ln 25 = \ln(a^2) - \ln 5^2$ or $a > 0$ donc $\ln(a^2) = 2\ln a$ d'où :

$$\ln\left(\frac{a^2}{25}\right) = 2\ln a - 2\ln 5 = 2(\ln a - \ln 5)$$

⚠ ATTENTION

Ne confondez pas $\ln\left(a^2\right) = \ln(a \times a)$ et $(\ln a)^2 = (\ln a) \times (\ln a)$.
Si $a < 0$, alors $\ln(a^2) = 2\ln(-a)$.

2 Réponse **a**. En effet,

$$\begin{aligned}\ln(\sqrt{2}+1) + \ln(\sqrt{2}-1) &= \ln\big((\sqrt{2}+1)(\sqrt{2}-1)\big)\\ &= \ln\big((\sqrt{2})^2 - 1\big) = \ln 1 = 0.\end{aligned}$$

3 Réponse **a**. $\ln(x^2-4) - \ln(x-2) = \ln\left(\frac{x^2-4}{x-2}\right) = \ln(x+2)$.

4 Réponse **b**. En effet, $\ln\left[\left(\frac{1}{e}\right)^2\right] - \left(\ln\frac{1}{e}\right)^2 = 2\ln\left(\frac{1}{e}\right) - \left(\ln\frac{1}{e}\right)^2$.

Or, $\ln\frac{1}{e} = -\ln e = -1$ donc :

$$\ln\left[\left(\frac{1}{e}\right)^2\right] - \left(\ln\frac{1}{e}\right)^2 = -2 - 1 = -3.$$

2 QCM Dérivées

Énoncé p. 134

1 Réponse **c**. f est dérivable sur $]0\,;+\infty[$ par opérations sur les fonctions dérivables. Posons $u(x) = \ln x$; f peut alors s'écrire :

$$f = u^2 = u \times u \qquad \text{et donc :} \qquad f' = u'u + uu' = 2uu',$$

d'où, pour tout x de $]0\,;+\infty[$:

$$f'(x) = 2\ln x \times \frac{1}{x} = \frac{2\ln x}{x}.$$

2 Réponse **a**. x est strictement positif donc $\ln(x^2) = 2\ln(x)$.

Ainsi, $f'(x) = \frac{2}{x}$.

3 Réponse **b**. f est dérivable sur $]0\,;+\infty[$ par opérations sur les fonctions dérivables. Posons $u(x) = x$ et $v(x) = \ln x$, f peut alors s'écrire $f = uv$ et donc $f' = u'v + uv'$. D'où, pour tout x de $]0\,;+\infty[$:

$$f'(x) = \ln x + x \times \frac{1}{x} = \ln x + 1.$$

3 QCM Équations et inéquations

Énoncé p. 134

1 Réponse **C**.

L'équation est valide pour $x^2 > 0$ soit sur $]-\infty\,; 0[\cup]0\,; +\infty[$.

Pour tout x de $]-\infty\,; 0[\cup]0\,; +\infty[$:

$$\begin{aligned} \ln\left(x^2\right) = 0 &\iff \ln\left(x^2\right) = \ln 1 \\ &\iff x^2 = 1 \\ &\iff x = -1 \text{ ou } x = 1. \end{aligned}$$

L'ensemble des solutions de l'équation $\ln\left(x^2\right) = 0$ est donc $\{-1\,; 1\}$.

2 Réponse **C**. L'équation est valide si $x^2 - x > 0$ soit si $x(x-1) > 0$. L'ensemble de validité de l'équation est donc $]-\infty\,; 0[\cup]1\,; +\infty[$.

Pour tout x de $]-\infty\,; 0[\cup]1\,; +\infty[$:

$$\begin{aligned} \ln(x^2 - x) = 0 &\iff \ln(x^2 - x) = \ln 1 \\ &\iff x^2 - x = 1 \\ &\iff x^2 - x - 1 = 0. \end{aligned}$$

L'équation $x^2 - x - 1 = 0$ admet pour discriminant $\Delta = 5$ et pour solutions $x_1 = \dfrac{1-\sqrt{5}}{2}$ et $x_2 = \dfrac{1+\sqrt{5}}{2}$.

Ces deux solutions appartiennent à l'ensemble $]-\infty\,; 0[\cup]1\,; +\infty[$ donc l'ensemble des solutions de l'équation $\ln\left(x^2 - x\right) = 0$ est :

$$\left\{\frac{1-\sqrt{5}}{2}\,; \frac{1+\sqrt{5}}{2}\right\}.$$

3 Réponse **C**. L'inéquation est valide sur $\mathbb{R}$. Pour tout x réel,

$$1 - x\ln(0{,}5) \geq 0 \iff -x\ln(0{,}5) \geq -1 \iff x\ln(0{,}5) \leq 1.$$

Or, $0{,}5 < 1$; donc $\ln(0{,}5) < 0$, soit :

$$x\ln(0{,}5) \leq 1 \iff x \geq \frac{1}{\ln(0{,}5)}.$$

L'ensemble des solutions de l'inéquation $1 - x\ln(0{,}5) \geq 0$ est donc :

$$\left[\frac{1}{\ln(0{,}5)}\,; +\infty\right[.$$

Remarque : comme $\ln(0{,}5) = \ln\left(\dfrac{1}{2}\right) = -\ln 2$, l'ensemble des solutions peut s'écrire aussi :

$$\left[-\frac{1}{\ln 2}\,; +\infty\right[.$$

4 Réponse **c**.

$$\left(1+\frac{1}{100}\right)^6 = 2 \iff \ln\left[\left(1+\frac{t}{100}\right)^6\right] = \ln 2$$
$$\iff 6\ln\left(1+\frac{t}{100}\right) = \ln 2$$
$$\iff \ln\left(1+\frac{t}{100}\right) = \frac{\ln 2}{6}$$
$$\iff 1+\frac{t}{100} = \exp\left(\frac{\ln 2}{6}\right)$$
$$\iff \frac{t}{100} = \exp\left(\frac{\ln 2}{6}\right) - 1$$
$$\iff t = 100\exp\left(\frac{\ln 2}{6}\right) - 100$$
$$\iff t \approx 12{,}25.$$

4 QCM Généralités

Énoncé p. 135

1 Réponse **c**. En effet, $\ln e = 1$ et $\ln(e^2) = 2\ln e = 2$.

2 Réponse **b**. En effet,

$$\ln(1-x) < 1 \iff \ln(1-x) < \ln e$$
$$\iff 1-x < e$$
$$\iff x > 1-e.$$

(l'équation est définie pour $1-x>0$, donc pour $x<1$).

3 Réponse **c**. Le coefficient multiplicateur pour les dix années écoulées est : $1{,}2^4 \times 1{,}07^5 \times 1{,}06 \approx 3{,}082$.

Si on appelle t le taux d'augmentation moyen sur 10 ans, on a :

$$\left(1+\frac{t}{100}\right)^{10} \approx 3{,}082$$
$$\iff \ln\left[\left(1+\frac{t}{100}\right)^{10}\right] \approx \ln 3{,}082$$
$$\iff 10\ln\left(1+\frac{t}{100}\right) \approx \ln 3{,}082$$
$$\iff 1+\frac{t}{100} \approx \exp\left(\frac{\ln 3{,}082}{10}\right) \approx 1{,}119.$$

Par conséquent, le pourcentage d'augmentation annuel moyen est environ 11,9 %.

4 Réponse **b**. Il faut d'abord chercher le domaine de validité de l'équation. On veut $x + 4 > 0$, $x - 2 > 0$ et $2x + 1 > 0$. Ces trois conditions sont remplies si $x > 2$, donc $\mathscr{D} =]2\,;+\infty[$.
Dans $\mathscr{D}$,

$$\begin{aligned} & \ln(x+4) + \ln(x-2) = \ln(2x+1) \\ \Longleftrightarrow\ & \ln\left[(x+4)(x-2)\right] = \ln(2x+1) \\ \Longleftrightarrow\ & (x+4)(x-2) = 2x+1 \\ \Longleftrightarrow\ & x^2 + 2x - 8 - 2x - 1 = 0 \\ \Longleftrightarrow\ & x^2 - 9 = 0. \end{aligned}$$

Cette équation a, dans $\mathbb{R}$, deux solutions : 3 et -3.
Cependant, -3 n'appartient pas à $\mathscr{D}$ donc l'équation de départ a une seule solution : 3.

5 Réponse **a**. En effet, $f'(x) = \dfrac{1}{x}\mathrm{e}^{1+\ln x}$ car $f(x)$ est de la forme $\mathrm{e}^{u(x)}$.
Cette dérivée est strictement positive sur $]0\,;+\infty[$, donc f est croissante sur $]0\,;+\infty[$.

5 V/F Fonctions logarithme et exponentielle

Énoncé p. 135

1 *Faux*. Comme $-\ln 3 = \ln\dfrac{1}{3}$, ce nombre est égal à $5 + \dfrac{1}{3}$.

2 *Vrai*. Pour tout réel x, $\ln(\mathrm{e}^x + 1) = \ln\left[\mathrm{e}^x(1 + \mathrm{e}^{-x})\right]$. Comme e^x et $1 + \mathrm{e}^{-x}$ sont tous les deux strictement positifs,

$$\ln(\mathrm{e}^x + 1) = \ln\mathrm{e}^x + \ln(1 + \mathrm{e}^{-x}).$$

Or, $\ln\mathrm{e}^x = x$. Donc, $\ln(\mathrm{e}^x + 1) = x + \ln(\mathrm{e}^{-x} + 1)$.

3 *Faux*. Le nombre $x^3 + 1$ peut être négatif, par exemple dans le cas où $x = -2$. Or, la formule $\ln a^n = n\ln a$ n'est valable que lorsque a est un réel strictement positif.

4 *Vrai*. Le nombre $\mathrm{e}^{3x} + 1$ est toujours strictement positif donc on peut appliquer la formule $\ln a^n = n\ln a$.

6 V/F Lecture graphique

Énoncé p. 136

1 *Faux*. La fonction g est définie si f est strictement positive, donc sur l'intervalle $]-2\,;1[$.

2 *Vrai*. On a $g'(x) = \dfrac{f'(x)}{f(x)}$. Donc, en 0,4, $g'(x) = 0$.

3 *Vraie*. On a $g(x) = -1 \Leftrightarrow \ln\left[f(x)\right] = -1 \Leftrightarrow f(x) = \mathrm{e}^{-1}$. Or, $\mathrm{e}^{-1} \approx 0{,}37$.

4 *Faux.* Le nombre $|f(x)|$ est positif ou nul. Cependant, d'après la représentation graphique, $f(x)$ s'annule pour $x = -2$ et $x = 1$, donc la fonction $\ln|f(x)|$ n'est pas définie pour ces deux valeurs.

7 V/F Étude d'une fonction

Énoncé p. 136

1 *Faux.* La fonction f n'est pas définie en 1 car $\ln 1 = 0$.

2 *Faux.* En effet, $\lim\limits_{x\to 0}\sqrt{x} = 0$ et $\lim\limits_{X\to 0}\ln X = -\infty$, donc $\lim\limits_{x\to 0}\dfrac{1}{\ln\sqrt{x}} = 0$.
Par conséquent, $\lim\limits_{x\to 0} f(x) = 0$. Comme la limite en 0 est finie, il n'y a pas d'asymptote en 0.

3 *Faux.* Lorsque x vérifie $0 < x < 1$, le nombre $\ln\sqrt{x}$ est strictement négatif donc $-\dfrac{1}{\ln\sqrt{x}} > 0$ donc, dans ce cas, $f(x) > \dfrac{x}{2}$.

4 *Vrai.* La fonction f est dérivable sur son ensemble de définition $\mathscr{D}$ et pour tout réel x de $\mathscr{D}$, $f'(x) = \dfrac{1}{2} + \dfrac{1}{2x\left(\ln\sqrt{x}\right)^2}$.

Pour $x > 0$, $\ln\sqrt{x} = \dfrac{1}{2}\ln x$ donc $f'(x) = \dfrac{1}{2} + \dfrac{2}{x(\ln x)^2}$.

8 V/F Propriétés de la fonction logarithme

Énoncé p. 137

1 *Faux.* Pour tout réel x tel que $0 < x < 1$, $\ln x < 0$.

2 *Faux.* Pour résoudre cette équation, on pose $X = \mathrm{e}^x$ et on résout l'équation du second degré $X^2 - 3X - 4 = 0$.
Cette équation admet deux solutions réelles distinctes 4 et -1. Or pour tout réel x, $\mathrm{e}^x > 0$ donc l'équation $\mathrm{e}^x = -1$ n'admet pas de solution. Par suite, l'équation étudiée admet pour unique solution $x = \ln 4$.

3 *Faux.* $x-y$ est un nombre négatif, il n'a donc pas d'image par la fonction ln.

4 *Vrai.* On remarque que $\left(\sqrt{x+1} - \sqrt{x}\right)\left(\sqrt{x+1} + \sqrt{x}\right) = 1$. Ces deux réels sont donc inverses l'un de l'autre. D'après le cours, pour tout réel $a > 0$, $\ln\dfrac{1}{a} = -\ln a$. En appliquant cette formule, on a bien : $\ln\left(\sqrt{x+1} - \sqrt{x}\right) = -\ln\left(\sqrt{x+1} + \sqrt{x}\right)$.

9 Propriétés algébriques

Énoncé p. 137

Lycée Berlioz, Vincennes

- $\ln 4 = \ln\left(2^2\right) = 2\ln 2$.

COURS INTERROS CORRIGÉS

- $\ln 36 = \ln(4 \times 9) = \ln\left(2^2 \times 3^2\right) = 2\ln 2 + 2\ln 3.$
- $\ln \dfrac{2}{27} = \ln\left(2 \times 3^{-3}\right) = \ln 2 - 3\ln 3.$
- $\ln \sqrt{6} = \ln\left((2 \times 3)^{\frac{1}{2}}\right) = \dfrac{1}{2}\ln(2 \times 3) = \dfrac{1}{2}(\ln 2 + \ln 3).$
- $\ln \dfrac{9}{8} = \ln 3^2 - \ln(2^3) = 2\ln 3 - 3\ln 2.$
- $\ln\left(3e^5\right) = \ln 3 + 5\underbrace{\ln e}_{1} = \ln 3 + 5.$

10 Propriétés algébriques

Énoncé p. 137

Lycée Delacroix, Maisons - Alfort

$$\begin{aligned} A &= 2\ln 4 + \ln 27 - 4\ln 18 + 4\ln\sqrt{6} - \ln\frac{9}{16} \\ &= 2\ln 2^2 + \ln 3^3 - 4\ln(2 \times 3^2) + 4\ln\left((2 \times 3)^{\frac{1}{2}}\right) - (\ln 3^2 - \ln 2^4) \\ &= 4\ln 2 + 3\ln 3 - 4(\ln 2 + 2\ln 3) + 4 \times \frac{1}{2}(\ln 2 + \ln 3) - 2\ln 3 + 4\ln 2 \\ &= 4\ln 2 + 3\ln 3 - 4\ln 2 - 8\ln 3 + 2\ln 2 + 2\ln 3 - 2\ln 3 + 4\ln 2 \\ &= 6\ln 2 - 5\ln 3. \end{aligned}$$

11 Équations

Énoncé p. 137

Lycée Bonaparte, Toulon

1 La condition de validité pour $\ln(2x) = -3$ est que $x > 0$.

$$\begin{aligned} \ln(2x) = -3 &\iff \ln(2x) = \ln\left(e^{-3}\right) \\ &\iff 2x = e^{-3} \text{ (par stricte monotonie).} \end{aligned}$$

Donc la solution est $\dfrac{1}{2}e^{-3}$ (car $\dfrac{1}{2}e^{-3} > 0$).

2 L'équation $\dfrac{1}{2}\ln(3x + 1) = 1$ n'est valide que si $3x + 1 > 0$ c'est-à-dire $x > -\dfrac{1}{3}$.

$$\begin{aligned} \frac{1}{2}\ln(3x + 1) = 1 &\iff \ln(3x + 1) = 2 \iff \ln(3x + 1) = \ln(e^2) \\ &\iff 3x + 1 = e^2 \quad \text{(par stricte monotonie)} \\ &\iff x = \frac{1}{3}(e^2 - 1). \end{aligned}$$

Ceci vérifie la condition de validité, donc $\dfrac{1}{3}(e^2 - 1)$ est solution.

3 L'équation $3\ln(3x^2+1) = 6$ est définie sur $\mathbb{R}$ puisque le trinôme $3x^2+1$ est toujours strictement positif.

$$\begin{aligned} 3\ln(3x^2+1) = 6 &\iff \ln(3x^2+1) = 2 \iff \ln(3x^2+1) = \ln e^2 \\ &\iff 3x^2+1 = e^2 \iff x^2 = \underbrace{\frac{e^2-1}{3}}_{>0} \\ &\iff x = \sqrt{\frac{e^2-1}{3}} \quad \text{ou} \quad x = -\sqrt{\frac{e^2-1}{3}}. \end{aligned}$$

L'équation a pour ensemble de solutions $\left\{-\sqrt{\dfrac{e^2-1}{3}}\,;\sqrt{\dfrac{e^2-1}{3}}\right\}$.

12 Équations

Énoncé p. 138

Lycée Hoche, Versailles

1 D'abord, on s'occupe des conditions d'existence des logarithmes :

$$\begin{cases} x^2 - 4 > 0 & \iff x \in]-\infty, -2[\cup]2\,;+\infty[\\ 2x+11 > 0 & \iff x > -\dfrac{11}{2} \end{cases}$$

Finalement, la condition de validité est :

$$x \in \mathscr{D} \text{ avec } \mathscr{D} = \left]-\frac{11}{2}\,;-2\right[\cup]2\,;+\infty[.$$

Si $x \in \mathscr{D}$, on transforme l'équation sachant que la fonction ln est strictement croissante :

$$\begin{aligned} \ln\left(x^2-4\right) = \ln(2x+11) &\iff x^2 - 4 = 2x + 11 \\ &\iff x^2 - 2x - 15 = 0. \end{aligned}$$

Le discriminant du trinôme vaut : $\Delta = 4 + 4 \times 15 = 64 = 8^2$.

Il y a deux racines :

$$x_1 = \frac{2-8}{2} = -3 \quad \text{et} \quad x_2 = \frac{2+8}{2} = 5.$$

Ces racines sont bien des solutions valides car elles sont dans $\mathscr{D}$.

L'équation a donc pour ensemble de solutions : $\{-3\,;5\}$.

2 Cette fois, on doit avoir :

$$\begin{cases} x-2 > 0 & \iff x > 2, \\ x+2 > 0 & \iff x > -2, \\ 2x+11 > 0 & \iff x > -\dfrac{11}{2}. \end{cases}$$

Donc on résout dans $\mathscr{D} =]2\,;+\infty[$:

$$\ln(x-2) + \ln(x+2) = \ln[(x-2)(x+2)] = \ln\left(x^2-4\right).$$

D'où :

$$\ln(x-2)+\ln(x+2)=\ln(2x+11) \iff \ln\left(x^2-4\right)=\ln(2x+11).$$

On est ramené à l'équation de la question 1. Attention, cela ne veut pas dire que l'on va trouver les mêmes solutions, car on ne résout pas dans le même ensemble. En réduisant l'équation, on obtient les mêmes racines : $x_1=-3$ et $x_2=5$. Mais cette fois-ci, on voit que $x_1 \notin \mathscr{D}$. Seule x_2 est donc solution.

L'équation admet donc une seule solution : 5.

13 Fonction exponentielle et équations

Énoncé p. 138

Lycée La Pérouse, San Francisco

1 L'expression $\dfrac{e^x}{e^x-1}=2$ n'a de sens que pour $e^x \neq 1$, c'est-à-dire pour $x \neq 0$.

Alors :

$$\frac{e^x}{e^x-1}=2 \iff e^x=2e^x-2$$
$$\iff e^x=2.$$

L'équation $\dfrac{e^x}{e^x-1}=2$ possède donc une unique solution $x=\ln 2$.

2 Posons $X=e^x$. On a alors : $e^{2x}-2e^x+3=X^2-2X+3$.

Le discriminant de ce trinôme vaut $\Delta=-8$, donc pour tout réel t :

$$t^2-2t+3>0.$$

Donc pour tout $x \in \mathbb{R}$, $e^{2x}-2e^x+3>0$.

Or, pour tout $x \in \mathbb{R}$, $e^{-3x}>0$ donc :

$$\frac{-e^{-3x}}{e^{2x}-2e^x+3}<0\,,$$

et l'équation $\dfrac{-e^{-3x}}{e^{2x}-2e^x+3}=1$ ne possède donc pas de solution réelle.

14 Fonction logarithme et système

Énoncé p. 138

Lycée Pasteur, Neuilly

1 De la propriété $\ln x=\ln y \iff x=y$, on en déduit :

$$\begin{cases} xy=2 \\ \ln x+\ln y=3 \\ x>0 \quad \text{et} \quad y>0 \end{cases} \iff \begin{cases} \ln(xy)=\ln 2 \\ \ln x+\ln y=3 \\ x>0 \quad \text{et} \quad y>0 \end{cases}$$

De plus, $\ln x + \ln y = \ln(xy)$ donc :

$$\begin{cases} \ln(xy) = \ln 2 \\ \ln x + \ln y = 3 \\ x > 0 \quad \text{et} \quad y > 0 \end{cases} \iff \begin{cases} \ln(xy) = \ln 2 \\ \ln(xy) = 3 \\ x > 0 \quad \text{et} \quad y > 0 \end{cases}$$

Or $\ln 2 \neq 3$; ce système ne possède donc pas de solution.

2 Pour tous x, y vérifiant $x > 0$ et $y > 0$, on a $\ln \dfrac{x}{y} = \ln x - \ln y$, donc :

$$\begin{cases} 2\ln x + \ln y = \ln\left(\dfrac{x}{y}\right) \\ \ln x + 2\ln y = 0 \end{cases} \iff \begin{cases} 2\ln x + \ln y = \ln x - \ln y \\ \ln x + 2\ln y = 0 \end{cases}$$

$$\iff \quad \ln x + 2\ln y = 0$$

Or, $\ln(x) + 2\ln(y) = \ln(xy^2)$ donc :

$$\begin{cases} 2\ln x + \ln y = \ln\left(\dfrac{x}{y}\right) \\ \ln x + 2\ln y = 0 \end{cases} \iff \begin{cases} xy^2 = 1 \\ x > 0 \quad \text{et} \quad y > 0 \end{cases}$$

L'ensemble des solutions de ce système est donc l'ensemble des couples $\left(x \,;\, \dfrac{\sqrt{x}}{x}\right)$ où x décrit $\mathbb{R}_+^*$.

15 Équations logarithmiques

Énoncé p. 138

Lycée Henri IV, Paris

1 **(a)** On pose la factorisation du polynôme par $X^2 - 1$ et on raisonne par identification :

$$\begin{cases} (X^2-1)(aX+b) & = aX^3 + bX^2 - aX - b \\ & = -X^3 + 2X^2 + X - 2 \end{cases} \iff \begin{cases} a = -1 \\ b = 2. \end{cases}$$

Donc : $-X^3 + 2X^2 + X - 2 = (X^2 - 1)(-X + 2)$.

(b) **(i)** On utilise la forme factorisée, pour résoudre l'équation polynomiale (en x) :

$$\begin{aligned} -x^3 + 2x^2 + x - 2 = 0 &\iff (x^2-1)(-x+2) = 0 \\ &\iff x^2 - 1 = 0 \text{ ou } -x + 2 = 0 \\ &\iff x = 1 \text{ ou } x = -1 \text{ ou } x = 2. \end{aligned}$$

(ii) Soit à résoudre (E) : $-(\ln x)^3 + 2(\ln x)^2 + \ln x - 2 = 0$.

Cette équation est valide pour $x > 0$.

Pour se ramener à l'équation précédente, on pose $X = \ln x$.

$$(E) \iff \begin{cases} -X^3 + 2X^2 + X - 2 = 0 \\ X = \ln x \end{cases}$$

$$\iff \begin{cases} \ln x = -1 \\ \text{ou} \\ \ln x = 1 \\ \text{ou} \\ \ln x = 2 \end{cases} \iff \begin{cases} x = \mathrm{e}^{-1} \\ \text{ou} \\ x = \mathrm{e} \\ \text{ou} \\ x = \mathrm{e}^2 \end{cases}$$

2 **(a)** **(i)** $$\begin{aligned}(x-2)(2x^2+x-15) &= 2x^3 + x^2 - 15x - 4x^2 - 2x + 30 \\ &= 2x^3 - 3x^2 - 17x + 30 \\ &= P(x).\end{aligned}$$

(ii) $P(x) = 0 \iff x - 2 = 0$ ou $2x^2 + x - 15 = 0$.
Le polynôme $2x^2 + x - 15$ a deux racines réelles (car $\Delta = 1 + 120 = 121 = 11^2 > 0$) :

$$x_1 = \frac{-1-11}{4} = -3 \quad \text{et} \quad x_2 = \frac{-1+11}{4} = \frac{5}{2}.$$

$$P(x) = 0 \iff x = 2 \text{ ou } x = -3 \text{ ou } x = \frac{5}{2}.$$

(b) $2\ln x + \ln(2x-3) = \ln(17x-30)$.
On commence par poser les conditions de validité :

$$\begin{cases} x > 0 \\ 2x - 3 > 0 \\ 17x - 30 > 0 \end{cases} \iff \begin{cases} x > 0 \\ x > \dfrac{3}{2} \\ x > \dfrac{30}{17}. \end{cases} \iff x > \frac{30}{17}$$

On résout ensuite l'équation :

$$\begin{aligned} 2\ln x + \ln(2x-3) &= \ln x^2 + \ln(2x-3) \\ &= \ln\left(x^2(2x-3)\right) \\ &= \ln\left(2x^3 - 3x^2\right). \end{aligned}$$

D'où, pour $x > \dfrac{30}{17}$: $\ln\left(2x^3 - 3x^2\right) = \ln(17x - 30)$

$$\iff 2x^3 - 3x^2 = 17x - 30 \iff P(x) = 0.$$

D'après la question précédente, $P(x) = 0$ équivaut à $x = -3$ ou $x = 2$ ou $x = \dfrac{5}{2}$.
Parmi ces solutions, -3 ne satisfait pas la condition de validité car : $-3 < \dfrac{30}{17}$.

Donc l'ensemble des solutions de l'équation est : $\left\{2 ; \dfrac{5}{2}\right\}$.

16 Inéquations de base

Énoncé p. 139

Lycée Galilée, Gennevilliers

1 On doit résoudre $\ln(-3x+4) \leqslant 3$.

La condition de validité est :

$$-3x+4>0 \iff x<\frac{4}{3}.$$

On se ramène à une situation de référence où l'on pourra utiliser la propriété : $\ln(x) \leqslant \ln(y) \iff x \leqslant y$ pour x et y réels strictement positifs. Il faut « équilibrer » l'inéquation en faisant apparaître un logarithme à droite. On écrit 3 sous forme d'un logarithme : $3 = 3 \times \ln \mathrm{e} = \ln \mathrm{e}^3$.

$$\begin{aligned}\ln(-3x+4) \leqslant 3 &\iff \ln(-3x+4) \leqslant \ln \mathrm{e}^3\\ &\iff -3x+4 \leqslant \mathrm{e}^3 \quad \text{(stricte monotonie de ln)}\\ &\iff x \geqslant \frac{\mathrm{e}^3-4}{-3}\\ &\qquad \text{(l'inégalité change de sens en divisant par } -3)\\ &\iff x \geqslant \frac{4-\mathrm{e}^3}{3}.\end{aligned}$$

On obtient finalement deux conditions :

$$x \in \left]-\infty\,;\frac{4}{3}\right[\quad \text{et} \quad x \geqslant \frac{4-\mathrm{e}^3}{3}.$$

Donc l'ensemble des solutions est : $\left[\frac{4-\mathrm{e}^3}{3}\,;\frac{4}{3}\right[$.

2 On commence par poser les conditions de validité, garantissant l'existence de chaque logarithme.

$$\begin{cases}x^2-4>0\\2x(x+2)>0\end{cases} \iff \begin{cases}x<-2 \text{ ou } x>2\\x<-2 \text{ ou } x>0\end{cases} \quad \text{(trinôme positif à l'extérieur des racines)}$$

$$\iff \begin{cases}x \in]-\infty\,;-2[\cup]2\,;+\infty[\,,\\x \in]-\infty\,;-2[\cup]0\,;+\infty[\,.\end{cases}$$

Donc : $x \in]-\infty\,;-2[\cup]2\ +\infty[$. (1)

Noter que l'on a pris la conjonction des deux conditions, c'est-à-dire l'intersection des ensembles solutions de ces conditions. La condition (1) signifie que l'on doit résoudre dans $]-\infty\,;-2[\cup]2\,;+\infty[$.

Par stricte monotonie, on a :

$$\begin{aligned}\ln\left(x^2-4\right)<\ln\left(2x(x+2)\right) &\iff x^2-4<2x(x+2)\\ &\iff x^2-4-2x(x+2)<0.\end{aligned}$$

$$\begin{aligned}\text{Or, } x^2 - 4 - 2x(x+2) &= (x-2)(x+2) - 2x(x+2)\\ &= (x+2)(x-2-2x)\\ &= (x+2)(-x-2)\\ &= -(x+2)(x+2)\\ &= -(x+2)^2.\end{aligned}$$

Donc, l'inégalité équivaut à : $(x+2)^2 > 0$. (2)

Le carré $(x+2)^2$ étant positif ou nul pour tout $x \in \mathbb{R}$, la condition (2) équivaut à $x \neq -2$. En résumé, les solutions de l'inéquation doivent vérifier :

$$x \in]-\infty\,;-2[\cup]2\,;+\infty[\text{ et } x \neq -2.$$

Donc, l'ensemble des solutions de l'inéquation est :

$$]-\infty\,;-2[\cup]2\,;+\infty[\,.$$

17 Changement de variable

Énoncé p. 139

Lycée Champollion, Grenoble

On a :

$$(\ln x)^2 - 4\ln x + 3 < 0.$$

On résout cette inéquation par un changement de variable : $X = \ln x$, avec $x > 0$.

$$(\ln x)^2 - 4\ln x + 3 < 0 \iff \begin{cases} X^2 - 4X + 3 < 0 \\ X = \ln x. \end{cases}$$

Résoudre $X^2 - 4X + 3 < 0$ est un problème classique de signe d'un trinôme du second degré.

- Le discriminant vaut : $\Delta = 16 - 4 \times 3 = 4 = 2^2$.
- Il y a donc deux racines qui sont :

$$X_1 = \frac{4-2}{2} = 1 \quad \text{et} \quad X_2 = \frac{4+2}{2} = 3.$$

- Par la règle du signe d'un trinôme, on déduit que X^2-4X+3 est négatif (du signe opposé du coefficient de X^2, qui est 1) entre les racines. On obtient donc :

$$X^2 - 4X + 3 < 0 \iff X \in]1\,;3[$$

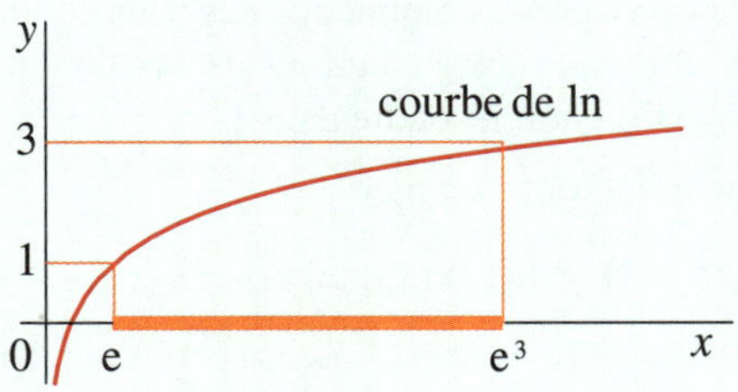

Il faut maintenant revenir à la variable initiale x :

$$\left.\begin{array}{l} X \in]1\,;3[\\ X = \ln x \end{array}\right\} \iff 1 < \ln x < 3 \iff \ln \mathrm{e} < \ln x < \ln \mathrm{e}^3.$$

Comme ln est strictement croissante de $]0\,;+\infty[$ dans $\mathbb{R}$:

$$\ln \mathrm{e} < \ln x < \ln \mathrm{e}^3 \iff \mathrm{e} < x < \mathrm{e}^3.$$

Les solutions vérifient donc : $x > 0$ et $x \in \left]\mathrm{e}\,;\mathrm{e}^3\right[$.

L'ensemble des solutions est l'intervalle : $\left]\mathrm{e}\,;\mathrm{e}^3\right[$.

18 Un quotient en opérande

Énoncé p. 139

Lycée Michelet, Marseille

Pour résoudre l'inéquation demandée, il faut d'abord déterminer la condition d'existence du logarithme. On étudie donc le signe du quotient qui se trouve sous le logarithme.

Le signe du quotient $\dfrac{x+2}{x-2}$ est égal au signe du produit $(x+2) \times (x-2)$.

$(x+2)(x-2) > 0$ est équivalent à $x < -2$ ou $x > 2$.

L'inéquation à résoudre est donc définie sur $]-\infty; -2[\cup]2; +\infty[$.

$$\ln\left(\frac{x+2}{x-2}\right) > 1 \iff \ln\left(\frac{x+2}{x-2}\right) > \ln \mathrm{e}$$

$$\iff \frac{x+2}{x-2} > \mathrm{e} \text{ (d'après la propriété du cours page 130).}$$

⚠ ATTENTION

Pour résoudre cette inéquation, il ne faut surtout pas multiplier les deux membres par $(x-2)$ car le signe de cette expression est variable.

$$\frac{x+2}{x-2} > \mathrm{e} \iff \frac{x+2}{x-2} - \mathrm{e} > 0$$

$$\iff \frac{x+2-\mathrm{e}(x-2)}{x-2} > 0$$

$$\iff \frac{(1-\mathrm{e})x + 2(1+\mathrm{e})}{x-2} > 0.$$

Le numérateur est une fonction affine de coefficient directeur $(1-\mathrm{e})$ qui s'annule en $\alpha = \dfrac{2(\mathrm{e}+1)}{\mathrm{e}-1}$.

Comme $1 - \mathrm{e} < 0$, le tableau de signe correspondant est le suivant :

x	$-\infty$		2		α		$+\infty$
$x-2$		$-$	0	$+$		$+$	
$(1-\mathrm{e})x+2(1+\mathrm{e})$		$+$	|	$+$	0	$-$	
$\dfrac{(1-\mathrm{e})x+2(1+\mathrm{e})}{x-2}$		$-$	||	$+$	0	$-$	

Finalement, l'inéquation a pour solutions les nombres x satisfaisant en même temps les conditions suivantes :

$$x \in]-\infty\,;-2[\,\cup\,]2\,;+\infty[\quad \text{et} \quad x \in \left]2\,;\frac{2(1+\mathrm{e})}{\mathrm{e}-1}\right[.$$

L'ensemble des solutions est donc l'intervalle : $\left]2\,;\dfrac{2(1+\mathrm{e})}{2\mathrm{e}-1}\right[$.

On peut visualiser graphiquement à l'aide de la calculatrice ce résultat en traçant la courbe représentative de la fonction f définie par $f(x) = \ln\left(\dfrac{x+2}{x-2}\right)$:

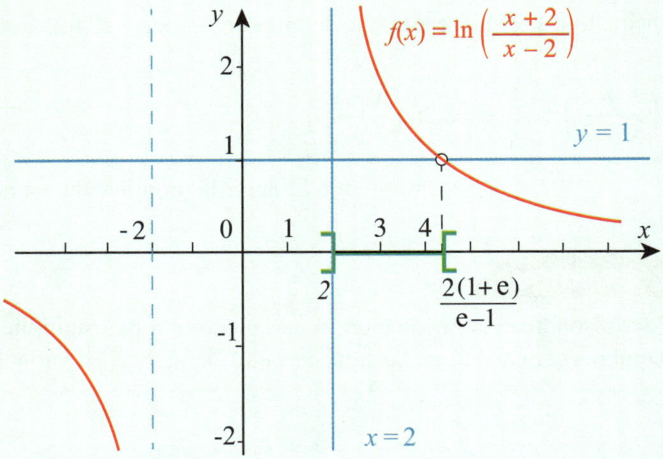

L'ensemble des solutions correspond aux points de la courbe situés au-dessus de la droite d'équation $y = 1$, dont les abscisses sont dans $\left]2\,;\dfrac{2(1+\mathrm{e})}{2\mathrm{e}-1}\right[$.

POUR ALLER PLUS LOIN

La fonction f est *impaire*. En effet, pour tout $x \in]-\infty;2[\cup]2;+\infty[$, on a :

$$f(-x) = \ln\left(\frac{-x+2}{-x-2}\right) = \ln\left(\frac{x-2}{x+2}\right) = \ln\left[\left(\frac{x+2}{x-2}\right)^{-1}\right] = -f(x).$$

La courbe représentative de f est symétrique par rapport à l'origine O.

19 Dans une suite

Énoncé p. 139

Lycée Turgot, Paris

1 Démontrons par récurrence que pour tout entier naturel n,

$$u_n = 75\,500 \times 1{,}014^n - 500.$$

- *Initialisation.*
  Pour $n = 0$, on a : $75\,500 \times 1{,}014^0 - 500 = 75\,000 = u_0$.
  L'égalité est donc vraie pour $n = 0$.
- *Hérédité.*
  Supposons l'égalité vraie pour un entier naturel $n \geqslant 0$ fixé (HR).
  Alors,

$$\begin{aligned} u_{n+1} &= 1{,}014u_n + 7 \text{ (par définition de la suite)} \\ &= 1{,}014 \times (75\,500 \times 1{,}014^n - 500) + 7 \quad \text{(HR)} \\ &= 75\,500 \times 1{,}014^{n+1} - 500 \times 1{,}014 + 7 \\ &= 75\,500 \times 1{,}014^{n+1} - 500. \end{aligned}$$

  L'égalité est alors vraie au rang $n + 1$; l'hérédité est donc prouvée.

Ainsi, l'égalité est vraie pour tout entier naturel n.

2

$$\begin{aligned} u_n > 2u_0 &\iff 75\,500 \times 1{,}014^n - 500 > 150\,000 \\ &\iff 75\,500 \times 1{,}014^n > 150\,500 \\ &\iff 1{,}014^n > \frac{1\,505}{755} \\ &\iff \ln\left(1{,}014^n\right) > \ln\left(\frac{1\,505}{755}\right) \\ &\iff n\ln(1{,}014) > \ln\left(\frac{1\,505}{755}\right) \\ &\iff n > \frac{\ln\left(\frac{1\,505}{755}\right)}{\ln(1{,}014)} \quad \text{car } \ln(1{,}014) > 0. \end{aligned}$$

On obtient donc, en arrondissant à l'entier supérieur, $n = 50$.

20 Retrouver la fonction

Énoncé p. 139

Lycée Jules Ferry, Paris

Si $ax^2+bx+c > 0$, la fonction f est dérivable sur $\mathbb{R}$ et $f'(x) = \dfrac{2ax+b}{ax^2+bx+c}$.

D'après les données du tableau de variations :

- $f'(0) = 0$ donc $b = 0$;
- $f\left(-\dfrac{1}{2}\right) = 0$ donc $\ln\left(\dfrac{a}{4} + c\right) = 0$, soit $\dfrac{a}{4} + c = 1$;

- $f\left(\frac{1}{4}\right) = \ln\frac{5}{8}$ donc $\ln\left(\frac{a}{16}+c\right) = \ln\frac{5}{8}$, soit $\frac{a}{16}+c=\frac{5}{8}$.

De ces deux équations, on déduit $c = \frac{1}{2}$, $a = 2$ et nous avions déjà $b = 0$.

L'expression $2x^2 + \frac{1}{2}$ est bien strictement positive sur $\mathbb{R}$ donc la fonction f est bien définie sur $\mathbb{R}$.

21 Construction d'une tangente

Énoncé p. 140

Lycée Jean-Pierre Vernant, Pins-Justaret

1 $1 - \ln x > 0$ pour $x < \mathrm{e}$ et $x > 0$. Par conséquent, $f(x) > 0$ pour $0 < x < \mathrm{e}$, $f(\mathrm{e}) = 0$ et $f(x) < 0$ pour $x > \mathrm{e}$.

2 • $\lim\limits_{x\to 0} x\ln x = 0$ (croissance comparée) donc :

$$\lim_{x\to 0} f(x) = \lim_{x\to 0}(x - x\ln x) = 0.$$

• $\lim\limits_{x\to+\infty}(1-\ln x) = -\infty$ donc :

$$\lim_{x\to+\infty} f(x) = \lim_{x\to+\infty}\left[x(1-\ln x)\right] = -\infty.$$

3 $f'(x) = 1 \times (1 - \ln x) + x \times \left(-\frac{1}{x}\right) = -\ln x.$

On obtient alors le tableau de variation suivant :

x	0		1		$+\infty$
$f'(x)$	‖	$+$	0	$-$	
$f(x)$	‖ 0	↗	1	↘	$-\infty$

4 **(a)** Une équation de $\mathcal{T}_a$ est :

$$y = f'(a)(x-a) + f(a)\ ,$$

ce qui donne :

$$y = -x\ln a + a.$$

En remplaçant x par 0 dans cette équation, on trouve que les coordonnées du point A' sont $(0\ ;\ a)$.

(b) Pour tracer cette tangente, il suffit de reporter l'abscisse du point A sur l'axe des ordonnées pour obtenir le point A', puis la tangente est la droite (AA').

Voir graphique page suivante.

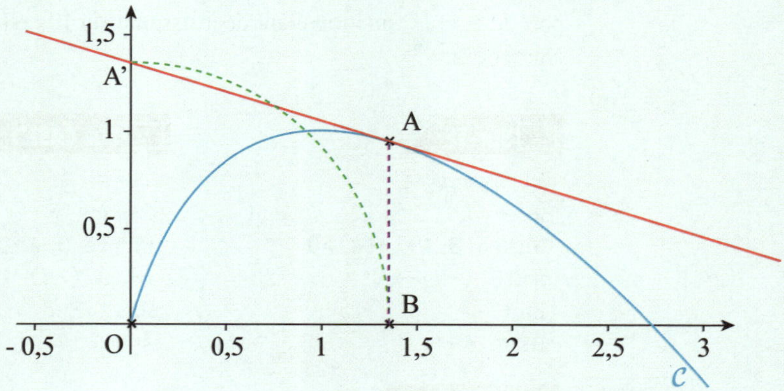

22 Étude d'une fonction logarithmique

Énoncé p. 141

Lycée Maximilien Sorre, Cachan

Partie A

1 La fonction f est dérivable sur $]0\,;+\infty[$ d'après les opérations sur les fonctions dérivables.

Pour tout réel x tel que $x > 0$, on a :

$$f'(x) = -1 - \frac{1}{x}.$$

Pour tout réel x strictement positif on a $f'(x) < 0$. On en déduit que la fonction f est strictement décroissante sur $]0\,;+\infty[$.

D'après les limites usuelles,

$$\lim_{x\to 0} f(x) = +\infty,$$
$$\lim_{x\to +\infty} f(x) = -\infty.$$

On dresse alors le tableau de variation de la fonction f.

x	0	$+\infty$
$f'(x)$	‖	$-$
f	‖	$+\infty$ ↘ $-\infty$

2 **(a)** La fonction f est continue et strictement décroissante sur $[2\,;3]$; $f(2) = 1 - \ln 2$ et $f(3) = -\ln 3$ donc $f(2) > 0$ et $f(3) < 0$. Il en résulte, d'après le corollaire du théorème des valeurs intermédiaires que l'équation $f(x) = 0$ admet une unique solution α dans l'intervalle $[2\,;3]$.

(b) L'algorithme donne, à 10^{-n} près, une valeur approchée de α. On part de 2, et la fonction étant décroissante sur $[0\,;\alpha]$, on se rapprochera de α.

(c)

Sur TI

```
Prompt N
2 → A
While 3-A-ln(A)>0
A+10^(-N)→A
End
Disp A
```

Sur CASIO

```
?→N
2→A
While 3-A-ln(A)>0
A+10^(-N)→A
WhileEnd
A
```

En Python

```python
import math
n = int(input('Entrez un entier : '))
a = 2
while 3-a-math.log(a)>0:
    a = a+10**(-n)
print(a)
```

On obtient alors $\alpha \approx 2{,}208$.

3 La fonction f s'annule en α et elle est strictement décroissante sur $]0\,;+\infty[$. On en déduit que f est strictement positive sur $]0\,;\alpha[$ et strictement négative sur $]\alpha\,;+\infty[$.

Partie B

1 La fonction g est dérivable sur $]0\,;+\infty[$ comme produit de deux fonctions dérivables sur $]0\,;+\infty[$.
Pour tout réel x, on a :

$$g'(x) = \frac{1}{x^2}(2 - \ln x) + \left(1 - \frac{1}{x}\right)\left(-\frac{1}{x}\right),$$

soit :

$$g'(x) = \frac{3 - x - \ln x}{x^2} = \frac{f(x)}{x^2}.$$

2 Comme x^2 est strictement positif sur $]0\,;+\infty[$, $g'(x)$ a même signe que $f(x)$. On en déduit que $g'(x)$ est strictement positif sur $]0\,;\alpha[$ et strictement négatif sur $]\alpha\,;+\infty[$. Il en résulte que la fonction g est strictement croissante sur $]0\,;\alpha[$ et strictement décroissante sur $]\alpha\,;+\infty[$. Elle admet un maximum en α.
D'après les limites usuelles,

$$\lim_{x\to 0} g(x) = -\infty \qquad \text{et} \qquad \lim_{x\to +\infty} g(x) = -\infty.$$

On dresse alors le tableau de variations de la fonction g.

x	0		α		∞
$g'(x)$		$+$	0	$-$	
g	$-\infty$	$\nearrow$	$g(\alpha)$	$\searrow$	$-\infty$

3 On a :

$$g(\alpha) = \left(1 - \frac{1}{\alpha}\right)(2 - \ln \alpha).$$

Or, $f(\alpha) = 0$ donc $3 - \alpha - \ln \alpha = 0$.
On en déduit que $\ln \alpha = 3 - \alpha$.
En remplaçant cette valeur dans l'expression de $g(\alpha)$, on obtient :

$$g(\alpha) = \left(1 - \frac{1}{\alpha}\right)(-1 + \alpha)\ ,$$

soit, après transformation,

$$g(\alpha) = \frac{(\alpha - 1)^2}{\alpha}.$$

4 À la question 2 de la partie A, on a établi l'encadrement :

$$2{,}20 < \alpha < 2{,}21.$$

On ne peut pas encadrer $g(\alpha)$ par $g(2{,}20)$ et $g(2{,}21)$ car g n'est pas monotone sur $[2{,}20\ ;\ 2{,}21]$.
On peut par contre utiliser le résultat de la question précédente $g(\alpha) = \dfrac{(\alpha - 1)^2}{\alpha}$ pour donner un encadrement de $g(\alpha)$.
La fonction carré étant strictement croissante sur $]0\ ;\ +\infty[$, on a :

$$1{,}2^2 < (\alpha - 1)^2 < 1{,}21^2.$$

La fonction inverse étant strictement décroissante sur $]0\ ;\ +\infty[$, on a :

$$\frac{1}{2{,}21} < \frac{1}{\alpha} < \frac{1}{2{,}20}.$$

On en déduit alors que :

$$\frac{1{,}2^2}{2{,}21} < \frac{(\alpha - 1)^2}{\alpha} < \frac{1{,}21^2}{2{,}20}.$$

À l'aide de la calculatrice, on peut alors donner un encadrement de $g(\alpha)$ d'amplitude 0,02 :

$$0{,}65 < g(\alpha) < 0{,}67.$$

5 En remarquant que $g(1) = g(e^2) = 0$ et en exploitant le tableau de variation de la fonction g obtenu à la question 2 de la partie B, on déduit le signe de $g(x)$ sur $]0\ ;\ +\infty[$.
$g(x) < 0$ sur $]0\ ;\ 1[$ et sur $]e^2\ ;\ +\infty[$ et $g(x) > 0$ sur $]1\ ;\ e^2[$.

23 Valeur approchée de ln(5)

Énoncé p. 142

Lycée Teilhard de Chardin, Saint-Maur-des-Fossés

1 La calculatrice donne $\ln 5 \approx 1{,}609\,437\,9$.

2 **(a)** Pour $N = 1$, k et S prennent les valeurs successives suivantes :

k	1	2	3	4	5
S	$0+1=1$	$1+\frac{1}{2}=\frac{3}{2}$	$\frac{3}{2}+\frac{1}{3}=\frac{11}{6}$	$\frac{11}{6}+\frac{1}{4}=\frac{25}{12}$	$\frac{25}{12}+\frac{1}{5}=\frac{137}{60}$

On obtient donc $S = \dfrac{137}{60}$, soit $S \approx 2{,}28$.

Pour $N = 2$, k varie de 2 à 10. Alors, $S = 0 + \dfrac{1}{2} + \dfrac{1}{3} + \cdots + \dfrac{1}{10}$, ce qui donne $S \approx 1{,}93$.

(b) $S = \dfrac{1}{N} + \dfrac{1}{N+1} + \cdots + \dfrac{1}{5N}$.

(c) S semble se rapprocher de $\ln 5$.

3 **(a)** Les fonctions f et g sont définies et dérivables sur $[0\,;1[$.

$$f'(x) = 1 - \frac{1}{1+x} = \frac{x}{1+x}.$$

Donc $f'(x)$ est positive sur $[0\,;1[$ et f est croissante sur cet intervalle.

$$g'(x) = 1 - \frac{1}{1-x} = \frac{-x}{1-x}.$$

Alors $g'(x)$ est négative sur $[0\,;1[$ et g est décroissante sur cet intervalle.

(b) La fonction f est croissante sur $[0\,;1[$ et $f(0) = 0$, donc pour tout x de $[0\,;1[$, $f(x) \geqslant 0$, c'est-à-dire $x - \ln(1+x) \geqslant 0$, ou encore $x \geqslant \ln(1+x)$.

De même, g est décroissante sur $[0\,;1[$ et $g(0) = 0$ donc $g(x) \leqslant 0$, ce qui donne $x \leqslant -\ln(1-x)$.

Ces deux inégalités donnent l'encadrement demandé pour tout x de $[0\,;1[$:

$$\ln(1+x) \leqslant x \leqslant -\ln(1-x).$$

4 **(a)** Si k est un entier compris entre n et $5n$ avec $n \geqslant 2$, alors $\dfrac{1}{k}$ appartient à $[0\,;1[$ et vérifie la double inégalité précédente :

$$\ln\left(1 + \frac{1}{k}\right) \leqslant \frac{1}{k} \leqslant -\ln\left(1 - \frac{1}{k}\right).$$

(b) En faisant la somme membre à membre des inégalités précédentes pour k allant de n à $5n$, on constate que le terme central est S_n.

Le terme de gauche est :

$$\begin{aligned}
&\ln\left(1+\frac{1}{n}\right)+\ln\left(1+\frac{1}{n+1}\right)+\cdots+\ln\left(1+\frac{1}{5n}\right)\\
&=\ln\left(\frac{n+1}{n}\right)+\ln\left(\frac{n+2}{n+1}\right)+\cdots+\ln\left(\frac{5n+1}{5n}\right)\\
&=\ln\left(\frac{n+1}{n}\times\frac{n+2}{n+1}\times\cdots\times\frac{5n+1}{5n}\right)\\
&=\ln\left(\frac{5n+1}{n}\right)\\
&=\ln\left(5+\frac{1}{n}\right).
\end{aligned}$$

Dans le terme de droite, la somme obtenue est :

$$-\ln\left(\frac{n-1}{n}\times\frac{n}{n+1}\times\cdots\times\frac{5n-1}{5n}\right)=-\ln\left(\frac{n-1}{5n}\right).$$

Cela donne bien, pour tout $n \geqslant 2$, l'encadrement :

$$\ln\left(5+\frac{1}{n}\right)\leqslant S_n\leqslant-\ln\left(\frac{n-1}{5n}\right).$$

(c) On a : $\lim\limits_{n\to+\infty}\dfrac{n-1}{5n}=\dfrac{1}{5}$ donc :

$$\lim_{n\to+\infty}\left[-\ln\left(\frac{n-1}{5n}\right)\right]=-\ln\frac{1}{5}=\ln 5.$$

D'après le théorème des gendarmes, on en déduit que la limite de la suite (S_n) est égale à $\ln 5$.

24 Fonction et distance minimale

Énoncé p. 143

Lycée Jean Moulin, Saint-Amand-Montrond

Partie A

1 On calcule $u'(x)=2x+\dfrac{1}{x}=\dfrac{2x^2+1}{x}$. Sur $]0\,;+\infty[$, $u'(x)>0$.
$\lim\limits_{x\to 0}u(x)=-\infty$ et $\lim\limits_{x\to+\infty}u(x)=+\infty$ d'après les limites connues de la fonction ln.

2 **(a)** La fonction u est continue comme somme de fonctions définies et continues sur son ensemble de définition.
La fonction u est strictement croissante.
Le nombre $0\in]-\infty\,;+\infty[$, donc d'après le corollaire du théorème des valeurs intermédiaires, l'équation $u(x)=0$ admet une unique solution sur $]0\,;+\infty[$.

(b) D'après la calculatrice, $1{,}31<\alpha<1{,}32$.

3 On a : $u(x) < 0$ pour $x < \alpha$ et $u(x) > 0$ pour $x > \alpha$.

4 On a : $u(\alpha) = 0$, donc $\alpha^2 - 2 + \ln\alpha = 0$, d'où $\ln\alpha = 2 - \alpha^2$.

Partie B

1 On calcule :

$$f'(x) = 2x + 2(2 - \ln x)\left(-\frac{1}{x}\right) = \frac{2x^2 - 4 + 2\ln x}{x} = \frac{2u(x)}{x}.$$

2 Comme $x > 0$, les variations de f sont données par le signe de u : f est décroissante pour $x < \alpha$ et croissante pour $x > \alpha$.

Partie C

1 On calcule :
$AM = \sqrt{(x - x_A)^2 + (y - y_A)^2} = \sqrt{x^2 + (\ln x - 2)^2} = \sqrt{f(x)}.$

2 **(a)** La fonction g est la composée de la fonction f et de la fonction racine carrée. La fonction racine carrée étant croissante sur $]0\,;+\infty[$, g a les mêmes variations que f.

(b) On a montré précédemment que f admet un minimum pour $x = \alpha$. Les coordonnées du point P sont alors $(\alpha\ ;\ \ln\alpha)$ ou encore $(\alpha\ ;\ 2 - \alpha^2)$.

(c) On a :

$$\begin{aligned} AP &= \sqrt{\alpha^2 + (2 - \alpha^2 - 2)^2} \\ &= \sqrt{\alpha^2 + \alpha^4} \\ &= \sqrt{\alpha^2(1 + \alpha^2)} \\ &= \alpha\sqrt{1 + \alpha^2} \end{aligned}$$

car $\alpha > 0$.

3 Un vecteur directeur de la droite (AP) est $\overrightarrow{AP}(\alpha\ ;\ -\alpha^2)$.

Par ailleurs $\ln'(x) = \dfrac{1}{x}$, donc le coefficient directeur de la tangente à Γ en P est $\dfrac{1}{\alpha}$. Donc un vecteur directeur de cette tangente est $\vec{d}\left(1; \dfrac{1}{\alpha}\right)$.

On a :

$$\overrightarrow{AP} \cdot \vec{d} = \alpha + (-\alpha^2)\left(\frac{1}{\alpha}\right) = 0.$$

Donc (AP) est bien perpendiculaire à la tangente Γ en P.

25 Points d'intersection

Énoncé p. 144

Lycée Charlemagne, Paris

Partie A

1 On trouve facilement que $\lim\limits_{x \to -1} f(x) = -\infty$ et $\lim\limits_{x \to 3} f(x) = +\infty$. Cela montre que les droites d'équation $x = -1$ et $x = 3$ sont des asymptotes à $\mathcal{C}$.

2 **(a)** f est dérivable sur $]-1\,;3[$ car c'est la composée d'une fonction rationnelle définie sur $]-1\,;3[$, dont les valeurs sont strictement positives sur $]-1\,;3[$, et de la fonction ln.

(b) $f'(x) = \dfrac{\frac{(3-x)+(1+x)}{(3-x)^2}}{\frac{1+x}{3-x}} = \dfrac{4}{(3-x)(1+x)}$.

Cette expression est strictement positive sur $]-1\,;3[$ donc f est strictement croissante sur cet intervalle.

3 Une équation de la tangente au point d'abscisse 1 est :

$$y = f'(1)(x-1) + f(1)\,,$$

ce qui donne : $y = x - 1$.

4 **(a)**
$$\begin{aligned} g'(x) &= f'(x) - 1 \\ &= \frac{4}{(3-x)(1+x)} - 1 \\ &= \frac{(x-1)^2}{(3-x)(x+1)}. \end{aligned}$$

(b) $g'(x) > 0$ sur $]-1\,;3[$ sauf en 1 où elle s'annule. La fonction g est donc strictement croissante sur $]-1\,;3[$.

(c) $g(1) = 0$ et comme g est strictement croissante, on trouve :

- pour $-1 < x < 1$, $g(x) < 0$,
- pour $1 < x < 3$, $g(x) > 0$,
- $g(1) = 0$.

(d) Comme $y = x - 1$ est une équation de $\mathcal{T}$, le signe de $g(x)$ donne la position relative de $\mathcal{C}$ par rapport à $\mathcal{T}$:

- pour $-1 < x < 1$, comme $g(x) < 0$, $\mathcal{C}$ est en dessous de $\mathcal{T}$;
- pour $1 < x < 3$, comme $g(x) > 0$, $\mathcal{C}$ est au dessus de $\mathcal{T}$;
- $g(1) = 0$ donc $\mathcal{C}$ et $\mathcal{T}$ sont sécantes au point d'abscisse 1.

COURS INTERROS CORRIGÉS

Partie B

1 **(a)** On constate que $h_k(x) = f(x) - x - k$ donc on a bien :

$$h'_k = f' - 1 = g'.$$

(b) h a le même sens de variations que g, donc h_k est strictement croissante sur $]-1\,;3[$.

2 À l'aide des limites de la fonction f, on trouve $\lim\limits_{x \to -1} h_k(x) = -\infty$ et $\lim\limits_{x \to 3} h_k(x) = +\infty$.

La fonction h_k est donc continue, strictement croissante sur $]-1\,;3[$. On a $0 \in \left]\lim\limits_{x \to -1} h_k(x)\,;\lim\limits_{x \to 3} h_k(x)\right[$. D'après le corollaire du théorème des valeurs intermédiaires, il existe donc un réel α unique dans $]-1\,;3[$ tel que $h_k(\alpha) = 0$.

3 Pour toute droite $\mathcal{D}_k$, il y a donc un point d'intersection unique avec $\mathcal{C}$, qui a pour abscisse la valeur α de la question précédente.

4 **(a)** Pour $k = -1$, les conditions « Si » et « Sinon » ne sont pas vérifiées, donc on obtient directement l'affichage du x initial, c'est-à-dire 1. C'est le cas étudié dans la partie A.

(b) Si $k > -1$ alors comme $h_k(x) = g(x) - k - 1$, on a $h_k(x) < g(x)$ et en particulier pour $x = 1$: $h_k(1) < 0$.

Comme h_k est croissante, la valeur qui annule h_k est donc plus grande que 1, et il faut augmenter le x initial pour l'atteindre.

(c) Pour $k = 2$, tant que $(x + k) - f(x) > 0$, on augmente x par pas de 0,01. La valeur affichée est donc la première pour laquelle $(x + k) - f(x) \leqslant 0$, c'est-à-dire une valeur supérieure ou égale à celle qui correspond à l'abscisse du point d'intersection.

(d) Pour obtenir un résultat plus précis, on peut diminuer le pas utilisé, c'est-à-dire ajouter ou retrancher à x une valeur plus petite que 0,01.

26 Suite et racine carrée

Énoncé p. 145

Lycée Saint-Joseph de Tivoli, Bordeaux

1 Pour tout entier naturel n,

$$a_n = \ln(u_n) - 2 \iff a_n + 2 = \ln(u_n)$$
$$\iff u_n = e^{a_n+2}.$$

2 Pour tout entier naturel n,

$$\begin{aligned} a_n = \ln(u_n) - 2 &\iff a_{n+1} = \ln(u_{n+1}) - 2 \\ &\iff a_{n+1} = \ln\left(\mathrm{e}\sqrt{u_n}\right) - 2 \\ &\iff a_{n+1} = \ln \mathrm{e} + \ln\sqrt{u_n} - 2 \\ &\iff a_{n+1} = \frac{1}{2}\ln(u_n) - 1 \\ &\iff a_{n+1} = \frac{1}{2}\big(\ln(u_n) - 2\big) \\ &\iff a_{n+1} = \frac{1}{2}a_n. \end{aligned}$$

On en déduit alors que (a_n) est une suite géométrique de premier terme :

$$a_0 = \ln(u_0) - 2 = \ln\left(\mathrm{e}^3\right) - 2 = 3 - 2 = 1$$

et de raison $\frac{1}{2}$.

3 De la nature de (a_n), on déduit que pour tout entier naturel n,

$$a_n = a_0 \times \left(\frac{1}{2}\right)^n = \frac{1}{2^n}$$

et de la question 1, on déduit que :

$$u_n = \mathrm{e}^{a_n+2} = \mathrm{e}^{2+\frac{1}{2^n}}.$$

4 $\lim\limits_{n\to+\infty} \frac{1}{2^n} = 0$ donc de l'expression précédente, on déduit que :

$$\lim_{n\to+\infty} (u_n) = \mathrm{e}^2.$$

5 On peut montrer que (u_n) est décroissante et donc que $u_n \geqslant \mathrm{e}^2$ pour tout entier naturel n. On cherche donc ici le premier entier n pour lequel :

$$\begin{aligned} u_n - \mathrm{e}^2 \leqslant 10^{-3} &\iff \mathrm{e}^2\left(\mathrm{e}^{1/2^n} - 1\right) \leqslant 10^{-3} \\ &\iff \mathrm{e}^{1/2^n} \leqslant 10^{-3} \times \mathrm{e}^{-2} + 1 \\ &\iff \ln\left(\mathrm{e}^{1/2^n}\right) \leqslant \ln\left(10^{-3} \times \mathrm{e}^{-2} + 1\right) \\ &\iff \frac{1}{2^n} \leqslant \ln\left(10^{-3} \times \mathrm{e}^{-2} + 1\right) \\ &\iff 2^n \geqslant \frac{1}{\ln\left(10^{-3} \times \mathrm{e}^{-2} + 1\right)} \\ &\iff n \geqslant \ln\left[\frac{1}{\ln\left(10^{-3} \times \mathrm{e}^{-2} + 1\right)}\right] \times \frac{1}{\ln 2} \\ &\iff n \geqslant 13. \end{aligned}$$

COURS

INTERROS

CORRIGÉS

27 Suite convergente

Énoncé p. 146

Lycée de l'Emperi, Salon-de-Provence

1 Considérons la fonction définie pour tout réel x positif par :

$$f(x) = \ln(x+1) - x.$$

La fonction f est dérivable sur son ensemble de définition et, pour tout réel x positif,

$$f'(x) = \frac{1}{x+1} - 1 = -\frac{x}{1+x}.$$

La fonction f' est donc négative sur $[0\,;+\infty[$, donc la fonction f est décroissante sur son ensemble de définition. Elle admet ainsi un maximum en 0 et, pour tout réel x positif, on a : $f(x) \leqslant f(0)$, soit $f(x) \leqslant 0$.

Il en résulte que, pour tout réel x positif, $\ln(1+x) \leqslant x$.

MÉTHODE

Pour prouver une égalité du type $f(x) < g(x)$, on étudie la fonction $d(x) = f(x) - g(x)$, et son tableau de variation permettra d'en déterminer le signe.

2 Par hypothèse, $v_n = \ln u_n$.

On remplace alors u_n par l'expression obtenue à la première question :

$$v_n = \ln\Big[(1+k)\big(1+k^2\big)\big(1+k^3\big)\cdots\big(1+k^{n-1}\big)\Big].$$

Comme $0 < k < 1$, tous les facteurs du produit sont strictement positifs, donc, en appliquant les propriétés de la fonction logarithme,

$$v_n = \ln(1+k) + \ln\big(1+k^2\big) + \cdots + \ln\big(1+k^{n-1}\big).$$

Comme $0 < k < 1$, on peut appliquer l'inégalité démontrée dans la question précédente à chacun des termes de la somme :

$$\ln(1+k) \leqslant k$$

$$\ln\left(1+k^2\right) \leqslant k^2.$$

On additionne ensuite membre à membre les $n-1$ inégalités ainsi obtenues :

$$v_n \leqslant k + k^2 + k^3 + \cdots + k^{n-1}.$$

On reconnaît dans le second membre de l'inégalité la somme des $n-1$ premiers termes de la suite géométrique de raison k et de premier terme k. On peut alors écrire, comme $0 < k < 1$:

$$v_n \leqslant k\left(\frac{1-k^{n-1}}{1-k}\right),$$

soit :

$$v_n \leqslant \left(\frac{k}{1-k}\right) - \left(\frac{k^n}{1-k}\right).$$

Comme $\dfrac{k^n}{1-k}$ est positif, il en résulte que, pour tout entier naturel n,

$$v_n \leqslant \frac{k}{1-k}.$$

3 D'après la question précédente, la suite (v_n) est majorée. Or, pour tout naturel n, $u_n = e^{v_n}$, et la fonction $x \mapsto e^x$ est croissante sur $\mathbb{R}$, donc la suite (u_n) est aussi majorée.

(u_n) est à termes strictement positifs. De plus, pour tout naturel n,

$$\frac{u_{n+1}}{u_n} = \frac{(1+k^n)u_n}{u_n} = (1+k^n).$$

Comme $0 < k < 1$, $\dfrac{u_{n+1}}{u_n} > 1$. Il en résulte que (u_n) est croissante.

La suite (u_n) est croissante et majorée donc elle est convergente.

28 Suite du type $u_{n+1} = f(u_n)$

Énoncé p. 146

Lycée Bachelard, Chelles

1 Pour tout $x > 1$:

$$f(x) - 1 = \frac{x^2}{2x-1} - 1$$

$$= \frac{x^2 - 2x + 1}{2x-1}$$

$$= \frac{(x-1)^2}{2x-1}.$$

Or, $(x-1)^2 > 0$ et $2x - 1 > 0$ donc, pour tout $x > 1$, $f(x) - 1 > 0$, soit $f(x) > 1$.

2 **(a)** Pour tout $n \in \mathbb{N}$, $u_0 > 1$ et $u_{n+1} = f(u_n) > 1$ d'après la question 1, donc $v_n = \dfrac{u_n - 1}{u_n}$ existe ($u_n \neq 0$) et $v_n > 0$.

Par conséquent $w_n = \ln(v_n)$ existe.

Les suites (v_n) et (w_n) sont bien définies pour tout $n \in \mathbb{N}$.

(b) Pour tout entier naturel n, on a :

$$v_{n+1} = \frac{u_{n+1} - 1}{u_{n+1}} \quad \text{et} \quad u_{n+1} = f(u_n) = \frac{u_n^2}{2u_n - 1}.$$

$$\text{Ainsi, } v_{n+1} = \frac{\frac{u_n^2}{2u_n-1} - 1}{\frac{u_n^2}{2u_n-1}}$$

$$= \frac{\frac{u_n^2-(2u_n-1)}{2u_n-1}}{\frac{u_n^2}{2u_n-1}}$$

$$= \frac{u_n^2 - 2u_n + 1}{u_n^2}$$

$$= \frac{(u_n - 1)^2}{u_n^2}$$

$$= v_n^2.$$

On en déduit alors que $w_{n+1} = \ln(v_{n+1}) = 2\ln(v_n) = 2w_n$.

(w_n) est donc géométrique de raison 2.

De plus, $w_0 = \ln(v_0)$ et $v_0 = \dfrac{u_0 - 1}{u_0} = \dfrac{1}{2}$, donc $w_0 = -\ln 2$.

(c) Pour tout $n \in \mathbb{N}$, on a :

$$w_n = -\ln 2 \times 2^n = \ln\left(\frac{1}{2}\right) \times 2^n$$

et

$$v_n = \mathrm{e}^{w_n} = \mathrm{e}^{2^n \times \ln \frac{1}{2}} = \left(\mathrm{e}^{\ln \frac{1}{2}}\right)^{2^n} = \left(\frac{1}{2}\right)^{2^n}.$$

De plus,

$$v_n = \frac{u_n - 1}{u_n} \iff u_n = \frac{1}{1 - v_n},$$

d'où :

$$u_n = \frac{1}{1 - \left(\frac{1}{2}\right)^{2^n}}.$$

On en déduit $\lim\limits_{n \to +\infty} u_n = 1$.

Chapitre 6

Fonctions sinus et cosinus

Plan du chapitre

Exercice type — **Lycée François Mauriac, Bordeaux**

Retrouvez le corrigé de cet exercice en vidéo.

L'observation de l'écran graphique d'une calculatrice laisse penser que, lorsque x est un réel, $1 - \frac{x^2}{2} \leqslant \cos x$.

On se propose de valider cette propriété en étudiant la fonction numérique définie par :

$$f(x) = \cos x - \left(1 - \frac{x^2}{2}\right).$$

1 Montrer que f est deux fois dérivable sur $\mathbb{R}$.

2 Étudier le sens de variation de la fonction f' sur $\mathbb{R}$ puis en déduire le signe de la fonction f'.

3 En déduire le sens de variation de la fonction f sur $\mathbb{R}$ puis que, pour tout réel x, $1 - \frac{x^2}{2} \leqslant \cos x$.

4 En admettant l'inégalité $\cos x \leqslant 1 - \frac{x^2}{2} + \frac{x^4}{24}$ valable pour tout réel x, déterminer, si elle existe, la limite en 0 de $g(x) = \frac{1 - \cos x}{x^2}$.

Voir corrigé page 179

1 La fonction sinus

1.1 Dérivée

Propriété 1

La fonction sinus est dérivable sur $\mathbb{R}$ et pour tout nombre réel x, $\sin' x = \cos x$.

1.2 Étude sur $I = [0 ; \pi]$

On a $\sin' x = \cos x$.

Or, sur I, $\cos x > 0$ si $x < \frac{\pi}{2}$, $\cos x = 0$ si $x = \frac{\pi}{2}$ et $\cos x < 0$ si $x > \frac{\pi}{2}$.

D'où le tableau de variation sur $[0 ; \pi]$:

x	0		$\frac{\pi}{2}$		π
$\sin'$		$+$	0	$-$	
$\sin$	0	$\nearrow$	1	$\searrow$	0

Sa courbe représentative sur $[0 ; \pi]$, avec sa tangente à l'origine, est représentée ci-dessous.

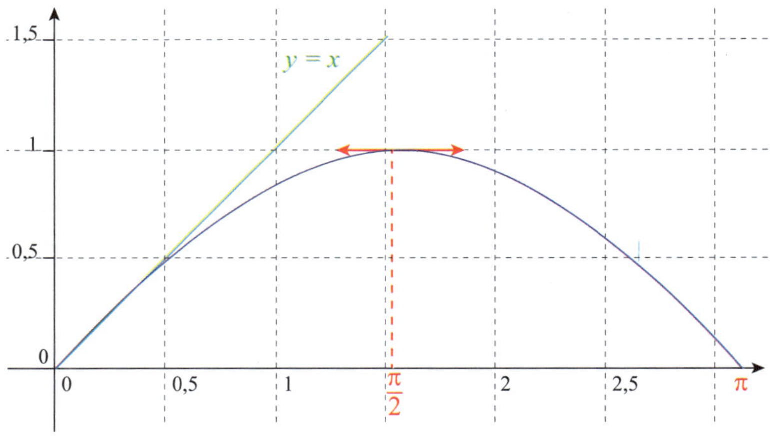

1.3 Parité et périodicité

1.3.1 - Parité

Pour tout nombre réel x,

$$\sin(-x) = -\sin x,$$

donc la fonction $x \mapsto \sin x$ est *impaire*, d'où la propriété suivante :

Propriété 2

La représentation graphique de la fonction sinus est symétrique par rapport à l'origine du repère.

1.3.2 - Périodicité

Pour tout nombre réel,

$$\sin(x + 2\pi) = \sin(x),$$

donc la fonction $x \mapsto \sin x$ est *périodique* de période de 2π, d'où la propriété suivante :

Propriété 3

La représentation graphique de la fonction sinus dans un repère $(O; \vec{\imath}, \vec{\jmath})$ est invariante par toute translation de vecteur $k2\pi\vec{\imath}$, k appartenant à $\mathbb{Z}$.

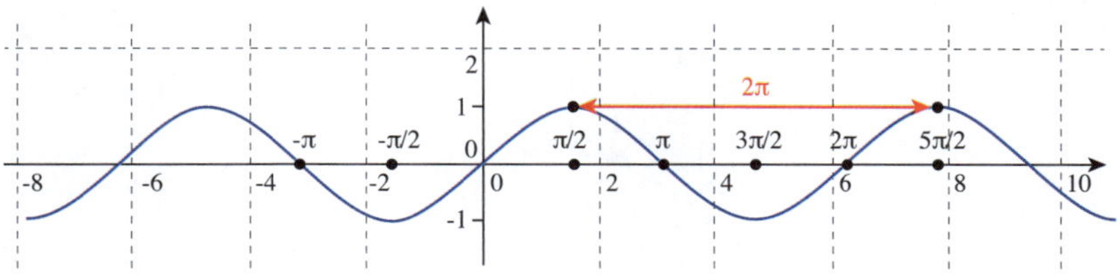

2 La fonction cosinus

2.1 Dérivée

Propriété 4

La fonction cosinus est dérivable sur $\mathbb{R}$ et pour tout nombre réel x,

$$\cos' x = -\sin x.$$

2.2 Étude sur l'intervalle $[0 ; \pi]$

Pour tout nombre réel x, $\cos' x = -\sin x$. Or, $\sin x \geq 0$ sur $[0 ; \pi]$, donc la fonction cosinus est décroissante sur $[0 ; \pi]$.

x	0		π
$\cos'$	0	$-$	0
$\cos$	1	$\searrow$	-1

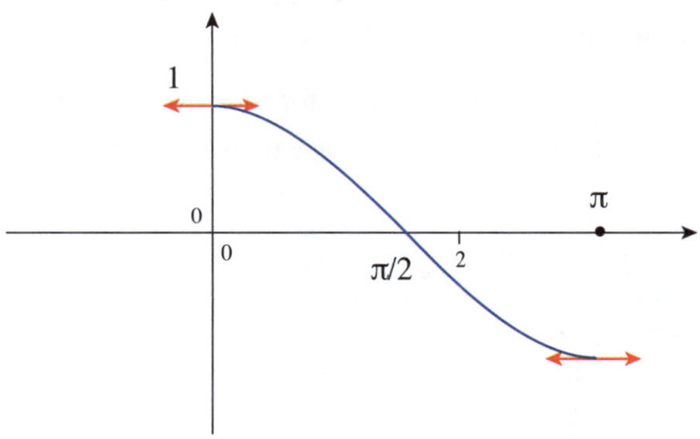

2.3 Parité et périodicité

2.3.1 - Parité

Pour tout réel x,

$$\cos(-x) = \cos x,$$

donc la fonction $x \mapsto \cos x$ est *paire*, d'où la propriété suivante :

Propriété 5

La courbe représentative de la fonction cos est alors symétrique par rapport à l'axe des ordonnées.

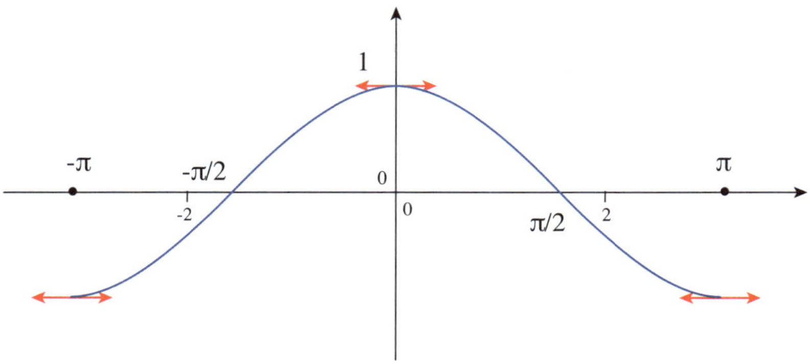

2.3.2 - Périodicité

Pour tout nombre réel x,

$$\cos(x + 2\pi) = \cos x,$$

donc la fonction $x \mapsto \cos x$ est *périodique* de période 2π, d'où la propriété suivante :

Propriété 6

La représentation graphique de la fonction cosinus dans un repère $(O; \vec{\imath}, \vec{\jmath})$ est invariante par toute translation de vecteur $k2\pi\vec{\imath}$, k appartenant à $\mathbb{Z}$.

On a représenté ci-dessous les fonctions sinus (en pointillés) et cosinus. Elles se déduisent l'une de l'autre par une translation de vecteur $\frac{\pi}{2}\vec{\imath}$.

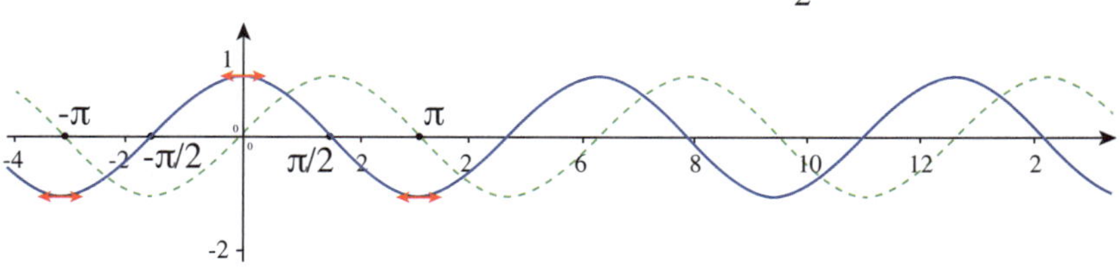

Solution de l'exercice type

Lycée François Mauriac, Bordeaux

1 La fonction cos est deux fois dérivable sur $\mathbb{R}$ et la fonction : $x \longmapsto 1 - \dfrac{x^2}{2}$ est deux fois dérivable sur $\mathbb{R}$ comme fonction polynôme donc la fonction f est deux fois dérivable sur $\mathbb{R}$.

2 Pour tout réel x,

$$f'(x) = -\sin x + x\,,$$
$$f''(x) = 1 - \cos x.$$

Comme pour tout réel x, $\cos x \leqslant 1$, on en déduit que $f''(x)$ est positif sur $\mathbb{R}$ et ne s'annule que pour $x = 2k\pi$ où $k \in \mathbb{Z}$. Il en résulte que la fonction f' est strictement croissante sur $\mathbb{R}$.

Comme $f'(0) = 0$ et f' est strictement croissante sur $\mathbb{R}$, on peut en déduire que f' est strictement négative sur $]-\infty\,;0[$ et strictement positive sur $]0\,;+\infty[$.

3 D'après l'étude du signe de f' obtenu à la question précédente, on en déduit que la fonction f est strictement décroissante sur $]-\infty\,;0[$ et strictement croissante sur $]0\,;+\infty[$.

La fonction f admet un minimum en 0 et ce minimum vaut $f(0) = 0$. Il en résulte que, pour tout réel x, on a $f(x) \geqslant f(0)$ soit $f(x) \geqslant 0$.

Par conséquent, pour tout réel x, $\cos x - \left(1 - \dfrac{x^2}{2}\right) \geqslant 0$, d'où finalement :

$$1 - \frac{x^2}{2} \leqslant \cos x.$$

4 En admettant l'inégalité donnée par le texte et en utilisant le résultat de la question précédente, on obtient l'encadrement, valable pour tout réel x :

$$1 - \frac{x^2}{2} \leqslant \cos x \leqslant 1 - \frac{x^2}{2} + \frac{x^4}{24}.$$

On encadre alors $g(x)$:

$$\frac{1}{2} - \frac{x^2}{24} \leqslant g(x) \leqslant \frac{1}{2}.$$

Or,

$$\lim_{x \to 0} \left(\frac{1}{2} - \frac{x^2}{24}\right) = \frac{1}{2}.$$

On en déduit d'après le théorème de limite par encadrement que :

$$\lim_{x \to 0} g(x) = \frac{1}{2}.$$

Voir énoncé page 175

1 QCM Parité et périodicité

10 min | Corrigé p. 185

Pour chaque question, une seule réponse est juste. Choisir la bonne réponse.

1 Une période de la fonction $f : x \mapsto \cos(3x)$ est :

a $\frac{2\pi}{3}$ b 3π c $\frac{3\pi}{2}$

2 La fonction $x \mapsto \cos\left(x + \frac{\pi}{4}\right)$ est :

a paire b impaire c ni l'un ni l'autre

3 La fonction $g : x \mapsto \sin 3x$ est :

a paire b impaire c ni l'un ni l'autre

4 Une période de la fonction $h : x \mapsto \sin\left(\frac{x+\pi}{4}\right)$ est :

a 2π b $\frac{\pi}{2}$ c 8π

2 QCM Variations

15 min | Corrigé p. 185

Pour chaque question, une seule réponse est juste. Choisir la bonne réponse.

1 La fonction f définie sur $[0\,;\pi]$ par $x \mapsto \cos\left(x + \frac{\pi}{4}\right)$ est :

a croissante sur $[0\,;\pi]$
b croissante sur $[2\,;\pi]$
c croissante sur $\left[\frac{3\pi}{4}\,;\pi\right]$

2 La fonction g définie sur $I = [0\,;\pi]$ par $g : x \mapsto \sin(2x)$:

a a les mêmes variations que la fonction $x \mapsto \sin x$ sur I
b est croissante sur $\left[0\,;\frac{\pi}{4}\right]$
c est monotone sur I

3 La fonction h définie sur $[0\,;\pi]$ par $h : x \mapsto \sin x + \cos x$:

a est décroissante
b admet pour maximum $\sqrt{2}$
c admet pour maximum $\frac{\pi}{4}$

4 La fonction $k : x \mapsto \cos 3x$ définie sur $I = [-2\,;2]$:

a a les mêmes variations que la fonction cos
b admet un maximum local pour $x = 2$
c admet deux minimums locaux sur I

Équations et inéquations

3 Équations ★ 10 min Corrigé p. 186

Lycée François Mauriac, Bordeaux

Résoudre sur $]-\pi\,;\pi]$ les équations suivantes.

1. $\cos\left(x+\dfrac{\pi}{3}\right)=\dfrac{1}{2}$

2. $\sin\left(2x-\dfrac{\pi}{4}\right)=-\dfrac{1}{2}$

4 Équations et inéquations ★★ 25 min Corrigé p. 188

Lycée Buffon, Paris

1. Résoudre dans $\mathbb{R}$, puis dans $I=[-\pi\,;\pi]$, l'inéquation :

$$\sin\left(3x-\frac{\pi}{6}\right)\geqslant\frac{1}{2}.$$

2. Résoudre dans $\mathbb{R}$, puis dans $J=[-\pi\,;3\pi]$, l'équation :

$$2\cos^2 x+3\cos x+1=0.$$

5 Inéquation associée à une équation ★★★ 20 min Corrigé p. 189

Lycée Jean-Pierre Vernant, Pins-Justaret

Résoudre dans l'intervalle $]-\pi\,;\pi[$:

1. $2\sin^2 x+\left(2-\sqrt{3}\right)\sin x-\sqrt{3}=0.$

2. $2\sin^2 x+\left(2-\sqrt{3}\right)\sin x-\sqrt{3}\leqslant 0.$

Aide : $\left(2+\sqrt{3}\right)^2=7+4\sqrt{3}.$

Études de fonctions

6 Fonction dérivée ★ 15 min Corrigé p. 190

Lycée Jean-Pierre Vernant, Pins-Justaret

Calculer la dérivée des fonctions suivantes en précisant leur ensemble de définition.

1. $f(x)=2\sin(8x)-5\cos\left(7x-\dfrac{\pi}{3}\right).$

2 $g(x) = \left[\cos(7x)\right]^4$.

3 $h(x) = \dfrac{\sin x}{\cos x}$.

7 Une fonction particulière

★★ 15 min Corrigé p. 190

Lycée Camille Jullian, Bordeaux

On considère la fonction f définie sur $\mathbb{R}$ par :

$$f(x) = 2\sin(x)\cos(x).$$

1 Étudier la parité et la périodicité de f.

2 Justifier alors que f peut être étudiée sur $\left[0; \dfrac{\pi}{2}\right]$.

3 Montrer que $f'(x) = 2\left[2\cos^2(x) - 1\right]$.

4 Sur $\left[0; \dfrac{\pi}{2}\right]$, étudier le signe de $f'(x)$ puis en déduire les variations de f sur $\left[0; \dfrac{\pi}{2}\right]$.

5 En déduire les variations sur $[-\pi; \pi]$.

8 Aire maximale

★★ 20 min Corrigé p. 192

Lycée La Bruyère, Versailles

Les parents d'Amélie utilisent un paravent à trois panneaux pour cacher un tas de vieilleries dans leur garage.

Le paravent est déplié contre un mur de la façon suivante :

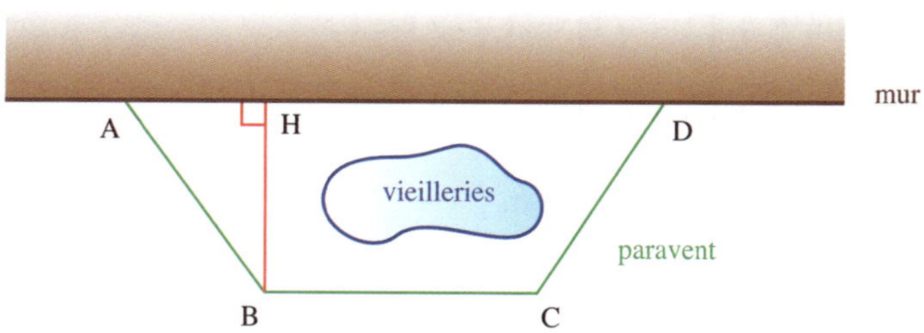

Les trois panneaux du paravent sont de même longueur. Le quadrilatère ABCD est un trapèze isocèle. On pose AB = BC = CD = 1, et on appelle x la mesure en radians de l'angle $\widehat{BAD}$ comprise entre 0 et $\dfrac{\pi}{2}$.

1 Exprimer la longueur AD ainsi que la hauteur BH en fonction de x.

2 **(a)** Montrer que l'aire disponible derrière le paravent est égale en fonction de x à :

$$A(x) = (1 + \cos x)\sin x.$$

(b) Montrer que pour tout $x \in \left[0\,;\frac{\pi}{2}\right]$,

$$A'(x) = 2\left(\cos x - \frac{1}{2}\right)(1 + \cos x).$$

(c) À l'aide du cercle trigonométrique, résoudre dans l'intervalle $\left[0\,;\frac{\pi}{2}\right]$ l'inéquation $\cos x \geqslant \frac{1}{2}$.

(d) En déduire le sens de variation de la fonction A sur $\left[0\,;\frac{\pi}{2}\right]$.

(e) Quelle est l'aire maximale de la zone que l'on peut cacher ainsi avec ce paravent, et comment faut-il l'installer ?

9 Un algorithme

★★ 30 min Corrigé p. 193

Lycée Teilhard de Chardin, Saint-Maur-des-Fossés

La fonction f est définie sur $\mathbb{R}$ par : $f(x) = \sin^2 x + \cos x$.

$\mathcal{C}$ est sa représentation graphique dans un repère orthonormé $(O; \vec{\imath}, \vec{\jmath})$.

1 Démontrer que f est périodique de période 2π.

2 Démontrer que l'axe des ordonnées est un axe de symétrie de la courbe $\mathcal{C}$.

3 En déduire que l'on peut restreindre l'intervalle d'étude de f à $[0\,;\pi]$.

4 Vérifier que pour tout réel x on a : $f'(x) = (2\cos x - 1)\sin x$.

5 Déterminer le signe de $f'(x)$ sur $[0\,;\pi]$ et en déduire le tableau de variation de f sur $[0\,;\pi]$.

6 Démontrer que l'équation $f(x) = 0$ admet une solution unique sur $[0\,;\pi]$.

7 On considère l'algorithme suivant :

```
Entrée
   Saisir les valeurs de a, b et p
Traitement
   Tant que b-a>p
     c ← (a+b)/2
     Si f(a) x f(c) < 0, alors
         b ← c
     Sinon
         a ← c
   Fin de Tant que
Sortie
   Afficher a et b
```

(a) Faire fonctionner l'algorithme avec $a = 1$, $b = 3$ et $p = 0{,}1$ et compléter le tableau suivant :

Étape	Test : $b - a > p$	c	Test : $f(a) \times f(c) < 0$	a	b
				1	3
1	Vrai	2	Faux	2	3
2					
$\vdots$					

(b) Quelles sont les valeurs affichées à la sortie de l'algorithme ? Que peut-on en déduire ?

8 Résoudre l'équation $(E) : X^2 - X - 1 = 0$.

9 Montrer que α est solution de $f(x) = 0$ si et seulement si $\cos\alpha$ est solution de (E).

10 En déduire la valeur exacte de $\cos\alpha$, puis un encadrement au centième de α. Vérifier que ce résultat est en accord avec les valeurs trouvées à la question 7.b.

10 Étude de la dérivabilité en 0

★★★ 30 min Corrigé p. 195

Lycée Notre-Dame-du-Grandchamp, Versailles

1 On désigne par g la fonction numérique définie sur $[0\,;\pi]$ par :

$$g(x) = x\cos x - \sin x.$$

Étudier g et dresser son tableau de variation.
En déduire le signe de $g(x)$ sur $[0\,;\pi]$.

2 Soit f la fonction numérique définie sur $[0\,;\pi]$ par :

$$\begin{cases} f(0) = 1 \\ f(x) = \dfrac{\sin x}{x} \quad , \quad x \in]0\,;\pi] \end{cases}$$

Justifier que f est continue en 0, puis étudier les variations de f.

3 Étude de la dérivabilité de f en 0.

(a) Prouver que, pour tout nombre réel $x \geqslant 0$, on a :

$$0 \leqslant x - \sin x \leqslant \frac{x^3}{6}.$$

Aide : pour cela, on introduira la fonction φ définie sur $[0\,;+\infty[$ par $\varphi(x) = \sin x - x + \dfrac{x^3}{6}$. On calculera les dérivées φ', φ'' et φ''' et on en déduira le signe de $\varphi(x)$.

(b) Prouver que f est dérivable en 0 et calculer $f'(0)$.

1 QCM Parité et périodicité

Énoncé p. 180

1 Réponse [a]. En effet, pour tout x réel,

$$f\left(x+\frac{2\pi}{3}\right)=\cos\left[3\left(x+\frac{2\pi}{3}\right)\right]=\cos(3x+2\pi)=\cos 3x.$$

2 Réponse [c]. En effet, la fonction cos est paire, mais cette fonction est obtenue par translation de la fonction cos le long de l'axe des abscisses de $\frac{\pi}{4}$, elle n'est donc ni paire ni impaire.

3 Réponse [b]. En effet, pour tout réel x,

$$g(-x)=\sin(3(-x))=\sin(-3x)=-3\sin x=-g(x).$$

Donc g est impaire.

4 Réponse [c]. En effet, pour tout réel x,

$$\begin{aligned}h(x+8\pi)&=\sin\left(\frac{x+8\pi+\pi}{4}\right)\\&=\sin\left(\frac{x+\pi}{4}+\frac{8\pi}{4}\right)\\&=\sin\left(\frac{x+\pi}{4}+2\pi\right)\\&=\sin\left(\frac{x+\pi}{4}\right)\\&=h(x).\end{aligned}$$

Remarque : pour les questions 1 et 3, on a trouvé une période, mais on n'a pas montré que c'était la plus petite.

2 QCM Variations

Énoncé p. 180

1 Réponse [c]. En effet, la fonction cosinus est croissante sur $[\pi\ ;2\pi]$, donc f est croissante sur $\left[\frac{3\pi}{4}\ ;\pi\right]$.

2 Réponse [b]. En effet, $g'(x)=2\cos 2x$ donc, à 2π près :

$$g'(x)>0\Leftrightarrow 2x\in\left[-\frac{\pi}{2}\ ;\frac{\pi}{2}\right]\Leftrightarrow x\in\left[-\frac{\pi}{4}\ ;\frac{\pi}{4}\right].$$

3 Réponse [b]. Cette fonction est périodique de période 2π, donc on peut l'étudier sur $[-\pi\ ;\pi]$.

$$h'(x)=\cos x-\sin x$$

$$h'(x)>0\Leftrightarrow\cos x>\sin x\Leftrightarrow x\in\left[-\frac{3\pi}{4}\ ;\frac{\pi}{4}\right].$$

On obtient donc le tableau suivant :

x	$-\pi$		$-\frac{3\pi}{4}$		$\frac{\pi}{4}$		π
$h'(x)$		$-$	0	$+$	0	$-$	
$h(x)$	-1	$\searrow$	$-\sqrt{2}$	$\nearrow$	$\sqrt{2}$	$\searrow$	-1

4 Réponse **C**. Étudions la fonction sur $[-\pi\ ;\pi]$ dans un premier temps.

$$k'(x) = -3\sin 3x$$

$$\begin{aligned} k'(x) > 0 &\Leftrightarrow \sin(3x) < 0 \\ &\Leftrightarrow 3x \in]-\pi\ ;0[\quad (2\pi) \\ &\Leftrightarrow x \in \left]-\frac{\pi}{3}\ ;0\right[\quad \left(\frac{2\pi}{3}\right) \\ &\Leftrightarrow x \in \left]-\pi\ ;-\frac{2\pi}{3}\right[\cup \left]-\frac{\pi}{3}\ ;0\right[\cup \left]\frac{\pi}{3}\ ;\frac{2\pi}{3}\right[. \end{aligned}$$

On obtient donc le tableau suivant :

x	$-\pi$		$-\frac{2\pi}{3}$	-2		$-\frac{\pi}{3}$		0		$\frac{\pi}{3}$		2	$\frac{2\pi}{3}$		π
$k'(x)$	0	$+$	0		$-$	0	$+$	0	$-$	0	$+$		0	$-$	0
$k(x)$	-1	$\nearrow$	1		$\searrow$	-1	$\nearrow$	1	$\searrow$	-1	$\nearrow$		1	$\searrow$	-1

Il y a deux minimums locaux sur $[-2\ ;2]$: -1 et 1.

⚠ ATTENTION

Ne pas se laisser piéger : $\frac{2\pi}{3}$ est très proche de 2, et si on se fie à la calculatrice, on peut croire que le maximum est atteint en 2.

3 Équations

Énoncé p. 181

Lycée François Mauriac, Bordeaux

MÉTHODE

Nous allons utiliser ici les équivalences suivantes, où $k \in \mathbb{Z}$:

$$\cos x = \cos a \iff x = a + 2k\pi \text{ ou } x = -a + 2k\pi.$$

$$\sin x = \sin a \iff x = a + 2k\pi \text{ ou } x = \pi - a + 2k\pi$$

1 $\cos\left(x+\frac{\pi}{3}\right)=\frac{1}{2} \iff \cos\left(x+\frac{\pi}{3}\right)=\cos\frac{\pi}{3}$

$$\iff \begin{cases} x+\frac{\pi}{3}=\frac{\pi}{3}+2k\pi \\ x+\frac{\pi}{3}=-\frac{\pi}{3}+2k\pi \end{cases}, k\in\mathbb{Z}$$

$$\iff \begin{cases} x=\frac{\pi}{3}-\frac{\pi}{3}+2k\pi \\ x=-\frac{\pi}{3}-\frac{\pi}{3}+2k\pi \end{cases}, \quad k\in\mathbb{Z}$$

$$\iff \begin{cases} x=0+2k\pi \\ x=-\frac{2\pi}{3}+2k\pi \end{cases}, \quad k\in\mathbb{Z}$$

L'ensemble des solutions de l'équation $\cos\left(x+\frac{\pi}{3}\right)=\frac{1}{2}$ sur $]-\pi;\pi]$ est donc :

$$\mathscr{S}=\left\{0;-\frac{2\pi}{3}\right\}.$$

2 $\sin\left(2x-\frac{\pi}{4}\right)=-\frac{1}{2} \iff \sin\left(2x-\frac{\pi}{4}\right)=\sin\left(-\frac{\pi}{6}\right)$

$$\iff \begin{cases} 2x-\frac{\pi}{4} &= -\frac{\pi}{6}+2k\pi \\ 2x-\frac{\pi}{4} &= \pi-\left(-\frac{\pi}{6}\right)+2k\pi \end{cases}, \quad k\in\mathbb{Z}$$

$$\iff \begin{cases} 2x &= -\frac{\pi}{6}+\frac{\pi}{4}+2k\pi \\ 2x &= \pi+\frac{\pi}{6}+\frac{\pi}{4}+2k\pi \end{cases}, \quad k\in\mathbb{Z}$$

$$\iff \begin{cases} 2x &= \frac{\pi}{12}+2k\pi \\ 2x &= \frac{17\pi}{12}+2k\pi \end{cases}, \quad k\in\mathbb{Z}$$

$$\iff \begin{cases} x &= \frac{\pi}{24}+k\pi \\ x &= \frac{17\pi}{24}+k\pi \end{cases}, \quad k\in\mathbb{Z}$$

Ainsi, les solutions de l'équation sur $]-\pi;\pi]$ sont obtenues en prenant $k=0$ et $k=-1$; on obtient alors l'ensemble des solutions suivant :

$$\mathscr{S}=\left\{-\frac{23\pi}{24};-\frac{7\pi}{24};\frac{\pi}{24};\frac{17\pi}{24}\right\}.$$

4 Équations et inéquations

Énoncé p. 181

Lycée Buffon, Paris

1 D'après le cercle trigonométrique,

$$\sin X \geqslant \frac{1}{2} \text{ pour } \frac{\pi}{6} + 2k\pi \leqslant X \leqslant \frac{5\pi}{6} + 2k\pi \quad , \quad k \in \mathbb{Z}.$$

Cela signifie que :

$$\begin{aligned} \sin\left(3x - \frac{\pi}{6}\right) \geqslant \frac{1}{2} &\Leftrightarrow \frac{\pi}{6} + 2k\pi \leqslant 3x - \frac{\pi}{6} \leqslant \frac{5\pi}{6} + 2k\pi \\ &\Leftrightarrow \frac{\pi}{3} + 2k\pi \leqslant 3x \leqslant \pi + 2k\pi \\ &\Leftrightarrow \frac{\pi}{9} + \frac{2k\pi}{3} \leqslant x \leqslant \frac{\pi}{3} + \frac{2k\pi}{3}. \end{aligned}$$

Si l'on ne veut que les solutions dans $[-\pi \ ; \pi]$, les valeurs extrêmes que l'on peut prendre pour k vérifient : $-\pi \leqslant \frac{\pi}{9} + \frac{2k\pi}{3}$, c'est-à-dire $-\frac{5}{3} \leqslant k$, et comme k est entier, $-1 \leqslant k$, et : $\frac{\pi}{3} + \frac{2k\pi}{3} \leqslant \pi$, soit $k \leqslant 1$.
k peut donc prendre les valeurs -1, 0 et 1.
L'ensemble solution est donc :

$$S = \left[-\frac{5\pi}{9} \ ; -\frac{\pi}{3}\right] \cup \left[\frac{\pi}{9} \ ; \frac{\pi}{3}\right] \cup \left[\frac{7\pi}{9} \ ; \pi\right].$$

2 On pose $X = \cos x$. L'équation devient alors : $2X^2 + 3X + 1 = 0$.
Le discriminant est égal à 1 ; l'équation admet donc deux solutions : $X = -1$ et $X = -\frac{1}{2}$.
Alors, l'équation $2\cos^2 x + 3\cos x + 1 = 0$ équivaut à :

$$\cos x = -1 \qquad \text{ou} \qquad \cos x = -\frac{1}{2},$$

c'est-à-dire :

$$x = -\pi + 2k\pi \quad \text{ou} \quad x = \frac{2\pi}{3} + 2k'\pi$$

$$\text{ou} \quad x = -\frac{2\pi}{3} + 2k''\pi \quad , \quad k \in \mathbb{Z},\ k' \in \mathbb{Z},\ k'' \in \mathbb{Z}.$$

L'ensemble des solutions de l'équation dans l'intervalle $[-\pi \ ; 3\pi]$ est donc :

$$S = \left\{-\pi \ ; -\frac{2\pi}{3} \ ; \frac{2\pi}{3} \ ; \pi \ ; \frac{4\pi}{3} \ ; \frac{8\pi}{3} \ ; 3\pi\right\}.$$

5 Inéquation associée à une équation

Énoncé p. 181

Lycée Jean-Pierre Vernant, Pins-Justaret

On pose $X = \sin x$.

1 Le polynôme $2X^2+\left(2-\sqrt{3}\right)X-\sqrt{3}$ a pour discriminant $7+4\sqrt{3}$, que l'on factorise sous la forme $\left(2+\sqrt{3}\right)^2$ (en utilisant l'aide de l'énoncé).

L'équation $2X^2+\left(2-\sqrt{3}\right)X-\sqrt{3}=0$ admet donc deux solutions : $X=-1$ et $X=\dfrac{\sqrt{3}}{2}$.

L'équation $2\sin^2 x+\left(2-\sqrt{3}\right)\sin x-\sqrt{3}=0$ équivaut donc à :

$$\sin x=-1 \qquad \text{ou} \qquad \sin x=\frac{\sqrt{3}}{2}.$$

Dans l'intervalle $]-\pi\,;\pi[$, $\sin x=-1$ pour $x=-\dfrac{\pi}{2}$, et $\sin x=\dfrac{\sqrt{3}}{2}$ pour $x=\dfrac{\pi}{3}$ ou $x=\dfrac{2\pi}{3}$.

L'équation admet donc trois solutions dans $]-\pi\,;\pi[$: $-\dfrac{\pi}{2}$, $\dfrac{\pi}{3}$ et $\dfrac{2\pi}{3}$.

2 Grâce aux calculs de la question 1, on connaît les racines de l'expression $2X^2+\left(2-\sqrt{3}\right)X-\sqrt{3}$.

Comme le coefficient de X^2 est positif, on sait que cette expression est inférieure ou égale à 0 lorsque X est compris entre les racines, c'est-à-dire : $-1 \leqslant X \leqslant \dfrac{\sqrt{3}}{2}$.

En revenant à la variable x, cela donne : $-1 \leqslant \sin x \leqslant \dfrac{\sqrt{3}}{2}$.

Le cercle trigonométrique montre que les solutions dans $]-\pi\,;\pi[$ de cette double inéquation sont tous les réels x tels que :

$$x \in \left]-\pi\,;\frac{\pi}{3}\right] \cup \left[\frac{2\pi}{3}\,;\pi\right[.$$

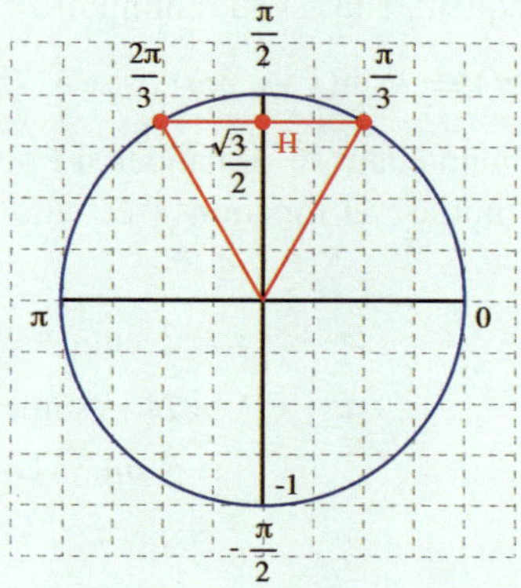

6 Fonction dérivée

Énoncé p. 181

Lycée Jean-Pierre Vernant, Pins-Justaret

1 La fonction f est définie et dérivable sur $\mathbb{R}$ comme somme et composée de fonctions définies et dérivables sur $\mathbb{R}$.

$$f'(x) = 16\cos(8x) + 35\sin\left(7x - \frac{\pi}{3}\right).$$

2 g est définie et dérivable sur $\mathbb{R}$ comme puissance entière d'une fonction définie et dérivable sur $\mathbb{R}$.

$$g'(x) = 4\big[-7\sin(7x)\big] \times \big[\cos(7x)\big]^3 = -28\sin(7x)\cos^3(7x).$$

3 La fonction h est définie et dérivable pour tout x tel que $\cos x \neq 0$, c'est-à-dire pour tout $x \neq \dfrac{\pi}{2} + k\pi$, $k \in \mathbb{Z}$. Dans ce cas :

$$h'(x) = \frac{\cos x \times \cos x + \sin x \times \sin x}{(\cos x)^2} = \frac{1}{\cos^2 x}.$$

Remarque : h est appelée « fonction *tangente* ».

7 Une fonction particulière

Énoncé p. 182

Lycée Camille Jullian, Bordeaux

1 $f(x) = 2\sin(x)\cos(x)$.

- Étudions la parité de la fonction f :

  $$f(-x) = 2\sin(-x)\cos(-x) = 2 \times [-\sin(x)] \times \cos(x) = -f(x).$$

  De plus, f est définie sur $\mathbb{R}$, centré en 0.

  Ainsi, f est impaire.

- Étudions la périodicité de f.
  f est le produit d'une constante et de deux fonctions 2π-périodiques. Par conséquent, elle est au minimum 2π-périodique :

  $$f(x + 2\pi) = 2\sin(x + 2\pi)\cos(x + 2\pi) = 2\sin(x)\cos(x) = f(x).$$

  On peut maintenant se demander si l'on ne pourrait pas réduire la période de moitié : la fonction f est-elle π-périodique ? Pour le savoir, calculons :

  $$\begin{aligned} f(x + \pi) &= 2\sin(x + \pi)\cos(x + \pi) \\ &= 2\big(-\sin(x)\big)\big(-\cos(x)\big) \\ &= 2\sin(x)\cos(x) \\ &= f(x). \end{aligned}$$

f est donc bien π-périodique. Peut-on encore diviser la période par 2 ?
Calculons :

$$\begin{aligned} f\left(x+\frac{\pi}{2}\right) &= 2\sin\left(x+\frac{\pi}{2}\right)\cos\left(x+\frac{\pi}{2}\right) \\ &= 2\big(\cos(x)\big)\big(-\sin(x)\big) \\ &= -2\sin(x)\cos(x) \\ &\neq f(x). \end{aligned}$$

On ne peut donc pas réduire la période à $\dfrac{\pi}{2}$.

Par conséquent, f est périodique de période π.

2 f étant π-périodique, on peut l'étudier sur un intervalle quelconque d'amplitude π.

De plus, f étant impaire, on peut prendre cet intervalle centré en 0, par exemple $\left[-\dfrac{\pi}{2};\dfrac{\pi}{2}\right]$, et ne prendre qu'une moitié.

On peut ainsi étudier f sur $\left[0;\dfrac{\pi}{2}\right]$.

3 f est de la forme $2uv$, avec $u(x)=\sin(x)$ et $v(x)=\cos(x)$. Donc :

$$\begin{aligned} f'(x) &= 2\big[u'(x)v(x)+v'(x)u(x)\big] \\ &= 2\big[\cos(x)\cos(x)-\sin(x)\sin(x)\big] \\ &= 2\big[\cos^2(x)-\sin^2(x)\big] \end{aligned}$$

Or, $\cos^2(x)+\sin^2(x)=1$ donc $\sin^2(x)=1-\cos^2(x)$, d'où :

$$\begin{aligned} f'(x) &= 2\big[\cos^2(x)-1+\cos^2(x)\big] \\ &= 2\big[2\cos^2(x)-1\big]. \end{aligned}$$

4 Sur $\left[0;\dfrac{\pi}{2}\right]$,

$$\begin{aligned} f'(x)\geqslant 0 &\iff 2\cos^2(x)-1\geqslant 0 \\ &\iff \cos^2(x)\geqslant\frac{1}{2} \\ &\iff \cos(x)\geqslant\frac{\sqrt{2}}{2} \\ &\iff 0\leqslant x\leqslant\frac{\pi}{4}. \end{aligned}$$

On a alors le tableau suivant :

x	0		$\frac{\pi}{4}$		$\frac{\pi}{2}$
$f'(x)$		$+$	0	$-$	
$f(x)$	0	$\nearrow$	1	$\searrow$	0

5 Par symétrie centrale par rapport à l'origine du repère, on déduit les variations de f sur $\left[-\frac{\pi}{2}; \frac{\pi}{2}\right]$ suivantes :

x	$-\frac{\pi}{2}$		$-\frac{\pi}{4}$		0		$\frac{\pi}{4}$		$\frac{\pi}{2}$
$f'(x)$		$-$	0	$+$	2	$+$	0	$-$	
$f(x)$	0	$\searrow$	-1	$\nearrow$	0	$\nearrow$	1	$\searrow$	0

8 Aire maximale

Énoncé p. 182

Lycée La Bruyère, Versailles

1 Comme le trapèze est isocèle, $AD = 2AH + BC$.
De plus, $AH = AB\cos x$ et $BH = AB\sin x$ donc $AD = 1 + 2\cos x$ et $BH = \sin x$.

2 **(a)**
$$\begin{aligned} A(x) &= AH \times BH + BH \times BC \\ &= 1 \times \cos x \times \sin x + 1 \times \sin x \times 1 \\ &= (\cos x + 1)\sin x\ . \end{aligned}$$

(b) La fonction A est dérivable sur $\mathbb{R}$ comme produit de fonctions dérivables sur $\mathbb{R}$.

$$\begin{aligned} A'(x) &= \cos x(1 + \cos x) + \sin x(-\sin x) \\ &= \cos x(1 + \cos x) - (1 - \cos^2 x) \\ &= 2\cos^2 x + \cos x - 1\ . \end{aligned}$$

Or,

$$\begin{aligned} 2\left(\cos x - \frac{1}{2}\right)(1 + \cos x) &= 2\left(\cos x + \cos^2 x - \frac{1}{2} - \frac{1}{2}\cos x\right) \\ &= 2\cos^2 x + \cos x - 1. \end{aligned}$$

Cela prouve que l'on a bien $A'(x) = 2\left(\cos x - \frac{1}{2}\right)(1 + \cos x)$.

(c)

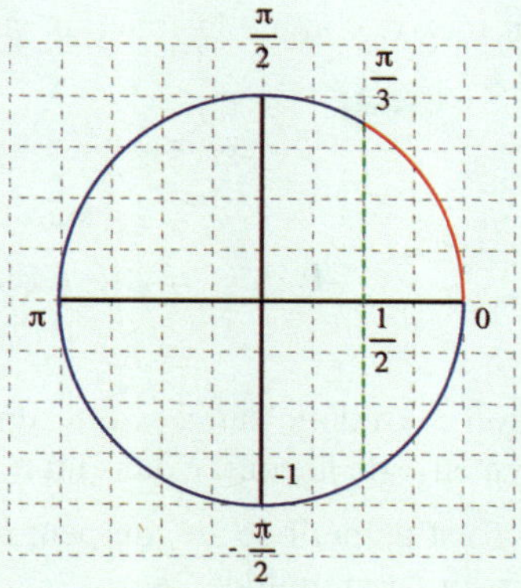

Sur le cercle trigonométrique, on lit que dans l'intervalle $\left[0\,;\,\frac{\pi}{2}\right]$, on a $\cos x \geqslant \frac{1}{2}$ pour $x \in \left[0\,;\,\frac{\pi}{3}\right]$.

(d) On calcule :

$$A(0) = 0 \quad ; \quad A\left(\frac{\pi}{2}\right) = 1 \quad ; \quad A\left(\frac{\pi}{3}\right) = \left(1 + \frac{1}{2}\right)\frac{\sqrt{3}}{2} = \frac{3\sqrt{3}}{4}.$$

Grâce à la question 2.c, on connaît le signe de $A'(x)$ sur $\left[0\,;\,\frac{\pi}{2}\right]$ et on peut établir le tableau de variation de A suivant :

x	0		$\frac{\pi}{3}$		$\frac{\pi}{2}$
$A'(x)$		$+$	0	$-$	
$A(x)$	0	$\nearrow$	$\frac{3\sqrt{3}}{4}$	$\searrow$	1

(e) L'aire maximale est obtenue lorsque l'angle $\widehat{BAD}$ mesure $\frac{\pi}{3}$ radians, et elle vaut alors $\frac{3\sqrt{3}}{4}$.

9 Un algorithme

Énoncé p. 183

Lycée Teilhard de Chardin, Saint-Maur-des-Fossés

1 Les fonctions sin et cos sont périodiques de période 2π donc pour tout $x \in \mathbb{R}$:

$$f(x + 2\pi) = \sin^2(x + 2\pi) + \cos(x + 2\pi) = \sin^2 x + \cos x = f(x).$$

La fonction f est donc périodique et 2π en est une période.

2 Pour tout réel x, comme la fonction sin est impaire et la fonction cos paire, on a :

$$\begin{aligned} f(-x) &= \sin^2(-x) + \cos(-x) \\ &= (-\sin x)^2 + \cos x \\ &= \sin^2 x + \cos x \\ &= f(x). \end{aligned}$$

La fonction f est donc paire, ce qui signifie que l'axe des ordonnées est axe de symétrie de la courbe dans un repère orthonormé.

3 Comme f est de période 2π, on peut restreindre l'étude de f à l'intervalle $[-\pi\,;\pi]$ d'amplitude 2π.

Comme f est paire, et comme l'intervalle $[-\pi\,;\pi]$ est symétrique par rapport à 0, il suffit d'étudier f sur le demi-intervalle : $[0\,;\pi]$.

4 La fonction f est bien dérivable car les fonctions sin et cos sont dérivables sur $\mathbb{R}$.

$$f'(x) = 2\cos x \sin x - \sin x = (2\cos x - 1)\sin x.$$

5 Sur $]0\,;\pi[$, $\sin x > 0$ et $2\cos x - 1 > 0$ pour $\cos x > \frac{1}{2}$, donc pour $x \in \left]0\,;\frac{\pi}{3}\right[$.

On obtient le tableau de signes de f' puis le tableau de variation de f sur $[0\,;\pi]$ suivant :

x	0		$\frac{\pi}{3}$		π
$\sin x$	0	$+$		$+$	0
$2\cos x - 1$		$+$	0	$-$	
$f'(x)$	0	$+$	0	$-$	0
$f(x)$	1	$\nearrow$	$\frac{5}{4}$	$\searrow$	-1

6 Sur l'intervalle $\left[\frac{\pi}{3}\,;\pi\right]$, la fonction est continue et strictement décroissante. $f\left(\frac{\pi}{3}\right) > 0$ et $f(\pi) < 0$. Donc d'après le corollaire du théorème des valeurs intermédiaires, il existe un réel α unique dans $\left[\frac{\pi}{3}\,;\pi\right]$ tel que $f(\alpha) = 0$.

D'autre part, d'après le tableau de variation, la fonction f ne s'annule pas entre 0 et $\frac{\pi}{3}$ car son minimum sur cet intervalle est 1.

Par conséquent, α est l'unique réel de $[0\,;\pi]$ tel que $f(\alpha) = 0$.

7 **(a)** On a le tableau suivant :

Étape	Test : $b - a > p$	c	Test : $f(a) \times f(c) < 0$	a	b
				1	3
1	Vrai	2	Faux	2	3
2	Vrai	2,5	Vrai	2	2,5
3	Vrai	2,25	Vrai	2	2,25
4	Vrai	2,125	Faux	2,125	2,25
5	Vrai	2,187 5	Faux	2,187 5	2,25
6	Faux				

(b) L'algorithme affiche 2,187 5 et 2,25, qui constituent un encadrement de α d'amplitude inférieure ou égale à 0,1.

8 Le discriminant de l'équation $X^2 - X - 1 = 0$ est égal à 5. Elle admet donc deux solutions qui sont : $\dfrac{1-\sqrt{5}}{2}$ et $\dfrac{1+\sqrt{5}}{2}$.

9
$$\begin{aligned} f(\alpha) = 0 &\iff \sin^2\alpha + \cos\alpha = 0 \\ &\iff 1 - \cos^2\alpha + \cos\alpha = 0 \\ &\iff \cos^2\alpha - \cos\alpha - 1 = 0 \end{aligned}$$
ce qui signifie que $\cos\alpha$ est une solution de (E).

10 La seule solution de l'équation (E) qui convienne est $\dfrac{1-\sqrt{5}}{2}$ car $\dfrac{1+\sqrt{5}}{2} > 1$ et ne peut donc pas être égale à un cosinus.

Par conséquent, $\cos\alpha = \dfrac{1-\sqrt{5}}{2}$.

À la calculatrice, à l'aide de la touche COS⁻¹ , on trouve $2{,}23 < \alpha < 2{,}24$, ce qui est bien compatible avec le résultat de la question 7.b.

10 Étude de la dérivabilité en 0

Énoncé p. 184

Lycée Notre-Dame-du-Grandchamp, Versailles

1 La fonction g est dérivable sur $[0\,;\pi]$ et :

$$g'(x) = \cos x - x\sin x - \cos x = -x\sin x.$$

Comme sur $]0\,;\pi[$, $x > 0$ et $\sin x > 0$, on en déduit que $g(x)$ est strictement négatif sur cet intervalle donc g est strictement décroissante sur $[0\,;\pi]$.

x	0	π
$g(x)$	0 $\searrow$	$-\pi$

La fonction g admet un maximum égal à 0 en 0, puis elle est strictement décroissante sur $[0\,;\pi]$ donc $g(x) < 0$ pour $x \in]0\,;\pi]$.

2 Pour tout $x \in]0\,;\pi]$, $f(x) = \dfrac{\sin x}{x}$, la fonction est continue et dérivable.

De plus,

$$\lim_{x\to 0} \frac{\sin x}{x} = \lim_{x\to 0} \frac{\sin x - \sin 0}{x - 0} = u'(0) = 1,$$

avec $u(x) = \sin x$ et donc $u'(x) = \cos 0 = 1$.

Remarque : on s'est ici servi du taux d'accroissement de la fonction sin en 0.

Par conséquent, comme la limite de f en 0 est égale à $f(0)$, la fonction f est, par définition de la continuité, continue en 0.

Pour étudier les variations de f, il suffit d'étudier ses variations sur $]0\,;\pi]$. On peut donc calculer la dérivée de f sur $]0\,;\pi]$:

$$f'(x) = \frac{x\cos x - \sin x}{x^2} = \frac{g(x)}{x^2}.$$

D'après l'étude du signe de $g(x)$, on en déduit que $f'(x) < 0$ sur $]0\,;\pi]$ et donc strictement décroissante sur $[0\,;\pi]$.

3 **(a)** Soit $\varphi(x) = \sin x - x + \dfrac{x^3}{6}$. Tous les calculs suivants sont sur $[0\,;\pi]$. On a :

$$\varphi'(x) = \cos x - 1 + \frac{x^2}{2} \quad , \quad \varphi''(x) = -\sin x + x$$

$$\text{et} \quad \varphi'''(x) = -\cos x + 1.$$

Comme $\cos x \leqslant 1$, $\varphi'''(x) \geqslant 0$; la fonction φ'' est donc croissante.

Comme de plus $\varphi''(0) = -\sin 0 + 0 = 0$, on a alors $\varphi''(x) \geqslant 0$; cela prouve que la fonction φ' est croissante.

On a encore $\varphi'(0) = \cos 0 - 1 + \dfrac{0^2}{2} = 0$ et, par conséquent, $\varphi'(x) \geqslant 0$.

La fonction φ est par conséquent croissante, et comme $\varphi(0) = 0$, on obtient que $\varphi(x) \geqslant 0$.

Ainsi,

$$-\sin x + x \geqslant 0 \text{ (car } \varphi''(x) \geqslant 0) \text{ et } \sin x - x + \frac{x^3}{6} \geqslant 0\,,$$

c'est-à-dire :

$$0 \leqslant x - \sin x \leqslant \frac{x^3}{6}.$$

Cela justifie donc l'encadrement proposé.

(b) Pour étudier la dérivabilité de f, il faut étudier la limite lorsque x tend vers 0 du taux de variation :

$$\frac{f(x) - f(0)}{x - 0} = \frac{\frac{\sin x}{x} - 1}{x} = \frac{\sin x - x}{x^2}.$$

D'après la question précédente, $0 \leqslant x - \sin x \leqslant \frac{x^3}{6}$, donc en multipliant par -1 et en divisant par x^2, on a :

$$-\frac{x}{6} \leqslant \frac{\sin x - x}{x^2} \leqslant 0.$$

Le théorème de limite par encadrement permet donc de prouver que :

$$\lim_{x \to 0} \frac{\sin x - x}{x^2} = 0.$$

La limite du taux d'accroissement de f entre 0 et x existe et elle est finie, donc f est dérivable en 0, et sa dérivée est égale à la limite, c'est-à-dire $f'(0) = 0$.

COURS

INTERROS

CORRIGÉS

Chapitre 7

Primitives et équations différentielles

Plan du chapitre

1 Primitives

Exercice type 1 — **Lycée Alain, le Vésinet**

On considère la fonction f définie sur $\mathbb{R} \setminus \{-1; 3\}$ par :

$$f(x) = \frac{2x^2 - 3x + 1}{x^2 - 2x - 3}.$$

1 Montrer que $f(x)$ peut s'écrire sous la forme :

$$f(x) = a + \frac{b}{x-3} + \frac{c}{x+1}.$$

2 En déduire la primitive de f qui s'annule pour $x = 0$.

Voir corrigé page 202

1.1 Introduction

Définition 1

Soit f une fonction définie sur un intervalle I. On appelle *primitives* de f toutes les fonctions F dérivables sur I telles que $F' = f$ sur I.

Exemples

- Les primitives de $f(x) = \mathrm{e}^x$ sur $\mathbb{R}$ sont les fonctions $F\ :\ x \mapsto \mathrm{e}^x + k, k \in \mathbb{R}$. En effet, si on dérive $F(x)$, on obtient : $F'(x) = \mathrm{e}^x = f(x)$.
- Les primitives de $g(x) = \cos x$ sur $\mathbb{R}$ sont les fonctions $G\ :\ \sin x + k, k \in \mathbb{R}$ car $G'(x) = g(x)$.

Remarque : il y a une infinité de primitives ; on dit qu'elles sont définies *à une constante près* (que nous avons notée k dans les exemples précédents). Mais dès que l'on impose une condition sur une de leurs valeurs, il n'en existe plus qu'une. Cette condition est parfois appelée *condition initiale*.
Par exemple, la primitive G de la fonction g définie par $g(x) = \cos x$ telle que $G(\pi) = 0$ est $G(x) = \sin x$.

Théorème 1

Toute fonction continue sur un intervalle I admet des primitives sur I.

1.2 Primitives usuelles

Un tableau de dérivées usuelles donne, par lecture inverse, un tableau de primitives à connaître.

La fonction usuelle	Ses primitives
$x \mapsto 1$	$x \mapsto x + k$ avec $k \in \mathbb{R}$
$x \mapsto x^n$ avec $x \in \mathbb{R}$ si $n \in \mathbb{N}^*$ et $x \neq 0$ si $n \in \mathbb{N}$	$x \mapsto \dfrac{x^{n+1}}{n+1} + k$ avec $k \in \mathbb{R}$
$x \mapsto \dfrac{1}{x}$ avec $x > 0$	$x \mapsto \ln x + k$ avec $k \in \mathbb{R}$
$x \mapsto \dfrac{1}{x^2}$ avec $x \neq 0$	$x \mapsto -\dfrac{1}{x} + k$ avec $k \in \mathbb{R}$
$x \mapsto \dfrac{1}{\sqrt{x}}$ avec $x > 0$	$x \mapsto 2\sqrt{x} + k$ avec $k \in \mathbb{R}$
$x \mapsto \mathrm{e}^x$	$x \mapsto \mathrm{e}^x + k$ avec $k \in \mathbb{R}$
$x \mapsto \sin x$	$x \mapsto -\cos x + k$ avec $k \in \mathbb{R}$
$x \mapsto \cos x$	$x \mapsto \sin x + k$ avec $k \in \mathbb{R}$

1.3 Primitives et fonctions composées

Il est souvent possible de mettre en évidence la dérivée d'une fonction composée. Le tableau suivant regroupe les cas les plus courants (u désigne une fonction dérivable sur un intervalle I).

Fonction f	Une primitive F	Conditions
$u'u^n$	$\dfrac{u^{n+1}}{n+1}$	$n \in \mathbb{Z} \setminus \{-1\}$
$\dfrac{u'}{\sqrt{u}}$	$2\sqrt{u}$	$u > 0$ sur I.
$\dfrac{u'}{u}$	$\ln\|u\|$	$u \neq 0$ sur I.
$u'\mathrm{e}^u$	e^u	
$x \mapsto f(ax+b) \quad a \neq 0$	$x \mapsto \dfrac{1}{a}F(ax+b)$	F primitive de u sur I.

Exemples

Dans les exemples suivants, nous prenons $u(x) = x^2 + x + 1$, en remarquant que pour tout réel x, $u(x) > 0$.

- Une primitive de $f(x) = (2x+1)\left(x^2+x+1\right)^5$ est : $F(x) = \dfrac{1}{6}\left(x^2+x+1\right)^6$.
- Une primitive de $f(x) = \dfrac{2x+1}{\left(x^2+x+1\right)^2}$ se trouve en mettant $f(x)$ sous la forme $f(x) = (2x+1)\left(x^2+x+1\right)^{-2}$.
  On trouve alors : $F(x) = \dfrac{1}{-2+1}\left(x^2+x+1\right)^{-2+1}$, soit $F(x) = -\dfrac{1}{x^2+x+1}$.
- Une primitive de $f(x) = \dfrac{2x+1}{\sqrt{x^2+x+1}}$ est : $F(x) = 2\sqrt{x^2+x+1}$.
- Une primitive de $f(x) = \dfrac{2x+1}{x^2+x+1}$ est : $F(x) = \ln\left(x^2+x+1\right)$.
- Une primitive de $f(x) = (2x+1)\mathrm{e}^{x^2+x+1}$ est : $F(x) = \mathrm{e}^{x^2+x+1}$.

De plus, une primitive de $f(x) = \sin(4x-5)$ est : $F(x) = -\dfrac{1}{4}\cos(4x-5)$.

Solution de l'exercice type 1

Lycée Alain, le Vésinet

1 Commençons avant tout par réduire au même dénominateur la forme donnée par l'énoncé :

$$\begin{aligned} a+\frac{b}{x-3}+\frac{c}{x+1} &= \frac{a(x-3)(x+1)+b(x+1)+c(x-3)}{(x-3)(x+1)} \\ &= \frac{ax^2-2ax-3a+bx+b+cx-3c}{x^2-2x-3} \\ &= \frac{ax^2+(-2a+b+c)x-3a+b-3c}{x^2-2x-3}. \end{aligned}$$

Nous venons ainsi d'obtenir une expression de la même forme que celle de $f(x)$.

Ainsi, si cette dernière expression doit être égale à $f(x)$ pour tout réel x de son domaine de définition, alors :

$$\frac{ax^2+(-2a+b+c)x-3a+b-3c}{x^2-2x-3}=\frac{2x^2-3x+1}{x^2-2x-3}$$

ce qui signifie que les coefficients doivent être égaux deux à deux ; autrement dit :

$$\begin{cases} a & =2 \\ -2a+b+c & =-3 \\ -3a+b-3c & =1 \end{cases} \quad \text{soit} \quad \begin{cases} a & =2 \\ b+c & =1 \\ b-3c & =7 \end{cases}.$$

En soustrayant la 3e équation à la 2e, on obtient :

$$(b+c)-(b-3c)=1-7 \quad \text{soit} \quad 4c=-6 \quad \text{et donc} \quad c=\frac{-6}{4}=-\frac{3}{2}.$$

En remplaçant c par cette valeur dans la 2e équation, on obtient :

$$b-\frac{3}{2}=1 \qquad \text{soit} \qquad b=\frac{5}{2}.$$

Finalement,

$$f(x)=2+\frac{5}{2}\times\frac{1}{x-3}-\frac{3}{2}\times\frac{1}{x+1}.$$

2 f est la somme des fonctions :

$$u\ :\ x\mapsto 2, \qquad v\ :\ x\mapsto \frac{5}{2}\times\frac{1}{x-3}, \qquad w\ :\ x\mapsto -\frac{3}{2}\times\frac{1}{x+1}.$$

Une primitive de u est la fonction :

$$U\ :\ x\mapsto 2x+C_1, \quad C_1\in\mathbb{R}.$$

Une primitive de v est la fonction :

$$V\ :\ x\mapsto \frac{5}{2}\ln|x-3|+C_2, \quad C_2\in\mathbb{R}.$$

Une primitive de w est la fonction :

$$W\ :\ x\mapsto -\frac{3}{2}\ln|x+1|+C_3, \quad C_3\in\mathbb{R}.$$

...

Solution de l'exercice type 1 (suite) — Lycée Alain, le Vésinet

Ainsi, une primitive de f est la fonction $F = U + V + W$, soit :

$$F(x) = 2x + \frac{5}{2}\ln|x-3| - \frac{3}{2}\ln|x+1| + C, \quad C \in \mathbb{R}.$$

On souhaite trouver la primitive s'annulant pour $x = 0$.

$$\begin{aligned} F(0) = 0 &\iff 2\times 0 + \frac{5}{2}\ln|0-3| - \frac{3}{2}\ln|0+1| + C = 0 \\ &\iff 0 + \frac{5}{2}\ln 3 - 0 = -C \\ &\iff C = -\frac{5}{2}\ln 3. \end{aligned}$$

La primitive demandée est donc :

$$F(x) = 2x + \frac{5}{2}\ln|x-3| - \frac{3}{2}\ln|x+1| - \frac{5}{2}\ln 3.$$

Voir énoncé page 199

2 Équations différentielles

Exercice type 2 — Nouveau programme

1 Résoudre l'équation différentielle : $y' = 3y - 9$.

2 On pose (E) : $y' = 2y - x^3$.

(a) Montrez que $y_1(x) = \frac{1}{2}x^3 + \frac{3}{4}x^2 + \frac{3}{4}x + \frac{3}{8}$ est une solution particulière de (E).

(b) En déduire toutes les solutions de (E).

Voir corrigé page 206

2.1 y' = ay

Définition 2

Soit a un nombre réel. Résoudre l'équation différentielle $y' = ay$ d'inconnue y signifie trouver toutes les fonctions y dérivables sur un intervalle I telles que pour tout réel x dans I, $y'(x) = ay(x)$.

ANECDOTE

Une *différentielle* est, dans le vocabulaire scientifique, une dérivée. C'est la raison pour laquelle une équation où l'inconnue est une fonction qui est dérivée au moins une fois est qualifiée d'équation différentielle.

COURS — INTERROS — CORRIGÉS

Exemples

- $y' + y = 0$ est une équation différentielle du type $y' = ay$ avec $a = -1$ car $y' + y = 0 \iff y' = -y$.
- $y' = \frac{1}{2}y$ est aussi une équation différentielle du type $y' = ay$ avec $a = \frac{1}{2}$.

Propriété 1

L'équation :

$$y' = ay$$

admet pour solutions les fonctions y de la forme :

$$y(x) = C\mathrm{e}^{ax}, \quad C \in \mathbb{R}.$$

Remarque : il existe donc une infinité de solutions, définies à une constante C près.

Exemples

- L'équation différentielle $y' = -y$ admet pour solutions :

$$y(x) = C\mathrm{e}^{-x}, \quad C \in \mathbb{R}.$$

On peut facilement vérifier en calculant sa dérivée :

$$y'(x) = -C\mathrm{e}^{-x} = -y(x).$$

- L'équation différentielle $y' = \frac{1}{2}y$ admet pour solutions :

$$y(x) = C\mathrm{e}^{\frac{1}{2}x}, \quad C \in \mathbb{R}.$$

On peut vérifier en calculant :

$$y'(x) = \frac{1}{2}C\mathrm{e}^{\frac{1}{2}x} = \frac{1}{2}y(x).$$

2.2 y' = ay + b

Propriété 2

Soient a et b deux réels. L'équation différentielle $y' = ay + b$ admet pour solutions les fonctions y telles que :

$$y(x) = C\mathrm{e}^{ax} - \frac{b}{a}, \quad C \in \mathbb{R}.$$

Exemple : l'équation différentielle $y' = 3y + 7$ admet pour solutions :

$$y(x) = C\mathrm{e}^{3x} - \frac{7}{3}, \quad C \in \mathbb{R}.$$

On peut vérifier en calculant sa dérivée :

$$y'(x) = 3Ce^{3x}$$

puis en calculant :

$$y'(x) - 3y(x) = 3Ce^{3x} - 3\left(Ce^{3x} - \frac{7}{3}\right)$$

$$y'(x) - 3y(x) = 3Ce^{3x} - 3Ce^{3x} + 3 \times \frac{7}{3}$$

$$y'(x) - 3y(x) = 7.$$

On a bien : $y' - 3y = 7$, soit $y' = 3y + 7$.

2.3 y' = ay + f

Définition 3

Soit f une fonction. On appelle *équation homogène associée* à l'équation $y' = ay + f$ l'équation différentielle $y' = ay$.

Remarque : si on note (E) l'équation $y' = ay + f$, on note (E_0) son équation homogène associée.

MÉTHODE

Pour résoudre l'équation $y' = ay + f$, on utilise la méthode suivante :

1 On résout d'abord (E_0).

On trouve les solutions de l'équation homogène associée à (E) :

$$y_0(x) = Ce^{ax}.$$

2 On trouve une solution particulière de (E).

On la note par exemple u ; dans ce cas, on a :

$$u'(x) - au(x) = f(x).$$

3 On ajoute les solutions.

Les solutions de (E) sont alors :

$$y(x) = y_0(x) + u(x).$$

En Terminale, une solution particulière vous sera proposée la plupart du temps. Dans le cas contraire, il faut s'inspirer de la forme de $f(x)$ pour en trouver une. Par exemple, si $f(x)$ est un polynôme de degré 2 alors une solution particulière est aussi un polynôme de degré 2, comme l'illustre l'exemple page suivante.

Exemple : on considère l'équation différentielle :

$$y' = -2y + x^2. \qquad \text{(E)}$$

1 On résout l'équation homogène associée à (E).

$$y' = -2y \qquad (\mathrm{E}_0)$$

admet pour solutions :

$$y_0(x) = C\mathrm{e}^{-2x}, \quad C \in \mathbb{R}.$$

2 Solution particulière de (E).

On pose $y_1(x) = \frac{1}{2}x^2 - \frac{1}{2}x + \frac{1}{4}$. On souhaite montrer que y_1 est une solution particulière de (E). On calcule pour cela sa dérivée :

$$y_1'(x) = x - \frac{1}{2}.$$

Ensuite, on calcule :

$$\begin{aligned} -2y_1(x) + x^2 &= -2\left(\frac{1}{2}x^2 - \frac{1}{2}x + \frac{1}{4}\right) + x^2 \\ &= -x^2 + x - \frac{1}{2} + x^2 \\ &= x - \frac{1}{2} \\ &= y_1'(x). \end{aligned}$$

y_1 est donc bien solution de (E).

3 On conclut en ajoutant les deux résultats.

Les solutions de (E) sont donc :

$$y(x) = \frac{1}{2}x^2 - \frac{1}{2}x + \frac{1}{4} + C\mathrm{e}^{-2x}, \quad C \in \mathbb{R}.$$

Solution de l'exercice type 2

Nouveau programme

1 L'équation $y' = 3y - 9$ est une équation différentielle du type $y' = ay + b$ donc d'après le cours, les solutions de cette équation sont les fonctions :

$$y(x) = C\mathrm{e}^{3x} - \frac{-9}{3}, \qquad C \in \mathbb{R}$$

soit, après simplification :

$$y(x) = C\mathrm{e}^{3x} + 3, \qquad C \in \mathbb{R}.$$

On vérifie en calculant :

$$\begin{aligned} y'(x) - 3y(x) &= 3C\mathrm{e}^{3x} - 3\left(C\mathrm{e}^{3x} + 3\right) \\ &= 3C\mathrm{e}^{3x} - 3C\mathrm{e}^{3x} - 9 \\ &= -9. \end{aligned}$$

On a bien $y' - 3y = -9$, soit $y' = 3y - 9$.

...

➡ Solution de l'exercice type 2 (suite)

Nouveau programme

2 On pose (E) : $y' = 2y - x^3$.

(a) $y_1(x) = \frac{1}{2}x^3 + \frac{3}{4}x^2 + \frac{3}{4}x + \frac{3}{8}$ donc :

$$y_1'(x) = \frac{3}{2}x^2 + \frac{3}{2}x + \frac{3}{4}.$$

On a alors :

$$\begin{aligned} y_1'(x) - 2y_1(x) &= \frac{3}{2}x^2 + \frac{3}{2}x + \frac{3}{4} - 2\left(\frac{1}{2}x^3 + \frac{3}{4}x^2 + \frac{3}{4}x + \frac{3}{8}\right) \\ &= -x^3. \end{aligned}$$

Ainsi, $y_1'(x) = 2y_1(x) - x^3$. La fonction y_1 est donc une solution de (E).

(b) De la solution particulière $y_1(x)$, on déduit que l'ensemble des solutions de (E) sont les fonctions :

$$y(x) = y_1(x) + y_0(x)$$

où $y_0(x)$ sont les solutions de l'équation homogène associée à (E), donc de la forme :

$$y_0(x) = Ce^{2x}, \qquad C \in \mathbb{R}.$$

Ainsi, les solutions de (E) sont :

$$y(x) = \frac{1}{2}x^3 + \frac{3}{4}x^2 + \frac{3}{4}x + \frac{3}{8} + Ce^{2x}, \qquad C \in \mathbb{R}.$$

Voir énoncé page 203

1 QCM Connaissances sur les primitives

10 min Corrigé p. 216

Pour chacune des questions suivantes, indiquer la réponse exacte.

1 Une primitive de la fonction $x \mapsto \dfrac{2}{x+1}$ est :

a $x \mapsto \ln(x+1)$ **b** $x \mapsto \ln|x+1|$

c $x \mapsto 2\ln(x+1)$ **d** $x \mapsto 2\ln|x+1|$

2 Une primitive de la fonction $x \mapsto \sqrt{x}$ est :

a $x \mapsto \dfrac{2}{3}x\sqrt{x}+8$ **b** $x \mapsto \dfrac{1}{2}x\sqrt{x}$

c $x \mapsto \dfrac{1}{\sqrt{x}}$ **d** $x \mapsto \dfrac{2\sqrt{x}}{x}$

3 Une primitive de la fonction $x \mapsto x^2e^{x^3}$ est :

a $x \mapsto e^{x^3}+1$ **b** $x \mapsto \dfrac{1}{3}e^{x^3}+\pi$

c $x \mapsto e^{x^2}$ **d** $x \mapsto 3e^{x^3}+5$

4 Une primitive de la fonction $x \mapsto x\ln(x)$ est :

a $x \mapsto \dfrac{1}{2}x^2\ln(x)-\dfrac{1}{4}x^2$ **b** $x \mapsto \ln(x)+1$

c $x \mapsto x\ln(x)$ **d** $x \mapsto x\ln(x)-x$

5 Une primitive de la fonction $x \mapsto \dfrac{4x-6}{\sqrt{x^2-3x+1}}$ est :

a $x \mapsto 2\sqrt{x^2-3x+1}$ **b** $x \mapsto \sqrt{x^2-3x+1}$

c $x \mapsto \dfrac{1}{2}\sqrt{x^2-3x+1}$ **d** $x \mapsto 4\sqrt{x^2-3x+1}$

2 V/F Équations différentielles

10 min Corrigé p. 216

Parmi les propositions suivantes, quelles sont celles qui sont exactes ?

1 L'équation différentielle $y'+3y=0$ admet pour solutions les fonctions $f(x)=Ce^{3x}$, $C \in \mathbb{R}$.

2 La fonction $f(x)=x^2-x+2$ est une solution de l'équation différentielle $y'+2y=2x^2+3$.

3 L'équation homogène associée à l'équation différentielle $y'-5y=x$ est l'équation différentielle $y'=5y$.

4 L'équation différentielle $y'=4y-1$ admet pour solutions les fonctions $f(x)=Ce^{4x}-\dfrac{1}{4}$, $C \in \mathbb{R}$.

Primitives

3 Dérivée et primitives

★ 15 min Corrigé p. 217

Lycée Alain, Le Vésinet

On considère les fonctions f et g définies sur l'intervalle $I = \left]\frac{1}{3}\,;+\infty\right[$ par :

$$f(x) = \frac{5x^2 - 7x + 9}{3x - 1}$$

et

$$g(x) = \frac{5x^2 - 16x + 12}{3x - 1}.$$

f et g sont-elles deux primitives de la même fonction sur I ?

4 Lecture graphique

★ 10 min Corrigé p. 217

Lycée Jean-Pierre Vernant, Sèvres

La courbe tracée ci-dessous est la représentation graphique d'une fonction g définie et dérivable sur $[-8\,;5]$.

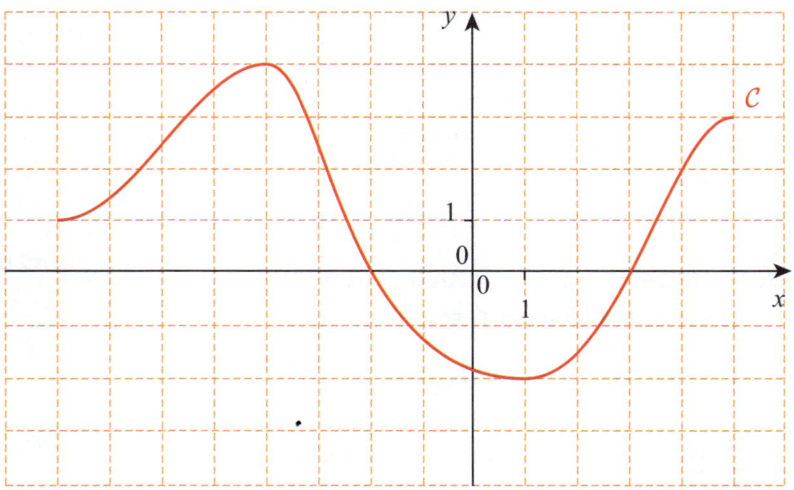

On appelle G une primitive de g sur l'intervalle $[-8\,;5]$.

Établir le tableau de variations de G sur $[-8\,;5]$ en précisant en quelles valeurs de x elle atteint ses extrema locaux sur $]-8\,;5[$.

5 Dérivée et primitive ★★ 15 min

Corrigé p. 218

Lycée Victor Duruy, Paris

Voici les représentations graphiques d'une fonction f, de sa dérivée f' et d'une de ses primitives F. Attribuer le graphique qui convient à chaque fonction.

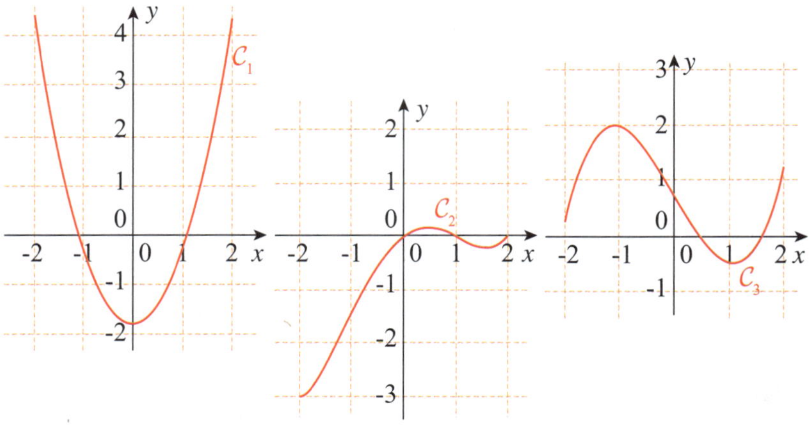

6 Recherches de primitives ★★ 15 min

Corrigé p. 218

Lycée Lavoisier, Paris

Soit f la fonction définie sur $]-2\,;+\infty[$ par :

$$f(x) = x^2\sqrt{x+2}.$$

Déterminer des réels a, b, c et d pour que la fonction F définie sur $]-2\,;+\infty[$ par :

$$F(x) = \left(ax^3 + bx^2 + cx + d\right)\sqrt{x+2}$$

soit une primitive de f.

7 Primitives d'une fonction rationnelle ★★ 20 min

Corrigé p. 219

Lycée Guy de Maupassant, Fécamp

Soit la fraction rationnelle $f(x) = \dfrac{3x^2 - 2x + 3}{\left(x^2-1\right)^2}$.

1 Déterminer l'ensemble de définition $\mathscr{D}_f$ de f.

2 Déterminer des réels a, b tels que sur $\mathscr{D}_f$,

$$f(x) = \frac{b}{(x+1)^2} + \frac{a}{(x-1)^2}.$$

3 En déduire deux primitives F et G de f sur $]1\,;+\infty[$.

8 Primitives d'une fonction rationnelle ★★ 20 min

Corrigé p. 220

Lycée Richelieu, Rueil-Malmaison

Soit la fonction f définie sur $\left]-\infty\,;-\dfrac{1}{2}\right[$ par :

$$f(x) = \frac{2x^2 + 2x - 8}{(2x+1)^2}.$$

Déterminer les nombres réels a, b et c pour que F soit une primitive de f sur l'intervalle donné sachant que :

$$F(x) = \frac{ax^2 + bx + c}{2x + 1} \quad \text{et} \quad F(-1) = -6.$$

9 Primitive d'une fonction irrationnelle ★★★ 30 min

Corrigé p. 220

Lycée Carnot, Dijon

On cherche une primitive de la fonction f définie sur $\mathbb{R}$ par : $f(x) = \dfrac{4x^2+1}{\sqrt{2x^2+1}}$.

1. Pourquoi la fonction f admet-elle une primitive sur $\mathbb{R}$?
2. Montrer qu'une fonction du type $x \mapsto \sqrt{P(x)}$, où P est un polynôme de degré 2, ne peut pas être une primitive de f.
3. Soit g une fonction dérivable sur $\mathbb{R}$.
   Dériver $x \mapsto g(x)\sqrt{2x^2+1}$.
4. Déterminer une primitive de f sur $\mathbb{R}$.

10 Primitives « à vue » ★★★ 20 min

Corrigé p. 222

Lycée Jacques Prévert, Boulogne

Calculer une primitive de $u(x) = \dfrac{\sin x - x\cos x}{x^2}$ et $v(x) = \dfrac{1 - x^2}{(1+x^2)^2}$.

Équations différentielles

11 Sans second membre ★ 10 min

Corrigé p. 223

Lycée Claude Bernard, Paris

Soit λ un réel et soit y la solution de l'équation différentielle $y' + \lambda y = 0$ telle que $y(1) = 1$.

Exprimer $y\left(\dfrac{1}{\lambda}\right)$ en fonction de λ.

COURS
INTERROS
CORRIGÉS

12 Second membre exponentiel ★ 10 min Corrigé p. 223

Lycée Buffon, Paris

1 Dériver la fonction h définie sur $\mathbb{R}$ par $h(x) = \dfrac{2}{5}e^{3x}$.

2 En déduire une solution de l'équation différentielle $10y' + 5y = 14e^{3x}$.

13 Thermodynamique ★ 15 min Corrigé p. 223

Lycée Vaugelas, Chambéry

Un bloc de céramique est initialement (pour $t = 0$) à la température de 40°C. On le dépose dans un four à 1 000°C et on note $\Theta(t)$ la température du bloc au bout de t heures. La fonction Θ est solution sur $[0, +\infty[$ de l'équation différentielle :

$$\Theta' = 0{,}2(1\,000 - \Theta).$$

1 Déterminer l'expression de $\Theta(t)$.

2 Au bout de combien de temps, la température du bloc de céramique est-elle de 500°C ?

14 Dilution d'un médicament ★ 15 min Corrigé p. 224

Lycée François 1er, Fontainebleau

On note $Q(t)$ la quantité d'une substance médicamenteuse encore présente dans le sang t heures après l'injection intraveineuse de 1,8 unités du produit.

1 À cause d'un processus d'élimination, $Q(t)$ diminue au cours du temps en suivant une loi d'évolution :

$$Q'(t) = -\lambda Q(t).$$

Déterminer λ sachant qu'au bout d'une heure la quantité de produit présente dans le sang a diminué de 30 %. Donner valeur exacte, et valeur approchée à 10^{-4}.

2 Par injection intramusculaire, la quantité présente dans le sang au bout d'un temps t (en heures) aurait été : $S(t) = 6{,}6\,t\,e^{-t}$.

(a) Déterminer une équation différentielle entre les fonctions S et S'.

(b) Déterminer une équation différentielle liant $S(t)$, $S'(t)$, $S''(t)$.

15 Second membre polynomial ★ 30 min Corrigé p. 225

Lycée Balzac, Caen

On se propose de déterminer les fonctions dérivables solutions de l'équation différentielle :

$$2y' + y = x^2 + 2x - 2 \qquad (\mathcal{E})$$

1 Montrer qu'il existe une fonction polynôme g de degré 2 solution de $(\mathcal{E})$.

2 Démontrer qu'une fonction ϕ est solution de $(\mathcal{E})$ si et seulement si $\phi - g$ est solution de l'équation différentielle :

$$2y' + y = 0 \qquad (\mathcal{E}')$$

3 **(a)** Résoudre $(\mathcal{E}')$.

(b) En déduire toutes les solutions de $(\mathcal{E})$.

(c) Déterminer celle de ces solutions dont la représentation graphique dans un repère $(O,\vec{\imath},\vec{\jmath})$ passe par l'origine O.

16 Avec second membre

★★ 15 min Corrigé p. 226

Lycée Pierre de Fermat, Toulouse

On considère l'équation différentielle $(\mathcal{E})$ ci-dessous :

$$y' + 3y = x + 1.$$

1 Déterminer toutes les solutions de l'équation $(\mathcal{E}_0)$: $y' + 3y = 0$.

2 Expliciter la solution y de $(\mathcal{E}_0)$ telle que $y(0) = k$ pour k réel fixé.

3 En déduire que l'équation $(\mathcal{E})$ admet une et une seule solution telle que $y(0) = 1$. Déterminer cette solution.

17 Avec second membre exponentiel

★★ 20 min Corrigé p. 227

Lycée Vaugelas, Chambéry

Retrouvez le corrigé de cet exercice en vidéo.

On considère l'équation différentielle (E) : $y' - 2y = \mathrm{e}^{2x}$.

1 Démontrer que la fonction u définie sur $\mathbb{R}$ par $u(x) = x\mathrm{e}^{2x}$ est une solution de (E).

2 Résoudre l'équation différentielle (F) : $y' - 2y = 0$.

3 Démontrer qu'une fonction v définie sur $\mathbb{R}$ est solution de (E) si et seulement si $v - u$ est solution de (F).

4 En déduire toutes les solutions de (E).

18 Évolution d'organismes vivants

★★ 20 min Corrigé p. 228

Lycée des Arènes, Toulouse

L'étude du comportement d'organismes vivants conduit à l'équation différentielle (E) :

$$N'(t) = 2N(t) - 0{,}0045\big(N(t)\big)^2$$

où t représente le temps exprimé en heures ($t \geqslant 0$).

$N(t)$ représente l'effectif de la population à l'instant t et $N(0) = 1\,000$ est sa valeur initiale.

COURS INTERROS CORRIGÉS

1 On suppose que $N(t)$ ne s'annule pas sur $[0, +\infty[$ et on pose, pour tout $t \geqslant 0$,

$$y(t) = \frac{1}{N(t)}.$$

Exprimer la dérivée de la fonction y et montrer que « N est solution de (E) » équivaut à « y est solution de (E') », où (E') est l'équation $y'(t) = -2y(t) + 0{,}0045$.

2 Écrire cette équation sous la forme $y'(t) = -2\,(y(t) - 0{,}00225)$ et vérifier que la fonction z définie par $z(t) = y(t) - 0{,}00225$ est solution de $z'(t) = -2z(t)$.

Résoudre cette dernière, en déduire $y(t)$ et finalement $N(t)$.

19 Second membre polynomial ★★ 30 min Corrigé p. 229

Lycée Carnot, Dijon

On cherche les solutions de l'équation différentielle $(\mathcal{E}) : 4y' + y = x + 6$.

1 Déterminer une fonction g affine qui soit solution de $(\mathcal{E})$.

2 Soit l'équation différentielle $(\mathcal{E}_1) : 4y' + y = 0$.

(a) Montrer que si f est solution de $(\mathcal{E})$ alors $h = f - g$ est solution de $(\mathcal{E}_1)$.

(b) Réciproquement, montrer que si une fonction h est solution de $(\mathcal{E}_1)$ alors la fonction $f = g + h$ est solution de $(\mathcal{E})$.

3 Résoudre $(\mathcal{E}_1)$, en déduire l'ensemble des solutions de $(\mathcal{E})$.

4 Déterminer, dans chacun des cas suivants, la fonction f solution de $(\mathcal{E})$, qui vérifie la condition proposée :

(a) $f(0) = 4$. **(b)** $f'(0) = 1$.

20 Fraction avec une exponentielle ★★ 25 min Corrigé p. 230

Lycée Marie Curie, Sceaux

On considère l'équation différentielle :

$$y' - 2y = \frac{-2}{1 + e^{-2x}}. \qquad \text{(E)}$$

1 Déterminer la solution de l'équation $y' - 2y = 0$ qui prend la valeur 1 en 0.

2 Soit f une fonction dérivable sur $\mathbb{R}$ telle que $f(0) = \ln 2$ et soit g la fonction définie sur $\mathbb{R}$ par : $g(x) = f(x)e^{-2x}$.

(a) Calculer $g(0)$ puis exprimer $g'(x)$ en fonction de $f'(x)$ et $f(x)$.

(b) Montrer que f est solution de (E) si et seulement si $g'(x) = \dfrac{-2e^{-2x}}{1+e^{-2x}}$.

(c) En déduire l'expression de $g(x)$ puis celle de $f(x)$ de sorte que f soit solution de (E).

21 Changement de fonction inconnue ★★★ 30 min

Corrigé p. 231

Lycée Guy de Maupassant, Fécamp

On cherche les fonctions u définies sur $\mathbb{R}$, dérivables sur $\mathbb{R}$, et à valeurs strictement positives telles que $u' = u \ln u \quad (\mathcal{E})$.

On pose $f = \ln \circ u$, c'est-à-dire $f(x) = \ln\left[u(x)\right]$.

1 (a) En supposant que u est une solution de $(\mathcal{E})$, calculer la dérivée de f et montrer que f est la solution d'une équation différentielle du premier ordre que l'on notera $(\mathcal{E}')$.

(b) Montrer que réciproquement, si f est une solution de $(\mathcal{E}')$ alors $u = e^f$ est une solution de $(\mathcal{E})$.

2 (a) Déterminer toutes les solutions de $(\mathcal{E}')$.

(b) En déduire toutes les solutions de $(\mathcal{E})$.

22 Coefficient non constant ★★★ 60 min

Corrigé p. 232

Lycée Blaise Pascal, Brie Comte Robert

Soit l'équation différentielle :

$$y' - e^x y = 0. \qquad (E_0)$$

Soit f une solution de (E_0) et soit g la fonction définie sur $\mathbb{R}_+^*$ par :

$$g(x) = f(\ln x).$$

1 Montrer que g est solution de l'équation différentielle :

$$y' = y. \qquad (E_1)$$

2 Résoudre (E_1), puis en déduire qu'il existe un réel λ tel que, pour tout réel x, $f(x) = \lambda e^{e^x}$.

3 Montrer réciproquement que, pour tout réel λ, la fonction $x \mapsto \lambda e^{e^x}$ est solution de (E_0).

4 En déduire toutes les solutions de (E_0).

1 QCM Connaissances sur les primitives

Énoncé p. 208

1 Réponse **d**. En effet, la fonction est de la forme $\frac{ku'}{u}$, dont une primitive est $k \ln |u|$, ce qui donne ici la fonction $x \mapsto 2 \ln |x+1|$ (sur $\mathbb{R} \setminus \{-1\}$).

2 Réponse **a**. Il n'existe aucune formule permettant de trouver une primitive de $x \mapsto \sqrt{x}$ donc il est ici nécessaire de dériver les propositions et de voir pour laquelle on obtient $\sqrt{x}$. Par chance, en dérivant la première, à savoir $x \mapsto \frac{2}{3}x\sqrt{x} + 8$, on obtient bien $\sqrt{x}$. Cela signifie donc que cette fonction est bien une primitive de $x \mapsto \sqrt{x}$ (sur $\mathbb{R}_+$ bien entendu).

3 Réponse **b**. En effet, la fonction comporte une exponentielle : e^{x^3}, et la dérivée de $u : x \mapsto x^3$ est $u' : x \mapsto 3x^2$. On constate donc que $x^2 e^{x^3} = \frac{1}{3}u'e^u$, dont une primitive est $\frac{1}{3}e^u + k$, soit $\frac{1}{3}e^{x^3} + k$. En prenant $k = \pi$, on obtient bien la proposition **b**.

4 Réponse **a**. Comme dans la question 2, il est ici nécessaire de dériver les propositions afin de voir laquelle donne la fonction initiale. Il est conseillé de commencer par les propositions les plus simples à dériver, donc les propositions **b**, qui donne $\frac{1}{x}$, puis **c**, qui donne $1 + \ln(x)$, puis **d**, qui donne $\ln(x)$. Ne donnant pas la fonction souhaitée, il ne reste que la première proposition.

5 Réponse **d**. En effet, $x \mapsto \frac{4x-6}{\sqrt{x^2-3x+1}}$ est de la forme $\frac{2u'}{\sqrt{u}}$, avec $u(x) = x^2 - 3x + 1$ et $u'(x) = 2x - 3$. Or, une primitive de $\frac{u'}{\sqrt{u}}$ est $2\sqrt{u}$.
Ainsi, une primitive de $\frac{2u'}{\sqrt{u}}$ est $2 \times 2\sqrt{u} = 4\sqrt{u}$, soit ici $4\sqrt{x^2-3x+1}$.

2 V/F Équations différentielles

Énoncé p. 208

1 *Faux*. En effet, $y' + 3y = 0 \iff y' = -3y$ et on sait que les équations différentielles de la forme $y' = ay$ admettent pour solutions les fonctions de la forme Ce^{ax}, $C \in \mathbb{R}$.
Ainsi, l'équation différentielle $y' + 3y = 0$ admet pour solutions les fonctions de la forme Ce^{-3x}, $C \in \mathbb{R}$.

2 *Vrai*. En effet, si $f(x) = x^2 - x + 2$ alors $f'(x) = 2x - 1$ et on a :

$$\begin{aligned} f'(x) + 2f(x) &= (2x-1) + 2(x^2 - x + 2) \\ &= 2x - 1 + 2x^2 - 2x + 4 \\ &= 2x^2 + 3. \end{aligned}$$

f est donc bien solution de l'équation différentielle $y' + 2y = 2x^2 + 3$.

3 *Vrai*. Par définition, l'équation homogène associée à l'équation différentielle $y' = ay + f$ est l'équation $y' = ay$.

Or, $y' - 5y = x \iff y' = 5y + x$ donc son équation homogène associée est bien $y' = 5y$.

4 *Faux*. En effet, les équations différentielles de la forme $y' = ay + b$ admettent pour solutions les fonctions de la forme $f(x) = Ce^{ax} - \frac{b}{a}$.

Ici, $a = 4$ et $b = -1$, ce qui donne les fonctions $f(x) = Ce^{4x} - \frac{-1}{4}$,

soit $f(x) = Ce^{4x} + \frac{1}{4}$, $C \in \mathbb{R}$.

3 Dérivée et primitives

Énoncé p. 209

Lycée Alain, Le Vésinet

Une solution est de dériver séparément les deux fonctions et comparer les dérivées. Si elles sont égales, les fonctions f et g sont bien primitives d'une même fonction.

Une variante est de calculer la différence des deux fonctions. Si c'est une fonction constante, alors cela prouve que ce sont deux primitives d'une même fonction (la dérivée d'une fonction constante est nulle).

Cette méthode est un peu plus rapide car on n'a pas besoin de dériver.

Pour tout $x \in I$,

$$f(x) - g(x) = \frac{5x^2 - 7x + 9}{3x - 1} - \frac{5x^2 - 16x + 12}{3x - 1}$$

$$= \frac{5x^2 - 7x + 9 - 5x^2 + 16x - 12}{3x - 1} = \frac{9x - 3}{3x - 1} = 3.$$

Comme $f - g$ est une fonction constante sur I, $(f - g)' = 0$ et donc $f' = g'$.

4 Lecture graphique

Énoncé p. 209

Lycée Jean-Pierre Vernant, Sèvres

La fonction g est la fonction dérivée de G. Le signe de g donne donc les variations de G. De plus, lorsque g s'annule en changeant de signe, G admet un extrémum local.

x	-8		-2		3		5
signe de $g(x)$		+	0	−	0	+	
variations de G		↗		↘		↗	

Donc G atteint ses extremums locaux en -2 et 3.

5 Dérivée et primitive

Énoncé p. 210

Lycée Victor Duruy, Paris

Pour reconnaître les différentes fonctions, on utilise le fait que le signe de la dérivée donne les variations de la fonction.

Sur l'intervalle [1 ; 2], la fonction 3 est négative puis positive. Si c'est la dérivée d'une fonction, cela signifie que cette fonction est décroissante puis croissante sur cet intervalle. Ce serait la fonction 2. Par contre, la fonction 2 est négative sur [1 ; 2], elle ne peut pas être la dérivée de la fonction 1 qui est croissante sur l'intervalle [1 ; 2], ni de la fonction 3 qui est croissante sur une partie de l'intervalle.

D'après cette étude, il semble donc que F est la fonction 2, la fonction f, dérivée de F, est la fonction 3 et f' est la fonction 1.

Vérifions que les variations des fonctions correspondent aux signes des dérivées ainsi désignées :

x	-2		$-1{,}1$		$0{,}6$		$1{,}1$		$1{,}6$		2
signe de f'		+	0	−		−	0	+		+	
variations fonction f		↗		↘		↘		↗		↗	
signe de f		+		+	0	−		−	0	+	
variations de F		↗		↗		↘		↘		↗	

6 Recherches de primitives

Énoncé p. 210

Lycée Lavoisier, Paris

Pour que la fonction F soit une primitive de f, il faut et il suffit que la fonction F soit dérivable sur $]-2\,;+\infty[$ et que $F' = f$.

On détermine donc $F'(x)$:

$$\begin{aligned}F'(x) &= \left(3ax^2 + 2bx + c\right)\sqrt{x+2} + \frac{ax^3 + bx^2 + cx + d}{2\sqrt{x+2}}\\ &= \frac{\left(3ax^2 + 2bx + c\right)(2x+4) + ax^3 + bx^2 + cx + d}{2\sqrt{x+2}}\\ &= \frac{7ax^3 + (12a+5b)x^2 + (8b+3c)x + (4c+d)}{2\sqrt{x+2}}.\end{aligned}$$

Or $F' = f$ si et seulement si, pour tout $x > -2$,

$$\begin{aligned}7ax^3 + (12a+5b)x^2 + (8b+3c)x + (4c+d) &= 2x^2\sqrt{x+2}\sqrt{x+2}\\ &= 2x^3 + 4x^2.\end{aligned}$$

On en déduit, après identification des coefficients et résolution du système ainsi obtenu : $a = \dfrac{2}{7}$, $b = \dfrac{4}{35}$, $c = \dfrac{-32}{105}$ et $d = \dfrac{128}{105}$.

Ainsi, $F(x) = \left(\dfrac{2}{7}x^3 + \dfrac{4}{35}x^2 - \dfrac{32}{105}x + \dfrac{128}{105}\right)\sqrt{x+2}.$

7 Primitives d'une fonction rationnelle

Énoncé p. 210

Lycée Guy de Maupassant, Fécamp

1 Une fraction rationnelle est définie pour tout réel x qui n'annule pas son dénominateur.
Or, $(x^2-1)^2 = (x-1)^2(x+1)^2$, donc $\mathscr{D}_f = \mathbb{R} \setminus \{-1\,;1\}$.

2 Cherchons a et b tels que, pour tout réel $x \in \mathscr{D}_f$:

$$\begin{aligned}\frac{3x^2-2x+3}{(x^2-1)^2} &= \frac{b(x-1)^2+a(x+1)^2}{(x+1)^2(x-1)^2}\\ &= \frac{(a+b)x^2+2(a-b)x+(a+b)}{(x^2-1)^2}.\end{aligned}$$

On en déduit, par identification des coefficients, que :

$$\begin{cases} a+b &= 3 \\ 2(a-b) &= -2 \end{cases}$$

On trouve alors : $a = 1$ et $b = 2$.
On a donc, pour tout réel x appartenant à $\mathscr{D}_f$,

$$f(x) = \frac{2}{(x+1)^2} + \frac{1}{(x-1)^2}.$$

3 Remarquons que la fonction f est continue sur son ensemble de définition donc elle y admet des primitives.

La fonction $x \mapsto \dfrac{1}{x+1}$ est dérivable sur $]1\,;+\infty[$ et a pour dérivée sur cet intervalle : $x \mapsto -\dfrac{1}{(x+1)^2}$. Une primitive de $\dfrac{2}{(x+1)^2}$ sur $]1\,;+\infty[$ est donc $x \mapsto \dfrac{-2}{x+1}$.

De même, la fonction $x \mapsto \dfrac{1}{x-1}$ est dérivable sur $]1\,;+\infty[$ et a pour dérivée sur cet intervalle : $x \mapsto -\dfrac{1}{(x-1)^2}$. Une primitive de $\dfrac{1}{(x-1)^2}$ sur $]1\,;+\infty[$ est donc $x \mapsto \dfrac{-1}{x-1}$.

Une primitive de f sur $]1\,;+\infty[$ est donc :

$$x \mapsto \frac{-1}{x-1} + \frac{-2}{(x+1)} = \frac{1-3x}{x^2-1}.$$

En ajoutant une constante à cette fonction on obtient une autre primitive de f, donc $x \mapsto \dfrac{1-3x}{(x^2-1)} + 1$ est une primitive de f sur $]1\,;+\infty[$.

8 Primitives d'une fonction rationnelle

Énoncé p. 211

Lycée Richelieu, Rueil-Malmaison

En remplaçant x par -1 dans l'expression de F :

$$F(-1) = -6 \quad \text{soit} \quad \frac{a-b+c}{-1} = -6 \iff a-b+c = 6.$$

Calculons par ailleurs $F'(x)$ en utilisant la formule de dérivation d'un quotient :

$$\begin{aligned} F'(x) &= \frac{(2ax+b)(2x+1) - 2(ax^2+bx+c)}{(2x+1)^2} \\ &= \frac{x^2(4a-2a) + x(2a+2b-2b) + (b-2c)}{(2x+1)^2} \\ &= \frac{2ax^2+2ax+b-2c}{(2x+1)^2}. \end{aligned}$$

Comme F est une primitive de f, on a pour tout $x \in \left]-\infty ; -\frac{1}{2}\right[$:

$$\begin{aligned} F'(x) = f(x) &\iff \frac{2ax^2+2ax+b-2c}{(2x+1)^2} = \frac{2x^2+2x-8}{(2x+1)^2} \\ &\iff 2ax^2+2ax+b-2c = 2x^2+2x-8 \\ &\qquad \left(\text{car } (2x+1)^2 \neq 0\right) \end{aligned}$$

Les deux polynômes sont donc égaux ; on identifie les coefficients :

$$\begin{cases} a = 1 \\ b-2c = -8 \\ a-b+c = 6 \text{ car } F(-1) = -6 \end{cases} \iff \begin{cases} a = 1 \\ b-2c = -8 \\ -b+c = 5 \end{cases} \iff \begin{cases} a = 1 \\ c = 3 \\ b = -2 \end{cases}$$

Donc :

$$F(x) = \frac{x^2-2x+3}{2x+1}.$$

Certain(e)s pourraient se demander pourquoi on a trouvé *la* primitive et non pas *une* primitive à une constante près. C'est bien sûr à cause de la condition $F(-1) = -6$ qui impose une valeur bien particulière à la constante.

9 Primitive d'une fonction irrationnelle

Énoncé p. 211

Lycée Carnot, Dijon

1 La fonction $x \mapsto 2x^2+1$ est définie, et à valeurs strictement positives sur $\mathbb{R}$.

Donc $x \mapsto 2x^2+1$ ne s'annule pas sur $\mathbb{R}$.

- La fonction $x \mapsto \dfrac{1}{\sqrt{2x^2+1}}$ est définie et dérivable sur $\mathbb{R}$ comme composée de fonctions dérivables sur $\mathbb{R}$;

- La fonction $x \mapsto 4x^2 + 1$ est une fonction polynôme, donc définie et dérivable sur $\mathbb{R}$.

Ainsi, f est définie et dérivable sur $\mathbb{R}$ comme produit de deux fonctions définies et dérivables sur $\mathbb{R}$. Par conséquent, f est continue sur $\mathbb{R}$, donc elle admet des primitives sur $\mathbb{R}$.

2 Soit F une primitive de la fonction f sur $\mathbb{R}$. D'après la définition d'une primitive, la fonction F est dérivable sur $\mathbb{R}$ et $F' = f$.
Tout d'abord, le fait que la fonction F soit définie et dérivable sur $\mathbb{R}$ impose que le polynôme P doit être à valeurs strictement positives sur $\mathbb{R}$. On en déduit que, si l'on a $P(x) = ax^2 + bx + c$, alors $a > 0$ et $b^2 - 4ac < 0$.
Alors la fonction F définie par $F(x) = \sqrt{P(x)}$ est dérivable sur $\mathbb{R}$ et a pour dérivée :

$$F'(x) = \frac{P'(x)}{2\sqrt{P(x)}} = \frac{2ax + b}{2\sqrt{ax^2 + bx + c}}.$$

L'égalité $F' = f$ équivaut pour tout réel x à :

$$\frac{4x^2 + 1}{\sqrt{2x^2 + 1}} = \frac{2ax + b}{2\sqrt{ax^2 + bx + c}}.$$

Étudions la limite en $+\infty$ de chacune des expressions. On a :

$$\lim_{x \to +\infty} F'(x) = \lim_{x \to +\infty} \frac{a + \frac{b}{2x}}{\sqrt{a + \frac{b}{x} + \frac{c}{x^2}}} = \sqrt{a}.$$

Alors que :

$$\lim_{x \to +\infty} x \frac{4 + \frac{1}{x^2}}{\sqrt{2 + \frac{1}{x^2}}} = +\infty.$$

On ne peut donc pas avoir $F' = f$.
Donc F ne peut pas être une primitive de f.

3 Si g est dérivable sur $\mathbb{R}$, $x \mapsto g(x)\sqrt{2x^2 + 1}$ est dérivable sur $\mathbb{R}$ et a pour dérivée :

$$x \mapsto g'(x)\sqrt{2x^2 + 1} + \frac{2xg(x)}{\sqrt{2x^2 + 1}} = \frac{g'(x)(2x^2 + 1) + 2xg(x)}{\sqrt{2x^2 + 1}}.$$

4 Prenons $g(x) = x$ dans l'expression ci-dessus.
On obtient :

$$\frac{g'(x)(2x^2 + 1) + 2xg(x)}{\sqrt{2x^2 + 1}} = \frac{2x^2 + 1 + 2x^2}{\sqrt{2x^2 + 1}} = f(x).$$

La fonction $x \mapsto x\sqrt{2x^2 + 1}$ est donc une primitive de f sur $\mathbb{R}$.

COURS INTERROS CORRIGÉS

10 Primitives « à vue »

Énoncé p. 211

Lycée Jacques Prévert, Boulogne

Fonction u.

La fonction u est continue sur $\mathbb{R}_+^*$ et $\mathbb{R}_-^*$ comme quotient de deux fonctions continues sur $\mathbb{R}_+^*$ et $\mathbb{R}_-^*$ dont le dénominateur ne s'annule pas sur $\mathbb{R}_+^*$ et $\mathbb{R}_-^*$. Soit donc I l'un des deux intervalles $]-\infty\ ;0[$ ou $]0\ ;+\infty[$, la fonction u possède des primitives sur I.

En examinant l'écriture de $u(x)$, on est conduit à penser à la formule de la dérivée d'un quotient du type $\dfrac{f}{g}$ soit $\dfrac{f'g-fg'}{g^2}$. Définissons sur I les fonctions f et g par :

$$f(x)=\sin x \quad \text{et} \quad g(x)=x.$$

Le quotient est défini et dérivable sur I avec :

$$\left(\frac{f}{g}\right)'(x)=\frac{x\cos x-\sin x}{x^2}$$
$$=-u(x).$$

Alors la fonction $U\ :\ x\mapsto -\dfrac{\sin x}{x}$ est une primitive de u sur I.

Fonction v.

La fonction v est continue sur $\mathbb{R}$ comme quotient de fonctions continues sur $\mathbb{R}$ dont le dénominateur ne s'annule pas sur $\mathbb{R}$, elle possède donc des primitives sur $\mathbb{R}$ tout entier.

Exploitons la même idée que pour la fonction u. La difficulté provient du fait que le numérateur de $v(x)$ a été effectué et simplifié. Il faut donc le ramener à la forme $f'g-fg'$. L'observation du dénominateur conduit à poser $g(x)=1+x^2$. On a alors $g'(x)=2x$. La numérateur de $v(x)$ peut alors s'écrire $(1+x^2)-x\times 2x$, ce qui fait que :

$$\frac{1-x^2}{(1+x^2)^2}=\frac{(1+x^2)-x\times 2x}{(1+x^2)^2}.$$

On pose donc $f(x)=x$, $g(x)=1+x^2$ et :

$$v(x)=\frac{f'(x)g(x)-f(x)g'(x)}{g(x)^2}=\left(\frac{f}{g}\right)'(x).$$

La fonction :

$$V\ :\ x\mapsto\frac{x}{1+x^2}$$

est donc une primitive de v sur $\mathbb{R}$.

11 Sans second membre

Énoncé p. 211

Lycée Claude Bernard, Paris

Les solutions de l'équation différentielle $y' + \lambda y = 0$ sont les fonctions de la forme $x \mapsto K\mathrm{e}^{-\lambda x}$, où K est une constante.

La condition initiale $y(1) = 1$ équivaut donc à $K\mathrm{e}^{-\lambda} = 1$, soit $K = \mathrm{e}^{\lambda}$.

Donc :

$$y(x) = \mathrm{e}^{\lambda(1-x)} \quad \text{et} \quad y\left(\frac{1}{\lambda}\right) = \mathrm{e}^{\lambda-1}.$$

12 Second membre exponentiel

Énoncé p. 212

Lycée Buffon, Paris

1 La fonction h est dérivable sur $\mathbb{R}$ et sa dérivée se calcule en appliquant la formule :

$$(\mathrm{e}^u)' = u' \cdot \mathrm{e}^u.$$

Pour tout $x \in \mathbb{R}$,

$$h'(x) = \frac{6}{5}\mathrm{e}^{3x}.$$

2 Montrons que h est solution de cette équation différentielle.

On a pour tout $x \in \mathbb{R}$,

$$\begin{cases} h'(x) = \dfrac{6}{5}\mathrm{e}^{3x} \\ h(x) = \dfrac{2}{5}\mathrm{e}^{3x} \end{cases}$$

Alors, pour tout $x \in \mathbb{R}$,

$$\begin{aligned} 10h'(x) + 5h(x) &= 12\mathrm{e}^{3x} + 2\mathrm{e}^{3x} \\ &= 14\mathrm{e}^{3x}. \end{aligned}$$

MÉTHODE

Pour montrer qu'une fonction donnée est solution d'une équation différentielle, il ne faut pas essayer de résoudre l'équation différentielle pour retrouver la fonction donnée par l'énoncé.

On vérifie que la fonction h proposée est dérivable sur $\mathbb{R}$ puis on calcule $h'(x)$ et on remplace dans le premier membre de l'équation différentielle. On s'assure alors que l'on obtient bien le second membre de l'équation.

13 Thermodynamique

Énoncé p. 212

Lycée Vaugelas, Chambéry

1 L'équation différentielle $\Theta' = 0{,}2(1\,000 - \Theta)$ est de la forme $y' = ay + b$ avec $a = -0{,}2$ et $b = 200$.

D'après le cours, ses solutions sont les fonctions Θ définies sur $\mathbb{R}$ par $\Theta(t) = ke^{-0,2t} + 1\,000$ où k désigne une constante réelle.

Or, la température initiale est de 40°C donc $\Theta(0) = 40$.

On peut alors calculer la valeur de la constante k :

$k + 1\,000 = 40$ donc $k = -960$

On a donc, pour tout réel t positif :

$$\Theta(t) = -960e^{-0,2t} + 1\,000.$$

2 On cherche à calculer t tel que $\Theta(t) = 500$. Pour cela, on résout l'équation :

$$-960e^{-0,2t} + 1\,000 = 500.$$

Cette équation équivaut à :

$$e^{-0,2t} = \frac{50}{96}$$

soit

$$-0,2t = \ln\frac{50}{96}, \qquad \text{soit : } t = -5\ln\frac{50}{96}$$

Il faudra environ trois heures pour que la température du bloc de céramique soit de 500°C

14 Dilution d'un médicament

Énoncé p. 212

Lycée François 1er, Fontainebleau

1 L'équation différentielle proposée est de la forme $y' = ay$. D'après le cours, ses solutions sont les fonctions Q définies sur $\mathbb{R}$ par $Q(t) = ke^{-\lambda t}$ où k désigne une constante réelle. L'énoncé nous donne sa valeur : $Q(0) = 1,8$ donc $k = 1,8$. D'autre part,

$$Q(1) = \left(1 - \frac{30}{100}\right) Q(0) = 0,70Q(0).$$

On en déduit que :

$$e^{-\lambda} = 0,7.$$

La valeur exacte de λ est $-\ln 0,7$.

Une valeur approchée de λ à 10^{-4} près est $0,3567$.

2 **(a)** La fonction S est dérivable sur $\mathbb{R}$. On a alors :

$$S'(t) = 6,6e^{-t} - 6,6te^{-t} = 6,6e^{-t} - S(t)$$

d'où :

$$S'(t) + S(t) = 6,6e^{-t}.$$

Ainsi, la fonction S est solution de l'équation différentielle *avec second membre* :

$$y' + y = 6,6e^{-t}.$$

(b) La fonction S' est aussi dérivable sur $\mathbb{R}$ et, pour tout réel t, on a :

$$S''(t) + S'(t) = -6{,}6\mathrm{e}^{-t} = -\left[S'(t) + S(t)\right]$$

d'où :

$$S''(t) + 2S'(t) + S(t) = 0.$$

Finalement, on obtient l'équation différentielle suivante, du deuxième ordre mais sans second membre :

$$y'' + 2y' + y = 0.$$

15 Second membre polynomial

Énoncé p. 212

Lycée Balzac, Caen

1 Soit g une fonction polynôme de degré 2, définie, pour tout réel x par :

$$g(x) = ax^2 + bx + c.$$

Alors, g est dérivable sur $\mathbb{R}$ et, pour tout $x \in \mathbb{R}$,

$$g'(x) = 2ax + b.$$

Donc, g est solution de $(\mathcal{E})$ si et seulement si :

$$4ax + 2b + ax^2 + bx + c = x^2 + 2x - 2\,,$$

soit $a = 1$, $b = -2$ et $c = 2$.

La fonction polynôme g définie par :

$$g(x) = x^2 - 2x + 2$$

est donc l'unique solution polynomiale de degré 2 de $(\mathcal{E})$.

2 La fonction ϕ est solution de $(\mathcal{E})$ si et seulement si pour tout $x \in \mathbb{R}$,

$$2\phi'(x) + \phi(x) = x^2 + 2x - 2.$$

Or, on sait que pour tout $x \in \mathbb{R}$,

$$2g'(x) + g(x) = x^2 + 2x - 2.$$

Donc ϕ est solution de $(\mathcal{E})$ si et seulement si pour tout $x \in \mathbb{R}$,

$$2(\phi - g)'(x) + (\phi - g)(x) = 0\,,$$

c'est-à-dire que $\phi - g$ est solution de $(\mathcal{E}')$.

3 **(a)** D'après les théorèmes du cours, les solutions de $(\mathcal{E}')$ sont les fonctions de la forme :

$$y(x) = A\mathrm{e}^{-\frac{x}{2}} \quad \text{où} \quad A \quad \text{est une constante.}$$

(b) Une fonction z est solution de $(\mathcal{E})$ si et seulement si $z - g$ est solution de $(\mathcal{E}')$.

Les solutions de $(\mathcal{E})$ sont donc les fonctions de la forme :

$$z(x) = A\mathrm{e}^{-\frac{x}{2}} + x^2 - 2x + 2 \quad \text{où} \quad A \quad \text{est une constante.}$$

(c) Dire que la courbe représentative d'une fonction f passe par O signifie que :

$$f(0) = 0.$$

On cherche donc la solution f de $(\mathcal{E})$ qui vérifie $f(0) = 0$, soit $A = -2$.

Donc pour tout $x \in \mathbb{R}$,

$$f(x) = -2\mathrm{e}^{-\frac{x}{2}} + x^2 - 2x + 2.$$

16 Avec second membre

Énoncé p. 213

Lycée Pierre de Fermat, Toulouse

1 L'équation différentielle $y' + 3y = 0$ s'écrit aussi $y' = -3y$.
D'après le cours, ses solutions sont les fonctions G définies sur $\mathbb{R}$ par :

$$G(x) = A\mathrm{e}^{-3x}$$

où A est une constante réelle.

2 Il existe une et une seule valeur de A pour laquelle $y(0) = k$.
Or, $y(0) = A$, d'où $A = k$.
La solution valant k en $x = 0$ est $y(x) = k\mathrm{e}^{-3x}$.

3 Nous allons déterminer une *solution particulière* ϕ de $(\mathcal{E})$.
Comme le second membre de l'équation est une fonction affine, cherchons-la sous la forme $\phi(x) = \alpha x + \beta$, où α et β sont deux réels.
On calcule alors $\phi'(x) = \alpha$, donc $(\phi' + 3\phi)(x) = 3\alpha x + \alpha + 3\beta$.
On en déduit que ϕ est solution de $(\mathcal{E})$ si et seulement si $3\alpha = 1$ et $\alpha + 3\beta = 1$.
Il vient facilement :

$$\phi(x) = \frac{1}{3}x + \frac{2}{9}.$$

Soit alors y une solution de $(\mathcal{E})$. La fonction $G = y - \phi$ est alors une solution de $(\mathcal{E}_0)$. Puisque $y = G + \phi$ et $\phi(0) = \frac{2}{9}$, il est clair que $y(0) = 1$ est équivalent à $G(0) = 1 - \frac{2}{9} = \frac{7}{9}$. En utilisant la question 1, il vient :

$$y(x) = \frac{1}{3}x + \frac{2}{9} + \frac{7}{9}\mathrm{e}^{-3x}.$$

Il existe bien une et une seule solution de $(\mathcal{E})$ vérifiant $y(0) = 1$.

17 Avec second membre exponentiel

Énoncé p. 213

Lycée Vaugelas, Chambéry

1 La fonction u est dérivable sur $\mathbb{R}$.

Pour tout x réel, $u'(x) = (1 + 2x)\mathrm{e}^{2x}$ donc,

$$u'(x) - 2u(x) = (1 + 2x)\mathrm{e}^{2x} - 2x\mathrm{e}^{2x} = \mathrm{e}^{2x}.$$

On en déduit que la fonction u est solution de l'équation (E).

2 L'équation (F) est de la forme $y' = ay$.

Ses solutions sont les fonctions f définies sur $\mathbb{R}$ par :

$$f(x) = k\mathrm{e}^{2x}$$

où k désigne une constante réelle.

3 Une fonction v est solution de l'équation (E) si et seulement si, pour tout x réel,

$$v'(x) - 2v(x) = \mathrm{e}^{2x}.$$

Or on sait que, pour tout x réel,

$$u'(x) - 2u(x) = \mathrm{e}^{2x}.$$

Donc v est solution de l'équation (E) si et seulement si, pour tout x réel,

$$(v'(x) - 2v(x)) - (u'(x) - 2u(x)) = 0\ ,$$

soit :

$$(v - u)'(x) - 2(v - u)(x) = 0.$$

Il en résulte que v est solution de l'équation (E) si et seulement si $v - u$ est solution de l'équation F.

MÉTHODE

Pour démontrer que deux propositions sont équivalentes, on peut effectuer une démonstration par double implication comme dans l'exercice 5 ou une démonstration directe comme dans cet exercice. Dans le cas d'une démonstration directe, on fera très attention au fait de bien conserver l'équivalence tout au long de la démonstration. En cas de doute, mieux vaut revenir à une démonstration en deux temps.

4 D'après la question précédente, une fonction v est solution de l'équation (E) si et seulement si $v - u$ est solution de l'équation F.

On en déduit que les solutions de l'équation (E) sont les fonctions v définies, pour tout x réel, par :

$$v(x) = u(x) + k\mathrm{e}^{2x}\ ,$$

soit :

$$v(x) = x\mathrm{e}^{2x} + k\mathrm{e}^{2x},$$

où k désigne une constante réelle.

COURS

INTERROS

CORRIGÉS

18 Évolution d'organismes vivants

Énoncé p. 213

Lycée des Arènes, Toulouse

1 • La fonction N est dérivable et ne s'annule pas sur $[0, +\infty[$ donc la fonction y est aussi dérivable sur $[0, +\infty[$ et, pour tout réel t positif,

$$y'(t) = -\frac{N'(t)}{\left(N(t)\right)^2}.$$

• $y(t) = \dfrac{1}{N(t)}$ donc $N(t) = \dfrac{1}{y(t)}$.
De l'expression de $y'(t)$, on tire :

$$N'(t) = -\frac{y'(t)}{\left(y(t)\right)^2}.$$

« N est solution de (E) » équivaut à dire que pour tout réel t positif,

$$N'(t) = 2N(t) - 0{,}0045\left(N(t)\right)^2.$$

En remplaçant $N'(t)$ et $N(t)$ en fonction de y, on obtient :
« N est solution de (E) » équivaut à dire que pour tout réel t positif,

$$-\frac{y'(t)}{\left(y(t)\right)^2} = \frac{2}{y(t)} - \frac{0{,}0045}{\left(y(t)\right)^2}$$

soit après transformation,

$$y'(t) = -2y(t) + 0{,}0045.$$

On a donc bien démontré que « N est solution de (E) » équivaut à « y est solution de (E') », où (E') est l'équation $y'(t) = -2y(t) + 0{,}0045$.

2 • L'équation

$$y'(t) = -2y(t) + 0{,}0045$$

s'écrit aussi :

$$y'(t) = -2\left(y(t) - 0{,}00225\right).$$

Si on pose $z(t) = y(t) - 0{,}00225$, la fonction z est dérivable sur $[0, +\infty[$et, pour tout t positif, $z'(t) = y'(t)$.
En remplaçant dans l'équation $y'(t) = -2y(t) + 0{,}0045$, on montre que la fonction z vérifie $z'(t) = -2z(t)$.

• D'après le cours, les solutions de l'équation $z'(t) = -2z(t)$ sont les fonctions z définies pour tout t positif par :

$$z(t) = k\mathrm{e}^{-2t}$$

où k désigne une constante réelle.

• $y(t) = z(t) + 0{,}00225$ donc, pour tout réel t positif,

$$y(t) = k\mathrm{e}^{-2t} + 0{,}00225.$$

- On détermine enfin $N(t)$. On sait que $N(t) = \dfrac{1}{y(t)}$. On obtient donc en remplaçant $y(t)$ par sa valeur :

$$N(t) = \frac{1}{k\mathrm{e}^{-2t} + 0{,}00225}.$$

Or, par hypothèse, $N(0) = 1000$. On détermine alors la valeur de k en résolvant l'équation :

$$\frac{1}{k + 0{,}00225} = 1\,000.$$

On en déduit que $k = -0{,}00125$.
Finalement,

$$N(t) = \frac{1}{0{,}00225 - 0{,}00125\mathrm{e}^{-2t}}.$$

19 Second membre polynomial

Énoncé p. 214

Lycée Carnot, Dijon

1 Soit g une fonction affine. Il existe deux réels a et b tels que pour tout $x \in \mathbb{R}$:

$$g(x) = ax + b.$$

Donc, pour tout $x \in \mathbb{R}$, $g'(x) = a$.
La fonction g est donc solution de $(\mathcal{E})$ si et seulement si, pour tout $x \in \mathbb{R}$,

$$a = 1 \quad \text{et} \quad 4a + b = 6, \text{ soit } b = 2.$$

L'unique solution affine de $(\mathcal{E})$ est donc :

$$g(x) = x + 2.$$

2 **(a)** Soit f une solution de $(\mathcal{E})$.
Alors pour tout $x \in \mathbb{R}$,

$$4f'(x) + f(x) = x + 6.$$

Or, on a déjà pour tout $x \in \mathbb{R}$

$$4g'(x) + g(x) = x + 6.$$

Donc, en soustrayant ces deux égalités membre à membre, pour tout $x \in \mathbb{R}$,

$$4(f - g)'(x) + (f - g)(x) = 0\,,$$

soit encore :

$$4h' + h = 0.$$

Donc si f est solution de $(\mathcal{E})$, $h = f - g$ est solution de $(\mathcal{E}_1)$.

(b) Réciproquement, supposons que h est solution de $(\mathcal{E}_1)$. Pour tout $x \in \mathbb{R}$:

$$4h'(x) + h(x) = 0.$$

Par ailleurs, pour tout $x \in \mathbb{R}$,

$$4g'(x) + 4g(x) = x + 6.$$

Donc, en ajoutant ces deux égalités membre à membre, pour tout $x \in \mathbb{R}$:

$$4(h+g)'(x) + (h+g)(x) = x + 6.$$

Donc si h est solution de $(\mathcal{E}_1)$, $f = h + g$ est solution de $(\mathcal{E})$.

3 On a montré que f est solution de $(\mathcal{E})$ si et seulement si $h = f - g$ est solution de $(\mathcal{E}_1)$.

Or, les solutions de $(\mathcal{E}_1)$ sont de la forme :

$$h(x) = A\mathrm{e}^{-\frac{1}{4}x} \quad \text{où} \quad A \quad \text{est une constante.}$$

Les solutions de $(\mathcal{E})$ sont donc de la forme :

$$f(x) = A\mathrm{e}^{-\frac{1}{4}x} + x + 2 \quad \text{où} \quad A \quad \text{est une constante.}$$

4 **(a)** La condition $f(0) = 4$ correspond donc à $A = 2$.

L'unique solution de $(\mathcal{E})$ qui vérifie cette condition initiale est :

$$f : x \mapsto 2\mathrm{e}^{-\frac{x}{4}} + x + 2.$$

(b) Soit y une solution de $(\mathcal{E})$. La fonction y est dérivable sur $\mathbb{R}$ et, pour tout réel x,

$$y'(x) = -\frac{A}{4}\mathrm{e}^{-\frac{x}{4}} + 1.$$

Donc :

$$y'(0) = 1 \iff A = 0.$$

Il existe donc une et une seule solution f de $(\mathcal{E})$ qui vérifie la condition $f'(0) = 1$. C'est la fonction $f : x \mapsto x + 2$.

20 Fraction avec une exponentielle

Énoncé p. 214

Lycée Marie Curie, Sceaux

1 D'après le cours, les solutions de l'équation différentielle $y' - 2y = 0$ sont les fonctions de la forme :

$$y(x) = C\mathrm{e}^{2x}, \quad C \in \mathbb{R}.$$

On souhaite que $y(0) = 1$ donc que $C = 1$.

Ainsi, la fonction demandée est la fonction $x \mapsto \mathrm{e}^{2x}$.

2 **(a)** On a : $g(0) = f(0)\mathrm{e}^0 = f(0) = \ln 2$.

La fonction g est dérivable comme produit de deux fonctions dérivables et, pour tout réel x,

$$g'(x) = f'(x)\mathrm{e}^{-2x} - 2f(x)\mathrm{e}^{-2x} = \left[f'(x) - 2f(x)\right]\mathrm{e}^{-2x}.$$

(b) f solution de (E) $\iff \forall x \in \mathbb{R},\ f'(x) - 2f(x) = \dfrac{-2}{1+\mathrm{e}^{-2x}}$

$$\iff \forall x \in \mathbb{R},\ g'(x) = \left[\frac{-2}{1+\mathrm{e}^{-2x}}\right]\mathrm{e}^{-2x}$$

$$\iff \forall x \in \mathbb{R},\ g'(x) = \frac{-2\mathrm{e}^{-2x}}{1+\mathrm{e}^{-2x}}.$$

(c) D'après ce qui précède, la solution f est la solution de (E) vérifiant $f(0) = \ln 2$ si et seulement si $g'(x) = \dfrac{-2\mathrm{e}^{-2x}}{1+\mathrm{e}^{-2x}}$.

Or, g' est de la forme $\dfrac{u'}{u}$, avec $u(x) = 1+\mathrm{e}^{-2x}$ et $u'(x) = -2\mathrm{e}^{-2x}$.
Ainsi, $g(x) = \ln\left(1+\mathrm{e}^{-2x}\right) + k$, avec $g(0) = \ln 2$, donc $k = 0$.
Donc $g(x) = \ln\left(1+\mathrm{e}^{-2x}\right)$.
On en déduit alors que :

$$f(x) = \mathrm{e}^{2x} g(x) = \mathrm{e}^{2x}\ln\left(1+\mathrm{e}^{-2x}\right).$$

21 Changement de fonction inconnue

Énoncé p. 215

Lycée Guy de Maupassant, Fécamp

1 **(a)** La fonction f est dérivable sur $\mathbb{R}$ en tant que fonction composée de deux fonctions dérivables et pour tout $x \in \mathbb{R}$,

$$f'(x) = \frac{u'(x)}{u(x)} = \frac{u(x)\ln\left[u(x)\right]}{u(x)} = \ln\left[u(x)\right] = f(x).$$

Donc pour tout $x \in \mathbb{R}$, comme $u' = u\ln(u)$,

$$f'(x) - f(x) = 0.$$

L'équation $(\mathcal{E}')$ est donc :

$$y' - y = 0$$

(b) Soit f une solution de $(\mathcal{E}')$ et soit $u = \mathrm{e}^f$.
Alors, u est dérivable sur $\mathbb{R}$ et pour tout $x \in \mathbb{R}$,

$$\begin{aligned} u'(x) &= f'(x)\mathrm{e}^{f(x)} \\ &= f(x)u(x) \end{aligned}$$

car $f' = f$.
Donc pour tout x,

$$u'(x) = u(x)\ln\left(u(x)\right).$$

Ainsi, si f est une solution de $(\mathcal{E}')$ alors $u = \mathrm{e}^f$ est une solution de $(\mathcal{E})$.

2 **(a)** On sait, d'après le cours, que les solutions de $(\mathcal{E}')$ sont de la forme :

$$f(x) = \lambda\mathrm{e}^x \quad , \quad \lambda \in \mathbb{R}.$$

(b) D'après la question 1, les solutions de $(\mathcal{E})$ sont les fonctions de la forme :

$$u : x \mapsto e^{\lambda e^x}$$

où λ est une constante réelle.

22 Coefficient non constant

Énoncé p. 215

Lycée Blaise Pascal, Brie Comte Robert

1 La fonction g est dérivable comme composée de f et ln, deux fonctions dérivables sur $\mathbb{R}_+^*$.
De plus, pour tout réel x strictement positif,

$$g'(x) = \frac{1}{x} f'(\ln x).$$

Or, f est solution de (E_0) donc, pour tout $x \in \mathbb{R}_+^*$,

$$f'(\ln x) = e^{\ln x} f(\ln x) = x g(x).$$

On obtient ainsi :

$$g'(x) = \frac{1}{x} \times x g(x) \qquad \text{soit} \qquad g'(x) = g(x).$$

Ainsi, g est solution de (E_1).

2 D'après le cours, les solutions de (E_1) sont les fonctions de la forme :

$$y(x) = Ce^x, \quad C \in \mathbb{R}.$$

Or, g est solution de (E_1) donc il existe un réel λ tel que $g(x) = \lambda e^x$.
Or, $g(x) = f(\ln x)$, que l'on peut aussi écrire en posant $X = \ln x$ (pour $x > 0$) :

$$g\left(e^X\right) = f(X).$$

Ainsi,

$$f(X) = \lambda e^{e^X}, \; X \in \mathbb{R}.$$

3 Soit $\lambda \in \mathbb{R}$ et soit y une fonction définie sur $\mathbb{R}$ par :

$$y(x) = \lambda e^{e^x}.$$

Alors, y est dérivable sur $\mathbb{R}$ et :

$$y'(x) = \lambda e^x \times e^{e^x} = e^x y(x).$$

Donc y est solution de (E_0).

4 De ce qui précède, on déduit que les solutions de (E_0) sont les fonction de la forme :

$$x \mapsto \lambda e^{e^x}, \quad \lambda \in \mathbb{R}.$$

Chapitre 8

Intégration

Plan du chapitre

Exercice type 1 — **Lycée Henri IV, Paris**

On appelle $A(x)$ l'aire comprise entre la droite d'équation $y = 3$ et la parabole d'équation $y = x^2$.
Calculer $A(x)$.

Voir corrigé page 238

1 Intégrale et aire

1.1 Introduction

Définition 1 : unité d'aire

Dans un repère orthogonal $(O;\vec{\imath},\vec{\jmath})$, on appelle *unité d'aire* l'aire du rectangle défini par les vecteurs $\vec{\imath}$ et $\vec{\jmath}$.

Définition 2 : intégrale d'une fonction positive

Soit f une fonction *continue* et *positive* sur un intervalle $[a\ ;b]$, et soit $\mathcal{C}$ sa courbe représentative dans un repère orthogonal $(O;\vec{\imath},\vec{\jmath})$.
L'*intégrale* de a à b de la fonction f est l'aire du domaine situé entre l'axe des abscisses et la courbe $\mathcal{C}$ sur l'intervalle $[a\ ;\ b]$; elle est exprimée en unité d'aire (en abrégé : ua). On la note :

$$\mathscr{A} = \int_a^b f(x)\,\mathrm{d}x.$$

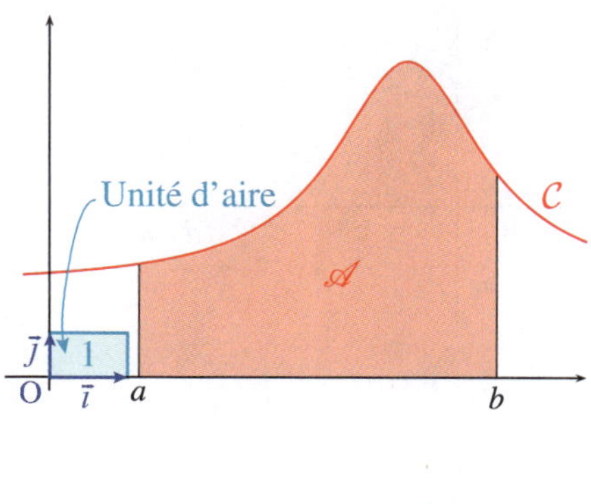

Définition 3 : intégrale d'une fonction négative

Soit f une fonction *continue* et *négative* sur un intervalle $[a\ ;b]$, et soit $\mathcal{C}$ sa courbe représentative dans un repère orthogonal.
Le nombre $\int_a^b f(x)\,\mathrm{d}x$ est égal à l'opposé de l'aire du domaine situé entre l'axe des abscisses et la courbe $\mathcal{C}$ sur $[a\ ;\ b]$.

On étend la définition du symbole $\int_a^b f(x)\,\mathrm{d}x$ au cas $a > b$ en posant alors :

$$\int_a^b f(x)\,\mathrm{d}x = -\int_b^a f(x)\,\mathrm{d}x.$$

C'est l'*intégrale de a à b* de f (attention à ne pas évoquer l'*intervalle* $[a\ ;b]$ si $a > b$).

1.2 Propriétés de l'intégrale

Théorème 1 : relation de Chasles

Soit f une fonction continue sur un intervalle I et a, b, c trois réels appartenant à I. Alors :

$$\int_a^b f(x)\,\mathrm{d}x = \int_a^c f(x)\,\mathrm{d}x + \int_c^b f(x)\,\mathrm{d}x.$$

⚠ ATTENTION

Il n'existe aucune condition d'ordre entre les réels a, b et c. La relation de Chasles n'impose pas d'avoir $a < b < c$.

Exemple : quand la fonction f n'est pas de signe constant sur $[a\ ;\ b]$, on utilise la relation de Chasles pour déterminer son intégrale de a à b.

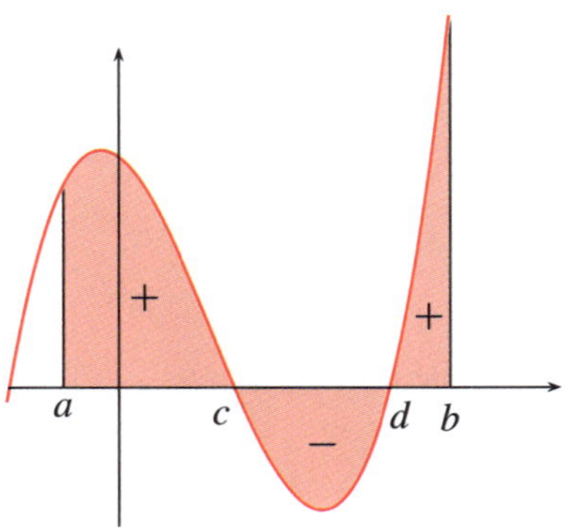

$$\int_a^b f(x)\,dx = \underbrace{\int_a^c f(x)\,dx}_{>0} + \underbrace{\int_c^d f(x)\,dx}_{<0} + \underbrace{\int_d^b f(x)\,dx}_{>0}.$$

L'intégrale désigne alors une *aire algébrique*, c'est-à-dire une aire avec un signe (positif ou négatif).

Sur cet exemple, il semble que $\int_a^b f(x)\,dx > 0$ car la somme de l'aire des domaines situés au-dessus de l'axe des abscisses semble supérieure à celle du domaine situé en dessous.

Propriétés 1

Pour tout réel a,

- si f est impaire, alors :
$$\int_{-a}^a f(x)\,dx = 0\,;$$
- si f est paire, alors :
$$\int_{-a}^a f(x)\,dx = 2\int_0^a f(x)\,dx\,;$$
- si f est périodique de période T, alors :
$$\int_a^{a+T} f(x)\,dx = \int_0^T f(x)\,dx.$$

Exemple : la fonction $x \mapsto \sin x$ est impaire et 2π-périodique donc :

$$\forall\, a \in \mathbb{R}, \quad \int_{-a}^a \sin x\,dx = 0 \quad \text{et} \quad \int_a^{a+2\pi} \sin x\,dx = \int_0^{2\pi} \sin x\,dx.$$

Théorème 2 : linéarité de l'intégrale

Quelles que soient les fonctions continues f et g, pour tous réels λ et μ :

$$\int_a^b \big(\lambda f(x) + \mu g(x)\big)\,dx = \lambda \int_a^b f(x)\,dx + \mu \int_a^b g(x)\,dx.$$

Exemple : $\displaystyle\int_0^1 (3x^2 - 5x + 1)\,dx = 3\int_0^1 x^2\,dx - 5\int_0^1 x\,dx + \int_0^1 1\,dx.$

Propriétés 2 : positivité de l'intégrale

- Si pour tout x de $[a\,;b]$, $f(x) \geqslant 0$, alors : $\displaystyle\int_a^b f(x)\,dx \geqslant 0$.
- Si pour tout x de $[a\,;b]$, $f(x) \leqslant 0$, alors : $\displaystyle\int_a^b f(x)\,dx \leqslant 0$.

Exemple : sur $[0\ ;\ 1]$, $x^2 \geqslant 0$ donc $\int_0^1 x^2\,\mathrm{d}x \geqslant 0$.

Propriété 3 : intégration des inégalités

Si pour tout nombre réel x de $[a\ ;\ b]$, $g(x) \leqslant f(x)$, alors :

$$\int_a^b g(x)\,\mathrm{d}x \leqslant \int_a^b f(x)\,\mathrm{d}x.$$

Exemple : on sait que pour $x > 0$, $\ln x < x$ donc $\int_1^2 \ln x\,\mathrm{d}x < \int_1^2 x\,\mathrm{d}x$.

2 Calcul d'une intégrale

2.1 Lien entre intégrale et primitive

Théorème 3

Si f est une fonction continue positive sur $[a\ ;\ b]$ alors la fonction F_a définie sur $[a\ ;\ b]$ par :

$$F_a(x) = \int_a^x f(t)\,\mathrm{d}t$$

est la primitive de $f(x)$ qui s'annule en a.

Corollaire 1

Soit f une fonction continue sur un intervalle $[a\ ;\ b]$, et soit F une primitive de f sur $[a\ ;\ b]$. Alors,

$$\int_a^b f(x)\,\mathrm{d}x = F(b) - F(a).$$

Remarque : $F(b) - F(a)$ est aussi noté $\left[F(x)\right]_a^b$.

Exemple : on sait qu'une primitive de $f(x) = x^2$ est $F(x) = \frac{1}{3}x^3$ donc :

$$\int_0^1 x^2\,\mathrm{d}x = F(1) - F(0) = \frac{1}{3}.$$

2.2 Valeur moyenne d'une fonction

Définition 4

Soit f une fonction continue sur un intervalle $[a\ ;\ b]$. On appelle *valeur moyenne de* f le nombre μ tel que :

$$\mu = \frac{1}{b-a}\int_a^b f(x)\,\mathrm{d}x.$$

Graphiquement, cette valeur correspond à la hauteur du rectangle de base $b-a$ qui a la même aire que le domaine situé entre l'axe des abscisses et la courbe représentative de f sur $[a\ ;\ b]$:

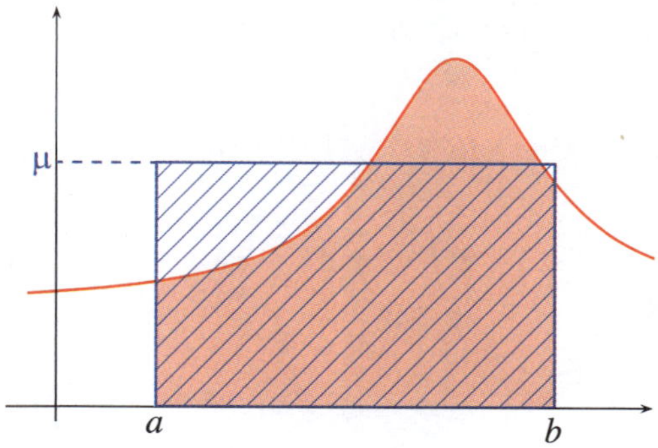

L'aire du rectangle hachuré est égale à $\int_a^b f(x)\,\mathrm{d}x$.

Propriété 4

Si f est une fonction continue et T-périodique alors :

$$\mu = \frac{1}{T}\int_0^T f(x)\,\mathrm{d}x.$$

POUR ALLER PLUS LOIN

En sciences physiques, la *valeur efficace* est définie comme étant la racine carrée de la valeur moyenne du carré de la fonction : $e = \sqrt{\frac{1}{b-a}\int_a^b f^2(x)\,\mathrm{d}x}$.

➔ Solution de l'exercice type 1 — **Lycée Henri IV, Paris**

Le cas qui nous intéresse correspond à la figure :

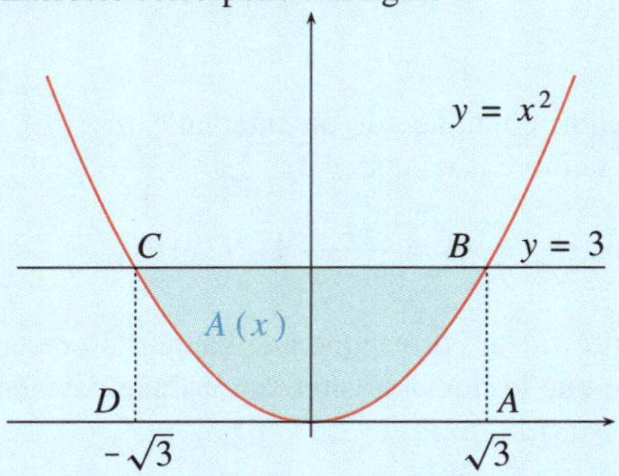

L'aire $A(x)$, en unité d'aire, est donc égale à l'aire du rectangle $ABCD$ moins « l'aire sous la courbe » :

$$\begin{aligned} A(x) &= \text{Aire}(ABCD) - \int_{-\sqrt{3}}^{\sqrt{3}} x^2 \, dx \\ &= 6\sqrt{3} - 2\int_0^{\sqrt{3}} x^2 \, dx \quad (\text{car } x \mapsto x^2 \text{ est paire}) \\ &= 6\sqrt{3} - 2\left[\frac{1}{3}x^3\right]_0^{\sqrt{3}} \\ &= 6\sqrt{3} - 2 \times \frac{1}{3} \times 3\sqrt{3} \\ &= 4\sqrt{3}. \end{aligned}$$

Voir énoncé page 233

3 Intégration par parties

Exercice type 2 — **Lycée français de New Dehli**

Soit n un entier naturel.
Exprimer en fonction de n l'intégrale :

$$I_n = \int_1^e x^n \ln x \, dx.$$

Voir corrigé page 239

Théorème 4

Soient u et v deux fonctions dérivables et de dérivées continues sur $[a\ ;\ b]$. Alors,

$$\int_a^b u'(x) \times v(x) \, dx = \left[(uv)(x)\right]_a^b - \int_a^b u(x) \times v'(x) \, dx.$$

Exemple : en posant $u'(x) = 1$ et $v(x) = \ln x$ sur [1 ; e], on obtient $u(x) = x$ (à une constante près) et $v'(x) = \frac{1}{x}$. Le théorème donne alors :

$$\begin{aligned}\int_1^{\mathrm{e}} 1 \times \ln x \, \mathrm{d}x &= \left[x \times \ln x\right]_1^{\mathrm{e}} - \int_1^{\mathrm{e}} x \times \frac{1}{x} \, \mathrm{d}x \\ &= [\mathrm{e} \ln \mathrm{e} - 1 \ln 1] - \int_1^{\mathrm{e}} 1 \, \mathrm{d}x \\ &= \mathrm{e} - \left[x\right]_1^{\mathrm{e}} \\ &= \mathrm{e} - (\mathrm{e} - 1)\end{aligned}$$

Donc $\int_1^{\mathrm{e}} \ln x \, \mathrm{d}x = 1$.

POUR ALLER PLUS LOIN

L'intégration par parties est un outil très puissant. Si l'on s'inspire de l'exemple précédent, on peut écrire pour $a > 0$ et $x > 0$:

$$\int_a^x \ln(t) \, \mathrm{d}t = x \ln x - x - (a \ln a - a).$$

On peut en conclure qu'une primitive de la fonction $x \mapsto \ln x$ est la fonction $x \mapsto x \ln x - x$.

Solution de l'exercice type 2

Lycée français de New Dehli

Posons :

$u'(x) = x^n$ $\qquad$ $v(x) = \ln x$

Alors,

$u(x) = \dfrac{x^{n+1}}{n+1}$ $\qquad$ $v'(x) = \dfrac{1}{x}$

et par intégration par parties, on obtient :

$$\begin{aligned}I_n &= \left[u(x)v(x)\right]_1^{\mathrm{e}} - \int_1^{\mathrm{e}} u(x)v'(x) \, \mathrm{d}x \\ &= \left[\frac{x^{n+1}}{n+1} \ln x\right]_1^{\mathrm{e}} - \int_1^{\mathrm{e}} \frac{x^{n+1}}{n+1} \times \frac{1}{x} \, \mathrm{d}x\end{aligned}$$

•••

Solution de l'exercice type 2 (suite) Lycée français de New Dehli

$$I_n = \left(\frac{e^{n+1}}{n+1}\ln e - \frac{1^{n+1}}{n+1}\ln 1\right) - \int_1^e \frac{x^n}{n+1}\,dx$$

$$= \frac{e^{n+1}}{n+1} - \frac{1}{n+1}\int_1^e x^n\,dx$$

$$= \frac{e^{n+1}}{n+1} - \frac{1}{n+1}\left[\frac{x^{n+1}}{n+1}\right]_1^e$$

$$= \frac{e^{n+1}}{n+1} - \frac{1}{(n+1)^2}\left(e^{n+1} - 1\right)$$

$$= \frac{(n+1)e^{n+1} - e^{n+1} + 1}{(n+1)^2}$$

$$= \frac{ne^{n+1} + 1}{(n+1)^2}.$$

Voir énoncé page 238

1 QCM Calcul d'intégrales

15 min Corrigé p. 252

Pour chaque question, donner la bonne réponse parmi les propositions faites.

1 Soit $I = \int_{-1}^{1} |e^x - 1| \, dx$. La valeur de I est :

a $\left|-\left|\frac{1}{e} - 1\right|\right| - |e - 1|$ **b** $2(e - 1)$

c $e + \dfrac{1}{e}$ **d** $e + \dfrac{1}{e} - 2$

2 Soit $I = \displaystyle\int_1^2 \frac{6x^2 + 4x}{x^3 + x^2 - 1} \, dx$. La valeur de I est :

a $2 \ln 11$ **b** $-\dfrac{1}{11}$ **c** $\ln 11$ **d** $\dfrac{1}{2} \ln 11$

3 Soit $I = \displaystyle\int_0^4 \big(|x - 1| + |x - 2|\big) \, dx$. La valeur de I est :

a 6 **b** 7 **c** 8 **d** 9

4 Soit $I = \displaystyle\int_0^1 x e^{-x} \, dx$. La valeur de I est :

a 0 **b** e **c** $1 - 2e^{-1}$ **d** 1

2 V/F Propriétés des intégrales

10 min Corrigé p. 253

Les propositions suivantes sont-elles vraies ou fausses ?

1 La valeur moyenne de la fonction exponentielle sur l'intervalle $[0 ; 1]$ est e.

2 $\displaystyle\int_{-1}^{1} (x^5 + x^3) \sin^3 x \, dx = 0$.

3 $\displaystyle\int_0^{\pi} e^{\cos x} \, dx = \int_{-\pi}^{0} e^{\cos x} \, dx$.

4 $\displaystyle\int_0^{\pi} e^{\cos x} \, dx = \int_{-2\pi}^{-\pi} e^{\cos x} \, dx$.

3 V/F Intégrales et ordre

10 min Corrigé p. 253

Les propositions suivantes sont-elles vraies ou fausses ?

1 Si l'intégrale d'une fonction sur un intervalle est positive alors la fonction est positive.

2 L'intégrale d'une fonction continue positive sur un intervalle est positive.

3 Si l'intégrale d'une fonction est nulle sur un intervalle $[a ; b]$ alors la fonction est nulle sur $[a ; b]$.

4 Pour tout réel x, $\displaystyle\int_x^{x^2} t^2 \, dt \geqslant 0$.

COURS INTERROS CORRIGÉS

4 V/F Fonction définie par une intégrale

15 min Corrigé p. 254

On considère la fonction F définie sur $\mathbb{R}$ par $F(x) = \int_0^x e^{-t^2}\,dt$.

Les propositions suivantes sont-elles vraies ou fausses ?

1. La fonction F est dérivable sur $\mathbb{R}$ et, pour tout réel x, $F'(x) = e^{-x^2} - 1$.
2. La fonction $F \geqslant 0$ sur $\mathbb{R}$.
3. Pour tout réel $x \geqslant 1$, $F(x) - F(1) \leqslant \int_0^x e^{-t^2}\,dt$.
4. Pour tout réel x, $F(x) = F(-x)$.

5 V/F Suite d'intégrales

15 min Corrigé p. 255

Pour tout entier naturel n non nul, on considère l'intégrale :

$$I_n = \int_{\ln n}^{\ln(n+1)} \frac{e^t}{e^t + 1}\,dt.$$

Les propositions suivantes sont-elles vraies ou fausses ?

1. Pour tout naturel n non nul, I_n est positive.
2. Pour tout naturel n non nul, $I_n = \ln\left(\frac{n+1}{n}\right)$.
3. La suite (I_n) est décroissante.
4. Pour tout entier naturel n non nul, $I_1 + I_2 + \cdots + I_n = \ln(n+2)$.

Pratique du calcul intégral

6 Pratique du calcul intégral ★

10 min Corrigé p. 255

Lycée Blaise Pascal, Brie-Comte-Robert

Calculer les intégrales $I_1 = \int_0^{\pi} \cos t\,dt$ et $I_2 = \int_0^{\frac{\pi}{2}} \sin\left(t + \frac{\pi}{4}\right)\,dt$.

7 Intégrales de fonctions polynômes ★

10 min Corrigé p. 256

Lycée Marie Curie, Sceaux

Calculer les intégrales :

$$I_3 = \int_0^1 \left(t^3 + 2t^2 + 4t + 1\right)dt \text{ et } I_4 = \int_{-3}^3 \left(12t^{17} + 2t^3 - t\right)dt.$$

8 Primitive et calcul d'aire

★ 10 min Corrigé p. 257

Lycée Bonaparte, Toulon

Soit f la fonction définie sur $]0\,;+\infty[$ par :

$$f(x) = 2\ln x + \frac{3}{x} + 3.$$

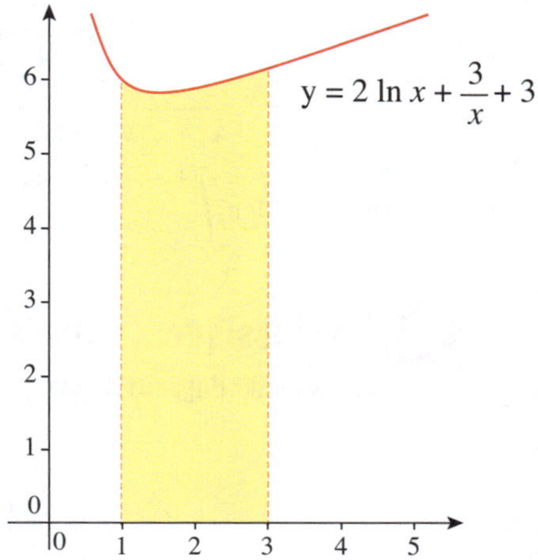

1 On définie la fonction F sur $]0\,;+\infty[$ par :
$F(x) = (2x+3)\ln x + x$.
Montrer que F est une primitive de f sur $]0\,;+\infty[$.

2 Calculer, en unité d'aire, l'aire du domaine colorié sur le graphique ci-contre.

9 Exponentielle et racine carrée

★ 10 min Corrigé p. 257

Lycée Jacques Prévert, Boulogne

Calculer les intégrales :

$$I_5 = \int_{-\ln 2}^{\ln 3} (1 - 2\mathrm{e}^{t})\,\mathrm{d}t \quad \text{et} \quad I_6 = \int_0^1 \frac{2t}{\sqrt{1+t^2}}\,\mathrm{d}t$$

10 Bénéfice moyen

★★ 15 min Corrigé p. 258

Cité scolaire internationale, Grenoble

Une entreprise fabrique x milliers d'objets avec x appartenant à $[0\,;5]$.

Les bénéfices ou les pertes de l'entreprise sont modélisés par la fonction f définie sur $[0\,;5]$ par $f(x) = x\mathrm{e}^x - \mathrm{e}^x - 8$.

Pour une quantité x donnée, si $f(x)$ est positif, l'entreprise réalise un bénéfice, et si $f(x)$ est négatif, l'entreprise subit une perte.

1 **(a)** Montrer que la fonction F définie par $F(x) = x\mathrm{e}^x - 2\mathrm{e}^x - 8x$ sur $[0\,;5]$ est une primitive de f sur $[0\,;5]$.

(b) Calculer la valeur exacte de $\displaystyle\int_3^5 f(x)\,\mathrm{d}x$.

2 L'entreprise pense produire régulièrement entre 3 et 5 milliers d'objets. Déterminer la valeur moyenne du bénéfice sur $[3\,;5]$. Donner l'arrondi à l'euro près.

11 À l'aide d'une primitive ★★ 15 min

Corrigé p. 258

Lycée François Mauriac, Bordeaux

Trouver les réels a, b et c tels que :

$$\frac{x^2-5x+7}{x^3-5x^2+8x-4}=\frac{a}{x-1}+\frac{b}{x-2}+\frac{c}{(x-2)^2}$$

puis calculer $\displaystyle\int_3^4 \frac{x^2-5x+7}{x^3-5x^2+8x-4}\,\mathrm{d}x$.

12 Un classique... dans le supérieur ! ★★ 20 min

Corrigé p. 259

Lycée Victor Hugo, Besançon

Soit :

$$I=\int_0^1 \frac{\mathrm{d}x}{\sqrt{x^2+2}}.$$

1 Calculer la dérivée de la fonction $x \mapsto \sqrt{x^2+2}$.

2 En déduire la dérivée de la fonction f définie sur $[0,1]$ par $f(x)=\ln\left(x+\sqrt{x^2+2}\right)$.

3 Calculer la valeur de I.

13 Fonction rationnelle ★★ 25 min

Corrigé p. 260

Lycée Balzac, Caen

Soit f définie sur $\mathbb{R}\setminus\left\{-\frac{1}{2},\frac{1}{2}\right\}$ par : $f(x)=-\dfrac{8x^2+32x+2}{(4x^2-1)^2}$.

1 Montrer que f peut s'écrire sous la forme :

$$f(x)=\frac{a}{(2x+1)^2}+\frac{b}{(2x-1)^2}$$

où a et b sont des constantes à déterminer.

2 En déduire la valeur de $\displaystyle\int_1^2 f(t)\,\mathrm{d}t$.

14 Dérivées de fonctions intégrales ★★★ 15 min

Corrigé p. 261

Lycée Janson de Sailly, Paris

Calculer en fonction de x la dérivée des fonctions définies sur $\mathbb{R}_+^*$ par :

$$F(x)=\int_x^{2x}\frac{\mathrm{d}t}{t} \quad \text{et} \quad G(x)=\int_{\sqrt{x}}^{x^2}\ln t\,\mathrm{d}t.$$

15 Valeur approchée d'une intégrale ★★★ 45 min

Corrigé p. 262

Lycée du Parc, Lyon

Soit f la fonction définie sur $[0\,;1[$ par : $f(x) = \mathrm{e}^{-x}\dfrac{1}{1-x}$.

On pose : $I = \displaystyle\int_0^{\frac{1}{2}} f(t)\,\mathrm{d}t$.

1 En étudiant les variations de f, démontrer que pour tout $x \in \left[0\,;\dfrac{1}{2}\right]$

$$1 \leqslant f(x) \leqslant \frac{2}{\sqrt{\mathrm{e}}}.$$

2 **(a)** Vérifier que pour tout $x \in \left[0\,;\dfrac{1}{2}\right]$, $\dfrac{1}{1-x} = 1 + x + \dfrac{x^2}{1-x}$.

(b) En déduire que $I = \displaystyle\int_0^{\frac{1}{2}} (1+x)\mathrm{e}^{-x}\,\mathrm{d}x + \int_0^{\frac{1}{2}} x^2 f(x)\,\mathrm{d}x$.

(c) Vérifier que la fonction g définie sur $\mathbb{R}$ par $g(x) = -(x+2)\mathrm{e}^{-x}$ est une primitive de $x \mapsto (x+1)\mathrm{e}^{-x}$.

(d) Déduire de la question 1 que : $\dfrac{1}{24} \leqslant \displaystyle\int_0^{\frac{1}{2}} x^2 f(x)\,\mathrm{d}x \leqslant \dfrac{1}{12\sqrt{\mathrm{e}}}$.

(e) Déduire des questions précédentes une valeur décimale approchée de I à la précision de 0,01.

Intégration et suites

16 Suites définies par des intégrales ★ 20 min

Corrigé p. 264

Lycée du Parc, Lyon

Pour tout entier naturel n, on pose : $I_n = \displaystyle\int_0^1 \frac{x^n}{1+2x+4x^2}\,\mathrm{d}x$.

1 Montrer que l'on définit ainsi une suite $(I_n)_{n\in\mathbb{N}}$ dont chaque terme est positif ou nul.

2 Étudier le sens de variation de la suite $(I_n)_{n\in\mathbb{N}}$.

3 Déterminer $a \in \mathbb{R}$ tel que pour tout $x \in [0\,;1]$,

$$\frac{1}{1+2x+4x^2} \leqslant a.$$

En déduire la limite de la suite $(I_n)_{n\in\mathbb{N}}$.

17 Intégrale d'une fonction irrationnelle ★★

15 min Corrigé p. 266

Lycée Saint-Jean-de-Passy, Paris

On pose pour tout entier naturel n non nul : $J_n = \int_0^1 x^n\sqrt{1-x^2}\,\mathrm{d}x$.

1 Par des considérations d'aires, montrer que $J_0 = \dfrac{\pi}{4}$.

2 Montrer que $(J_n)_{n\in\mathbb{N}}$ est décroissante.

3 **(a)** Montrer que pour tout entier naturel n, $0 \leqslant J_n \leqslant \int_0^1 x^n\,\mathrm{d}x$.

(b) Déterminer la limite de J_n.

18 Une autre suite d'intégrales ★★★

30 min Corrigé p. 267

Lycée Balzac, Caen

On considère la suite $(I_n)_{n\in\mathbb{N}}$ définie par les intégrales : $I_n = \int_0^1 \dfrac{\mathrm{e}^{nx}\,\mathrm{d}x}{\mathrm{e}^x+1}$.

1 **(a)** Calculer I_1 et $I_0 + I_1$. En déduire I_0.

(b) Pour tout entier $n \geqslant 0$, calculer $I_n + I_{n+1}$.

2 **(a)** Montrer que la suite $(I_n)_{n\in\mathbb{N}}$ est croissante.

(b) Prouver que pour tout entier n et tout $x \in [0\,;1]$:

$$\frac{\mathrm{e}^{nx}}{\mathrm{e}+1} \leqslant \frac{\mathrm{e}^{nx}}{\mathrm{e}^x+1} \leqslant \frac{1}{2}\mathrm{e}^{nx}.$$

En déduire un encadrement de I_n.

3 À partir de cet encadrement, déterminer les limites de I_n et de $\dfrac{I_n}{\mathrm{e}^n}$.

19 Suite et algorithme ★★★

20 min Corrigé p. 269

Lycée Victor Dupuy, Paris

La suite (u_n) est définie pour tout n par :

$$u_n = \int_n^{n+1} \mathrm{e}^{-x}\,\mathrm{d}x\ .$$

1 **(a)** Calculer u_0 et u_1.

(b) Calculer u_n en fonction de n.

2 Calculer la somme $S_n = u_0 + u_1 + u_2 + \cdots + u_n$.

3 Donner une interprétation géométrique de S_n.

4 Déterminer la limite de S_n quand n tend vers l'infini.

On remarquera que $\mathrm{e}^{-n} = \left(\dfrac{1}{\mathrm{e}}\right)^n$.

5 *Dans cette question, toute trace de recherche, même incomplète, ou d'initiative, même infructueuse, sera prise en compte dans l'évaluation.*

Louen a écrit l'algorithme ci-dessous pour trouver la limite de S_n à 10^{-A} près, avec A entier positif.

```
Variables
     A et K sont entiers naturels
     S est réel
Entrée
     Donner une valeur à A
Traitement
     K ← 0
     S ← 0
     U ← 1-e^(-1)
     Tant que U⩾10^(-A) Faire :
         S ← S+U
         K ← K+1
         U ← e^(-K) - e^(-(K+1))
     Fin de Tant que
Sortie
         Afficher S
```

Après avoir programmé sa calculatrice, il obtient 0,993 262 053 pour $A = 2$ et considère que son algorithme répond à la question posée.

Par contre, si on entre $A = 1$, il s'affiche 0,864 664 716 et pour $A = 4$, il s'affiche 0,999 876 590.

Justifier que ce ne sont pas des approximations ni à 10^{-1} ni à 10^{-4} près de la limite de S_n.

Quelle erreur a fait Louen en concevant son algorithme ?

20 Avec un algorithme

★★★ 30 min Corrigé p. 270

Lycée La Bruyère, Versailles

On considère la suite définie par :

$$I_n = \int_0^1 x^n e^{x^2}\,dx.$$

1 **(a)** Montrer que, pour tout entier naturel n non nul, $I_n \geqslant 0$.

(b) Étudier la monotonie de la suite (I_n).

(c) En déduire que la suite est convergente. On note L sa limite (dans cette question on ne demande pas de la calculer).

2 **(a)** Soit g la fonction définie sur $\mathbb{R}$ par $g(x) = xe^{x^2}$.
Démontrer que la fonction G définie sur $\mathbb{R}$ par :

$$G(x) = \frac{1}{2}e^{x^2}$$

est une primitive de g.

(b) En déduire la valeur de I_1.

(c) Pour tout entier naturel non nul n, on définit sur $\mathbb{R}$ la fonction H_n par : $H_n(x) = x^{n+1}G(x)$.
Montrer que H_n est dérivable sur $\mathbb{R}$ et calculer, pour tout réel x, $H_n'(x)$. En déduire que pour tout entier naturel n non nul,

$$I_{n+2} + \frac{n+1}{2}I_n = \frac{1}{2}e.$$

(d) Calculer I_3 et I_5.

3 Compléter l'algorithme suivant de façon à obtenir en sortie le terme I_{23}.

```
Initialisation
    n ← 1
    I ← ...
Traitement
    Tant que n < ...
        I ← (1/2)e − ((n+1)/2) I
        n ← n + 2
    Fin de Tant que
Sortie
    Afficher I
```

Écrire alors un programme Python correspondant à cet algorithme.

4 Déterminer la valeur de L.

Intégration par parties

21 Logarithme népérien ★ 10 min Corrigé p. 272

Lycée Lavoisier, Paris

En intégrant par parties, calculer :

$$I = \int_1^2 (x+1)\ln x \, dx.$$

22 Produit du logarithme par un carré ★ 15 min Corrigé p. 273

Lycée Buffon, Paris

On définit les intégrales suivantes :

$$I_0 = \int_1^{\mathrm{e}} x^2 \, \mathrm{d}x \quad \text{et} \quad I_1 = \int_1^{\mathrm{e}} x^2 \ln x \, \mathrm{d}x.$$

Calculer I_0 puis I_1.

23 Logarithme d'un quotient ★ 15 min Corrigé p. 273

Lycée Albert Schweitzer, Le Raincy

1 À l'aide d'une intégration par parties, déterminer une primitive de la fonction $x \mapsto \ln(x)$.

2 Déterminer l'ensemble de définition de la fonction $f : t \mapsto \ln\left(\dfrac{1+t}{1-t}\right)$.

3 On note $\mathcal{A}$ une primitive de la fonction ln.

(a) Exprimer en fonction de $\mathcal{A}$ l'intégrale $F(x) = \displaystyle\int_0^x f(t) \, \mathrm{d}t$.

(b) Achever le calcul.

24 Calculs par combinaisons linéaires ★ 25 min Corrigé p. 274

Lycée Balzac, Caen

1 En intégrant deux fois par parties, calculer $K = \displaystyle\int_0^{\frac{\pi}{2}} x^2 \cos 2x \, \mathrm{d}x$.

2 On note :

$$I = \int_0^{\frac{\pi}{2}} x^2 \cos^2 x \, \mathrm{d}x \quad \text{et} \quad J = \int_0^{\frac{\pi}{2}} x^2 \sin^2 x \, \mathrm{d}x.$$

(a) Calculer $I + J$.

(b) Calculer $I - J$.

(c) En déduire I et J.

25 Exponentielle et trigonométrie ★★ 10 min Corrigé p. 275

Lycée Saint-Joseph, Reims

On considère F et G les fonctions définies sur $\mathbb{R}$ par :

$$F(t) = \int_0^t \mathrm{e}^{-x} \cos x \, \mathrm{d}x \quad \text{et} \quad G(t) = \int_0^t \mathrm{e}^{-x} \sin x \, \mathrm{d}x.$$

COURS INTERROS CORRIGÉS

1 En utilisant les deux possibilités d'intégration par parties sur la première de ces intégrales, montrer que :

$$F(t) = 1 - e^{-t}\cos t - G(t)$$
$$\text{et } F(t) = e^{-t}\sin t + G(t)$$

2 Déterminer explicitement $F(t)$ et $G(t)$.

26 Trigonométrie et logarithme ★★ 20 min

Corrigé p. 276

Lycée Henri IV, Paris

Pour tout réel $x \geqslant 1$, on pose :

$$F(x) = \int_1^x \cos(\ln t)\,dt \quad \text{et} \quad G(x) = \int_1^x \sin(\ln t)\,dt.$$

En intégrant par parties, calculer $F(x)$ et $G(x)$.

27 Exponentielle et trigonométrie ★★ 25 min

Corrigé p. 277

Lycée Jacques Prévert, Boulogne

Pour tout entier n, on considère les intégrales suivantes :

$$I_n = \int_0^{\frac{\pi}{2}} e^{-nx}\sin x\,dx \quad \text{et} \quad J_n = \int_0^{\frac{\pi}{2}} e^{-nx}\cos x\,dx.$$

1 Calculer I_0 et J_0.

2 Soit n un entier naturel non nul.

(a) En intégrant par parties, montrer que I_n et J_n vérifient le système suivant :

$$\begin{cases} I_n + nJ_n = 1 \\ -nI_n + J_n = e^{-n\frac{\pi}{2}} \end{cases}$$

(b) En déduire les expressions de I_n et J_n en fonction de n.

3 Déterminer les limites des suites (I_n) et (J_n).

28 Double intégration par parties ★★★ 15 min

Corrigé p. 278

Lycée Thiers, Marseille

Pour tout entier $n \geqslant 0$, on pose :

$$I_n = \int_0^{\frac{\pi}{2}} x^2\sin(nx)\,dx.$$

1 En intégrant deux fois par parties, calculer I_n en fonction de n.

2 Calculer la limite de $(I_n)_{n\in\mathbb{N}}$.

29 Relations de récurrence ★★★ 20 min

Corrigé p. 279

Lycée Louis-le-Grand, Paris

Retrouvez le corrigé de cet exercice en vidéo.

Pour tout entier $n \geqslant 2$ et tout entier $k \leqslant n$ on pose :

$$I_{k,n} = \int_0^1 \binom{n}{k} x^k (1-x)^{n-k}\,\mathrm{d}x.$$

1 À l'aide d'une intégration par parties, comparer $I_{k,n}$ et $I_{k+1,n}$.

2 En déduire $I_{k,n}$ en fonction de n.

30 Avec une suite ★★★ 30 min

Corrigé p. 280

Lycée Notre-Dame de Boulogne, Boulogne-Billancourt

On s'intéresse dans cet exercice à une suite de nombres rationnels qui converge vers e^2.

Pour tout entier naturel $n \geqslant 1$, on définit l'intégrale :

$$I_n = \int_0^2 \frac{1}{n!}(2-x)^n \mathrm{e}^x\,\mathrm{d}x.$$

1 Calculer I_1.

2 Établir que pour tout entier $n \geqslant 1$, $0 \leqslant I_n \leqslant \dfrac{2^n}{n!}(\mathrm{e}^2 - 1)$.

3 À l'aide d'une intégration par parties, montrer que pour tout entier $n \geqslant 1$,

$$I_{n+1} = I_n - \frac{2^{n+1}}{(n+1)!}.$$

4 Démontrer par récurrence que $\mathrm{e}^2 = \displaystyle\sum_{k=0}^{n} \frac{2^k}{k!} + I_n$.

5 Pour tout entier $n \geqslant 1$, on pose $u_n = \dfrac{2^n}{n!}$.

(a) Calculer $\dfrac{u_{n+1}}{u_n}$ et prouver que pour tout entier $n \geqslant 3$, $u_{n+1} \leqslant \dfrac{1}{2}u_n$.

(b) En déduire que pour tout entier $n \geqslant 3$, $0 \leqslant u_n \leqslant u_3 \left(\dfrac{1}{2}\right)^{n-3}$.

6 En déduire la limite de la suite (u_n), puis celle de la suite (I_n).

7 Justifier enfin que :

$$\mathrm{e}^2 = \lim_{n\to+\infty} \left(1 + \frac{2}{1!} + \frac{2^2}{2!} + \cdots + \frac{2^n}{n!}\right).$$

COURS INTERROS CORRIGÉS

1 QCM Calcul d'intégrales

Énoncé p. 241

1 Réponse **d**. En effet,

$$\begin{aligned} I &= \int_{-1}^{1} \left|e^x - 1\right| dx \\ &= \int_{-1}^{0} (1 - e^x)\, dx + \int_{0}^{1} (e^x - 1)\, dx \\ &= \left[x - e^x\right]_{-1}^{0} + \left[e^x - x\right]_{0}^{1} \\ &= e + \frac{1}{e} - 2. \end{aligned}$$

MÉTHODE

On ne peut pas intégrer directement une fonction dont l'écriture comporte des valeurs absolues. Il est indispensable de commencer par donner une écriture de la fonction sans valeur absolue en distinguant différents intervalles. L'intégrale se calcule ensuite en appliquant la relation de Chasles.

2 Réponse **a**. L'étude de la fonction $u\ :\ x \mapsto x^3 + x^2 - 1$ montre que, sur [1; 2], cette fonction est croissante et, comme $f(1) = 1$, $u(x) > 0$ sur [1; 2].

De plus, $u'(x) = 3x^2 + 2x$ ce qui signifie que $I = \displaystyle\int_1^2 \frac{2u'(x)}{u(x)}\, dx$ et donc que :

$$I = 2\big[\ln u(x)\big]_1^2 = 2\Big(\ln\big(u(2)\big) - \ln\big(u(1)\big)\Big) = 2(\ln 11 - \ln 1) = 2\ln 11.$$

3 Réponse **d**. On retrouve la même situation que la première question. On doit commencer par simplifier l'écriture de la fonction de manière à ne plus avoir de valeurs absolues puis appliquer la relation de Chasles.

$$I = \int_0^1 (-2x + 3)\, dx + \int_1^2 dx + \int_2^4 (2x - 3)\, dx = 9.$$

4 Réponse **c**. On effectue une intégration par parties pour trouver la valeur de I. Pour cela, on pose :

$$u(x) = x \qquad \text{et} \qquad v'(x) = e^{-x}.$$

Ainsi,

$$u'(x) = 1 \qquad \text{et} \qquad v(x) = -e^{-x}.$$

On en déduit alors que :

$$\begin{aligned} I &= \left[u(x)v(x)\right]_0^1 - \int_0^1 u'(x)v(x)\,\mathrm{d}x \\ &= \left[-x\mathrm{e}^{-x}\right]_0^1 + \int_0^1 \mathrm{e}^{-x}\,\mathrm{d}x \\ &= -1\mathrm{e}^{-1} + 0\mathrm{e}^{-0} + \left[-\mathrm{e}^{-x}\right]_0^1 \\ &= -\mathrm{e}^{-1} + \left(-\mathrm{e}^{-1} + 1\right) \\ &= 1 - 2\mathrm{e}^{-1}. \end{aligned}$$

2 V/F Propriétés des intégrales

Énoncé p. 241

1 *Faux.* La valeur moyenne de la fonction exponentielle sur l'intervalle [0 ; 1] est :

$$\int_0^1 \mathrm{e}^x\,\mathrm{d}x = \left[\mathrm{e}^x\right]_0^1 = \mathrm{e}^1 - \mathrm{e}^0 = \mathrm{e} - 1.$$

2 *Vrai*. La fonction intégrée est une fonction impaire sur l'intervalle $[-1\,;\,1]$ donc, d'après les propriétés du cours, son intégrale sur le segment $[-1\,;\,1]$ est nulle.

MÉTHODE

Lorsque les bornes d'intégration sont deux réels opposés, on commencera toujours par étudier rapidement la parité de la fonction intégrée. Si la fonction est impaire, l'intégrale est nulle et il n'y a pas lieu de se lancer dans des calculs.

3 *Vrai*. La fonction intégrée est une fonction paire puisque, pour tout réel x, $\cos(-x) = \cos x$ et les intervalles d'intégration sont symétriques par rapport à 0.

4 *Vrai*. La fonction intégrée est une fonction périodique de période 2π et on intègre sur des intervalles décalés d'une période.

3 V/F Intégrales et ordre

Énoncé p. 241

1 *Faux*. La réciproque du théorème de positivité est fausse.
Soit :

$$I = \int_{-1}^2 t\,\mathrm{d}t = \left[\frac{1}{2}t^2\right]_{-1}^2 = \frac{3}{2}.$$

On remarque que l'intégrale I est positive alors que la fonction intégrée est négative entre -1 et 0.

2 *Faux.* Il manque une hypothèse pour pouvoir appliquer le théorème de positivité de l'intégrale : les bornes doivent être dans l'ordre croissant.

Ainsi $I = \int_3^1 2t\,\mathrm{d}t = [t^2]_3^1 = -8$.

⚠ ATTENTION

Pour appliquer un théorème, on doit impérativement s'assurer que toutes les conditions d'application sont réunies et les mentionner sur la copie. Lors de l'apprentissage du cours, on mettra bien en évidence ces conditions en liaison avec la démonstration du théorème.

3 *Faux.* Si on intègre une fonction continue et impaire sur un intervalle dont les deux bornes sont opposées, alors l'intégrale est nulle alors que la fonction n'est pas nulle.

Ainsi $\int_{-1}^1 t^3\,\mathrm{d}t = 0$ alors que la fonction cube n'est pas nulle sur $[-1\,;\,1]$.

4 *Faux.* Si $x = \frac{1}{2}$ alors $x^2 = \frac{1}{4}$. On intègre alors une fonction continue, positive avec les bornes dans l'ordre décroissant. L'intégrale sera donc négative.

4 V/F Fonction définie par une intégrale

Énoncé p. 242

1 *Faux.* D'après le cours, comme la fonction f définie sur $\mathbb{R}$ par $f(t) = \mathrm{e}^{-t^2}$ est continue sur $\mathbb{R}$, elle admet des primitives sur $\mathbb{R}$ et la fonction F est la primitive de f sur $\mathbb{R}$ qui s'annule en 0. Par suite, la fonction F est dérivable sur $\mathbb{R}$ et $F' = f$. On a donc, pour tout réel x, $F'(x) = \mathrm{e}^{-x^2}$.

2 *Faux.* Si x est négatif, on intègre une fonction continue et positive avec les bornes dans l'ordre décroissant donc on obtient un résultat négatif.

3 *Vrai.* En effet, $\int_0^1 f(t)\,\mathrm{d}t$ est l'intégrale d'une fonction continue, positive, avec les bornes dans l'ordre croissant donc, d'après le théorème de positivité de l'intégrale, $F(1) \geqslant 0$.
Par conséquent, $F(x) - F(1) \leqslant F(x)$.

4 *Faux.* Considérons la différence $F(x) - F(-x)$.
Pour tout réel x,

$$F(x) - F(-x) = \int_0^x f(t)\,\mathrm{d}t - \int_0^{-x} f(t)\,\mathrm{d}t = \int_{-x}^x f(t)\,\mathrm{d}t.$$

La fonction f est paire et strictement positive sur l'intervalle d'intégration donc l'intégrale n'est pas nulle et par suite, $F(x)$ et $F(-x)$ ne sont pas égaux.

5 V/F Suite d'intégrales

Énoncé p. 242

1 *Vrai*. Soit f la fonction définie sur $\mathbb{R}$ par $f(t) = \dfrac{e^t}{e^t + 1}$. La fonction f est continue et positive sur $[\ln n\,;\,\ln(n+1)]$. On intègre avec les bornes dans l'ordre croissant donc, d'après le théorème de positivité de l'intégrale, I_n est positive.

2 *Faux*. La fonction f est continue sur l'intervalle $[\ln n\,;\,\ln(n+1)]$ donc elle admet des primitives sur cet intervalle. Elle est de la forme $\dfrac{u'}{u}$ donc elle admet pour primitive la fonction F définie sur $\mathbb{R}$ par $F(t) = \ln\left(e^t + 1\right)$. On en déduit que, pour tout entier naturel non nul n,

$$I_n = \ln(n+2) - \ln(n+1) = \ln\frac{n+2}{n+1}.$$

3 *Vrai*. Pour étudier le sens de variation de la suite (I_n), on cherche le signe de $I_{n+1} - I_n$.

Pour tout entier naturel n non nul,

$$I_{n+1} - I_n = \ln\frac{(n+3)(n+1)}{(n+2)^2}.$$

Or, $(n+3)(n+1) = n^2 + 4n + 3 = (n+2)^2 - 1$.

Ainsi,$(n+3)(n+1) < (n+2)^2$.

Par suite,

$$\frac{(n+3)(n+1)}{(n+2)^2} < 1 \qquad \text{et} \qquad \ln\frac{(n+3)(n+1)}{(n+2)^2} < 0.$$

On en déduit que $I_{n+1} - I_n$ est négatif et la suite (I_n) est décroissante.

4 *Faux*. On transforme la somme $I_1 + I_2 + \cdots + I_n$ en appliquant la relation de Chasles :

$$\begin{aligned} I_1 + I_2 + \cdots + I_n &= \int_0^{\ln(n+1)} \frac{e^t}{e^t+1}\,dt \\ &= \left[\ln(e^t+1)\right]_0^{\ln(n+1)} \\ &= \ln(n+2) - \ln 2 \\ &= \ln\frac{n+2}{2}. \end{aligned}$$

6 Pratique du calcul intégral

Énoncé p. 242

Lycée Blaise Pascal, Brie-Comte-Robert

La fonction cosinus est continue sur $[0\,;\,\pi]$ donc elle admet des primitives sur $[0\,;\,\pi]$ et l'intégrale I_1 existe.

De même, la fonction sinus est continue sur $\left[0\,;\,\dfrac{\pi}{2}\right]$ donc elle admet des primitives sur cet intervalle et l'intégrale I_2 existe.

Calcul de I_1 :

$$\begin{aligned} I_1 &= \int_0^{\pi} \cos t \,\mathrm{d}t \\ &= [\sin t]_0^{\pi} \\ &= \sin \pi - \sin 0 \\ &= 0. \end{aligned}$$

Calcul de I_2 :

$$\begin{aligned} I_2 &= \int_0^{\frac{\pi}{2}} \sin\left(t + \frac{\pi}{4}\right) \mathrm{d}t \\ &= \left[-\cos\left(t + \frac{\pi}{4}\right)\right]_0^{\frac{\pi}{2}} \\ &= \frac{\sqrt{2}}{2} + \frac{\sqrt{2}}{2} \\ &= \sqrt{2}. \end{aligned}$$

7 Intégrales de fonctions polynômes

Énoncé p. 242

Lycée Marie Curie, Sceaux

Calcul de I_3 :

La fonction : $t \mapsto t^3 + 2t^2 + 4t + 1$ est continue sur [0 ; 1] donc elle admet des primitives sur [0 ; 1] et l'intégrale I_3 existe.

$$\begin{aligned} I_3 &= \int_0^1 (t^3 + 2t^2 + 4t + 1)\,\mathrm{d}t \\ &= \left[\frac{1}{4}t^4 + \frac{2}{3}t^3 + 2t^2 + t\right]_0^1 \\ &= \frac{1}{4} + \frac{2}{3} + 2 + 1 \\ &= \frac{47}{12}. \end{aligned}$$

Calcul de I_4 :

La fonction $t \mapsto 12t^{17} + 2t^3 - t$ est continue sur [−3 ; 3]. On remarque de plus que cette fonction est impaire. Or, d'après le cours, si la fonction f est impaire, alors $\int_{-a}^{a} f(t)\,\mathrm{d}t = 0$. On en déduit :

$$I_4 = \int_{-3}^{3} (12t^{17} + 2t^3 - t)\,\mathrm{d}t = 0.$$

⚠ ATTENTION

On pensera bien à vérifier que les trois conditions d'application du théorème sont remplies : la fonction doit être continue, les bornes de l'intervalle d'intégration doivent être deux nombres opposés et la fonction doit être impaire.

8 Primitive et calcul d'aire

Énoncé p. 243

Lycée Bonaparte, Toulon

1 F est dérivable sur $]0\,;+\infty[$. Calculons la dérivée de F :

$$F'(x) = 2\ln x + (2x+3)\times\frac{1}{x} + 1 = 2\ln x + 2 + \frac{3}{x} + 1 = f(x).$$

La fonction F est donc bien une primitive de f sur $]0\,;+\infty[$.

2 La fonction f est positive sur $[1\,;3]$. L'aire, en unité d'aire, du domaine délimité par la courbe de f, l'axe des abscisses et les droites d'équation $x=1$ et $x=3$ est donc égale à l'intégrale :

$$\begin{aligned}\int_1^3 f(x)\,\mathrm{d}x &= \left[F(x)\right]_1^3\\ &= F(3)-F(1)\\ &= (9\ln 3+3)-(5\ln 1+1)\\ &= 9\ln 3+2.\end{aligned}$$

MÉTHODE

Il est souvent demandé de vérifier qu'une fonction F est une primitive d'une fonction f. Dans ce cas, il suffit de dériver F et vérifier que l'on obtient effectivement f. Il est totalement inutile d'essayer de trouver par soi-même une primitive de f et cela n'est parfois même pas possible avec les outils disponibles d'après les programmes.

9 Exponentielle et racine carrée

Énoncé p. 243

Lycée Jacques Prévert, Boulogne

La fonction : $t \mapsto 1-2\mathrm{e}^t$ est continue sur $[-\ln 2; \ln 3]$ donc elle admet des primitives sur $[-\ln 2; \ln 3]$ et l'intégrale I_5 existe.

De même, la fonction : $t \mapsto \dfrac{2t}{\sqrt{1+t^2}}$ est continue sur $[0,1]$ donc elle admet des primitives sur $[0,1]$ et l'intégrale I_6 existe.

On remarque que la fonction $t \mapsto \dfrac{2t}{\sqrt{1+t^2}}$ est de la forme $\dfrac{u'(t)}{\sqrt{u(t)}}$ en posant $u(t) = 1+t^2$. Elle admet donc une primitive de la forme $2\sqrt{u(t)}$.

Calcul de I_5.

$$\begin{aligned} I_5 &= \int_{-\ln 2}^{\ln 3} (1 - 2e^t)\,dt \\ &= \left[t - 2e^t\right]_{-\ln 2}^{\ln 3} \\ &= \ln 3 + \ln 2 - 2e^{\ln 3} + 2e^{-\ln 2} \\ &= \ln 6 - 2e^{\ln 3} + 2e^{\ln \frac{1}{2}} \\ &= \ln 6 - 6 + 2 \times \frac{1}{2} \\ &= \ln 6 - 5. \end{aligned}$$

Calcul de I_6.

$$\begin{aligned} I_6 &= \int_0^1 \left(\frac{2t}{\sqrt{1+t^2}}\right) dt \\ &= \left[2\sqrt{1+t^2}\right]_0^1 \\ &= 2\sqrt{2} - 2. \end{aligned}$$

10 Bénéfice moyen

Énoncé p. 243

Cité scolaire internationale, Grenoble

1 **(a)** $$\begin{aligned} F'(x) &= e^x + xe^x - 2e^x - 8 \\ &= xe^x - e^x - 8 \\ &= f(x). \end{aligned}$$

La fonction F est donc une primitive de f sur $[0\,;5]$.

(b) $$\begin{aligned} \int_3^5 f(x)\,dx &= \left[F(x)\right]_3^5 \\ &= F(5) - F(3) \\ &= \left(5e^5 - 2e^5 - 40\right) - \left(3e^3 - 2e^3 - 24\right) \\ &= 3e^5 - e^3 - 16. \end{aligned}$$

2 La valeur moyenne du bénéfice pour une production entre 3 et 5 milliers d'objets est égale à la moyenne de la fonction f sur l'intervalle $[3\,;5]$, c'est-à-dire à :

$$\frac{1}{5-3}\int_3^5 f(x)\,dx = \frac{1}{2}\left(3e^5 - e^3 - 16\right) \approx 205 \text{ euros.}$$

11 À l'aide d'une primitive

Énoncé p. 244

Lycée François Mauriac, Bordeaux

Calculons pour tout réel x différent de 1 et de 2 :

$$\begin{aligned} \frac{a}{x-1} + \frac{b}{x-2} + \frac{c}{(x-2)^2} &= \frac{a(x-2)^2 + b(x-1)(x-2) + c(x-1)}{(x-1)(x-2)^2} \\ &= \frac{ax^2 - 4ax + 4a + bx^2 - 3bx + 2b + cx - c}{(x-1)(x-2)^2} \\ &= \frac{(a+b)x^2 + (-4a - 3b + c)x + 4a + 2b - c}{x^3 - 5x^2 + 8x - 4}. \end{aligned}$$

On souhaite que pour tout réel x différent de 1 et de 2 :

$$\frac{x^2-5x+7}{x^3-5x^2+8x-4}=\frac{a}{x-1}+\frac{b}{x-2}+\frac{c}{(x-2)^2}$$

donc que :

$$\frac{x^2-5x+7}{x^3-5x^2+8x-4}=\frac{(a+b)x^2+(-4a-3b+c)x+4a+2b-c}{x^3-5x^2+8x-4}.$$

On identifie alors les coefficients de chaque puissance de x au numérateur des deux fractions :

$$\begin{cases} a+b & =1 \\ -4a-3b+c & =-5 \\ 4a+2b-c & =7 \end{cases}$$

De la première équation, on déduit que $a=1-b$. De plus, en additionnant les deux autres équations, on obtient :

$$-b=2 \iff b=-2 \iff a=3.$$

On en déduit alors la valeur de c :

$$-4a-3b+c=-5 \iff c=-5+4a+3b=1.$$

Finalement,

$$\frac{x^2-5x+7}{x^3-5x^2+8x-4}=\frac{3}{x-1}-\frac{2}{x-2}+\frac{1}{(x-2)^2}$$

et donc :

$$\begin{aligned}\int_3^4 \frac{x^2-5x+7}{x^3-5x^2+8x-4}\,\mathrm{d}x &= \int_3^4 \frac{3}{x-1}\,\mathrm{d}x-\int_3^4 \frac{2}{x-2}\,\mathrm{d}x+\int_3^4 \frac{1}{(x-2)^2}\,\mathrm{d}x \\ &= \big[3\ln|x-1|\big]_3^4-2\big[\ln|x-2|\big]_3^4+\left[-\frac{1}{x-2}\right]_3^4 \\ &= 3\ln 3-3\ln 2-(2\ln 2-2\ln 1)-\frac{1}{2}+\frac{1}{1} \\ &= \frac{1}{2}-5\ln 2+3\ln 3.\end{aligned}$$

12 Un classique... dans le supérieur !

Énoncé p. 244

Lycée Victor Hugo, Besançon

1 La fonction :

$$x \mapsto \sqrt{x^2+2}$$

est la composée des fonctions

$$x \mapsto x^2+2 \quad \text{et} \quad x \mapsto \sqrt{x}.$$

Or, la fonction $x \mapsto x^2+2$ est dérivable sur $\mathbb{R}$, à valeurs strictement positives et la fonction racine est dérivable sur $]0,+\infty[$, donc, d'après le théorème de dérivabilité des fonctions composées, la fonction $x \mapsto \sqrt{x^2+2}$ est dérivable sur $\mathbb{R}$.

Les dérivées respectives des deux fonctions sont

$$x \mapsto 2x \quad \text{et} \quad x \mapsto \frac{1}{2\sqrt{x}}.$$

La dérivée cherchée est donc :

$$x \mapsto \frac{x}{\sqrt{x^2+2}}.$$

2 Ainsi la dérivée de :

$$x \mapsto x + \sqrt{x^2+2}$$

est :

$$x \mapsto 1 + \frac{x}{\sqrt{x^2+2}}.$$

On pose alors $u(x) = x + \sqrt{x^2+2}$.

D'après la question précédente, la fonction u est dérivable sur $[0,1]$. De plus, la fonction u est strictement positive sur l'intervalle $[0,1]$. La fonction f étant de la forme $\ln u$, il en résulte qu'elle est dérivable sur $[0,1]$. Donc pour tout $x \in [0,1]$,

$$f'(x) = \frac{1 + \dfrac{x}{\sqrt{x^2+2}}}{x + \sqrt{x^2+2}} = \frac{\dfrac{\sqrt{x^2+2}+x}{\sqrt{x^2+2}}}{x + \sqrt{x^2+2}}$$

soit :

$$f'(x) = \frac{1}{\sqrt{x^2+2}}.$$

3 La fonction $x \mapsto \dfrac{1}{\sqrt{x^2+2}}$ est continue sur l'intervalle $[0,1]$ donc elle admet des primitives sur cet intervalle et l'intégrale I existe.

$$I = \int_0^1 f'(x)\,\mathrm{d}x = f(1) - f(0) = \ln(1+\sqrt{3}) - \ln(\sqrt{2}).$$

13 Fonction rationnelle

Énoncé p. 244

Lycée Balzac, Caen

Pour tout $x \in \mathbb{R} - \left\{-\frac{1}{2}, \frac{1}{2}\right\}$, remarquons que $(4x^2-1)^2 = (2x-1)^2(2x+1)^2$. Alors,

$$f(x) = \frac{a}{(2x+1)^2} + \frac{b}{(2x-1)^2}$$

$$\iff -\frac{8x^2+32x+2}{(4x^2-1)^2} = \frac{4(a+b)x^2 + 4(b-a)x + (a+b)}{(4x^2-1)^2}.$$

Donc, $f(x) = \dfrac{a}{(2x+1)^2} + \dfrac{b}{(2x-1)^2}$ si et seulement si $a = 3$ et $b = -5$.

La fonction f est une fonction rationnelle ; elle est donc continue sur tout intervalle inclus dans son ensemble de définition. Par conséquent, elle admet des primitives sur l'intervalle $[1,2]$ et l'intégrale $\int_1^2 f(t)\,\mathrm{d}t$ existe.

$$\begin{aligned}\int_1^2 f(t)\,\mathrm{d}t &= \int_1^2 \frac{3}{(2t+1)^2}\,\mathrm{d}t - \int_1^2 \frac{5}{(2t-1)^2}\,\mathrm{d}t \\ &= -\frac{3}{2}\left[\frac{1}{2t+1}\right]_1^2 + \frac{5}{2}\left[\frac{1}{2t-1}\right]_1^2 \\ &= -\frac{22}{15}.\end{aligned}$$

MÉTHODE

Pour déterminer une primitive d'une fonction rationnelle, on a souvent recours à une décomposition de cette fonction rationnelle en somme de fonctions rationnelles correspondant aux primitives usuelles. Au niveau terminale, cette décomposition est en général guidée par l'énoncé. Il suffit alors de réduire au même dénominateur puis de procéder à l'identification des coefficients.

14 Dérivées de fonctions intégrales

Énoncé p. 244

Lycée Janson de Sailly, Paris

- Soit F_1 la fonction définie sur $\mathbb{R}_+^*$ par :

$$F_1(x) = \int_1^x \frac{\mathrm{d}t}{t}.$$

D'après les théorèmes du cours, F_1 est la primitive de : $x \mapsto \dfrac{1}{x}$, qui s'annule en 1.
Or, par la relation de Chasles :

$$F(x) = \int_x^{2x} \frac{1}{t}\,\mathrm{d}t = \int_x^1 \frac{1}{t}\,\mathrm{d}t + \int_1^{2x} \frac{1}{t}\,\mathrm{d}t = F_1(2x) - F_1(x).$$

Donc, pour tout $x \in \mathbb{R}_+^*$,d'après le théorème de dérivabilité des fonctions composées,

$$F'(x) = 2F_1'(2x) - F_1'(x) = \frac{2}{2x} - \frac{1}{x} = 0.$$

Remarque : puisque $\mathbb{R}_+^*$ est un intervalle, on peut en déduire que la fonction F est constante. Alors sa valeur se calcule par exemple en 1 et on a $F(1) = \ln 2$.

- De la même façon, définissons :

$$G_1(x) = \int_1^x \ln(t)\,\mathrm{d}t.$$

G_1 est dérivable et a pour dérivée ln et :

$$G(x) = G_1(x^2) - G_1(\sqrt{x}).$$

Donc pour tout $x \in \mathbb{R}_+^*$,

$$\begin{aligned} G'(x) &= 2xG_1'(x^2) - \frac{1}{2\sqrt{x}}G_1'(\sqrt{x}) \\ &= 2x\ln(x^2) - \frac{1}{2\sqrt{x}}\ln(\sqrt{x})\ , \end{aligned}$$

soit :

$$G'(x) = 4\left(x - \frac{1}{16\sqrt{x}}\right)\ln x.$$

MÉTHODE

Les fonctions définies par une intégrales sont très délicates à étudier. On se ramènera à chaque fois au théorème :
Soit f une fonction continue sur un intervalle I et $a \in I$, la fonction

$$F\ : I \to \mathbb{R}, \quad x \mapsto \int_a^x f(t)\,\mathrm{d}t$$

est *la* primitive de f sur I qui s'annule en a.
puis on utilisera la définition de la primitive d'une fonction.
On se souviendra que pour dériver une fonction du type : $x \mapsto G\big(u(x)\big)$ il est indispensable d'utiliser le théorème de dérivabilité des fonctions composées.

15 Valeur approchée d'une intégrale

Énoncé p. 245

Lycée du Parc, Lyon

1 La fonction f est dérivable sur $\left[0\,;\frac{1}{2}\right]$ et,

$$\forall x \in \left[0\,;\frac{1}{2}\right],\quad f'(x) = \frac{-\mathrm{e}^{-x}(1-x) + \mathrm{e}^{-x}}{(1-x)^2} = \frac{x\mathrm{e}^{-x}}{(1-x)^2}$$

donc $\quad \forall x \in \left[0\,;\frac{1}{2}\right],\quad f'(x) \geqslant 0.$

Ainsi, f est croissante sur $\left[0\,;\frac{1}{2}\right]$, donc pour tout $x \in \left[0\,;\frac{1}{2}\right]$,

$$f(0) \leqslant f(x) \leqslant f\left(\frac{1}{2}\right),$$

soit :

$$1 \leqslant f(x) \leqslant \frac{2}{\sqrt{e}}.$$

2 **(a)** Pour tout $x \in \left[0\,;\frac{1}{2}\right]$, on a :

$$1+x+\frac{x^2}{1-x} = \frac{(1+x)(1-x)+x^2}{1-x} = \frac{1-x^2+x^2}{1-x} = \frac{1}{1-x}.$$

(b) En utilisant l'égalité démontrée à la question précédente, il vient :

$$\begin{aligned} I &= \int_0^{\frac{1}{2}} f(x)\,dx \\ &= \int_0^{\frac{1}{2}} \left(1+x+\frac{x^2}{1-x}\right)e^{-x}\,dx \\ &= \int_0^{\frac{1}{2}} (1+x)e^{-x}\,dx + \int_0^{\frac{1}{2}} \frac{x^2e^{-x}}{1-x}\,dx \\ &= \int_0^{\frac{1}{2}} (1+x)e^{-x}\,dx + \int_0^{\frac{1}{2}} x^2 f(x)\,dx. \end{aligned}$$

(c) On a $g'(x) = -e^{-x} + (x+2)e^{-x} = (x+1)e^{-x}$. La fonction g est donc bien une primitive de $x \mapsto (x+1)e^{-x}$.

(d) D'après 1, pour tout $x \in \left[0\,;\frac{1}{2}\right]$, $1 \leqslant f(x) \leqslant \frac{2}{\sqrt{e}}$.

Donc, pour tout $x \in \left[0\,;\frac{1}{2}\right]$, $x^2 \leqslant x^2 f(x) \leqslant \frac{2x^2}{\sqrt{e}}$.

En intégrant entre 0 et $\frac{1}{2}$ on a, par conservation de l'ordre par intégration (les conditions d'application du théorème étant réunies),

$$\int_0^{\frac{1}{2}} x^2\,dx \leqslant \int_0^{\frac{1}{2}} x^2 f(x)\,dx \leqslant \int_0^{\frac{1}{2}} \frac{2x^2}{\sqrt{e}}\,dx,$$

soit :

$$\frac{1}{24} \leqslant \int_0^{\frac{1}{2}} x^2 f(x)\,dx \leqslant \frac{1}{12\sqrt{e}}.$$

COURS INTERROS CORRIGÉS

(e) Nous avons la relation :

$$\begin{aligned} I &= \int_0^{\frac{1}{2}} (x+1)\mathrm{e}^{-x}\,\mathrm{d}x + \int_0^{\frac{1}{2}} x^2 f(x)\,\mathrm{d}x \\ &= \Big[g(x)\Big]_0^{\frac{1}{2}} + \int_0^{\frac{1}{2}} x^2 f(x)\,\mathrm{d}x \\ &= 2 - \frac{5}{2\sqrt{\mathrm{e}}} + \int_0^{\frac{1}{2}} x^2 f(x)\,\mathrm{d}x. \end{aligned}$$

D'après 2.d, on a l'encadrement suivant :

$$\frac{1}{24} + 2 - \frac{5}{2\sqrt{\mathrm{e}}} \leqslant I \leqslant \frac{1}{12\sqrt{\mathrm{e}}} + 2 - \frac{5}{2\sqrt{\mathrm{e}}}.$$

Finalement, on obtient à l'aide de la calculatrice, $I \approx 0{,}53$ à 10^{-2} près.

16 Suites définies par des intégrales

Énoncé p. 245

Lycée du Parc, Lyon

1 La fonction : $x \mapsto \dfrac{x^n}{1+2x+4x^2}$ est continue sur l'intervalle [0 ; 1] en tant que fonction rationnelle.

Pour tout entier n et tout réel $x \in [0\,;1]$,

$$\frac{x^n}{1+2x+4x^2} \geqslant 0.$$

Les bornes d'intégration sont dans l'ordre croissant donc, d'après le théorème de positivité de l'intégrale,

$$I_n = \int_0^1 \frac{x^n}{1+2x+4x^2}\,\mathrm{d}x \geqslant 0.$$

En effet sur [0 ; 1], $x^n \geqslant 0$, et pour le trinôme du dénominateur, le discriminant est négatif, donc le trinôme est toujours du signe de 4, donc strictement positif.

2 Pour tout entier n, par linéarité de l'intégrale, on a :

$$\begin{aligned} I_{n+1} - I_n &= \int_0^1 \frac{x^{n+1}}{1+2x+4x^2}\,\mathrm{d}x - \int_0^1 \frac{x^n}{1+2x+4x^2}\,\mathrm{d}x \\ &= \int_0^1 \frac{x^n(x-1)}{1+2x+4x^2}\,\mathrm{d}x. \end{aligned}$$

La fonction : $x \mapsto \dfrac{x^n(x-1)}{1+2x+4x^2}$ est continue sur l'intervalle [0 ; 1] en tant que fonction rationnelle.

Or, pour tout réel $x \in [0\,;1]$, $\dfrac{x^n(x-1)}{1+2x+4x^2} \leqslant 0$.

Donc, par positivité de l'intégrale on a : $I_{n+1} - I_n \leqslant 0$.

La suite $(I_n)_{n\in\mathbb{N}}$ est donc décroissante.

3 Pour encadrer $1+2x+4x^2$, il faut connaître le sens de variation de la fonction : $f : x \mapsto 1+2x+4x^2$.

$f'(x)=2+8x$ donc $f'(x)>0 \Leftrightarrow x>-\dfrac{1}{4}$.

Par conséquent, sur l'intervalle $[0\,;\,1]$, f est croissante, et :

$$f(0)\leqslant f(x)\leqslant f(1).$$

On a donc : $1\leqslant 1+2x+4x^2\leqslant 7$.

Comme la fonction inverse est décroissante sur $]0\,;+\infty[$, on en déduit que pour tout $x\in[0\,;\,1]$, $\dfrac{1}{1+2x+4x^2}\leqslant 1$. Donc, en multipliant par x^n qui est positif, on obtient pour tout entier naturel n,

$$\frac{x^n}{1+2x+4x^2}\leqslant x^n.$$

Les fonctions : $x\mapsto x^n$ et $x\mapsto \dfrac{x^n}{1+2x+4x^2}$ sont continues sur $[0\,;\,1]$, les bornes d'intégrations sont dans l'ordre croissant. Il résulte du théorème sur les intégrales et l'ordre que :

$$\int_0^1 \frac{x^n}{1+2x+4x^2}\,\mathrm{d}x\leqslant\int_0^1 x^n\,\mathrm{d}x\ ,$$

soit :

$$I_n\leqslant\frac{1}{n+1}.$$

On a donc obtenu un encadrement de I_n : $0\leqslant I_n\leqslant\dfrac{1}{n+1}$.

Or, $\displaystyle\lim_{n\to+\infty}\frac{1}{n+1}=0$, donc, d'après le théorème de limite par encadrement (théorème des gendarmes), on en déduit :

$$\lim_{n\to+\infty} I_n=0.$$

MÉTHODE

Pour montrer qu'une intégrale est positive, il n'est pas nécessaire de la calculer : le théorème de positivité de l'intégrale permet d'obtenir directement le résultat à partir du signe de la fonction. On pensera à s'assurer que les trois conditions d'application du théorème sont bien réunies : fonction continue sur l'intervalle d'intégration, fonction positive et bornes d'intégration dans l'ordre croissant.

COURS INTERROS CORRIGÉS

17 Intégrale d'une fonction irrationnelle

Énoncé p. 246

Lycée Saint-Jean-de-Passy, Paris

1 Comme la fonction : $x \mapsto \sqrt{1-x^2}$ est continue est positive sur l'intervalle $[0\,;1]$, on sait d'après le cours que :

$$J_0 = \int_0^1 \sqrt{1-x^2}\,\mathrm{d}x$$

est l'aire de la portion de plan comprise entre la courbe d'équation $y = \sqrt{1-x^2}$, l'axe des abscisses et les droites d'équation $x = 0$ et $x = 1$.

Or, quelque soit $x \in [0\,;1]$,

$$x^2 + \left(\sqrt{1-x^2}\right)^2 = x^2 + 1 - x^2 = 1.$$

On rappelle que $x^2 + y^2 = 1$ est l'équation du cercle de centre O et de rayon unité.

Ainsi, J_0 est égale à l'aire d'un quart de disque de rayon unité dans un repère orthonormé.

Donc :

$$J_0 = \frac{\pi}{4}.$$

2 Pour tout entier naturel n on a, par linéarité de l'intégrale :

$$J_{n+1} - J_n = \int_0^1 (x^{n+1} - x^n)\sqrt{1-x^2}\,\mathrm{d}x. = -\int_0^1 x^n(1-x)\sqrt{1-x^2}\,\mathrm{d}x.$$

Or, pour tout $x \in [0\,;1]$, $x^n(1-x)\sqrt{1-x^2} \geqslant 0$ donc par positivité de l'intégrale (nous laissons au lecteur le soin de s'assurer que les conditions d'application de ce théorème sont réunies), on a :

$$J_{n+1} - J_n \leqslant 0.$$

La suite $(J_n)_{n\in\mathbb{N}}$ est donc décroissante.

3 **(a)** Pour tout $x \in [0\,;1]$, pour tout entier n,

$$0 \leqslant x^n \quad \text{et} \quad 0 \leqslant \sqrt{1-x^2} \leqslant 1.$$

Donc,

$$0 \leqslant x^n\sqrt{1-x^2} \leqslant x^n\ ,$$

soit, en appliquant le théorème sur les intégrales et l'ordre sur l'intervalle $[0\,;1]$ après s'être assuré que les conditions d'application étaient réunies,

$$0 \leqslant J_n \leqslant \int_0^1 x^n\,\mathrm{d}x.$$

(b) Comme pour tout entier naturel n,

$$\int_0^1 x^n\,\mathrm{d}x = \frac{1}{n+1}\ ,$$

on obtient un encadrement de J_n :

$$0 \leqslant J_n \leqslant \frac{1}{n+1}.$$

Or,

$$\lim_{n\to+\infty} \frac{1}{n+1} = 0.$$

D'où, par le théorème de limite par encadrement (théorème des gendarmes),

$$\lim_{n\to+\infty} J_n = 0.$$

18 Une autre suite d'intégrales

Énoncé p. 246

Lycée Balzac, Caen

1 **(a)** La fonction : $x \mapsto \dfrac{e^x}{1+e^x}$ est continue sur l'intervalle [0 ; 1] donc elle admet des primitives sur cet intervalle et l'intégrale I_1 existe. On a :

$$I_1 = \int_0^1 \frac{e^x}{1+e^x}\,dx = \left[\ln(1+e^x)\right]_0^1 = \ln(1+e) - \ln(2) = \ln\left(\frac{1+e}{2}\right)$$

et, par linéarité de l'intégrale :

$$I_0 + I_1 = \int_0^1 \frac{1+e^x}{1+e^x}\,dx = 1.$$

Donc :

$$I_0 = (I_0 + I_1) - I_1 = 1 - \ln\left(\frac{1+e}{2}\right).$$

(b) Pour tout entier naturel n, on a par linéarité de l'intégrale :

$$\begin{aligned} I_n + I_{n+1} &= \int_0^1 \frac{e^{nx} + e^{(n+1)x}}{1+e^x}\,dx \\ &= \int_0^1 e^{nx}\,dx \\ &= \left[\frac{1}{n}e^{nx}\right]_0^1 \\ &= \frac{e^n - 1}{n}. \end{aligned}$$

2 **(a)** Pour tout entier naturel n et tout réel $x \geqslant 0$ on a :

$$nx \leqslant (n+1)x.$$

Or, la fonction exponentielle étant croissante sur $\mathbb{R}$, on a : $e^{nx} \leqslant e^{(n+1)x}$. D'où :

$$\frac{e^{nx}}{e^x+1} \leqslant \frac{e^{(n+1)x}}{e^x+1} \qquad \text{car } e^x + 1 > 0.$$

Les fonctions : $x \mapsto \dfrac{e^{nx}}{e^x+1}$ et $x \mapsto \dfrac{e^{(n+1)x}}{e^x+1}$ sont continues sur l'intervalle [0 ; 1], les bornes d'intégration sont dans l'ordre croissant ; donc, d'après le théorème sur les intégrales et l'ordre, on a :

$$I_n \leqslant I_{n+1}.$$

La suite (I_n) est donc croissante.

(b) Pour tout réel $x \in [0\,;\,1]$ on a l'inégalité :

$$1 \leqslant e^x \leqslant e$$

donc

$$2 \leqslant 1+e^x \leqslant 1+e.$$

Tous ces termes sont strictement positifs donc, en passant à l'inverse et en multipliant par $e^{nx} > 0$:

$$\frac{e^{nx}}{1+e} \leqslant \frac{e^{nx}}{1+e^x} \leqslant \frac{e^{nx}}{2}.$$

En appliquant de nouveau le théorème sur les intégrales et l'ordre (les conditions d'application étant réunies), il vient :

$$\frac{1}{1+e}\int_0^1 e^{nx}\,dx \leqslant I_n \leqslant \frac{1}{2}\int_0^1 e^{nx}\,dx\ ,$$

soit :

$$\frac{e^n-1}{(1+e)n} \leqslant I_n \leqslant \frac{e^n-1}{2n}.$$

3 On démontre que :

$$\lim_{n\to+\infty} \frac{e^n-1}{n(1+e)} = +\infty \quad \text{car} \quad \lim_{n\to+\infty} \frac{e^n}{n} = +\infty.$$

D'après le théorème de limite par comparaison, on conclut que :

$$\lim_{+\infty} I_n = +\infty.$$

En repartant de l'encadrement de I_n obtenu à la question précédente et en multipliant par $\dfrac{1}{e^n}$ qui est strictement positif, on obtient :

$$\frac{1-e^{-n}}{(1+e)n} \leqslant \frac{I_n}{e^n} \leqslant \frac{1-e^{-n}}{2n}.$$

Comme :

$$\lim_{n\to+\infty} \frac{1-e^{-n}}{n(1+e)} = 0$$

et

$$\lim_{n\to+\infty} \frac{1-e^{-n}}{2n} = 0\ ,$$

par le théorème de limite par encadrement (théorème des gendarmes), on conclut :

$$\lim_{n \to +\infty} \frac{I_n}{e^n} = 0.$$

MÉTHODE

Pour comparer deux intégrales $\int_a^b f(t)\,dt$ et $\int_a^b g(t)\,dt$, il n'est pas nécessaire de les calculer.
Il suffit de comparer les fonctions f et g sur l'intervalle $[a\,;\,b]$ après s'être assuré que $a \leqslant b$ et que les fonctions f et g étaient continues sur l'intervalle $[a\,;\,b]$. Le théorème sur les intégrales et l'ordre permettra alors de conclure.
On pensera à mettre en évidence dans la rédaction le fait que les conditions d'application du théorème sont réunies.

19 Suite et algorithme

Énoncé p. 246

Lycée Victor Dupuy, Paris

1 **(a)** $u_0 = \int_0^1 e^{-x}\,dx = \left[-e^{-x}\right]_0^1 = -e^{-1} - (-e^0) = 1 - \frac{1}{e}.$

$$u_1 = \int_1^2 e^{-x}\,dx = \left[-e^{-x}\right]_1^2 = -e^{-2} - (-e^{-1}) = \frac{1}{e} - \frac{1}{e^2}.$$

(b)
$$\begin{aligned} u_n &= \int_n^{n+1} e^{-x}\,dx \\ &= \left[-e^{-x}\right]_n^{n+1} \\ &= -e^{-(n+1)} - (-e^{-n}) \\ &= \frac{1}{e^n} - \frac{1}{e^{n+1}}. \end{aligned}$$

2
$$\begin{aligned} S_n &= u_0 + u_1 + \cdots + u_n \\ &= \int_0^1 e^{-x}\,dx + \int_1^2 e^{-x}\,dx + \cdots + \int_n^{n+1} e^{-x}\,dx \\ &= \int_0^{n+1} e^{-x}\,dx \qquad \text{d'après la relation de Chasles} \\ &= 1 - \frac{1}{e^{n+1}}. \end{aligned}$$

3 S_n est l'aire du domaine délimité par la courbe d'équation $y = e^{-x}$, l'axe des abscisses et les droites d'équation $x = 0$ et $x = n + 1$.

4 $\lim\limits_{n\to+\infty}\left(\dfrac{1}{e^{n+1}}\right)=\lim\limits_{n\to+\infty}\left[\left(\dfrac{1}{e}\right)^{n+1}\right]=0$ car $0<\dfrac{1}{e}<1$.

Par conséquent, $\lim\limits_{n\to+\infty} S_n=1$.

5 Comme la limite de S_n est 1, on voit que les écarts avec 1 sont strictement supérieurs à 10^{-1} ou 10^{-4}. On pourrait imaginer que c'est juste un problème d'arrondi des valeurs par la calculatrice, mais c'est en réalité une erreur de la part de Louen. En effet, il arrête la boucle dès que le terme $u_i<10^{-A}$, mais il n'est pas certain qu'en ajoutant plusieurs termes inférieurs à 10^{-A}, il n'obtient pas une quantité plus grande que 10^{-A}. Il aurait pu écrire : « Tant que $S\geqslant 10^{-A}$ ».

20 Avec un algorithme

Énoncé p. 247

Lycée La Bruyère, Versailles

1 **(a)** Dans l'intervalle [0 ; 1], x^n est un nombre positif ou nul, ainsi bien sûr que e^{x^2}. La fonction à intégrer étant positive ou nulle sur [0 ; 1], on a bien $I_n\geqslant 0$.

(b) $$I_{n+1}-I_n=\int_0^1\left(x^{n+1}-x^n\right)e^{x^2}\,dx$$
$$=\int_0^1 x^n(x-1)e^{x^2}\,dx.$$

Sur l'intervalle [0 ; 1], $x^n\geqslant 0$, $e^{x^2}>0$ et $x-1\leqslant 0$, donc la fonction à intégrer est négative ou nulle sur l'intervalle considéré. Par conséquent, $I_{n+1}-I_n\leqslant 0$ pour tout n, et la suite est décroissante.

(c) La suite I est minorée par 0 (d'après la question 1.a) et décroissante. Par conséquent, elle est convergente.
La limite L est positive ou nulle.

2 **(a)** $G'(x)=\dfrac{1}{2}\times 2xe^{x^2}=xe^{x^2}=g(x)$. Donc G est bien une primitive de g.

(b) $$I_1=\int_0^1 xe^{x^2}\,dx$$
$$=\int_0^1 g(x)\,dx$$
$$=G(1)-G(0)$$
$$=\frac{1}{2}e-\frac{1}{2}.$$

(c) H_n est dérivable sur $\mathbb{R}$ comme produit de fonctions dérivables.

$$\begin{aligned}H_n'(x) &= (n+1)x^n G(x) + x^{n+1} G'(x) \\ &= (n+1)x^n \times \frac{1}{2}\mathrm{e}^{x^2} + x^{n+1} \times x\mathrm{e}^{x^2} \\ &= \frac{n+1}{2}x^n\mathrm{e}^{x^2} + x^{n+2}\mathrm{e}^{x^2}.\end{aligned}$$

En intégrant les deux membres de l'égalité ci-dessus entre 0 et 1, et en utilisant les propriétés de linéarité des intégrales, il vient :

$$H_n(1) - H_n(0) = \frac{n+1}{2}\int_0^1 x^n\mathrm{e}^{x^2}\,\mathrm{d}x + \int_0^1 x^{n+2}\mathrm{e}^{x^2}\,\mathrm{d}x\ ,$$

ou encore :

$$G(1) = \frac{n+1}{2}I_n + I_{n+2}.$$

On a donc bien :

$$I_{n+2} + \frac{n+1}{2}I_n = \frac{1}{2}\mathrm{e}.$$

(d) D'après ce qui précède, $I_3 + I_1 = \frac{1}{2}\mathrm{e}$. Donc, $I_3 = \frac{1}{2}$.

Puis, $I_5 + 2I_3 = \frac{1}{2}\mathrm{e}$ donc $I_5 = \frac{1}{2}\mathrm{e} - 1$.

3 Voici l'algorithme complété :

```
Initialisation
   n ← 1
   I ← (1/2)e − 1/2
Traitement
   Tant que n<23
     I ← (1/2)e − ((n+1)/2) I
     n ← n + 2
   Fin de Tant que
Sortie
   Afficher I
```

En Python

```python
from math import exp

n = 1
I = 0.5*exp(1)-0.5

while n < 23:
    I = 0.5*exp(1)-(n+1)*I/2
    n = n + 2
    print(I)
```

4 $I_{n+2} = \frac{1}{2}\mathrm{e} - \frac{n+1}{2}I_n$. Donc,

$$\lim_{n\to+\infty} I_{n+2} = \lim_{n\to+\infty}\left(\frac{1}{2}\mathrm{e} - \frac{n+1}{2}I_n\right).$$

Intéressons-nous à la limite de $\frac{n+1}{2}I_n$ lorsque n tend vers $+\infty$.

Raisonnons par l'absurde : si I_n tend vers une valeur non nulle, $\frac{n+1}{2}I_n$ tend vers $+\infty$ ($I_n \geqslant 0$ pour tout n).

Ceci donnerait $\lim\limits_{n\to+\infty} I_{n+2} = -\infty$, ce qui est impossible puisque $I_n \geqslant 0$ pour tout n.

Donc $\lim\limits_{n\to+\infty} I_n = 0$, ce qui donnera une forme indéterminée pour la limite de $\frac{n+1}{2}I_n$.

Donc L = 0.

Remarque : si vous tentez de modifier le programme Python de la question 3 en remplaçant « 23 » par un grand nombre (par exemple 100), vous serez surpris de voir une contradiction avec la réponse de la question 4. Ceci montre la différence entre un programme, qui peut très bien être correct, et un raisonnement purement mathématique. La raison de cette différence réside la plupart du temps dans les limites du langage de programmation et de la représentation des nombres réels en informatique.

21 Logarithme népérien

Énoncé p. 248

Lycée Lavoisier, Paris

Posons, pour $x \in [1; 2]$:

$$u(x) = \frac{1}{2}(x+1)^2 \quad \text{et} \quad v(x) = \ln x.$$

On a alors :

$$u'(x) = 1 + x \quad \text{et} \quad v'(x) = \frac{1}{x}.$$

Les fonctions u et v sont dérivables sur l'intervalle $[1,2]$ et les fonctions u' et v' sont continues sur sur l'intervalle $[1,2]$.

On peut donc appliquer le théorème d'intégration par parties :

$$\begin{aligned} I &= \int_1^2 (x+1)\ln x \,\mathrm{d}x \\ &= \left[\frac{1}{2}(x+1)^2 \ln x\right]_1^2 - \frac{1}{2}\int_1^2 \frac{(x+1)^2}{x}\,\mathrm{d}x \end{aligned}$$

$$\begin{aligned} I &= \frac{9\ln 2}{2} - \frac{1}{2}\int_1^2 \left(x + 2 + \frac{1}{x}\right) \mathrm{d}x \\ &= \frac{9\ln 2}{2} - \frac{1}{2}\left[\frac{1}{2}x^2 + 2x + \ln x\right]_1^2 \\ &= 4\ln 2 - \frac{7}{4}. \end{aligned}$$

22 Produit du logarithme par un carré

Énoncé p. 249

Lycée Buffon, Paris

La fonction carré est continue sur l'intervalle $[1,\mathrm{e}]$ donc elle admet des primitives sur cet intervalle et l'intégrale I_0 existe. On a :

$$I_0 = \int_1^{\mathrm{e}} x^2 \,\mathrm{d}x = \left[\frac{1}{3}x^3\right]_1^{\mathrm{e}} = \frac{\mathrm{e}^3 - 1}{3}.$$

Pour calculer I_1, posons

$$u(x) = \frac{1}{3}x^3 \quad \text{et} \quad v(x) = \ln x.$$

On a alors :

$$u'(x) = x^2 \quad \text{et} \quad v'(x) = \frac{1}{x}.$$

Les fonctions u et v sont dérivables sur l'intervalle $[1,\mathrm{e}]$ et les fonctions u' et v' sont continues sur $[1,\mathrm{e}]$ donc, d'après le théorème d'intégration par parties,

$$I_1 = \int_1^{\mathrm{e}} x^2 \ln x \,\mathrm{d}x = \left[\frac{1}{3}x^3 \ln x\right]_1^{\mathrm{e}} - \frac{1}{3}\int_1^{\mathrm{e}} \frac{x^3}{x}\,\mathrm{d}x = \frac{\mathrm{e}^3}{3} - \frac{1}{3}I_0 = \frac{2\mathrm{e}^3 + 1}{9}.$$

23 Logarithme d'un quotient

Énoncé p. 249

Lycée Albert Schweitzer, Le Raincy

1 On cherche à calculer $\displaystyle\int_1^x \ln(t)\,\mathrm{d}t$.

Posons alors $u'(t) = 1$ et $v(t) = \ln t$. Alors, $u(t) = t$ et $v'(t) = \dfrac{1}{t}$.

Ainsi,

$$\begin{aligned} \int_1^x 1 \times \ln(t)\,\mathrm{d}t &= \left[t\ln(t)\right]_1^x - \int_1^x t \times \frac{1}{t}\,\mathrm{d}t \\ &= x\ln x - \left[t\right]_1^x \\ &= x\ln x - x + 1. \end{aligned}$$

Une primitive étant définie à une constante près, on peut dire que $F(x) = x\ln x - x$ est une primitive de $f(x) = \ln x$.

2 Le réel $f(t)$ existe si et seulement si $\dfrac{1+t}{1-t} > 0$. Un *tableau de signes* donne alors :

$$\mathcal{D}_f =]-1,1[.$$

3 Soit donc x un réel vérifiant : $|x| < 1$. Alors les fonctions $t \mapsto \ln(1+t)$ et $t \mapsto \ln(1-t)$ sont bien définies, continues, sur $[0,x]$ et on peut écrire :

$$\begin{aligned} F(x) &= \int_0^x \ln(1+t)\ \mathrm{d}t - \int_0^x \ln(1-t)\ \mathrm{d}t \\ &= [\mathcal{A}(1+t) - \mathcal{A}(1-t)]_0^x \\ &= \mathcal{A}(1+x) - \mathcal{A}(1-x). \end{aligned}$$

Or, on sait que l'intégrale ne dépend pas de la primitive choisie, donc on peut prendre la primitive classique de la fonction logarithme, obtenue par intégration par parties :

$$\mathcal{A} : u \mapsto u \ln u - u.$$

Au final, après calculs, une expression de $F(x)$ est :

$$F(x) = \ln(1-x^2) + x \ln\left(\frac{1+x}{1-x}\right).$$

24 Calculs par combinaisons linéaires

Énoncé p. 249

Lycée Balzac, Caen

1 Posons pour $x \in \left[0; \frac{\pi}{2}\right]$:

$$u(x) = x^2 \quad \text{et} \quad v(x) = \frac{1}{2}\sin 2x.$$

Alors :

$$u'(x) = 2x \quad \text{et} \quad v'(x) = \cos 2x.$$

Les fonctions u et v sont dérivables sur l'intervalle $\left[0, \frac{\pi}{2}\right]$ et les fonctions u' et v' sont continues sur ce même intervalle. Donc, par le théorème d'intégration par parties, on a

$$K = \int_0^{\frac{\pi}{2}} x^2 \cos 2x\,\mathrm{d}x = \underbrace{\left[x^2 \frac{1}{2}\sin 2x\right]_0^{\frac{\pi}{2}}}_{=0} - \int_0^{\frac{\pi}{2}} x \sin 2x\,\mathrm{d}x.$$

Pour calculer l'intégrale $\int_0^{\frac{\pi}{2}} x \sin 2x\,\mathrm{d}x$, il est nécessaire de procéder à une seconde intégration par parties. Posons :

$$s(x) = x \quad \text{et} \quad t(x) = \frac{1}{2}\cos 2x.$$

Alors :

$$s'(x) = 1 \quad \text{et} \quad t'(x) = -\sin 2x.$$

Les fonctions s et t étant dérivables, à dérivée continue sur l'intervalle $\left[0, \frac{\pi}{2}\right]$, on a, par le théorème d'intégration par parties :

$$\begin{aligned} K &= -\int_0^{\frac{\pi}{2}} x \sin 2x \, \mathrm{d}x \\ &= \left[x \frac{1}{2} \cos 2x\right]_0^{\frac{\pi}{2}} - \int_0^{\frac{\pi}{2}} \frac{1}{2} \cos 2x \, \mathrm{d}x \\ &= -\frac{\pi}{4} - \frac{1}{4}\left[\sin 2x\right]_0^{\frac{\pi}{2}} \\ &= -\frac{\pi}{4}. \end{aligned}$$

2 **(a)** Par linéarité de l'intégrale, on a :

$$I + J = \int_0^{\frac{\pi}{2}} x^2 \left(\cos^2 x + \sin^2 x\right) \mathrm{d}x = \int_0^{\frac{\pi}{2}} x^2 \, \mathrm{d}x = \left[\frac{1}{3} x^3\right]_0^{\frac{\pi}{2}} = \frac{\pi^3}{24}.$$

On sait que pour tout x,

$$\cos 2x = \cos^2 x - \sin^2 x.$$

Donc, d'après 1, par linéarité de l'intégrale, on a :

$$I - J = \int_0^{\frac{\pi}{2}} x^2 \left(\cos^2 x - \sin^2 x\right) \mathrm{d}x = \int_0^{\frac{\pi}{2}} x^2 \cos 2x \, \mathrm{d}x = -\frac{\pi}{4}.$$

(b) On en déduit que :

$$I = \frac{\pi^3}{48} - \frac{\pi}{8} \quad \text{et} \quad J = \frac{\pi^3}{48} + \frac{\pi}{8}.$$

25 Exponentielle et trigonométrie

Énoncé p. 249

Lycée Saint-Joseph, Reims

1 Posons

$$u'(x) = \mathrm{e}^{-x} \quad \text{alors} \quad u(x) = -\mathrm{e}^{-x}.$$
$$v(x) = \cos x \quad \text{alors} \quad v'(x) = -\sin x.$$

Les fonctions u et v sont dérivables, à dérivées continues sur $\mathbb{R}$ donc, d'après le théorème d'intégration par parties :

$$\begin{aligned} F(t) &= \left[-\cos x \cdot \mathrm{e}^{-x}\right]_0^t - \int_0^t \sin x \cdot \mathrm{e}^{-x} \, \mathrm{d}x \\ &= -\cos t \cdot \mathrm{e}^{-t} + 1 - G(t) \\ &= 1 - \cos t \cdot \mathrm{e}^{-t} - G(t). \end{aligned}$$

Procédons de nouveau au calcul de $F(t)$ en utilisant, comme le demande l'énoncé, l'autre possibilité d'intégration par parties.

$$u'(x) = \cos x \quad \text{alors} \quad u(x) = \sin x.$$
$$v(x) = \mathrm{e}^{-x} \quad \text{alors} \quad v'(x) = -\mathrm{e}^{-x}.$$

D'où :

$$F(t) = \left[\sin x \cdot e^{-x}\right]_0^t + \int_0^t \sin x \cdot e^{-x}\,dx$$
$$= \sin t \cdot e^{-t} + G(t).$$

2 Les deux relations établies précédemment permettent d'écrire le système :

$$\begin{cases} F(t) + G(t) = 1 - \cos t \cdot e^{-t} & (1) \\ F(t) - G(t) = \sin t \cdot e^{-t} & (2) \end{cases}$$

$$(1) + (2) \Longrightarrow F(t) = \frac{1}{2}\left[1 + (\sin t - \cos t)e^{-t}\right]$$

$$(1) - (2) \Longrightarrow G(t) = \frac{1}{2}\left[1 - (\sin t + \cos t)e^{-t}\right]$$

26 Trigonométrie et logarithme

Énoncé p. 250

Lycée Henri IV, Paris

Posons

$$u(t) = \cos(\ln t) \quad \text{et} \quad v(t) = t.$$

Alors :

$$u'(t) = -\frac{1}{t}\sin(\ln t) \quad \text{et} \quad v'(t) = 1.$$

Les fonctions u et v sont dérivables sur $[1, +\infty[$ et les fonctions u' et v' sont continues sur $[1, +\infty[$ donc, d'après le théorème d'intégration par parties, on a, pour tout $x \geqslant 1$:

$$F(x) = \int_1^x \cos(\ln t)\,dt = \left[t\cos(\ln t)\right]_1^x + \int_1^x \sin(\ln t)\,dt.$$

Ainsi, pour tout $x \geqslant 1$,

$$F(x) = x\cos(\ln x) - 1 + G(x).$$

De la même façon, en posant :

$$f(t) = \sin(\ln t) \quad \text{et} \quad g(t) = t$$

on a :

$$f'(t) = \frac{1}{t}\cos(\ln t) \quad \text{et} \quad g'(t) = 1.$$

Donc pour tout $x \geqslant 1$:

$$G(x) = \int_1^x \sin(\ln t)\,dt = \left[t\sin(\ln t)\right]_1^x - \int_1^x \cos(\ln t)\,dt$$

soit pour tout $x \geqslant 1$,

$$G(x) = x\sin(\ln x) - F(x).$$

Donc pour tout $x \geqslant 1$,

$$\begin{cases} F(x) - G(x) = x\cos(\ln x) - 1 \\ F(x) + G(x) = x\sin(\ln x) \end{cases}$$

Soit, pour tout $x \geqslant 1$,

$$\begin{cases} F(x) = \dfrac{x}{2}\left(\sin(\ln x) + \cos(\ln x)\right) - \dfrac{1}{2} \\ G(x) = \dfrac{x}{2}\left(\sin(\ln x) - \cos(\ln x)\right) + \dfrac{1}{2} \end{cases}$$

27 Exponentielle et trigonométrie

Énoncé p. 250

Lycée Jacques Prévert, Boulogne

Remarquons tout d'abord que toutes les fonctions à intégrer sont continues sur $\mathbb{R}$ donc elles admettent toutes des primitives sur $\mathbb{R}$ et les intégrales I_n et J_n existent pour tout entier naturel n.

1 On a

$$I_0 = \int_0^{\frac{\pi}{2}} \sin x \, \mathrm{d}x = 1 \quad \text{et} \quad J_0 = \int_0^{\frac{\pi}{2}} \cos x \, \mathrm{d}x = 1.$$

2 **(a)** Soit n un entier naturel. Posons :

$$u(x) = \mathrm{e}^{-nx} \quad \text{et} \quad v(x) = \sin(x).$$

Alors :

$$u'(x) = -n\mathrm{e}^{-nx} \quad \text{et} \quad v'(x) = \cos(x).$$

Les fonctions u et v étant dérivables, à dérivées continues sur $\left[0; \dfrac{\pi}{2}\right]$, on peut appliquer le théorème d'intégration par parties :

$$J_n = \int_0^{\frac{\pi}{2}} \mathrm{e}^{-nx} \cos x \, \mathrm{d}x = \left[\mathrm{e}^{-nx} \sin x\right]_0^{\frac{\pi}{2}} + n \int_0^{\frac{\pi}{2}} \mathrm{e}^{-nx} \sin x \, \mathrm{d}x.$$

Ainsi,

$$J_n = \mathrm{e}^{-n\frac{\pi}{2}} + nI_n.$$

De la même façon, posons :

$$u(x) = \mathrm{e}^{-nx} \quad \text{et} \quad v(x) = -\cos(x).$$

Alors :

$$u'(x) = -n\mathrm{e}^{-nx} \quad \text{et} \quad v'(x) = \sin(x).$$

Une intégration par parties donne donc :

$$I_n = \int_0^{\frac{\pi}{2}} \mathrm{e}^{-nx} \sin x \, \mathrm{d}x = \left[-\mathrm{e}^{-nx} \cos x\right]_0^{\frac{\pi}{2}} - n \int_0^{\frac{\pi}{2}} \mathrm{e}^{-nx} \cos x \, \mathrm{d}x$$

soit :

$$I_n = 1 - nJ_n.$$

D'où le système :

$$\begin{cases} I_n + nJ_n = 1 \\ -nI_n + J_n = \mathrm{e}^{-n\frac{\pi}{2}} \end{cases}$$

(b) Le système précédent donne :

$$\begin{cases} J_n = \dfrac{n + e^{-\frac{n\pi}{2}}}{n^2+1} \\ I_n = \dfrac{1 - ne^{-\frac{n\pi}{2}}}{n^2+1} \end{cases}$$

3 Pour tout entier naturel n non nul, nous avons :

$$I_n = \frac{\dfrac{1}{n^2} - \dfrac{e^{-\frac{n\pi}{2}}}{n}}{1 + \dfrac{1}{n^2}}$$

$$J_n = \frac{n\left(1 + \frac{e^{-\frac{n\pi}{2}}}{n}\right)}{n^2\left(1 + \frac{1}{n^2}\right)} = \frac{1 + \frac{e^{-\frac{n\pi}{2}}}{n}}{n(1 + \frac{1}{n^2})}.$$

Donc :

$$\lim_{n \to +\infty} I_n = 0$$

et

$$\lim_{n \to +\infty} J_n = 0.$$

28 Double intégration par parties

Énoncé p. 250

Lycée Thiers, Marseille

1 Soit n un entier non nul.

Posons :

$$a(x) = x^2 \quad \text{et} \quad b(x) = -\frac{1}{n}\cos(nx).$$

Alors :

$$a'(x) = 2x \quad \text{et} \quad b'(x) = \sin(nx).$$

Les fonctions a et b étant dérivables, à dérivées continues sur $\left[0; \dfrac{\pi}{2}\right]$, on peut appliquer le théorème d'intégration par parties :

$$I_n = \left[-\frac{1}{n}x^2\cos(nx)\right]_0^{\frac{\pi}{2}} + \frac{2}{n}\int_0^{\frac{\pi}{2}} x\cos(nx)\,dx.$$

Posons :

$$c(x) = x \quad \text{et} \quad d(x) = \frac{1}{n}\sin(nx).$$

Alors :

$$c'(x) = 1 \quad \text{et} \quad d'(x) = \cos(nx).$$

Par une seconde intégration par parties :

$$\int_0^{\frac{\pi}{2}} x\cos(nx)\,\mathrm{d}x = \left[\frac{1}{n}x\sin(nx)\right]_0^{\frac{\pi}{2}} - \frac{1}{n}\int_0^{\frac{\pi}{2}} \sin(nx)\,\mathrm{d}x$$

d'où :

$$I_n = -\frac{\pi^2}{4n}\cos\left(\frac{n\pi}{2}\right) + \frac{\pi}{n^2}\sin\left(\frac{n\pi}{2}\right) + \frac{2}{n^3}\left(\cos\left(n\frac{\pi}{2}\right) - 1\right).$$

2 La formule ci-dessus montre que, pour tout entier $n \geqslant 1$:

$$|I_n| \leqslant \frac{\pi^2}{4n} + \frac{\pi}{n^2} + \frac{4}{n^3}$$

et

$$\lim_{n\to+\infty}\left(\frac{\pi^2}{4n} + \frac{\pi}{n^2} + \frac{2}{n^2}\right) = 0 \quad\Longrightarrow\quad \lim_{n\to+\infty} I_n = 0$$

MÉTHODE

Comme l'expression dont on cherche la limite comporte des termes en sinus et cosinus dont la valeur change selon les valeurs de n, on utilise le théorème de limite par encadrement.

On majore la valeur absolue de I_n en utilisant tout d'abord le fait que la valeur absolue d'une somme est inférieure à la somme des valeurs absolues ; les termes en sinus et cosinus sont ensuite eux-mêmes majorés par 1.

Il ne reste plus ensuite qu'à prouver que la limite de $\left(\frac{\pi^2}{4n} + \frac{\pi}{n^2} + \frac{2}{n^2}\right)$ est nulle pour pouvoir conclure.

29 Relations de récurrence

Énoncé p. 251

Lycée Louis-le-Grand, Paris

1 Soient n et k deux entiers avec $0 \leqslant k \leqslant n$ et $0 < n$.

Posons :

$$u(x) = \frac{1}{k+1}x^{k+1} \quad \text{et} \quad v(x) = (1-x)^{n-k}.$$

Alors :

$$u'(x) = x^k \quad \text{et} \quad v'(x) = -(n-k)(1-x)^{n-(k+1)}.$$

Les fonctions u et v étant dérivables, à dérivées continues sur $[0,1]$, on peut appliquer le théorème d'intégration par parties (page suivante).

$$\int_0^1 x^k(1-x)^{n-k}\,\mathrm{d}x = \left[\frac{1}{k+1}x^{k+1}(1-x)^{n-k}\right]_0^1 + \frac{n-k}{k+1}\int_0^1 x^{k+1}(1-x)^{n-(k+1)}\,\mathrm{d}x$$

$$= \frac{n-k}{k+1}\int_0^1 x^{k+1}(1-x)^{n-(k+1)}\,\mathrm{d}x.$$

Or, en revenant à l'écriture des coefficients binomiaux à l'aide des factorielles, on montre que $\dfrac{n-k}{k+1}\dbinom{n}{k} = \dbinom{n}{k+1}$, donc il vient :

$$I_{k,n} = \binom{n}{k}\int_0^1 x^k(1-x)^{n-k}\,\mathrm{d}x$$

$$= \binom{n}{k+1}\int_0^1 x^{k+1}(1-x)^{n-(k+1)}\,\mathrm{d}x$$

$$= I_{k+1,n}.$$

2 Pour tout entier k tel que $0 \leqslant k \leqslant n$, nous avons :

$$I_{k,n} = I_{0,n}.$$

On en déduit :

$$I_{0,n} = \frac{1}{n+1}.$$

On a donc, pour tout entier $n \geqslant 2$ et tout entier $k \leqslant n$:

$$I_{k,n} = \frac{1}{n+1}.$$

30 Avec une suite

Énoncé p. 251

Lycée Notre-Dame de Boulogne, Boulogne-Billancourt

1 $I_1 = \displaystyle\int_0^2 (2-x)\mathrm{e}^x\,\mathrm{d}x.$

En posant $u(x) = 2 - x$ et $v'(x) = \mathrm{e}^x$, à l'aide d'une intégration par parties, on a :

$$I_1 = \left[(2-x)\mathrm{e}^x\right]_0^2 - \int_0^2 -\mathrm{e}^x\,\mathrm{d}x$$

$$= -2 + \left[\mathrm{e}^x\right]_0^2$$

$$= \mathrm{e}^2 - 3.$$

2 Pour $0 \leqslant x \leqslant 2$, et pour tout entier $n \geqslant 1$,

$$
\begin{aligned}
0 \leqslant 2-x \leqslant 2 &\iff 0^n \leqslant (2-x)^n \leqslant 2^n \\
&\iff 0 \leqslant \frac{1}{n!}(2-x)^n \mathrm{e}^x \leqslant 2^n \times \frac{1}{n!}\mathrm{e}^x \\
&\iff \int_0^2 0\,\mathrm{d}x \leqslant \int_0^2 \frac{1}{n!}(2-x)^n \mathrm{e}^x\,\mathrm{d}x \leqslant \int_0^2 \frac{2^n}{n!}\mathrm{e}^x\,\mathrm{d}x \\
&\iff 0 \leqslant I_n \leqslant \frac{2^n}{n!}\left[\mathrm{e}^x\right]_0^2 \\
&\iff 0 \leqslant I_n \leqslant \frac{2^n}{n!}(\mathrm{e}^2-1).
\end{aligned}
$$

3 $I_{n+1} = \displaystyle\int_0^2 \frac{1}{(n+1)!}(2-x)^{n+1}\mathrm{e}^x\,\mathrm{d}x = \frac{1}{(n+1)!}\int_0^2 (2-x)^{n+1}\mathrm{e}^x\,\mathrm{d}x.$

En posant $u(x) = (2-x)^{n+1}$ et $v'(x) = \mathrm{e}^x$, par intégration par parties, on a :

$$
\begin{aligned}
I_{n+1} &= \frac{1}{(n+1)!}\left(\left[(2-x)^{n+1}\mathrm{e}^x\right]_0^2 - \int_0^2 (n+1)(-1)(2-x)^n\mathrm{e}^x\,\mathrm{d}x\right) \\
&= \frac{1}{(n+1)!}\left(-2^{n+1} + (n+1)\int_0^2 (2-x)^n\mathrm{e}^x\,\mathrm{d}x\right) \\
&= \frac{-2^{n+1}}{(n+1)!} + \frac{n+1}{(n+1)!}\int_0^2 (2-x)^n\mathrm{e}^x\,\mathrm{d}x \\
&= -\frac{2^{n+1}}{(n+1)!} + \frac{1}{n!}\int_0^2 (2-x)^n\mathrm{e}^x\,\mathrm{d}x
\end{aligned}
$$

$$
I_{n+1} = I_n - \frac{2^{n+1}}{(n+1)!}.
$$

4 Démontrons par récurrence que pour $n \geqslant 1$, $\mathrm{e}^2 = \displaystyle\sum_{k=0}^{n} \frac{2^k}{k!} + I_n$.

- *Initialisation* : pour $n = 1$, $1 + \dfrac{2^1}{1!} + I_1 = 3 + \mathrm{e}^2 - 3 = \mathrm{e}^2$.
  L'égalité est donc vraie pour $n = 1$.
- *Hérédité* : supposons que pour un entier $p > 1$ fixé, l'égalité est vraie :

$$
\mathrm{e}^2 = \sum_{k=0}^{p} \frac{2^k}{k!} + I_p.
$$

Alors, $\displaystyle\sum_{k=0}^{p+1} \frac{2^k}{k!} + I_{p+1} = \sum_{k=0}^{p} \frac{2^k}{k!} + \frac{2^{p+1}}{(p+1)!} + \underbrace{I_p - \frac{2^{p+1}}{(p+1)!}}_{I_{p+1}}$

$$= \left(\sum_{k=0}^{p} \frac{2^k}{k!} + I_p\right) + \frac{2^{p+1}}{(p+1)!} - \frac{2^{p+1}}{(p+1)!}$$

$= e^2$ d'après l'hypothèse de récurrence.

L'hérédité est alors vérifiée. Ainsi, l'égalité est vraie pour tout entier $n \geqslant 1$.

5 Pour $n \geqslant 1$, $u_n = \dfrac{2^n}{n!}$.

(a) $\dfrac{u_{n+1}}{u_n} = \dfrac{\frac{2^{n+1}}{(n+1)!}}{\frac{2^n}{n!}} = \dfrac{2^{n+1}}{(n+1)!} \times \dfrac{n!}{2^n} = \dfrac{n!}{n!(n+1)} \times 2 = \dfrac{2}{n+1}$.

Pour $n \geqslant 3$, $n+1 \geqslant 4$ et donc $\dfrac{2}{n+1} \leqslant \dfrac{2}{4} \leqslant \dfrac{1}{2}$.

Par conséquent, pour tout $n \geqslant 3$, $\dfrac{u_{n+1}}{u_n} \leqslant \dfrac{1}{2}$, soit : $u_{n+1} \leqslant \dfrac{1}{2}u_n$.

(b) De la question précédente, on déduit que pour tout $n \geqslant 3$,

$u_n \leqslant \dfrac{1}{2}u_{n-1} \leqslant \dfrac{1}{2} \times \dfrac{1}{2}u_{n-2} \leqslant \cdots \leqslant \left(\dfrac{1}{2}\right)^k u_{n-k} \leqslant \left(\dfrac{1}{2}\right)^{n-3} u_3$.

De plus, $u_n = \dfrac{2^n}{n!} > 0$ donc pour tout $n \geqslant 3$,

$$0 \leqslant u_n \leqslant u_3 \left(\frac{1}{2}\right)^{n-3}.$$

6 $\displaystyle\lim_{n\to+\infty} \left(\frac{1}{2}\right)^{n-3} = 0$ donc, d'après l'encadrement précédent, et d'après le théorème des gendarmes, $\displaystyle\lim_{n\to+\infty} u_n = 0$.

Ainsi, d'après l'encadrement démontré à la question 2, $\lim_{n\to+\infty} I_n = 0$.

7 De l'égalité démontrée à la question 4, et du résultat précédent, on peut écrire :

$$\lim_{n\to+\infty} e^2 = \lim_{n\to+\infty} \left(\sum_{k=0}^{n} \frac{2^k}{k!} + I_n\right)$$

soit :

$$e^2 = \lim_{n\to+\infty} \sum_{k=0}^{n} \frac{2^k}{k!} + \underbrace{\lim_{n\to+\infty} (I_n)}_{=0}$$

$$e^2 = \lim_{n\to+\infty} \left(1 + \frac{2}{1!} + \frac{2^2}{2!} + \cdots + \frac{2^n}{n!}\right).$$

Chapitre 9

Combinatoire et dénombrement

Plan du chapitre

1 Principes de base

Exercice type 1 — **Lycée Saint-Joseph Loquidy, Nantes**

On considère trois ensembles : $E = \{1; 2\}$, $F = \{1; 2; 3; 4\}$ et $G = \{a; b; c\}$.
Quel est le nombre d'éléments de $(E \cup F) \times G$?

Voir corrigé page 284

1.1 Cardinal d'un ensemble

Définition 1

Le *cardinal* d'un ensemble A est le nombre d'éléments contenus dans A.
On le note card A.

Exemple : si A désigne l'ensemble des cartes qui constituent un jeu de 32 cartes, alors card $A = 32$.

Définition 2

On dit qu'un ensemble A est *fini* si card A est un entier naturel.

1.2 Principe additif

Propriété 1

Soient A et B deux ensembles finis disjoints, c'est-à-dire n'ayant aucun élément commun, tels que card $A = n$ et card $B = m$, où n et m sont deux entiers naturels. Alors, le nombre de façons de prendre un élément dans A ou un élément dans B est égal à $n + m$.
Cela se traduit ainsi :

$$A \cap B \neq \varnothing \Rightarrow \text{card}(A \cup B) = \text{card}\, A + \text{card}\, B.$$

Exemple : dans ma bibliothèque, il y a 20 romans et 10 bandes dessinées.
Je peux donc y choisir un livre de $20 + 10 = 30$ façons différentes.

1.3 Principe multiplicatif

Propriété 2

Soient A et B deux ensembles finis tels que $\text{card}\, A = n$ et $\text{card}\, B = m$, où n et m sont deux entiers naturels.
Le nombre de façons de prendre un élément dans A et un élément dans B est égal à $n \times m$. Cela se traduit ainsi :

$$\text{card}(A \times B) = \text{card}\, A \times \text{card}\, B.$$

Exemple : dans ma bibliothèque, il y a 20 romans et 10 bandes dessinées.
Je souhaite prendre un livre de chaque sorte. Il y a donc $20 \times 10 = 200$ possibilités.

Les principe multiplicatif peut se représenter sous la forme d'un *arbre des possibilités* :

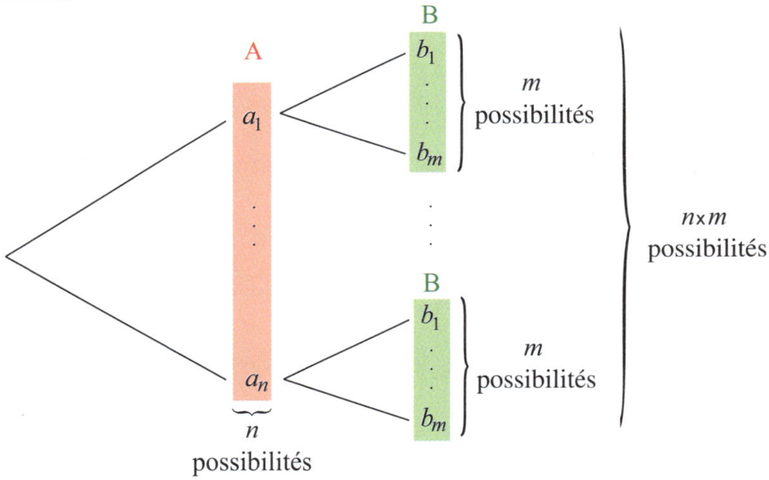

On peut aussi considérer un tableau à n colonnes et m lignes : il comporte $n \times m$ cellules.

Solution de l'exercice type 1

Lycée Saint-Joseph Loquidy, Nantes

L'ensemble $E \cup F$ désigne les éléments qui sont dans E *ou* dans F : cet union comprend donc tous les éléments des deux ensembles. Or, E est inclus dans F donc $E \cup F = F$.
Ainsi, $(E \cup F) \times G$ représente donc le produit cartésien de F et de G et donc, d'après le principe multiplicatif :

$$\text{card}(F \times G) = \text{card}(F) \times \text{card}(G) = 4 \times 3 = 12.$$

Voir énoncé page 283

2 Dénombrement

Exercice type 2 — Lycée Saint-Joseph Loquidy, Nantes

On considère l'ensemble :

$$E = \{0;\ 1;\ 2;\ 3;\ 4;\ 5;\ 6;\ 7;\ 8;\ 9\}.$$

1. Calculer le nombre de 5-uplets d'éléments de E.
2. Combien de sous-ensembles de E à 5 éléments existe-t-il ?
3. Combien y a-t-il de triplets d'éléments distincts de E ?

Voir corrigé page 288

2.1 Factorielle

Définition 3

La factorielle d'un nombre entier n est le nombre :

$$n! = 1 \times 2 \times 3 \times 4 \times \cdots \times (n-1) \times n.$$

Remarque : par convention, $0! = 1$.

Exemple : $5! = 1 \times 2 \times 3 \times 4 \times 5 = 120$.

2.2 p-liste (ou p-uplet)

Définition 4

Soient n et p deux entiers naturels non nuls tels que $p \leqslant n$, et soit E un ensemble à n éléments.
Une *p-liste* (ou *p-uplet*) de E est une liste ordonnée de p éléments pris parmi les n éléments de E.

Exemple : un digicode à 4 chiffres est une 4-liste de l'ensemble $\{0;\ 1;\ 2;\ 3;\ 4;\ 5;\ 6;\ 7;\ 8;\ 9\}$. La 4-liste $(1;1;1;0)$ est différente de la 4-liste $(0;1;1;1)$.

Propriété 3

Le nombre de p-listes prises dans un ensemble à n éléments est égal à n^p.

Exemple : il y a $10^4 = 10\,000$ possibilités pour un digicode composé de 4 chiffres.

2.3 Permutation

Définition 5

Soit E en un ensemble à n éléments, $n \in \mathbb{N}^*$.
Une *permutation* de E est un n-uplet composé des n éléments de E.

Exemple : si $E = \{1; 2; 3\}$ alors $F = (2; 3; 1)$ est une permutation de E.

Propriété 4

Il y a $n!$ permutations d'un ensemble à n éléments.

2.4 Arrangement

Définition 6

Soit n un entier naturel non nul, et soit E un ensemble à n éléments.
Un *arrangement* de p éléments de E est une p-liste d'éléments distincts.

Exemple : le podium d'une course à 20 participants est un arrangement constitué du premier arrivé, puis du deuxième et enfin du troisième.

Propriété 5

Le nombre d'arrangements de p éléments pris dans un ensemble à n éléments est :

$$A_n^p = \frac{n!}{(n-p)!} = n(n-1)(n-2)\cdots(n-p+1).$$

Exemple : $A_{20}^3 = 20 \times 19 \times 18 = 6\,840$.

Il y a donc 6 840 podiums possibles pour une course à 20 participants.

2.5 Combinaison

Définition 7

Soient n et p deux entiers naturels non nuls tels que $p \leqslant n$, et soit E un ensemble à n éléments.
Une *combinaison* de p éléments de E est un ensemble (donc non ordonné) à p éléments pris parmi les n éléments de E.

Exemple : sur un jeu de 32 cartes, une main de 5 cartes est une combinaison.

Propriété 6

Le nombre de combinaisons de p éléments d'un ensemble E à n éléments est égal à :

$$\binom{n}{p} = \frac{A_n^p}{p!} = \frac{n!}{p!(n-p)!} = \frac{n(n-1)\cdots(n-p+1)}{p!}.$$

Exemple : $\binom{32}{5} = \frac{32 \times 31 \times \cdots \times (32-5+1)}{5!} = 201\,376$ donc il y a 201 376 mains de 5 cartes possibles sur un jeu de 32 cartes.

Propriété 7

Pour tous entiers naturels n et p tels que $p \leqslant n$ et $n \neq 0$,

$$\sum_{k=0}^{n} \binom{n}{k} = 2^n.$$

Propriété 8 : relation de Pascal

Pour tous entiers naturels n et p tels que $p \leqslant n$ et $n \neq 0$,

$$\binom{n}{p} = \binom{n-1}{p-1} + \binom{n-1}{p}.$$

De la propriété 8, on déduit un tableau regroupant les différentes valeurs de $\binom{n}{p}$ suivant les valeurs de n et p : c'est le *triangle de Pascal*.

n \ p	0	1	2	3	4	5	6
0	1						
1	1	1					
2	1	2	1				
3	1	3	+ → 3	1			
4	1	4	6 ↓	4	1		
5	1	5	10	10	5	1	
6	1	6	15	20	15	6	1

➔ À RETENIR

	Ordre	Modèle	Exemples
Permutation	Oui	Tirage sans remise	Anagramme *
p-liste	Oui	Tirage avec remise	Digicode
Arrangement A_n^p	Oui	Tirage sans remise	Podium d'une course
Combinaison $\binom{n}{p}$	Non	Tirage sans remise	Main dans un jeu de cartes

* Permutation des lettres d'un mot formant un mot de sens différent.

➔ Solution de l'exercice type 2

Lycée Saint-Joseph Loquidy, Nantes

$E = \{0; 1; 2; 3; 4; 5; 6; 7; 8; 9\}$.

1 *Calculer le nombre de 5-uplets d'éléments de E.*

Le nombre de 5-uplets d'éléments de E est égal à $10^5 = 100\,000$ car E contient 10 éléments.

2 *Combien de sous-ensembles de E à 5 éléments existe-t-il ?*

On nous demande ici le nombre de combinaisons à cinq éléments qu'il est possible de faire avec les éléments de E. En effet, l'ordre des éléments importe peu (contrairement aux arrangements) car l'ensemble $\{2; 3; 4; 5; 6\}$ est identique à l'ensemble $\{2; 6; 4; 5; 3\}$ (quand on parle d'ensemble, l'ordre ne compte pas).

$$\binom{10}{5} = 252.$$

Il y a donc 252 sous-ensembles de E à cinq éléments.

3 *Combien y a-t-il de triplets d'éléments distincts de E ?*

Un triplet, contrairement à un ensemble, est une liste *ordonnée*. On cherche donc ici le nombre d'arrangements à trois éléments distincts de E.

$$A_{10}^3 = 720.$$

Il y a donc 720 triplets d'éléments distincts de E.

Voir énoncé page 285

1 QCM Vérification de compréhension du cours

10 min Corrigé p. 298

Dans chacune des questions suivantes, quatre propositions de réponses sont faites, dont une seule est exacte. Laquelle ?

1 Ludwig a pris quarante-cinq photos de son voyage en Allemagne et veut en imprimer cinq pour les envoyer à un ami. Le nombre de possibilités de cadres pouvant être obtenu est :

a 5^{45} b 45^5
c $\binom{45}{5}$ d A_{45}^5

2 D'une urne contenant cinquante boules numérotées de 1 et 50, on en extrait dix sans les remettre. On note les numéros ainsi obtenus sur un papier de sorte à avoir une suite. Le nombre de suites possibles est :

a 10^{50} b 50^{10}
c $\binom{50}{10}$ d A_{50}^{10}

3 Dans le jeu télévisé « Des chiffres et des lettres », on demande dix fois aux candidats de choisir au hasard s'il veulent une voyelle ou une consonne. Le nombre de « mots » possibles à l'issue de ces dix choix est :

a $26!$ b 26^{10}
c $\binom{26}{10}$ d A_{26}^{10}

4 Le nombre d'anagrammes du mot « STYLO » est :

a $5!$ b 5^5
c $\binom{26}{5}$ d A_{26}^5

2 V/F Applications du cours

10 min Corrigé p. 298

Pour chacune des affirmations suivantes, dire si elle est vraie ou fausse en justifiant la réponse.

1 On considère les trois ensembles $E = \{2; 3; 4\}$, $F = \{4; 5; 6; 7; 8\}$ et $G = \{a; b; c; d\}$.

Le nombre d'éléments de $(E \cup F) \times G$ est égal à 28.

2 On considère l'ensemble $E = \{R; B; V\}$.

Le nombre de parties de E est égal à 9.

3 Lors d'un tiercé, il y a vingt chevaux au départ de la course.

Il y a 8 000 possibilités pour ce tiercé.

COURS INTERROS CORRIGÉS

Principes additif et multiplicatif

3 L'imprimeur ★ 5 min Corrigé p. 299

Lycée Gustave Eiffel, Bordeaux

Un imprimeur doit imprimer des calendriers pour une même société tous les ans. Afin de réduire ses coûts, il décide de créer tous les modèles possibles la même année (un mois ne commence pas chaque année par le même jour).

1. Combien de pages différentes doit-il confectionner pour le mois de janvier ?
2. Combien de pages différentes doit-il confectionner pour le mois de février ?

4 Au restaurant ★ 5 min Corrigé p. 299

Lycée Henri IV, Paris

Un restaurant propose à sa carte un menu où il faut choisir une entrée, un plat et un dessert.

Sont proposés trois entrées, six plats et deux desserts.

Combien de repas différents peut-on constituer ?

5 Dans la bibliothèque ★ 5 min Corrigé p. 299

Lycée Camille Jullian, Bordeaux

Dans la bibliothèque de Gaspard, il y a 20 polars, 7 livres sur l'art et 5 livres sur les routards.

Il souhaite ne prendre que deux livres de catégories différentes.

Combien de possibilités a-t-il ?

6 Coordonnées aléatoires ★ 5 min Corrigé p. 300

Lycée Daguin, Mérignac

Voici un programme Python qui permet de choisir au hasard les coordonnées d'un point dans le plan muni d'un repère :

```python
from random import *

x = choice(range(-10,10))
y = choice(range(-10,10))
```

Combien de coordonnées peut-on obtenir ?

Arrangements, permutations, combinaisons et p-listes

7 Nombres de nombres binaires

★ 5 min Corrigé p. 300

Lycée Victor Duruy, Paris

Un *octet* est une suite de huit chiffres (appelés *bits*), chacun pris dans l'ensemble $\{0;1\}$, comme par exemple : 01101001.

Combien y a-t-il d'octets différents ?

8 Choix de couleurs

★ 5 min Corrigé p. 300

Lycée Ampère, Lyon

On dispose de trois crayons de couleurs (bleu, rose et vert) et on veut colorier les quatre éléments du modèle : le chapeau, le corsage, la jupe et les chaussures.

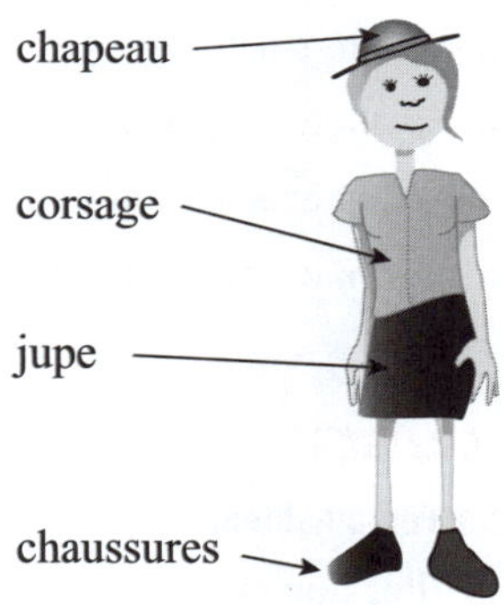

De combien de façons peut-on colorier cette figure ?

9 Les femmes et les enfants d'abord

★ 10 min Corrigé p. 300

Lycée Magendie, Bordeaux

Sur un bateau qui coule, il y a 10 hommes, 8 femmes et 12 enfants. Afin d'assurer les bonnes conditions du sauvetage, les individus doivent se mettre en file indienne avant de monter dans les canots de sauvetage.

1. De combien de manières différentes peut-on placer toutes ces personnes ?
2. Combien de files indiennes peut-on former de sorte que les hommes soient en dernier ?
3. Combien de files indiennes peut-on former de sorte que les enfants se suivent et que les hommes soient en dernier ?

10 Dans la bibliothèque de Pierre

★ 10 min Corrigé p. 301

Lycée Élie Faure, Lormont

Pierre dispose de :

- 5 ouvrages sur l'histoire des mathématiques,
- 7 ouvrages de vulgarisation mathématique,
- 2 ouvrages d'analyse combinatoire,
- 6 ouvrages d'algèbre.

Il souhaite les ranger sur une étagère de sa bibliothèque de sorte à les regrouper par thème.

De combien de façons différentes peut-il les disposer ?

11 Mains d'un jeu de cartes

★ 15 min Corrigé p. 301

Lycée Stanislas, Nice

Un joueur dispose de cinq cartes prises parmi 52. On dit que c'est une *main* de cinq cartes.

1. Combien de mains existe-t-il ?
2. Combien de mains ayant exactement un Roi existe-t-il ?
3. Combien de mains ayant exactement 2 Piques existe-t-il ?
4. Combien de mains ayant exactement 2 Piques et 1 Cœur existe-t-il ?

12 S'assoir sur les chaises

★ 15 min Corrigé p. 302

Lycée François Couperin, Fontainebleau

Quatre garçons et trois filles doivent s'assoir en ligne sur des chaises.

1. De combien de façons peuvent-ils s'assoir ?
2. Même question si les garçons et les filles doivent rester groupés.
3. Même question si les garçons et les filles doivent être disposés de façon alternée.

13 Circuits touristiques

★ 15 min Corrigé p. 302

Lycée Sacré-Cœur, Amiens

Une agence de voyages veut organiser des circuits touristiques comprenant la visite de 6 villes grecques : Athènes, Delphes, Olympie, Corinthe, Sparte et Nauplie.

1. **(a)** Combien y a-t-il de circuits possibles ?
   (b) Même question si la première ville visitée est Athènes.

2 Combien de circuits comprenant la visite de 2 villes sont possibles (on considèrera les circuits Athènes puis Delphes et Delphes puis Athènes comme des circuits différents) ?

3 Combien existe-t-il de circuits comprenant la visite de 3 villes sur les 6, sachant que cette fois-ci l'ordre de la visite n'est pas important ?

14 Le congrès des gens polis

★★ 5 min Corrigé p. 303

Lycée François Mauriac, Bordeaux

Chaque année, l'association des gens polis de Paris organise un congrès et comme chaque année, tous les participants doivent se serrer la main.

Cette année, il y a 50 participants.

Combien de poignées de mains vont être données ?

15 Mots de passe

★★ 10 min Corrigé p. 303

Lycée Blaise Pascal, Clermont-Ferrand

Sur une plateforme numérique interne d'une société, on impose aux salariés la composition de leur mot de passe ; il faut que ce dernier comporte dans cet ordre :

- une lettre non accentuée prise dans l'alphabet latin (comportant 26 lettres), en majuscule ou minuscule ;
- un symbole parmi : « $ », « # », « & », « ? » et « ! » ;
- un chiffre compris entre 0 et 9 (inclus).

Le mot de passe est donc composé de trois caractères (comme : « Z#0 »).

Combien de mots de passe peuvent ainsi être créés ?

16 Chemises et tiroirs

★★ 15 min Corrigé p. 303

Lycée Henri IV, Paris

De combien de façons peut-on ranger 7 chemises toutes différentes dans une commode à trois tiroirs, sachant qu'un tiroir peut contenir au plus 3 chemises ?

17 Le clavier à neuf touches

★★ 15 min Corrigé p. 304

Lycée Sophie Germain, Paris

Un clavier comporte neuf touches : 1, 2, 3, 4, 5, 6, A, B et C.

Un *code* obtenu à l'aide de ce clavier est une suite d'une lettre et de trois chiffres.

1. Combien de codes différents peut-on former ?
2. Combien y a-t-il de codes sans le chiffre « 1 » ?
3. Combien y a-t-il de codes comportant au moins une fois le chiffre « 1 » ?
4. Combien y a-t-il de codes comportant des chiffres distincts ?
5. Combien y a-t-il de codes comportant au moins deux chiffres identiques ?

18 Nombre de mots

★★ 15 min Corrigé p. 305

Lycée Jean Moulin, Saint-Amand-Montond

Un programme permet de générer un mot de une à dix lettres en choisissant aléatoirement chacune des lettres dans un alphabet en comportant 26.

Déterminer un ordre de grandeur du nombre de mots possibles.

19 Manipulation des combinaisons

★★ 15 min Corrigé p. 305

Lycée François 1er, Le Havre

Soient n et p deux entiers naturels non nuls, avec $p \leqslant n$.

1. Après avoir simplifié :

$$\frac{\binom{n+1}{p}}{\binom{n}{p}}$$

résoudre l'inéquation :

$$\frac{\binom{n+1}{10}}{\binom{n}{10}} < 220.$$

2. Résoudre l'équation :

$$\binom{n}{3} = 220.$$

20 Boules dans une urne

★★ 15 min Corrigé p. 307

Lycée Carnot, Dijon

Une urne contient 7 boules (5 noires et 2 rouges) indiscernables au toucher et numérotées. On extrait les 7 boules l'une après l'autre. On appelle *tirage* la suite des 7 extractions de boules.

1. Combien y a-t-il de tirages possibles ?

2 Déterminer le nombre de tirages pour lesquels la première boule est rouge.

3 Déterminer le nombre de tirages pour lesquels la première boule est noire et la deuxième boule est rouge.

4 Déterminer le nombre de tirages pour lesquels la première boule noire arrive en troisième position.

21 Anagrammes

★★ 20 min Corrigé p. 307

Lycée Montesquieu, Bordeaux

Retrouvez le corrigé de cet exercice en vidéo.

1 Combien d'anagrammes y a-t-il au mot « ABYME » ?

2 Combien d'anagrammes différents y a-t-il au mot « NAPPE » ?

3 Combien d'anagrammes différents y a-t-il au mot « KAYAK » ?

4 Combien d'anagrammes différents y a-t-il au mot « UBUESQUE » ?

22 Groupes d'une classe

★★ 20 min Corrigé p. 308

Lycée La Bruyère, Versailles

Les 35 élèves d'une classe sont répartis en quatre catégories selon leur taille.

- La catégorie 1 contient 7 élèves ;
- La catégorie 2 contient 5 élèves ;
- La catégorie 3 contient 9 élèves.

1 Combien peut-on former de groupes de 7 élèves avec tous les élèves de la classe ?

2 Combien y a-t-il de groupes de 7 élèves formés par des élèves de catégorie 1 ? De catégorie 3 ?

3 Combien y a-t-il de groupes de 7 élèves contenant exactement 3 élèves de catégorie 1 et 2 élèves de catégorie 2 ?

23 Constitution d'un jury

★★ 20 min Corrigé p. 309

Lycée Condorcet, Paris

Un jury de 10 membres est tiré au sort parmi un groupe constitué de 8 hommes et 9 femmes.

1 Combien de jurys différents peut-on former ?

2 Combien de jurys comportant autant d'hommes que de femmes peut-on constituer ?

3 Combien de jurys comportant plus d'hommes que de femmes peut-on former ?

4 Reprendre la question 2 sachant que Monsieur X ne veut pas siéger avec Madame Y.

24 Sur un échiquier

★★★ 15 min Corrigé p. 310

Lycée Henri IV, Paris

Une pièce se déplace sur un échiquier de n cases sur n en avançant soit vers le haut, soit vers la droite.

Montrer qu'il y a $\binom{2n-2}{n-1}$ chemins possibles pour aller du coin inférieur gauche au coin supérieur droit.

25 Établir une formule

★★★ 15 min Corrigé p. 310

Lycée Janson de Sailly, Paris

Montrer que pour tout entier naturel n :

$$\sum_{k=1}^{n} k \times k! = (n+1)! - 1.$$

26 Nombre d'atomes

★★★ 15 min Corrigé p. 311

Lycée François Mauriac, Bordeaux

On estime à 10^{79} le nombre d'atomes dans l'Univers visible.

Combien de cartes différentes devrait avoir un jeu pour que le nombre de permutations possibles dépasse cette valeur ?

Conseil : n'ayez pas peur de prendre des initiatives !

27 Constituer des groupes

★★★ 20 min Corrigé p. 312

Lycée Galilée, Gennevilliers

1 De combien de façons peut-on partager 12 personnes en trois groupes, un groupe de 2 et deux groupes de 5 ?

2 Même question avec trois groupes de 4 personnes.

28 Anagrammes et programme

★★★ 30 min Corrigé p. 313

Lycée Gustave Eiffel, Bordeaux

1 Combien d'anagrammes a le mot « MATHEMATIQUES » ?

2 Combien d'anagrammes a le mot « URLUBERLU » ?

3 En Python, imaginer une fonction `annagramme(mot)` renvoyant le nombre d'anagrammes du mot mit en argument.

Données : en Python,

- $n!$ se calcule avec la fonction `factorial` du module `math` ;
- le nombre de lettres d'une chaîne de caractères est `len(chaine)` ;
- si `L` désigne une liste alors `L.append(valeur)` ajoute à cette liste la valeur entre parenthèses.

1 QCM Vérification de compréhension du cours

Énoncé p. 289

1 Réponse **c**. En effet, on choisit 5 éléments d'un ensemble de 45 éléments et l'ordre ne compte pas. Le nombre de sous-groupes de 5 éléments possibles est donc $\binom{45}{5}$.

2 Réponse **d**. En effet, on choisit 10 éléments d'un ensemble de 50 éléments et l'ordre compte. Il s'agit donc d'un arrangement. Le nombre de sous-groupes de 10 éléments possibles est donc A_{50}^{10}.

3 Réponse **b**. En effet, il y a 26 possibilités pour la première lettre, puis 26 pour la deuxième, etc. jusqu'à 26 possibilités pour la dixième. Il y a donc 26^{10} possibilités d'issues. Les issues sont des 10-listes.

4 Réponse **a**. Il s'agit de compter le nombre d'anagrammes d'un mot où chaque lettre n'apparaît qu'une seule fois, donc il y en a $n!$, où n est le nombre de lettres (donc ici : 5!).

2 V/F Applications du cours

Énoncé p. 289

1 *Vrai*. En effet,

$$E \cup F = \{2; 3; 4\} \cup \{4; 5; 6; 7; 8\} = \{2; 3; 4; 5; 6; 7; 8\}$$

donc :

$$\text{card}(E \cup F) = 7.$$

De plus, $G = \{a; b; c; d\}$, donc :

$$\text{card}(G) = 4.$$

D'après le principe multiplicatif,

$$\text{card}\left((E \cup F) \times G\right) = \text{card}(E \cup F) \times \text{card}(G) = 7 \times 4 = 28.$$

2 *Faux*. En effet, le nombre de parties d'un ensemble est le nombre de sous-ensembles que l'on peut former avec ses éléments, donc le nombre de combinaisons de cet ensemble.

$\text{card}(E) = 3$ donc le nombre total de combinaisons possibles que l'on peut former avec les éléments de E est :

$$\sum_{k=0}^{3} \binom{3}{k} = 2^3 \text{ (d'après le cours)} = 8.$$

Il y a donc 8 parties de E (ensemble vide compris).

3 *Faux*. Le tiercé consiste à regarder le nombre de triplets (donc ensemble *ordonné*) que l'on peut former dans l'ensemble constitué des vingt chevaux. On doit donc calculer :

$$A_{20}^{3} = 3! \times \binom{20}{3} = 6\,840.$$

Il y a donc 6 840 tiercés possibles.

3 L'imprimeur

Énoncé p. 290

Lycée Gustave Eiffel, Bordeaux

1 Le mois de janvier peut commencer par « Lundi », « Mardi », ... ou « Dimanche », soit 7 possibilités.

L'imprimeur doit donc imprimer 7 pages différentes pour le mois de janvier.

2 Le mois de février comporte 28 ou 29 jours ; il y a donc deux types de pages à créer :

- pour les mois à 28 jours, il doit créer 7 pages différentes (car le mois peut commencer par 7 jours différents) ;
- pour les mois à 29 jours, il doit aussi créer 7 pages différentes.

Finalement, il doit créer $7 + 7 = 14$ pages différentes.

4 Au restaurant

Énoncé p. 290

Lycée Henri IV, Paris

Il y a 3 entrées possibles, 6 plats possibles et 2 desserts possibles, donc il y a $3 \times 6 \times 2 = 36$ repas différents.

5 Dans la bibliothèque

Énoncé p. 290

Lycée Camille Jullian, Bordeaux

On utilise le principe multiplicatif pour chaque couple possible (où l'ordre ne compte pas).

- il y a $20 \times 7 = 140$ possibilités pour les couples polars/art ;
- il y a $20 \times 5 = 100$ possibilités pour les couples polars/routards ;
- il y a $7 \times 5 = 35$ possibilités pour les couples art/routards.

Ensuite, on applique le principe additif : on a le choix entre les couples polars/art *ou* polars/routards *ou* art/routards, ce qui fait :

$$140 + 100 + 35 = 275 \text{ possibilités.}$$

À RETENIR

Le mot « OU » correspond à une addition.
Le mot « ET » correspond à une multiplication.

COURS INTERROS CORRIGÉS

6 Coordonnées aléatoires

Énoncé p. 290

Lycée Daguin, Mérignac

Avant tout, il faut savoir (ou rechercher sur Internet par exemple) ce que fait l'instruction « `choice(range(-10,10))` ». On trouve alors qu'elle choisit au hasard un nombre entier entre -10 (inclus) et 10 (exclus). Il y a donc 20 possibilités pour x et pour y.

Le nombre total de possibilités est donc $20 \times 20 = 400$.

7 Nombres de nombres binaires

Énoncé p. 291

Lycée Victor Duruy, Paris

Un octet est composé de huit bits et il y a deux possibilités pour un bit : 0 ou 1. Il y a donc $2^8 = 256$ octets possibles.

8 Choix de couleurs

Énoncé p. 291

Lycée Ampère, Lyon

Pour chaque élément de l'habillement, il y a 3 possibilités de couleurs.

Les quatre éléments sont indépendants (la couleur du chapeau n'influe pas sur le choix des couleurs des autres éléments par exemple). Le nombre total de possibilités est donc égal au produit du nombre de possibilités pour chaque élément.

Il y a ainsi $3 \times 3 \times 3 \times 3 = 3^4 = 81$ possibilités.

9 Les femmes et les enfants d'abord

Énoncé p. 291

Lycée Magendie, Bordeaux

1 Il y a en tout $10 + 8 + 12 = 30$ personnes. On cherche ici le nombre de permutations de ces 30 personnes : il y en a $30!$.

2 Construire une telle file revient à faire une permutation de l'ensemble constitué des femmes et des enfants ($8 + 12 = 20$ personnes) et une permutation de l'ensemble des hommes (10 personnes).

Il y a donc $20! \times 10!$ possibilités, soit environ 10^{25} possibilités.

3 Ici, il faut voir le groupe des enfants comme une entité à placer dans un groupe constitué de cette entité et de 8 femmes : il y a $9!$ façons de les permuter. Mais au sein du groupe des enfants, il y a $12!$ façons de les permuter. Il faut ensuite permuter les hommes : $10!$ possibilités.

Au final, il y a donc $12! \times 9! \times 10!$ façons d'obtenir une file indienne où tous les hommes sont en dernier et où tous les enfants sont regroupés, c'est-à-dire environ 6×10^{20}.

10 Dans la bibliothèque de Pierre

Énoncé p. 292

Lycée Élie Faure, Lormont

Nous devons permuter les quatre thèmes : il y a 4! façons de le faire.

Dans le premier groupe (histoire des mathématiques), il y a 5 éléments donc il y a 5! façons de les permuter.

Dans le deuxième (vulgarisation mathématique), il y en a 7!.

Dans le troisième (analyse combinatoire), il y en a 2!.

Enfin, dans le dernier (algèbre), il y en a 6!.

Au total, il y a donc $5! \times 7! \times 2! \times 6! \times 4!$ manières de disposer ces ouvrages, soit 20 901 888 000 façons.

11 Mains d'un jeu de cartes

Énoncé p. 292

Lycée Stanislas, Nice

1 On choisit 5 cartes parmi 52 et l'ordre ne compte pas. Il s'agit donc ici d'une combinaison.

Il y a donc $\binom{52}{5} = \dfrac{52!}{5!(52-5)!} = 2\,598\,960$ mains possibles.

2 On impose dans cette question le fait qu'il y ait un Roi. Comme l'ordre ne compte pas, on peut considérer que la première est un Roi (il y a 4 choix possibles car il y a 4 Rois dans un jeu de cartes). Nous voulons exactement un Roi ; par conséquent, il ne faut pas qu'il y en ait parmi les autres cartes : on choisit donc 4 cartes parmi les $52 - 4 = 48$ cartes qui ne sont pas des Rois.

Ainsi, il y a $4 \times \binom{48}{4} = 778\,320$ mains comportant exactement un Roi.

3 Nous souhaitons ici exactement deux Piques. Comme l'ordre ne compte pas, on peut considérer que ce sont les deux premières cartes. Il y a $52 \div 4 = 13$ Piques donc il y a $\binom{13}{2}$ possibilités pour ces deux cartes.

Pour les 3 autres cartes, il faut les choisir parmi les $52 - 13 = 39$ cartes restantes qui ne sont pas des Piques.

Ainsi, il y a $\binom{13}{2} \times \binom{39}{3} = 712\,842$ mains possibles contenant exactement 2 Piques.

4 Nous souhaitons ici 2 Piques et 1 Cœur. Selon le même principe que celui utilisé dans la question précédente, on peut dire que le nombre de mains comportant exactement 2 Piques et 1 Cœur est égal à :

$$\underbrace{\binom{13}{2}}_{\text{2 Piques}} \times \underbrace{\binom{13}{1}}_{\text{1 Cœur}} \times \underbrace{\binom{26}{2}}_{\text{2 autres}} = 329\,550.$$

COURS INTERROS CORRIGÉS

12 S'assoir sur les chaises

Énoncé p. 292

Lycée François Couperin, Fontainebleau

1 Il y a 7 personnes à permuter donc il y a $7! = 5\,040$ façons de s'assoir.

2 Il y a deux groupes (filles et garçons), donc 2 façons de les disposer. Dans le groupe des filles, il y a 3! façons de les disposer et dans le groupe des garçons, il y en a 4!.

Il y a donc $2 \times 3! \times 4! = 288$ façons de s'assoir.

3 Dans cette question, deux garçons ne peuvent pas être à côté, et deux filles non plus.

Imaginons que les chaises soient numérotées de 1 à 7. Supposons que les garçons s'assoient sur les chaises avec un numéro impair : il y a 4! façons de les disposer. De même, il y a 3! façons de disposer les filles sur les chaises dont le numéro est pair.

Au final, il y a $4! \times 3! = 144$ façons de les assoir.

13 Circuits touristiques

Énoncé p. 292

Lycée Sacré-Cœur, Amiens

1 **(a)** On cherche ici le nombre de permutations à 6 éléments : pour la première ville, il y a 6 choix possibles, 5 pour la deuxième,..., 1 possibilité pour la dernière.

Il y a donc en tout $6! = 720$ possibilités de circuits.

(b) Si Athènes est la première ville visitée, alors le raisonnement de la question précédente est modifié : il y a 1 choix (Athènes) possible pour la première ville, puis 5 choix pour la deuxième, ..., enfin 1 possibilité pour la dernière ville (la seule qu'il reste à visiter).

Il y a donc $1 \times 5 \times 4 \times 3 \times 2 \times 1 = 120$ circuits possibles.

2 S'il faut choisir deux villes parmi les 6, on peut dire que pour la première ville, il y a 6 choix possibles et qu'il en reste 5 pour la deuxième ville, soit 30 circuits possibles.

Remarque : on peut aussi raisonner avec les combinaisons.

En effet, il y a $\binom{6}{2} = 15$ possibilités de choisir 2 villes parmi les 6. Pour chaque couple de villes, il y a 2 possibilités, suivant l'ordre des visites. On retrouve bien les 30 possibilités.

3 Cette fois, l'ordre n'est pas important ; il suffit alors de choisir un groupe de 3 villes parmi 6, ce qui correspond à $\binom{6}{3} = 20$ possibilités.

14 Le congrès des gens polis

Énoncé p. 293

Lycée François Mauriac, Bordeaux

Il y a deux façons de raisonner pour cet exercice.

- *Raisonnement combinatoire.*
  Le nombre de poignées de mains est égal au nombre de sous-ensembles à deux éléments que l'on peut former dans un ensemble à 50 éléments, à savoir $\binom{50}{2} = 1\ 225$.
  Il y a donc 1 225 poignées de mains.
- *Analyse numérique.*
  Le premier participant peut serrer la main à 49 personnes. Ensuite, le deuxième peut serrer la main aux 48 personnes restantes. Le troisième peut serrer la main aux 47 autres, etc. jusqu'aux deux dernières personnes qui ne peuvent donner qu'une poignée de mains.
  Il y a donc $49 + 48 + 47 + \cdots + 2 + 1$ poignées de mains possibles. Or,
  $$1 + 2 + 3 + \cdots + n = \frac{n(n+1)}{2}.$$
  Il y a donc $\frac{49 \times 50}{2} = 1\ 225$ poignées de mains.

15 Mots de passe

Énoncé p. 293

Lycée Blaise Pascal, Clermont-Ferrand

Il y a $2 \times 26 = 52$ lettres possibles (si on compte les majuscules et les minuscules).

Ensuite, il y a 5 possibilités pour le symbole et enfin, 10 possibilités pour le chiffre pris parmi les dix disponibles.

Il y a donc $52 \times 5 \times 10 = 2\ 600$ possibilités pour un « mot » de trois caractères.

Il faut ensuite dénombrer les permutations du mot : il y en a $3! = 6$.

Ainsi, il y a $6 \times 2\ 600 = 15\ 600$ mots de passe possibles.

16 Chemises et tiroirs

Énoncé p. 293

Lycée Henri IV, Paris

Avant tout, on remarque que l'on peut avoir :

- 3 chemises dans 2 tiroirs et 1 chemise dans le 3e ;
- 2 chemises dans 2 tiroirs et 3 chemises dans le 3e.

Ce sont les seules possibilités.

- *Première possibilité : 3 chemises dans 2 tiroirs et 1 chemise dans le 3e.*

  Il y a $\binom{7}{3}$ façons de choisir 3 chemises pour le 1er tiroir, qui ne peut contenir que 3 chemises.

  Suite à ce choix, il reste $7 - 3 = 4$ chemises, et il y a donc $\binom{4}{3}$ façons de choisir trois chemises pour le 2e tiroir.

  Il ne reste ensuite plus qu'une seule possibilité pour la dernière chemise.

  De plus, l'unique chemise peut être soit dans le 1er tiroir, soit dans le 2e, soit dans le 3e.

  Il y a donc :

  $$3 \times \binom{7}{3} \times \binom{4}{3} \times 1 = 3 \times 35 \times 4 = 420$$

  possibilités de ranger ainsi les chemises.

- *Seconde possibilité : 2 chemises dans 2 tiroirs et 3 chemises dans le 3e.*

  Le raisonnement est analogue au précédent. Il y a donc :

  $$3 \times \binom{7}{2} \times \binom{5}{2} \times 1 = 630$$

  possibilités de ranger les chemises de cette façon.

Finalement, en ajoutant ces résultats, on trouve qu'il y a $420 + 630 = 1\ 050$ façons de disposer les chemises dans les tiroirs.

17 Le clavier à neuf touches

Énoncé p. 293

Lycée Sophie Germain, Paris

1 Il y a 3 lettres possibles pour la première entrée (le premier caractère du code) et on a le choix entre 6 chiffres pour chacun des 3 chiffres suivants.
Il y a donc $3 \times 6^3 = 648$ codes possibles.

2 Il y a toujours 3 lettres possibles pour la première entrée, puis 5 choix possibles pour chacun des 3 autres entrées.
Il y a donc $3 \times 5^3 = 375$ codes sans « 1 ».

3 Il y a encore 3 lettres possibles pour la première entrée. Ensuite, nous avons vu aux questions précédentes qu'il existe 375 codes sans le chiffre « 1 » et qu'il y a 648 codes possibles.
Il y a donc $648 - 375 = 273$ codes ayant au moins un chiffre « 1 ».

4 Il y a 3 lettres possibles pour la première entrée, et il faut compter le nombre d'arrangements de 3 éléments pris parmi 6 pour avoir un code où tous les chiffres sont distincts (l'ordre compte et on peut assimiler ceci à un tirage sans remise, ce qui justifie que c'est bien un arrangement).
Il y a donc $3 \times A_6^3 = 3 \times \frac{6!}{3!} = 360$ codes possibles où tous les chiffres sont distincts.

5 Le contraire de l'événement « le code comporte au moins deux chiffres identiques » et l'événement : « le code comporte des chiffres distincts ».

Il y a donc $648 - 360 = 288$ codes comportant au moins deux chiffres identiques.

18 Nombre de mots

Énoncé p. 294

Lycée Jean Moulin, Saint-Amand-Montond

- Si le mot généré ne contient qu'une lettre alors il y a 26 possibilités.
- Si le mot contient deux lettres alors il y a 26^2 possibilités.
- Si le mot contient trois lettres alors il y a 26^3 possibilités.
- ⋮
- Si le mot contient dix lettres alors il y a 26^{10} possibilités.

Ainsi, le nombre total de mots possibles est :

$$26 + 26^2 + 26^3 + \cdots + 26^{10}.$$

Pour rappel, si (u_n) est une suite géométrique de raison $q \neq 1$ alors :

$$u_0 + u_1 + u_2 + \cdots + u_n = u_0 \times \frac{q^{n+1} - 1}{q - 1}.$$

La somme que nous souhaitons calculer est la somme des premiers termes de la suite géométrique (u_n) de premier terme $u_0 = 26$ et de raison $q = 26$. Ainsi,

$$\begin{aligned} 26 + 26^2 + 26^3 + \cdots + 26^{10} &= 26 \times \frac{26^{10} - 1}{26 - 1} \\ &\approx 1{,}5 \times 10^{14}. \end{aligned}$$

19 Manipulation des combinaisons

Énoncé p. 294

Lycée François 1er, Le Havre

1 Commençons par simplifier la fraction donnée :

$$\frac{\binom{n+1}{p}}{\binom{n}{p}} = \binom{n+1}{p} \times \frac{1}{\binom{n}{p}}$$

$$\frac{\binom{n+1}{p}}{\binom{n}{p}} = \frac{(n+1)!}{\cancel{p!} \times (n+1-p)!} \times \frac{\cancel{p!} \times (n-p)!}{n!}$$

$$= \frac{\cancel{n!} \times (n+1) \times \cancel{(n-p)!}}{\cancel{(n-p)!} \times (n-p+1) \times \cancel{n!}}$$

$$= \frac{n+1}{n-p+1}.$$

Ainsi,

$$\frac{\binom{n+1}{10}}{\binom{n}{10}} < 220 \iff \frac{n+1}{n-10+1} < 220$$

$$\iff n+1 < 220(n-9) \quad (\text{car } n \geqslant 10)$$

$$\iff 219n > 1 + 9 \times 220$$

$$\iff n > \frac{1\,981}{219}$$

$$\iff n \geqslant 10.$$

2 $\binom{n}{3} = 220 \iff \dfrac{n!}{3! \times (n-3)!} = 220$

$$\iff \frac{(n-3)! \times (n-2)(n-1)n}{3! \times (n-3)!} = 220$$

$$\iff \frac{n(n-1)(n-2)}{6} = 220$$

$$\iff n(n-1)(n-2) = 1\,320.$$

$n(n-1)(n-2)$ désigne le produit de 3 entiers consécutifs. Ce produit doit être égal à un nombre dont l'ordre de grandeur est $1\,000 = 10^3$, ce qui nous pousse alors à effectuer $10 \times 11 \times 12$.
On trouve justement 1 320.

Ainsi, $n = 12$. Cette solution est unique car $n \mapsto n(n-1)(n-2)$ est strictement croissante sur $\mathbb{N}$.

20 Boules dans une urne

Énoncé p. 294

Lycée Carnot, Dijon

1 Il y a 7 façons de choisir la première boule, puis 6 pour la deuxième, etc. Il y a donc en tout $7! = 5\,040$ tirages possibles.

2 On choisit 1 boule rouge parmi les deux qu'il y a pour la première boule tirée, puis il reste 6 possibilités pour la deuxième boule, puis 5 pour la troisième, etc.

Il y a donc :

$$\binom{2}{1} \times 6! = 1\,440 \text{ possibilités.}$$

3 Sur le même principe qu'à la question précédente, on peut dire que le nombre de tirages où la première boule est noire et la deuxième rouge est :

$$\binom{5}{1} \times \binom{2}{1} \times 5! = 1\,200.$$

4 Il faut une boule rouge en position 1 et 2, puis une boule noire en position 3. Le nombre de tirages possibles est donc :

$$\binom{2}{1} \times \binom{1}{1} \times 5! = 240.$$

21 Anagrammes

Énoncé p. 295

Lycée Montesquieu, Bordeaux

1 Le mot « ABYME » contient cinq lettres distinctes. Le nombre d'anagrammes est donc égal au nombre de permutations de ces cinq lettres.

Il y a donc $5! = 120$ anagrammes au mot « ABYME ».

2 Le mot « NAPPE » contient cinq lettres, mais elles ne sont pas toutes distinctes : il y a quatre lettres distinctes. Ainsi, parmi les 120 permutations, il y en a qui sont identiques. Comme il y a deux lettres identiques, il y aura deux fois les mêmes permutations (par exemple « P_1P_2NAE » et « P_2P_1NAE » donnent l'anagramme « PPNAE »). Il faut donc diviser par 2 le nombre de permutations.

Il y a donc $\dfrac{5!}{2} = 60$ anagrammes différents au mot « NAPPE ».

3 Le mot « KAYAK » comporte cinq lettres dont trois sont distinctes. Selon le même principe expliqué à la question précédente, il faut diviser les 120 permutations par 2 (car il y a deux « K ») et encore par 2 (car il y a deux « A »).

Il y a donc $\dfrac{5!}{2 \times 2} = 30$ anagrammes différents au mot « KAYAK ».

COURS INTERROS CORRIGÉS

4 Le mot « UBUESQUE » comporte huit lettres dont deux sont répétées : le « U » est présent trois fois et le « E » l'est deux fois. S'il faut diviser le nombre de permutations par 2 (car il y a deux « E »), il ne suffit pas de diviser encore par 3 car il y a trois « U ». En effet, il faut diviser par $3! = 6$.

Pour mieux comprendre ceci, on peut prendre l'exemple du mot « AAAB » qui admet théoriquement $4! = 4 \times 3 \times 2$ permutations et qui admet pour anagrammes : « AAAB », « AABA », « ABAA » et « BAAA ». Il y en a donc $4 = \dfrac{4 \times 3 \times 2}{3 \times 2} = \dfrac{4!}{3!}$.

Ainsi, il y a $\dfrac{8!}{2 \times 3!} = 3\,360$ anagrammes différents au mot « UBUESQUE ».

À RETENIR

Si un mot de n lettres comporte k lettres identiques, il y a $\dfrac{n!}{k!}$ anagrammes différents de ce mot.
S'il comporte k lettres identiques et p autres lettres identiques différentes des premières alors il y a $\dfrac{n!}{k! \times p!}$ anagrammes différents.

Remarque : on peut raisonner différemment en disant que trouver un anagramme du mot revient à :

- placer 3 lettres « U » parmi les 8 positions possibles : il y a $\binom{8}{3}$ possibilités ;
- placer 2 lettres « E » parmi les $8 - 3 = 5$ positions restantes : il y a $\binom{5}{2}$ possibilités ;
- trouver le nombre d'anagrammes sur les $5 - 2 = 3$ lettre restantes : il y a $3!$ possibilités.

On arrive alors à $\dbinom{8}{3} \times \dbinom{5}{2} \times 3! = 3\,360$ anagrammes différents.

22 Groupes d'une classe

Énoncé p. 295

Lycée La Bruyère, Versailles

1 C'est une question classique où l'on doit trouver le nombre de sous-ensembles à 7 éléments pris dans un ensemble à 35 éléments. Le nombre total de combinaisons est donc :

$$\binom{7}{35} = 6\,724\,520.$$

2 Dans la mesure où il n'y a que 7 élèves dans la catégorie 1, il n'y a qu'une possibilité de former un groupe de 7 élèves avec les élèves de cette catégorie.

Il y a 9 élèves dans la catégorie 3, donc le nombre de groupes de 7 élèves que l'on peut former avec ces 9 élèves est :

$$\binom{9}{7} = 36.$$

3 Constituer un tel groupe revient à choisir 3 élèves parmi les 7 de la catégorie 1, 2 élèves parmi les 5 de la catégorie 2, et les deux autres élèves parmi les 23 élèves des autres catégories. Le nombre total de groupes que l'on peut former est alors :

$$\binom{7}{3} \times \binom{5}{2} \times \binom{23}{4} = 70\,840.$$

23 Constitution d'un jury

Énoncé p. 295

Lycée Condorcet, Paris

1 Il y a en tout 17 personnes et on cherche le nombre de groupes de 10 personnes que l'on peut former à partir de ces 17 personnes. Il y en a :

$$\binom{17}{10} = 19\,448.$$

2 On souhaite qu'il y ait autant d'hommes que de femmes, donc qu'il y ait 5 hommes et 5 femmes. Le nombre de jurys possibles est donc :

$$\binom{8}{5} \times \binom{9}{5} = 7\,056.$$

3 Ici, il n'y a pas de moyen direct d'arriver au résultat : il faut faire une *disjonction de cas*, c'est-à-dire énumérer tous les cas où il y a plus d'hommes que de femmes :

- s'il y a 8 hommes (nombre maximal d'hommes) alors il y aura 2 femmes ; le nombre de jurys possibles est alors :

$$\binom{8}{8} \times \binom{9}{2} = 36;$$

- s'il y a 7 hommes alors il y aura 3 femmes ; le nombre de jurys possibles est alors :

$$\binom{8}{7} \times \binom{9}{3} = 672;$$

- s'il y a 6 hommes alors il y aura 4 femmes ; le nombre de jurys possibles est alors :

$$\binom{8}{6} \times \binom{9}{4} = 3\,528.$$

Ce sont les seuls cas possibles. Il y a donc en tout :

$$3\,528 + 672 + 36 = 4\,236$$

jurys possibles composés de plus d'hommes que de femmes.

4 Nous avons vu dans la question 2 qu'il y avait 7 056 jurys composés d'autant d'hommes que de femmes.

Dans cette question, il faut soustraire à ce nombre le nombre de jurys où Monsieur X et Madame Y se retrouvent ensemble. Ces jurys sont de la forme :

M. X + Mme Y + 4 autres hommes que M. X + 4 autres femmes que Mme Y.

Leurs nombres s'élèvent donc à :

$$1 \times 1 \times \binom{7}{4} \times \binom{8}{4} = 2\,450.$$

Ainsi, le nombre de jurys comportant autant d'hommes que de femmes dans lesquels M. X et Mme Y ne sont pas ensemble est égal à :

$$7\,056 - 2\,450 = 4\,606.$$

24 Sur un échiquier

Énoncé p. 296

Lycée Henri IV, Paris

Voici un exemple de déplacement :

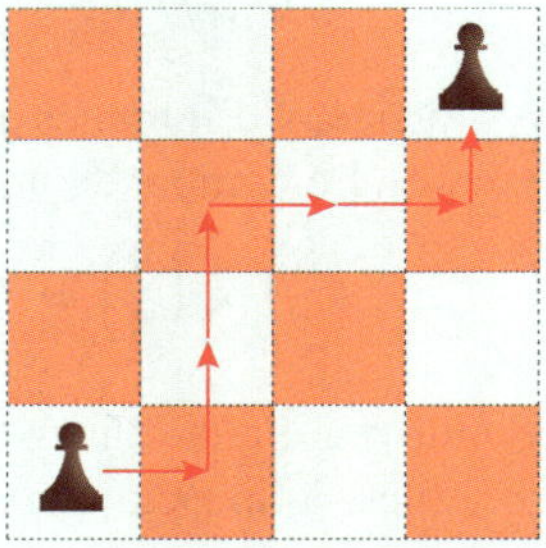

La pièce ne peut se diriger que vers la droite ou vers le haut, et que d'une case à chaque fois. Il ne reste que $n - 1$ cases vers la droite et $n - 1$ cases vers le haut pour atteindre la case supérieure droite ; ainsi, il y a :

$$(n-1) + (n-1) = 2n - 2 \text{ déplacements.}$$

Parmi ces déplacements, $n - 1$ sont à faire vers la droite (ou vers le haut, peu importe) ; on choisit donc sans ordre et sans remise les « numéros » des déplacements vers la droite, le reste se faisant à gauche : il y a donc $\binom{2n-2}{n-1}$ chemins possibles.

25 Établir une formule

Énoncé p. 296

Lycée Janson de Sailly, Paris

Pour tout entier naturel k, on peut écrire :

$$\begin{aligned} k \times k! &= (k + 1 - 1) \times k! \\ &= (k + 1) \times k! - 1 \times k! \\ &= (k + 1)! - k! \end{aligned}$$

Ainsi,

$$\begin{aligned}
\sum_{k=1}^{n} k \times k! &= \sum_{k=1}^{n} \left[(k+1)! - k!\right] \\
&= (2! - 1!) + (3! - 2!) + (4! - 3!) + \cdots \\
&\qquad + (n! - (n-1)!) + \big((n+1)! - n!\big) \\
&= -1! + \underbrace{(2! - 2!) + (3! - 3!) + \cdots + (n! - n!)}_{=0} + (n+1)! \\
&= (n+1)! - 1.
\end{aligned}$$

26 Nombre d'atomes

Énoncé p. 296

Lycée François Mauriac, Bordeaux

Notons n le nombre de cartes différentes. Le nombre de permutations est alors égal à $n!$.

Il faut donc résoudre l'inéquation :

$$n! \geqslant 10^{79}.$$

Pour résoudre cette inéquation, on peut faire appel au logarithme népérien :

$$\begin{aligned}
n! \geqslant 10^{79} &\iff \ln(n!) \geqslant \ln\left(10^{79}\right) \\
&\iff \ln 1 + \ln 2 + \ln 3 + \cdots + \ln(n) \geqslant 79 \ln 10
\end{aligned}$$

On peut alors faire appel à un programme Python pour déterminer la première valeur de n pour laquelle l'inégalité est vraie.

```python
from math import log
n = 1
s = 0
while s < 79*log(10):
    n += 1
    s += log(n)
print(n)
```

ou

```python
f = 1
n = 1
while f < 10**79:
    n += 1
    f *= n
print(n)
```

COURS
INTERROS
CORRIGÉS

Ces programmes affichent la valeur « 59 ».

Il faut donc que le jeu comporte 59 cartes différentes pour que le nombre de permutations dépasse le nombre d'atomes dans l'Univers visible.

Remarque : remplacez « 79 » par « 1 000 » dans les deux programmes et vous verrez pourquoi le premier est plus intéressant...
Spoiler alert : le second risque de prendre pas mal de temps, même avec un bon processeur !

27 Constituer des groupes

Énoncé p. 296

Lycée Galilée, Gennevilliers

1 Avant de traiter l'exercice, on peut pendre l'exemple d'un groupe de 4 personnes, notées a, b, c et d. Si on veut constituer deux groupes de deux personnes, on a les possibilités suivantes :

Groupe 1	Groupe 2
a avec b	c avec d
a avec c	b avec d
a avec d	b avec c

Il y a seulement 3 possibilités alors que nos calculs nous pousseraient peut-être à dire qu'il y en a $\binom{4}{2} \times \binom{2}{2} = 6$ (on choisit 2 personnes parmi les 4 pour constituer le premier groupe et pour le second, on en choisit 2 parmi les deux restantes). Avec cette dernière méthode, il faut comprendre que l'on considère que les cas « Groupe 1 : a avec b, Groupe 2 : c avec d » et « Groupe 1 : c avec d, Groupe 2 : a avec b » sont distincts alors que non. Il faut donc diviser par deux le nombre de possibilités trouvées par cette méthode.

Revenons maintenant à notre exercice : il y a $\binom{12}{2}$ façons de constituer un groupe de 2 personnes prises parmi les 12, puis $\binom{10}{5}$ façons de constituer un autre groupe de 5 personnes prises parmi les 10 restantes, et enfin une seule façon de constituer le dernier groupe de 5 personnes.

Le nombre total de groupes possibles est donc : $\dfrac{\dbinom{12}{2} \times \dbinom{10}{5}}{2} = 8\ 316.$

2 Pour cette question encore, prenons un cas simple. Considérons un groupe de 6 personnes, notées a, b, c, d, e et f, que l'on souhaite partager en groupes de 2. Les différents groupes possibles sont donnés dans le tableau page ci-contre.

Groupe 1	Groupe 2	Groupe 3
a avec b	c avec d	e avec f
	c avec e	d avec f
	c avec f	d avec e
a avec c	b avec d	e avec f
	b avec e	d avec f
	b avec f	d avec e
a avec d	b avec c	e avec f
	b avec e	c avec f
	b avec f	c avec e
a avec e	b avec c	d avec f
	b avec d	c avec f
	b avec f	c avec d
a avec f	b avec c	d avec e
	b avec d	c avec e
	b avec e	c avec d

Nous avons mis en rouge les groupes distincts : il y en a 15. Or, avec une méthode de dénombrement « classique », on obtiendrait :

$$\binom{6}{2} \times \binom{4}{2} \times \binom{2}{2} = 90 \text{ groupes possibles.}$$

Le nombre de groupes possibles est donc égal à :

$$\frac{\binom{6}{2} \times \binom{4}{2} \times \binom{2}{2}}{6} = \frac{\binom{6}{2} \times \binom{4}{2} \times \binom{2}{2}}{3!}.$$

Revenons maintenant à notre exercice : nous voulons constituer 3 groupes de 4 personnes, ce qui nous amène au calcul suivant :

$$\frac{\binom{12}{4} \times \binom{8}{4} \times \binom{4}{4}}{3!} = 5\,775.$$

Il y a donc 5 775 groupes possibles.

28 Anagrammes et programme

Énoncé p. 296

Lycée Gustave Eiffel, Bordeaux

Nous allons utiliser ce qui a été dit dans l'encadré « À retenir » du corrigé de l'exercice 21.

1 Dans le mot « MATHEMATIQUES », il y a :

- 2 fois la lettre « M » ;

- 2 fois la lettre « A » ;
- 2 fois la lettre « T » ;
- 2 fois la lettre « E ».

Il comporte de plus 13 lettres en tout. Le nombre d'anagrammes de ce mot est donc égal à :

$$\frac{13!}{(2!)^4} = 389\,188\,800.$$

2 Le mot « URLUBERLU » comporte 9 lettres dont :

- 3 « U » ;
- 2 « R » ;
- 2« L ».

Le nombre d'anagrammes de ce mot est donc égal à :

$$\frac{9!}{3! \times (2!)^2} = 15\,120.$$

3 Voici un programme possible :

```
from math import factorial

def nbanagrammes(mot):
    n = len(mot)
    dico = dict()

    for lettre in mot:
        if lettre not in dico:
            dico[lettre] = 1
        else:
            nb = dico.get(lettre)
            dico[lettre] = nb + 1

    P = 1
    for cle, valeur in dico.items():
        P = P * factorial(valeur)

    return int(factorial(n) / P)
```

Voici quelques explications :

- Avant tout, on importe la fonction `factorial` du module `math` afin de pouvoir calculer les factorielles simplement ;
- ensuite, on demande de saisir un mot (à l'aide de la commande `input`), que l'on va stocker dans la variable `mot` (autant que le nom de la variable soit explicite) ;
- l'instruction « `n = len(mot)` » calcule le nombre de lettres du mot et stocke le résultat dans la variable `n` ;
- on créé ensuite un dictionnaire, que l'on nomme `dico` ;
- la boucle « `for lettre in mot` » a pour but de parcourir le mot saisi, lettre par lettre ;
- si la lettre rencontrée n'est pas déjà dans le dictionnaire alors on l'insère, avec une valeur égale à 1 car c'est la première rencontrée ;
- sinon, on affecte à la variable `nb` la valeur de la lettre rencontrée (c'est-à-dire le nombre de fois où elle a déjà été rencontrée), et on remplace cette valeur par elle-même augmentée de 1 (puisqu'on rencontre à nouveau cette lettre) ;
- à la fin de la boucle « `for` », le dictionnaire est composé de toutes les lettres du mot, ayant pour valeur le nombre de fois où elles apparaissent dans le mot ;
- ensuite, on initialise la variable `P` à 1 ; elle va représenter le produit des factorielles par lequel on va diviser $n!$;
- on parcourt le dictionnaire avec la boucle « `for cle,valeur ...` » et à chaque passage, `P` est multiplié par la factorielle du nombre d'occurrences de la lettre sur laquelle on est ;
- une fois la boucle finie, on divise $n!$ par la valeur stockée dans `P` pour avoir le nombre d'anagrammes.

Remarque : la présence de `int` dans le calcul de `N` n'est pas obligatoire, mais nous avons souhaité le mettre pour avoir un affichage de la valeur sans point décimal.

Conscients que la notion de dictionnaire en Python vous est peut-être étrangère, nous allons voir une deuxième possibilité avec le programme page suivante.

```
from math import factorial

def nbanagrammes(mot):
    n = len(mot)
    L = []
    P = 1

    for lettre in mot:
        c = ( lettre , mot.count(lettre) )
        if c not in L:
            L.append(c)
            P *= factorial(c[1])

    return int(factorial(n) / P)
```

Dans ce dernier programme, l'idée est de parcourir le mot lettre par lettre (avec la boucle « `for lettre in mot` ») et de créer un couple, noté `c`, formé de la lettre et de son nombre d'occurrences k dans le mot. Si ce couple est dans la liste `L` (initialement vide) alors on l'insère dans la liste et on multiplie par $k!$ la valeur stockée dans `P`.

Ainsi, la boucle finie, `P` contiendra la valeur par laquelle on doit diviser $n!$.

Chapitre 10

Succession d'épreuves indépendantes

Plan du chapitre

1 Répétition d'expériences identiques et indépendantes

Exercice type 1 — Lycée La Bruyère, Versailles

On dispose d'un dé cubique équilibré possédant une face verte, deux faces noires et trois faces rouges.
Un jeu consiste à lancer deux fois de suite et de manière indépendante ce dé. On note à chaque lancer la couleur de la face obtenue.

1. Représenter cette expérience par un arbre pondéré.
2. Calculer la probabilité pour qu'à l'issue d'un jeu, les deux faces obtenues soient noires.
3. Calculer la probabilité pour qu'à l'issue d'un jeu les deux faces obtenues soient de même couleur.
4. Calculer la probabilité pour qu'à l'issue d'un jeu les deux faces obtenues soient de couleurs différentes.

Voir corrigé page 318

Définition 1

On dit qu'il y a *répétition d'expériences identiques et indépendantes* lorsque la même expérience est effectuée plusieurs fois, dans les mêmes conditions, et que le résultat d'une réalisation n'a pas d'influence sur le résultat de la suivante.
Les issues de la répétition d'expériences sont des listes d'issues de l'expérience répétée.

Propriété 1

La probabilité d'une liste de résultats d'une répétition d'expériences identiques et indépendantes est égale au produit des probabilités de chaque issue qui constitue cette liste.

Solution de l'exercice type 1

Lycée La Bruyère, Versailles

1 On note V (respectivement N, R) l'événement « obtenir une face verte (respectivement noire, rouge) ».

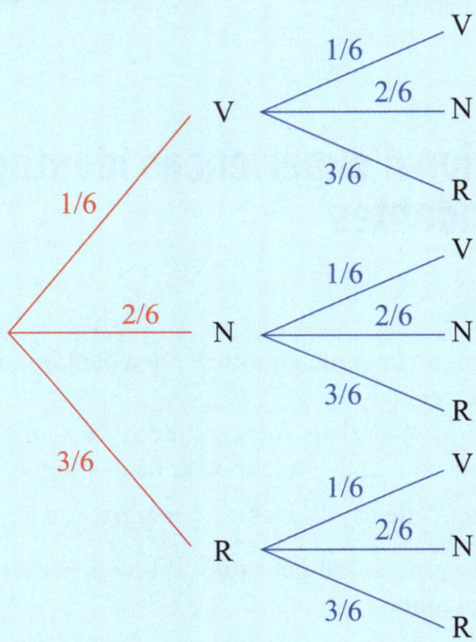

2 L'expérience est la répétition, de façon indépendante, de deux expériences identiques. Les issues sont donc des listes de résultats de l'expérience répétée, et la probabilité d'une liste est le produit des probabilités des résultats qui la composent.

Puisque le dé est équilibré, la probabilité d'obtenir V à un lancer est $\frac{1}{6}$, celle d'obtenir N est $\frac{2}{6} = \frac{1}{3}$ et celle d'obtenir R est $\frac{3}{6} = \frac{1}{2}$.

Alors $P(N,N) = \left(\frac{1}{3}\right)^2 = \frac{1}{9}$.

3 Les deux faces obtenues sont de la même couleur si elles sont toutes les deux vertes, noires, ou rouges. La probabilité de cet événement est donc (voir page suivante) :

Solution de l'exercice type 1 (suite) — Lycée La Bruyère, Versailles

$$P(V,V)+P(N,N)+P(R,R)=\frac{1}{36}+\frac{1}{9}+\frac{1}{4}=\frac{14}{36}=\frac{7}{18}.$$

4 L'événement « Les deux faces obtenues ne sont pas de la même couleur » est l'événement contraire de « Les deux faces sont de la même couleur ». La probabilité d'avoir deux faces de couleurs différentes est donc $1-\frac{7}{18}=\frac{11}{18}$.

Voir énoncé page 317

2 Schéma de Bernoulli

Exercice type 2 — Lycée Hector Berlioz, Vincennes

Cinq amis se sont inscrits sur internet à un tirage au sort pour recevoir gratuitement un magazine. La probabilité p d'être choisi est 0,32. Pour chaque réponse, on donnera d'abord la valeur exacte, puis une valeur approchée à 10^{-4} près.

1 Quelle est la probabilité P_1 que les cinq amis reçoivent le magazine ?

2 Quelle est la probabilité P_2 qu'au moins un des cinq ne reçoive pas le magazine ?

3 Quelle est la probabilité P_3 qu'au moins un des cinq reçoive le magazine ?

4 Quelle est la probabilité P_4 qu'exactement trois des amis reçoivent le magazine ?

Voir corrigé page 321

Définition 2 : épreuve de Bernoulli

Une *épreuve de Bernoulli* est une expérience aléatoire où seules 2 issues sont possibles : le *succès* (S) et l'*échec* ($\bar{S}$).

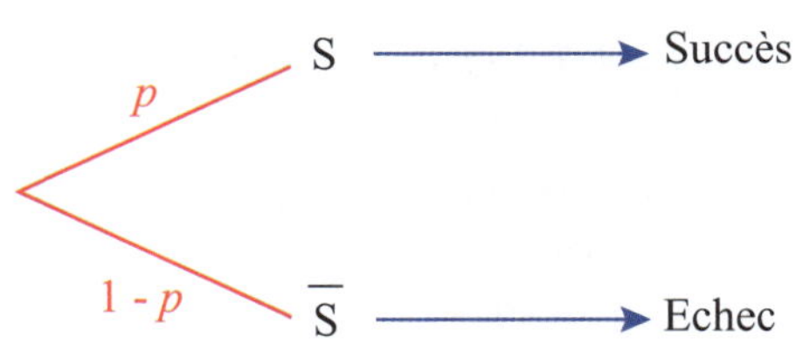

Exemples

- Sur une chaîne de production de smartphones, on en choisit un au hasard. L'épreuve consistant à regarder s'il est défectueux est une épreuve de Bernoulli : il est soit défectueux (S) soit non défectueux ($\bar{S}$).
- Dans une trousse, on choisit au hasard un stylo. L'épreuve consistant à regarder s'il est rouge est une épreuve de Bernoulli : soit il l'est (S), soit il ne l'est pas ($\bar{S}$).

Définition 3 : loi de Bernoulli

On considère une épreuve de Bernoulli dont le succès est de probabilité p.
La loi de Bernoulli associée à cette épreuve est la suivante :

$X = k$	0	1
$P(X = k)$	$1 - p$	p

Définition 4 : schéma de Bernoulli

On répète n fois une même épreuve de Bernoulli dans les mêmes conditions (on dit : *de façon indépendante*). Cette succession d'épreuves est appelée un *schéma de Bernoulli*.

On représente un schéma de Bernoulli de la manière suivante :

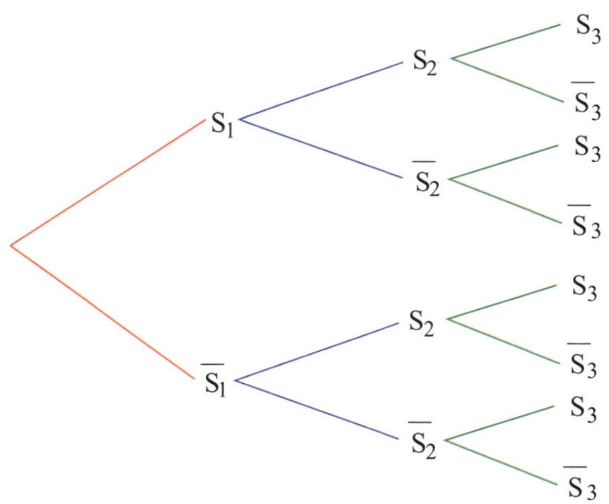

Exemple d'une succession de trois épreuves de Bernoulli

Remarque : l'épreuve, la loi et le schéma de Bernoulli tirent leur nom du mathématicien Jacques Bernoulli (1654 – 1705).

2.1 Loi Binomiale

Définition 5

On considère une épreuve de Bernoulli dont la probabilité du succès est p. On répète n fois de façon indépendante cette épreuve, et on note X la variable aléatoire représentant le nombre de succès à l'issue de cette succession d'épreuves. On dit que la loi de probabilité de X est la *loi binomiale* de paramètres n et p, et on note $X \hookrightarrow \mathcal{B}(n;\, p)$.

À l'issue de ces n épreuves, X peut valoir 0, 1, 2, ... jusqu'à n.

Propriété 2 : nombre de chemins à k succès

Si on répète n fois de manière indépendante une épreuve de Bernoulli alors il y a $\binom{n}{k}$ chemins comportant exactement k succès.

En effet, on regarde combien de « mots » de n lettres (prises dans l'alphabet $\{S, \bar{S}\}$) comportent exactement k lettres « S ». Cela revient à choisir sans ordre et sans remise k emplacements ($1 \leqslant k \leqslant n$) où seront placés les « S », et mettre les « $\overline{S}$ » aux emplacements restants. Il s'agit donc d'une combinaison, d'où un nombre égal à $\binom{n}{k}$.

Propriété 3

Soit $X \hookrightarrow \mathcal{B}(n;\, p)$.
Alors, pour tout entier k compris entre 0 et n,

$$P(X = k) = \binom{n}{k} p^k (1-p)^{n-k}.$$

Solution de l'exercice type 2

Lycée Hector Berlioz, Vincennes

L'expérience décrite est modélisée par un schéma de Bernoulli, composé de 5 répétitions d'une épreuve de Bernoulli dont le succès, recevoir le magazine, a pour probabilité 0,32. La variable aléatoire X qui donne le nombre d'amis qui reçoivent le magazine suit donc la loi binomiale de paramètre 5 et 0,32.

1 $P_1 = P(X = 5) = \binom{5}{5} \times 0{,}32^5 \times (1 - 0{,}32)^{5-5} = 0{,}32^5 \approx 0{,}0034.$

2 L'événement « Au moins un des cinq amis ne reçoit pas le magazine » est l'événement contraire de « Les cinq amis reçoivent le magazine ».
$P_2 = P(X \leqslant 4) = 1 - P(X = 5) = 1 - 0{,}32^5 \approx 0{,}9966.$

3 De façon analogue,
$P_3 = P(X \geqslant 1) = 1 - P(X = 0) = 1 - 0{,}68^5 \approx 0{,}8546.$

4 $P_4 = P(X = 3) = \binom{5}{3} \times 0{,}32^3 \times 0{,}68^2 \approx 0{,}1515.$

Voir énoncé page 319

1 V/F Loi binomiale ?

10 min Corrigé p. 332

Dire, dans chaque situation, s'il est vrai que la variable aléatoire X suit une loi binomiale. Donner le cas échéant les valeurs des paramètres de la loi binomiale associée.

1 On lance 5 fois successivement un dé à jouer non truqué, et on note X la variable aléatoire égale au nombre de 2 obtenus parmi ces lancers.

2 On lance 5 fois successivement un dé à jouer non truqué, et on note X la variable aléatoire égale au numéro du premier lancer pour lequel on obtient le chiffre 6, en convenant que $X = 0$ si le chiffre 6 n'est jamais obtenu.

3 On lance 10 fois successivement 2 dés à jouer non pipés, et on note X la variable aléatoire égale au nombre de fois où une somme de 10 est obtenue en ajoutant les chiffres des 2 dés.

4 Une branche présente 10 fleurs blanches ou roses réparties au hasard. On compte au total 2 fleurs blanches et 8 fleurs roses.

On cueille successivement et au hasard 3 fleurs, et on note X la variable aléatoire égale au nombre de fleurs blanches cueillies.

2 QCM Loi binomiale

15 min Corrigé p. 332

Pour chaque question, choisir la bonne réponse.

1 Une variable aléatoire X suit une loi binomiale de paramètres 5 et 0,1. La probabilité $P(X \leqslant 2)$ est alors (arrondie au centième) :

a 0,99 **b** 0,01 **c** 0,5 **d** 0,617

2 Le nombre d'issues d'une répétition de n épreuves de Bernoulli est égal à :

a 2 **b** n **c** $2n$ **d** 2^n

3 X est une variable aléatoire qui suit la loi binomiale $\mathcal{B}(n, p)$. Le nombre de valeurs prises par X est :

a n **b** 2^n **c** $n+1$ **d** p^2

3 QCM Logique et répétition d'expériences

15 min Corrigé p. 333

Dans la maison des associations de la commune, il y a deux salles de réunion, A et B. Les deux salles ont la même probabilité d'être occupées, sans préférence pour l'une ou l'autre. La probabilité que l'une au moins des salles soit occupée est 0,91. Pour chaque question, déterminer la bonne réponse.

1 La probabilité que les deux salles soient libres est

a 0,455 **b** 0,8281 **c** 0,09 **d** $1 - \sqrt{0{,}91}$

2 La probabilité que la salle A soit occupée est :

a $\sqrt{0,91}$ **b** 0,03 **c** 0,3 **d** 0,7

3 La probabilité qu'exactement une salle soit occupée est :

a 0,49 **b** 0,42 **c** 0,5 **d** 0,7

4 La probabilité qu'au moins une salle soit libre est :

a 0,09 **b** 0,51 **c** 0,49 **d** 0,7

4 QCM Logique

15 min Corrigé p. 333

Pour chaque question, choisir la ou les bonnes réponses.

1 On joue à pile ou face deux fois de suite.
L'événement « obtenir au moins une fois pile » est égal à l'événement :

a « obtenir une fois pile » *et* « obtenir deux fois pile ».
b « obtenir une fois pile » *ou* « obtenir deux fois pile ».
c « obtenir 0 fois face ».
d « obtenir 0 fois face » *ou* « obtenir une fois face ».

2 On joue à pile ou face deux fois de suite.
L'événement « obtenir au plus une fois pile » est égal à l'événement :

a « obtenir une fois face » *et* « obtenir deux fois face ».
b « obtenir une fois face » *ou* « obtenir deux fois face ».
c « obtenir 0 fois pile ».
d « obtenir 0 fois pile » *ou* « obtenir une fois pile ».

3 On joue à pile ou face trois fois de suite.
L'événement contraire de « obtenir au moins une fois face » est :

a « Obtenir trois piles ».
b « Obtenir au moins une fois pile ».
c « Obtenir 0 fois pile ».
d « Obtenir 0 fois face ».

4 Soit X une variable aléatoire.
L'événement contraire de « X est au moins égal à 3 » est :

a $X \leqslant 3$. **b** $X < 3$. **c** $X \geqslant 3$. **d** $X > 3$.

5 QCM Répétition d'expériences

15 min Corrigé p. 334

Pour chaque question, une seule réponse est exacte.

1 On répète 3 fois de suite une expérience ayant 2 résultats possibles. Le nombre de chemins de l'arbre associé à cette répétition d'expériences est :

a 2. **b** 4. **c** 6. **d** 8.

COURS INTERROS CORRIGÉS

2 On répète 2 fois de suite une expérience ayant 3 résultats possibles. Le nombre de chemins de l'arbre associé à cette répétition d'expériences est :

[a] 3. [b] 6. [c] 8. [d] 9.

3 On répète trois fois de suite une même expérience ayant trois issues équiprobables. Alors les listes de résultats :

[a] ont toutes pour probabilité $\frac{1}{3}$.

[b] ont toutes pour probabilité $\frac{1}{27}$.

[c] ont toutes pour probabilité $\frac{1}{6}$.

[d] n'ont pas toutes la même probabilité.

4 Une expérience aléatoire donne le résultat A avec une probabilité de 0,4, le résultat B avec une probabilité de 0,5 et le résultat C avec une probabilité de 0,1. On répète 5 fois cette expérience, dans des conditions indépendantes les unes des autres. Alors la variable aléatoire qui donne le nombre de fois où le résultat A est obtenu :

[a] suit la loi binomiale $\mathcal{B}(3 ; 0{,}4)$.
[b] suit la loi binomiale $\mathcal{B}(5 ; 0{,}4)$.
[c] suit la loi binomiale $\mathcal{B}(5 ; 0{,}6)$.
[d] ne suit pas une loi binomiale.

6 QCM Loi binomiale

15 min Corrigé p. 334

Pour chaque question, choisir la ou les bonnes réponses.

1 On considère un schéma de Bernoulli de 8 répétitions. Le nombre de listes de résultats qui contiennent 5 succès est :

[a] $\binom{5}{8}$. [b] $\binom{8}{5}$. [c] $\binom{5}{3}$. [d] $\binom{8}{3}$.

2 On lance un dé truqué trois fois de suite ; la probabilité d'obtenir le 6 est 0,2. Alors la probabilité d'obtenir deux fois 6 sur les trois lancers est :

[a] $0{,}2^2 \times 0{,}8$. [b] $\binom{3}{2}(0{,}2 + 0{,}2 + 0{,}8)$.

[c] $\binom{3}{2}(0{,}2 \times 0{,}2 \times 0{,}8)$. [d] $3 \times 0{,}2^2 \times 0{,}8$.

3 On considère une variable aléatoire qui suit la loi binomiale $\mathcal{B}(6 ; 0{,}7)$. Alors :

[a] $P(X = 4) = P(X = 2)$. [b] $P(X = 4) < P(X = 2)$.
[c] $P(X = 4) > P(X = 2)$. [d] $P(X = 4) = 2 \times P(X = 2)$.

7 QCM Tirage bicolore

15 min

Corrigé p. 335

Une urne contient 5 boules blanches et 5 boules noires. On tire, avec remise, une boule au hasard, n fois de suite (avec $n > 1$).

Parmi les propositions suivantes, quelle est la probabilité d'obtenir des boules qui ne soient pas toutes de la même couleur ? Justifier.

[a] $1 - \frac{1}{2^n}$ [b] $1 - \frac{1}{2^{n-1}}$ [c] $1 - \frac{1}{2^{2n}}$

8 Lancer de dé

★ 10 min

Corrigé p. 335

Lycée Édouard Branly, Nogent-sur-Marne

Un joueur lance quatre fois de suite un dé parfaitement équilibré. Il marque 1 point pour chaque face numérotée 6 qu'il obtient. On s'intéresse à la variable aléatoire X qui à chaque série de quatre lancers associe le nombre de points marqués.

1. Expliquer pourquoi la variable étudiée suit une loi binomiale dont on déterminera les paramètres.
2. Quelle est la probabilité de gagner 3 points ?
3. Déterminer la loi de probabilité de X.

9 Deux tirages successifs

★ 15 min

Corrigé p. 337

Lycée Paul Painlevé, Oyonnax

Une urne contient de nombreux jetons, indiscernables au toucher, ayant l'une des trois couleurs : bleu, jaune ou rouge.

On tire un jeton au hasard. La probabilité de tirer un jeton bleu est 0,25 ; celle d'obtenir un jeton jaune est 0,4.

1. Quelle est la probabilité d'obtenir un jeton rouge à un tirage ?
2. On effectue l'expérience deux fois de suite avec remise du jeton dans l'urne après le premier tirage.

   À l'aide d'un arbre pondéré à construire sur la copie, répondre aux questions suivantes :

   (a) Quelle est la probabilité d'obtenir un jeton bleu au premier tirage, puis un jeton jaune au second ?

   (b) Quelle est la probabilité d'obtenir deux jetons de couleurs différentes ?

10 Groupe sanguin

★ 15 min Corrigé p. 338

Lycée Notre-Dame de Sainte-Croix, Neuilly-sur-Seine

La probabilité qu'un français soit du groupe sanguin A est de 0,45, qu'il soit du groupe sanguin O est de 0,43. Dans les autres cas, la personne est du groupe sanguin B ou AB ; on décide de dire dans ce cas qu'elle est du groupe C. On étudie le groupe sanguin de trois personnes prises au hasard dans cette population. Vue la taille de la population, le choix des trois personnes peut être assimilé à une répétition de trois expériences identiques et indépendantes.

1 Combien de chemins contient l'arbre pondéré associé à cette expérience (il n'est pas demandé de dessiner l'arbre) ?
On notera A l'événement « la personne est du groupe A », O l'événement « la personne est du groupe O » et C l'événement « la personne est du groupe C ». Donner toutes les listes de résultats.

2 Quelle est la probabilité que les trois personnes soient toutes du groupe A ?

3 Quelle est la probabilité qu'il y ait exactement une personne de chaque groupe ?

4 Quelle est la probabilité qu'au moins une personne soit du groupe A ?

11 Lancer de deux dés

★ 20 min Corrigé p. 339

Lycée La Bruyère, Versailles

Une partie consiste à lancer simultanément deux dés équilibrés. On gagne si les deux chiffres obtenus sont identiques.

1 Calculer la probabilité de gagner.

2 On répète quatre fois l'expérience, et on appelle X la variable aléatoire donnant le nombre de parties gagnées lors des quatre expériences.

(a) Justifier que X suit une loi binomiale et en donner les paramètres.

(b) Déterminer la probabilité de ne jamais gagner.

(c) Déterminer la probabilité de gagner deux fois.

3 On répète n fois l'expérience, et on définit la variable Y donnant le nombre de parties gagnées.
Déterminer la plus petite valeur de n pour que la probabilité de gagner au moins une fois soit supérieure ou égale à 0,99.

12 Des formes et des couleurs

★★ 15 min Corrigé p. 340

Lycée Virlogeux, Riom

Chaque probabilité sera exprimée sous forme d'une fraction irréductible.

Dans une boîte, on dispose de deux cubes : un rouge et un vert, et de quatre boules : une jaune, une rouge, une verte et une bleue.

Un bébé prend au hasard un objet de la boîte, le montre fièrement à son papa, puis le remet dans la boîte. Il prend à nouveau un objet dans la boîte, et le donne à son papa qui le remet aussi dans la boîte. On appelle tirage le couple des deux objets ainsi obtenus et on suppose que tous les tirages sont équiprobables.

1 Combien y a-t-il de tirages possibles ? On pourra s'aider d'un tableau ou d'un arbre.

2 Trouver la probabilité de chacun des événements suivants :

- A : « Il a obtenu deux cubes ».
- B : « Il a obtenu deux boules ».
- C : « Il a obtenu deux objets de formes différentes ».
- D : « Il a obtenu deux objets rouges ».
- E : « Il a obtenu deux objets de la même couleur ».
- F : « Il a obtenu deux objets de couleurs différentes ».
- G : « Il a obtenu deux objets de même couleur, mais de formes différentes ».

13 Loi géométrique tronquée ★★ 30 min

Corrigé p. 340

Lycée Mansart, Saint-Cyr-l'École

On considère l'expérience aléatoire qui consiste à lancer un dé équilibré jusqu'à ce que la face 6 apparaisse, puis à noter le nombre de lancers effectués.

1 **(a)** Quelle est la probabilité de lancer le dé exactement 10 fois ?

(b) n étant un entier non nul, exprimer en fonction de n la probabilité de lancer le dé exactement n fois.

(c) Quelle est la probabilité de lancer le dé au moins 10 fois ?

2 Algorithmique.

(a) Écrire un algorithme qui simule cette expérience et donne le nombre de lancers effectués pour obtenir le premier 6.

(b) Programmer cet algorithme en Python.

(c) Cet algorithme contient une boucle, risque-t-elle de ne jamais finir ?

(d) Modifier l'algorithme précédent pour simuler 1 000 répétitions de l'expérience et obtenir la fréquence avec laquelle le dé est jeté 10 fois ou plus.

(e) Faire fonctionner cet algorithme et comparer avec le résultat de la question 1.c.

14 Forte probabilité

★★ 30 min Corrigé p. 343

Lycée Vaugelas, Chambéry

Adrien a constaté que le matin, lorsqu'il met dans la cage de son perroquet une assiette de graines, un morceau de pomme et de l'eau fraiche, celui-ci commence par boire avec une probabilité de $\frac{1}{4}$, commence par la pomme avec une probabilité de $\frac{1}{3}$ et le reste du temps commence par les graines.

1 Adrien observe le comportement de son perroquet trois jours de suite. On note X la variable aléatoire qui donne le nombre de fois où le perroquet a commencé par aller boire.

(a) Justifier que X suit une loi binomiale dont on précisera les paramètres.

(b) Déterminer combien de chemins de l'arbre associé à l'expérience, correspondent à l'événement $(X = 1)$.
Calculer $P(X = 1)$ et $P(X = 3)$.

(c) Calculer la probabilité pour que le perroquet commence au moins une fois par aller boire.

2 On observe le perroquet n jours de suite.
Calculer le nombre minimal n de jours d'observation pour que la probabilité que le perroquet ait au moins une fois commencé par aller boire, soit supérieure à 95%.

15 Extrait d'un bac

★★ 30 min Corrigé p. 343

Lycée Notre-Dame de Boulogne, Boulogne-Billancourt

Une chocolaterie fabrique deux sortes de chocolats : des chocolats noirs et des chocolats au lait. 60% des chocolats fabriqués sont noirs. Parmi ceux-ci, 70% sont fourrés, tandis que 30% seulement des chocolats au lait sont fourrés.

Partie A

Dans cette partie, pour chaque probabilité demandée, on donnera sa valeur exacte.

Un client fait une dégustation de chocolats et il en choisit un au hasard.

On considère les événements suivants :

- N : « le chocolat choisi est noir ».
- F : « le chocolat choisi est fourré ».

1 Donner la probabilité P_1 que le chocolat choisi soit noir.

2 Déterminer la probabilité P_2 que le chocolat choisi soit noir et fourré.
Justifier la réponse.

3 On note P_3 la probabilité que le chocolat choisi soit fourré.
Justifier que $P_3 = 0{,}54$.

Partie B

Un client achète une boîte de n chocolats, où n est un entier naturel non nul.

Chaque chocolat mis dans la boîte est choisi au hasard et on suppose le nombre de chocolats suffisamment grand pour que l'on puisse considérer que les choix successifs sont faits de façon identique et indépendante.

On note X_n la variable aléatoire représentant le nombre de chocolats fourrés contenus dans la boîte.

1 Préciser la loi suivie par X_n.

2 Dans cette question, $n = 12$ et, pour chaque probabilité demandée, on donnera une valeur approchée à 10^{-4} près.

(a) Donner la probabilité P_4 que la moitié des chocolats de la boîte soient fourrés.

(b) Donner la probabilité P_5 que la boîte contienne au moins un chocolat fourré.

(c) Donner la probabilité P_6 que la boîte contienne au plus trois chocolats fourrés.

3 Dans cette question, n est quelconque.

(a) Donner, en fonction de n, la probabilité q_n que la boîte contienne au moins un chocolat fourré.

(b) Déterminer le nombre minimum n_0 de chocolats que doit acheter le client afin que la probabilité que la boîte contienne au moins un chocolat fourré soit strictement supérieure à 0,98.

Détailler les calculs.

16 Extrait d'un bac ★★ 30 min Corrigé p. 346

Lycée Camille Jullian, Bordeaux

Chaque semaine, un agriculteur propose en vente directe à chacun de ses clients un panier de produits frais qui contient une seule bouteille de jus de fruits. Dans un esprit de développement durable, il fait le choix de bouteilles en verre incassable et demande à ce que chaque semaine, le client rapporte sa bouteille vide.

On suppose que le nombre de clients de l'agriculteur reste constant.

Une étude statistique réalisée donne les résultats suivants :

- à l'issue de la première semaine, la probabilité qu'un client rapporte la bouteille de son panier est 0,9 ;
- si le client a rapporté la bouteille de son panier une semaine, alors la probabilité qu'il ramène la bouteille du panier la semaine suivante est 0,95 ;

- si le client n'a pas rapporté la bouteille de son panier une semaine, alors la probabilité qu'il ramène la bouteille du panier la semaine suivante est 0,2.

On choisit au hasard un client parmi la clientèle de l'agriculteur. Pour tout entier naturel n non nul, on note R_n l'événement « le client rapporte la bouteille de son panier de la n-ième semaine ».

1 **(a)** Modéliser la situation étudiée pour les deux premières semaines à l'aide d'un arbre pondéré qui fera intervenir les événements R_1 et R_2.

(b) Déterminer la probabilité que le client rapporte ses bouteilles des paniers de la première et de la deuxième semaine.

(c) Montrer que la probabilité que le client rapporte la bouteille du panier de la deuxième semaine est égale à 0,875.

(d) Sachant que le client a rapporté la bouteille de son panier de la deuxième semaine, quelle est la probabilité qu'il n'ait pas rapporté la bouteille de son panier de la première semaine ?
On arrondira le résultat à 10^{-3}.

2 Pour tout entier naturel n non nul, on note r_n la probabilité que le client rapporte la bouteille du panier de la n-ième semaine.
On a alors $r_n = p(R_n)$.

(a) Recopier et compléter l'arbre pondéré (aucune justification n'est attendue) :

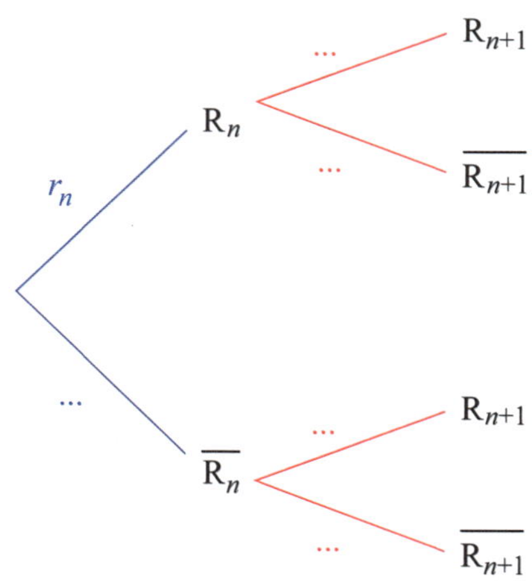

(b) Justifier que pour tout entier naturel n non nul, $r_{n+1} = 0{,}75 r_n + 0{,}2$.

(c) Démontrer que pour tout entier naturel n non nul,

$$r_n = 0{,}1 \times 0{,}75^{n-1} + 0{,}8.$$

(d) Calculer la limite de la suite (r_n). Interpréter le résultat dans le contexte de l'exercice.

3 On suppose dans cette question que la probabilité qu'un client fidèle depuis longtemps ramène sa bouteille est égale à 0,8.

On choisit au hasard et de manière indépendante parmi ces clients 20 d'entre eux. On suppose que le nombre total de ces clients est assez grand pour assimiler ces choix à un tirage avec remise.

On arrondira les probabilités au millième.

(a) Quelle est la probabilité que tous les clients ramènent leur bouteille ?

(b) Quelle est la probabilité qu'au moins 15 d'entre eux ramènent leur bouteille ?

(c) Quelle est la probabilité qu'au plus 10 d'entre eux ramènent leur bouteille ?

1 V/F Loi binomiale ?

Énoncé p. 322

1 *Vrai.* Il s'agit de la répétition d'épreuves de Bernoulli identiques et indépendantes entre elles.

La variable aléatoire X, qui aux 5 résultats obtenus associe le nombre de 2 obtenus, suit une loi de binomiale de paramètres $n = 5$ et $p = \frac{1}{6}$.

2 *Faux.* La loi binomiale s'intéresse au nombre d'occurrences du même événement lors de la répétition d'expériences identiques et indépendantes (il s'agit ici d'une loi géométrique *tronquée*).

3 *Vrai.* Les épreuves répétées successivement sont les lancers de 2 dés. Elles sont identiques et indépendantes.

Il y a trois façons d'obtenir 10 avec la somme des chiffres de 2 dés : (4; 6), (5; 5) et (6; 4). Il y a au total $6^2 = 36$ lancers possibles de 2 dés. La probabilité d'obtenir la somme 10 avec 2 dés est donc de $p = \frac{3}{36} = \frac{1}{12}$.

La variable aléatoire qui associe aux 10 lancers le nombre de fois que la somme 10 est obtenue suit donc une loi binomiale de paramètres $n = 10$ et $p = \frac{1}{12}$.

4 *Faux.* Une fois une fleur cueillie, blanche ou rose, le nombre total de fleurs change pour la cueillette suivante, et les probabilités de cueillir une fleur blanche ou rose aussi.

Les expériences successives ne sont pas indépendantes les unes des autres, et on ne peut donc pas utiliser la loi binomiale.

2 QCM Loi binomiale

Énoncé p. 322

1 Réponse **a**. La probabilité est donnée par

$$\begin{aligned} P(X \leqslant 2) &= P(X=0) + P(X=1) + P(X=2) \\ &= \binom{5}{0} 0{,}1^0 \times 0{,}9^5 + \binom{5}{1} 0{,}1^1 \times 0{,}9^4 + \binom{5}{2} 0{,}1^2 \times 0{,}9^3 \\ &= 0{,}9^5 + 5 \times 0{,}1 \times 0{,}9^4 + 10 \times 0{,}1^2 \times 0{,}9^3 \\ &\approx 0{,}99. \end{aligned}$$

2 Réponse **d**. À chaque répétition, il y a deux fois plus de branches à l'arbre. Donc pour n répétions, il y a 2^n chemins, donc 2^n issues.

3 Réponse **c**. Les valeurs prises par X sont les nombres de succès lors d'une répétition de n expériences. X prend donc les valeurs entières de 0 à n, c'est-à-dire $n + 1$ valeurs.

3 QCM Logique et répétition d'expériences

Énoncé p. 322

La désignation des salles occupées est assimilée à une répétition de deux expériences identiques et indépendantes. On peut alors utiliser l'arbre représentant cette expérience. On note p la probabilité que la salle A (ou la salle B) soit occupée. On note A (respectivement B) l'événement : « La salle A (respectivement B) est occupée ». La probabilité de l'issue correspondant à un chemin est le produit des probabilités figurant sur ce chemin.

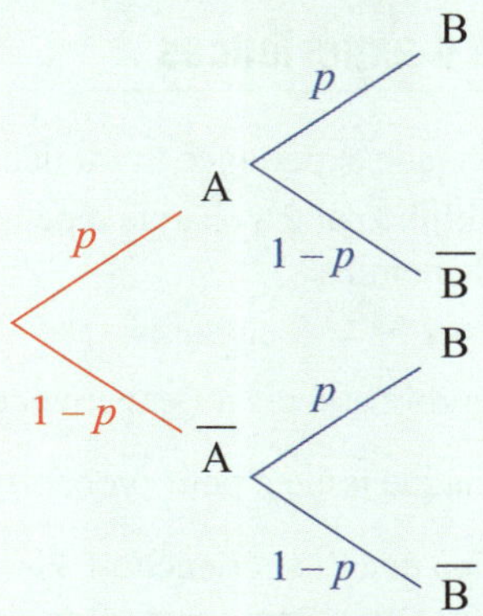

1 Réponse **c**. L'événement « les deux salles sont libres » est l'événement contraire de « au moins une salle est occupée ». Donc la probabilité de cet événement est $1 - 0{,}91 = 0{,}09$.

2 Réponse **d**. D'après la question 1, la probabilité qu'aucune salle ne soit occupée est $(1 - p)^2 = 0{,}09$. Par conséquent $1 - p = 0{,}3$ et alors $p = 0{,}7$.

3 Réponse **b**. « Une seule salle est occupée » correspond aux deux issues $(A, \overline{B})$ et $(B, \overline{A})$, et a pour probabilité :

$$2 \times p \times (1 - p) = 2 \times 0{,}7 \times 0{,}3 = 0{,}42$$

4 Réponse **b**. « Au moins une salle est libre » est l'événement contraire de « Les deux salles sont occupées ». Donc la probabilité de cet événement est $1 - p^2 = 1 - 0{,}7^2 = 1 - 0{,}49 = 0{,}51$.

4 QCM Logique

Énoncé p. 323

1 Réponses **b** et **d**. On ne peut pas obtenir en même temps une fois pile *et* deux fois pile, par contre l'un ou l'autre convient.

« Obtenir 0 fois face » revient à « Obtenir 2 fois pile », donc ne convient pas.

« Obtenir 0 fois face » ou « Obtenir une fois face » revient à « Obtenir 2 fois pile » ou « Obtenir une fois pile », c'est-à-dire obtenir au moins une fois pile.

COURS INTERROS CORRIGÉS

2 Réponses **b** et **d**. « Obtenir au plus une fois pile » signifie obtenir 0 fois pile ou une fois pile, ou bien obtenir 2 fois face ou une fois face.

3 Réponses **a** et **d**. Le contraire de « Obtenir au moins une fois face » est « n'obtenir aucune face » ou bien « n'obtenir que des piles ».

4 Réponse **b**. X est au moins égal à 3 peut s'écrire $X \geqslant 3$. Le contraire est donc $X < 3$.

5 QCM Répétition d'expériences

Énoncé p. 323

1 Réponse **d**. Chaque expérience ayant deux issues possibles, le nombre d'issues est multiplié par 2 à chaque répétition. Il y a donc $2^3 = 8$ issues au total, donc 8 chemins.

2 Réponse **d**. Il y a $3^2 = 9$ chemins.

3 Réponse **b**. L'arbre associé à l'expérience a $3^3 = 27$ chemins équiprobables. Donc chaque issue a pour probabilité $\frac{1}{27}$.

4 Réponse **b**. Bien que l'expérience ait 3 issues, on peut, pour la question posée, l'assimiler à une épreuve de Bernoulli à deux issues : obtenir A avec une probabilité de 0,4, ou ne pas obtenir A. Dans ce cas, la variable qui donne le nombre de fois où A est obtenu suit bien la loi $\mathcal{B}(5\,;0{,}4)$.

MÉTHODE

Lors d'une répétition d'expériences identiques et indépendantes, il peut s'agir d'une loi binomiale, même si l'expérience répétée a plus de deux issues. En effet, on s'intéresse souvent à la réalisation ou non d'une issue particulière. Il suffit alors de reformuler la description de l'expérience pour obtenir une épreuve de Bernoulli.

6 QCM Loi binomiale

Énoncé p. 324

1 Réponses **b** et **d**. Par définition, le nombre de listes de 8 résultats qui contiennent 5 succès est « 5 parmi 8 », c'est-à-dire $\binom{8}{5}$. Mais une liste qui contient 5 succès est une liste qui contient 3 échecs. En inversant le rôle des deux issues, on trouve qu'il y a $\binom{8}{3}$ listes qui conviennent. $\binom{8}{3} = \binom{8}{5}$.

2 Réponse **c** et **d**. Par définition de la loi binomiale, la probabilité d'obtenir deux fois 6 en 3 lancers est $\binom{3}{2} \times 0{,}2^2 \times 0{,}8$. Or $\binom{3}{2} = 3$, donc la probabilité est aussi égale à $3 \times 0{,}2^2 \times 0{,}8$.

3 Réponse **c**.

$P(X=4)=\binom{6}{4}\times 0{,}7^4\times 0{,}3^2$ et $P(X=2)=\binom{6}{2}\times 0{,}7^2\times 0{,}3^4$. Soit on fait le calcul, soit on utilise le fait que $\binom{6}{4}=\binom{6}{2}$ (voir explications à la question 1) et on constate que :

$$0{,}3^2P(X=4)=0{,}7^2P(X=2).$$

On trouve alors que :

$$P(X=4)>P(X=2).$$

et de plus que :

$$P(X=4)\neq 2P(X=2)\ ,$$

donc **d** est faux.

7 QCM Tirage bicolore

Énoncé p. 325

Chaque tirage est un tirage de Bernoulli, la probabilité d'obtenir une boule blanche est 0,5.

Si l'on effectue n tirages avec remise, la variable aléatoire qui donne le nombre de boules blanches obtenues suit la loi binomiale de paramètre n et 0,5.

Ne pas obtenir des boules toutes de la même couleurs, signifie ne pas obtenir n boules blanches ni n boules noires.

Or, la probabilité d'obtenir n boules blanches est $\frac{1}{2^n}$, de même la probabilité d'avoir n boules noires est $\frac{1}{2^n}$. Comme ces deux événements sont incompatibles, la probabilité que l'un ou l'autre se produise est :

$$\frac{1}{2^n}+\frac{1}{2^n}=2\times\frac{1}{2^n}=\frac{1}{2^{n-1}}.$$

La probabilité de l'événement contraire est donc $1-\frac{1}{2^{n-1}}$.

La réponse exacte est donc la réponse **b**.

8 Lancer de dé

Énoncé p. 325

Lycée Édouard Branly, Nogent-sur-Marne

1 L'expérience est une répétition de 4 lancers de dé, donc de 4 expériences identiques et indépendantes. Obtenir la face 6 est le succès de l'épreuve de Bernoulli, et sa probabilité p vaut $\frac{1}{6}$. La variable X suit donc la loi binomiale $\mathcal{B}\left(4,\frac{1}{6}\right)$.

2 La probabilité de gagner 3 points est :

$$P(X=3) = \binom{4}{3}\left(\frac{1}{6}\right)^3 \times \left(\frac{5}{6}\right)^1$$
$$= 4 \times \frac{5}{6^4}$$
$$= \frac{5}{324}.$$

3 Pour déterminer la loi de probabilité de X il reste à calculer la probabilité d'avoir 0, 1, 2 ou 4 fois la face numérotée 6.

$$P(X=0) = \binom{4}{0}\left(\frac{1}{6}\right)^0 \times \left(\frac{5}{6}\right)^4$$
$$= \frac{5^4}{6^4}$$
$$= \frac{625}{1\,296}.$$

$$P(X=1) = \binom{4}{1}\left(\frac{1}{6}\right)^1 \times \left(\frac{5}{6}\right)^3$$
$$= 4 \times \frac{5^3}{6^4}$$
$$= \frac{125}{324}.$$

$$P(X=2) = \binom{4}{2}\left(\frac{1}{6}\right)^2 \times \left(\frac{5}{6}\right)^2$$
$$= 6 \times \frac{5^2}{6^4}$$
$$= \frac{25}{216}.$$

$$P(X=4) = \binom{4}{4}\left(\frac{1}{6}\right)^4 \times \left(\frac{5}{6}\right)^0$$
$$= \frac{1}{6^4}$$
$$= \frac{1}{1\,296}.$$

On peut résumer ces résultats dans le tableau suivant :

x_i	0	1	2	3	4
$P(X = x_i)$	$\frac{625}{1\,296}$	$\frac{125}{324}$	$\frac{25}{216}$	$\frac{5}{324}$	$\frac{1}{1\,296}$

Remarque : il est toujours prudent de vérifier que la somme des probabilités est égale à 1.

9 Deux tirages successifs

Énoncé p. 325

Lycée Paul Painlevé, Oyonnax

1 Comme la somme des probabilités des issues d'une expérience vaut 1, la probabilité d'obtenir un jeton rouge est $1 - 0{,}25 - 0{,}4 = 0{,}35$.

2 On note B_i l'événement « Tirer un jeton bleu au i-ième lancer », R_i « Tirer un jeton rouge au i-ième lancer » et J_i « Tirer un jeton jaune au i-ième lancer », avec $i = 1$ ou $i = 2$. L'arbre pondéré associé à l'expérience est donc :

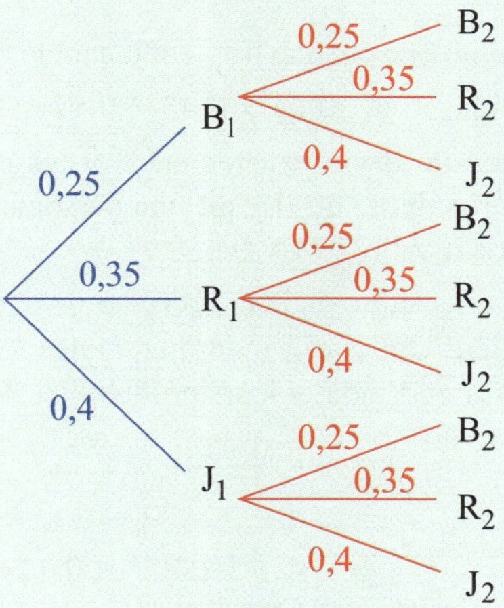

(a) Comme il y a remise du premier jeton tiré avant le second tirage, les deux expériences successives sont indépendantes, et la probabilité d'une liste de résultats est le produit des probabilités de chaque résultat de la liste.

$$P(B_1, J_2) = 0{,}25 \times 0{,}4 = 0{,}1.$$

(b) L'événement « Obtenir deux jetons de couleurs différentes » est l'événement contraire de « Obtenir deux jetons de même couleur ». La probabilité de cet événement est donc :

$$1 - P(B_1, B_2) - P(J_1, J_2) - P(R_1, R_2) = 1 - 0{,}25^2 - 0{,}4^2 - 0{,}35^2 = 0{,}655.$$

Remarque : on peut aussi faire la somme des probabilités des 6 issues qui composent l'événement, mais c'est bien sûr plus long !

10 Groupe sanguin

Énoncé p. 326

Lycée Notre-Dame de Sainte-Croix, Neuilly-sur-Seine

1 L'arbre représentant l'expérience a $3 \times 3 \times 3 = 27$ chemins. Les différentes listes de résultats sont :

(A,A,A)	(A,A,O)	(A,A,C)	(A,O,A)	(A,O,O)	(A,O,C)
(A,C,A)	(A,C,O)	(A,C,C)	(O,A,A)	(O,A,O)	(O,A,C)
(O,O,A)	(O,O,O)	(O,O,C)	(O,C,A)	(O,C,O)	(0,C,C)
(C,A,A)	(C,A,O)	(C,A,C)	(C,O,A)	(C,O,O)	(C,O,C)
(C,C,A)	(C,C,O)	(C,C,C)			

Comme il y a répétition de 3 expériences identiques et indépendantes, la probabilité de chaque liste de résultats est le produit des probabilités de chaque résultat.

2 L'événement, « Les trois personnes sont du groupe sanguin A » a pour probabilité :

$$P(A) = 0{,}45^3 \approx 0{,}091.$$

3 L'événement « Il y a une personne de chaque groupe » est la réunion de toutes les listes contenant les 3 résultats A, O et B, quel que soit leur ordre.

La probabilité de chaque liste contenant les trois résultats est :

$$0{,}45 \times 0{,}43 \times 0{,}12 \approx 0{,}0232.$$

On compte qu'il y a exactement 6 listes contenant ces trois résultats, donc la probabilité qu'il y ait une personne de chaque groupe sanguin est environ $6 \times 0{,}0232 \approx 0{,}139$.

4 Pour cette question, on peut procéder de deux façons.

La première consiste à identifier toutes les listes qui contiennent au moins un A et d'ajouter leurs probabilités. On trouve :

$$\begin{aligned} &0{,}45^3 \\ &+ 3 \times 0{,}45^2 \times 0{,}43 \\ &+ 3 \times 0{,}45^2 \times 0{,}12 \\ &+ 6 \times 0{,}45 \times 0{,}43 \times 0{,}12 \\ &+ 3 \times 0{,}45 \times 0{,}43^2 \\ &+ 3 \times 0{,}45 \times 0{,}12^2 \\ &\approx 0{,}834. \end{aligned}$$

Une autre méthode consiste à ne considérer plus que deux événements : « Être du groupe sanguin A » et son contraire « Ne pas être du groupe sanguin A », de probabilités respectives 0,45 et 0,55. L'événement « Au moins une personne est du groupe A » est l'événement contraire de « Aucune personne n'est du groupe A ».

Sa probabilité est donc :

$$1 - 0{,}55^3 \approx 0{,}834.$$

11 Lancer de deux dés

Énoncé p. 326

Lycée La Bruyère, Versailles

1 Le lancer de deux dés équilibrés est une expérience à 36 issues équiprobables, parmi lesquelles 6 sont gagnantes.

La probabilité de gagner est donc $\dfrac{6}{36} = \dfrac{1}{6}$.

2 **(a)** Chaque partie est une expérience de Bernoulli dont la probabilité du succès est $\dfrac{1}{6}$. On répète 4 parties, le résultat d'un lancer n'a pas d'influence sur le résultat du lancer suivant, donc les expériences sont identiques et indépendantes. La variable X suit donc la loi binomiale $\mathcal{B}\left(4\,;\,\dfrac{1}{6}\right)$.

(b) $P(X=0) = (1-p)^4 = \left(\dfrac{5}{6}\right)^4 = \dfrac{625}{1296} \approx 0{,}482.$

(c) $P(X=2) = \dbinom{4}{2} p^2(1-p)^2 = 6\left(\dfrac{1}{6}\right)^2\left(\dfrac{5}{6}\right)^2 = \dfrac{25}{216} \approx 0{,}116.$

3 $P(Y \geqslant 1) = 1 - P(Y=0) = 1 - (1-p)^n = 1 - \left(\dfrac{5}{6}\right)^n.$

On cherche la plus petite valeur de n telle que $1 - \left(\dfrac{5}{6}\right)^n \geqslant 0{,}99$, c'est-à-dire telle que $\left(\dfrac{5}{6}\right)^n \leqslant 0{,}01$.

En calculant les puissances successives de $\dfrac{5}{6}$ à la calculatrice (il suffit d'afficher les termes successifs de la suite géométrique $\left(\dfrac{5}{6}\right)^n$) on trouve que la plus petite valeur de n telle que $\left(\dfrac{5}{6}\right)^n \leqslant 0{,}01$ est $n = 26$.

Remarque : nous aurions pu trouver n en résolvant l'inéquation de manière algébrique :

$$
\begin{aligned}
\left(\frac{5}{6}\right)^n \leqslant 0{,}01 &\iff \ln\left[\left(\frac{5}{6}\right)^n\right] \leqslant \ln(0{,}01)\\
&\iff n\ln\left(\frac{5}{6}\right) \leqslant \ln(0{,}01)\\
&\iff n \geqslant \frac{\ln(0{,}01)}{\ln\left(\frac{5}{6}\right)} \quad \text{car } \ln\left(\frac{5}{6}\right) < 0\\
&\iff n \geqslant 25{,}2585\\
&\iff n = 26 \text{ car } n \text{ est entier.}
\end{aligned}
$$

12 Des formes et des couleurs

Énoncé p. 326

Lycée Virlogeux, Riom

1 Il y a six objets différents et deux tirages successifs identiques et indépendants car ils sont avec remise. Il y a donc $6 \times 6 = 36$ tirages. Chaque tirage a pour probabilité $\frac{1}{36}$.

On peut faire un arbre pour représenter l'expérience, mais celui-ci est très volumineux puisqu'il y a 6 branches qui se divisent en 6.

Un tableau à double entrée est plus lisible dans ce cas, et pour trouver la probabilité d'un événement, il suffira alors de compter le nombre d'issues dans cet événement et multiplier ce nombre par $\frac{1}{36}$.

	CR	CV	BJ	BR	BV	BB
CR	(CR,CR)	(CR,CV)	(CR,BJ)	(CR,BR)	(CR,BV)	(CR,BB)
CV	(CV,CR)	(CV,CV)	(CV,BJ)	(CV,BR)	(CV,BV)	(CV,BB)
BJ	(BJ,CR)	(BJ,CV)	(BJ,BJ)	(BJ,BR)	(BJ,BV)	(BJ,BB)
BR	(BR,CR)	(BR,CV)	(BR,BJ)	(BR,BR)	(BR,BV)	(BR,BB)
BV	(BV,CR)	(BV,CV)	(BV,BJ)	(BJ,BR)	(BJ,BV)	(BJ,BB)
BB	(BB,CR)	(BB,CV)	(BB,BJ)	(BB,BR)	(BB,BV)	(BB,BB)

2 En comptant les issues favorables pour chaque événement, on obtient les probabilités suivantes :

$P(A) = \frac{4}{36} = \frac{1}{9}$.

$P(B) = \frac{16}{36} = \frac{4}{9}$.

$P(C) = 1 - P(A) - P(B) = \frac{16}{36} = \frac{4}{9}$.

$P(D) = \frac{4}{36} = \frac{1}{9}$.

$P(E) = \frac{10}{36} = \frac{5}{18}$

F est l'événement contraire de E : $P(F) = 1 - P(E) = \frac{13}{18}$.

$P(G) = \frac{4}{36} = \frac{1}{9}$.

13 Loi géométrique tronquée

Énoncé p. 327

Lycée Mansart, Saint-Cyr-l'École

Cette expérience peut se modéliser par un schéma de Bernoulli dont on ne conserve qu'une partie de l'arbre. Seule la branche conduisant à l'échec est prolongée. La probabilité du succès est $\frac{1}{6}$, donc celle de l'échec est $\frac{5}{6}$.

1 **(a)** Si on lance le dé exactement 10 fois, cela signifie que les 9 premiers lancers n'ont pas donné 6, mais que le 10e lancer a été un succès. La probabilité de cette liste de résultats est donc :

$$\left(\frac{5}{6}\right)^9 \times \frac{1}{6} = \frac{5^9}{6^{10}} \approx 0{,}032.$$

(b) Le raisonnement précédent avec n lancers montre que la probabilité de lancer le dé exactement n fois est égale à :

$$\left(\frac{5}{6}\right)^{n-1} \times \frac{1}{6} = \frac{5^{n-1}}{6^n}.$$

(c) On lance le dé au moins 10 fois lorsque les 9 premiers lancers n'ont pas donné 6. Les résultats obtenus sur les lancers suivants n'ont pas d'importance. Donc la probabilité de lancer le dé au moins 10 fois est égale à $\frac{5^9}{6^9} \approx 0{,}194$.

2 **(a)** On peut utiliser l'algorithme suivant.

```
Traitement
   N et S prennent la valeur 0
   Tant que S = 0 Faire
     E ← entier au hasard entre 1 et 6
     Si E = 6 Alors
       S ← 1
       Fin de Si
     N ← N+1
   Fin de Tant que
Sortie
Afficher N
```

(b) En Python :

En Python

```python
from random import randint
n , s = 0 , 0
while s == 0:
    e = randint(1,6)
    if e == 6:
        s += 1
    n += 1
print(n)
```

(c) Pour sortir de la boucle « Tant que S=0 », il faut obtenir la valeur 6. Comme c'est le résultat d'un choix au hasard, il y a une infime chance théorique de ne jamais l'obtenir, ou au moins de devoir répéter la boucle de très nombreuses fois.

(d) Pour cette nouvelle simulation, il faut introduire un compteur de 1 à 1 000, et un test d'arrêt dès que le nombre de lancers atteint 10. On peut utiliser l'algorithme suivant.

```
N ← 0, S ← 0, C ← 0
Pour I allant de 1 à 1000 Faire
   Tant que S = 0 et N<10 Faire
     E ← entier au hasard entre 1 et 6
     Si E = 6 Alors S ← 1 Fin de Si
     N ← N+1
     Si N = 10  Alors C ← C+1 Fin de Si
   Fin de Tant que
   N ← 0, S ← 0
Fin de Pour
F ← C/1000
Afficher F
```

(e) En Python :

En Python

```python
from random import randint
n , s , c = 0 , 0 , 0
for i in range(1,1001):
    while s == 0 and n < 10:
        e = randint(1,6)
        if e == 6: s = 1
        n += 1
        if n == 10: c += 1
    n , s = 0 , 0
print(c / 1000)
```

En exécutant deux fois l'un de ces programmes, on a trouvé 0,204 et 0,182 , qui sont bien des fréquences proches de la valeur théorique (le temps de calcul peut être assez long selon le modèle de calculatrice).

14 Forte probabilité

Énoncé p. 328

Lycée Vaugelas, Chambéry

1 **(a)** On considère que chaque jour, le comportement du perroquet est indépendant de son comportement de la veille. Il y a chaque jour trois possibilités, mais comme on s'intéresse uniquement au fait que le perroquet commence par aller boire ou non, on peut considérer que l'expérience est la répétition de 3 épreuves de Bernoulli dont le succès est « Le perroquet commence par boire », avec une probabilité de $\frac{1}{4}$. Donc X suit la loi binomiale $\mathcal{B}\left(3\,;\frac{1}{4}\right)$.

(b) Par définition, le nombre de chemins associés à l'événement $(X = 1)$ est $\binom{3}{1} = 3$.

$P(X = 1) = \binom{3}{1} \times \frac{1}{4} \times \left(\frac{3}{4}\right)^2 = \frac{27}{64}$.

$P(X = 3) = \binom{3}{3} \times \left(\frac{1}{4}\right)^3 = \frac{1}{64}$.

(c) L'événement « Le perroquet commence par aller boire au moins une fois » est le contraire de l'événement « Le perroquet ne commence jamais par aller boire ». La probabilité cherchée est donc $1 - P(X = 0) = 1 - \left(\frac{3}{4}\right)^3 = \frac{37}{64} \approx 0{,}58$.

2 Par un raisonnement identique à celui de la question précédente, sur une période de n jours, la probabilité que le perroquet ait commencé par aller boire au moins une fois est $1 - 0{,}75^n$.

On veut $1-0{,}75^n > 0{,}95$, c'est-à-dire $0{,}75^n < 0{,}05$. On sait que la suite géométrique de raison $0{,}75$ est une suite décroissante car $0 < 0{,}75 < 1$. En calculant à la calculatrice les termes successifs de cette suite, on trouve que le premier entier tels que $0{,}75^n < 0{,}05$ est $n = 11$.

15 Extrait d'un bac

Énoncé p. 328

Lycée Notre-Dame de Boulogne, Boulogne-Billancourt

Partie A

1 D'après l'énoncé, il y a 60% de chocolats noirs. Par conséquent,

$$P_1 = 0{,}6.$$

2 On nous demande de calculer ici :

$$P_2 = P(N \cap F)$$
$$P_2 = P(N) \times P_N(F)$$
$$P_2 = 0{,}6 \times 0{,}7$$
$$P_2 = 0{,}42.$$

3 Nous pouvons dessiner un arbre des probabilités pour appuyer notre raisonnement :

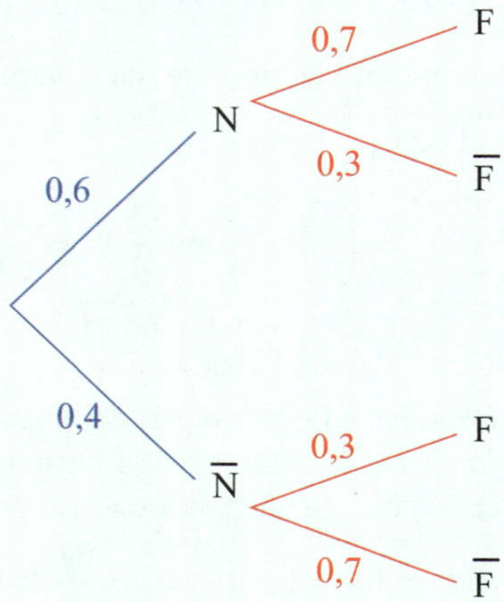

Dans cette question, on nous demande de calculer $P_3 = P(F)$.
D'après la formule des probabilités totales,

$$\begin{aligned} P_3 &= P(N \cap F) + P(\overline{N} \cap F) \\ &= 0{,}42 + 0{,}4 \times 0{,}3 \\ &= 0{,}42 + 0{,}12 \\ &= 0{,}54. \end{aligned}$$

Partie B

1 L'épreuve consistant à choisir au hasard un chocolat et à regarder s'il est fourré est une épreuve de Bernoulli de probabilité $p = P(F) = 0{,}54$.
L'expérience consistant à répéter n fois de manière indépendante cette épreuve est donc un schéma de Bernoulli, dont X_n représente le nombre de succès. Par conséquent, X_n suit la loi binomiale de paramètres n et $p = 0{,}54$.

2 **(a)** On nous demande ici de calculer $P_4 = P(X_{12} = 6)$.

À l'aide de la calculatrice, on trouve :

$$P_4 \approx 0{,}2171.$$

(b) On nous demande ici de calculer $P_5 = P(X_{12} \geqslant 1)$.
À l'aide de la calculatrice, on trouve :

$$P_5 \approx 0{,}9999.$$

(c) On nous demande ici de calculer $P_6 = P(X_{12} \leqslant 3)$.
À l'aide de la calculatrice, on trouve :

$$P_6 \approx 0{,}5014.$$

À RETENIR

« au moins k » signifie « k ou plus » donc se traduit par « $\geqslant k$ ».
« au plus k » signifie « k ou moins » donc se traduit par « $\leqslant k$ ».

3 **(a)** La probabilité q_n pour que la boîte contienne au moins un chocolat fourré est :

$$\begin{aligned} q_n &= P(X_n \geqslant 1) \\ &= P\left(\overline{X_n < 1}\right) \\ &= 1 - P(X_n < 1) \\ &= 1 - P(X_n = 0) \\ &= 1 - (1 - 0{,}54)^n \\ q_n &= 1 - 0{,}46^n. \end{aligned}$$

(b) On cherche le premier n tel que :

$$\begin{aligned} q_n > 0{,}98 &\iff 1 - 0{,}46^n > 0{,}98 \\ &\iff 1 - 0{,}98 > 0{,}46^n \\ &\iff 0{,}46^n < 0{,}02 \\ &\iff \ln\left(0{,}46^n\right) < \ln(0{,}02) \\ &\iff n\ln(0{,}46) < \ln(0{,}02) \\ &\iff n > \frac{\ln(0{,}02)}{\ln(0{,}46)} \end{aligned}$$

(on change le sens de l'inégalité car on divise par $\ln(0{,}46) < 0$)

$$\iff n > 5{,}04.$$

Il faut donc que le client achète au minimum $n_0 = 6$ chocolats pour que la probabilité qu'il y ait au moins un chocolat fourré soit strictement supérieure à 0,98.

16 Extrait d'un bac

Énoncé p. 329

Lycée Camille Jullian, Bordeaux

1 **(a)** D'après les informations données dans l'énoncé, on peut construire l'arbre de probabilités suivant :

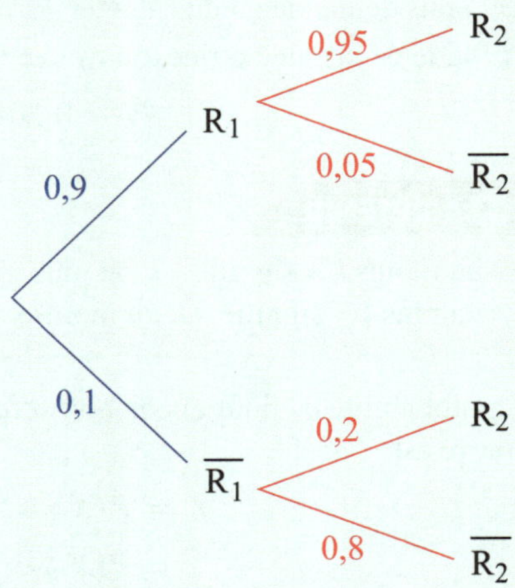

(b) La probabilité que le client rapporte ses bouteilles des paniers de la première et de la deuxième semaine est :

$$\begin{aligned} P(R_1 \cap R_2) &= 0{,}9 \times 0{,}95 \\ &= 0{,}855. \end{aligned}$$

(c) La probabilité que le client rapporte la bouteille du panier de la deuxième semaine est :

$$\begin{aligned} P(R_2) &= P(R_1 \cap R_2) + P(\overline{R_1} \cap R_2) \\ &= 0{,}855 + 0{,}1 \times 0{,}2 \\ &= 0{,}875. \end{aligned}$$

(d) On cherche ici :

$$\begin{aligned} P_{R_2}\left(\overline{R_1}\right) &= \frac{P\left(\overline{R_1} \cap R_2\right)}{P(R_2)} \\ &= \frac{0{,}1 \times 0{,}2}{0{,}875} \\ &\approx 0{,}023. \end{aligned}$$

2 **(a)** L'arbre complété est représenté page ci-contre.

Les probabilités conditionnelles ne changent pas par rapport à l'arbre précédent. Il faut ici imaginer que l'on fait un « zoom » sur un événement R_n, n étant quelconque, et compléter l'arbre en supposant connu $P(R_n) = r_n$.

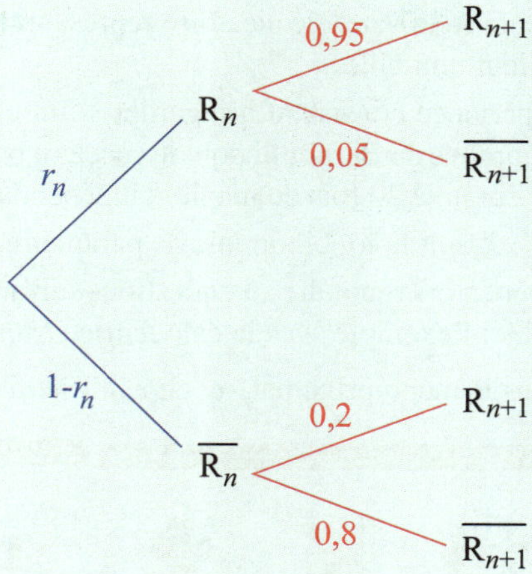

(b) D'après l'arbre ci-dessus et la formule des probabilités totales :

$$\begin{aligned} r_{n+1} = P(R_{n+1}) &= P(R_n \cap R_{n+1}) + P(\overline{R_n} \cap R_{n+1}) \\ &= 0{,}95 r_n + 0{,}2(1 - r_n) \\ &= 0{,}75 r_n + 0{,}2. \end{aligned}$$

(c) On démontre par récurrence l'égalité souhaitée.

- *Initialisation :* $r_1 = P(R_1) = 0{,}9$ d'après l'énoncé.
  De plus, $0{,}1 \times 0{,}75^{1-1} + 0{,}8 = 0{,}1 + 0{,}8 = 0{,}9$.
  Ainsi, l'égalité est vraie pour $n = 1$.
- *Hérédité :* supposons que pour un entier $k \geqslant 1$ fixé,

$$r_k = 0{,}1 \times 0{,}75^{k-1} + 0{,}8.$$

Alors, en multipliant par 0,75, on a :

$$\begin{aligned} 0{,}75 r_k &= 0{,}75 \times (0{,}1 \times 0{,}75^{k-1} + 0{,}8) \\ &= 0{,}1 \times 0{,}75^{k-1} \times 0{,}75 + 0{,}8 \times 0{,}75 \\ &= 0{,}1 \times 0{,}75^k + 0{,}6. \end{aligned}$$

Enfin, en ajoutant $0{,}2$, on obtient :

$$0{,}75 r_k + 0{,}2 = 0{,}1 \times 0{,}75^k + 0{,}8$$

soit :

$$r_{k+1} = 0{,}1 \times 0{,}75^k + 0{,}8.$$

L'hérédité est alors prouvée.

Ainsi, d'après le principe de récurrence, pour tout entier naturel n non nul,

$$r_n = 0{,}1 \times 0{,}75^{n-1} + 0{,}8.$$

(d) $\lim_{n\to+\infty} 0{,}75^{n-1} = 0$ car $0 < 0{,}75 < 1$. Par conséquent, $\lim_{n\to+\infty} r_n = 0{,}8$.
Cela signifie qu'à longs termes, la probabilité qu'un client ramène sa bouteille est égale à 0,8.

COURS

INTERROS

CORRIGÉS

3 On note X la variable aléatoire représentant le nombre de clients ramenant leur bouteille.

L'expérience consistant à regarder si un client ramène sa bouteille est une épreuve de Bernoulli dont le succès a pour probabilité 0,8. On répète cette épreuve 20 fois de manière indépendante.

Ainsi, X suit la loi binomiale de paramètres $n = 20$ et $p = 0{,}8$.

On peut alors répondre aux questions suivantes à l'aide de la calculatrice. Voici ici l'exemple avec la calculatrice *Numworks*.

- Dans le menu principal, on choisit l'item « Probabilités » :

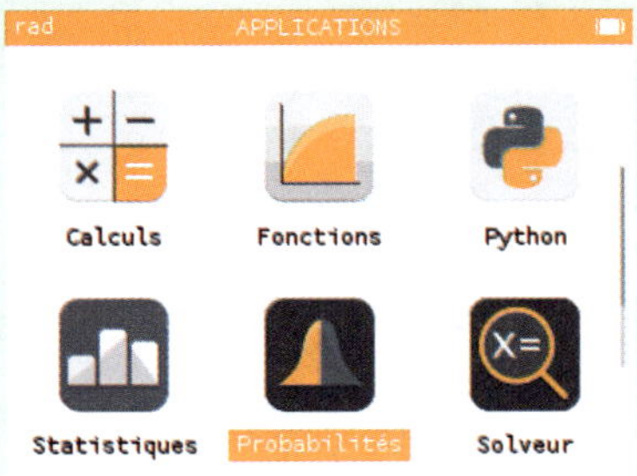

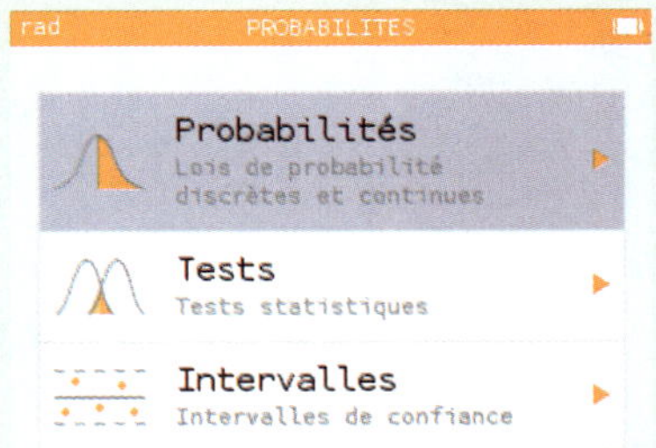

- Ensuite, on choisit la première ligne : « Binomiale », puis on entre les paramètres de la loi binomiale :

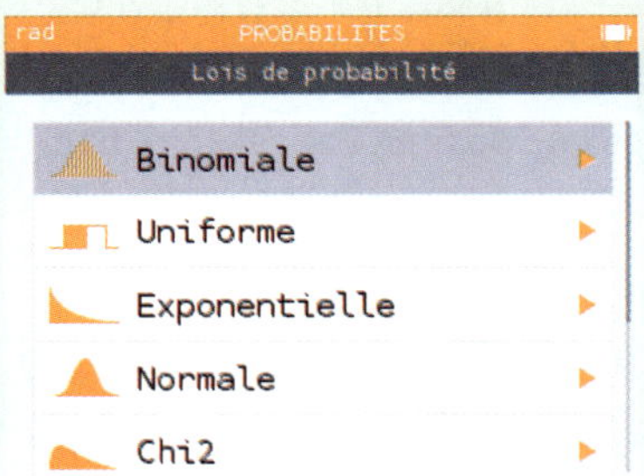

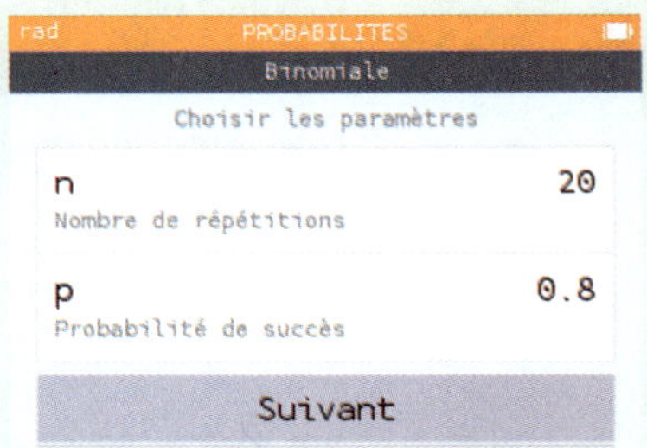

(a) On cherche ici $P(X = 20)$. On peut :

- soit calculer directement :

$$P(X = 20) = 0{,}8^{20} \approx 0{,}012.$$

- soit utiliser la calculatrice :

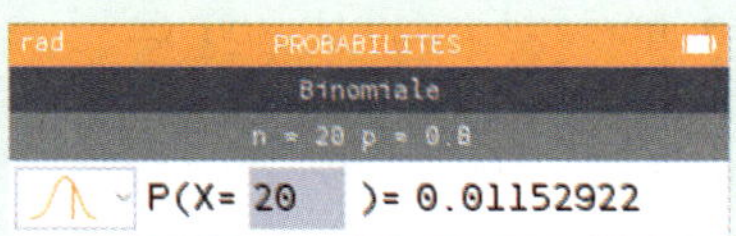

(b) La probabilité qu'au moins 15 des clients choisis ramènent leur bouteille est $P(X \geqslant 15)$.

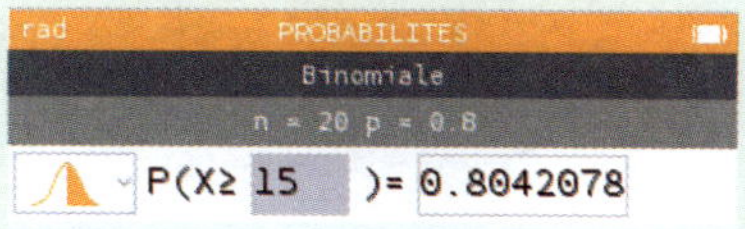

La valeur approchée au millième est alors :

$$P(X \geqslant 15) \approx 0{,}804.$$

(c) La probabilité qu'au plus 10 d'entre eux ramènent leur bouteille est $P(X \leqslant 10)$.

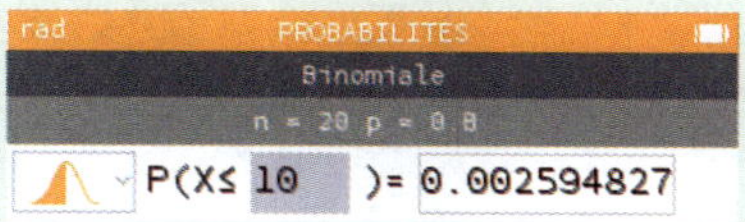

On trouve :

$$P(X \leqslant 10) \approx 0{,}003.$$

Chapitre 11

Somme de variables aléatoires

Plan du chapitre

Exercice type — Lycée Édouard Branly, Nogent-sur-Marne

Un jeu télévisé se déroule en deux manches :

- *Première manche*
  Le ou la candidat.e. tire au hasard et simultanément deux boules d'une urne contenant 20 boules numérotées de 1 à 20. Si une boule portant un numéro multiple de 5 est choisie, 20 points sont gagnés ; dans le cas contraire, aucun point n'est gagné.
- *Seconde manche*
  Le ou la candidat.e. doit ouvrir une porte parmi trois portes fermées. Seule l'une d'elles peut multiplier par 2 les gains gagnés lors de la première manche. L'une des deux autres permet d'ajouter 5 points ; quant à l'autre, elle retire 5 points si les gains de la première manche sont supérieurs ou égaux à 5. Sinon, rien n'est retiré.

À l'issue de ces deux manches, chaque point vaut 100 €.

On appelle G le gain du ou de la candidat.e.

1 On appelle X la variable aléatoire représentant le nombre de points à l'issue de la première manche.
Déterminer la loi de probabilité de X, puis calculer $E(X)$.

2 On note Y la variable aléatoire représentant le gain algébrique des points à l'issue de la seconde manche.
Déterminer la loi de probabilité de Y ainsi que $E(Y)$.

3 Calculer $E(G)$.

4 À l'issue de ces deux manches, le ou la candidat.e. doit participer à la manche finale qui consiste à répondre à cinq questions de culture générale. À chaque mauvaise réponse, il ou elle perd 200 € sur les gains obtenus précédemment.

...

Exercice type (suite) Lycée Édouard Branly, Nogent-sur-Marne

On note Z la variable aléatoire représentant le nombre de bonnes réponses d'un.e. candidat.e. lors de cette manche finale.

La société productrice du jeu estime que Z suit la loi binomiale de paramètres $n = 5$ et $p = 0{,}2$.

Déterminer le gain que peut espérer avoir le ou la candidat.e. à l'issue de cette finale.

Voir corrigé page 355

1 Linéarité de l'espérance

Propriété 1

Soient X et Y deux variables aléatoires. L'espérance de la variable aléatoire $X + Y$ est :

$$E(X+Y) = E(X) + E(Y).$$

De plus, pour tout réel a, l'espérance de la variable aléatoire aX est :

$$E(aX) = aE(X).$$

Exemple : Xavier et Yvone vont au restaurant. Xavier hésite de façon équiprobable entre les menus à 18 €, 24 € et 36 €. Yvonne hésite, quant à elle, de façon équiprobable entre les menus à 24 € et 36 €.
On note X et Y les variables aléatoires représentant le prix du menu choisi respectivement par Xavier et Yvonne.
Alors, $X = \{18; 24; 36\}$ et $Y = \{24; 36\}$ et :

$$\begin{aligned} E(X) &= \frac{1}{3} \times 18 + \frac{1}{3} \times 24 + \frac{1}{3} \times 36 \\ &= 6 + 8 + 12 \\ &= 26 \end{aligned}$$

et

$$\begin{aligned} E(Y) &= \frac{1}{2} \times 24 + \frac{1}{2} \times 36 \\ &= 12 + 18 \\ &= 30. \end{aligned}$$

Ainsi,

$$E(X+Y) = E(X) + E(Y) = 26 + 30 = 56.$$

On peut ainsi dire que le prix moyen de la facture de ce repas est 56 €.

Si Xavier va seul au restaurant 5 fois, et s'il choisit à chaque fois au hasard un menu parmi les 3 cités précédemment, la facture moyenne totale correspondra à $E(5X)$, soit à $5E(X)$, et donc à $5 \times 26 = 130$ €.

2 Variance de deux variables aléatoires indépendantes

Définition 1 : variables aléatoires indépendantes

Soient X et Y deux variables aléatoires.
X et Y sont indépendantes si :

$$P\big((X = x) \cap (Y = y)\big) = P(X = x) \times P(Y = y).$$

Propriété 2

Soit X une variable aléatoire. Pour tout réel a, la variance de la variable aléatoire aX est :

$$V(aX) = a^2 V(X).$$

Son écart-type est donc :

$$\sigma(aX) = |a|\sigma(X).$$

Exemple : reprenons le cas de Xavier de l'exemple précédent.

$$\begin{aligned} V(X) &= \frac{1}{3}\big[(18 - 26)^2 + (24 - 26)^2 + (36 - 30)^2\big] \\ &= 56. \end{aligned}$$

Ainsi,

$$V(5X) = 5^2 V(X) = 25 \times 56 = 1\,400.$$

De plus,

$$\sigma(5X) = 5\sigma(X) = 5\sqrt{V(X)} = 10\sqrt{14} \approx 37{,}42.$$

À RETENIR

Ce dernier résultat peut-être interprété comme une marge d'erreur par rapport à l'espérance : on peut alors dire que pour 5 repas, Xavier paiera 130 € avec une marge d'erreur de 37,42 €.
Cependant, gardons à l'esprit que ce ne sont que des probabilités... et que l'intervalle $[130 - 37{,}42\ ;\ 130 + 37{,}42]$ est très approximatif !

Propriété 3

Soient X et Y deux variables aléatoires *indépendantes*.
La variance de la variable aléatoire $X + Y$ est :

$$V(X + Y) = V(X) + V(Y).$$

3 Somme et moyenne de variables indépendantes

3.1 Généralités

Propriété 4

Soient X_1, ..., X_n n variables aléatoires indépendantes. On pose alors :

$$S_n = \sum_{k=1}^{n} X_k = X_1 + \cdots + X_n \quad \text{et} \quad M_n = \frac{S_n}{n}.$$

Alors,

- $E(S_n) = \sum_{k=1}^{n} E(X_k)$ et $V(S_n) = \sum_{k=1}^{n} V(X_k)$.
- $E(M_n) = \frac{1}{n}\sum_{k=1}^{n} E(X_k)$ et $V(M_n) = \frac{1}{n^2}\sum_{k=1}^{n} V(X_k)$.

3.2 Application à la loi binomiale

Si, pour $1 \leqslant k \leqslant n$, X_k est une variable aléatoire suivant la loi de Bernoulli alors $E(X_k) = p$ et $V(X_k) = p(1-p)$ et la propriété 4 donne :

$$E(X_1 + \cdots + X_n) = \sum_{k=1}^{n} p = n \times p = np$$

$$V(X_1 + \cdots + X_n) = \sum_{k=1}^{n} p(1-p) = np(1-p).$$

D'où la propriété suivante :

Propriété 5

Soit X une variable aléatoire suivant la loi binomiale de paramètres n et p. Alors,

$$E(X) = np \quad , \quad V(X) = np(1-p) \quad \text{et} \quad \sigma(X) = \sqrt{np(1-p)}.$$

Exemple : dans une urne, il y a 7 boules bleues et 3 rouges. On choisit au hasard une boule de cette urne puis on la remet, et on répète cette expérience 10 fois de façon indépendante.
La probabilité de choisir une boule bleue lors d'un tirage est $p = 0{,}7$.
Si X représente le nombre de boules bleues obtenues à l'issue de ces 10 tirages au sort, alors X suit la loi $\mathcal{B}(n;\, p)$ et son espérance est :

$$E(X) = 10 \times 0{,}7 = 7.$$

Solution de l'exercice type — Lycée Édouard Branly, Nogent-sur-Marne

1 X est la variable aléatoire représentant le nombre de points à l'issue de la première manche.

Il y a 4 boules portant un numéro multiple de 5 : 5, 10, 15 et 20.

Notons A l'événement : « la boule porte le numéro 5, 10, 15 ou 20 ».

Pour la première boule, il y a 4 chances sur 20 de choisir une boule dont le numéro est un multiple de 5, donc $P(A) = \dfrac{4}{20} = \dfrac{1}{5}$.

En revanche, pour la seconde boule, il ne reste plus que 19 boules. Donc si l'événement A est réalisé pour la première boule, il reste 3 boules adéquates pour la seconde, d'où une probabilité de $\dfrac{3}{19}$. Un raisonnement analogue nous donne les autres probabilités.

On peut alors représenter la situation avec l'arbre suivant :

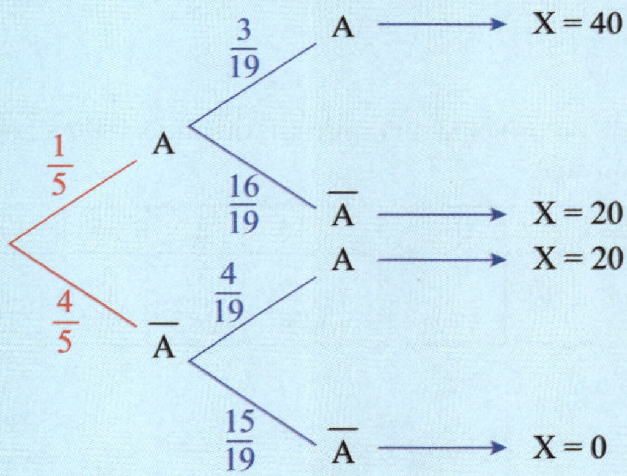

On peut alors donner la loi de probabilité de X sous forme d'un tableau :

$X = k$	0	20	40
$P(X = k)$	$\frac{4}{5} \times \frac{15}{19} = \frac{12}{19}$	$1 - \frac{12}{19} - \frac{3}{95} = \frac{32}{95}$	$\frac{1}{5} \times \frac{3}{19} = \frac{3}{95}$

Ainsi,

$$E(X) = 20 \times \frac{32}{95} + 40 \times \frac{3}{95} = 8.$$

COURS INTERROS CORRIGÉS

Solution de l'exercice type — Lycée Édouard Branly, Nogent-sur-Marne

2 On peut illustrer la situation à l'aide d'un arbre :

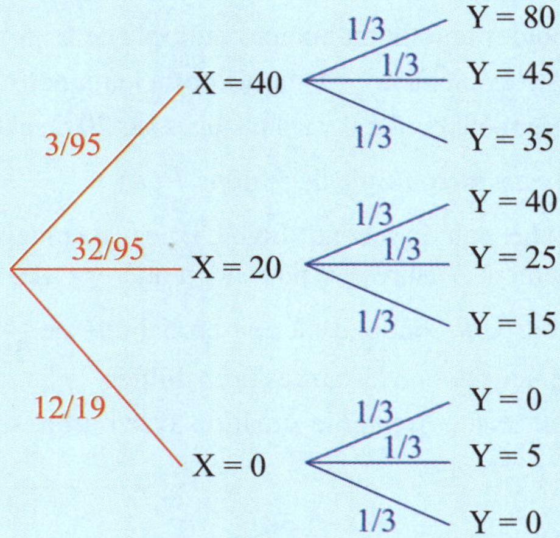

À l'aide du principe multiplicatif, on obtient alors la loi de probabilité de Y suivante :

$Y = k$	0	5	15	25	35	40	45	80
$P(Y = k)$	$\frac{8}{19}$	$\frac{4}{19}$	$\frac{32}{285}$	$\frac{32}{285}$	$\frac{1}{95}$	$\frac{32}{285}$	$\frac{1}{95}$	$\frac{1}{95}$

On a ainsi :

$$E(Y) = 5 \times \frac{4}{19} + \cdots + 80 \times \frac{1}{95} = \frac{668}{57}.$$

3 Par définition,

$$G = 100Y$$

donc :

$$\begin{aligned} E(G) &= E(100Y) \\ &= 100E(Y) \\ &= \frac{66\,800}{57} \\ &\approx 1\,172. \end{aligned}$$

L'organisateur ou l'organisatrice de ce jeu peut donc espérer perdre en moyenne 1 172 €... s'il programme un grand nombre de fois le jeu.

Solution de l'exercice type (suite) **Lycée Édouard Branly, Nogent-sur-Marne**

4 $Z \hookrightarrow \mathcal{B}(5; 0{,}2)$ donc $E(Z) = 5 \times 0{,}2 = 1$, ce qui signifie qu'en moyenne, le ou la candidat.e. répond correctement à une seule question, et donc qu'il ou elle perd en moyenne 800 €.

Ainsi, le gain moyen final est :

$$E(G) - 800 \approx 1\,172 - 800 \approx 372\,€.$$

Remarque : on peut aussi s'intéresser à l'écart-type. Si on note F la variable aléatoire représentant le gain final,

$$F = E(G) - 200Z.$$

Ainsi,

$$\begin{aligned}\sigma(F) &= \sigma\big(E(G) - 200Z\big)\\ &= 200\sigma(Z)\\ &= 200\sqrt{5 \times 0{,}2 \times (1 - 0{,}2)}\\ &\approx 178{,}88.\end{aligned}$$

Cette valeur est assez conséquente par rapport à $E(F) \approx 372$.

Voir énoncé page 351

1 QCM Connaissances du cours

5 min Corrigé p. 366

Pour chaque question, donner la bonne réponse parmi les propositions faites.

1 L'espérance mathématique de la variable aléatoire suivant la loi binomiale de paramètres $n = 10$ et $p = 0{,}2$ est :

[a] 0,02 [b] 0,2 [c] 2 [d] 20

2 La variance de la variable aléatoire suivant la loi binomiale de paramètres $n = 20$ et $p = 0{,}15$ est :

[a] 3 [b] 2,55 [c] 17 [d] 0,1275

3 Soient $X \hookrightarrow \mathcal{B}(15; 0{,}1)$ et $Y \hookrightarrow \mathcal{B}(20; 0{,}3)$ deux variables aléatoires. Que vaut $E(X+Y) = ?$

[a] 7,5 [b] 35 [c] 0,4 [d] 3,5

4 Soit X une variable aléatoire de variance 5. Si on multiplie par 2 toutes les valeurs prises par X alors la variance devient :

[a] 10 [b] 15 [c] 20 [d] 25

2 QCM Applications du cours

10 min Corrigé p. 366

Cet exercice est un questionnaire à choix multiples.

Pour chacune des questions, quelle est la seule proposition exacte ?

Aucune justification n'est demandée.

1 Dans une région, on a recensé la fréquence du nombre de personnes par foyer :

Nombre de personnes	1	2	3	4	5
Fréquence	0,36	0,22	0,24	0,12	0,06

On choisit au hasard un foyer de cette région, et on note X la variable aléatoire qui donne le nombre de personnes dans ce foyer.

(a) Quelle est l'espérance de X ?

[a] 3,2 [b] 2,3 [c] 3 [d] 0,2

(b) Que vaut l'écart-type de X ?

[a] 1,53 [b] 2 [c] 1,24 [d] $\sqrt{1{,}53}$

2 On veut interroger 100 foyers de cette région, que l'on considère comme un échantillon de taille 100 de la loi de probabilité de X.

Soit S_{100} la variable aléatoire qui donne la somme d'un tel échantillon et M_{100} la variable aléatoire qui donne la moyenne de l'échantillon.

(a) Que vaut l'espérance de S_{100} ?

[a] 2,3 [b] 124 [c] 1534 [d] 230

(b) Que vaut la variance de S_{100} ?

a 1,24 b 153 c 124 d 1,53

(c) Que vaut l'espérance de M_{100} ?

a 2,3 b 124 c 23 d 230

(d) Que vaut l'écart-type de M_{100} ?

a $0,124$ b $\frac{\sqrt{1,53}}{10}$ c 0,0124 d $\frac{\sqrt{1,53}}{100}$

3 V/F Vérification de connaissances

5 min Corrigé p. 367

Indiquer si les affirmations suivantes sont vraies ou fausses. Justifier les réponses.

1 Si une variable aléatoire X ne prend que des valeurs positives ou nulles, alors $E(X) \geqslant 0$.

2 Si $E(X) \geqslant 0$ alors la variable aléatoire X ne prend que des valeurs positives ou nulles.

3 X et Y sont deux variables aléatoires de variances respectives 8 et 10. Alors, $V(X+Y) = 18$.

4 Pile ou Face

★ 15 min Corrigé p. 367

Lycée Voltaire, Paris

Un joueur lance trois fois de suite une pièce équilibrée. Chaque fois que le joueur obtient Face, il gagne 2 points, sinon il perd 1 point.
Soit X la variable aléatoire égale au gain algébrique du joueur à l'issue d'une partie. Déterminer la loi de probabilité de X et son espérance $E(X)$.

5 Loi binomiale

★ 25 min Corrigé p. 367

Lycée Jean Puy, Roanne

Lors d'un jeu radiodiffusé, on estime que le candidat, quelle que soit la question posée, a deux chances sur trois de donner la bonne réponse. Il gagne 50 euros par réponse exacte.

L'animateur du jeu lui pose successivement cinq questions.

1 Calculer la probabilité que le candidat ait cinq bonnes réponses.

2 Quelle est la probabilité que le candidat gagne 250 euros ?

3 Soit X la variable aléatoire qui compte le nombre de réponses exactes au bout des cinq questions. Quelle est la loi de probabilité suivie par X ? Justifier la réponse.

COURS INTERROS CORRIGÉS

4 Déterminer la loi de probabilité de la variable aléatoire Y qui compte le gain total du joueur.

5 Calculer l'espérance de gain du joueur.

6 Un dé tétraédrique déséquilibré ★★ 20 min

Corrigé p. 368

Lycée Odilon Redon, Pauillac

On lance un dé tétraédrique dont les quatre faces portent les chiffres 1, 2, 3 et 4. On lit le résultat d'un lancer sur la face cachée du dé.

On note p_i la probabilité d'obtenir le chiffre i suite à un lancer de ce dé.

Le dé est déséquilibré de telle sorte que ces probabilités sont :

$$p_1 = 0{,}1\ ;\ p_2 = 0{,}2\ ;\ p_3 = 0{,}3\ ;\ p_4 = 0{,}4\ .$$

On lance deux fois successivement ce dé. On suppose que les lancers sont indépendants entre eux.

1 Dresser un arbre pondéré décrivant l'expérience.

2 Quelle est la probabilité d'obtenir les chiffres 1 et 3 dans cet ordre ?

3 Quelle est la probabilité d'obtenir deux chiffres distincts rangés par ordre croissant ?

4 On instaure la règle suivante : si un joueur lançant deux fois successivement ce dé obtient deux chiffres distincts rangés par ordre croissant il gagne 2 euros, si il obtient deux fois le chiffre 1 il gagne 5 euros, tandis que, dans tous les autres cas, il perd 3 euros.

On note X la variable aléatoire égale au gain du joueur.

(a) Déterminer la loi de probabilité de X.

(b) Déterminer l'espérance et l'écart type de X.
Ce jeu est-il équitable ?

(c) On modifie la valeur des gains de la manière suivante : si on obtient deux chiffres distincts rangés par ordre croissant on gagne 5 euros, si on obtient deux fois le chiffre 1 on gagne 11 euros, et sinon, dans tous les autres cas, on perd 5 euros.
On note Y la variable aléatoire égale au gain du joueur avec cette nouvelle règle.
Déterminer l'espérance et l'écart type de Y.

7 Jouer sans se ruiner

★★ 20 min

Corrigé p. 370

Lycée Blaise Pascal,Clermont-Ferrand

Retrouvez le corrigé de cet exercice en vidéo.

L'oncle de Tatiana est accroc au jeu de grattage. Chaque semaine, il achète jusqu'à 20 euros de cartes à gratter à deux euros. Il achète une première carte et la gratte. Si elle est gagnante, il s'arrête, sinon il en achète une seconde, et ainsi de suite jusqu'à ce qu'il ait une carte gagnante ou bien qu'il ait dépensé 20 euros. La probabilité d'avoir une carte gagnante est 0,12.

1 Représenter cette expérience par un arbre pondéré.

2 Quelle est la probabilité que l'oncle achète 4 cartes ?

3 Quelle est la probabilité que l'oncle achète 10 cartes ?

4 Quelle est la probabilité que l'oncle ne gagne rien ?

5 Soit X la variable aléatoire qui à chaque série d'achats de la semaine, associe la somme dépensée.

(a) Établir la loi de probabilité de X.

(b) Quelle est l'espérance de X ? Interpréter ce résultat.

8 Le tapis vert

★★ 25 min

Corrigé p. 371

Lycée Alexandre Dumas, Saint-Cloud

Il y a plusieurs années, la Française des Jeux organisait un jeu qui s'appelait « le tapis vert ». Ce jeu consistait à choisir une carte de chaque couleur dans un jeu de 32 cartes et à cocher les quatre cases correspondantes dans une grille. Ces choix étaient ensuite comparés aux quatre cartes tirées par l'organisateur.

1 On note X la variable aléatoire qui à chaque grille associe le nombre de cartes qui coïncident avec les cartes tirées.

(a) Montrer que X suit une loi binomiale de paramètres 4 et $\frac{1}{8}$.

(b) Établir le tableau de la loi de probabilité de X. Garder les valeurs exactes sous forme fractionnaire.

2 Pour gagner, il fallait avoir au moins deux cartes exactes.
Quelle était la probabilité d'avoir une grille gagnante ?

3 Les gains étaient attribués de la façon suivante :

- pour 2 cartes exactes, on gagnait 2 fois sa mise ;
- pour 3 cartes exactes, on gagnait 30 fois sa mise ;
- pour 4 cartes exactes, on gagnait 1 000 fois sa mise.

On note G le gain algébrique du joueur pour une mise de 1 euro.

(a) Déterminer la loi de probabilité de G (garder les valeurs exactes).

(b) Quelle est l'espérance de gain du joueur à 10^{-2} près ?

(c) Ce jeu est-il favorable au joueur ?

9 Assurance

★★ 25 min Corrigé p. 372

Lycée Pablo Picasso, Fontenay-Sous-Bois

Un assureur automobile compte 2 000 clients. On suppose que la probabilité qu'un des clients ait un accident est égale à $0,12$. Soit X la variable qui donne le nombre de conducteurs accidentés parmi les 2 000 clients.

1 Déterminer la loi suivie par X et en donner les paramètres.

2 Calculer la probabilité pour qu'il y ait au moins 240 clients accidentés.

3 Déterminer la plus petite valeur de n telle que $P(X \leqslant n) \geqslant 0{,}95$.

4 On suppose que chaque accident coûte en moyenne 4000 euros à l'assurance.

On note a le prix payé par chaque client pour s'assurer.

Soit Y la variable aléatoire qui donne le bénéfice (algébrique) réalisé par l'assureur.

(a) Exprimer Y en fonction de X et de a.

(b) En déduire espérance de Y en fonction de a.

(c) Pour quelles valeurs de a l'espérance $E(Y)$ est-elle positive ou nulle ?

(d) Si $a = 500$, calculer puis interpréter $P(Y \geqslant 100\,000)$.

10 Stand de tir

★★ 30 min Corrigé p. 373

Lycée Jean Pierre Vernant, Pin-Justaret

Sandy aime bien aller au stand de tir de la fête foraine de son village. Bien que les carabines soient très mal réglées, elle sait que la probabilité, à chaque tir, qu'elle atteigne la cible est $0,68$.

Elle effectue 25 tirs successifs. Soit X la variable aléatoire donnant le nombre de tirs réussis.

1 **(a)** Quelle loi suit la variable aléatoire X ? Justifier.

(b) Calculer son espérance, interpréter ce résultat.

(c) Déterminer à 10^{-5} près la probabilité que Sandy atteigne la cible à chacun de ses 25 tirs.

(d) Déterminer à 10^{-3} près la probabilité qu'elle atteigne la cible au moins 20 fois.

2 Sandy doit payer 10 euros pour pouvoir faire les 25 tirs. Mais chaque tir réussi donne droit à un point d'une valeur de 0,5 euros. Elle pourra ensuite les utiliser sur le stand pour acheter des bonbons. A ce jeu, on appelle gain (qui peut être négatif), la différence entre la valeur gagnée avec les points et le prix de la partie. On note Y la variable aléatoire qui, à une partie de 25 tirs, associe le gain de Sandy.

(a) Exprimer Y en fonction de X.

(b) En déduire $E(Y)$. Pour qui le jeu est-il favorable ?

(c) Quel est le nombre maximum de tirs que Sandy doit réussir pour que le forain gagne de l'argent ?

(d) Quelle est la probabilité que le forain ne gagne pas d'argent lorsque Sandy joue ?

3 Dans cette question, Sandy effectue n tirs. Déterminer l'entier n à partir duquel la probabilité que Sandy réussisse au moins un tir dépasse 99%.

11 Éviter le gaspillage

★★ 30 min Corrigé p. 374

Lycée Pablo Picasso, Fontenay-sous-Bois

Les 500 employés d'une entreprise déjeunent à l'un ou l'autre des deux services de la cantine. La probabilité qu'un employé déjeune au premier service est égale à 0,6. On suppose que les employés prennent leur décision indépendamment les uns des autres.

On note X la variable aléatoire qui donne le nombre d'employés qui mangent au premier service lors d'un déjeuner.

1 Quelle est la loi suivie par X ? Justifier et donner ses paramètres.

2 Quelle est la probabilité qu'il y ait autant de personnes au premier service qu'au second ?

3 Calculer l'espérance de X, puis $P(X \leqslant E(X))$.

4 Quelle est la probabilité qu'il y ait au plus 280 personnes au premier service ?

5 Quelle est la probabilité qu'il y ait entre 290 et 310 personnes au premier service ?

6 Si le gérant veut être sûr de pouvoir servir tous les employés quel que soit le service qu'ils choisissent, il doit prévoir 500 repas pour chaque service. Mais en prenant un petit risque, il peut faire des économies importantes et éviter un gros gaspillage.

Quel est le nombre minimal de couverts à prévoir pour le premier service afin que la probabilité de servir tous les employés souhaitant manger à ce service soit supérieure ou égale à 0,99 ?

12 Commission

★★ 30 min Corrigé p. 374

Lycée Saint-Louis, Saint-Nazaire

Au cours d'une journée, un commercial se déplace pour visiter quatre clients contactés lors d'une foire exposition, afin de leur proposer l'achat d'un produit de grande consommation d'une valeur de 500 euros.

Compte tenu de son expérience, le commercial estime qu'à chacune de ses visites, la probabilité que le client lui achète son objet est de 0,3.

1 Calculer la probabilité de l'événement A : « Seul le premier client achète l'objet ».

2 Calculer la probabilité de l'événement B : « Un seul client achète l'objet ».

3 On appelle X la variable aléatoire qui donne le nombre de ventes lors des quatre visites.

(a) Quelle est la loi de probabilité suivie par X ?

(b) Établir le tableau de la loi de probabilité de X.

4 Le commercial perçoit 15% sur le total de sa vente.

(a) Établir la loi de probabilité associée au gain de la journée.

(b) Quelle est l'espérance mathématique du gain ?

5 Que doit être le pourcentage (arrondi au dixième) de sa commission pour que cette espérance dépasse 100 euros ?

13 Jeu défavorable

★★★ 30 min Corrigé p. 376

Lycée Camille Vernet, Valence

Un stand d'une kermesse propose le jeu suivant : une roue est divisée en 10 secteurs, trois bleus et sept jaunes. On fait tourner la roue, et un repère désigne un secteur lorsqu'elle s'immobilise. Chaque secteur a la même probabilité d'être désigné.
Pour chaque partie, le joueur fait tourner trois fois de suite la roue, de façon indépendante, et on note les couleurs de chacun des trois secteurs obtenus.

1 Représenter cette expérience aléatoire à l'aide d'un arbre et indiquer sur chaque branche les probabilités correspondantes.

2 Montrer que la probabilité d'obtenir trois fois le jaune est égale à 0,343.

3 Calculer la probabilité d'obtenir au moins une fois le bleu.

4 Pour jouer une partie, le joueur doit miser une somme d'argent, notée m. S'il obtient trois fois le jaune, il perd sa mise. S'il obtient une ou deux fois le bleu, il récupère sa mise. S'il obtient trois fois le bleu, il récupère sa mise et gagne une somme égale à 10 fois sa mise.
On note X la variable aléatoire égale au gain algébrique du joueur.

(a) Déterminer la loi de probabilité de X.

(b) Exprimer l'espérance de X en fonction de m.

(c) Expliquer pourquoi, quelle que soit la valeur de m, la règle du jeu désavantage le joueur.

14 Rendre un jeu équitable

★★★ 30 min Corrigé p. 377

Lycée Victor Louis, Talence

Un jeu consiste à lancer quatre fois une pièce de monnaie équilibrée. Le résultat de chaque lancer est indépendant des autres.

1 Quelle est la loi de probabilité de la variable aléatoire qui compte le nombre de fois où Face est apparu au cours de quatre lancers ? Dresser le tableau de cette loi de probabilité.

2 Le joueur gagne 40 points s'il n'obtient que des Piles. S'il obtient trois Faces, il perd 20 points, s'il obtient 2 Faces, il perd 10 points et dans les autres cas, il ne gagne ni ne perd aucun point. On note Y la variable aléatoire qui à une partie associe le nombre de points gagnés (ou perdus).

(a) Établir la loi de probabilité de Y.

(b) Calculer, en précisant les calculs effectués, l'espérance E de cette variable aléatoire.

(c) Conseilleriez-vous de jouer à ce jeu ? Pourquoi ?

(d) Sans rien modifier d'autre par ailleurs, combien le joueur devrait-il gagner en n'ayant que des Piles pour que ce jeu devienne équitable ?

1 QCM Connaissances du cours

Énoncé p. 358

1 Réponse **c**. D'après le cours, si $X \hookrightarrow \mathcal{B}(n; p)$ alors $E(X) = np$. Donc ici, $E(X) = 10 \times 0{,}2 = 2$.

2 Réponse **b**. D'après le cours, si $X \hookrightarrow \mathcal{B}(n; p)$ alors $V(X) = np(1-p)$. Donc ici, $V(X) = 20 \times 0{,}15 \times (1 - 0{,}15) = 2{,}55$.

3 Réponse **a**. En effet, $E(X + Y) = E(X) + E(Y)$ par linéarité de l'espérance. Or, $E(X) = 15 \times 0{,}1 = 1{,}5$ et $E(Y) = 20 \times 0{,}3 = 6$. Donc $E(X + Y) = 1{,}5 + 6 = 7{,}5$.

4 Réponse **c**. En effet, d'après le cours, $V(aX) = a^2V(X)$ donc $V(2X) = 2^2V(X) = 4 \times 5 = 20$.

2 QCM Applications du cours

Énoncé p. 358

1 **(a)** Réponse **b**. En effet,

$$E(X) = 1\times 0{,}36+2\times 0{,}22+3\times 0{,}24+4\times 0{,}12+5\times 0{,}06 = 2{,}3.$$

(b) Réponse **d**. Dans la mesure où aucune justification n'est demandée, on peut utiliser la calculatrice pour répondre. Attention cependant au résultat ; la calculatrice affiche :

$$1{,}23693168769$$

dont une valeur *approchée* est certes 1,24, mais cette dernière n'est pas la valeur *exacte*. Par conséquent, la réponse **c** n'est pas la bonne.

Par élimination, on exclut les réponses **a** et **b**. Il nous reste donc que la dernière proposition. On vérifie tout de même qu'une valeur approchée de $\sqrt{1{,}53}$ est bien la valeur affichée par la calculatrice.

2 **(a)** Réponse **d**. En effet, d'après le cours,

$$E(S_{100}) = 100 \times E(X) = 100 \times 2{,}3 = 230.$$

(b) Réponse **b**. En effet, d'après le cours,

$$V(S_{100}) = 100 \times V(X) = 100 \times \sigma(X)^2 = 100 \times 1{,}53 = 153.$$

(c) Réponse **a**. En effet, d'après le cours,

$$E(M_{100}) = \frac{1}{100}E(S_{100}) = 2{,}3.$$

(d) Réponse **d**. En effet, d'après le cours,

$$\sigma(M_{100}) = \sqrt{\frac{1}{100} \times V(S_{100})} = \frac{\sigma(S_{100})}{100} = \frac{\sqrt{1{,}53}}{10}.$$

3 V/F Vérification de connaissances

Énoncé p. 359

1 *Vrai*. D'après la formule du calcul de l'espérance, si X ne prend que des valeurs positives, l'espérance est obtenue par produit puis somme de quantités positives. Donc $E(X) \geqslant 0$.

2 *Faux*. Contre-exemple : la variable aléatoire X qui prend la valeur -1 avec une probabilité de 0,1 et la valeur 1 avec une probabilité de 0,9 a pour espérance $E(X) = 0{,}1 \times (-1) + 0{,}9 \times 1 = 0{,}8$. Donc $E(X) > 0$, mais X prend une valeur négative.

3 *Faux*. Pour ajouter deux variances, il est nécessaire que les deux variables soient indépendantes, ce qui n'est pas précisé ici.

4 Pile ou Face

Énoncé p. 359

Lycée Voltaire, Paris

Le lancer d'une pièce équilibrée est une épreuve de Bernoulli de paramètre 0,5 dont le succès est « Obtenir Face ». Si on répète le lancer trois fois, de façons indépendantes, la variable Y qui donne le nombre de fois y_i où Face est obtenu suit la loi binomiale $\mathcal{B}(3\,;0{,}5)$.
En notant x_i les valeurs de la variable aléatoire X, on peut dresser le tableau suivant :

y_i	0	1	2	3
$P(Y = y_i)$	$\binom{3}{0}0{,}5^3$	$\binom{3}{1}0{,}5^3$	$\binom{3}{2}0{,}5^3$	$\binom{3}{3}0{,}5^3$
x_i	-3	0	3	6
$P(X = x_i)$	0,125	0,375	0,375	0,125

L'espérance de X est donc :

$$E(X) = -3 \times 0{,}125 + 3 \times 0{,}375 + 6 \times 0{,}125 = 1{,}5.$$

5 Loi binomiale

Énoncé p. 359

Lycée Jean Puy, Roanne

1 Le jeu est une succession de 5 expériences identiques et indépendantes. « Donner cinq bonnes réponses » correspond à la liste de cinq résultats « Donner la bonne réponse », et a donc pour probabilité $\left(\frac{2}{3}\right)^5 = \frac{32}{243}$.

2 Le candidat gagne 250 euros lorsqu'il a cinq bonnes réponses, donc la probabilité qu'il gagne 250 euros est $\frac{32}{243}$.

3 Chaque question correspond à une épreuve de Bernoulli dont le succès est « Donner la bonne réponse », et a pour probabilité $\frac{2}{3}$. Comme il y a 5 répétitions indépendantes, la variable aléatoire X suit la loi binomiale $\mathcal{B}\left(5\,;\frac{2}{3}\right)$.

4 Comme chaque réponse exacte fait gagner 50 euros, si on note y_i les valeurs prises par Y, on a $y_i = 50x_i$. Connaissant la loi de X, on en déduit la loi de Y dans le tableau suivant :

x_i	0	1	2	3	4	5
y_i	0	50	100	150	200	250
$P(X = x_i)$ $P(Y = y_i)$	$\binom{5}{0}\frac{1}{3^5}$	$\binom{5}{1}\frac{2}{3^5}$	$\binom{5}{2}\frac{2^2}{3^5}$	$\binom{5}{3}\frac{2^3}{3^5}$	$\binom{5}{4}\frac{2^4}{3^5}$	$\binom{5}{5}\frac{2^5}{3^5}$
Valeurs approchées	0,004	0,041	0,165	0,329	0,329	0,132

5 Pour calculer l'espérance de Y, on peut prendre les valeurs numériques du tableau et appliquer la formule, mais il est plus rapide de constater que comme $y_i = 50x_i$, alors :

$$p_1y_1 + \cdots + p_5y_5 = 50(p_1x_1 + \cdots + p_5x_5) = 50E(X).$$

Or, on sait que si X suit la loi binomiale de paramètres n et p, son espérance vaut np. Par conséquent $E(Y) = 50 \times 5 \times \frac{2}{3} = \frac{500}{3}$.

6 Un dé tétraédrique déséquilibré

Énoncé p. 360

Lycée Odilon Redon, Pauillac

1 On est en présence de la répétition de deux expériences identiques et indépendantes. On peut construire l'arbre pondéré suivant, en indiquant les probabilités d'obtention de chaque chiffre pour le premier et le deuxième lancer.

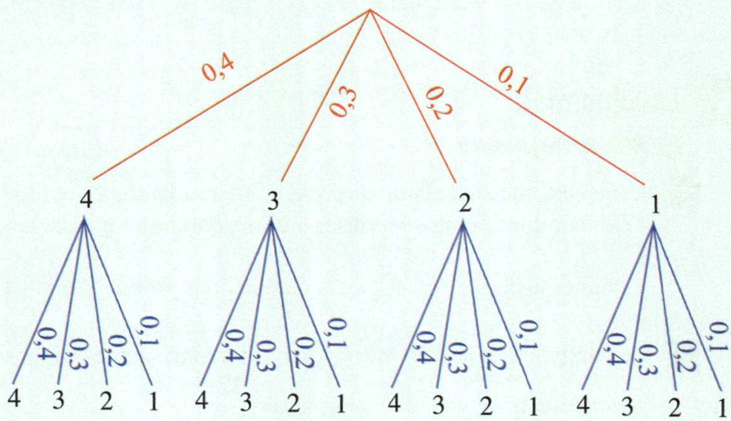

MÉTHODE

La probabilité de l'issue représentée par un chemin est égale au produit des probabilités présentes sur le chemin.

2 Il n'y a qu'une seule façon d'obtenir les chiffres 1 et 3 dans cet ordre. La probabilité de cet événement est : $p = 0{,}1 \times 0{,}3 = 0{,}03$.

3 Les différentes façons d'obtenir deux chiffres distincts rangés par ordre croissant sont les suivantes :

$$(1;\,2)\,;\,(1;\,3)\,;\,(1;\,4)\,;\,(2;\,3)\,;\,(2;\,4)\,;\,(3;\,4)$$

La probabilité de l'événement correspondant est donc :

$$\begin{aligned} p &= 0{,}1 \times 0{,}2 + 0{,}1 \times 0{,}3 + 0{,}1 \times 0{,}4 \\ &\quad + 0{,}2 \times 0{,}3 + 0{,}2 \times 0{,}4 + 0{,}3 \times 0{,}4 \\ &= 0{,}35. \end{aligned}$$

4 **(a)** Avec cette règle, le gain algébrique à ce jeu peut-être de -3 euros, 2 euros ou 5 euros.

Déterminer la loi de probabilité de X, c'est donner les probabilités de chacun des événements :

$$P(X=-3)\,, P(X=2) \text{ et } P(X=5).$$

D'après la question précédente, on a déjà calculé $P(X=2) = 0{,}35$.
On gagne de plus 5 euros uniquement lorsqu'on obtient deux fois le chiffre 1. Cet événement se produit avec une probabilité de :

$$P(X=5) = 0{,}1 \times 0{,}1 = 0{,}01\,.$$

Dans tous les autres cas, on perd 3 euros, et ainsi :

$$\begin{aligned} P(X=-3) &= 1 - \Big(P(X=2) + P(X=5)\Big) \\ &= 1 - 0{,}35 - 0{,}01 = 0{,}64. \end{aligned}$$

On peut résumer ces résultats par le tableau suivant donnant la loi de probabilité de X :

Gain x_i	-3	2	5
$P(X=x_i)$	0,64	0,35	0,01

(b) L'espérance de X est :

$$E(X) = -3 \times 0{,}64 + 2 \times 0{,}35 + 5 \times 0{,}01 = -1{,}17.$$

On en déduit que ce jeu n'est pas équitable : en moyenne, le joueur peut s'attendre à perdre 1,17 euros par partie.
La variance de X est :

$$\begin{aligned} V(X) &= (-3+1{,}17)^2 \times 0{,}64 + (2+1{,}17)^2 \times 0{,}35 \\ &\quad + (5+1{,}17)^2 \times 0{,}01 \\ &\approx 6{,}04. \end{aligned}$$

COURS INTERROS CORRIGÉS

D'où son écart type :

$$\sigma(X) = \sqrt{V(X)} \approx 2{,}46.$$

(c) On remarque que l'on passe de la variable aléatoire X à la variable aléatoire Y par la relation affine :

$$Y = 2X + 1.$$

La loi de probabilité de Y est alors :

Gain y_i	-5	5	11
$P(X = y_i)$	0,64	0,35	0,01

La formule du cours sur l'espérance donne :

$$E(Y) = E(2X + 1) = 2E(X) + 1 = -1{,}34.$$

Pour la variance et l'écart-type, on fait le calcul suivant :

$$V(Y) = 0{,}64(-5 + 1{,}34)^2 + 0{,}35(5 + 1{,}34)^2 + 0{,}01(11 + 1{,}34)^2$$
$$= 24{,}1644.$$

Par conséquent, $\sigma(Y) = \sqrt{V(Y)} \approx 4{,}92$.

7 Jouer sans se ruiner

Énoncé p. 361

Lycée Blaise Pascal,Clermont-Ferrand

Nous sommes en présence d'une loi géométrique tronquée.

1 L'arbre est celui d'un schéma de Bernoulli de 10 répétitions, dont on ne garde pas les branches issues d'un succès.

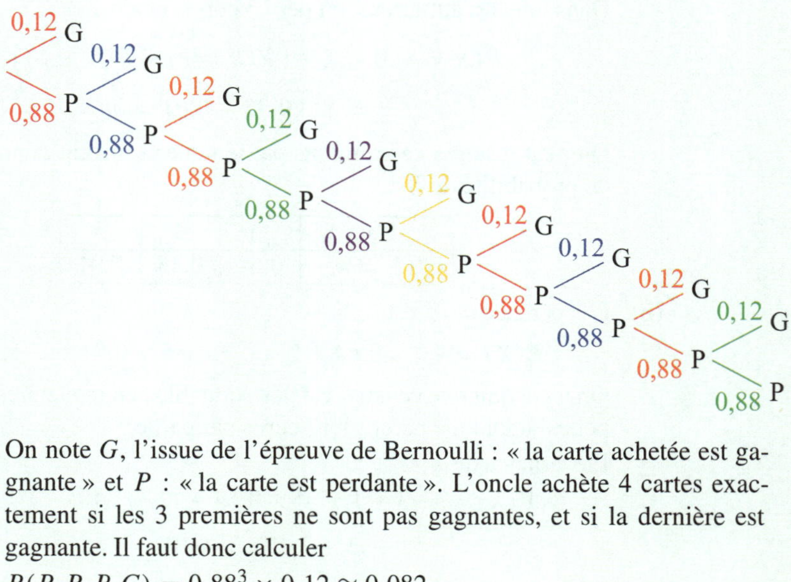

2 On note G, l'issue de l'épreuve de Bernoulli : « la carte achetée est gagnante » et P : « la carte est perdante ». L'oncle achète 4 cartes exactement si les 3 premières ne sont pas gagnantes, et si la dernière est gagnante. Il faut donc calculer

$P(P,P,P,G) = 0{,}88^3 \times 0{,}12 \approx 0{,}082.$

3 L'oncle achète 10 cartes si les 9 premières sont perdantes. La dernière carte n'a pas d'importance puisqu'il s'arrêtera de toute façon car il aura dépensé 20 euros.
La probabilité est donc $0{,}88^9 \approx 0{,}316$.

4 L'oncle ne gagne rien si les 10 cartes achetées sont perdantes. La probabilité de cet événement est $0{,}88^{10} \approx 0{,}279$.

5 **(a)** L'oncle dépense $2n$ euros lorsqu'il achète n cartes. Pour tout entier n tel que $1 \leqslant n < 10$, il achète n cartes si les $n-1$ premières sont perdantes, donc on a $P(X = 2n) = 0{,}88^{n-1} \times 0{,}12$.
Par contre $P(X = 20) = 0{,}88^9$.
On peut résumer la loi de probabilité de X dans le tableau suivant contenant les valeurs approchées au millième :

x_i	2	4	6	8	10	12
$P(X = x_i)$	0,12	0,106	0,093	0,082	0,72	0,063

x_i	14	16	18	20
$P(X = x_i)$	0,056	0,049	0,043	0,316

(b) On calcule l'espérance de X grâce à la formule du cours et on obtient $E(X) \approx 12{,}02$.
Cela signifie que sur un grand nombre de semaines, l'oncle peut envisager dépenser en moyenne 12,02 euros par semaine.

8 Le tapis vert

Énoncé p. 361

Lycée Alexandre Dumas, Saint-Cloud

1 **(a)** Pour chaque couleur, il est choisi au hasard une carte parmi les 8 cartes de cette couleur. La probabilité d'avoir la bonne carte de cette couleur est donc $\frac{1}{8}$. Ce choix est répété de façons indépendantes pour les 4 couleurs. La variable aléatoire X suit donc la loi binomiale de paramètre 4 et $\frac{1}{8}$.

(b) Pour établir la loi de probabilité de X, on utilise la formule $P(X = k) = \binom{4}{k}\left(\frac{1}{8}\right)^k\left(\frac{7}{8}\right)^{4-k}$. Les coefficients binomiaux $\binom{4}{k}$ sont égaux à 1, 4, 6, 4 et 1. On a donc le tableau de probabilité de X suivant :

k	0	1	2	3	4
$P(X = k)$	$\frac{7^4}{8^4}$	$4 \times \frac{7^3}{8^4}$	$6 \times \frac{7^2}{8^4}$	$4 \times \frac{7}{8^4}$	$\frac{1}{8^4}$

COURS INTERROS CORRIGÉS

2 Il est plus rapide de chercher la probabilité de l'événement contraire « avoir 0 ou 1 carte exacte ».

$$P(X = 0) + P(X = 1) = \frac{7^4 + 4 \times 7^3}{8^4} = \frac{11 \times 7^3}{8^4}.$$

La probabilité d'avoir une grille gagnante était donc $1 - \frac{11 \times 7^3}{8^4} = \frac{323}{8^4}$, soit environ 0,0789.

3 **(a)** La mise étant de 1 €, le gain pour 2 cartes exactes est 1 €, le gain pour 3 cartes exactes est 29 €, le gain pour 4 cartes exactes est 999 €, et pour 0 ou 1 carte exacte, il est égal à −1 €.

Le tableau de la loi de probabilité de G est :

gain g	-1	1	29	999
$P(X = g)$	$\frac{11 \times 7^3}{8^4}$	$\frac{6 \times 7^2}{8^4}$	$\frac{4 \times 7}{8^4}$	$\frac{1}{8^4}$

(b) L'espérance du gain du joueur est :

$$-1 \times \frac{11 \times 7^3}{8^4} + 1 \times \frac{6 \times 7^2}{8^4} + 29 \times \frac{4 \times 7}{8^4} + 999 \times \frac{1}{8^4}$$

Ce qui donne $E(G) \approx -0{,}41$.

(c) Comme l'espérance de gain du joueur est négative, ce jeu n'est pas favorable au joueur.

9 Assurance

Énoncé p. 362

Lycée Pablo Picasso, Fontenay-Sous-Bois

1 X suit une loi binomiale de paramètres 2 000 et 0,12.

2 $P(X \geqslant 240) = 1 - P(X \leqslant 239) \approx 0{,}51$.

3 Par essais successifs, on trouve :

$$P(X \leqslant 263) \approx 0{,}946 \text{ et } P(X \leqslant 264) \approx 0{,}953.$$

Le plus petit n tel que $P(X \leqslant n) \geqslant 0{,}95$ est donc 264.

4 **(a)** $Y = 2\,000a - 4\,000X$.

(b) $E(Y) = 2\,000a - 4\,000E(X)$. Or $E(X) = 2\,000 \times 0{,}12 = 240$, donc $E(Y) = 2\,000a - 960\,000$.

(c) $E(Y) \geqslant 0$ pour $2\,000a \geqslant 960\,000$, c'est-à-dire $a \geqslant 480$.

(d) Si $a = 500$, alors $Y = 1\,000\,000 - 4\,000X$, donc $Y \geqslant 100\,000$ pour $X \leqslant 225$. Or $P(X \leqslant 225) \approx 0{,}159$.
La probabilité que le bénéfice soit supérieur à 100 000 euros pour une cotisation de 500 euros est d'environ 0,159.

10 Stand de tir

Énoncé p. 362

Lycée Jean Pierre Vernant, Pin-Justaret

1 **(a)** Chaque tir est une expérience de Bernoulli de paramètre 0,68. Les résultats des 25 tirs sont indépendants les uns des autres, la variable aléatoire X suit donc une loi binomiale de paramètres 25 et 0,68.

(b) D'après le cours, $E(X) = 25 \times 0{,}68 = 17$. Cela signifie que si Sandy effectue plusieurs séries de 25 tirs, elle peut espérer en réussir en moyenne 17 par série.

(c) On cherche $P(X = 25) = 0{,}68^{25} \approx 0{,}00006$.

(d) La probabilité que Sandy atteigne la cible au moins 20 fois est égale à :

$$P(X = 20) + P(X = 21) + P(X = 22) + P(X = 23) + P(X = 24) + P(X = 25).$$

On utilise la calculatrice pour effectuer ce calcul et on trouve $P(X \geqslant 20) \approx 0{,}141$.

2 **(a)** $Y = 0{,}5X - 10$.

(b) On a alors : $$\begin{aligned} E(Y) &= E(0{,}5X - 10) \\ &= 0{,}5E(X) - 10 \\ &= 0{,}5 \times 17 - 10 \\ &= -1{,}5. \end{aligned}$$

L'espérance du gain de Sandy étant négative, cela signifie que le jeu est défavorable à Sandy, mais par contre il est favorable au forain.

(c) Le forain gagne de l'argent si Sandy gagne moins de 10 euros, donc réussit au plus 19 tirs.

(d) La probabilité que le forain ne gagne pas d'argent est donc la probabilité que Sandy réussisse au moins 20 tirs, c'est-à-dire environ 0,141 (d'après la question 1).

3 L'événement « Sandy réussit au moins un des n tirs » est l'événement contraire de l'événement « Sandy ne réussit aucun des n tirs ». La probabilité de réussir au moins un tir est donc $1 - 0{,}32^n$.
On cherche le plus petit n tel que $1 - 032^n \geqslant 0{,}99$:

$$\begin{aligned} 1 - 0{,}32^n \geqslant 0{,}99 &\iff -0{,}32^n \geqslant 0{,}99 - 1 \\ &\iff 0{,}32^n \leqslant 0{,}01 \\ &\iff \ln\left(0{,}32^n\right) \leqslant \ln(0{,}01) \\ &\iff n\ln(0{,}32) \leqslant \ln(0{,}01) \\ &\iff n \geqslant \frac{\ln(0{,}01)}{\ln(0{,}32)} \text{ (car } \ln(0{,}32) < 0) \\ &\iff n \geqslant 4{,}04. \end{aligned}$$

n étant un entier, la plus petite de ses valeurs qui correspond est $n = 5$. Donc, si Sandy réalise au moins 5 tirs, la probabilité qu'elle en réussisse au moins un est supérieure ou égale à 0,99.

COURS INTERROS CORRIGÉS

11 Éviter le gaspillage

Énoncé p. 363

Lycée Pablo Picasso, Fontenay-sous-Bois

1 Le choix du service est une expérience de Bernoulli. Le succès est le choix du premier service et a une probabilité de 0,6. L'expérience est répétée 500 fois de façons indépendantes. X suit donc une loi binomiale de paramètres 500 et 0,6.

2 Il y a autant de personnes au premier service qu'au second service si il y a 250 personnes au premier service.

$$P(X = 250) = \binom{500}{250} \times 0{,}6^{250} \times 0{,}4^{250} \approx 1{,}32 \times 10^{-6}.$$

3 **MÉTHODE**

> Les calculs de probabilité demandés dans les questions 3 à 6 ne sont pas possibles « à la main ». En revanche, les calculatrices permettent le calcul de $P(X \leqslant k)$ ou $P(X = k)$ dans le cas d'une loi binomiale.

$E(X) = 500 \times 0{,}6 = 300.$
$P(X \leqslant 300) \approx 0{,}517.$

4 $P(X \leqslant 280) \approx 0{,}038.$

5 $P(290 \leqslant X \leqslant 310) = P(X \leqslant 310) - P(X \leqslant 289) \approx 0{,}662$

6 On cherche le plus petit entier n tel que $P(X \leqslant n) \geqslant 0{,}99$.
Par essais successifs, on trouve $P(X \leqslant 324) \approx 0{,}9878$ et $P(X \leqslant 325) \approx 0{,}9904$.
Il faut donc que le gérant prévoie au minimum 325 repas.

12 Commission

Énoncé p. 363

Lycée Saint-Louis, Saint-Nazaire

Les quatre visites successives peuvent se modéliser par la répétition d'expériences identiques et indépendantes.

1 La probabilité que seul le premier client achète l'objet est donc $0{,}3 \times 0{,}7^3 \approx 0{,}103$.

2 Cela peut être le premier, le deuxième, le troisième ou le quatrième client qui achète l'objet, les trois autres ne l'achetant pas. La probabilité de B est donc $4 \times P(A) = 1{,}2 \times 0{,}7^3 \approx 0{,}412$.

3 **(a)** Chaque visite est une épreuve de Bernoulli dont le succès est « Le client achète l'objet », de probabilité 0,3. La variable aléatoire X suit donc la loi binomiale $\mathcal{B}(4\ ;\ 0{,}3)$.

(b) La loi de probabilité de X est donc :

x_i	$P(X = x_i)$
0	$\binom{4}{0} \times 0{,}7^4$
1	$\binom{4}{1} \times 0{,}3 \times 0{,}7^3$
2	$\binom{4}{2} \times 0{,}3^2 \times 0{,}7^2$
3	$\binom{4}{3} \times 0{,}3^3 \times 0{,}7$
4	$\binom{4}{4} \times 0{,}3^4$

4 **(a)** Si il y a x_i ventes, le gain est $\dfrac{15 \times 500}{100} x_i = 75x_i$. On déduit donc du tableau précédent la loi de probabilité de la variable aléatoire qui donne le gain de la journée.

y_i	Probabilité	Valeur approchée
0	$\binom{4}{0} \times 0{,}7^4$	0,240
75	$\binom{4}{1} \times 0{,}3 \times 0{,}7^3$	0,412
150	$\binom{4}{2} \times 0{,}3^2 \times 0{,}7^2$	0,265
225	$\binom{4}{3} \times 0{,}3^3 \times 0{,}7$	0,076
300	$\binom{4}{4} \times 0{,}3^4$	0,008

(b) Avec les valeurs approchées du tableau et la définition de l'espérance, on trouve que l'espérance du gain journalier est $90{,}15$.
Mais on peut aussi voir d'après la définition de l'espérance, que si l'on multiplie toutes les valeurs par un même nombre, alors on multiplie l'espérance par ce nombre.
Puisque l'espérance d'une variable qui suit la loi binomiale est égale à np, si l'on multiplie ses valeurs par 75 on trouve que l'espérance du gain journalier est $4 \times 0{,}3 \times 75 = 90$. C'est la valeur que nous allons prendre pour la suite car le calcul précédent était fait avec des valeurs approchées.

5 Pour que l'espérance devienne supérieure à 100, il faut qu'elle soit multipliée par $\dfrac{100}{90}$. Étant donnée la définition de l'espérance, on voit qu'il suffit de multiplier toutes les valeurs de la variable par $\dfrac{100}{90}$.

COURS INTERROS CORRIGÉS

Pour cela il suffit que le taux de commission soit multiplié par $\frac{100}{90}$ et devienne donc $\frac{100}{90} \times 0,15 \approx 0,167$, soit environ $16,7\%$.

13 Jeu défavorable

Énoncé p. 364

Lycée Camille Vernet, Valence

1 L'expérience est représentée par l'arbre représenté page ci-contre.

Cette expérience est la répétition de trois épreuves de Bernoulli identiques et indépendantes. La probabilité du succès « Obtenir le secteur jaune » est 0,7. La variable aléatoire Y qui donne le nombre de fois où le secteur jaune est obtenu suit donc la loi binomiale $\mathcal{B}(3 ; 0,7)$.

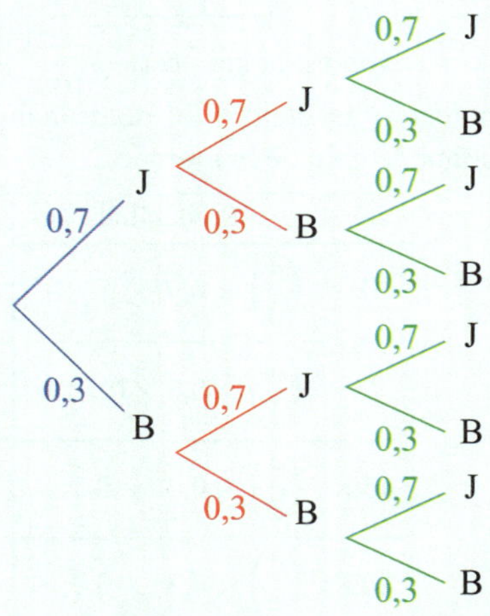

2 On a donc : $P(Y = 3) = 0,7^3 = 0,343$.

3 L'événement « Obtenir au moins une fois le bleu » est le contraire de « Obtenir trois fois le jaune », donc la probabilité de cet événement est $1 - 0,343 = 0,657$.

4 **(a)** La loi de probabilité de X est la suivante :

Valeurs x_i	$P(X = x_i)$	Valeur numérique
$-m$	$P(Y = 3)$	0,343
0	$P(Y = 1)$ $+P(Y = 2)$	$3 \times 0,7 \times 0,3^2 + 3 \times 0,7^2 \times 0,3$ $= 0,63$
$10m$	$P(Y = 0)$	$0,3^3 = 0,027$

(b) $E(X) = -m \times 0,343 + 0 + 10m \times 0,027 = -0,073m$.

(c) Quelle que soit la valeur de m, qui est un nombre positif, l'espérance de la variable aléatoire égale au gain du joueur est négative, ce qui signifie que, sur un grand nombre de parties, le joueur a de fortes chances de perdre en moyenne 0,073 fois sa mise de départ. La règle du jeu désavantage donc le joueur.

14 Rendre un jeu équitable

Énoncé p. 365

Lycée Victor Louis, Talence

1 Le jeu est une répétition de 4 expériences identiques et indépendantes, qui ont deux issues, et dont le succès, « Obtenir Face » a pour probabilité 0,5. La variable aléatoire X qui compte le nombre de Faces obtenues suit donc la loi binomiale de paramètres 4 et 0,5.

Le tableau de la loi de probabilité est donc :

x_i	0	1	2	3	4
$P(X = x_i)$	$0{,}5^4$	$4 \times 0{,}5^4$	$6 \times 0{,}5^4$	$4 \times 0{,}5^4$	$0{,}5^4$

2 **(a)** $P(Y = 40) = P(X = 0)$.
$P(Y = -20) = P(X = 3)$.
$P(Y = -10) = P(X = 2)$.
La loi de probabilité de Y est donc :

y_i	40	−20	−10	0
$P(Y = y_i)$	0,0625	0,25	0,375	0,3125

(b) $E(Y) = 40 \times 0{,}0625 - 20 \times 0{,}25 - 10 \times 0{,}375 + 0 \times 0{,}3125$

$E(Y) = -6{,}25$

(c) Comme l'espérance du gain du joueur est négative, ce jeu est défavorable au joueur. Il n'a donc pas intérêt à y jouer.

(d) Si on veut modifier le gain pour que $E(Y) = 0$, il faut gagner la somme S telle que $S \times 0{,}0625 - 20 \times 0{,}25 - 10 \times 0{,}375 = 0$, c'est-à-dire $S = 140$. Le joueur devrait donc gagner 140 points s'il n'obtient que des Piles.

Chapitre 12

Concentration et loi des grands nombres

Plan du chapitre

1 Inégalité de Bienaymé-Tchebychev

Exercice type 1

On suppose que le nombre de pièces sortant d'une usine donnée en l'espace d'une semaine est une variable aléatoire d'espérance 50.

1 Peut-on estimer que la probabilité pour que la production de la semaine suivante dépasse 75 pièces soit supérieure à 0,75 ?

2 On sait, de plus, que la variance de la production hebdomadaire est de 25. Peut-on estimer la probabilité que la production de la semaine suivante soit strictement comprise entre 40 et 60 ?

Voir corrigé page 381

1.1 Introduction

Considérons deux variables aléatoires X et Y telles que $X \leqslant Y$.

Nous pouvons dans un premier temps écrire que si $X \geqslant 0$ alors $E(X) \geqslant 0$.

De plus,

$$E(Y) - E(X) = E(Y - X)$$

et comme $Y - X \geqslant 0$, on en déduit :

$$E(Y - X) \geqslant 0 \qquad \text{soit :} \qquad E(X) \leqslant E(Y).$$

De ces résultats, on peut démontrer le théorème suivant :

Théorème 1 : inégalité de Markov

Soit X une variable aléatoire discrète d'espérance finie, et à valeurs positives. Alors :

$$\forall a > 0, \quad P(X \geqslant a) \leqslant \frac{E(X)}{a}.$$

Une démonstration de ce théorème est à faire dans l'exercice 6 page 385.

1.2 Inégalité de Bienaymé-Tchebychev

À l'aide de l'inégalité de Markov, on déduit le théorème suivant :

Théorème 2 : inégalité de Bienaymé-Tchebychev

Soit X une variable aléatoire d'espérance μ et de variance $V(X)$.
Quel que soit le réel $\delta > 0$,

$$P\big(|X-\mu| \geqslant \delta\big) \leqslant \frac{V(X)}{\delta^2}.$$

Une démonstration de ce théorème est à faire dans l'exercice 7 page 386.

De ce théorème (fondamental), on peut notamment conclure que pour une variable aléatoire quelconque X d'écart-type σ et d'espérance μ :

$$P\big(|X-\mu| \geqslant 2\sigma\big) \leqslant \frac{\sigma^2}{(2\sigma)^2}$$

soit :

$$P\big(|X-\mu| \geqslant 2\sigma\big) \leqslant \frac{1}{4}.$$

Cela signifie alors que la probabilité que les valeurs prises par X diffèrent de 2σ de sa moyenne est inférieure à 0,25.

Remarque : par simulation (manuelle ou informatique), on s'aperçoit en fait que cette probabilité est très souvent majorée par 0,05.

Solution de l'exercice type 1

1 Commençons par poser X la variable aléatoire représentant le nombre de pièces sortant de l'usine en l'espace d'une semaine.
X est positive et d'espérance finie. D'après l'inégalité de Markov,

$$P(X > 75) \leqslant \frac{50}{75} \qquad \text{soit :} \qquad P(X > 75) \leqslant 0{,}67.$$

On ne peut donc pas estimer que la probabilité pour que la production de la semaine suivante dépasse 75 pièces soit supérieure à 0,75.

2 Commençons par écrire :

$$P(40 < X < 60) = P(-10 < X - 50 < 10) = P(|X-50| < 10).$$

L'inégalité de Bienaymé-Tchebytchev donne :

$$P\big(|X-50| \geqslant 10\big) \leqslant \frac{25}{10^2}$$

soit :

$$P\big(|X-50| \geqslant 10\big) \leqslant 0{,}25.$$

•••

Solution de l'exercice type 1 (suite)

On en déduit alors que :

$$1 - P(|X - 50| < 10) \leqslant 0{,}25$$

et donc :

$$P(|X - 50| < 10) \geqslant 0{,}75.$$

La probabilité pour que la production de la semaine suivante soit comprise entre 40 et 60 est donc au moins de 75%.

Voir énoncé page 379

2 Loi faible des grands nombres

Exercice type 2

On dispose d'une urne dans laquelle sont mises 7 boules rouges et 3 noires. On tire au hasard une boule de cette urne et on la remet dans l'urne; si la boule choisie est noire, on gagne 1 point. Sinon, on ne gagne pas de point. On note M_n le gain moyen de points après n répétitions indépendantes de cette expérience.
Déterminer une valeur de n pour laquelle la probabilité que la différence (en valeur absolue) entre M_n et 0,3 soit supérieure ou égale à $0,1$ et inférieure ou égale à $0,5$.

Voir corrigé page 383

2.1 Inégalité de concentration

Propriété 1

Soient $X_1, X_2, \ldots, X_n$ n variables aléatoires discrètes réelles indépendantes ayant toutes la même loi d'espérance μ et de variance σ^2. Alors,

$$\forall \delta > 0, \quad P\left(\left|\frac{X_1 + \cdots + X_n}{n} - \mu\right| \geqslant \delta\right) \leqslant \frac{\sigma^2}{n\delta^2}.$$

Une démonstration de ce théorème est à faire dans l'exercice 13 page 388.

2.2 Loi des grands nombres

Théorème 3 : théorème de Khintchine (loi faible des grands nombres)

Soient $X_1, ..., X_n$ n variables aléatoires indépendantes de même loi, d'espérance μ. Alors, pour tout réel $\delta > 0$,

$$\lim_{n \to +\infty} P\left(\left|\frac{X_1 + \cdots + X_n}{n} - \mu\right| \geqslant \delta\right) = 0.$$

POUR ALLER PLUS LOIN

Au premier abord, ce dernier théorème peut paraître simpliste, puisqu'il résulte de l'inégalité de concentration prise lorsque n tend vers $+\infty$. Il est au contraire très important, et permet notamment de justifier le principe des sondages. En effet, il permet d'interpréter la probabilité (valeur théorique) comme une fréquence (valeur observée) et présente l'espérance comme une moyenne. Ce théorème signifie que la *moyenne empirique* c'est-à-dire la moyenne calculée sur les valeurs observée sur un échantillon de population, converge vers l'espérance quand la taille de cet échantillon devient très grand.

Solution de l'exercice type 2

On cherche un entier n tel que :

$$P\big(|M_n - 0{,}3| \geqslant 0{,}1\big) \leqslant 0{,}5.$$

Notons X_k le nombre de points gagnés au k-ième tirage, $1 \leqslant k \leqslant n$.

X_k suit la loi de Bernoulli de probabilité $p = \dfrac{3}{10} = 0{,}3$ et de variance $\sigma^2 = 0{,}3 \times (1 - 0{,}3) = 0{,}21$.

De plus, par définition, les variables X_k sont indépendantes donc on peut utiliser l'inégalité de concentration :

$$P\left(|M_n - 0{,}3| \geqslant 0{,}1\right) \leqslant \frac{0{,}21}{0{,}1^2 n}.$$

On souhaite que $P\left(|M_n - 0{,}3| \geqslant 0{,}1\right) \leqslant 0{,}5$ donc il suffit de choisir n tel que :

$$\begin{aligned}
\frac{0{,}21}{0{,}1^2 n} \leqslant 0{,}5 &\iff \frac{0{,}1^2 n}{0{,}21} \geqslant \frac{1}{0{,}5} \\
&\iff 0{,}1^2 n \geqslant \frac{1}{0{,}5} \times 0{,}21 \\
&\iff n \geqslant \frac{1}{0{,}5} \times \frac{0{,}21}{0{,}1^2} \\
&\iff n \geqslant 42.
\end{aligned}$$

Voir énoncé page 382

1 V/F Connaissances du cours

10 min Corrigé p. 389

Parmi les propositions suivantes, quelles sont celles qui sont exactes ?

1 Soit X une variable aléatoire discrète d'espérance $E(X) = 9$ à valeurs positives. Alors, selon l'inégalité de Markov, $P(X \geqslant 10) \leqslant \frac{1}{10}$.

2 Soit X une variable aléatoire discrète d'espérance $E(X) = 7$ et de variance $\sigma^2 = 9$. Alors, d'après l'inégalité de Bienaymé-Tchebychev, $P\big(|X - 7| \geqslant 18\big) < 0{,}028$.

3 On tire une carte au hasard dans un jeu de 32 cartes. Si la carte est un roi, on gagne 1 point, sinon on ne gagne rien. On répète cette expérience 1 000 fois.

La probabilité que, à l'issue des 1 000 expériences, la différence (en valeur absolue) entre le gain moyen de points et 125 soit plus grande que 15 est inférieure ou égale à 0,5.

Inégalité de Bienaymé-Tchebychev

2 Lancer de dé

★ 10 min Corrigé p. 389

Nouveau programme

On jette 3 600 fois un dé équilibré. Minorer la probabilité que le nombre d'apparitions du numéro 1 soit strictement compris entre 480 et 720 à l'aide de l'inégalité de Bienaymé-Tchebychev.

3 Usine de pièces

★ 10 min Corrigé p. 390

Nouveau programme

Le nombre de pièces sortant d'une usine en une journée est une variable aléatoire d'espérance 50. On veut estimer la probabilité que la production de demain dépasse 75 pièces.

1 En utilisant l'inégalité de Markov, quelle estimation obtient-on sur cette probabilité ?

2 Que peut-on dire de plus sur cette probabilité si on sait que l'écart-type de la production quotidienne est 5 ?

4 Particules émises

★ 15 min Corrigé p. 390

Nouveau programme

Pour étudier les particules émises par une substance radioactive, on dispose d'un détecteur. On note X la variable aléatoire représentant le nombre de particules qui atteignent le détecteur pendant un intervalle de temps Δt. Le nombre maximal de particules que le détecteur peut compter pendant un intervalle de temps Δt est de 10^3. On suppose que X suit une loi d'espérance et de variance égales à 10^2.

Donner une majoration de la probabilité que X dépasse 10^3.

5 Pièces défectueuses

★ 15 min Corrigé p. 391

Nouveau programme

Une usine fabrique des pièces dont une proportion inconnue p est défectueuse, et on souhaite trouver une valeur approchée de p. On effectue un prélèvement de n pièces. On suppose que le prélèvement se fait sur un échantillon très grand et donc qu'il peut s'apparenter à une suite de n tirages indépendants avec remise.

On note X_n la variable aléatoire égale au nombre de pièces défectueuses et on souhaite quantifier le fait que $\frac{X_n}{n}$ approche p.

1 Quelle est la loi de X_n ? Sa moyenne ? Sa variance ?

2 Démontrer que, pour tout $\varepsilon > 0$, $P\left(\left|\frac{X_n}{n} - p\right| \geqslant \varepsilon\right) \leqslant \frac{1}{4n\varepsilon^2}$.

3 En déduire une condition sur n pour que $\frac{X_n}{n}$ soit une valeur approchée de p à 10^{-2} près avec une probabilité supérieure ou égale à 95%.

6 Inégalité de Markov

★★ 15 min Corrigé p. 392

Nouveau programme

On souhaite démontrer l'inégalité de Markov stipulant que pour une variable aléatoire discrète d'espérance finie X à n valeurs positives,

$$\forall a > 0, \quad P(X \geqslant a) \leqslant \frac{E(X)}{a}.$$

On note :

$$E(X) = \sum_{k=1}^{n} x_k P(X = x_k).$$

1 Compléter l'égalité suivante : $E(X) = \sum_{x_k \geqslant a} \ldots \quad + \quad \sum_{x_k < a} \ldots$

2 Par quel nombre est minorée la deuxième somme ?

3 Montrer alors que :

$$E(X) \geqslant aP(X \geqslant a).$$

Conclure.

7 Inégalité de Bienaymé-Tchebychev ★★ 15 min

Corrigé p. 392

Nouveau programme

On se propose dans cet exercice de démontrer l'inégalité de Bienaymé-Tchebychev, stipulant que si X est une variable aléatoire discrète d'espérance μ et de variance $V(X)$ alors, quel que soit le réel $\delta > 0$,

$$P\big(|X - \mu| \geqslant \delta\big) \leqslant \frac{V(X)}{\delta^2}.$$

Pour cela, on considère la variable $Y = \big[X - E(X)\big]^2$.

Appliquer l'inégalité de Markov à Y en prenant une valeur de a convenablement choisie afin de démontrer l'inégalité souhaitée.

8 Combien de lancers de dé ? ★★★ 15 min

Corrigé p. 393

Nouveau programme

Retrouvez le corrigé de cet exercice en vidéo.

On lance de manière indépendante n fois un dé équilibré à six faces.

À l'aide de l'inégalité de Bienaymé-Tchebychev, déterminer une valeur minimale de n pour laquelle la probabilité d'obtenir entre 0 et $\frac{n}{3}$ fois le nombre « 1 » est supérieure ou égale à $\frac{1}{2}$.

Calculer cette probabilité pour $n = 3$. Que peut-on conclure ?

9 Une variante ★★★ 30 min

Corrigé p. 394

Nouveau programme

Soit X une variable aléatoire réelle. On suppose que X admet une espérance $E(X) = \mu$ et une variance $V(X) = \sigma^2$. Soit $a > 0$.

1 Soit $\lambda \geqslant 0$. Démontrer que $P(X - \mu \geqslant a) = P(X - \mu + \lambda \geqslant a + \lambda)$.

2 Vérifier que $E\big((X - \mu + \lambda)^2\big) = \sigma^2 + \lambda^2$.

3 Montrer que pour tout $\lambda > 0$, $P(X - \mu \geqslant a) \leqslant \dfrac{\sigma^2 + \lambda^2}{(a + \lambda)^2}$.

Aide : on pourra utiliser le fait que $P(Z \geqslant \alpha) \leqslant P(Z^2 \geqslant \alpha^2)$ pour toute variable aléatoire Z.

4 En déduire que $P(|X-\mu| \geqslant a) \leqslant \dfrac{2\sigma^2}{a^2+\sigma^2}$.

5 Pour quelles valeurs de a obtient-on une meilleure inégalité que l'inégalité de Bienaymé-Tchebychev ?

Inégalité de concentration

10 Lancer de dé

★ 5 min Corrigé p. 395

Nouveau programme

On lance n fois un dé à 6 faces et on regarde la fréquence d'obtention de la face « 6 ».

Que peut-on dire de cette fréquence quand n devient grand ?

11 Nombre de tirages

★ 10 min Corrigé p. 396

Nouveau programme

Une urne contient 2 boules rouges et 3 boules noires. On tire successivement avec remise des boules de cette urne. À partir de combien de tirages est-on sûrs à 95% que la proportion de boules rouges tirées n'est pas dans l'intervalle $]0{,}35; 0{,}45[$?

12 Marche aléatoire

★ 15 min Corrigé p. 397

Nouveau programme

On considère une marche aléatoire sur $\mathbb{Z}$ définie de la façon suivante : on part de 0 et, à chaque étape,

- on a une probabilité p de faire un pas vers la droite ;
- on a une probabilité $1-p$ de faire un pas vers la gauche.

Autrement dit, on considère une suite de variables aléatoires $(X_n)_{n\geqslant 1}$ indépendantes et de même loi donnée par :

$$\forall n \in \mathbb{N}^*, \quad P(X_n = 1) = p \qquad \text{et} \qquad P(X_n = -1) = 1 - p.$$

On note $S_n = X_1 + \cdots + X_n$.

1 Que représente S_n dans le contexte de cet exercice ?

2 Exprimer, en fonction de p, $E(X_k)$.

3 Que vaut $\lim\limits_{n\to+\infty} \dfrac{S_n}{n}$.

13 Inégalité de concentration ★★ 15 min Corrigé p. 397

Nouveau programme

On se propose dans cet exercice de démontrer l'inégalité de concentration qui stipule que si $X_1, X_2, \ldots, X_n$ sont n variables aléatoires discrètes réelles indépendantes ayant toutes la même loi d'espérance μ et de variance σ^2 alors,

$$P\left(\left|\frac{X_1 + \cdots + X_n}{n} - \mu\right| \geqslant \delta\right) \leqslant \frac{\sigma^2}{n\delta^2}.$$

On pose $M_n = \dfrac{X_1 + X_2 + \cdots + X_n}{n}$.

1 Exprimer $E(M_n)$ et $V(M_n)$ en fonction de μ, n et σ^2.

2 Appliquer l'inégalité de Bienaymé-Tchebychev à la variable M_n, puis conclure.

14 Le problème du chevalier de Méré ★★★ 20 min Corrigé p. 398

Nouveau programme

1 A-t-on plus ou moins d'une chance sur deux d'obtenir au moins un « 6 » en lançant quatre dés équilibrés ?

2 On considère l'expérience $\mathcal{E}_n$ consistant à effectuer n simulations de lancers de quatre dés. On note alors f_n la fréquence d'apparition d'au moins un « 6 » à l'issue de $\mathcal{E}_n$.

Écrire une fonction Python nommée `simulation(n)` permettant de renvoyer f_n.

3 En utilisant l'inégalité de concentration, déterminer une valeur de n pour avoir $P(f_n > 0{,}5) \geqslant 0{,}95$.

COURS INTERROS CORRIGÉS

1 V/F Connaissances du cours

Énoncé p. 384

1 *Faux*. Selon l'inégalité de Markov, $P(X \geqslant a) \leqslant \dfrac{E(X)}{a}$, ce qui donne dans notre cas :

$$P(X \geqslant 10) \leqslant \frac{9}{10}.$$

2 *Vrai*. En effet, d'après l'inégalité de Bienaymé-Tchebychev,

$$P\big(|X - E(X)| \geqslant \delta\big) \leqslant \frac{V(X)}{\delta^2}$$

ce qui donne dans notre cas :

$$P\big(|X - 7| \geqslant 18\big) \leqslant \frac{9}{18^2}$$

soit :

$$P\big(|X - 7| \geqslant 18\big) \leqslant \frac{1}{36} < 0{,}028.$$

3 *Vrai*. Notons X_k le nombre de points lors du k-ième tirage ($X_k = 0$ ou $X_k = 1$).

C'est une variable de Bernoulli d'espérance $\mu = \dfrac{4}{32} = \dfrac{1}{8} = \dfrac{125}{1\,000}$ et de variance $\sigma^2 = \dfrac{1}{8}\left(1 - \dfrac{1}{8}\right) = \dfrac{7}{64}$. D'après l'inégalité de concentration (les X_k étant implicitement indépendantes),

$$\begin{aligned} &P\left(|X_1 + \cdots + X_{1\,000} - 125| \geqslant 15\right) \\ &= P\left(\left|\frac{X_1 + \cdots + X_{1\,000}}{1\,000} - \frac{125}{1\,000}\right| \geqslant \frac{15}{1\,000}\right) \\ &\leqslant \frac{\frac{7}{64}}{1\,000 \times \left(\frac{15}{1\,000}\right)^2} \\ &< 0{,}49 \\ &< 0{,}5. \end{aligned}$$

2 Lancer de dé

Énoncé p. 384

Nouveau programme

Soit S la variable aléatoire comptant le nombre d'apparitions du chiffre 1 au cours de ces lancers. S suit une loi binomiale de paramètres 3 600 et $\dfrac{1}{6}$. On sait donc que :

$$E(S) = \frac{1}{6} \times 3\,600 = 600 \qquad \text{et} \qquad V(S) = \frac{1}{6} \times \frac{5}{6} \times 3\,600 = 500.$$

De plus,

$$480 < S < 720 \iff -120 < S - 600 < 120 \iff |S - 600| < 120.$$

Par l'inégalité de Bienaymé-Tchebychev, on obtient :

$$P(|S-600| \geqslant 120) \leqslant \frac{500}{120^2} \leqslant 0{,}035.$$

On en déduit que :

$$P(480 < S < 720) \geqslant 1 - 0{,}035$$

soit :

$$P(480 < S < 720) \geqslant 0{,}965.$$

En particulier, la probabilité que le numéro 1 apparaisse strictement entre 480 et 720 fois au cours de ces 3 600 lancers est supérieure à 0,96.

3 Usine de pièces

Énoncé p. 384

Nouveau programme

1 Notons X la variable aléatoire représentant le nombre de pièces. En utilisant l'inégalité de Markov, on obtient :

$$P(X \geqslant 75) \leqslant \frac{E(X)}{75}$$

soit :

$$P(X \geqslant 75) \leqslant \frac{2}{3}.$$

2 L'inégalité de Bienaymé-Tchebychev donne :

$$P(|X-50| \geqslant 25) \leqslant \frac{V(X)}{25^2}$$

soit :

$$P(|X-50| \geqslant 25) \leqslant \frac{5^2}{25^2}$$

et donc :

$$P(|X-50| \geqslant 25) \leqslant 0{,}04.$$

Ainsi, $P(X \geqslant 75) \leqslant 0{,}04$.

4 Particules émises

Énoncé p. 385

Nouveau programme

On utilise l'inégalité de Bienaymé-Tchebychev :

$$P(|X-10^2| \geqslant 10^3 - 10^2) \leqslant \frac{V(X)}{\left(10^3-10^2\right)^2}$$

pour trouver finalement :

$$P(|X-10^2| \geqslant 10^3 - 10^2) \leqslant 0{,}000\,123\,456\,790\,123.$$

Ainsi, $P(X \geqslant 10^3) = P(X - 10^2 \geqslant 10^7 - 10^2)$

$$P(|X-10^2| \geqslant 10^3 - 10^2) \leqslant 0{,}000\,124.$$

5 Pièces défectueuses

Énoncé p. 385

Nouveau programme

1 X_n est la somme de n variables aléatoires de Bernoulli indépendantes de paramètre p. Ainsi, X_n suit la loi binomiale $\mathcal{B}(n;\, p)$. On en déduit alors que :

$$E(X_n) = np \qquad \text{et} \qquad V(X_n) = np(1-p).$$

2 D'après l'inégalité de Bienaymé-Tchebychev,

$$\forall\,\delta > 0, \quad P\big(|X_n - np| \geqslant \delta\big) \leqslant \frac{np(1-p)}{\delta^2}.$$

Or,

$$|X_n - np| \geqslant \delta \iff \left|\frac{X_n}{n} - p\right| \geqslant \frac{\delta}{n}$$

En posant $\varepsilon = \dfrac{\delta}{n}$, on obtient alors :

$$\forall\,\varepsilon > 0, \quad P\left(\left|\frac{X_n}{n} - p\right| \geqslant \varepsilon\right) \leqslant \frac{np(1-p)}{n^2\varepsilon^2}$$

que l'on peut aussi écrire, en simplifiant par n le dernier membre, sous la forme :

$$\forall\,\varepsilon > 0, \quad P\left(\left|\frac{X_n}{n} - p\right| \geqslant \varepsilon\right) \leqslant \frac{1}{n\varepsilon^2}p(1-p).$$

De plus, la fonction $p \mapsto p(1-p)$ définie sur $[0;\, 1]$ est une fonction de degré 2 admettant un maximum pour $p = \dfrac{1}{2}$ qui vaut $\dfrac{1}{4}$, donc :

$$p(1-p) \leqslant \frac{1}{4}.$$

L'inégalité devient alors :

$$\forall\,\varepsilon > 0, \quad P\left(\left|\frac{X_n}{n} - p\right| \geqslant \varepsilon\right) \leqslant \frac{1}{4n\varepsilon^2}.$$

3 On cherche ici un entier n tel que :

$$P\left(\left|\frac{X_n}{n} - p\right| < 10^{-2}\right) \geqslant 0{,}95$$

que l'on peut aussi écrire, en considérant l'événement contraire :

$$P\left(\left|\frac{X_n}{n} - p\right| \geqslant 10^{-2}\right) \leqslant 0{,}05.$$

D'après l'inégalité obtenue à la question précédente, il suffit donc de trouver un entier n tel que :

$$\frac{1}{4n\left(10^{-2}\right)^2} \leqslant 0{,}05.$$

ce qui revient à prendre n tel que $n \geqslant \dfrac{1}{4 \times 0{,}05 \times (10^{-2})^2}$, soit $n \geqslant 500$.

6 Inégalité de Markov

Énoncé p. 385

Nouveau programme

1 On peut « couper » la somme désignant l'espérance de X en deux sommes : la première comportant toutes les valeurs de X inférieures strictement à a et la seconde comportant les valeurs de X supérieures ou égales à a, ce qui donne :

$$E(X) = \sum_{x_k \geqslant a} x_k P(X = x_k) \quad + \quad \sum_{x_k < a} x_k P(X = x_k).$$

2 On sait que $X \geqslant 0$ donc, pour tout entier k compris entre 1 et n, $x_k \geqslant 0$. De plus, une probabilité est toujours supérieure ou égale à 0.

Ainsi, pour tout entier $k \in [1; n]$, $x_k P(X = x_k) \geqslant 0$, ce qui implique que :

$$\sum_{x_k < a} x_k P(X = x_k) \geqslant 0.$$

3 De la question précédente, on déduit que :

$$E(X) \geqslant \sum_{x_k \geqslant a} x_k P(X = x_k).$$

Or, dans cette somme, $x_k \geqslant a$, ce qui implique :

$$E(X) \geqslant \sum_{x_k \geqslant a} a P(X = x_k)$$

soit :

$$E(X) \geqslant a \sum_{x_k \geqslant a} P(X = x_k).$$

De plus, par définition :

$$\sum_{x_k \geqslant a} P(X = x_k) = P(X \geqslant a)$$

ce qui implique alors :

$$E(X) \geqslant a P(X \geqslant a).$$

On en déduit alors, en divisant par $a \neq 0$:

$$\frac{E(X)}{a} \geqslant P(X \geqslant a).$$

7 Inégalité de Bienaymé-Tchebychev

Énoncé p. 386

Nouveau programme

Par définition, Y est une variable aléatoire à valeurs positives et :

$$E(Y) = E\left[(X - E(X))^2\right] = V(X).$$

L'inégalité de Markov appliquée à Y donne alors pour tout $a > 0$:

$$P(Y \geqslant a) \leqslant \frac{E(Y)}{a}$$

$$\text{donc } P\left(\left(X - E(X)\right)^2 \geqslant a\right) \leqslant \frac{V(X)}{a}.$$

Posons alors $a = \delta^2$ avec $\delta > 0$. On obtient alors :

$$P\left(\left(X - E(X)\right)^2 \geqslant \delta^2\right) \leqslant \frac{V(X)}{\delta^2}.$$

Or, $\left(X - E(X)\right)^2 \geqslant \delta^2 \iff \left|X - E(X)\right| \geqslant \delta$

car $\delta > 0$. Cela donne alors, pour tout $\delta > 0$:

$$P\left(\left|X - E(X)\right| \geqslant \delta\right) \leqslant \frac{V(X)}{\delta^2}.$$

8 Combien de lancers de dé ?

Énoncé p. 386

Nouveau programme

Commençons par poser X la variable aléatoire représentant le nombre de « 1 » obtenus.

X suit alors la loi $\mathcal{B}\left(n; \frac{1}{6}\right)$ et a donc une espérance égale à $\frac{n}{6}$ et une variance égale à $np(1-p) = \frac{5n}{36}$. On nous demande ici de trouver un entier n tel que :

$$P\left(0 \leqslant X \leqslant \frac{n}{3}\right) \geqslant \frac{1}{2}.$$

L'inégalité de Bienaymé-Tchebychev nous dit que :

$$\begin{aligned}
&\forall \delta > 0,\ P\left(\left|X - \frac{n}{6}\right| \geqslant \delta\right) \leqslant \frac{5n}{36\delta^2}\\
&\iff P\left[\left(X - \frac{n}{6} \leqslant -\delta\right) \cup \left(X - \frac{n}{6} \geqslant \delta\right)\right] \leqslant \frac{5n}{36\delta^2}\\
&\iff 1 - P\left(-\delta \leqslant X - \frac{n}{6} \leqslant \delta\right) \leqslant \frac{5n}{36\delta^2}\\
&\iff P\left(-\delta \leqslant X - \frac{n}{6} \leqslant \delta\right) \geqslant 1 - \frac{5n}{36\delta^2}.
\end{aligned}$$

On aimerait arriver à une inégalité avec $P\left(0 \leqslant X \leqslant \frac{n}{3}\right)$; cela nous pousse à prendre $\delta = \frac{n}{6}$ pour obtenir :

$$P\left(0 \leqslant X \leqslant \frac{n}{3}\right) \geqslant 1 - \frac{5}{n}.$$

Ainsi, il suffit de choisir un n tel que :

$$1 - \frac{5}{n} \geqslant \frac{1}{2} \iff n \geqslant 10.$$

Nous sommes donc assurés que pour $n \geqslant 10$, notre probabilité est supérieure à $\frac{1}{2}$.

Pour $n = 3$, on trouve que $P(X \leqslant 1) = \sum_{i=0}^{1} \binom{n}{i} p^i (1-p)^{n-i} \approx 0.926$, et on constate que la probabilité est supérieure à $\frac{1}{2}$. Cela pourrait nous faire croire que le résultat précédent est faux, mais il n'en est rien. En effet, l'inégalité de Bienaymé-Tchebychev nous permet uniquement d'affirmer que la probabilité est bien supérieure à $\frac{1}{2}$ pour $n \geqslant 10$ sans nous assurer que $n = 10$ est la valeur minimale...

9 Une variante

Énoncé p. 386

Nouveau programme

1 On a :

$$X - \mu \geqslant a \iff X - \mu + \lambda \geqslant a + \lambda$$

donc la probabilité des deux événements $(X - \mu \geqslant a)$ et $(X - \mu + \lambda \geqslant a + \lambda)$ sont égales.

2 Par linéarité de l'espérance, on a :

$$\begin{aligned} E\big((X - \mu + \lambda)^2\big) &= E\big((X - \mu)^2 + 2(X - \mu)\lambda + \lambda^2\big) \\ &= \underbrace{E\big((X - \mu)^2\big)}_{=V(X)} + 2\lambda \underbrace{E(X - \mu)}_{=0} + \lambda^2 \\ &= \sigma^2 + \lambda^2. \end{aligned}$$

3 Dans un premier temps, on a :

$$P(X - \mu \geqslant a) = P(X - \mu + \lambda \geqslant a + \lambda).$$

Or,

$$P(X - \mu + \lambda \geqslant a + \lambda) \leqslant P\big((X - \mu + \lambda)^2 \geqslant (a + \lambda)^2\big).$$

Ainsi,

$$P(X - \mu \geqslant a) \leqslant P\big((X - \mu + \lambda)^2 \geqslant (a + \lambda)^2\big).$$

En appliquant l'inégalité de Markov à la variable aléatoire $(X - \mu + \lambda)^2$, on obtient :

$$P\big((X - \mu + \lambda)^2 \geqslant (a + \lambda)^2\big) \leqslant \frac{E\big[(X - \mu + \lambda)^2\big]}{(a + \lambda)^2}.$$

Ainsi,

$$P(X - \mu \geqslant a) \leqslant \frac{E\big[(X - \mu + \lambda)^2\big]}{(a + \lambda)^2}$$

d'où :

$$P(X - \mu \geqslant a) \leqslant \frac{\sigma^2 + \lambda^2}{(a + \lambda)^2}.$$

4 Posons $f(\lambda) = \dfrac{\sigma^2 + \lambda^2}{(a+\lambda)^2}$, avec $\lambda \geqslant 0$.

Sa dérivée vaut :

$$f'(\lambda) = 2\frac{a\lambda - \sigma^2}{(a+\lambda)^3}.$$

On en déduit que $f'(\lambda) > 0 \iff \lambda > \dfrac{\sigma^2}{a}$. Notamment, f admet un minimum en $\lambda = \dfrac{\sigma^2}{a}$, et ce minimum vaut $\dfrac{\sigma^2}{\sigma^2 + a^2}$.

Ainsi,

$$P(X - \mu \geqslant a) \leqslant \frac{\sigma^2}{\sigma^2 + a^2}.$$

On peut écrire :

$$\big(|X-\mu| \geqslant a\big) = \big(X - \mu \geqslant a\big) \cup \big(\mu - X \geqslant a\big).$$

Les deux événements $\big(X - \mu \geqslant a\big)$ et $\big(\mu - X \geqslant a\big)$ étant disjoints,

$$P\big(|X-\mu| \geqslant a\big) = P\big(X - \mu \geqslant a\big) + P\big(\mu - X \geqslant a\big).$$

À l'aide de la question précédente, appliquée à X et à $-X$, d'espérances respectives μ et $-\mu$, on obtient :

$$P\big(|X-\mu| \geqslant a\big) \leqslant \frac{\sigma^2}{\sigma^2 + a^2} + \frac{\sigma^2}{\sigma^2 + a^2}$$

soit :

$$P\big(|X-\mu| \geqslant a\big) \leqslant \frac{2\sigma^2}{\sigma^2 + a^2}.$$

5 Cette dernière inégalité est meilleure que l'inégalité de Bienaymé-Tchebychev si :

$$\begin{aligned}
\frac{2\sigma^2}{\sigma^2 + a^2} < \frac{\sigma^2}{a^2} &\iff \frac{2}{\sigma^2 + a^2} < \frac{1}{a^2} \\
&\iff \frac{\sigma^2 + a^2}{2} > a^2 \\
&\iff \frac{\sigma^2 + a^2}{2} > \frac{2a^2}{2} \\
&\iff \sigma^2 > a^2 \\
&\iff a < \sigma \text{ car } a \text{ et } \sigma \text{ sont positifs.}
\end{aligned}$$

10 Lancer de dé

Énoncé p. 387

Nouveau programme

D'après le théorème de Khintchine (loi faible des grands nombres), si on note pour $1 \leqslant k \leqslant n$:

$$\begin{cases} X_k = 1 & \text{si on obtient un « 6 »} \\ X_k = 0 & \text{si on n'obtient pas un « 6 »} \end{cases}$$

où les X_k sont indépendantes et suivent la même loi de Bernoulli de probabilité $\frac{1}{6}$ et donc d'espérance $\mu = \frac{1}{6}$, on peut écrire pour tout $\delta > 0$:

$$\lim_{n \to +\infty} P\left(\left|\frac{X_1 + \cdots + X_n}{n} - \mu\right| \geqslant \delta\right) = 0$$

ce qui signifie que la fréquence $\frac{X_1 + \cdots + X_n}{n}$ se rapprochera de $\mu = \frac{1}{6}$ quand n deviendra de plus en plus grand.

11 Nombre de tirages

Énoncé p. 387

Nouveau programme

Pour $1 \leqslant k \leqslant n$, considérons l'événement : « une boule rouge est tirée lors du k-ième tirage ».

Notons alors X_k la variable aléatoire représentant le nombre de boules rouges obtenues lors du k-ième tirage. X_k suit la loi de Bernoulli de probabilité $\frac{2}{5}$, a pour espérance $\mu = \frac{2}{5} = 0{,}4$ et pour variance $\sigma^2 = \frac{2}{5} \times \frac{3}{5} = 0{,}24$.

La proportion de boules rouges obtenues après n tirages est $M_n = \frac{X_1 + \cdots + X_n}{n}$.

On cherche donc la première valeur de n à partir de laquelle :

$$P(|M_n - 0{,}4| \geqslant 0{,}05) \leqslant 0{,}95.$$

L'inégalité de concentration nous dit que, pour $\delta = 0{,}05$:

$$P(|M_n - 0{,}4| \geqslant 0{,}05) \leqslant \frac{0{,}24}{0{,}0025n}.$$

Une valeur de n satisfaisante est donc la plus petite valeur de n telle que :

$$\begin{aligned}
\frac{0{,}24}{0{,}0025n} \leqslant 0{,}05 &\iff \frac{0{,}0025n}{0{,}24} \geqslant \frac{1}{0{,}05} \\
&\iff 0{,}0025n \geqslant \frac{0{,}24}{0{,}05} \\
&\iff n \geqslant \frac{0{,}24}{0{,}05 \times 0{,}0025} \\
&\iff n \geqslant 1\,920.
\end{aligned}$$

Ce dernier résultat nous assure à 95% que la proportion de boules rouges tirées se trouve dans l'intervalle $]0{,}35; 0{,}45[$.

Remarque : si l'on effectue des simulations de cette expérience, on peut se rendre compte que l'on obtient une proportion dans l'intervalle pour des valeurs de n plus petites. Il est donc important de se souvenir que l'inégalité de concentration nous assure une valeur de n adéquate mais qu'elle n'est pas toujours minimale.

12 Marche aléatoire

Énoncé p. 387

Nouveau programme

1 Regardons les premières valeurs de S_n :

- $S_1 \in \{-1; 1\}$ car X_1 ne peut prendre pour valeurs que -1 ou 1 ;
- $S_2 \in \{-1-1; -1+1; 1-1; 1+1\}$ soit $S_2 \in \{-2; 0; 2\}$;
- $S_3 \in \{-3; -1; 1; 3\}$.

On s'aperçoit que S_n est la position à laquelle nous nous trouvons dans $\mathbb{Z}$ à la fin de l'étape n.

2

$$\begin{aligned}\mu = E(X_k) &= 1 \times P(X_k = 1) + (-1) \times P(X_k = -1)\\ &= 1 \times p + (-1) \times (1-p)\\ &= 2p - 1.\end{aligned}$$

3 $\dfrac{S_n}{n} = \dfrac{X_1 + \cdots + X_n}{n}$ et d'après le théorème de Khintchine (loi faible des grands nombres),

$$\forall \delta > 0, \quad \lim_{n \to +\infty} P\left(\left|\frac{S_n}{n} - \mu\right| \geqslant \delta\right) = 0$$

Cela signifie donc que $\lim\limits_{n \to +\infty} \dfrac{S_n}{n} = 2p - 1$.

13 Inégalité de concentration

Énoncé p. 388

Nouveau programme

1 Par linéarité de l'espérance, on a :

$$\begin{aligned}E(M_n) &= E\left(\frac{X_1 + \cdots + X_n}{n}\right)\\ &= \frac{1}{n} E(X_1 + \cdots + X_n)\\ &= \frac{1}{n}\left[E(X_1) + \cdots + E(X_n)\right]\\ &= \frac{1}{n}(\mu + \cdots + \mu)\\ &= \frac{1}{n} \times n\mu\\ E(M_n) &= \mu.\end{aligned}$$

De plus, comme les X_k sont indépendantes, on a :

$$\begin{aligned} V(M_n) &= V\left(\frac{X_1+\cdots+X_n}{n}\right) \\ &= \frac{1}{n^2}V(X_1+\cdots+X_n) \\ &= \frac{1}{n^2}\big[V(X_1)+\cdots+V(X_n)\big] \\ &= \frac{1}{n^2}(\sigma^2+\cdots+\sigma^2) \\ V(M_n) &= \frac{\sigma^2}{n}. \end{aligned}$$

2 D'après l'inégalité de Bienaymé-Tchebychev appliquée à M_n, pour tout $\delta > 0$, on a :

$$P\big(|M_n-\mu| \geqslant \delta\big) \leqslant \frac{\sigma^2}{n\delta^2}.$$

On retrouve l'inégalité de concentration.

14 Le problème du chevalier de Méré

Énoncé p. 388

Nouveau programme

1 Avant tout, on peut considérer que lancer 4 dés est équivalent à tirer successivement un dé 4 fois de façon indépendante. La probabilité d'obtenir un « 6 » lors d'un lancer est $\frac{1}{6}$.
Ainsi, le nombre de « 6 » obtenus à l'issue des 4 lancers de dés peut être représenté par une variable aléatoire X suivant la loi $\mathcal{B}\left(4;\frac{1}{6}\right)$.

Ainsi, $P(X=0)=\left(1-\frac{1}{6}\right)^4=\left(\frac{5}{6}\right)^4$.

Par conséquent, la probabilité d'obtenir au moins un « 6 » à l'issue des 4 lancers de dés est :

$$P(X \geqslant 1) = 1-P(X=0) = 1-\left(\frac{5}{6}\right)^4 \approx 0{,}518.$$

Ainsi, on a plus d'une chance sur deux d'obtenir au moins un « 6 » en lançant quatre dés équilibrés.

2 Voici une proposition de programme écrit en Python :

```
from random import randint
def simulation(n):
    # nombre de fois que l'on obtient au moins un "6"
    nombre = 0
```

(suite du programme page suivante)

```
# simulation de n lancers de 4 dés
  for i in range(n):
      nombre_de_six = 0
      for j in range(4):
          d = randint(1,6)
          if d == 6:
              nombre_de_six += 1
      if nombre_de_six > 0:
          nombre += 1
  return nombre/n
```

3 Pour cette question, on peut considérer l'épreuve constituée d'un lancer de 4 dés . C'est une épreuve de Bernoulli de probabilité $p = 1 - \left(\frac{5}{6}\right)^4$ d'après la question 1.

Ainsi, $\mathcal{E}_n$ est un schéma de Bernoulli de paramètres n et p.

Notons alors $Y_k = 1$ si au moins un « 6 » a été obtenu lors du k-ième lancer, $Y_k = 0$ sinon. Ainsi,

$$f_n = \frac{Y_1 + \cdots + Y_n}{n}.$$

De plus,

$$\begin{aligned} f_n < 0{,}5 &\iff -f_n > -0{,}5 \\ &\iff p - f_n > p - 0{,}5 \\ &\Rightarrow \left|\frac{Y_1 + \cdots + Y_n}{n} - p\right| \geqslant p - 0{,}5 \text{ (car } p > 0{,}5). \end{aligned}$$

On a alors :

$$\begin{aligned} P(f_n \leqslant 0{,}5) &\leqslant P\left(\left|\frac{Y_1 + \cdots + Y_n}{n} - p\right| \geqslant p - 0{,}5\right) \\ &\leqslant \frac{p(1-p)}{(p-0{,}5)^2 \times n} \text{ (d'après l'inégalité de concentration).} \end{aligned}$$

D'où :

$$P(f_n > 0{,}5) \geqslant 1 - \frac{p(1-p)}{(p-0{,}5)^2 \times n}.$$

Il suffit de prendre n tel que :

$$\begin{aligned} 1 - \frac{p(1-p)}{(p-0{,}5)^2 \times n} \leqslant 0{,}05 &\iff n \geqslant \frac{p(1-p)}{(o-0{,}5)^2 \times 0{,}05} \\ &\iff n \geqslant 15\,856. \end{aligned}$$

Ainsi, en effectuant au moins 15 856 simulations de lancers de 4 dés, on aura plus d'une chance sur deux d'obtenir au moins un « 6 » avec une probabilité d'au moins 95%.

Chapitre 13

Géométrie vectorielle dans l'espace

Plan du chapitre

Exercice type 1 — Lycée Lafayette, Clermont-Ferrand

Soit $ABCDEFGH$ un pavé droit.

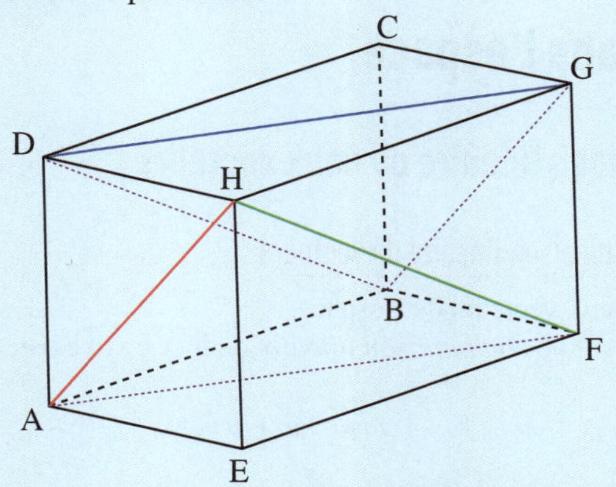

Démontrer que les plans (AFH) et (BDG) sont parallèles.

Voir corrigé page 404

1 Droite dans l'espace

1.1 Caractérisation

Propriété 1

Toute droite $\mathcal{D}$ de l'espace est définie par un point A et un vecteur non nul $\vec{u}$.
On dit que $\vec{u}$ est un *vecteur directeur* de la droite.
$\mathcal{D}$ est l'ensemble des points M de l'espace tels que :

$$\overrightarrow{AM} = k\vec{u}, \quad k \in \mathbb{R}.$$

1.2 Droites parallèles

Définition 1 : vecteurs colinéaires

Deux vecteurs de l'espace sont dits *colinéaires* s'ils ont la même direction.

Définition 2 : droites parallèles

Deux droites de l'espace sont dites *parallèles* si leurs vecteurs directeurs sont colinéaires.

⚠ ATTENTION

Dans l'espace, deux droites qui ne se coupent pas ne sont pas nécessairement parallèles.

2 Plan dans l'espace

2.1 Combinaison linéaire de deux vecteurs

Définition 3 : combinaison linéaire de vecteurs

Soient $\vec{u}$ et $\vec{v}$ deux vecteurs de l'espace.
On dit que $\vec{w}$ est une *combinaison linéaire* de $\vec{u}$ et $\vec{v}$ s'il existe deux réels λ et μ tels que :

$$\vec{w} = \lambda\vec{u} + \mu\vec{v}.$$

2.2 Caractérisation d'un plan dans l'espace

Propriété 2

Tout plan de l'espace est défini par un point A et un couple de vecteurs non colinéaires $(\vec{u}, \vec{v})$.
On dit que le plan est dirigé par le couple $(\vec{u}, \vec{v})$.

Remarque : ainsi, pour tout point M du plan défini par un point A et un couple de vecteurs $(\vec{u}, \vec{v})$, $\overrightarrow{AM}$ est une combinaison linéaire de $\vec{u}$ et $\vec{v}$.

Définition 4 : base et repère d'un plan

Soit un plan défini par un point A et un couple de vecteurs $(\vec{u}, \vec{v})$.
$(\vec{u}, \vec{v})$ est appelé une *base* du plan.
$(A; \vec{u}, \vec{v})$ est appelé un *repère* du plan.

2.3 Plans parallèles

Définition 5

Soient deux plans de l'espace $\mathcal{P}_1$, dirigé par $(\vec{u_1},\vec{v_1})$, et $\mathcal{P}_2$, dirigé par $(\vec{u_2},\vec{v_2})$. $\mathcal{P}_1$ et $\mathcal{P}_2$ sont dits *parallèles* si $\vec{u_1}$ et $\vec{u_2}$ d'une part, $\vec{v_1}$ et $\vec{v_2}$ d'autre part, sont colinéaires.

3 Vecteurs coplanaires et repère de l'espace

3.1 Vecteurs coplanaires

Définition 6

Trois vecteurs $\vec{u}$, $\vec{v}$ et $\vec{w}$ de l'espace non deux à deux colinéaires sont dits *coplanaires* si l'un est une combinaison linéaire des deux autres.

Remarque : si deux des trois vecteurs sont colinéaires alors les trois vecteurs sont nécessairement coplanaires.

3.2 Repère de l'espace

Propriété 3

Si $\vec{u}$, $\vec{v}$ et $\vec{w}$ sont trois vecteurs non coplanaires de l'espace, pour tout vecteur $\vec{t}$ de l'espace, il existe un triplet unique de réels $(a\,;b\,;c)$ tel que $\vec{t} = a\vec{u} + b\vec{v} + c\vec{w}$.

Définition 7 : repère de l'espace

Un repère de l'espace est défini par un point A et un triplet de 3 vecteurs non coplanaires $(\vec{u},\vec{v},\vec{w})$.

Propriété 4

Dans le repère $(A\,;\vec{u},\vec{v},\vec{w})$, pour tout point M de l'espace il existe un triplet unique de réels $(x\,;y\,;z)$ tel que $\overrightarrow{AM} = x\vec{u} + y\vec{v} + z\vec{w}$.

Définition 8 : coordonnées d'un point et d'un vecteur de l'espace

Dans le repère $(A\,;\vec{u},\vec{v},\vec{w})$, si un point M est tel que $\overrightarrow{AM} = x\vec{u} + y\vec{v} + z\vec{w}$ alors $(x;\,y;\,z)$ constitue les coordonnées du point M, mais aussi du vecteur $\overrightarrow{AM}$ dans ce repère.

Les calculs sur les coordonnées dans l'espace se font comme les calculs sur les coordonnées dans le plan.

Solution de l'exercice type 1 — **Lycée Lafayette, Clermont-Ferrand**

Montrons que les deux plans sont dirigés par le même couple de vecteurs :
D'après la relation de Chasles :

$$\overrightarrow{AH} = \overrightarrow{AE} + \overrightarrow{EH}.$$

$ABCDEFGH$ est un pavé droit donc :

$$\overrightarrow{AH} = \overrightarrow{BF} + \overrightarrow{FG}$$

et finalement :

$$\overrightarrow{AH} = \overrightarrow{BG}.$$

On montre de même que $\overrightarrow{FH} = \overrightarrow{BD}$.

Par leur position sur le pavé, les points A, H et F ne sont pas alignés, donc les vecteurs $\overrightarrow{AH}$ et $\overrightarrow{FH}$ ne sont pas colinéaires et dirigent le plan (AHF). De même, les vecteurs $\overrightarrow{BG}$ et $\overrightarrow{BD}$ dirigent le plan (BDG). Les deux plans étant dirigés par le même couple de vecteurs, ces plans sont parallèles.

Voir énoncé page 401

4 Représentations paramétriques

Exercice type 2 — **Lycée René Descartes, Cournon**

L'espace est muni d'un repère $(O\ ; \vec{i}, \vec{j}, \vec{k})$. La droite $\mathcal{D}$ passe par le point A de coordonnées $(2\ ; -1\ ; 1)$ et a pour vecteur directeur $\vec{u}$ de coordonnées $(2\ ; 2\ ; 1)$.
$\mathcal{P}$ est le plan parallèle à $\mathcal{D}$, passant par les points $B(0\ ; 1\ ; 2)$ et $C(-2\ ; 3\ ; 2)$.

1 Déterminer une représentation paramétrique de la droite $\mathcal{D}$.

2 Déterminer un repère du plan $\mathcal{P}$ et en déduire une représentation paramétrique du plan $\mathcal{P}$.

3 Le plan $\mathcal{P}'$ de représentation paramétrique :

$$\begin{cases} x = 2m + n + 5 \\ y = 2m + 1 \\ z = m + n - 2 \end{cases} \quad \text{avec } m \text{ et } n \text{ dans } \mathbb{R}$$

est-il parallèle au plan $\mathcal{P}$?

Voir corrigé page 405

4.1 Représentation paramétrique d'une droite

L'espace est muni d'un repère $(O\ ; \vec{i}, \vec{j}, \vec{k})$.

Soit $\mathcal{D}$ la droite passant par le point A de coordonnées $(x_A\ ; y_A\ ; z_A)$ et de vecteur directeur $\vec{u}$ de coordonnées $(a\ ; b\ ; c)$.

Théorème 1

$$M(x; y; z) \in \mathcal{D} \iff \begin{cases} x = x_A + at \\ y = y_A + bt \\ z = z_A + ct \end{cases}, \quad t \in \mathbb{R}.$$

C'est une représentation paramétrique de $\mathcal{D}$.

⚠ ATTENTION

Cette représentation paramétrique n'est pas unique et dépend du vecteur directeur et du point choisi sur la droite !

Exemple : la droite caractérisée par la représentation paramétrique suivante :

$$\begin{cases} x = -1 + 3t \\ y = 2 - t \\ z = 5 + 7t \end{cases}, \quad t \in \mathbb{R}.$$

passe par le point $A(-1; 2; 5)$ et a pour vecteur directeur $\vec{u}(3; -1; 7)$.

4.2 Représentation paramétrique d'un plan

Théorème 2

L'espace est muni d'un repère $(O ; \vec{i}, \vec{j}, \vec{k})$.
On considère le plan $\mathcal{P}$ de repère $(A ; \vec{u}, \vec{v})$. Le point A a pour coordonnées $(x_A ; y_A ; z_A)$ et les vecteurs $\vec{u}$ et $\vec{v}$ ont pour coordonnées respectives $(a ; b ; c)$ et $(a' ; b' ; c')$.
Alors le système :

$$\begin{cases} x = ka + ta' + x_A \\ y = kb + tb' + y_A \\ z = kc + tc' + z_A \end{cases} \quad \text{avec } k \in \mathbb{R} \text{ et } t \in \mathbb{R}.$$

est appelé une représentation paramétrique du plan $\mathcal{P}$.

Solution de l'exercice type 2 — Lycée René Descartes, Cournon

1 Une représentation paramétrique de $\mathcal{D}$ est :

$$\begin{cases} x = 2k + 2 \\ y = 2k - 1 \\ z = k + 1 \end{cases} \quad \text{avec } k \in \mathbb{R}.$$

...

Solution de l'exercice type 2 (suite)

Lycée René Descartes, Cournon

2 Le vecteur $\overrightarrow{BC}$ a pour coordonnées $(-2-0\,;3-1\,;2-2)$, c'est-à-dire $(-2\,;2\,;0)$.

Les vecteurs $\overrightarrow{BC}$ et $\vec{u}$ ne sont pas colinéaires car leurs coordonnées ne sont pas proportionnelles. Le plan $\mathcal{P}$ admet donc comme repère $(B\,;\vec{u},\overrightarrow{BC})$. Une représentation paramétrique de $\mathcal{P}$ est donc :

$$\begin{cases} x = 2t - 2t' \\ y = 2t + 2t' + 1 \\ z = t + 2 \end{cases} \quad \text{avec } t \in \mathbb{R} \text{ et } t' \in \mathbb{R}.$$

3 Le plan $\mathcal{P}'$ est dirigé par le couple de vecteurs de coordonnées $(2\,;2\,;1)$ et $(1\,;0\,;1)$. Le premier vecteur est le vecteur $\vec{u}$. Le vecteur $\vec{v}$ de coordonnées $(1\,;0\,;1)$ est-il coplanaire à $\vec{u}$ et $\overrightarrow{BC}$? En d'autres termes, existe-t-il deux réels a et b tels que $\vec{v} = a\vec{u} + b\overrightarrow{BC}$? Cette équation vectorielle donne un système de 3 équations dans $\mathbb{R}$, à deux inconnues a et b :

$$\begin{cases} 1 = 2a - 2b \\ 0 = 2a + 2b \\ 1 = a \end{cases}$$

Ce système n'admet pas de solution.

Le vecteur $\vec{v}$ ne peut pas s'exprimer en fonction de $\vec{u}$ et $\overrightarrow{BC}$, donc le plan $\mathcal{P}'$ ne peut pas être dirigé par ces deux vecteurs. Il n'est donc pas parallèle à $\mathcal{P}$.

Voir énoncé page 404

1 V/F Points alignés ou coplanaires

10 min Corrigé p. 412

L'espace est muni d'un repère $(O; \vec{i}, \vec{j}, \vec{k})$.
Parmi les affirmations suivantes, quelles sont celles qui sont exactes ?

1 Les points $A(1 ; 2 ; 1)$, $B(0 ; 2 ; 2)$ et $C(0 ; 0 ; 5)$ sont alignés.

2 Les points $A(5 ; 4 ; 2)$, $B(1 ; 2 ; 2)$, $C(3 ; 5 ; 2)$ et $D(-5 ; -2 ; 2)$ sont coplanaires.

3 On considère les quatre points $A(1 ; 0 ; 1)$, $B(-1 ; 2 ; 5)$, $C(2 ; 4 ; 6)$ et $D(5 ; 1 ; 0)$. Les droites (AB) et (CD) sont parallèles.

4 Les quatre points de la question précédente sont alignés.

2 V/F Vecteurs colinéaires et coplanaires

10 min Corrigé p. 412

Soient $\vec{u}$, $\vec{v}$ et $\vec{w}$ trois vecteurs non coplanaires de l'espace.
Parmi les affirmations suivantes, quelles sont celles qui sont exactes ?

1 Les vecteurs $\vec{u} + \vec{v}$, $\vec{u} + \vec{w}$ et $\vec{w} + \vec{v}$ ne sont pas coplanaires.

2 Les vecteurs $\vec{u}$, $\vec{v}$ et $\vec{u} + \vec{v} + \vec{w}$ ne sont pas coplanaires.

3 Les vecteurs $\vec{w} - \vec{u}$, $\vec{w} + \vec{v}$ et $\vec{u} + \vec{v}$ ne sont pas coplanaires.

4 Les vecteurs $\vec{u}$, $\vec{w} + \vec{v}$ et $\vec{w} - \vec{v}$ ne sont pas coplanaires.

3 V/F Représentation paramétrique d'une droite

10 min Corrigé p. 413

L'espace est rapporté au repère orthogonal $(O ; \vec{i}, \vec{j}, \vec{k})$. On considère le plan $\mathcal{P}$ de repère $(O ; \vec{i}, \vec{j} + \vec{k})$, ainsi que la droite $\mathcal{D}$ de représentation paramétrique :

$$\begin{cases} x = 1 + 2t \\ y = 2 - t \\ z = -3 - t \end{cases}, \quad t \in \mathbb{R}.$$

Parmi les propositions suivantes, quelles sont celles qui sont exactes ?

1 Le point M de coordonnées $(3 ; 1 ; -4)$ appartient à la droite $\mathcal{D}$.

2 Le vecteur $\vec{u}$ de coordonnées $(-2 ; 1 ; 1)$ est un vecteur directeur de la droite $\mathcal{D}$.

3 Le vecteur $\vec{v}$ de coordonnées $(1 ; 2 ; -3)$ est un vecteur directeur de la droite $\mathcal{D}$.

4 La droite $\mathcal{D}$ est parallèle au plan $\mathcal{P}$.

COURS INTERROS CORRIGÉS

4 Recherche de points ★ 10 min

Corrigé p. 413

Lycée Marie Curie, Sceaux

Existe-t-il cinq points non coplanaires A, B, C, D et E tels que :

$$\overrightarrow{BE} = 2\overrightarrow{BC} \quad \text{et} \quad \overrightarrow{AE} = 3\overrightarrow{AD} \quad ?$$

5 Plan et représentation paramétrique ★ 15 min

Corrigé p. 413

Lycée Guynemer, Compiègne

Dans un repère de l'espace, on considère les points $A(-2\,;\ 2\,;\,-1)$, $B(2\,;\,0\,;\,3)$, $C(-2\,;\,0\,;\,0)$, $D(0\,;\,-4\,;\,1)$ et $E(-2\,;\,-1\,;\,-2)$.

1. Vérifier que les points A, B et C déterminent bien un plan.
2. Montrer que le vecteur $\overrightarrow{DE}$ est colinéaire au vecteur $-\overrightarrow{AB} - 2\overrightarrow{AC}$.
   Que peut-on en déduire pour la droite (DE) ?
3. Donner une représentation paramétrique du plan (ABC).
   Le point D appartient-il à ce plan ?
4. Donner une représentation paramétrique de la droite (AB).

6 Position relative de deux droites ★ 20 min

Corrigé p. 415

Lycée Guynemer, Compiègne

Partie A

On donne ci-dessous les représentations paramétriques de deux droites :

$$(d_1)\ :\ \begin{cases} x = 1 + t \\ y = 2 - t \\ z = 3 + 2t \end{cases},\ t \in \mathbb{R} \qquad \text{et} \qquad (d_2)\ :\ \begin{cases} x = 3t \\ y = 1 + 2t \\ z = 2 - t \end{cases},\ t \in \mathbb{R}.$$

1. (d_1) et (d_2) sont-elles coplanaires ?
2. Soit (d_3) une droite parallèle à (d_1) et sécante à (d_2). Donner un point d'une telle droite, et un vecteur directeur.
3. Donner une équation paramétrique du plan contenant (d_2) et (d_3).

Partie B : Vrai ou faux ?

1. Si deux droites de l'espace sont parallèles à une même troisième, alors elles sont parallèles entre elles.
2. Si deux droites sont parallèles à un plan $\mathcal{P}$, alors elles sont parallèles entre elles.
3. Si deux droites de l'espace sont orthogonales à une même troisième, alors elles sont parallèles.

7 Repère de l'espace

★ 20 min Corrigé p. 416

Lycée La Bruyère, Versailles

L'espace est muni d'un repère $\left(O\,;\vec{i},\vec{j},\vec{k}\right)$.

On considère les points $A(2\,;4\,;-1)$, $B(3\,;1\,;2)$, $C(1\,;0\,;1)$, $D(3\,;2\,;1)$ et $E(1\,;2\,;0)$.

1. Démontrer que $\overrightarrow{AB}$, $\overrightarrow{AC}$ et $\overrightarrow{AD}$ ne sont pas coplanaires.
2. Déterminer les coordonnées du point M tel que $\overrightarrow{AM} = 2\overrightarrow{AB} - \overrightarrow{AC}$. Où se situe le point M ?
3. Déterminer les réels a, b et c tels que $\overrightarrow{AE} = a\overrightarrow{AB} + b\overrightarrow{AC} + c\overrightarrow{AD}$.

   Quelles sont les coordonnées de E dans le repère $(A;\,\overrightarrow{AB},\overrightarrow{AC},\overrightarrow{AD})$?

8 Positions relatives de deux droites

★ 20 min Corrigé p. 418

Lycée La Bruyère, Versailles

On considère la droite (d) de représentation paramétrique :

$$(d)\ :\ \begin{cases} x = 6 + t \\ y = 1 + 2t \\ z = 1 - t \end{cases} \quad , \quad t \in \mathbb{R}.$$

1. Donner les coordonnées d'un point A et d'un vecteur directeur $\vec{u}$ de (d).
2. Donner une représentation paramétrique de la droite (d') passant par le point $B(3\,;-3\,;-6)$ et de vecteur directeur $\vec{v}\begin{pmatrix}-1\\1\\2\end{pmatrix}$.
3. Les droites (d) et (d') sont-elles coplanaires ?
4. Démontrer qu'il existe un point C de (d) et un point D de (d') tels que le milieu du segment $[CD]$ soit le point I de coordonnées $(1\,;-2\,;3)$.

9 Plan médiateur d'un segment

★★ 25 min Corrigé p. 419

Lycée Hoche, Versailles

On considère un cube $ABCDEFGH$. On note I le centre de la face $ADHE$, J celui de la face $ABCD$, et K le milieu du segment $[IJ]$ (voir figure page suivante).

L'espace est rapporté au repère $\left(A\,;\overrightarrow{AB},\overrightarrow{AD},\overrightarrow{AE}\right)$.

1. Déterminer les coordonnées des points I, J et K dans ce repère.
2. Démontrer que les points A, K et G ne sont pas alignés.

3 **(a)** Démontrer que le plan médiateur du segment $[IJ]$ est le plan (AKG).

(b) Déterminer une équation cartésienne du plan (AKG) et une représentation paramétrique de ce plan.

(c) Vérifier que le point D appartient au plan (AKG).

4 Quel est le point d'intersection de la droite (AK) avec le plan (CDH) ?

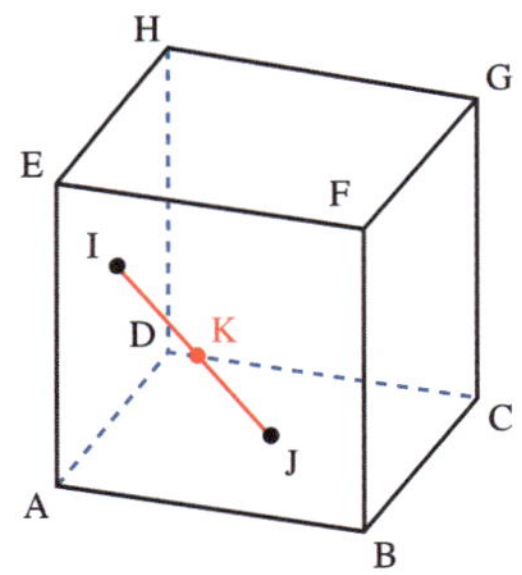

10 Dans un cube

★★ 25 min Corrigé p. 421

Lycée La Bruyère, Versailles

ABCDEFGH est un cube. I est le milieu de [AE] et L est le milieu de [CG]. J et K sont les points tels que $\overrightarrow{BJ} = \frac{1}{4}\overrightarrow{BA}$ et $\overrightarrow{BK} = \frac{1}{4}\overrightarrow{BC}$.

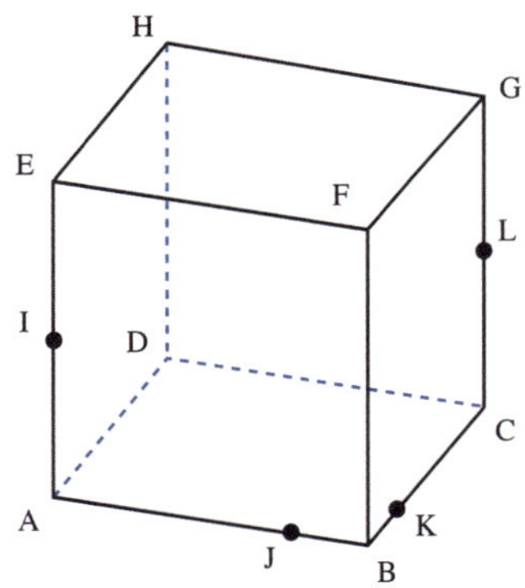

Le but de l'exercice est de démontrer que les droites (IJ), (KL) et (BF) sont concourantes.

1 **(a)** Montrer que le quadrilatère AILC est un parallélogramme.

(b) Démontrer que $\overrightarrow{JK} = \frac{1}{4}\overrightarrow{IL}$.

(c) Justifier que les droites (IJ) et (KL) sont sécantes en un point qu'on appellera R.

2 **(a)** Quelle est l'intersection des plans (AEB) et (BCG) ?

(b) Démontrer que R appartient à la droite (BF) et conclure.

11 Alignement de points

★★ 30 min Corrigé p. 422

Lycée Saint-Joseph Loquidy, Nantes

ABCDEFGH est un cube dans lequel :

- O est le milieu de $[AB]$;
- M et N sont les points tels que $\overrightarrow{AM} = \frac{1}{4}\overrightarrow{AH}$ et $\overrightarrow{BN} = \frac{1}{4}\overrightarrow{BD}$;
- I est le milieu du segment $[MN]$.

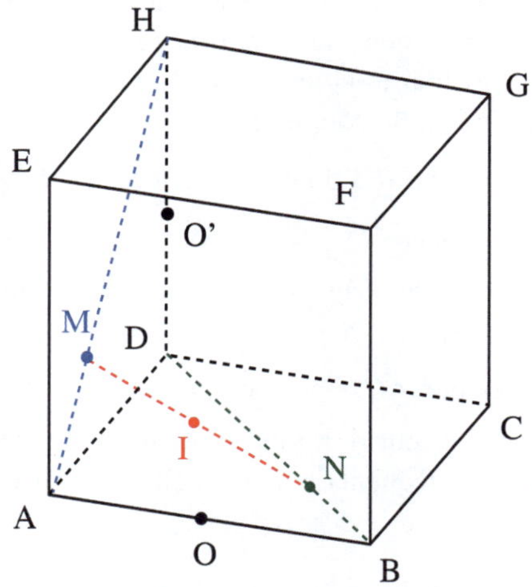

1 Construire le point K tel que $\overrightarrow{BK} = \frac{3}{2}\overrightarrow{BG}$.

2 Étudier les positions relatives des droites suivantes en justifiant :

(a) (AM) et (BK).

(b) (EO) et (FG).

(c) (EM) et (AD).

3 Démontrer que : $\overrightarrow{MN} = \frac{3}{4}\overrightarrow{AB} - \frac{1}{4}\overrightarrow{AE}$.

En déduire que la droite (MN) est parallèle à un plan à préciser.

4 Démontrer que $\overrightarrow{OI} = \frac{1}{2}\overrightarrow{AM} + \frac{1}{2}\overrightarrow{BN}$.

5 On admet que $\overrightarrow{O'I} = \frac{1}{2}\overrightarrow{HM} + \frac{1}{2}\overrightarrow{DN}$.

En déduire que les points O, I et O' sont alignés.

COURS INTERROS CORRIGÉS

1 V/F Points alignés ou coplanaires

Énoncé p. 407

1 *Faux.* Les coordonnées du vecteur $\overrightarrow{AB}$ sont $(-1 ; 0 ; 1)$ et celles du vecteur $\overrightarrow{AC}$ sont $(-1 ; -2 ; 4)$. Ces coordonnées ne sont pas proportionnelles donc les vecteurs ne sont pas colinéaires. On en déduit que les trois points A, B et C ne sont pas alignés.

2 *Vrai.* Les coordonnées du vecteur $\overrightarrow{AB}$ sont $(-4 ; -2 ; 0)$, celles du vecteur $\overrightarrow{AC}$ sont $(-2 ; 1 ; 0)$ et celles du vecteur $\overrightarrow{AD}$ sont $(-10 ; -6 ; 0)$. Les trois vecteurs peuvent s'exprimer en fonction des vecteurs $\vec{i}$ et $\vec{j}$. Ils sont donc coplanaires et les quatre points appartiennent au plan passant par A et dirigé par le couple $(\vec{i}, \vec{j})$.

3 *Vrai.* Le vecteur $\overrightarrow{AB}$ a pour coordonnées $(-2 ; 2 ; 4)$ et le vecteur $\overrightarrow{CD}$ a pour coordonnées $(3 ; -3 ; -6)$. Donc $CD = \dfrac{-3}{2}\overrightarrow{AB}$. Les droites (AB) et (CD) sont dirigées par des vecteurs colinéaires, donc elles sont parallèles.

4 *Faux.* Le vecteur $\overrightarrow{AC}$ a pour coordonnées $(1 ; 4 ; 5)$ et n'est donc pas colinéaire au vecteur $\overrightarrow{AB}$. Les points A, B et C ne sont donc pas alignés, il en est par conséquent de même pour les quatre points A, B, C et D.

2 V/F Vecteurs colinéaires et coplanaires

Énoncé p. 407

Soit A un point de l'espace. $(A ; \vec{u}, \vec{v}, \vec{w})$ forme un repère de l'espace.

1 *Vrai.* Les vecteurs $\vec{u} + \vec{v}$ et $\vec{u} + \vec{w}$ ne sont pas colinéaires car si $\vec{u} + \vec{w} = k(\vec{u} + \vec{v})$, alors on aurait $(k - 1)\vec{u} + k\vec{v} - \vec{w} = \vec{0}$. L'unicité de la décomposition d'un vecteur selon les trois vecteurs de la base donnerait $k = 1$ et $k = 0$, ce qui est impossible.
On cherche ensuite à montrer que $\vec{w} + \vec{v} = a(\vec{u} + \vec{v}) + b(\vec{u} + \vec{w})$ est impossible. En effet, dans la base $(\vec{u}, \vec{v}, \vec{w})$, cela donnerait le système :

$$\begin{cases} a + b = 0 \\ a = 1 \\ b = 1 \end{cases}$$

qui n'a pas de solution.

2 *Vrai.* Le vecteur $\vec{u} + \vec{v} + \vec{w}$ ne peut pas s'écrire sous la forme $a\vec{u} + b\vec{v}$.

3 *Faux.* La relation $\vec{u} + \vec{v} = (\vec{w} + \vec{v}) - (\vec{w} - \vec{u})$ montre que les vecteurs sont coplanaires.

4 *Vrai.* Il n'est pas possible d'exprimer $\vec{u}$ en fonction des vecteurs $\vec{w} + \vec{v}$ et $\vec{w} - \vec{v}$ qui ne sont clairement pas des vecteurs colinéaires. Donc les vecteurs ne sont pas coplanaires.

3 V/F Représentation paramétrique d'une droite

Énoncé p. 407

1 *Vrai*. Ce point correspond à $t = 1$.

2 *Vrai*. D'après la représentation paramétrique donnée, le vecteur de coordonnées $(2 ; -1 ; -1)$ est un vecteur directeur de la droite $\mathcal{D}$ donc son opposé, le vecteur $\overrightarrow{u}$ de coordonnées $(-2 ; 1 ; 1)$, est aussi un vecteur directeur de $\mathcal{D}$.

3 *Faux*. Les coordonnées de $\vec{v}$ ne sont pas proportionnelles à celles du vecteur directeur de $\mathcal{D}$ donc ce n'est pas un vecteur directeur.

4 *Vrai*. Un vecteur directeur de $\mathcal{D}$ est égal à $\vec{u} = (\vec{j} + \vec{k}) - 2\vec{i}$. Il est donc coplanaire à un couple de vecteurs qui dirige $\mathcal{P}$. La droite $\mathcal{D}$ est donc parallèle à $\mathcal{P}$.

4 Recherche de points

Énoncé p. 408

Lycée Marie Curie, Sceaux

La relation $\overrightarrow{BE} = 2\overrightarrow{BC}$ implique que les points B, C et E sont sur la droite (BE) ou confondus si $B = E$.
La relation $\overrightarrow{AE} = 3\overrightarrow{AD}$ implique que les points A, D et E sont sur la droite (AE) ou confondus si $A = E$.
Donc si $B = E$ ou $A = E$, on a respectivement $B = C$ ou $A = D$; il y a au maximum trois points distincts qui sont donc coplanaires. Sinon, les points sont situés dans le plan (ABE) puisqu'ils sont sur des droites de ce plan. On ne peut donc pas trouver de points non coplanaires qui vérifient la relation.

5 Plan et représentation paramétrique

Énoncé p. 408

Lycée Guynemer, Compiègne

1 $\overrightarrow{AB}(4 ; -2 ; 4)$ et $\overrightarrow{AC}(0 ; -2 ; 1)$.

Ces deux vecteurs ne sont pas colinéaires car leurs coordonnées ne sont pas proportionnelles, donc $(A ; \overrightarrow{AB}, \overrightarrow{AC})$ définit bien un plan.

2 $\overrightarrow{DE}(-2 ; 3 ; -3)$ et $-\overrightarrow{AB} - 2\overrightarrow{AC}(-4 ; 6 ; -6)$ donc :

$$\overrightarrow{DE} = \frac{1}{2}\left(-\overrightarrow{AB} - 2\overrightarrow{AC}\right).$$

Ces vecteurs sont donc colinéaires, ce qui prouve que la droite (DE) est parallèle au plan (ABC) puisque $(A ; \overrightarrow{AB}, \overrightarrow{AC})$ constitue un repère de ce plan.

Remarque : à ce stade, on ne sait pas si la droite est strictement parallèle au plan (ABC) ou incluse dans ce plan.

3 On connaît deux vecteurs formant une base du plan (ABC). De plus, le point A, par exemple, appartient au plan (ABC) donc une représentation paramétrique du plan (ABC) est :

$$\begin{cases} x & = -2 + 4t \\ y & = 2 - 2t - 2t' \\ z & = -1 + 4t + t' \end{cases} \quad , \quad t \text{ et } t' \text{ étant deux réels.}$$

Remarque : on aurait pu aussi utiliser le point B, ou le point C : un plan n'a pas une représentation paramétrique unique.

Pour savoir si D appartient au plan, il faut chercher s'il existe des valeurs de t et t' permettant d'obtenir les coordonnées de D.
On obtient le système :

$$\begin{cases} 0 & = -2 + 4t \\ -4 & = 2 - 2t - 2t' \\ 1 & = -1 + 4t + t' \end{cases} \quad , \quad t \text{ et } t' \text{ étant deux réels.}$$

De la première équation, on déduit $t = \dfrac{1}{2}$.

En reportant cette valeur dans la deuxième équation, on obtient $t' = \dfrac{5}{2}$.
Le deuxième membre de la troisième équation est alors :

$$-1 + 4 \times \frac{1}{2} + \frac{5}{2} = \frac{7}{2}.$$

Cette troisième égalité n'est pas vérifiée avec les valeurs trouvées pour t et t', donc D n'appartient pas au plan (ABC).

4 La droite (AB) a pour vecteur directeur le vecteur $\overrightarrow{AB}$ et passe par le point A, ce qui donne comme représentation paramétrique :

$$\begin{cases} x & = -2 + 4t \\ y & = 2 - 2t \\ z & = -1 + 4t \end{cases} \quad , \quad t \in \mathbb{R}.$$

Remarque : là encore, on aurait pu utiliser le point B pour obtenir une autre équation paramétrique de la droite (AB) équivalente à celle donnée ici.

6 Position relative de deux droites

Énoncé p. 408

Lycée Guynemer, Compiègne

Partie A

1 Tout d'abord, on peut se demander si ces deux droites sont parallèles, auquel cas elles sont coplanaires.

D'après les équations paramétriques, $\vec{u}(1\ ;\ -1\ ;\ 2)$ est un vecteur directeur de (d_1) et $\vec{v}(3\ ;\ 2\ ;\ -1)$ est un vecteur directeur de (d_2).

Ces vecteurs ne sont pas colinéaires car leurs coordonnées ne sont pas proportionnelles. Donc les deux droites ne sont pas parallèles.

Il nous faut maintenant chercher à déterminer si elles sont sécantes, c'est-à-dire s'il existe t et t' tels que :

$$\begin{cases} 1+t &= 3t' \\ 2-t &= 1+2t' \\ 3+2t &= 2-t' \end{cases}.$$

De la première équation, on tire $t = 3t' - 1$, et en reportant dans la seconde on obtient :

$$2 - 3t' + 1 = 1 + 2t'.$$

On en déduit que $5t' = 2$ et donc $t' = \dfrac{2}{5}$.

En revenant à la première équation on obtient $t = 3 \times \dfrac{2}{5} - 1 = \dfrac{1}{5}$. Il nous faut ensuite voir si les valeurs trouvées vérifient la troisième équation :

$$3 + \frac{2}{5} = \frac{17}{5} \qquad \text{et} \qquad 2 - \frac{2}{5} = \frac{8}{5}.$$

La troisième équation n'étant pas vérifiée, nous n'avons pas trouvé de valeurs pour t et t' telles que le système soit vérifié, ce qui signifie que les droites ne sont pas sécantes.

Les droites ne sont ni sécantes ni parallèles, par conséquent, elles ne sont pas coplanaires.

2 Il faut tout d'abord remarquer qu'il existe une infinité de droites parallèles à (d_1) et sécantes à (d_2). Si on prend un point quelconque sur (d_2) et qu'on construit par ce point une droite parallèle à (d_1), ce qui est toujours possible, en prenant un autre point de (d_2), on peut aussi construire une parallèle à (d_1).

On va donc choisir arbitrairement un point I de (d_2), par exemple le point I correspondant à $t = 0$: $I(0\ ;\ 1\ ;\ 2)$.

Un vecteur directeur de la droite (d_3) cherchée est le vecteur directeur de (d_1) : $\vec{u}(1\ ;\ -1\ ;\ 2)$. On obtient donc la représentation paramétrique :

$$\begin{cases} x = t \\ y = 1 - t \\ z = 2 + 2t \end{cases}, \quad t \in \mathbb{R}.$$

3 Le plan contenant (d_2) et (d_3) a pour base le point d'intersection de ces deux droites, donc I, et pour vecteurs directeurs un vecteur directeur de (d_3) : $\vec{v}(1\ ;\ -1\ ;\ 2)$ et un vecteur directeur de (d_2) : $\vec{u}(3\ ;\ 2\ ;\ -1)$.

Une représentation paramétrique de ce plan est donc :

$$\begin{cases} x = t + 3t' \\ y = 1 - t + 2t' \\ z = 2 + 2t - t' \end{cases} \quad , \quad t \text{ et } t' \text{ étant deux réels.}$$

Partie B

1 Vrai. Cela fait partie du cours.

2 Faux. Prenons deux droites sécantes d'un plan $\mathcal{P}'$ parallèle au plan $\mathcal{P}$: elles ne sont pas parallèles entre elles, mais elles n'ont pas de point d'intersection avec $\mathcal{P}$, donc elles sont parallèles à $\mathcal{P}$.

3 Faux. Plaçons-nous dans un cube ABCDEFGH.

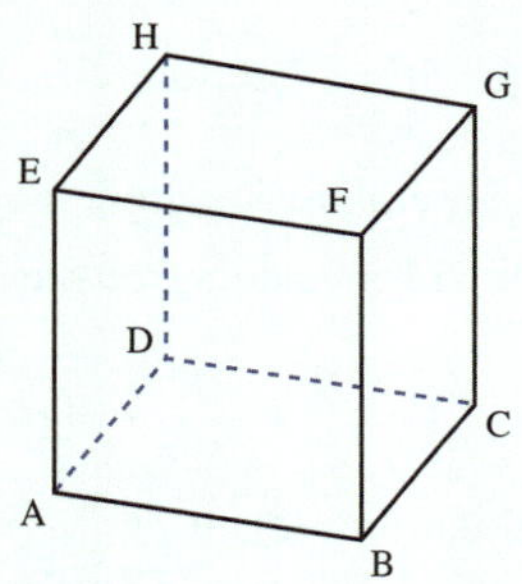

La droite (GB) est orthogonale à la droite (AB) car elle est incluse dans le plan (FGB) orthogonal à (AB).

La droite (BC) est orthogonale à (AB) pour la même raison.

Or ces deux droites sont sécantes en B.

7 Repère de l'espace

Énoncé p. 409

Lycée La Bruyère, Versailles

1 On a : $\overrightarrow{AB}(1\ ;\ -3\ ;\ 3)$, $\overrightarrow{AC}(-1\ ;\ -4\ ;\ 2)$ et $\overrightarrow{AD}(1\ ;\ -2\ ;\ 2)$.

Les vecteurs sont coplanaires si et seulement si on peut exprimer l'un d'entre eux, par exemple $\overrightarrow{AD}$, en fonction des deux autres.

On va donc chercher à savoir si on peut trouver deux réels k et k' tels que $\overrightarrow{AD} = k\overrightarrow{AB} + k'\overrightarrow{AC}$.

Si ces réels existent, ils sont solutions du système :

$$\begin{cases} 1 & = k - k' \\ -2 & = -3k - 4k' \\ 2 & = 3k + 2k' \end{cases}$$

obtenu en écrivant que les coordonnées de $\overrightarrow{AD}$ et de $k\overrightarrow{AB} + k'\overrightarrow{AC}$ sont égales.

La première équation donne $k = 1 + k'$, et en reportant dans la deuxième on obtient :

$$-2 = -3 - 3k' - 4k' \Leftrightarrow k' = -\frac{1}{7}.$$

En reprenant la première équation, on obtient donc $k = \dfrac{6}{7}$.

Le second membre de la troisième égalité vaut donc, avec les valeurs de k et k' obtenues, $2 \neq \dfrac{16}{7}$.

Ainsi, on ne peut pas trouver de réels k et k' tels que $\overrightarrow{AD} = k\overrightarrow{AB} + k'\overrightarrow{AC}$, donc les trois vecteurs ne sont pas coplanaires.

2 Posons $M(x\ ;\ y\ ;\ z)$. Alors, $\overrightarrow{AM} = 2\overrightarrow{AB} - \overrightarrow{AC} \Leftrightarrow \begin{cases} x - 2 & = 3 \\ y - 4 & = -2 \\ z + 1 & = 4 \end{cases}$

$$\Leftrightarrow \begin{cases} x & = 5 \\ y & = 2 \\ z & = 3 \end{cases}$$

Donc $M(5\ ;\ 2\ ;\ 3)$.

Le point M se situe dans le plan (ABC), puisque le vecteur $\overrightarrow{AM}$ s'exprime en fonction des deux vecteurs directeurs du plan (ABC).

3 $\overrightarrow{AE} = a\overrightarrow{AB} + b\overrightarrow{AC} + c\overrightarrow{AD} \Leftrightarrow \begin{cases} -1 & = a - b + c \\ -2 & = -3a - 4b - 2c \\ 1 & = 3a + 2b + 2c \end{cases}$

$$\Leftrightarrow \begin{cases} a & = b - c - 1 \\ -2 & = -3b + 3c + 3 - 4b - 2c \\ 1 & = 3b - 3c - 3 + 2b + 2c \end{cases}$$

$$\overrightarrow{AE} = a\overrightarrow{AB} + b\overrightarrow{AC} + c\overrightarrow{AD} \Leftrightarrow \begin{cases} a & = b - c - 1 \\ -7b + c & = -5 \\ 5b - c & = 4 \end{cases}$$

$$\Leftrightarrow \begin{cases} a & = b - c - 1 \\ 5b - c & = 4 \\ -2b & = -1 \end{cases}$$

La dernière équation est obtenue en ajoutant la deuxième et la troisième de l'étape précédente.

On obtient donc successivement : $b = \frac{1}{2}$, $c = -\frac{3}{2}$ et $a = 1$.

D'après le calcul précédent, les coordonnées de E dans le repère $\left(A\ ;\overrightarrow{AB},\overrightarrow{AC},\overrightarrow{AD}\right)$ sont $\left(1\ ;\frac{1}{2}\ ;-\frac{3}{2}\right)$.

8 Positions relatives de deux droites

Énoncé p. 409

Lycée La Bruyère, Versailles

1 D'après la représentation paramétrique de (d), on sait que le point $A(6\ ;1\ ;1)$ appartient à (d) et que le vecteur $\vec{u}(1\ ;2\ ;-1)$ est un vecteur directeur de (d).

2 Une représentation paramétrique de (d') est :

$$\begin{cases} x = 3 - t \\ y = -3 + t \\ z = -6 + 2t \end{cases} \quad , \quad t \in \mathbb{R}.$$

3 Les vecteurs $\vec{u}$ et $\vec{v}$ ne sont pas colinéaires car leurs coordonnées ne sont pas proportionnelles. Donc les droites (d) et (d') ne sont pas parallèles. Nous allons donc vérifier si elles sont sécantes, c'est-à-dire chercher si on peut trouver t et t' tels que :

$$\begin{cases} 6 + t &= 3 - t' \\ 1 + 2t &= -3 + t' \\ 1 - t &= -6 + 2t' \end{cases}$$

$$\iff \begin{cases} t &= -3 - t' \\ 1 - 6 - 2t' &= -3 + t' \\ 1 + 3 + t' &= -6 + 2t' \end{cases}$$

$$\iff \begin{cases} t = -3 - t' \\ t' = -\frac{2}{3} \\ t' = 10 \end{cases}$$

Comme on ne trouve pas la même valeur de t' dans la deuxième et la troisième équation, on ne peut pas trouver t et t' tels que le système soit vérifié, donc les droites (d) et (d') ne sont pas sécantes.

Par conséquent, elles ne sont pas coplanaires.

4 Les coordonnées du milieu d'un segment sont les demi-sommes des coordonnées des deux extrémités, donc on obtient le système :

$$\begin{cases} \dfrac{6+t+3-t'}{2} & = 1 \\ \dfrac{1+2t-3+t'}{2} & = -2 \\ \dfrac{1-t-6+2t'}{2} & = 3 \end{cases} \Leftrightarrow \begin{cases} t & = -7+t' \\ 1-14+2t'-3+t' & = -4 \\ 1+7-t'-6+2t' & = 6 \end{cases}$$

$$\Leftrightarrow \begin{cases} t = -7+t' \\ t' = 4 \\ t' = 4 \end{cases}$$

$$\Leftrightarrow \begin{cases} t = -3 \\ t' = 4 \end{cases}$$

On a trouvé des valeurs de t et t'.
$t = -3$, donc $C(3\,;\,-5\,;\,4)$, et $t' = 4$, donc $D(-1\,;\,1\,;\,2)$, en utilisant les représentations paramétriques des deux droites.

MÉTHODE

Il est ici prudent de vérifier que I est bien le milieu du segment $[CD]$, ce qui est le cas.

9 Plan médiateur d'un segment

Énoncé p. 409

Lycée Hoche, Versailles

1

$$\begin{aligned} \overrightarrow{AI} &= \frac{1}{2}\overrightarrow{AH} \\ &= \frac{1}{2}\left(\overrightarrow{AD}+\overrightarrow{DH}\right) \\ &= \frac{1}{2}\left(\overrightarrow{AD}+\overrightarrow{AE}\right) \end{aligned}$$

Donc $I\left(0\,;\,\frac{1}{2}\,;\,\frac{1}{2}\right)$.

$$\begin{aligned} \overrightarrow{AJ} &= \frac{1}{2}\overrightarrow{AC} \\ &= \frac{1}{2}\left(\overrightarrow{AB}+\overrightarrow{BC}\right) \\ &= \frac{1}{2}\left(\overrightarrow{AB}+\overrightarrow{AD}\right) \end{aligned}$$

Donc $J\left(\frac{1}{2}\,;\,\frac{1}{2}\,;\,0\right)$.

K étant le milieu de $[IJ]$, K a pour coordonnées $\left(\frac{1}{4}\,;\,\frac{1}{2}\,;\,\frac{1}{4}\right)$.

2 $\overrightarrow{AK}$ a pour coordonnées $\left(\frac{1}{4} ; \frac{1}{2} ; \frac{1}{4}\right)$.

$\overrightarrow{AG} = \overrightarrow{AB} + \overrightarrow{BC} + \overrightarrow{CG} = \overrightarrow{AB} + \overrightarrow{AD} + \overrightarrow{AE}$, donc le vecteur $\overrightarrow{AG}$ a pour coordonnées (1 ; 1 ; 1).

Les vecteurs $\overrightarrow{AK}$ et $\overrightarrow{AG}$ ne sont pas colinéaires car leurs coordonnées ne sont pas proportionnelles.

Donc les points A, K et G ne sont pas alignés.

Remarque : cette vérification est nécessaire puisqu'on parle ensuite du plan (AKG) qui ne serait pas défini si les points A, K et G étaient alignés.

3 **(a)** La notion de plan médiateur d'un segment dans l'espace est similaire à celle de médiatrice dans le plan. C'est donc l'ensemble des points équidistants des deux extrémités du segment.

K étant le milieu de $[IJ]$, $IK = KJ$, donc K appartient au plan médiateur.

$[AI]$ et $[AJ]$ sont deux demi-diagonales de deux faces du cube, donc $AI = AJ$ et A appartient au plan médiateur.

Dans le triangle GHI rectangle en H (en effet, les plans (HGD) et (HDI) sont orthogonaux), d'après le théorème de Pythagore, $GI^2 = GH^2 + HI^2$.

De même, dans le triangle GJC, $GJ^2 = GC^2 + CJ^2$.

Or $GH = GC$ (deux arêtes du cube) et $HI = CJ$ (deux demi-diagonales de deux faces du cube). Donc $GI^2 = GJ^2$ et $GI = GJ$. Par conséquent G appartient au plan médiateur de $[IJ]$. Les trois points considérés étant non alignés, ils définissent le plan (AKG) qui est donc le plan médiateur du segment $[IJ]$.

(b) L'équation cartésienne est de la forme $ax + by + cz + d = 0$.

$A(0 ; 0 ; 0)$ appartient au plan donc $d = 0$ et l'équation est de la forme $ax + by + cz = 0$.

K appartient à (AKG) donc : $\frac{1}{4}a + \frac{1}{2}b + \frac{1}{4}c = 0$.

G appartient à (AKG) donc $a + b + c = 0$.

L'équation du plan est définie à une constante multiplicative près, donc on peut choisir la valeur d'un des coefficients. Choisissons par exemple $a = 4$. On obtient alors le système :

$$\begin{cases} \frac{1}{2}b + \frac{1}{4}c & = -1 \\ b + c & = -4 \end{cases} \Leftrightarrow \begin{cases} 2b + c & = -4 \\ b + c & = -4 \end{cases}$$

Par soustraction des deux équations, on obtient $b = 0$, puis en remplaçant b par sa valeur dans une des équations, $c = -4$.

Une équation cartésienne du plan (AKG) est donc $4x - 4z = 0$, ou encore $x - z = 0$.

Pour la représentation paramétrique, on peut utiliser le point A et les deux vecteurs $\overrightarrow{AK}$ et $\overrightarrow{AG}$. On obtient donc :

$$\begin{cases} x = \dfrac{1}{4}t + t' \\ y = \dfrac{1}{2}t + t' \\ z = \dfrac{1}{4}t + t' \end{cases}, \quad t \text{ et } t' \text{étant deux réels.}$$

(c) D a pour coordonnées $(0\,;1\,;0)$. Ces coordonnées vérifient l'équation cartésienne du plan donc D appartient au plan (AKG).

4 Une représentation paramétrique de la droite (AK) est :

$$\begin{cases} x = \dfrac{1}{4}t \\ y = \dfrac{1}{2}t \\ z = \dfrac{1}{4}t \end{cases}, \quad t \in \mathbb{R}$$

en utilisant le point A et le vecteur directeur $\overrightarrow{AK}$.

Le plan (CDH) est constitué de tous les points dont l'ordonnée est 1, il a donc pour équation $y = 1$.

Le point d'intersection de (AK) et de (CDH) a donc pour ordonnée 1, ce qui nous donne $t = 2$.

Le point d'intersection a donc pour coordonnées $\left(\dfrac{1}{2}\,;1\,;\dfrac{1}{2}\right)$. C'est le centre de la face $CDHG$.

10 Dans un cube

Énoncé p. 410

Lycée La Bruyère, Versailles

1 **(a)** D'après les propriétés du cube, on a $\overrightarrow{AE} = \overrightarrow{CG}$. Or, $\overrightarrow{AI} = \dfrac{1}{2}\overrightarrow{AE}$ et $\overrightarrow{CL} = \dfrac{1}{2}\overrightarrow{CG}$, donc $\overrightarrow{AI} = \overrightarrow{CL}$, ce qui prouve que le quadrilatère AILC est un parallélogramme.

(b) $\overrightarrow{JK} = \overrightarrow{JB} + \overrightarrow{BK}$ d'après la relation de Chasles (vue en seconde). Donc,

$$\begin{aligned} \overrightarrow{JK} &= \frac{1}{4}\overrightarrow{AB} + \frac{1}{4}\overrightarrow{BC} \\ &= \frac{1}{4}\overrightarrow{AC}. \end{aligned}$$

Or, comme AILC est un parallélogramme, $\overrightarrow{AC} = \overrightarrow{IL}$. On a donc bien $\overrightarrow{JK} = \frac{1}{4}\overrightarrow{IL}$.

(c) D'après la question 1.b, les points I, J, K et L sont coplanaires. De plus, les droites (IJ) et (KL) ne sont pas parallèles. En effet, $\overrightarrow{JK} = \frac{1}{4}\overrightarrow{IL}$ donc $\overrightarrow{JI} + \overrightarrow{IK} = \frac{1}{4}\left(\overrightarrow{IK} + \overrightarrow{KL}\right)$ et donc

$\overrightarrow{JI} = -\frac{3}{4}\overrightarrow{IK} + \frac{1}{4}\overrightarrow{KL}$. Les droites (IK) et (KL) étant sécantes en K, le vecteur ne peut s'exprimer en fonction du vecteur $\overrightarrow{KL}$. Par conséquent, le vecteur $\overrightarrow{JI}$ n'est pas colinéaire au vecteur $\overrightarrow{KL}$.

Elles se coupent donc en un point R.

2 **(a)** Les plans (AEB) et (BCG) se coupent suivant la droite (BF).

(b) On connaît trois points appartenant à la fois aux plans (AEB) et (BCG) : le point B et le point F d'après la question 2.a, et le point R d'après la question 1, puisque R est l'intersection d'une droite incluse dans le plan (AEB) et d'une droite incluse dans le plan (BCG).

Comme l'intersection de deux plans non parallèles et non confondus est une droite, les points B, F et R sont alignés, ce qui prouve que R appartient à (BF).

Donc les droites (IJ), (KL) et (BF) sont bien sécantes en R.

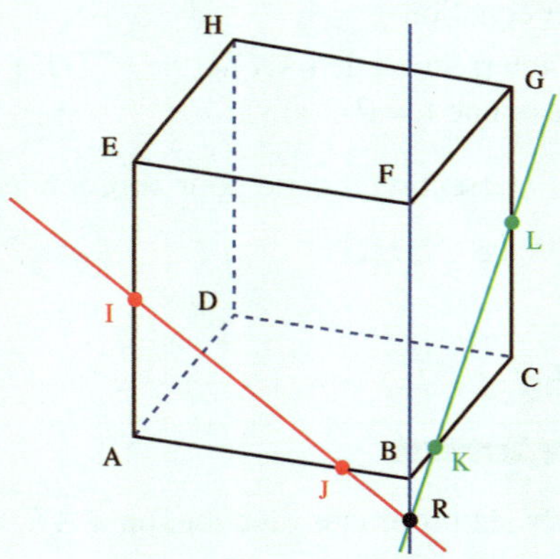

11 Alignement de points

Énoncé p. 411

Lycée Saint-Joseph Loquidy, Nantes

1 Pour construire le point K tel que $\overrightarrow{BK} = \frac{3}{2}\overrightarrow{BG}$, il faut construire la somme $\overrightarrow{BG} + \frac{1}{2}\overrightarrow{BG}$, en rouge sur la figure page ci-contre.

L'extrémité obtenue est alors le point K.

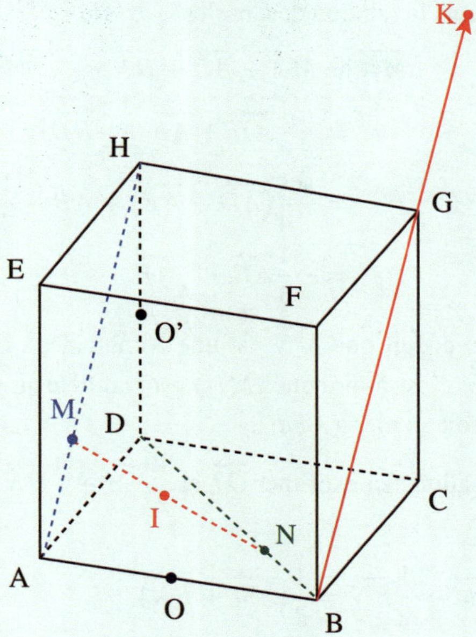

2 **(a)** *Position relative de* (AM) *et* (BK).
A et M sont sur le plan (ADE).
B et K sont sur le plan (BFC).
Or, (ADE) et (BFC) sont parallèles. Par conséquent, (AM) et (BK) sont parallèles.

(b) *Position relative de* (EO) *et* (FG).
$(EO) \in (EAB)$ et $(FG) \in (FBC)$.
Or, $(EAB) \perp (FBC)$ donc (EO) et (FG) sont orthogonales.

(c) *Position relative de* (EM) *et* (AD).
E, M, A et D sont coplanaires. De plus,

$$\begin{aligned}\overrightarrow{EM} &= \overrightarrow{EA} + \overrightarrow{AM}\\ &= -\overrightarrow{AE} + \frac{1}{4}\overrightarrow{AH}\\ &= -\overrightarrow{AE} + \frac{1}{4}(\overrightarrow{AD} + \overrightarrow{DH})\\ &= -\overrightarrow{AE} + \frac{1}{4}(\overrightarrow{AD} + \overrightarrow{AE})\\ &= -\frac{3}{4}\overrightarrow{AE} + \frac{1}{4}\overrightarrow{AD}.\end{aligned}$$

Donc $\overrightarrow{EM}$ n'est pas colinéaire à $\overrightarrow{AD}$.
Ainsi, (EM) et (AD) sont sécantes.

COURS
INTERROS
CORRIGÉS

3 Utilisons la relation de Chasles :

$$\begin{aligned}\overrightarrow{MN} &= \overrightarrow{MA} + \overrightarrow{AB} + \overrightarrow{BN}\\ &= -\frac{1}{4}\overrightarrow{AH} + \overrightarrow{AB} + \frac{1}{4}\overrightarrow{BD}\\ &= -\frac{1}{4}(\overrightarrow{AD} + \overrightarrow{AE}) + \overrightarrow{AB} + \frac{1}{4}(\overrightarrow{AD} - \overrightarrow{AB})\\ &= -\frac{1}{4}\overrightarrow{AE} + \frac{3}{4}\overrightarrow{AB}.\end{aligned}$$

On en déduit que $\overrightarrow{MN}$ est une combinaison linéaire des vecteurs $\overrightarrow{AB}$ et $\overrightarrow{AE}$, c'est-à-dire que (MN) est parallèle au plan engendré par $\overrightarrow{AB}$ et $\overrightarrow{AE}$, soit au plan (AEB).

4 Nous allons ici exprimer $\overrightarrow{OI}$ et $\frac{1}{2}\overrightarrow{AM} + \frac{1}{2}\overrightarrow{BN}$ en fonction de $\overrightarrow{AB}$, $\overrightarrow{AD}$ et $\overrightarrow{AE}$.

- $$\begin{aligned}\frac{1}{2}\overrightarrow{AM} + \frac{1}{2}\overrightarrow{BN} &= \frac{1}{2}(\overrightarrow{AM} + \overrightarrow{BN})\\ &= \frac{1}{2}\left[\left(\frac{1}{4}\overrightarrow{AD} + \frac{1}{4}\overrightarrow{AE}\right) + \left(\frac{1}{4}\overrightarrow{AD} - \frac{1}{4}\overrightarrow{AB}\right)\right]\\ &= -\frac{1}{8}\overrightarrow{AB} + \frac{1}{4}\overrightarrow{AD} + \frac{1}{8}\overrightarrow{AE}.\end{aligned}$$
- $$\begin{aligned}\overrightarrow{OI} &= \overrightarrow{OA} + \overrightarrow{AM} + \overrightarrow{MI}\\ &= -\frac{1}{2}\overrightarrow{AB} + \left(\frac{1}{4}\overrightarrow{AD} + \frac{1}{4}\overrightarrow{AE}\right) + \frac{1}{2}\left(\frac{3}{4}\overrightarrow{AB} - \frac{1}{4}\overrightarrow{AE}\right)\\ &= -\frac{1}{8}\overrightarrow{AB} + \frac{1}{4}\overrightarrow{AD} + \frac{1}{8}\overrightarrow{AE}.\end{aligned}$$

On en conclut alors que $\overrightarrow{OI} = \frac{1}{2}\overrightarrow{AM} + \frac{1}{2}\overrightarrow{BN}$.

5 On a d'une part :

$$\overrightarrow{OI} = \frac{1}{2}\overrightarrow{AM} + \frac{1}{2}\overrightarrow{BN}$$

et d'autre part,

$$\begin{aligned}\overrightarrow{O'I} &= \frac{1}{2}\overrightarrow{HM} + \frac{1}{2}\overrightarrow{DN}\\ &= \frac{1}{2} \times (-3)\overrightarrow{AM} + \frac{1}{2} \times (-3)\overrightarrow{BN}\\ &= -3\overrightarrow{OI}.\end{aligned}$$

Ainsi, $\overrightarrow{OI}$ et $\overrightarrow{O'I}$ sont colinéaires.
Les points O, O' et I sont donc alignés.

Chapitre 14

Orthogonalité et distance dans l'espace

Plan du chapitre

1 Produit scalaire et orthogonalité

Exercice type 1 — **Lycée Hoche, Versailles**

L'espace est muni d'un repère orthonormé. On considère les points $A(1\ ;-1\ ;0)$, $B(3\ ;0\ ;1)$, $C(1\ ;1\ ;0)$ et $D(3\ ;1\ ;-2)$. On nomme I le milieu de $[AD]$.

1 Démontrer que les droites (AC) et (DC) sont perpendiculaires.

2 Démontrer, par un calcul vectoriel, que pour tout point M de l'espace,

$$\overrightarrow{MD} \cdot \overrightarrow{MA} = MI^2 - IA^2.$$

3 En déduire une équation cartésienne de l'ensemble $\mathcal{E}$ des points M tels que $\overrightarrow{MD} \cdot \overrightarrow{MA} = 0$, et le caractériser.

4 Les points B et C appartiennent-ils à cet ensemble $\mathcal{E}$?

Voir corrigé page 427

1.1 Produit scalaire dans l'espace

Définition 1

Le produit scalaire dans l'espace de deux vecteurs $\vec{u}$ et $\vec{v}$ est le produit scalaire des vecteurs $\vec{u}$ et $\vec{v}$ dans tout plan contenant ces vecteurs.

Il en découle que le produit scalaire dans l'espace a les mêmes propriétés que le produit scalaire dans le plan. Il faudra seulement penser à introduire la troisième coordonnée lorsque l'on fait du calcul analytique.

Propriété 1 : expression analytique du produit scalaire

Dans un repère orthonormé de l'espace, pour tous vecteurs $\vec{u}(x\ ;y\ ;z)$ et $\vec{v}(x'\ ;y'\ ;z')$,

$$\vec{u}\cdot\vec{v}=xx'+yy'+zz'.$$

Propriété 2 : linéarité et symétrie du produit scalaire

Soit $\vec{u}$, $\vec{v}$ et $\vec{w}$ des vecteurs, a et b deux réels. Alors,

$$\vec{u}\cdot\vec{v}=\vec{v}\cdot\vec{u} \qquad \text{(symétrie)}$$

$$(a\vec{u}+b\vec{v})\cdot\vec{w}=a\,(\vec{u}\cdot\vec{w})+b\,(\vec{v}\cdot\vec{w}) \qquad \text{(linéarité).}$$

1.2 Norme et distance de deux points

Propriété 3 : norme d'un vecteur

Pour tout vecteur $\vec{u}(x;\ y;\ z)$ de l'espace,

$$\|\vec{u}\|=\sqrt{\vec{u}\cdot\vec{u}}=\sqrt{x^2+y^2+z^2}.$$

Propriété 4 : distance entre deux points

Pour tous points A et B de l'espace,

$$\overrightarrow{AB}\cdot\overrightarrow{AB}=\|\overrightarrow{AB}\|^2=AB^2 \qquad \text{(carré scalaire).}$$

Une sphère étant un ensemble de points équidistants d'un point fixe, on obtient le théorème suivant :

Théorème 1 : équation cartésienne d'une sphère

Soit $A(x_0\ ;y_0\ ;z_0)$ un point de l'espace et R un réel positif.
La sphère de centre A et de rayon R admet pour équation cartésienne :

$$(x-x_0)^2+(y-y_0)^2+(z-z_0)^2=R^2.$$

1.3 Orthogonalité de deux droites

Définition 2 : vecteurs orthogonaux

On dit que deux vecteurs sont *orthogonaux* lorsque leur produit scalaire est nul.

Propriété 5 : caractérisation des droites orthogonales

Deux droites de l'espace sont orthogonales si et seulement si elles ont des vecteurs directeurs orthogonaux.

1.4 Orthogonalité d'une droite et d'un plan

Propriété 6

Soit $\mathcal{D}$ une droite de vecteur directeur $\vec{u}$, et $\mathcal{P}$ un plan dirigé par le couple de vecteurs $(\vec{v}, \vec{v'})$. La droite $\mathcal{D}$ est orthogonale au plan $\mathcal{P}$ si et seulement si $\vec{u} \cdot \vec{v} = 0$ et $\vec{u} \cdot \vec{v'} = 0$.

Propriété 7

$\mathcal{D}$ est une droite de vecteur directeur $\vec{u}$, orthogonale au plan $\mathcal{P}$. Alors pour tous points M et N de $\mathcal{P}$ on a :

$$\vec{u} \cdot \overrightarrow{MN} = 0.$$

Solution de l'exercice type 1

Lycée Hoche, Versailles

1 $\overrightarrow{AC}$ a pour coordonnées $(0\ ; 2\ ; 0)$ et $\overrightarrow{DC}$ a pour coordonnées $(-2\ ; 0\ ; 2)$. On constate donc que $\overrightarrow{AC} \cdot \overrightarrow{DC} = 0$, ce qui signifie que les vecteurs directeurs des droites (AC) et (BC) sont orthogonaux. Les deux droites sont donc orthogonales. Elles sont même perpendiculaires car elles sont sécantes en C.

2 Comme I est le milieu de $[AD]$, on a $\overrightarrow{ID} = \overrightarrow{AI}$.
En utilisant la relation de Chasles, on obtient :

$$\begin{aligned}\overrightarrow{MD} \cdot \overrightarrow{MA} &= \left(\overrightarrow{MI} + \overrightarrow{ID}\right) \cdot \left(\overrightarrow{MI} + \overrightarrow{IA}\right)\\ &= \overrightarrow{MI} \cdot \overrightarrow{MI} + \overrightarrow{MI} \cdot \left(\overrightarrow{ID} + \overrightarrow{IA}\right) + \overrightarrow{AI} \cdot \overrightarrow{IA}\\ &= MI^2 - IA^2\end{aligned}$$

3 Les coordonnées de I étant $(2\ ; 0\ ; -1)$, on a :

$$AI = \sqrt{1^2 + 1^2 + (-1)^2} = \sqrt{3}.$$

En notant $(x\ ; y\ ; z)$ les coordonnées du point M, la condition $\overrightarrow{MD} \cdot \overrightarrow{MA} = 0$ qui équivaut à $MI^2 - IA^2 = 0$ devient :

$$(x-2)^2 + y^2 + (z+1)^2 = 3.$$

C'est l'équation d'une sphère de centre $I(2\ ; 0\ ; -1)$ et de rayon $\sqrt{3}$.

4 Pour savoir si les points B et C appartiennent à cette sphère, on teste si les coordonnées de ces points vérifient l'équation.

- Pour B : $(3-2)^2 + 0^2 + (1+1)^2 = 5$, donc B n'appartient pas à la sphère.
- Pour C : $(1-2)^2 + 1^2 + (0+1)^2 = 3$, donc le point C appartient à la sphère.

Voir énoncé page 425

2 Équation cartésienne d'un plan

Exercice type 2 — **Lycée Notre-Dame-du-Grandchamp, Versailles**

Dans l'espace rapporté au repère orthonormal $(O\ ;\vec{i},\vec{j},\vec{k})$, on considère les points $A(3\ ;0\ ;0)$, $B(0\ ;6\ ;0)$, $C(0\ ;0\ ;4)$ et $D(-5\ ;0\ ;1)$.

1 **(a)** Vérifier que le vecteur $\vec{n}\begin{pmatrix}4\\2\\3\end{pmatrix}$ est normal au plan (ABC).

(b) Déterminer une équation du plan (ABC).

2 **(a)** Déterminer une représentation paramétrique de la droite Δ, orthogonale au plan (ABC) passant par D.

(b) En déduire les coordonnées du point H, projeté orthogonal de D sur le plan (ABC).

(c) Calculer la distance du point D au plan (ABC).

Voir corrigé page 430

2.1 Vecteur normal à un plan

Définition 3

Soit $\mathcal{P}$ un plan dans l'espace. Un vecteur non nul $\vec{n}$ est dit *vecteur normal* de $\mathcal{P}$ si pour tous points M et N de $\mathcal{P}$ on a :

$$\vec{n}\cdot\overrightarrow{MN}=0.$$

On peut dire aussi que $\mathcal{P}$ est orthogonal à $\overrightarrow{n}$.

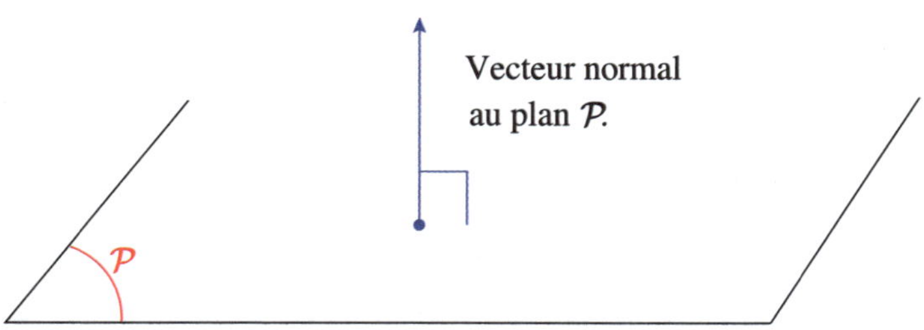

2.2 Équation cartésienne d'un plan

Dans cette partie, a, b, c, a', b' et c' désignent des réels non nuls, d et d' des réels quelconques.

Théorème 2

Soient $A(x_0 \,;\, y_0 \,;\, z_0)$ un point de l'espace et $\vec{n}\begin{pmatrix} a \\ b \\ c \end{pmatrix}$ un vecteur non nul.

Il existe un unique plan $\mathcal{P}$ passant par A et orthogonal à $\vec{n}$. On a :

$$M \in \mathcal{P} \iff \overrightarrow{AM} \cdot \vec{n} = 0.$$

Propriété 8

Soit $\mathcal{P}$ un plan. On a l'équivalence suivante :

$$\vec{n}\begin{pmatrix} a \\ b \\ c \end{pmatrix} \text{ est un vecteur normal à } \mathcal{P} \iff \mathcal{P} \;:\; ax + by + cz = d.$$

Exemple : soit $\mathcal{P}$ le plan d'équation : $3x - 5y + z - 2 = 0$.

Alors, un vecteur normal à $\mathcal{P}$ est $\vec{n}\begin{pmatrix} 3 \\ -5 \\ 1 \end{pmatrix}$.

2.3 Projeté orthogonal sur un plan

Définition 4

Soient $\mathcal{P}$ un plan et A un point de l'espace extérieur à $\mathcal{P}$.
Le *projeté orthogonal* de A sur $\mathcal{P}$ est le point d'intersection du plan et de la droite orthogonale à $\mathcal{P}$ passant par A.

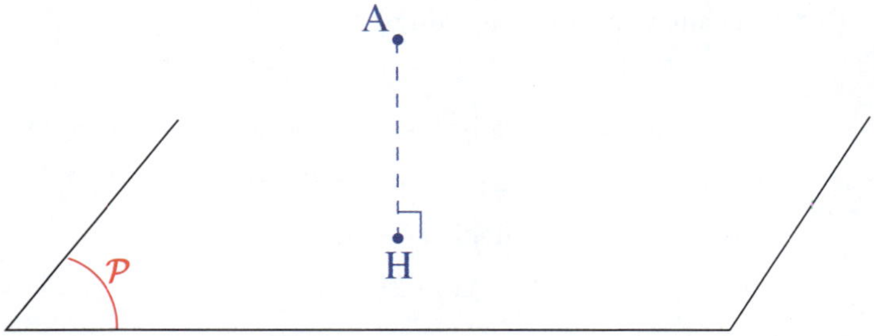

Théorème 3 : distance d'un point à un plan

Soient $\mathcal{P}\ :\ ax+by+cz+d=0$ un plan, $A(x_A;\,y_A;\,z_A)$ un point extérieur à $\mathcal{P}$ et H le projeté orthogonal de A sur $\mathcal{P}$. Alors, H est le point de $\mathcal{P}$ le plus proche de A, et :

$$AH=\frac{|ax_A+by_A+cz_A+d|}{\sqrt{a^2+b^2+c^2}}.$$

Cette longueur est la distance entre A et $\mathcal{P}$.

Solution de l'exercice type 2

Lycée Notre-Dame-du-Grandchamp, Versailles

1 **(a)** $\overrightarrow{AB}\begin{pmatrix}-3\\6\\0\end{pmatrix}$ et $\overrightarrow{AC}\begin{pmatrix}-3\\0\\4\end{pmatrix}$.

Les coordonnées de ces vecteurs n'étant pas proportionnelles, les vecteurs ne sont pas colinéaires.

Cela montre que les points A, B et C définissent bien un plan et il suffit de montrer que $\vec{n}$ est orthogonal à ces deux vecteurs pour montrer qu'il est normal au plan (ABC).

$$\vec{n}\cdot\overrightarrow{AB}=4\times(-3)+2\times 6+3\times 0=0$$

et

$$\vec{n}\cdot\overrightarrow{AC}=4\times(-3)+2\times 0+3\times 4=0.$$

Le vecteur $\vec{n}$ est donc bien un vecteur normal au plan (ABC).

(b) Une équation cartésienne du plan (ABC) est donc de la forme :

$$4x+2y+3z=d$$

de sorte que les coordonnées de A vérifient cette équation :

$$4x_A+2y_A+3z_A=d\iff 12=d.$$

Ainsi, une équation du plan (ABC) est :

$$4x+2y+3z=12.$$

2 **(a)** La droite Δ orthogonale au plan (ABC) a pour vecteur directeur $\vec{n}$ et passe par le point D, donc une représentation paramétrique de cette droite peut être :

$$\begin{cases}x=-5+4t\\y=2t\\z=1+3t\end{cases},\quad t\in\mathbb{R}.$$

•••

Solution de l'exercice type 2 (suite) Lycée Notre-Dame-du-Grandchamp, Versailles

(b) Le point H appartient à Δ et à (ABC) si et seulement si il existe une valeur du paramètre t tel que :

$$\begin{cases} x = -5 + 4t \\ y = 2t \\ z = 1 + 3t \\ 4x + 2y + 3z = 12 \end{cases}$$

En remplaçant x, y et z en fonction de t dans la dernière équation on trouve la condition :

$$4(-5 + 4t) + 2 \times 2t + 3(1 + 3t) = 12\,,$$

d'où $t = 1$.

Les coordonnées du point H sont donc :

$$H(-1\,;2\,;4).$$

(c) La distance de D au plan (ABC) est égale à DH puisque H est le projeté orthogonal de D sur (ABC). On trouve :

$$\begin{aligned} DH &= \sqrt{(-1+5)^2 + (2-0)^2 + (4-1)^2} \\ &= \sqrt{29}\,. \end{aligned}$$

Remarque : en utilisant la formule du cours donnant la distance d'un point à un plan, on a :

$$\begin{aligned} d\big(D; (ABC)\big) &= \frac{|4 \times (-5) + 2 \times 0 + 3 \times 1 - 12|}{\sqrt{4^2 + 2^2 + 3^2}} \\ &= \frac{29}{\sqrt{29}} \\ &= \sqrt{29}\,. \end{aligned}$$

On peut ainsi trouver la distance de D au plan (ABC) sans nécessairement chercher les coordonnées de H.

Voir énoncé page 428

1 V/F Généralités

10 min Corrigé p. 439

Parmi les propositions suivantes, quelles sont celles qui sont exactes ?

1 Si A et B sont deux points distincts de l'espace et k un réel non nul, l'ensemble des points M de l'espace tels que $\overrightarrow{AM} = k \cdot \overrightarrow{AB}$ est la droite (AB).

2 Si A, B, C sont trois points distincts de l'espace et H est le projeté orthogonal de C sur la droite (AB) alors $\overrightarrow{AB} \cdot \overrightarrow{AC} = \overrightarrow{AB} \cdot \overrightarrow{AH}$.

3 Si A, B, C, D sont quatre points distincts de l'espace tels que $\overrightarrow{AB} \cdot \overrightarrow{AC} = \overrightarrow{AB} \cdot \overrightarrow{AD}$ alors les vecteurs $\overrightarrow{AB}$ et $\overrightarrow{CD}$ sont colinéaires.

4 Le plan d'équation $x-2y+2z-7=0$ est tangent à la sphère d'équation $x^2+y^2+z^2-6y-4z+4=0$ au point A de coordonnées $(1 ; 1 ; 4)$.

2 V/F Produit scalaire dans l'espace

10 min Corrigé p. 439

Dans l'espace muni d'un repère orthonormal $(O ; \vec{i}, \vec{j}, \vec{k})$, on considère le vecteur $\vec{u}$ de coordonnées $(0 ; 1 ; 2)$.

Parmi les propositions suivantes, quelles sont celles qui sont exactes ?

1 Il existe un unique vecteur $\vec{v}$ de l'espace tel que $\vec{u} \cdot \vec{v} = 0$ et $\vec{v} \cdot \vec{i} = 0$.

2 L'ensemble des points M de l'espace tels que $\vec{u} \cdot \overrightarrow{OM} = 0$ est un plan.

3 L'ensemble des vecteurs $\vec{v}$ de l'espace tels que $\vec{u} \cdot \vec{v} = 0$, $\vec{v} \cdot \vec{i} = -1$ et $\vec{v} \cdot \vec{j} = 0$ est vide.

4 L'ensemble des vecteurs $\vec{v}$ de l'espace tels que $\vec{u} \cdot \vec{v} = 1$, $\vec{v} \cdot \vec{i} = 1$ et $\vec{v} \cdot \vec{j} = 1$ est vide.

3 V/F Positions relatives de plans de l'espace

10 min Corrigé p. 439

Parmi les propositions suivantes, quelles sont celles qui sont exactes ?

1 Soient $\mathcal{P}$, $\mathcal{Q}$, $\mathcal{R}$ trois plans tels que $\mathcal{P} \cap \mathcal{Q} \cap \mathcal{R} = \varnothing$, alors le système formé par les équations cartésiennes de ces trois plans n'admet aucune solution.

2 Soient $\mathcal{P}$, $\mathcal{Q}$, $\mathcal{R}$ trois plans tels que $\mathcal{P} \cap \mathcal{Q} \cap \mathcal{R} = \varnothing$, alors le plan $\mathcal{P}$ est parallèle au plan $\mathcal{Q}$ et le plan $\mathcal{Q}$ est parallèle au plan $\mathcal{R}$.

3 Si $\mathcal{P} \cap \mathcal{Q} \neq \varnothing$ et $\mathcal{R} \cap \mathcal{Q} \neq \varnothing$ alors $\mathcal{P} \cap \mathcal{Q} \cap \mathcal{R} \neq \varnothing$.

4 Soit m un réel, l'ensemble des points M de l'espace de coordonnées $(m ; m ; 0)$ est le plan d'équation cartésienne $x - y = 0$.

4 V/F Droites et plans de l'espace

10 min Corrigé p. 440

L'espace est rapporté au repère orthonormal $(O; \vec{i}, \vec{j}, \vec{k})$. On considère quatre points $A(2\,;4\,;1)$, $B(0\,;4\,;-3)$, $C(3\,;1\,;-3)$ et $D(1\,;0\,;-2)$.

Parmi les propositions suivantes, quelles sont celles qui sont exactes ?

1. Une équation cartésienne du plan (ABC) est : $2x + 2y - z = 11$.
2. Les droites (AB) et (CD) sont orthogonales.
3. Une représentation paramétrique de la droite (CD) est :

$$\begin{cases} x = -1 + 2t \\ y = -1 + t \\ z = 1 - t \end{cases}, \qquad t \in \mathbb{R}.$$

4. Le point I de coordonnées $\left(\frac{3}{5}\,;4\,;-\frac{9}{5}\right)$ appartient à la droite (AB).

5 Position relative de droites

★ 10 min Corrigé p. 440

Lycée Saint-Joseph Loquidy, Nantes

Soit a un réel strictement positif.

On considère le cube $ABCDEFGH$ d'arête a ci-dessous sur lequel les points I et J sont les milieux respectifs des arêtes $[EF]$ et $[AE]$.

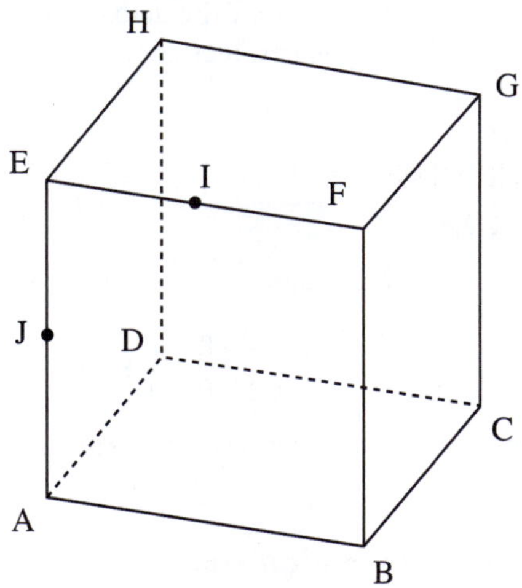

1. Montrer que les points I, J, D et G sont coplanaires.
2. Calculer le produit scalaire $\overrightarrow{DI} \cdot \overrightarrow{JG}$.
   Que peut-on déduire quant aux droites (DI) et (JG) ?

6 Avec un cube

★ 15 min Corrigé p. 441

Lycée Carnot, Dijon

Soit $ABCDA'B'C'D'$ un cube d'arête a, où (AA'), (BB'), (CC') et (DD') sont parallèles.

Calculer les produits scalaires suivants en fonction de a.

$$\overrightarrow{AB} \cdot \overrightarrow{AA'} \quad , \quad \overrightarrow{AB} \cdot \overrightarrow{CC'} \quad , \quad \overrightarrow{AB} \cdot \overrightarrow{DC'} \quad , \quad \overrightarrow{AB} \cdot \overrightarrow{CD'} \quad ,$$
$$\overrightarrow{AD} \cdot \overrightarrow{BC'} \quad , \quad \overrightarrow{AC} \cdot \overrightarrow{DB'} \quad , \quad \overrightarrow{AC'} \cdot \overrightarrow{DB'} \quad , \quad \overrightarrow{AC'} \cdot \overrightarrow{A'C'}.$$

7 Étude d'un quadrilatère

★ 15 min Corrigé p. 441

Lycée Pasteur, Dole

Soit l'espace rapporté à un repère orthonormé, on considère les 4 points $A(13\,;-11\,;10)$, $B(13\,;9\,;25)$, $C(-7\,;18\,;13)$ et $D(-7\,;-2\,;-2)$.

Quelle est la nature de la figure $ABCD$?

8 Arêtes orthogonales d'un tétraèdre

★ 15 min Corrigé p. 441

Lycée Guy de Maupassant, Fécamp

1 Montrer que pour tous points A, B, C et D de l'espace, on a :

$$\overrightarrow{DA} \cdot \overrightarrow{BC} + \overrightarrow{DB} \cdot \overrightarrow{CA} + \overrightarrow{DC} \cdot \overrightarrow{AB} = 0.$$

2 En déduire que, si dans un tétraèdre deux couples d'arêtes opposées sont formés d'arêtes orthogonales, il en est de même du troisième.

9 Base orthonormée

★ 15 min Corrigé p. 442

Lycée Condorcet, Paris

On se place dans un repère orthonormé $\left(O\,;\vec{\imath},\vec{\jmath},\vec{k}\right)$. Soient :

$$\vec{u}\left(-\frac{4}{9}\,;\frac{1}{9}\,;\frac{8}{9}\right) \quad ; \quad \vec{v}\left(\frac{4}{9}\,;\frac{8}{9}\,;\frac{1}{9}\right) \quad \text{et} \quad \vec{w}\left(\frac{7}{9}\,;-\frac{4}{9}\,;\frac{4}{9}\right).$$

Démontrer que $(\vec{u},\vec{v},\vec{w})$ est une base orthonormée.

10 Équation cartésienne d'un plan

★ 15 min Corrigé p. 443

Lycée Victor Hugo, Besançon

Soit l'espace rapporté à un repère orthonormé, on considère les 2 points $A(-1\,;0\,;1)$ et $B(0\,;3\,;1)$.

1 Donner une équation cartésienne du plan passant par A et de vecteur normal $\vec{n}(0\,;1\,;1)$.

2 Donner une équation cartésienne du plan parallèle au plan d'équation $x + y - 2z = 4$ et passant par B.

3 Donner une équation cartésienne du plan médiateur du segment $[AB]$.

11 Droites et plans de l'espace

★ 25 min Corrigé p. 444

Lycée Jean Renoir, Bondy

L'espace est rapporté au repère orthonormal $(O; \vec{i}, \vec{j}, \vec{k})$.

Les points A, B, C et D ont pour coordonnées respectives :

$$(-1\,;0\,;2) \quad , \quad (3\,;2\,;-4) \quad , \quad (1\,;-4\,;2) \quad \text{et} \quad (5\,;-2\,;4)\,.$$

On considère les points I, J, K définis par : I milieu du segment $[AB]$, K milieu du segment $[CD]$ et $\overrightarrow{BJ} = \frac{1}{4}\overrightarrow{BC}$.

1 Déterminer les coordonnées des points I, J et K.

2 **(a)** Montrer que les points I, J et K ne sont pas alignés.

(b) Montrer qu'une équation cartésienne du plan (IJK) est :

$$8x + 9y + 5z - 12 = 0.$$

(c) Déterminer une représentation paramétrique de la droite (AD) et démontrer que le plan (IJK) et la droite (AD) sont sécants en un point L dont on déterminera les coordonnées.

(d) Montrer que $\overrightarrow{AL} = \frac{1}{4}\overrightarrow{AD}$.

12 Aires et volumes

★ 45 min Corrigé p. 445

Lycée Jean Renoir, Bondy

Dans l'espace muni d'un repère orthonormé, on considère les points $A(3\,;0\,;1)$, $B(0\,;-1\,;2)$, $C(1\,;-1\,;0)$ et $D(1\,;1\,;-2)$.

1 **(a)** Démontrer que les vecteurs $\overrightarrow{AC}$ et $\overrightarrow{BC}$ sont orthogonaux.

(b) En déduire la nature du triangle ABC.

(c) Calculer l'aire de ce triangle.

2 **(a)** Vérifier que $\vec{u}(2\,;-5\,;1)$ est un vecteur normal du plan (ABC).

(b) Déterminer une équation cartésienne du plan (ABC).

(c) Déterminer la distance de D au plan (ABC).

3 En utilisant les questions 1 et 2, déterminer le volume du tétraèdre $ABCD$.

4 **(a)** Déterminer un vecteur $\vec{n}$ tel que $\vec{n} \cdot \overrightarrow{BC} = 0$ et $\vec{n} \cdot \overrightarrow{CD} = 0$.

(b) En déduire une équation cartésienne du plan (BCD).

5 Exprimer le volume du tétraèdre $ABCD$ en fonction de l'aire du triangle BCD.

6 Déterminer l'aire du triangle BCD.

13 Recherche

★★ 15 min Corrigé p. 448

Lycée Gustave Eiffel, Bordeaux

$ABCDEFGH$ est un cube de diagonale $[AG]$.

1 Trouver les points M de (AG) tels que (MB) et (MD) soient orthogonales.
On notera M_1 et M_2 ces points de sorte que M_2 soit le point le plus proche de G.

2 Calculer le volume de la pyramide $ABDM_2$.

14 Position relative de plans et de droites

★★ 20 min Corrigé p. 449

Lycée Claude Bernard, Paris

Retrouvez le corrigé de cet exercice en vidéo.

L'espace est rapporté à un repère orthonormal, t et t' désignent des paramètres réels.

Le plan $\mathcal{P}$ admet comme équation cartésienne :

$$\mathcal{P}\ :\ x - 2y + 3z + 5 = 0.$$

Le plan $\mathcal{S}$ admet comme représentation paramétrique :

$$\mathcal{S}\ :\ \begin{cases} x = -2 + t + 2t' \\ y = -t - 2t' \\ z = -1 - t + 3t' \end{cases}$$

La droite $\mathcal{D}$ admet comme représentation paramétrique :

$$\mathcal{D}\ :\ \begin{cases} x &= -2 + t \\ y &= -t \\ z &= -1 - t \end{cases}$$

1 Démontrer qu'une représentation paramétrique du plan $\mathcal{P}$ est :

$$\begin{cases} x &= t + 2t' \\ y &= 1 - t + t' \\ z &= -1 - t \end{cases}$$

2 Démontrer que la droite $\mathcal{D}$ est une droite du plan $\mathcal{P}$.

3 Étudier la position relative des plans $\mathcal{P}$ et $\mathcal{S}$. Le cas échéant, donner une représentation paramétrique de leur intersection.

15 Dans un parallélépipède

★★ 45 min Corrigé p. 450

Lycée Saint-Joseph Loquidy, Nantes

L'espace est muni d'un repère orthonormé $\left(O;\vec{i},\vec{j},\vec{k}\right)$.
L'unité de longueur est le centimètre.
On considère les points :

- $A(1;-1;0)$,
- $B(-2;0;0)$,
- $C(1;2;-1)$,
- $E(3;-2;2)$.

1 Vérifier que les points A, B et C définissent bien un plan.

2 Justifier que le point E n'appartient pas au plan (ABC).

On construit alors le parallélépipède $ABCDEFGH$ de sorte que $\overrightarrow{AE}=\overrightarrow{BF}$.

Rappel : toutes les faces d'un parallélépipède sont des parallélogrammes.

3 Déterminer les coordonnées des sommets D, F, G et H.

4 Calculer le produit scalaire $\overrightarrow{AE}\cdot\overrightarrow{AB}$.

5 En déduire une mesure, arrondie au degré, de l'angle $\widehat{BAE}$.

6 On considère le point $K\left(-\frac{1}{2};1;-\frac{1}{2}\right)$.

(a) Montrer que le point K appartient à la droite (BC).

(b) Calculer le produit scalaire $\overrightarrow{AK}\cdot\overrightarrow{BC}$.

(c) En déduire que la distance du point A à la droite (BC) est égale à $\frac{\sqrt{26}}{2}$ cm.

(d) Montrer alors que l'aire du parallélogramme $ABCD$ vaut $\sqrt{91}$ cm^2.

7 Déterminer un vecteur normal $\vec{n}$ au plan (ABC).

8 En déduire la distance du point E au plan (ABC).

9 Calculer alors le volume du parallélépipède $ABCDEFGH$.

16 Dans un cube

★★ 45 min Corrigé p. 454

Lycée Camille Jullian, Bordeaux

Soit $ABCDEFGH$ un cube. L'espace est rapporté au repère orthonormé $\left(A;\ \overrightarrow{AB}, \overrightarrow{AD}, \overrightarrow{AE}\right)$.

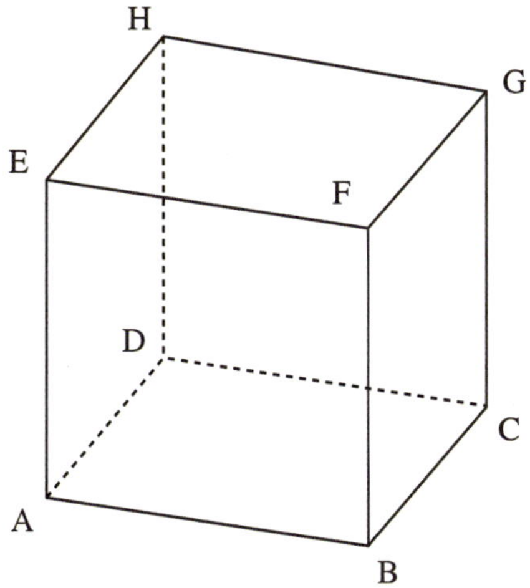

Pour tout réel t, on considère le point M de coordonnées $(1-t\ ;\ t\ ;\ t)$.

1 Montrer que pour tout réel t, le point M appartient à la droite (BH).

On admet que les droites (BH) et (FC) ont respectivement pour représentation paramétrique :

$$\begin{cases} x = 1-t \\ y = t \\ z = t \end{cases},\quad t \in \mathbb{R} \qquad \text{et} \qquad \begin{cases} x = 1 \\ y = t' \\ z = 1-t' \end{cases},\quad t' \in \mathbb{R}.$$

2 Montrer que les droites (BH) et (FC) sont orthogonales et non coplanaires.

3 Pour tout réel t', on considère le point $M'(1;\ t';\ 1-t')$.

(a) Montrer que pour tous réels t et t',

$$MM'^2 = 3\left(t-\frac{1}{3}\right)^2 + 2\left(t'-\frac{1}{2}\right)^2 + \frac{1}{6}.$$

(b) Pour quelles valeurs de t et de t' la distance MM' est-elle minimale ? Justifier.

(c) On nomme P le point de coordonnées $\left(\frac{2}{3}\ ;\ \frac{1}{3}\ ;\ \frac{1}{3}\right)$ et Q celui de coordonnées $\left(1\ ;\ \frac{1}{2}\ ;\ \frac{1}{2}\right)$.

Justifier que la droite (PQ) est perpendiculaire aux deux droites (BH) et (FC).

(d) Quelle est la distance entre (BH) et (FC) ?

1 V/F Généralités

Énoncé p. 432

1 *Faux*. Si k est non nul, le point M ne pourra jamais être confondu avec A. L'ensemble obtenu sera donc la droite (AB) privée de A.

2 *Vrai*. Si le point C appartient à la droite (AB) alors $C = H$ et l'égalité est vraie. Sinon, $\overrightarrow{AB} \cdot \overrightarrow{AC} = \overrightarrow{AB} \cdot \overrightarrow{AH} + \overrightarrow{AB} \cdot \overrightarrow{HC}$. Or, les droites (AB) et (HC) sont orthogonales donc $\overrightarrow{AB} \cdot \overrightarrow{HC} = 0$.
Par suite, $\overrightarrow{AB} \cdot \overrightarrow{AC} = \overrightarrow{AB} \cdot \overrightarrow{AH}$.

3 *Faux*. $\overrightarrow{AB} \cdot \overrightarrow{AC} = \overrightarrow{AB} \cdot \overrightarrow{AD}$ équivaut à $\overrightarrow{AB} \cdot \overrightarrow{DC} = 0$ donc les vecteurs $\overrightarrow{AB}$ et $\overrightarrow{CD}$ sont orthogonaux et non colinéaires.

4 *Vrai*. On commence par transformer l'équation de la sphère en $x^2 + (y-3)^2 + (z-2)^2 = 9$. La sphère est de centre $I(0\,;3\,;2)$ et de rayon 3.
On s'assure que le point A appartient bien à cette sphère puisque ses coordonnées vérifient l'équation trouvée. Le plan tangent à la sphère au point A est l'ensemble des points M de l'espace tels que $\overrightarrow{AM} \cdot \overrightarrow{IA} = 0$. En calculant ce produit scalaire, on obtient ainsi une équation cartésienne du plan $\mathcal{P} : x - 2y + 2z - 7 = 0$.

2 V/F Produit scalaire dans l'espace

Énoncé p. 432

1 *Faux*. Les vecteurs de coordonnées $(0\,;2\,;-1)$ et $(0\,;6\,;-3)$ vérifient tous les deux les conditions demandées.

2 *Vrai*. L'ensemble des points M de coordonnées $(x\,;y\,;z)$ tels que $\vec{u} \cdot \overrightarrow{OM} = 0$ forme le plan d'équation : $y + 2z = 0$.

3 *Faux*. Le vecteur de coordonnées $(-1\,;0\,;0)$ convient.

4 *Faux*. Le vecteur de coordonnées $(1\,;1\,;0)$ convient.

3 V/F Positions relatives de plans de l'espace

Énoncé p. 432

1 *Vrai*. Un triplet $(a\,;b\,;c)$ est solution du système formé par les équations cartésiennes de ces trois plans si et seulement si il vérifie ces trois équations, ce qui équivaut à dire que le point de coordonnées $(a\,;b\,;c)$ appartient simultanément aux trois plans. Or, par hypothèse, l'intersection des trois plans est vide.

2 *Faux*. Considérons les plans $\mathcal{P}$, $\mathcal{Q}$ et $\mathcal{R}$ d'équations cartésiennes respectives $x + y = 2$, $y + z = 3$ et $x + 2y + z = 0$. L'intersection de ces trois plans est clairement vide cependant ces plans ne sont pas parallèles.

3 *Faux*. Considérons les plans $\mathcal{P}$, $\mathcal{Q}$ et $\mathcal{R}$ d'équations cartésiennes respectives $x = 0$, $x + y = 2$ et $x = 3$. On a $\mathcal{P} \cap \mathcal{Q} \neq \varnothing$ puisque, par exemple

COURS INTERROS CORRIGÉS

le point de coordonnées (0 ; 2 ; 0) appartient à la fois à $\mathcal{P}$ et à $\mathcal{Q}$. De même, on a $\mathcal{R} \cap \mathcal{Q} \neq \varnothing$ puisque le point de coordonnées (3 ; −1 ; 0) appartient simultanément aux plans $\mathcal{Q}$ et $\mathcal{R}$.

Cependant $\mathcal{P} \cap \mathcal{Q} \cap \mathcal{R} = \varnothing$ puisqu'on ne peut avoir simultanément $x = 0$ et $x = 3$.

4 *Faux*. Le point de coordonnées (1 ; 1 ; 1) appartient au plan d'équation cartésienne $x - y = 0$ mais ses coordonnées ne sont pas de la forme $(m\ ;\ m\ ;\ 0)$.

4 V/F Droites et plans de l'espace

Énoncé p. 433

1 *Vrai*. On commence par vérifier que les points A, B et C ne sont pas alignés puisque les vecteurs $\overrightarrow{AB}(-2\ ;\ 0\ ;\ -4)$ et $\overrightarrow{AC}(1\ ;\ -3\ ;\ -4)$ ne sont pas colinéaires. Par suite, il existe un unique plan contenant les points A, B et C. Il ne reste plus qu'à s'assurer que les coordonnées des trois points vérifient l'équation proposée, ce qui est le cas.

2 *Vrai*. D'après la question précédente, les coordonnées du vecteur $\overrightarrow{AB}$ sont $(-2\ ;\ 0\ ;\ -4)$.

On calcule de même celles du vecteur $\overrightarrow{CD}$ soit $(-2\ ;\ -1\ ;\ 1)$. Le produit scalaire de ces deux vecteurs est nul donc ils sont orthogonaux et les droites (AB) et (CD) sont orthogonales.

3 *Faux*. Le point D n'appartient pas à la droite proposée. En effet, les équations $t - 1 = 0$ et $1 - t = -2$ sont incompatibles.

4 *Vrai*. On connaît les coordonnées du vecteur $\overrightarrow{AB}$. On calcule celles du vecteur $\overrightarrow{AI}$ soit $\left(-\frac{7}{5}\ ;\ 0\ ;\ -\frac{14}{5}\right)$. On a donc $\overrightarrow{AI} = \frac{7}{10}\overrightarrow{AB}$. Par suite, ces deux vecteurs sont colinéaires et les points A, I et B sont alignés.

5 Position relative de droites

Énoncé p. 433

Lycée Saint-Joseph Loquidy, Nantes

1 I et J sont les milieux respectifs de $[EF]$ et $[AE]$ donc :

$$\overrightarrow{IJ} = \frac{1}{2}\overrightarrow{FA} = \frac{1}{2}\overrightarrow{GD}.$$

Donc $\overrightarrow{IJ}$ et $\overrightarrow{GD}$ sont colinéaires.

On en déduit alors que (IJ) et (GD) sont parallèles.

Or, deux droites parallèles définissent un plan.

Donc I, J, D et G sont coplanaires.

2 Dans le repère $\left(A; \overrightarrow{AB}, \overrightarrow{AD}, \overrightarrow{AE}\right)$,

$$\overrightarrow{DI}\begin{pmatrix}\frac{1}{2}\\-1\\1\end{pmatrix} \quad ; \quad \overrightarrow{JG}\begin{pmatrix}1\\1\\\frac{1}{2}\end{pmatrix}.$$

Par conséquent,

$$\overrightarrow{DI}\cdot\overrightarrow{JG} = \frac{1}{2}\times 1 + (-1)\times 1 + 1\times\frac{1}{2} = 0.$$

On en déduit alors que les droites (DI) et (JG) sont orthogonales.

6 Avec un cube

Énoncé p. 434

Lycée Carnot, Dijon

- $\overrightarrow{AB}\cdot\overrightarrow{AA'} = 0$
- $\overrightarrow{AB}\cdot\overrightarrow{CC'} = 0$
- $\overrightarrow{AB}\cdot\overrightarrow{DC'} = \overrightarrow{AB}\cdot\overrightarrow{DC} = a^2$
- $\overrightarrow{AB}\cdot\overrightarrow{CD'} = \overrightarrow{AB}\cdot\overrightarrow{CD} = -a^2$
- $\overrightarrow{AD}\cdot\overrightarrow{BC'} = \overrightarrow{AD}\cdot\overrightarrow{BC} = a^2$
- $\overrightarrow{AC}\cdot\overrightarrow{DB'} = \overrightarrow{AC}\cdot(\overrightarrow{DB}+\overrightarrow{BB'}) = \overrightarrow{AC}\cdot\overrightarrow{DB} + \overrightarrow{AC}\cdot\overrightarrow{BB'} = 0$
- $\overrightarrow{AC'}\cdot\overrightarrow{DB'} = (\overrightarrow{AC}+\overrightarrow{CC'})\cdot(\overrightarrow{DB}+\overrightarrow{BB'}) = \overrightarrow{CC'}\cdot\overrightarrow{BB'} = a^2$
- $\overrightarrow{AC'}\cdot\overrightarrow{A'C'} = (\overrightarrow{AC}+\overrightarrow{CC'})\cdot\overrightarrow{A'C'} = \overrightarrow{AC}\cdot\overrightarrow{A'C'} = 2a^2$

7 Étude d'un quadrilatère

Énoncé p. 434

Lycée Pasteur, Dole

Calculons les coordonnées des vecteurs $\overrightarrow{AB}$, $\overrightarrow{DC}$ et $\overrightarrow{BC}$:

$$\overrightarrow{AB}(0\,;20\,;15) \quad ; \quad \overrightarrow{DC}(0\,;20\,;15) \quad \text{et} \quad \overrightarrow{BC}(-20\,;9\,;-12).$$

Comme $\overrightarrow{AB} = \overrightarrow{DC}$, $ABCD$ est un parallélogramme. Calculons $\overrightarrow{AB}\cdot\overrightarrow{BC}$:

$$\overrightarrow{AB}\cdot\overrightarrow{BC} = 0\times(-20) + 20\times 9 + 15\times(-12) = 0.$$

Comme $\overrightarrow{AB}\cdot\overrightarrow{BC} = 0$, les vecteurs $\overrightarrow{AB}$ et $\overrightarrow{BC}$ sont orthogonaux, donc $ABCD$ est un rectangle.

Enfin, $\|\overrightarrow{AB}\| = \|\overrightarrow{BC}\| = 25$, donc $ABCD$ est un carré.

8 Arêtes orthogonales d'un tétraèdre

Énoncé p. 434

Lycée Guy de Maupassant, Fécamp

1 On décompose les vecteurs $\overrightarrow{DB}$ et $\overrightarrow{DC}$ à l'aide de la relation de Chasles en introduisant le point A :

$$\begin{aligned}\overrightarrow{DA}\cdot\overrightarrow{BC}+\overrightarrow{DB}\cdot\overrightarrow{CA}+\overrightarrow{DC}\cdot\overrightarrow{AB} &= \overrightarrow{DA}\cdot\left(\overrightarrow{BC}+\overrightarrow{CA}+\overrightarrow{AB}\right)\\ &\quad+\overrightarrow{AB}\cdot\overrightarrow{CA}+\overrightarrow{AC}\cdot\overrightarrow{AB}\\ &= \overrightarrow{DA}\cdot\overrightarrow{0}-\overrightarrow{AB}\cdot\overrightarrow{AC}+\overrightarrow{AC}\cdot\overrightarrow{AB}\\ &= 0.\end{aligned}$$

2 Les trois couples d'arêtes opposées sont $([DA],[BC])$, $([DB],[AC])$ et $([DC],[AB])$.

On applique alors l'égalité ci-dessus en supposant deux des trois produits scalaires nuls : le troisième est alors nul.

9 Base orthonormée

Énoncé p. 434

Lycée Condorcet, Paris

Vérifions d'abord que les vecteurs sont unitaires :

$$\|\vec{u}\|^2=\left(-\frac{4}{9}\right)^2+\left(\frac{1}{9}\right)^2+\left(\frac{8}{9}\right)^2=\frac{16+1+64}{81}=1\,,$$

$$\|\vec{v}\|^2=\left(\frac{4}{9}\right)^2+\left(\frac{8}{9}\right)^2+\left(\frac{1}{9}\right)^2=\frac{16+64+1}{81}=1\,,$$

$$\|\vec{w}\|^2=\left(\frac{7}{9}\right)^2+\left(-\frac{4}{9}\right)^2+\left(\frac{4}{9}\right)^2=\frac{49+16+16}{81}=1.$$

Ensuite, calculons les produits scalaires suivants pour montrer que ces vecteurs sont deux à deux orthogonaux :

$$\vec{u}\cdot\vec{v}=\frac{(-4)\times 4+1\times 8+8\times 1}{9\times 9}=0\,,$$

$$\vec{u}\cdot\vec{w}=\frac{(-4)\times 7+1\times(-4)+8\times 4}{9\times 9}=0\,,$$

$$\vec{v}\cdot\vec{w}=\frac{4\times 7+8\times(-4)+1\times 4}{9\times 9}=0.$$

Alors la famille de vecteurs $(\vec{u},\vec{v},\vec{w})$ est une base orthonormée.

MÉTHODE

Pour prouver qu'une famille $(\vec{u},\vec{v},\vec{w})$ de trois vecteurs est une base orthonormée de l'espace, on montre que les normes des trois vecteurs sont égales à 1 (on dit alors que les vecteurs sont normés ou unitaires) puis que les vecteurs sont deux à deux orthogonaux.

10 Équation cartésienne d'un plan

Énoncé p. 434

Lycée Victor Hugo, Besançon

1 Comme $\vec{n}$ est un vecteur normal au plan cherché, une équation cartésienne de celui-ci est :

$$y + z = d \ , d \in \mathbb{R}$$

où d est déterminé par le fait que A appartient au plan cherché, soit :

$$0 + 1 = d.$$

Le plan cherché admet donc pour équation cartésienne :

$$y + z = 1.$$

2 Un plan parallèle au plan d'équation :

$$x + y - 2z = 4$$

admet pour équation :

$$x + y - 2z = a \ ,$$

où a est déterminé par le fait que B appartient au plan, soit :

$$3 - 2 = a.$$

Le plan cherché admet donc pour équation cartésienne :

$$x + y - 2z = 1.$$

3 Le plan médiateur du segment $[AB]$ passe par le milieu de $[AB]$ et admet $\overrightarrow{AB}$ comme vecteur normal.

Calculons les coordonnées du milieu de $[AB]$ ainsi que celles du vecteur $\overrightarrow{AB}$:

$$\text{Milieu de } [AB] : \left(-\frac{1}{2} \ ; \frac{3}{2} \ ; 1\right); \quad \text{le vecteur } \overrightarrow{AB} : (1 \ ; 3 \ ; 0).$$

Le plan médiateur du segment $[AB]$ a donc pour équation :

$$x + 3y = c \ ,$$

avec :

$$-\frac{1}{2} + \frac{9}{2} = c \quad , \quad \text{donc } c = 4.$$

COURS INTERROS CORRIGÉS

Cette équation cartésienne est donc $x + 3y = 4$.

MÉTHODE

La première et la troisième question peuvent aussi être résolues avec les méthodes suivantes :

- Le plan passant par A et de vecteur normal $\vec{n}$ est l'ensemble des points M de l'espace tels que $\overrightarrow{AM} \cdot \vec{n} = 0$. Si le point M a pour coordonnées $(x\,;\,y\,;\,z)$, on calcule alors les coordonnées du vecteur $\overrightarrow{AM}$ puis on effectue le produit scalaire.
- Le plan médiateur du segment $[AB]$ est l'ensemble des points M de l'espace équidistants de A et de B. Si le point M a pour coordonnées $(x\,;\,y\,;\,z)$, on calcule alors les distances MA et MB et on écrit l'égalité $MA^2 = MB^2$ qui après simplification fournira l'équation cherchée.

11 Droites et plans de l'espace

Énoncé p. 435

Lycée Jean Renoir, Bondy

1 Les coordonnées respectives des points I et K sont :

$$I(1\,;\,1\,;\,-1) \qquad \text{et} \qquad K(3\,;\,-3\,;\,3).$$

Le point J est défini par la relation vectorielle $\overrightarrow{BJ} = \dfrac{1}{4}\overrightarrow{BC}$.

Soient $(x\,;\,y\,;\,z)$ les coordonnées du point J. Alors, les coordonnées du vecteur $\overrightarrow{BJ}$ sont $(x-3\,;\,y-2\,;\,z+4)$.

Les coordonnées du vecteur $\overrightarrow{BC}$ sont $(-2\,;\,-6\,;\,6)$.

Les coordonnées du point J s'obtiennent en résolvant le système :

$$\begin{cases} x - 3 = -\dfrac{1}{2} \\ y - 2 = -\dfrac{3}{2} \\ z + 4 = \dfrac{3}{2} \end{cases}$$

Le point J a pour coordonnées $\left(\dfrac{5}{2}\,;\,\dfrac{1}{2}\,;\,-\dfrac{5}{2}\right)$.

2 **(a)** Les vecteurs $\overrightarrow{IK}$ et $\overrightarrow{IJ}$ sont pour coordonnées respectives $(2\,;\,-4\,;\,4)$ et $\left(\dfrac{3}{2}\,;\,-\dfrac{1}{2}\,;\,-\dfrac{3}{2}\right)$. Comme il n'existe pas de réel k tel que $\overrightarrow{IJ} = k\overrightarrow{IK}$, on en déduit que les vecteurs $\overrightarrow{IK}$ et $\overrightarrow{IJ}$ ne sont pas colinéaires donc les points I, J et K ne sont pas alignés.

(b) Considérons le plan $\mathcal{P}$ d'équation cartésienne :

$$8x + 9y + 5z - 12 = 0.$$

Il contient le point I puisque $8 \times 1 + 9 \times 1 + 5 \times (-1) - 12 = 0$. On montre de même que le plan $\mathcal{P}$ contient aussi les points J et K. Or, d'après la question précédente, les points I, J, K ne sont pas alignés donc ils déterminent un plan. Ce plan n'est donc autre que le plan $\mathcal{P}$. Par conséquent, une équation cartésienne du plan (IJK) est $8x + 9y + 5z - 12 = 0$.

MÉTHODE

Pour résoudre cette question, on aurait pu aussi procéder de la manière suivante :
On commence par déterminer un vecteur $\vec{n}$ à la fois orthogonal aux vecteurs $\overrightarrow{IK}$ et $\overrightarrow{IJ}$. Un tel vecteur est donc un vecteur normal au plan (IJK). Le plan (IJK) est donc l'ensemble des points M de l'espace tels que $\vec{n} \cdot \overrightarrow{IM} = 0$.

(c) Le vecteur $\overrightarrow{AD}$ a pour coordonnées $(6\ ;\ -2\ ;\ 2)$.
Un point M de coordonnées $(x\ ;\ y;\ z)$ appartient à la droite (AD) si et seulement si il existe un réel t tel que $\overrightarrow{AM} = t\overrightarrow{AD}$.

Une représentation paramétrique de la droite (AD) est donc :

$$\begin{cases} x = -1 + 6t \\ y = -2t \\ z = 2 + 2t \end{cases}, \quad t \in \mathbb{R}.$$

Un point M de la droite (AD) appartient au plan (IJK) si et seulement si il existe un réel t tel que $8(6t-1) - 18t + 5(2t+2) - 12 = 0$.
En résolvant cette équation, on obtient $t = \frac{1}{4}$.

Le plan (IJK) et la droite (AD) sont sécants en un point L de coordonnées $\left(\frac{1}{2}\ ;\ -\frac{1}{2}\ ;\ \frac{5}{2}\right)$.

(d) Le vecteur $\overrightarrow{AD}$ a pour coordonnées $(6\ ;\ -2\ ;\ 2)$ et le vecteur $\overrightarrow{AL}$ a pour coordonnées $\left(\frac{3}{2}\ ;\ -\frac{1}{2}\ ;\ \frac{1}{2}\right)$, ce qui établit la relation demandée.

12 Aires et volumes

Énoncé p. 435

Lycée Jean Renoir, Bondy

1 **(a)** Les vecteurs $\overrightarrow{AC}$ et $\overrightarrow{BC}$ ont pour coordonnées respectives $(-2\ ;\ -1\ ;\ -1)$ et $(1\ ;\ 0\ ;\ -2)$. On calcule leur produit scalaire :

$$\overrightarrow{AC} \cdot \overrightarrow{BC} = (-2) + (-1) \times (-2) = 0.$$

On en déduit que les vecteurs $\overrightarrow{AC}$ et $\overrightarrow{BC}$ sont orthogonaux.

(b) On déduit de la première question que le triangle ABC est rectangle en C.

(c) L'aire du triangle ABC est :

$$\mathscr{A} = \frac{1}{2} AC \times BC ,$$

soit :

$$\mathscr{A} = \frac{1}{2}\sqrt{6} \times \sqrt{5}.$$

L'aire du triangle ABC est donc $\dfrac{\sqrt{30}}{2}$.

2 **(a)** On a vu que les poins A, B, C ne sont pas alignés. Pour prouver que le vecteur $\vec{u}$ est un vecteur normal au plan (ABC), il suffit de prouver que ce vecteur est orthogonal à la fois aux vecteurs $\overrightarrow{AC}$ et $\overrightarrow{BC}$. En effet, on sait d'après le cours que tout vecteur non nul orthogonal à deux vecteurs non colinéaires d'un plan $\mathcal{P}$ est un vecteur normal au plan $\mathcal{P}$.

On vérifie que $\overrightarrow{BC} \cdot \vec{u} = \overrightarrow{AC} \cdot \vec{u} = 0$ ce qui achève la preuve.

(b) Le plan (ABC) est l'ensemble des points M de l'espace de coordonnées $(x\ ;\ y\ ;\ z)$ tels que $\overrightarrow{AM} \cdot \vec{u} = 0$. Une équation cartésienne du plan (ABC) est

$$2x - 5y + z = 7.$$

(c) En utilisant la formule :

$$d(M,\mathcal{P}) = \frac{|ax + by + cz - d|}{\sqrt{a^2 + b^2 + c^2}} ,$$

on déduit que la distance du point D au plan (ABC) est $\dfrac{|-12|}{\sqrt{30}}$ soit $\dfrac{2\sqrt{30}}{5}$.

3 On considère comme base du tétraèdre $ABCD$ le triangle BCA. Son volume est alors :

$$\mathscr{V} = \frac{1}{3}\mathcal{A} \times \frac{2\sqrt{30}}{5} ,$$

soit $\mathscr{V} = 2$.

4 **(a)** Soit $\vec{n}$ un vecteur de coordonnées $(a\ ;\ b\ ;\ c)$.

En calculant ces produits scalaires, on montre que $\vec{n} \cdot \overrightarrow{BC} = 0$ et $\vec{n} \cdot \overrightarrow{CD} = 0$ équivaut à :

$$\begin{cases} a - 2c = 0 \\ 2b - 2c = 0. \end{cases}$$

On peut donc choisir par exemple $\vec{n}(2 ; 1 ; 1)$.

ATTENTION

Il existe une infinité de vecteurs $\vec{n}$ répondant à la question !

(b) Remarquons que les points B, C, D ne sont pas alignés (les vecteurs $\overrightarrow{BC}$ et $\overrightarrow{CD}$ ne sont pas colinéaires) donc ils déterminent un plan.

Le plan (BCD) est l'ensemble des points M de l'espace de coordonnées $(x ; y ; z)$ tels que $\overrightarrow{BM} \cdot \vec{n} = 0$. Une équation cartésienne du plan (BCD) est $2x + y + z = 1$.

5 On considère comme base du tétraèdre $ABCD$ le triangle BCD. Son volume est alors donné par la formule :

$$\mathscr{V} = \frac{1}{3}\mathscr{A}' \times d ,$$

où $\mathscr{A}'$ représente l'aire du triangle BCD et d la distance du point A au plan (BCD).

On calcule cette distance en utilisant la même formule qu'à la question 2.c.

$$d = \frac{6}{\sqrt{6}} = \sqrt{6}.$$

On a donc :

$$\mathscr{V} = \frac{\sqrt{6}}{3}\mathscr{A}'.$$

6 Le volume du tétraèdre ayant été calculé antérieurement, on peut ainsi déterminer l'aire du triangle BCD.

On a :

$$2 = \mathscr{A}' \times \frac{\sqrt{6}}{3}.$$

On en déduit :

$$\mathscr{A}' = \sqrt{6}.$$

MÉTHODE

On retiendra la méthode utilisée dans cet exercice (un grand classique des sujets de baccalauréat antérieurs).

On considère un tétraèdre et, en calculant son volume de deux manières différentes, on déduit, selon les problèmes, soit l'aire d'une des faces triangulaires du tétraèdre soit la distance d'un des sommets au plan contenant la face opposée à ce sommet.

13 Recherche

Énoncé p. 436

Lycée Gustave Eiffel, Bordeaux

Dans cet exercice, plaçons-nous dans le repère $\left(A;\,\overrightarrow{AB},\overrightarrow{AD},\overrightarrow{AE}\right)$.

1 Dans ce repère, $\overrightarrow{AG}\begin{pmatrix}1\\1\\1\end{pmatrix}$ et $A(0;\,0;\,0)$ donc une représentation paramétrique de (AG) est :

$$\begin{cases} x = t \\ y = t \\ z = t \end{cases}, \qquad t \in \mathbb{R}.$$

Ainsi,

$$M \in (AG) \iff M(t;\,t;\,t),\ t \in \mathbb{R}.$$

On souhaite que (MD) et (MB) soient orthogonales.

$$\begin{aligned}
\overrightarrow{MB}\cdot\overrightarrow{MD} = 0 &\iff \begin{pmatrix}1-t\\-t\\-t\end{pmatrix}\cdot\begin{pmatrix}-t\\1-t\\-t\end{pmatrix} = 0 \\
&\iff -t(1-t) - t(1-t) - t\times(-t) = 0 \\
&\iff -t(1-t+1-t-t) = 0 \\
&\iff -t(2-3t) = 0 \\
&\iff t = 0 \text{ ou } t = \frac{2}{3}.
\end{aligned}$$

Il existe donc deux points $M_1(0;\,0;\,0) = A$ et $M_2\left(\frac{2}{3};\,\frac{2}{3};\,\frac{2}{3}\right)$ correspondant à notre recherche.

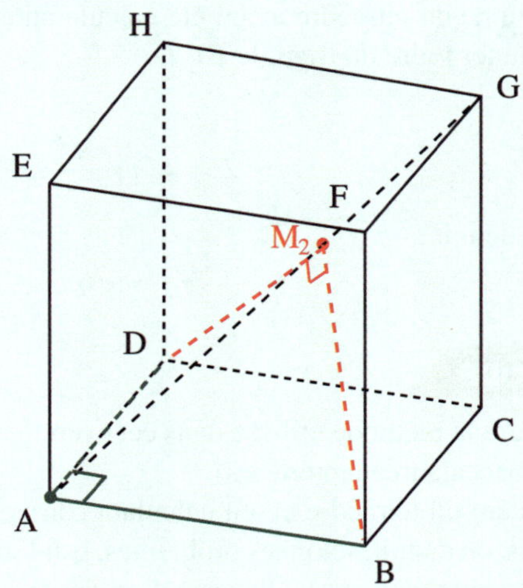

2 Rappelons que le volume d'une pyramide est donné par la formule :

$$\mathcal{V} = \frac{1}{3} \times \mathcal{A} \times h$$

où $\mathcal{A}$ représente l'aire d'une base et h la hauteur de la pyramide relative à cette base.

Prenons ABD pour base. Alors,

$$\mathcal{A} = \frac{AD \times AB}{2} = \frac{1 \times 1}{2} = \frac{1}{2}$$

et

$$h = \frac{2}{3}.$$

Ainsi,

$$\mathcal{V} = \frac{1}{3} \times \frac{1}{2} \times \frac{2}{3} = \frac{1}{9}.$$

14 Position relative de plans et de droites

Énoncé p. 436

Lycée Claude Bernard, Paris

1 La représentation paramétrique proposée est une représentation du plan $\mathcal{P}$ si et seulement si les coordonnées exprimées en fonction de t et t' vérifient l'équation cartésienne du plan $\mathcal{P}$ pour toutes valeurs de t et t'.

Donc on remplace :

$$t + 2t' - 2(1 - t + t') + 3(-1 - t) + 5 = 0t + 0t' - 5 + 5 = 0.$$

L'équation est vérifiée quelles que soient les valeurs de t et t', donc on a bien une représentation paramétrique du plan $\mathcal{P}$.

2 Là encore, on remplace dans l'équation cartésienne de $\mathcal{P}$: si, pour tout t, les coordonnées des points de $\mathcal{D}$ vérifient l'équation de $\mathcal{P}$, cela signifiera que $\mathcal{D}$ est incluse dans $\mathcal{P}$.

Remarque : les deux autres cas de figure sont :

- les coordonnées des points de $\mathcal{D}$ ne vérifient l'équation cartésienne de $\mathcal{P}$ pour aucune valeur de t : alors la droite est parallèle au plan $\mathcal{P}$;
- il existe une unique valeur de t qui convient : alors la droite $\mathcal{D}$ est sécante au plan $\mathcal{P}$.

En remplaçant, il vient :

$$-2 + t - 2(-t) + 3(-1 - t) + 5 = 0t - 5 + 5 = 0.$$

Donc ici aussi, toute valeur de t convient, donc la droite $\mathcal{D}$ est une droite du plan $\mathcal{P}$.

3 Cherchons à quelle condition un point de $\mathcal{S}$ appartient à $\mathcal{P}$, en remplaçant x, y et z dans l'équation cartésienne de $\mathcal{P}$ par leur expression dans la représentation paramétrique de $\mathcal{S}$.

COURS INTERROS CORRIGÉS

$$\begin{aligned} & -2+t+2t'-2(-t-2t')+3(-1-t+3t')+5=0 \\ \Longleftrightarrow\ & 0t+15t'=0 \\ \Longleftrightarrow\ & t'=0. \end{aligned}$$

On obtient alors l'équation de l'intersection en remplaçant t' par 0 dans la représentation paramétrique de $\mathcal{S}$.

La droite intersection de $\mathcal{P}$ et $\mathcal{S}$ a pour représentation paramétrique :

$$\begin{cases} x=-2+t \\ y=-t \\ z=-1-t \end{cases}$$

C'est en fait la droite $\mathcal{D}$.

15 Dans un parallélépipède

Énoncé p. 437

Lycée Saint-Joseph Loquidy, Nantes

1 A, B et C définissent un plan si $\overrightarrow{AB}$ et $\overrightarrow{AC}$ (par exemple) ne sont pas colinéaires.

$$\overrightarrow{AB}\begin{pmatrix}-3\\1\\0\end{pmatrix} \quad ; \quad \overrightarrow{AC}\begin{pmatrix}0\\3\\-1\end{pmatrix}.$$

De plus,

$$\frac{0}{-3}\neq\frac{3}{1}$$

donc les coordonnées de $\overrightarrow{AB}$ et $\overrightarrow{AC}$ ne sont pas proportionnelles. Par conséquent, $\overrightarrow{AB}$ et $\overrightarrow{AC}$ ne sont pas colinéaires.

2 $\overrightarrow{AE}\begin{pmatrix}2\\-1\\2\end{pmatrix}$. Si E appartenait au plan (ABC), $\overrightarrow{AE}$ serait une combinaison linéaire de $\overrightarrow{AB}$ et $\overrightarrow{AC}$, donc il existerait deux réels λ et μ tels que :

$$\begin{aligned} \overrightarrow{AE}=\lambda\overrightarrow{AB}+\mu\overrightarrow{AC} \Longleftrightarrow\ & \begin{pmatrix}2\\-1\\2\end{pmatrix}=\lambda\begin{pmatrix}-3\\1\\0\end{pmatrix}+\mu\begin{pmatrix}0\\3\\-1\end{pmatrix} \\ \Longleftrightarrow\ & \begin{cases} 2=-3\lambda \\ -1=\lambda+3\mu \\ 2=-\mu \end{cases} \\ \Longleftrightarrow\ & \lambda=-\frac{2}{3},\ \mu=-2 \text{ et } -1=-\frac{2}{3}+3\times(-2) \end{aligned}$$

La dernière égalité étant fausse, les réels λ et μ n'existent pas, donc E n'appartient pas au plan (ABC).

3 • $ABCD$ doit être un parallélogramme donc :

$$\overrightarrow{AB} = \overrightarrow{DC} \iff \begin{pmatrix} -3 \\ 1 \\ 0 \end{pmatrix} = \begin{pmatrix} 1 - x_D \\ 2 - y_D \\ -1 - z_D \end{pmatrix}$$

$$\iff \begin{cases} x_D = 1 + 3 = 4 \\ y_D = 2 - 1 = 1 \\ z_D = -1 \end{cases}$$

Donc $D(4;\ 1;\ -1)$.

• De plus,

$$\overrightarrow{AE} = \overrightarrow{BF} \iff \begin{pmatrix} 2 \\ -1 \\ 2 \end{pmatrix} = \begin{pmatrix} x_F + 2 \\ y_F \\ z_F \end{pmatrix}$$

$$\iff \begin{cases} x_F = 0 \\ y_F = -1 \\ z_F = 2 \end{cases}$$

Donc $F(0;\ -1;\ 2)$.

• Ensuite,

$$\overrightarrow{BC} = \overrightarrow{FG} \iff \begin{pmatrix} 3 \\ 2 \\ -1 \end{pmatrix} = \begin{pmatrix} x_G \\ y_G + 1 \\ z_G - 2 \end{pmatrix}$$

$$\iff \begin{cases} x_G = 3 \\ y_G = 1 \\ z_G = 1 \end{cases}$$

Donc $G(3;\ 1;\ 1)$.

• Enfin,

$$\overrightarrow{FG} = \overrightarrow{EH} \iff \begin{pmatrix} 3 \\ 2 \\ -1 \end{pmatrix} = \begin{pmatrix} x_H - 3 \\ y_H + 2 \\ z_H - 2 \end{pmatrix}$$

$$\iff \begin{cases} x_H = 6 \\ y_H = 0 \\ z_H = 1 \end{cases}$$

Donc $H(6;\ 0;\ 1)$.

4 $\overrightarrow{AE} \cdot \overrightarrow{AB} = \begin{pmatrix} 2 \\ -1 \\ 2 \end{pmatrix} \cdot \begin{pmatrix} -3 \\ 1 \\ 0 \end{pmatrix}$

$$= 2 \times (-3) + (-1) \times 1 + 2 \times 0$$
$$= -7.$$

COURS INTERROS CORRIGÉS

5 On sait que $\overrightarrow{AE} \cdot \overrightarrow{AB} = AE \times AB \times \cos \widehat{BAE}$. De plus,

$$AE = \sqrt{2^2 + (-1)^2 + 2^2} = \sqrt{9} = 3$$

et

$$AB = \sqrt{(-3)^2 + 1^2 + 0^2} = \sqrt{10}.$$

Ainsi,

$$\begin{aligned}\overrightarrow{AE} \cdot \overrightarrow{AB} = AE \times AB \times \cos \widehat{BAE} &\iff \cos \widehat{BAE} = \frac{\overrightarrow{AE} \cdot \overrightarrow{AB}}{AE \times AB} \\ &\iff \cos \widehat{BAE} = \frac{-7}{3\sqrt{10}} \\ &\iff \widehat{BAE} \approx 138°.\end{aligned}$$

6 **(a)** $\overrightarrow{BK}\begin{pmatrix}\frac{3}{2}\\1\\-\frac{1}{2}\end{pmatrix}$ et $\overrightarrow{BC}\begin{pmatrix}3\\2\\-1\end{pmatrix}$. Ainsi,

$$\overrightarrow{BC} = 2\overrightarrow{BK}.$$

Les vecteurs sont donc colinéaires, ce qui montre que K appartient à la droite (BC).

(b) $\overrightarrow{AK} \cdot \overrightarrow{BK} = \begin{pmatrix}-\frac{3}{2}\\2\\-\frac{1}{2}\end{pmatrix} \cdot \begin{pmatrix}\frac{3}{2}\\1\\-\frac{1}{2}\end{pmatrix} = -\frac{9}{4} + 2 + \frac{1}{4} = 0.$

(c) De la question précédente, on déduit que (BC) est orthogonale à la droite (AK). Or, K appartient à (BC) donc AK représente bien la distance entre le point A et la droite (BC).

$$\begin{aligned}AK &= \sqrt{\left(-\frac{3}{2}\right)^2 + 2^2 + \left(-\frac{1}{2}\right)^2} \\ &= \sqrt{\frac{9}{4} + \frac{16}{4} + \frac{1}{4}} \\ &= \sqrt{\frac{26}{4}} \\ &= \frac{\sqrt{26}}{2}.\end{aligned}$$

L'unité graphique étant le centimètre, on déduit que la distance entre A et la droite (BC) est égale à $\frac{\sqrt{26}}{2}$ cm.

(d) L'aire d'un parallélogramme est donnée par la formule :

$$\text{base} \times \text{hauteur}.$$

Ainsi, l'aire de $ABCD$, exprimée en cm^2, est égale à :

$$\begin{aligned}\mathcal{A}_{ABCD} = AK \times BC &= \frac{\sqrt{26}}{2} \times \sqrt{3^2 + 2^2 + (-1)^2} \\ &= \frac{\sqrt{26}}{2} \times \sqrt{14} \\ &= \frac{\sqrt{26 \times 14}}{2} \\ &= \frac{\sqrt{2 \times 13 \times 2 \times 7}}{2} \\ &= \frac{2\sqrt{13 \times 7}}{2} \\ &= \sqrt{91}.\end{aligned}$$

7 Un vecteur $\overrightarrow{n}\begin{pmatrix} a \\ b \\ c \end{pmatrix}$ normal au plan (ABC) est tel que :

$$\begin{cases} \overrightarrow{n} \cdot \overrightarrow{AB} = 0 \\ \overrightarrow{n} \cdot \overrightarrow{AC} = 0 \end{cases} \iff \begin{cases} -3a + b = 0 \\ 3b - c = 0 \end{cases}$$
$$\iff \begin{cases} b = 3a \\ c = 3b = 9a \end{cases}$$

En prenant $a = 1$ par exemple, on trouve $\overrightarrow{n}\begin{pmatrix} 1 \\ 3 \\ 9 \end{pmatrix}$.

8 Trouvons une équation cartésienne du plan (ABC).

On sait qu'elle est de la forme :

$$x + 3y + 9z + d = 0$$

car $\overrightarrow{n}\begin{pmatrix} 1 \\ 3 \\ 9 \end{pmatrix}$ est normal à ce plan.

De plus,

$$B \in (ABC) \iff x_B + 3y_B + 9z_B + d = 0 \iff d = 2.$$

On trouve finalement :

$$(ABC) \quad : \quad x + 3y + 9z + 2 = 0.$$

La distance du point E au plan (ABC) est alors :

$$\begin{aligned} d\big(E;(ABC)\big) &= \frac{|x_E + 3y_E + 9z_E + 2|}{\sqrt{1^1 + 3^2 + 9^2}} \\ &= \frac{|3 + 3 \times (-2) + 9 \times 2 + 2|}{\sqrt{91}} \\ &= \frac{17}{\sqrt{91}}. \end{aligned}$$

9 Le volume du parallélépipède est donné par la formule :

$$\begin{aligned} \mathcal{V} &= \text{aire d'une base} \times \text{hauteur relative à cette base} \\ &= \mathcal{A}_{ABCD} \times d\big(E;(ABC)\big) \\ &= \sqrt{91} \times \frac{17}{\sqrt{91}} \\ &= 17 \text{ cm}^3. \end{aligned}$$

16 Dans un cube

Énoncé p. 438

Lycée Camille Jullian, Bordeaux

1 $\overrightarrow{BH}\begin{pmatrix}-1\\1\\1\end{pmatrix}$ et $\overrightarrow{BM}\begin{pmatrix}-t\\t\\t\end{pmatrix}$.

Ainsi, $\overrightarrow{BM} = t\overrightarrow{BH}$. Par conséquent, $\overrightarrow{BM}$ et $\overrightarrow{BH}$ sont colinéaires, et donc les points B, M et H sont alignés.

On en conclut que pour tout réel t, M est sur la droite (BH).

2 D'après leurs représentations paramétriques,

- (BH) a pour vecteur directeur $\vec{u}\begin{pmatrix}-1\\1\\1\end{pmatrix}$;
- (FC) a pour vecteur directeur $\vec{v}\begin{pmatrix}0\\1\\-1\end{pmatrix}$.

Ainsi,

$$\vec{u} \cdot \vec{v} = -1 \times 0 + 1 \times 1 + 1 \times (-1) = 0.$$

Par conséquent, (BH) et (FC) sont orthogonales.

De plus, (FC) est incluse dans le plan (BCF), ce qui n'est pas le cas de (BH) car $H \notin (BCF)$.

Les droites (BH) et (FC) ne sont donc pas coplanaires.

3 **(a)** $M(1-t;t;t)$ et $M'(1;t';1-t')$. Donc :

$$\begin{aligned}MM'^2 &= (x_{M'}-x_M)^2+(y_{M'}-y_M)^2+(z_{M'}-z_M)^2\\ &= (1-1+t)^2+(t'-t)^2+(1-t'-t)^2\\ &= t^2+(t')^2-2tt'+t^2+(1-t')^2-2t(1-t')+t^2\\ &= 3t^2+(t')^2-2tt'+1-2t'+(t')^2-2t+2tt'\\ &= 3t^2+2(t')^2-2t+1-2t'.\end{aligned}$$

De plus,

$$\begin{aligned}&3\left(t-\frac{1}{3}\right)^2+2\left(t'-\frac{1}{2}\right)^2+\frac{1}{6}\\ &= 3\left(t^2-\frac{2}{3}t+\frac{1}{9}\right)+2\left((t')^2-t'+\frac{1}{4}\right)+\frac{1}{6}\\ &= 3t^2-2t+\frac{1}{3}+2(t')^2-2t'+\frac{1}{2}+\frac{1}{6}\\ &= 3t^2-2t+2(t')^2-2t'+1\\ &= MM'^2.\end{aligned}$$

(b) Pour que MM' soit minimale, il faut que MM'^2 le soit aussi.

$$3\left(t-\frac{1}{3}\right)^2+2\left(t'-\frac{1}{2}\right)^2+\frac{1}{6}>0$$

comme la somme de deux termes positifs ou nuls et de $\frac{1}{6}$.

MM'^2 est minimale quand

$$\left(t-\frac{1}{3}\right)^2=0 \qquad \text{et} \qquad \left(t'-\frac{1}{2}\right)^2=0$$

donc pour :

$$t=\frac{1}{3} \qquad \text{et} \qquad t'=\frac{1}{2}.$$

(c) $\overrightarrow{PQ}\begin{pmatrix}\frac{1}{3}\\ \frac{1}{6}\\ \frac{1}{6}\end{pmatrix}$.

- $\overrightarrow{PQ}\cdot\overrightarrow{BH}=\begin{pmatrix}\frac{1}{3}\\ \frac{1}{6}\\ \frac{1}{6}\end{pmatrix}\cdot\begin{pmatrix}-1\\ 1\\ 1\end{pmatrix}=-\frac{1}{3}+\frac{1}{6}+\frac{1}{6}=0;$
- $\overrightarrow{PQ}\cdot\overrightarrow{FC}=\begin{pmatrix}\frac{1}{3}\\ \frac{1}{6}\\ \frac{1}{6}\end{pmatrix}\cdot\begin{pmatrix}0\\ 1\\ -1\end{pmatrix}=\frac{1}{6}-\frac{1}{6}=0.$

Ainsi, (PQ) est orthogonale à (BH) et (FC).

Remarquons maintenant qu'en prenant $t = \frac{1}{3}$ dans la représentation paramétrique de (BH), on obtient les coordonnées de P ; donc $P \in (BH)$.

De même, en prenant $t' = \frac{1}{2}$ dans la représentation paramétrique de (FC), on obtient les coordonnées de Q ; donc $Q \in (FC)$.

Ainsi, en plus d'être orthogonales, les droites (BH) et (FC) sont perpendiculaires à (PQ).

(d) D'après ce qui précède, la distance entre (BH) et (FC) est égale à PQ, distance minimale de MM', donc égale à $\sqrt{\frac{1}{6}} = \frac{\sqrt{6}}{6}$.

Chapitre 15

Baccalauréat blanc

La durée de l'épreuve est de 4 heures. Elle est composée de quatre exercices.

1 Exercice 1 – 5 points

★★ 60 min Corrigé p. 461

On considère les suites (u_n) et (v_n) définies pour tout entier naturel n par :

$$\begin{cases} v_0 = 1 \\ (n+1)v_{n+1} = (n+2)v_n + 1 \end{cases} \quad \text{et} \quad \begin{cases} u_0 = 7 \\ u_{n+1} = 2u_n + v_n \end{cases}$$

1 Étude de la suite (v_n).

(a) Calculer v_1, v_2 et v_3.

(b) Montrer par récurrence que pour tout entier naturel n,

$$v_n = 2n + 1.$$

2 Étude de (u_n).

On admet dans cette question que pour tout entier naturel n,

$$u_{n+1} = 2u_n + 2n + 1.$$

Pour tout entier naturel n, on pose :

$$w_n = u_n + 2n + 3.$$

(a) Montrer que (w_n) est une suite géométrique dont on précisera la raison et le premier terme.

(b) En déduire que pour tout entier naturel n,

$$u_n = 10 \times 2^n - 2n - 3.$$

(c) Montrer que $\lim\limits_{n \to +\infty} u_n = +\infty$.

3 On cherche à connaître la plus petite valeur de n pour laquelle $u_n \geqslant 10^5$. Pour cela, compléter le programme suivant, écrit en Python.

```
n = 0
u = 7

while u ... :
    n = n + 1
    u = ...

print(n)
```

On rappelle qu'en Python, x^n s'écrit : `x**n`.

2 Exercice 2 – 5 points

★★ 60 min Corrigé p. 463

Une entreprise locale emploie deux personnes, Cécile et Barnabé, pour fabriquer des objets artisanaux en bois.

La probabilité que Cécile fabrique un objet est égale à 0,7 ; dans ce cas, la probabilité que l'objet représente un animal est égale à 0,45.

Si l'objet est fabriqué par Barnabé, la probabilité qu'il représente un animal est égale à 0,35.

On note :

- C l'événement : « l'objet est fabriqué par Cécile » ;
- B l'événement : « l'objet est fabriqué par Barnabé » ;
- A l'événement : « l'objet fabriqué représente un animal ».

1 Montrer que $P(A) = 0{,}42$.

2 On choisit au hasard un objet. Sachant que ce n'est pas un animal, quelle est la probabilité qu'il soit fabriqué par Cécile ? On donnera une valeur approchée au centième.

3 Les objets fabriqués par Cécile sont vendus 20% plus chers que ceux fabriqués par Barnabé.
Un objet conçu par Barnabé est vendu 15 € s'il représente un animal, et 20 € dans le cas contraire.

On note G la variable aléatoire représentant le prix d'un objet vendu.

(a) Établir la loi de probabilité de G.

(b) Calculer l'espérance mathématique de G.
Interpréter ce résultat.

4 On choisit dix objets parmi ceux fabriqués par Cécile et Barnabé. On peut assimiler cette expérience à un tirage successif et indépendant avec remise de dix objets dans le lot constitué de tous les objets en bois.
Les résultats des questions suivantes seront donnés au millième près.

(a) Quelle est la probabilité d'avoir exactement deux objets représentant un animal ?

(b) Quelle est la probabilité d'avoir au moins sept objets représentant un animal ?

(c) Quelle est la probabilité d'avoir au plus cinq objets ne représentant pas un animal ?

5 Quel est le nombre minimal d'objets à choisir parmi ceux fabriqués par Cécile et Barnabé pour que la probabilité qu'au moins un objet représente un animal soit supérieure ou égale à 0,999 ?

3 Exercice 3 – 5 points

★★ 60 min Corrigé p. 465

Une entreprise en création souhaite adopter un logo dont le contour est le suivant :

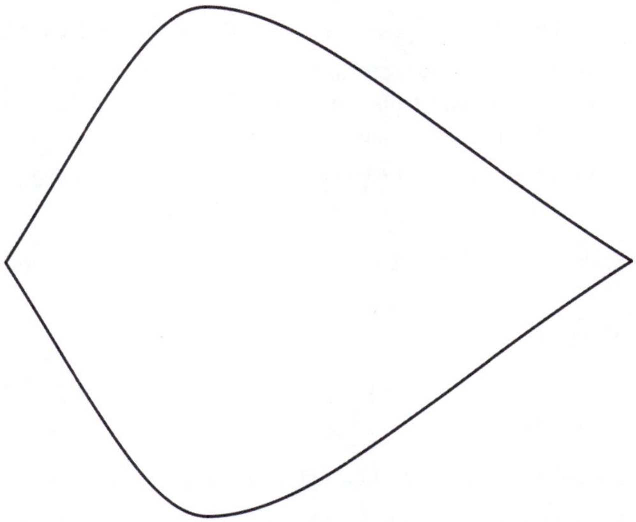

Il a été obtenu par symétrie axiale à partir d'une fonction définie par morceaux dont l'expression est :

$$f(x) = \begin{cases} \ln\left(\dfrac{1}{x^2+b}\right) & \beta \leqslant x < 0 \\ 2(x+1)\mathrm{e}^{-x} - 1 & 0 \leqslant x \leqslant \alpha \end{cases}$$

où $\alpha \approx 1{,}678347$, b et β étant des nombres à trouver.

La représentation de cette fonction est donnée ci-dessous :

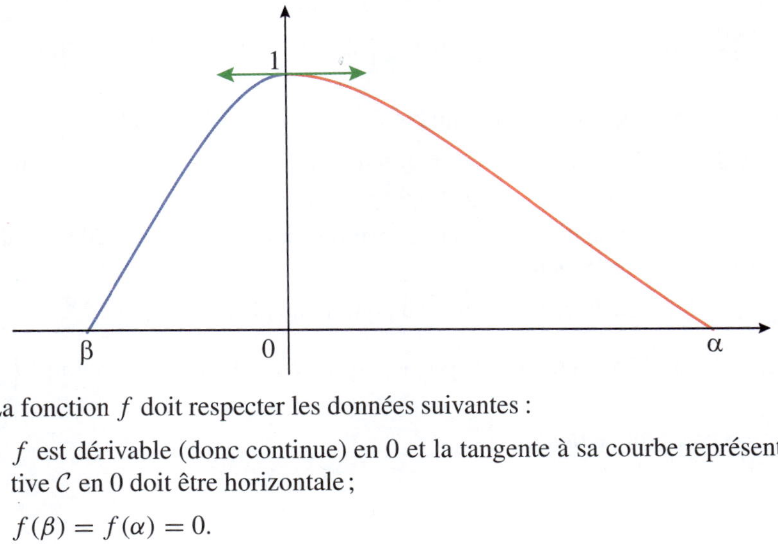

La fonction f doit respecter les données suivantes :

- f est dérivable (donc continue) en 0 et la tangente à sa courbe représentative $\mathcal{C}$ en 0 doit être horizontale ;
- $f(\beta) = f(\alpha) = 0$.

1 Montrer que $b = \mathrm{e}^{-1}$.

2 On pose $h(x) = \ln\left(\dfrac{1}{x^2 + \mathrm{e}^{-1}}\right)$ et $k(x) = 2(x+1)\mathrm{e}^{-x} - 1$.
Calculer $h'(x)$ et $k'(x)$, et justifier alors que f est dérivable en 0.

3 Construire le tableau de variation complet de la fonction h sur $[-1; 0]$, puis montrer que l'équation $h(x) = 0$ admet une unique solution sur cet intervalle, dont on donnera une valeur approchée à 10^{-5} près.

4 $\mathcal{C}$ admet-elle un ou plusieurs points d'inflexion ? Justifier.

4 Exercice 4 – 5 points

★★ 60 min Corrigé p. 466

Partie A

On considère deux points A et D de l'espace et on désigne par I le milieu du segment $[AD]$.

1 Démontrer que, pour tout point M de l'espace, $\overrightarrow{MD} \cdot \overrightarrow{MA} = MI^2 - IA^2$.

2 En déduire l'ensemble (E) des points M de l'espace tels que $\overrightarrow{MD} \cdot \overrightarrow{MA} = 0$.

Partie B

Dans l'espace rapporté au repère orthonormé $(O; \vec{i}, \vec{j}, \vec{k})$, les points A, B, C et D ont pour coordonnées respectives :

$$A(3; 0; 0), \quad B(0; 6; 0), \quad C(0; 0; 4) \quad \text{et} \quad D(-5; 0; 1).$$

1 **(a)** Vérifier que le vecteur $\vec{n}\begin{pmatrix}4\\2\\3\end{pmatrix}$ est normal au plan (ABC).

(b) Déterminer une équation cartésienne du plan (ABC).

2 **(a)** Déterminer une représentation paramétrique de la droite Δ, orthogonale au plan (ABC) et passant par D.

(b) En déduire les coordonnées du point H, projeté orthogonal de D sur le plan (ABC).

(c) Calculer la distance du point D au plan (ABC).

(d) Démontrer que le point H appartient à la sphère de centre $I\left(-1; 0; \dfrac{1}{2}\right)$ et de rayon $\dfrac{\sqrt{65}}{2}$.

1 Exercice 1 – 5 points

Énoncé p. 457

1 Étude de la suite (v_n).

(a) Pour $n = 0$, la relation de récurrence de (v_n) donne :

$$(0+1)v_1 = (0+2)v_0 + 1 \quad \text{soit} \quad v_1 = 2v_0 + 1 = 3.$$

De même,

$$2v_2 = 3v_1 + 1 \quad \text{soit} \quad v_2 = 5$$

et

$$3v_3 = 4v_2 + 1 \quad \text{soit} \quad v_3 = 7.$$

(b) Montrons par récurrence que pour tout entier naturel n,

$$v_n = 2n + 1.$$

- *Initialisation :* $v_0 = 1 = 2 \times 0 + 1$ donc l'égalité est vraie pour $n = 0$.
- *Hérédité :* supposons que pour un entier k fixé, $v_k = 2k + 1$. Montrons alors que $v_{k+1} = 2(k+1) + 1 = 2k + 3$.

$$\begin{aligned} & (k+1)v_{k+1} = (k+2)v_k + 1 \\ \iff\ & (k+1)v_{k+1} = (k+2)(2k+1) + 1 \\ & \text{(par hypothèse de récurrence)} \\ \iff\ & (k+1)v_{k+1} = 2k^2 + 5k + 3 \\ \iff\ & (k+1)v_{k+1} = (k+1)(2k+3) \\ \iff\ & v_{k+1} = 2k + 3. \end{aligned}$$

L'hérédité est alors vérifiée.

L'égalité est donc vraie : pour tout entier naturel n, $v_n = 2n + 1$.

2 Étude de (u_n).

(a) Pour tout entier naturel n,

$$\begin{aligned} w_{n+1} &= u_{n+1} + 2(n+1) + 3 \\ &= 2u_n + 2n + 1 + 2n + 5 \\ &= 2(u_n + 2n + 3) \\ &= 2w_n. \end{aligned}$$

Ainsi, (w_n) est une suite géométrique de raison 2 et de premier terme :

$$w_0 = u_0 + 2 \times 0 + 3 = 10.$$

(b) De la question précédente, on déduit que :

$$w_n = w_0 \times 2^n$$
$$w_n = 10 \times 2^n$$

et donc :

$$w_n = u_n + 2n + 3 \iff u_n = w_n - 2n - 3$$
$$\iff u_n = 10 \times 2^n - 2n - 3.$$

(c) $u_n = 10\mathrm{e}^{n\ln 2} - 2n - 3$

$$= \mathrm{e}^{n\ln 2}\left(10 - 2 \times \frac{n}{\mathrm{e}^{n\ln 2}} - \frac{3}{\mathrm{e}^{n\ln 2}}\right)$$

Or,

- par croissance comparée,

$$\lim_{n\to+\infty} \frac{n}{\mathrm{e}^{n\ln 2}} = 0$$

- et, par quotient,

$$\lim_{n\to+\infty} \frac{3}{\mathrm{e}^{n\ln 2}} = 0 \qquad \text{car} \lim_{n\to+\infty} \mathrm{e}^{n\ln 2} = +\infty.$$

car $\ln 2 > 0$.

Ainsi

$$\lim_{n\to+\infty} \left(10 - 2 \times \frac{n}{\mathrm{e}^{n\ln 2}} - \frac{3}{\mathrm{e}^{n\ln 2}}\right) = 10$$

et, par produit,

$$\lim_{n\to+\infty} u_n = +\infty.$$

3 Si on utilise la formule explicite de u_n, le programme complet est le suivant :

```
n = 0
u = 7

while u < 10**5:
    n = n + 1
    u = 10 * 2**n -2*n - 3

print(n)
```

ou, avec la formule de récurrence de (u_n), celui-ci :

```
n = 0
u = 7

while u < 10**5:
    n = n + 1
    u = 2*u + 2*n + 1

print(n)
```

2 Exercice 2 – 5 points

Énoncé p. 458

Avant de répondre aux questions, et même si cela n'est pas demandé, on peut construire un arbre des probabilités représentant l'expérience :

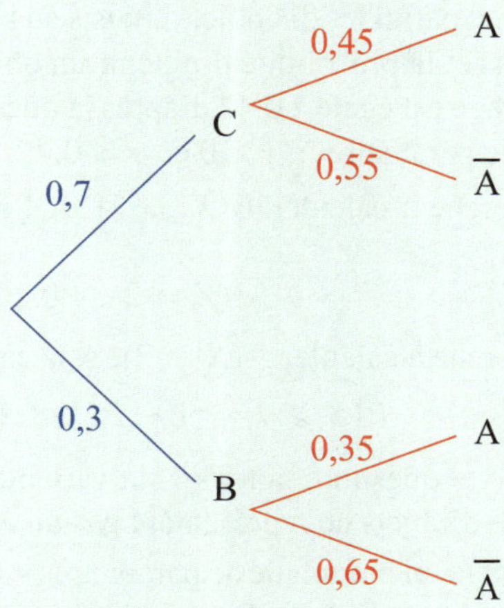

1 D'après la formule des probabilités totales,

$$\begin{aligned} P(A) &= P(A \cap C) + P(A \cap B) \\ &= P(C) \times P_C(A) + P(B) \times P_B(A) \\ &= 0{,}7 \times 0{,}45 + 0{,}3 \times 0{,}35 \\ &= 0{,}42. \end{aligned}$$

2 On cherche à déterminer $P_{\overline{A}}(C)$. D'après le cours,

$$\begin{aligned} P_{\overline{A}}(C) &= \frac{P(\overline{A} \cap C)}{P(\overline{A})} \\ &= \frac{0{,}7 \times 0{,}55}{1 - 0{,}42} \\ &\approx 0{,}66. \end{aligned}$$

3 **(a)** Nous pouvons nous aider de l'arbre des probabilités construit précédemment pour déterminer la loi de probabilité de G.
On arrive alors à la loi suivante :

$G = g_i$	15	18	20	24
$P(G = g_i)$	0,105	0,315	0,195	0,385

(b) L'espérance mathématique de G est :

$$E(G) = 15 \times 0{,}105 + 18 \times 0{,}315 + 20 \times 0{,}195 + 24 \times 0{,}385$$
$$E(G) = 20{,}385.$$

Ce dernier résultat signifie que sur un grand nombre d'objets vendus, l'entreprise peut espérer gagner en moyenne 20,385 € par objet.

4 On note X la variable aléatoire représentant le nombre d'objets représentant un animal parmi les dix objets choisis au hasard. Les dix tirages sont indépendants et la probabilité d'obtenir un objet représentant un animal lors d'un tirage est égale à 0,42 d'après la question 1 ; ainsi, X suit la loi binomiale de paramètres $n = 10$ et $p = 0{,}42$.

(a) On cherche à calculer $P(X = 2)$. À l'aide de la calculatrice, on obtient :

$$P(X = 2) \approx 0{,}102.$$

(b) On cherche à calculer $P(X \geqslant 7)$. À la calculatrice, on trouve :

$$P(X \geqslant 7) = 1 - P(X \leqslant 6) \approx 0{,}071.$$

(c) Pour cette question, notons Y la variable aléatoire représentant le nombre d'objets ne représentant pas un animal.
Elle suit la loi binomiale de paramètres $n = 10$ et $p' = 1 - p = 0{,}58$.
On cherche $P(Y \leqslant 5)$. La calculatrice nous donne :

$$P(Y \leqslant 5) \approx 0{,}418.$$

5 La probabilité qu'au moins un objet représente un animal soit supérieure ou égale à 0,999 signifie que :

$$P(X \geqslant 1) \geqslant 0{,}999.$$

Or,

$$\begin{aligned} P(X \geqslant 1) &= 1 - P(X < 1) \\ &= 1 - P(X = 0) \\ &= 1 - (1 - 0{,}42)^n \\ &= 1 - 0{,}58^n. \end{aligned}$$

On doit alors résoudre l'inéquation :

$$\begin{aligned} 1 - 0{,}58^n \geqslant 0{,}999 &\iff -0{,}58^n \geqslant 0{,}999 - 1 \\ &\iff 0{,}58^n \leqslant 0{,}001 \\ &\iff \ln\left(0{,}58^n\right) \leqslant \ln(0{,}001) \\ &\iff n\ln(0{,}58) \leqslant \ln(0{,}001) \\ &\iff n \geqslant \frac{\ln(0{,}001)}{\ln(0{,}58)} \quad (\text{car } \ln(0{,}58) < 0). \end{aligned}$$

De plus,

$$\frac{\ln(0{,}001)}{\ln(0{,}58)} \approx 12{,}68.$$

Par conséquent, il est nécessaire de choisir au moins 13 objets pour que la probabilité qu'au moins un objet représente un animal soit supérieure ou égale à 0,999.

3 Exercice 3 – 5 points

Énoncé p. 459

1 $f(0) = 2(0+1)\mathrm{e}^{-0} - 1 = 2 - 1 = 1$ et f est continue en 0 donc :

$$\begin{aligned}\lim_{\substack{x\to 0\\ x<0}} f(x) = 1 &\iff \lim_{x\to 0} \ln\left(\frac{1}{x^2+b}\right) = 1\\ &\iff \ln\left(\frac{1}{b}\right) = 1\\ &\iff \frac{1}{b} = \mathrm{e}^1\\ &\iff b = \mathrm{e}^{-1}.\end{aligned}$$

2 • Dérivée de $h(x) = \ln\left(\dfrac{1}{x^2+\mathrm{e}^{-1}}\right)$.

h est de la forme $\ln(u)$ avec :

$$u(x) = \frac{1}{v(x)},$$

où $v(x) = x^2 + \mathrm{e}^{-1}$.

Donc :

$$u'(x) = -\frac{v'(x)}{v^2(x)} = -\frac{2x}{\left(x^2+\mathrm{e}^{-1}\right)^2}$$

et alors :

$$\begin{aligned}h'(x) = \frac{u'(x)}{u(x)} &= \frac{-\dfrac{2x}{\left(x^2+\mathrm{e}^{-1}\right)^2}}{\dfrac{1}{x^2+\mathrm{e}^{-1}}}\\ &= -\frac{2x}{\left(x^2+\mathrm{e}^{-1}\right)^2} \times \left(x^2+\mathrm{e}^{-1}\right)\\ &= -\frac{2x}{x^2+\mathrm{e}^{-1}}.\end{aligned}$$

• Dérivée de $k(x) = 2(x+1)\mathrm{e}^{-x} - 1$.

k est de la forme $u \times v - 1$, avec :

$$u(x) = 2(x+1) \qquad \text{donc} \qquad u'(x) = 2$$

et

$$v(x) = \mathrm{e}^{-x} \qquad \text{donc} \qquad v'(x) = -\mathrm{e}^{-x}.$$

$$\begin{aligned}k'(x) = u'(x)v(x) + u(x)v'(x) &= 2\mathrm{e}^{-x} + 2(x+1)(-\mathrm{e}^{-x})\\ &= [2 - 2(x+1)]\mathrm{e}^{-x}\\ &= -2x\mathrm{e}^{-x}.\end{aligned}$$

On a ainsi :

$$\lim_{\substack{x \to 0 \\ x<0}} f'(x) = \lim_{x \to 0} \left(-\frac{2x}{x^2 + \mathrm{e}^{-1}} \right) = 0$$

et

$$\lim_{\substack{x \to 0 \\ x>0}} f'(x) = \lim_{x \to 0} \left(-2x\mathrm{e}^{-x} \right) = 0.$$

Les deux valeurs trouvées sont égales ; par conséquent, les nombres dérivés à droite et à gauche de 0 sont égaux, ce qui signifie que f est dérivable en 0.

3 D'après les calculs précédents, sur $[-1; 0]$, $h'(x) > 0$ donc h est strictement croissante sur cet intervalle.

De plus, $h(-1) = -\ln(1 + \mathrm{e}^{-1}) < 0$ et $h(0) = 1$, d'où le tableau suivant :

x	-1	0
$h(x)$	$-\ln(1+\mathrm{e}^{-1})$ $\nearrow$	1

Sur $[-1; 0]$, h est continue et strictement croissante, et 0 est une valeur intermédiaire entre $h(-1)$ et $h(0)$ donc, d'après le corollaire du théorème des valeurs intermédiaires, il existe une unique valeur β sur $[-1; 0]$ telle que $h(\beta) = 0$.

À la calculatrice, on trouve : $\beta \approx -0{,}79506$.

4 $h''(x) = \dfrac{2(x^2 - \mathrm{e}^{-1})}{(x^2 + \mathrm{e}{-1})^2}$ qui s'annule en changeant de signe pour :

$$x = -\sqrt{\mathrm{e}^{-1}} \approx -0{,}6 \in [-1; 0] \qquad \text{et} \qquad x = \sqrt{\mathrm{e}^{-1}} \notin [-1; 0]$$

donc $\mathcal{C}$ admet un point d'inflexion d'abscisse $x_1 = -\sqrt{\mathrm{e}^{-1}}$.

$k''(x) = -2(1 - x)\mathrm{e}^{-x}$ qui s'annule en changeant de signe en $x = 1$ donc $\mathcal{C}$ admet un autre point d'inflexion d'abscisse $x_2 = 1$.

4 Exercice 4 – 5 points

Énoncé p. 460

Partie A

1 Pour tout point M de l'espace,

$$\begin{aligned}\overrightarrow{MD} \cdot \overrightarrow{MA} &= \left(\overrightarrow{MI} + \overrightarrow{ID}\right) \cdot \left(\overrightarrow{MI} + \overrightarrow{IA}\right) \\ &= \overrightarrow{MI}^2 + \overrightarrow{MI} \cdot \overrightarrow{IA} + \overrightarrow{ID} \cdot \overrightarrow{MI} + \overrightarrow{ID} \cdot \overrightarrow{IA} \\ &= MI^2 + \overrightarrow{MI} \cdot \left(\overrightarrow{IA} + \overrightarrow{ID}\right) + \overrightarrow{ID} \cdot \overrightarrow{IA}.\end{aligned}$$

Or, I est le milieu de $[AD]$ donc :

$$\overrightarrow{IA} + \overrightarrow{ID} = \vec{0}$$

et

$$\overrightarrow{ID} = -\overrightarrow{IA}.$$

Ainsi,

$$\overrightarrow{MD} \cdot \overrightarrow{MA} = MI^2 - \overrightarrow{IA} \cdot \overrightarrow{IA}$$

soit $\quad \overrightarrow{MD} \cdot \overrightarrow{MA} = MI^2 - IA^2.$

2 De l'égalité de la question précédente, on déduit :

$$\begin{aligned}\overrightarrow{MD} \cdot \overrightarrow{MA} = 0 &\iff MI^2 - IA^2 \\ &\iff MI^2 = IA^2 \\ &\iff MI = IA\end{aligned}$$

(car $MI > 0$ et $IA > 0$ comme ce sont deux distances)

L'ensemble des points M de l'espace vérifiant $MI = IA$ est la sphère de centre I et de rayon IA.
(E) est donc la sphère de centre I et de rayon IA.

Partie B

1 **(a)** $\vec{n}$ est normal au plan (ABC) s'il est orthogonal à deux vecteurs non colinéaires de ce plan. Prenons alors les vecteurs $\overrightarrow{AB}$ et $\overrightarrow{AC}$ par exemple :

- $\overrightarrow{AB} \cdot \vec{n} = \begin{pmatrix} -3 \\ 6 \\ 0 \end{pmatrix} \cdot \begin{pmatrix} 4 \\ 2 \\ 3 \end{pmatrix} = -3 \times 4 + 6 \times 2 + 0 \times 3 = -12 + 12 = 0.$

  Ainsi, $\overrightarrow{AB}$ est orthogonal à $\vec{n}$.

- $\overrightarrow{AC} \cdot \vec{n} = \begin{pmatrix} -3 \\ 0 \\ 4 \end{pmatrix} \cdot \begin{pmatrix} 4 \\ 2 \\ 3 \end{pmatrix} = -3 \times 4 + 0 \times 2 + 4 \times 3 = -12 + 12 = 0.$

  Ainsi, $\overrightarrow{AC}$ est orthogonal à $\vec{n}$.

Le vecteur $\vec{n}$ est donc normal au plan (ABC).

(b) On sait désormais que $\vec{n}\begin{pmatrix} 4 \\ 2 \\ 3 \end{pmatrix}$ est normal au plan (ABC) donc une équation cartésienne de (ABC) est de la forme :

$$4x + 2y + 3z + d = 0,\ d \in \mathbb{R}.$$

Afin de trouver la valeur de d, on remplace x, y et z par les coordonnées d'un point du plan, par exemple celles de A, et on trouve :

$$4 \times 3 + 2 \times 0 + 3 \times 0 + d = 0$$

soit :

$$d = -12.$$

Une équation cartésienne du plan (ABC) est donc :

$$4x + 2y + 3z - 12 = 0.$$

2 **(a)** La droite Δ, dont on cherche une représentation paramétrique, doit être orthogonale au plan (ABC) ; ainsi, un vecteur directeur de Δ est le vecteur $\vec{n}\begin{pmatrix}4\\2\\3\end{pmatrix}$ (puisque ce dernier est orthogonal à ce plan).

De plus, Δ doit passer par le point $D(-5; 0; 1)$. Ainsi, d'après le cours, une représentation paramétrique de Δ est de la forme :

$$\begin{cases} x = x_D + at \\ y = y_D + bt \\ z = z_D + ct \end{cases}, \quad t \in \mathbb{R}$$

et où a, b et c sont les coordonnées d'un vecteur directeur de la droite.

Cela donne alors :

$$\Delta \quad : \quad \begin{cases} x = -5 + 4t \\ y = 2t \\ z = 1 + 3t \end{cases} \qquad t \in \mathbb{R}.$$

(b) Le projeté orthogonal de D sur le plan (ABC) est le point d'intersection de Δ et (ABC) car Δ est orthogonale à (ABC) et passe par D.

Ainsi,

$$H \in (ABC) \iff 4x_H + 2y_H + 3z_H - 12 = 0 \qquad (1)$$

et

$$H \in \Delta \iff \text{il existe un réel } t \text{ tel que } \begin{cases} x_H = -5 + 4t \\ y_H = 2t \\ z_H = 1 + 3t \end{cases}. \quad (2)$$

En remplaçant x_H, y_H et z_H dans (1) par les égalités (2), on obtient :

$$\begin{aligned} & 4(-5 + 4t) + 2 \times 2t + 3(1 + 3t) - 12 = 0 \\ \iff & -20 + 16t + 4t + 3 + 9t - 12 = 0 \\ \iff & 29t = 29 \\ \iff & t = 1. \end{aligned}$$

En remplaçant t par 1 dans les égalités (2), on obtient finalement :

$$H(-1; 2; 4).$$

(c) La distance du point D au plan (ABC) est la longueur DH car H est le projeté orthogonal de D sur (ABC).

$$\begin{aligned} HD &= \sqrt{(x_D - x_H)^2 + (y_D - y_H)^2 + (z_D - z_H)^2} \\ &= \sqrt{\big(-5-(-1)\big)^2 + (0-2)^2 + (1-4)^2} \\ &= \sqrt{16+4+9} \\ HD &= \sqrt{29}. \end{aligned}$$

(d) Calculons :

$$\begin{aligned} \overrightarrow{HD} \cdot \overrightarrow{HA} &= \begin{pmatrix} -5+1 \\ -2 \\ 1-4 \end{pmatrix} \cdot \begin{pmatrix} 3+1 \\ -2 \\ -4 \end{pmatrix} \\ &= -4 \times 4 + (-2) \times (-2) + (-3) \times (-4) \\ &= -16+4+12 \\ &= 0. \end{aligned}$$

On en déduit que H appartient à l'ensemble des points M tels que $\overrightarrow{MD} \cdot \overrightarrow{MA} = 0$, soit, d'après la partie A, à la sphère dont le centre I est le milieu de $[AD]$, soit :

$$I\left(\frac{x_A + x_D}{2}; \frac{y_A + y_D}{2}; \frac{z_A + z_D}{2}\right) = \left(-1; 0; \frac{1}{2}\right)$$

et dont le rayon vaut :

$$\begin{aligned} IA &= \sqrt{(x_A - x_I)^2 + (y_A - y_I)^2 + (z_A - z_I)^2} \\ &= \sqrt{4^2 + 0^2 + \left(-\frac{1}{2}\right)^2} \\ &= \frac{\sqrt{65}}{2}. \end{aligned}$$

Liste des vidéos

Achevé d'imprimer en Juin 2023 par l'Imprimerie de Champagne à Langres — France
Dépôt légal : Juillet 2023 — Numéro de projet : 10290449